"博学而笃志，切问而近思。"
（《论语》）

博晓古今，可立一家之说；
学贯中西，或成经国之才。

复旦博学·复旦博学·复旦博学·复旦博学·复旦博学·复旦博学

主编简介

陈晓兰，上海大学文学院教授。主要研究领域：性别与文学、城市文化与文学，中外文学关系。已出版专著：《女性主义批评与文学诠释》(1999)、《文学中的巴黎与上海：以左拉和茅盾为例》(2006)、《城市意象：英国文学中的城市》(2006)；主编：《诗与思：上海大学中文系学术演讲录I》(2007)、《经典与理论：上海大学中文系学术演讲录II》(2009)等，发表论文60余篇。

上海大学教材建设专项经费资助

外国女性文学教程

陈晓兰 / 主编

复旦大学出版社
http://www.fudanpress.com.cn

内容提要

　　本书是国内第一部全方位展示东西方女性文学创作历史风貌和思想、艺术精粹的著作，涵盖英国、法国、德国、俄罗斯、波兰、美国、加拿大、澳大利亚、智利、印度、日本、阿拉伯、以色列及南非等国家和地区的女性文学，由国内十多所院校及研究机构中从事外国文学和女性文学研究与教学的学者和教师合作完成。该教程结合文学史和作家作品专题研究两种体例，以各国别女性文学从发端到当代的历史发展概貌为经，以最具代表性和最具国际影响的经典作家、代表作品的深度解析为纬，向中国读者展示了处于不同文明圈、不同文化政治体制下的女性精英们千姿百态、气象万千的经验世界和文学景观。

目 录

前言 ··· 1

第一章　英国女性文学 ··· 1
第一节　概述 ··· 1
第二节　简·奥斯汀 ·· 17
第三节　弗吉尼亚·伍尔夫 ··· 25
第四节　多丽丝·莱辛 ··· 33

第二章　法国女性文学 ··· 41
第一节　概述 ·· 41
第二节　乔治·桑 ·· 57
第三节　玛格丽特·尤瑟纳尔 ·· 63
第四节　西蒙娜·德·波伏瓦 ·· 71

第三章　德国女性文学 ·· 80
第一节　概述 ·· 80
第二节　安娜·西格斯 ·· 90
第三节　克里斯塔·沃尔夫 ·· 98

第四章　俄罗斯女性文学 ·· 106
第一节　概述 ··· 106
第二节　安娜·阿赫玛托娃 ··· 117
第三节　维克多莉娅·托卡列娃 ······································· 124

第五章　波兰女性文学 ··· 130
第一节　概述 ··· 130
第二节　维斯瓦娃·希姆博尔斯卡 ····································· 135

第六章　美国女性文学 ··· 141
第一节　概述 ··· 141
第二节　埃米莉·狄金森 ··· 162
第三节　薇拉·凯瑟 ··· 170

  第四节 托尼·莫里森 …………………………………… 178

第七章 加拿大女性文学 …………………………………… 188
  第一节 概述 ………………………………………………… 188
  第二节 玛格丽特·阿特伍德 ………………………………… 193
  第三节 爱丽丝·门偌 ………………………………………… 201

第八章 澳大利亚女性文学 ………………………………… 210
  第一节 概述 ………………………………………………… 210
  第二节 海伦·加纳 …………………………………………… 215

第九章 智利女性文学 …………………………………… 225
  第一节 概述 ………………………………………………… 225
  第二节 伊莎贝尔·阿连德 …………………………………… 232

第十章 印度女性文学 …………………………………… 239
  第一节 概述 ………………………………………………… 239
  第二节 安妮塔·德赛 ………………………………………… 248
  第三节 阿兰达蒂·洛伊 ……………………………………… 259

第十一章 日本女性文学 …………………………………… 266
  第一节 概述 ………………………………………………… 266
  第二节 清少纳言 …………………………………………… 282
  第三节 与谢野晶子 ………………………………………… 289

第十二章 阿拉伯女性文学 ………………………………… 298
  第一节 概述 ………………………………………………… 298
  第二节 梅·齐亚黛 …………………………………………… 305

第十三章 以色列女性文学 ………………………………… 313
  第一节 概述 ………………………………………………… 313
  第二节 萨维扬·利比莱赫特 ………………………………… 323

第十四章 南非女性文学 …………………………………… 329
  第一节 概述 ………………………………………………… 329
  第二节 纳丁·戈迪默 ………………………………………… 335

参考文献 ………………………………………………………… 345

前　言

　　那片流淌着奶和蜜的土地并非安乐国。它不是小人物对于晋升、奢侈、煎肉和懒惰的梦想。它是富饶和自然秩序之梦,是来自自然资源的生命之乡——它是对女性文化价值尺度的回忆,因为乳汁是母亲的产品,蜂蜜来自雌蜂国。在这里,生命质量所拥有的既简朴又简单:是天然食物,不是精饲料,是母性秩序,不是父权制。这是一个知足的世界。在这个世界中,用蜂蜜来标示幸福:能够很好地生活。

——[德]E·M·温德尔《女性主义神学景观》

　　女性的发现是20世纪知识界最重要的发现之一。将处于边缘、从属或潜伏状态的人类之一半,纳入历史架构和思维视野,已经渗透到人文、社会科学诸领域,并且程度不同地影响了政治、经济和社会生活的具体实践。女性被发现的意义不仅仅在于其对于既定的性别界定、价值观、社会伦理乃至历史观、社会秩序的更改与重构,如果承认我们生活于其中的价值体系并不完善,甚至包含着不公正,潜伏着危机,威胁着人类的生存与发展,那么,这种更改与重构就是必要的。女性对于生命的孕育与珍视,对于有情世界的向往,对于强权和暴力的反抗,是永恒的普世价值。因此,女性的发现和女性价值体系的建构也预示了重建另一种生命观、伦理道德、价值原则乃至社会秩序的生机。

　　然而,女性没有历史,历史是"他的"故事,是朝代更迭、喋血杀戮的历史,是政治、军事、经济演变的历史。除个别极端的例外,女性既没有进入历史,也不可能书写自己的历史,因此,女性的存在以及女性的价值遁入了历史的虚无。只有女性自己创作的文学,保存并拯救了女性存在的经验和女性对于世界的认知,传达了女性的声音,体现了女性的价值观念和生命智慧。

　　20世纪60年代以来,作为西方妇女运动和民权运动的伴侣,"女性学"在人文、社会科学诸领域崛起并逐步走向深化。女性学不仅将女性纳入学术研究的视野,而且从女性的经验和立场出发对于既定的学说予以检视,形成了女性学的各种分支,如女性史学、女性社会学、女性人类学、女性哲学、女性政治学、女性心理学、女性医学、女性生态学、女性语言学和女性文学等等。

　　女性文学的研究首先在欧美,继而在亚洲、拉美及非洲各国兴起。在文学领域耕耘的女作家以及在大专院校任教的女教师们,一方面清理女性在男性话语体系中被讲述、被再现的历史,质疑男性文学中的女性形象和女性再现的真实性,揭示男性文学将女性天使化和妖女化的二元倾向,批评既定的文学准则、教育体制及知识生产体制;另一方面发掘历史上被埋没、被忽略的女作家,书写女性写作的历史,建构女性文学的传统。

女性文学的研究表明，尽管被纳入男性正统文学史的女作家寥若晨星，但事实上，女性写作的历史与男性写作的历史同样悠久，存在着与男性作家构成的主流文学史并行、交叉、融会的女性文学史，女性写作有自己独特的传统，其源头可以追溯到相当久远。生活于古闪米特人阿卡得王朝时期的因赫杜安娜（Enheduanna，前2285—前2250），是已知的最早的女作家。她是萨尔贡王的女儿，也是帝国中心乌尔城中阿卡得月亮神庙的女祭司，她创作的宗教诗歌在她去世后一直被长久传诵。她赞美伊娜娜女神（Inanna）的诗歌，成为后世解释古巴比伦人宗教信仰的依据之一①。在古希腊，阿卡迪亚的特洛伊人安奈特被称为"女荷马"，而萨福（Sappho，约前628—前568）则是一群女文学家、学者和诗人的首领，她和阿尔凯欧斯的抒情诗"使古希腊抒情诗达到了登峰造极的地步"。但萨福的诗歌于1073年在罗马和君士坦丁堡被公开焚毁，罪名是这些诗伤风败俗②。在萨福的诗歌被焚毁、成千上万的女巫被烧死的欧洲中世纪，修道院为女性提供了庇护所，使女性接受了教育，女性的宗教写作得到鼓励，部分作品得以保留并流传于后世，填补了女性文学的空白。

在19、20世纪女性文学的黄金世纪到来之前的漫长时期，女性写作和传播不受鼓励，被限制甚至遭到禁止，大部分女作家的生平湮没、作品散佚，而流传下来的部分女作家，也很少被文学史提及，她们的生卒年月不确，生平材料不详，手稿的真伪难辨，因此，19世纪之前女性写作的历史表现出明显的"断裂"与空白。但女性的写作如同一股绵绵不绝的潜流从未停息。从东方到西方，历史上有成千上万的女性写作过，其中一部分女性由于特殊的境遇，其作品被保留了下来；或者由于其开明、爱才的男性亲属的整理，在她们死后付诸出版；或者由于她们与某些要人、名人的关系，与某些社会、政治事务相干而以手稿的形式被保存了下来，她们的作品散见于修道院档案、书信、日记、宫廷日志③。

20世纪60年代以来，被遗忘、被忽略的女作家及其作品在女性学者的努力下，受到学术界的关注，成百上千的女作家作品被发掘了出来，进入了学术研究的视野。随着大批女作家作品的被发掘，由进入文学正典的经典女作家构成的山峰和丘陵之间的沟壑逐渐被填平，女性文学史与女性写作传统得以建构。对大批女作家的发掘和研究，补充、修订了既定的文学史和文学观念，更重要的是，女性的文学保存了被遗忘、被忽略的女性经验和女性价值。将女作家纳入文学史、学术研究和大学的文学教育体系，意味着使异质的经验和文化价值进入知识体系和学生的思维视野。

20世纪60年代后期、70年代初的欧美各国，将女性纳入高等教育中的要求得

---

① http://womenshistory.about.com/od/womenwritersancient.
② 吉尔伯特·默雷：《古希腊文学史》，孙席珍等译，上海译文出版社，2007年，第69—70页。
③ Jo Catling ed., *A History of Women's Writing in Germany, Austria and Switzerland*, Cambridge: Cambridge University Press, 2000, p. 27.

到了来自社会运动和人文、社会科学乃至医学、环境科学的广泛推动,经过40多年的发展,妇女研究进入了高等教育体制,从选修课发展为专业课和硕士、博士学位课。妇女课程全面进入高校教育系统,不仅使学生关注性别经验和性别问题,而且引发了对于知识的生产、运用及其社会结果的质疑和追求真理的要求。女性文学研究围绕着女性写作所提出的一系列问题,诸如:在女性写作被禁止、被限制的文化习俗中,女性如何冲破禁忌和限制写作?主导性的价值观念和文学观念如何制约了女性的独特创作?在成为作家的过程中女性会遇到什么困难?妇女如何想象自己的生活,如何认识世界、表现世界?女性意识和主流意识如何相处?女作家如何确定自我的身份?女性采用什么样的文学类型、题材、主题、象征、比喻和情节结构创作?她是在用男人的声音说话还是在用自己的声音说话?是否存在着一种阴性风格?如何界定这种阴性风格?女性的作品如何保存,如何传播,如何被接受?文学批评对于女性的创作产生了怎样的影响?女作家为什么被排除于文学史之外?文学的正宗趣味和正统标准是什么?谁制定了文学的标准?为谁服务?……这些问题已经超出了女性的范围,从事文学研究、思考文学本质问题的学者都不得不考虑这类问题。正如性别经验、性别问题不只是属于女性这一性别的经验和问题,女性研究也不再是女性学者独占的领地,而是关乎所有人的事业。

20世纪80年代中期,"女性学"在中国兴起。在西方女性主义批评理论的影响下,在高校外国文学的教学与研究中,一些学者对于西方女作家予以关注,并在教学设置中予以一定的地位。但总体而言,这些研究和教学基本局限于19、20世纪西方的个别经典女作家。再加上国际关系和政治、经济、文化、语言等因素的影响与制约,非西方文化圈的女性文学,如印度女性文学、日本女性文学、拉丁美洲女性文学、非洲女性文学、阿拉伯女性文学等,很少进入学生的视野。

编写这部《外国女性文学教程》,其目的就在于展示东西方女性创作的历史风貌和思想艺术精粹,使中国读者了解世界各国的女性精英们是如何以大无畏的勇气超越性别定命和意识形态的限制,锲而不舍地冥想探索,矢志不渝地献身于艺术,通过永无止境的创作和高超的艺术禀赋,跃升到人类智慧的高峰。千姿百态、气象万千的女性文学表现了处于不同文明之中的女性经验和女性眼光,通过对不同文化圈经典作家作品的阐释,将学生引入世界各国丰富多彩的文化之中,使他们/她们了解不同宗教信仰、不同国家、不同民族的女性作家所具有的独特的思维方式和表达形式,使学生了解他异民族的文化和价值观念,以培养理解异质文化的能力和文化宽容精神,这正是编写本书的主旨。

然而,要在一部书的有限空间内,把世界各国女性文学的历史和精粹恰如其分地予以呈现,并不是一件容易的事。一部空间有限的《外国女性文学教程》既无法穷尽所有的经典女作家作品,更难以全面系统地展示世界范围内女性文学的风貌。

《外国女性文学教程》结合文学史和作家作品专题研究的体例,各国别文学均由两部分构成,第一部分为"概述",大致勾勒该国女性文学发展的历史概况及各历史阶段重要的女作家,目的在于使学生对各国别女性文学创作的历史轮廓有一个总体概念,并在此与更多的女作家相遇。第二部分以不同历史时期最具代表性的女作家及其代表作为主,通过对作家生平与创作的总体把握和代表作品的深度了解,掌握经典作家的思想、艺术精粹,以引起进一步研读的兴趣。

各章节撰写者:
陈晓兰(上海大学文学院):第一章、第三章。
景春雨(上海大学文学院):第二章。
田洪敏(青岛科技大学外国语学院):第四章。
朱静宇(同济大学人文学院):第五章。
林　斌(厦门大学外文学院):第六章。
褚蓓娟(浙江工业大学人文学院):第七章第一、二节。
徐学清(加拿大约克大学语言与语言学系):第七章第三节。
朱晓映(华东师范大学外语学院):第八章。
王　彤(内江师范学院文学与新闻传播学院):第九章。
李美敏(江西师范大学文学院):第十章。
蔡春华(福建师范大学文学院):第十一章第一节、第二节。
木村泰枝(日本冈山大学外语教育中心):第十一章第一节、第三节。
陈召荣(西北民族大学文学院):第十二章。
钟志清(中国社会科学院外国文学研究所):第十三章。
周乐诗(上海外国语大学文学研究院):第十四章。

感谢本教程的各位编撰者!他们放下正在进行的项目和论文的写作,在百忙之中抽出时间投入教材的编写工作,最终使这部教程呈现在读者面前。感谢华东师范大学陈建华教授、北京大学陶洁教授和陈跃红教授、北京外国语大学金莉教授、上海外国语大学宋炳辉教授的热心支持!感谢深圳大学郁龙余教授、上海外国语大学王有勇教授、洛阳解放军外国语学院廖波先生的热心帮助和指正!感谢复旦大学陈思和教授一直以来对于女性的尊重、理解和支持,他总是耐心倾听我对于本教程的设想和遇到的困难!感谢上海大学教材建设委员会将此教程列为校级教材资助项目!感谢复旦大学出版社的贺圣遂董事长和孙晶常务副总编对于该教程的关心和支持!感谢赖英晓、余璐瑶女士在教程的编辑工作中付出的辛勤劳动!

我们深知,由于诸种主客观原因,本教程存在着诸多不足之处,恳请专家学者和读者不吝指正,也希望今后有更好的著作出版以弥补不足,深化该领域的研究与教学。

陈晓兰
2010 年 6 月 1 日

第一章 英国女性文学

第一节 概 述

一、中世纪时期：女性文学的开端

公元7世纪末至15世纪末,是英国文学从发端到民族文学确立、成熟的历史时期。公元7世纪末产生了迄今为止发现的英国最早的古英语作品,10世纪出现了古英语史诗《贝奥武甫》的手抄本,13世纪用英语创作的英国民族文学首先在英国各方言地区陆续出现,产生了具有浓郁现实世俗内涵的传奇,14世纪,"英语在国家和社会生活的各个方面获得了完全胜利","上升为全英的文学语言"①。自英国文学发端至文艺复兴时期的几百年间,流传下来的女作家及作品寥若晨星,而且主要是出家的修女或半出家的虔诚女性的宗教作品。修道院成为中世纪杰出女性寻求庇护和接受教育的重要场所,她们在这里通过阅读、抄写《圣经》获得了学习机会,甚至学习了拉丁语,并创作了具有浓厚宗教色彩的文学作品。这些女性也因其虔诚的宗教生活和宗教写作而得到教会及公众的认可,并得以流传后世。她们的作品内容主要是女性的冥想、祷告、忏悔、见证和启示,虽然打上了中古时期基督教文学的烙印,但却表现了女性对基督教教义及世界观的不同阐释,塑造了不同于男性经验中的基督形象,表现了基督教神学中的女性因素和女性原则,因此,促使同时代人关注女性的宗教体验和宗教观念,并引发了争议,对男性主导的教会提出了挑战。现代学者将女性的这部分写作纳入"俗语神学"的范畴,认为"女性俗语神学"(female vernacular theology)著作对于中世纪的宗教文化作出了重要贡献,女性宗教写作的发掘拓宽了中世纪传统宗教文学的概念和准则②。

迄今为止发掘出的最早用英语写作的女作家是**诺里奇的朱莉安**(Julian of Norwich,1342—1416),她的真实姓名不详,诺里奇是她的家乡,朱莉安则是她晚年生活的修道院。她经历了那个世纪英国所遭受的种种灾难——黑死病、英法战争、宗教分裂和宗教迫害等。她曾身患重病濒临死亡却又奇迹般地活了过来。她声称自己看到了十字架上的耶稣和天堂的景象,恢复健康后,她开始了文学写作,并在靠近圣朱丽安教堂的一间小屋里度过了20年祷告、冥想、隐居的生活。她的代表作《上帝之爱的启示》(*Sixteen Revelations of Divine Love*,1373),是目前为止发现的

---

① 李赋宁、何其莘主编:《英国中古时期文学史》,外语教学与研究出版社,2006年,第3页。
② Denis Renevey and Christiania Whitehead eds., *Writing Religious Women, Female Spiritual and Textual Practices in Late Medieval England*, Toronto: University of Toronto Press, 2000, p.1.

用英语创作的第一部女性文学著作①。它以优美朴素的风格,描绘了她所"看到"的圣景,抒发了她渴望接近神的强烈情感,表达了她的隐居体验和宗教思想——关于爱、怜悯、地狱、罪恶乃至人类未来的思考。她在世时就以睿智和深刻的洞察力而著称,成为14世纪英国最引人注目的神秘主义作家。她的作品传达了这样的观点:"即使男性借助自身的优势和上帝的恩典可以最大限度地近似于上帝,也决不能将上帝和男性混为一谈。她的行文含有诗歌的美感,表达了世界万物将圆满结束的希望和喜悦。"②

中世纪英国最重要的神秘主义女作家是**玛格丽·肯普**(Margery Kempe,1373—1439),她出生于英国诺福克郡的林恩,没有受过什么教育,20岁时嫁给一位商人,生了14个孩子,经历过严重的精神危机,心力交瘁,精神崩溃,企图自杀。后来声称看见了基督,突然恢复正常,不久再次遭受精神危机,恢复正常后,她与丈夫订立洁身合同,并得到教会准许身着象征贞洁的白衣,终身献身宗教。大约40岁时,肯普开始了朝圣之旅,途经德国、瑞士、意大利、爱琴海、塞浦路斯等地,最后到达耶路撒冷,返回途中朝拜了罗马等圣地。肯普的个人经历和宗教思想都具有极大的挑战性,她的特立独行和惊世骇俗的思想在当时就引起了截然相反的评价,她被尊为"女圣徒",也被视为"女巫"而遭到嘲笑和斥责。她还曾被控为异端而遭逮捕,在受审时用巧妙的自我辩护使自己幸免于难。她的口述自传《玛格丽·肯普之书》(*The Book of Margery Kempe*)③被认为是第一部英文自传,是肯普晚年口述自己的生平,雇教士形诸文字的作品,为后世保留了中世纪女性宗教生活和精神追求的体验,它叙述了肯普的朝圣经历,她与基督、圣母玛丽亚、圣徒"交往"的神秘体验,表达了她的宗教迷狂、热烈的情绪、奇异的想象和神秘的启示,被视为女性神秘主义著作的典范。

二、16—17世纪:女性文学的发展

如果说,中世纪杰出的知识女性产生自修道院文化,那么,文艺复兴时期的知识女性则是在少数人文主义者的家庭中孕育产生的。人文主义思想在有限的范围内影响了英国的妇女观念,并在某种程度上促进了英国女性在文学艺术及学术领域的发展。女性教育的本质和社会价值问题在一些人文主义者之间展开了争论,被称为早期女权主义者的少数女性公开抨击婚姻制度和女性的社会习俗,并开始探讨女性的本质问题,她们假定存在着一种独特的女性思维和女性视野。这个时期杰出的知识女性大多出身于少数人文主义者的家庭或与宫廷关系密切的家庭,她们在人文主义者的圈子里接受了良好的古典教育,学习了拉丁文和古希腊文,不

---

① Carolyn Dinshaw & David Wallace eds., *The Cambridge Companion to Medieval Women's Writing*, Cambridge: Cambridge University Press, 2003, p.210.

② 苏拉米斯·萨哈:《第四等级——中世纪欧洲妇女史》,林英译,广东人民出版社,2003年,第68页。

③ 成书于15世纪20年代,1934年手稿被发现,于1936年首次出版,20世纪80年代引起学界普遍关注。

仅从事文学写作,而且涉足其他学术领域。如托马斯·莫尔(Thomas More,1478—1535)在家中对女性施以自由教育,她的女儿和孙女们都受到良好的学术教养,大女儿玛格丽特(Margaret Roper, 1505—1544)成为16世纪英国最优秀的女学者之一,她也是最早出版著作的英国女性之一,翻译了荷兰人文主义学者伊拉斯谟(Erasmus,1469—1536)的著作,还创作过诗歌,在哲学、天文学、逻辑学、修辞和音乐方面都有很高的造诣。像莫尔这样的学者在英国具有深远的影响,一度成为宫廷、贵族效仿的榜样,出身高贵的女子与兄弟们一起跟随父亲聘请的教师学习希腊文、拉丁文甚至希伯来文①。西班牙学者维夫斯(Joan Luis Vives,1493—1540)一度被英国王室聘为宫廷教师,他在《基督教的女子教育》一文中提出:要让女子学习本国语、拉丁语、宗教、道德信条,为管理家庭和照料孩子做准备。

文艺复兴时期最具天赋的女作家玛丽·赫伯特·彭布鲁克(Mary Herbert Pembroke,1561—1621),是亨利·西德尼爵士的女儿,她的父母都与英国王室有着密切关系,她也是著名诗人、学者菲利浦·锡德尼爵士(Sir Philip Sidney,1554—1586)的妹妹。玛丽在人文主义的浓郁传统中成长,接受了良好的人文教育,阅读神学原著、学习诗歌、音乐、法语、古典文学、希伯来语和修辞学等。在现代语言和拉丁语、修辞和音乐方面有很高造诣。她以文学创作、翻译和对于文学艺术的庇护而声誉卓著,她对文艺复兴时期的英国文学产生了不可磨灭的影响,她的虔诚、美德和博学给她周围的人留下了深刻印象。她的威尔顿庄园一度成为学者、诗人和戏剧家的庇护所。她积极传播意大利文化和文学,翻译过彼得拉克及欧洲其他作家的作品,在菲利普·锡德尼去世后她完善了锡德尼的牧歌传奇《阿卡迪亚》(Arcadia),并编辑整理锡德尼的作品。

人文主义思想影响了英国上层社会的妇女,但毕竟范围有限,据约翰·盖依(John Guy)的研究,在都铎王朝时期,英国受过高等教育的女性大约在15—20位,甚至更少,凯西·林恩·爱默森(Kathy Lynn Emerson)的研究则表明16世纪英国的女学者有50位②。尽管如此,人文主义者的家庭和其他政治文化因素共同促进了英国女性文学的第一次繁荣。女性世俗文学得到发展,女作家主要集中于贵族阶层,以各种不同的方式与宫廷或教会相联系。伊丽莎白一世(1533—1603)自己舞文弄墨,也喜欢有学问的女性,宫廷不仅鼓励女性从事写作,而且成为培养女性世俗创作的场所,一些活跃的女性作家和学者从事研究、翻译和文学创作,她们的著作或者公开出版,或者仅仅作为一种交往形式、一种宫廷礼仪,在宫廷、贵族女性之间传播,成为女性之间友谊和联络的重要方式,也助长了女性文学和学术社群的形成。与此同时,一些处于宫廷边缘或中产阶级阶层的女性也开始了世俗文学的创作,写作的文类包括书信、日志、戏剧、散文、诗歌小说、历史叙述、牧歌传奇等。

---

① Doris Mary Stenton, *The English Women in History*, London: George Allen & Unwin Ltd.,1957, p.123.
② Amanda Capern, *The Historical Study of Women: England,1500-1700*, New York: Palgrave Macmillan, 2008, p.264.

书信一直是女性最主要的交流方式和女性最喜爱的文类。15世纪诺福克郡帕斯顿家族的**玛格丽特·帕斯顿**(Margaret Paston, 1423—1484)等四位女性参与创作的《帕斯顿书信集》(*The Paston Letters*, 1420—1504),从女性的角度记录了15世纪英国的社会、家庭生活,成为后世家族研究、婚姻、法律、经济研究、文学史研究、妇女自传传统、女性书信体文类写作研究的重要文献。16世纪,中产阶级出身的**伊莎贝拉·惠特尼**(Isabella Whitney, 1540—1573)的《书信集》(*Copy of a letter*, 1567)表现了鲜明的女性声音,探讨了性别关系和女性的性道德,控诉男性对于女性的背叛。惠特尼也是迄今为止发现的英国第一位出版诗集的女性,她留给后世的有诗集《一束芬芳的花》(*A Sweet Nosegay*, 1573)等。**艾米利亚·兰耶**(Amelia Lanyer, 1569—1645)创作的长达1840行的诗歌《你好,犹太人的神王》(*Salve Deus Rex Judaeorum*, 1611)被后世称为"英国现代早期女性创作的圣经史诗作品,它从女性的角度重新讲述了基督的故事",是对圣经历史的改写,强调为耶稣哭泣的女人们的作用以及童贞女玛丽亚的痛苦,表现了对于清教的女性核心观念——夏娃的原罪——的拒绝①。兰耶的作品表现了她在神学和政治观念上的激进态度,主张女性与男性在宗教和社会上的平等。伊丽莎白时代最多产的女作家、诗人、翻译家、剧作家是**伊丽莎白·卡利**(Elizabeth Tanfield Cary, 1585—1639),她是自学成才的语言学家,精通5种语言,也是11个孩子的母亲。她的作品大部分遗失,最著名的《玛丽亚的悲剧》(*The Tragedie of Mariam*, 1613)是迄今所发掘的英国文学史上第一部女性创作的剧本②。

17世纪,女作家及作品数量大增。据不完全统计,在1600—1700年间,共有231位女性出版了作品,但大部分集中在1650年后。据艾莱恩·霍贝(Elaine Hobby)的研究,1649—1688年间,有70位女性创作了130部作品③,这些作品反映了流亡法国、荷兰的英国皇室女性的体验。这个世纪,也被视为英国女权主义产生的时期,女作家作品中的女性声音、女性视角明显突出,出现了批判控制女性的宗教观念以及质疑传统性别观念的作品,女性写作的内容表现出广泛的社会关怀,表现出女性对于宗教的沉思与精神的探索以及对于世俗生活中的友谊、爱情与婚姻本质的思考,而且涉及某些重大的政治事件,产生了以历史事件为中心的传记和自传作品。女性的视野也超越了地域的限制和国家的范围,出现了表现女性旅行体验的作品;女性通俗作品获得发展,出现了职业女作家,特别是在向公众直接发言的戏剧领域,女性占据了重要地位,她们不仅翻译古典戏剧,而且创作了大量供上演的剧本。

阿弗拉·班恩(Aphra Behn, 1640—1689),是英国乃至欧洲第一位"靠给现代

---

① Amanda Capern, *The Historical Study of Women: England, 1500-1700*, p. 270.
② Margaret Drabble ed., *The Oxford Companion to English Litevature*, 第6版,外语教育出版社/牛津大学出版社,2005, p. 177.
③ Amanda Capem, *The Historical Study of Women: England, 1500-1700*, p. 280.

大众市场的观众写作谋生的女性"①。她的生活充满了传奇色彩,她曾到过南美的英、荷殖民地苏里南。英荷战争期间,她受英王委派前往安特卫普刺探情报。她当过演员,曾因负债而进过监狱,出狱后开始靠写作谋生。她是复辟时期最多产、最成功的女剧作家,戏剧创作是她重要的生活来源。自1670年创作第一部戏剧开始,她创作了19个剧本,大部分在伦敦上演,其中以《漫游者》(The Rover,1681)、《城市女财主》(The City Heiress,1682)和《财运》(The Lucky Chance,1686)等最为著名。她的作品表现伦敦市民心态和风俗,抨击不平等的婚姻和牢狱般的家庭生活。17世纪80年代后,她开始翻译、写作诗歌和小说,她的诗歌采用田园诗的形式,创造了一个不受政治、习俗约束的社会。她的小说促进了英国言情小说这一文类的发展,揭开了异性爱的面纱,表现了女性的欲望和女性间的友情,触及乱伦、同性恋以及个人与社会的关系等问题。最著名的是以苏里南为背景的小说《奥鲁诺克》(Oroonoko, or The History of Royal Slave,1688),充满了异国情调,表现了非洲土著与白人殖民者的斗争,后世学者通过它研究种族压迫和性别压迫之间的相互关系以及女性主体性与政治及性的关系问题。班恩去世后葬在西敏寺。在弗吉尼亚·伍尔夫看来,班恩的生涯比她的作品更重要,所有的妇女都应在她的墓前献束鲜花,因为正是她为她们争取了言说的权利。

玛格丽特·卡文迪什(Margaret Cavendish, Duchess of Newcasle, 1623—1673),是英国传记史上第一位为丈夫作传的妻子,也是最早思考历史写作与历史真实问题的女作家。她创作了《我的出生、教养和生活的真实故事》(A True Relation of My Birth, Breeding and Life,1656)和《高尚的生活——威廉·卡文迪什传》(The Life of the Thrice Noble Life, a Biography of William Cavendish,1667),并为她获得了声誉。她也毫不掩饰自己为了出版和荣誉而写作,她把写作视为获得荣誉和消磨时间的最佳方式。因此,当许多女性匿名发表作品时,她以真名发表作品。她的创作包括散文、诗歌、小说、戏剧、演说及书信等。她的传记作品表现她和丈夫双方亲属的生活,记录了战争和政治给家庭带来的影响,表现了她自己的社会身份、教育、命运、成长和婚姻以及她的个性和雄心壮志,其中渗透着她关于自然、哲学、写作、政治、阶级、性别的独特观点。她认为女性与男性一样具有学习的能力,智慧是天赋的,知识是人为的,女人拥有与男性相同的智慧,只是由于男人比女人有更多的机会而变得博学。她的小说也有意识地探讨了性别、权力和行为方式等问题。玛格丽特·卡文迪什也是最早对自然科学和哲学这些男性主导的领域感兴趣并著书立说的女性,她撰写了一系列有关自然科学和哲学的论著。她认为,哲学语言应该便于思想的交流,写作的目的是清晰传达思想,她的著作避免生僻的词汇,便于读者阅读。她的《新世界的描绘》(The Description of a New World,1666)是最早的科幻小说之一。

处于世纪之交的**玛丽·阿斯泰尔**(Mary Astell,1666—1731),被称为"文艺复

---

① Cissie Fairchilds, *Women in Early Modern Europe 1500-1700*, New York: Longman, 2007, p. 180.

兴时期的最后一位知识女性"、"现代第一位女权主义者"①。她出身于中上层阶级,父亲是坚定的保皇派和圣公会信徒。阿斯泰尔没有受过正规教育,但从她的叔叔(圣公会教士)那儿接受了良好的教育,涉猎了哲学、数学、神学、历史、政治学和古典文学。父亲去世后,她与母亲、姑母生活在一起,在她们相继去世后,没有嫁资又无依无靠的阿斯泰尔前往伦敦,住在文人和艺术家聚集的切尔西(Chelsea),与当时颇具影响力的女性文学圈建立了密切联系,在她通向学术和文学的艰难道路上,得到过这个圈子里的女文人们的帮助。阿斯泰尔终身未嫁,靠贵妇的资助和卖文为生,一生创作了6部作品,最后死于乳癌。她最著名的作品是《为了女性的真正、伟大的利益给女士们的严肃忠告》(*A Serious Proposal to the Ladies, for the Advancement of Their True and Greatest Interest*, 1694),这部著作流传甚广。她在书中建议为女性建立一个新型的机构——"隐修院",为妇女提供宗教和世俗教育。她规劝女性应该超越母亲和修女的角色,不应该只想着衣帽设计师和裁缝,应该放下剪刀、针线,成为在情感和思想上独立自主的人。她所设想的"隐修院",没有传统修道院的权威控制妇女的精神,也没有男人的暴力和专制,妇女在这里具有高度的个人自由,她们过着贞洁、虔诚、自尊、献身于上帝的社团生活,在祈祷、沉思、谈话、阅读中获得安宁与快乐。这个隐修院是一个"为上帝的王国储备虔诚、谨慎的妇女的高等学校",她们在这里获得丰富的知识、美德、尊严和自由发展的个性,并引导和启发其他女性,有知识的母亲将教育后代使之将家族的荣誉流传后世,单身知识女性将向高尚人士的子女提供高尚的教育,并满怀充盈的爱照顾老弱病残和被抛弃的人。在批评婚姻制度的著作《反思婚姻》(*Some Reflections on Marriage*, 1700)中,阿斯泰尔提出:女性与男性同样具有理性,"如果男人生而自由,为什么女人生而为奴?"她被认为是对她的同时代人产生重大影响的第一位女性政治作家②。她的教育思想对18世纪的女性教育思想产生了很大影响。

三、18世纪:中产阶级女作家的崛起

18世纪,古典人文主义学术受到强调理性的启蒙哲学和现代话语的挑战。17世纪的宗教论争让位于商业主义,贵族中心的文化价值取向和艺术趣味转向资产阶级中心的价值观念和趣味。法律、医学、科学、政治、文学成为职业,伴随着社会转型的宗教、思想和社会运动深刻地影响了女性的生活、文学观念和文学创作。妇女一方面依然遵从着传统循规蹈矩地生活,另一方面则对传统的性别观念和文学观念提出挑战。中产阶级的妇女不仅从事文学创作,而且参与甚至主持出版、印刷、书刊销售业,在伦敦形成了一个女性出版网络,出版业中女性的存在对文学趣味、文化时尚、情感结构和公共意见形成了不可忽略的影响,被时人称为"格拉布街

---

① 马格丽特·金:《文艺复兴时期的妇女》,刘耀春、杨美艳译,东方出版社,2008年,第312页。
② Amanda Capern, *The Historical Study of Women: England 1500-1700*, p.310.

上的女人问题"①。1762年,一篇评论伊丽莎白·卡特(Elizabeth Carter,1717—1806)②的文章写道:"也许我们都记得那样一个时代:把一个女人的会拼写视为了不起的现象,把一个能读会写的妻子视为奇迹,但是现在情况发生了变化,男人退却,女人前进,男人打扮,女人阅读、写作,因此,她们占了我们的上风毫不足怪。如果下个世纪男人编织、做针线,女人做古典学术演讲,我们将毫不惊异。"③这段评论表现了男性对于女性从事文学的焦虑,女性的文学成就动摇了既定的性别差异和社会差异结构。中产阶级妇女成为文学的读者主体和文学创作的主力,女性出版的作品在18世纪中期占总出版量的40%,到18世纪末占2/3④。女性在小说和诗歌领域取得了前所未有的成就,但在直接向公众言说因而历来被统治者控制的戏剧领域,一向是女性最难进入的领地。自17世纪女剧作家被接纳到18世纪,终于产生了以戏剧谋生的女演员、女明星和一大批女剧作家。1620—1823年间,英国女性创作的已知的剧作有600部,将近200部创作于1770—1800年间⑤。兼具戏剧家、演员和小说家于一身的**伊丽莎白·因契伯德**(Elizabeth Inchbald,1753—1821)是18世纪最受观众欢迎的剧作家。她一生创作、改编、翻译了20多部剧作,其中大部分剧作在伦敦剧院上演并出版。她在去世前烧毁了4卷本的自传。许多女作家兼具小说家、诗人、戏剧家的多重身份,采用丰富多样的文类——小说、日记、回忆、书信、政论、随笔、戏剧等等,表现中产阶级的日常生活和经验。如将天花疫苗引进英国、因与蒲伯论战而著名的**玛丽·沃特利·蒙塔古夫人**(Lady Mary Wortley Montagu,1689—1762),她的通信作品《土耳其信札》(*Turkish Letters*,1763)深受伏尔泰赞赏,她的拉丁文、法文译作和文学评论、诗体杂感表现了其独特见解。以戏剧、诗歌和教育闻名的**汉娜·莫尔**(Hannah More,1745—1833),深受约翰逊博士的赏识,其改编并创作的大量剧本深受观众喜爱。1789年,她与妹妹玛莎(Martha)在一位福音派银行家、下院议员的资助下创建了一所主日学校,她还深入矿区和乡村进行扫盲教育,至1795年她筹建了9所学校,有些一直延续到20世纪⑥。与此同时,她还编写了大量的教材探讨学术研究和女性教育问题。

　　18世纪产生了一大批思想深刻、情感激烈、政治上激进的女作家,她们通过写作探讨女性的教育、成长、性爱、婚姻、家庭、性别、男性气质、同性友谊、阶级与社群、情感与理性以及政治、宗教和经济问题,表现出鲜明的女性意识和对于社会、政治问题的敏感,表达了她们对于时代主潮——理性主义、科学主义和商业主义的思考、焦虑和批判。

---

① Viven Jones ed., *Women and Literature in Britain*, *1700-1800*, Cambridge: Cambridge University Press, 2000, p.135.
② 学者,诗人,精通多种语言,在古希腊研究领域造诣颇深。
③ Viven Jones ed., *Women and Literature in Britain*, *1700-1800*, p.1.
④ Ibid., p.156.
⑤ Ibid., p.239.
⑥ 王晓焰:《18—19世纪英国妇女地位研究》,人民出版社,2007年,第115页。

女权主义者玛丽·沃尔斯通克拉夫特(Mary Wollstonecraft,1759—1797)在世时因其激进观点受到攻击,在去世后的200年间被尊为女权主义先驱。童年时期她经历了父亲的为所欲为和家庭暴力,当她离开家庭步入社会后,又遭遇了一个没有接受过正规教育的未婚女性面临的种种困境。她经历了两次失败的婚姻,甚至绝望到自杀,后与威廉·葛德文相爱并结婚,却在分娩后死于产褥热。她的生存和死亡都与她的性别相关。1787年她出版了《对女儿教育的思考》(Thought on the Education of Daughters),抨击儿童教养和教育的现状,呼吁提高妇女的教育水平,主张儿童教育应在中产阶级气质——自律、诚实、节俭和理性——的形成中发挥重要作用。1788年创作了《玛丽,一部小说》(Mary, A Fiction)和《来源于真实生活的新奇故事》(Original Stories from Real Life),探求不幸婚姻的根源,抨击父权婚姻体制,批判为了经济利益而结成的无爱婚姻使男女在婚外寻求爱欲和情感的满足。她去世后出版的自传体小说《玛丽或妇女的苦难》(Mary and the Wrongs of Woman, 1798)被认为是最具女权色彩的作品,通过被丈夫虐待并被关进疯人院的女主人公的悲惨命运,揭露父权制的法律、风俗和惯例对妇女的迫害。沃尔斯通克拉夫特在小说中批评流行的感伤主义和浪漫想象、过度沉湎于感情的妇女观,反映了女性在性爱及生育上的不自由,女性在父权社会遭遇的性暴力和性压迫,抨击英国法律和司法体制的不公正,引起了当时保守人士对于她激进的道德观和政治观的攻击①。在被称为最早的女权主义哲学著作《为女权辩护》(A Vindication of the Rights of Woman with Strictures on Moral and Political Subjects,1792)中,她提出男女在上帝的眼里是平等的,在生活和道德方面具有与男性同等的权利,妇女不是社会的装饰、婚姻中可以买卖的财产、男性的献媚者和玩物,她们之所以愚笨、肤浅,是因为她们从小被教育注重身体的价值、屈从于感情、缺乏理性。她提出,只有具有良好教育的妇女才可能成为孩子的教育者、好妻子、好母亲,才能有益于民族。沃尔斯通克拉夫特的思想打上了启蒙主义的烙印。她的著作以中产阶级为诉求对象,反映了中产阶级的世界观和价值观念,抨击专制制度和贵族世袭特权,提倡自由、民主,相信进步和理性。

与玛丽·沃尔斯通克拉夫特截然相反,感伤主义作家**范妮·伯尼**(Fanny Burney,1752—1840)的创作典型地体现了工业主义、理性主义时代情感、同情的价值。她是18世纪后期最受欢迎的女作家。范妮·伯尼一生横跨两个世纪,特殊的经历使她密切接触了当时英国社会的文化中心和时代潮流。她的戏剧、小说、诗歌和大量的日记书信成为后世理解18世纪英国社会的重要文献。范妮的父亲查尔斯·伯尼(Dr. Charles Burney,1726—1814)是杰出的音乐家和学者,弟弟查尔斯·伯尼(Charles Burney)是著名的古典学者,妹妹萨拉·伯尼(Sarah Burney,1772—1844)也是小说家。范妮8岁时全家迁往伦敦,接触了父亲周围的著名朋友,并与女学者社团"蓝袜子"往来密切。她没有受过正规教育,在家自学,博览群书,阅读

---

① Pamela Kester-Shelton ed., *Feminist Writers*, Detroit: St. James Press, 1996, p.526.

涉及历史、诗歌、戏剧、小说、礼仪等。她10岁时开始自娱自乐地写作,一生创作了4部小说、8部剧本、1部传记和20卷日记、书信。16岁时匿名发表了她秘密写作的第一部小说《伊芙丽娜》(*Evelina or The History of a Young Lady's Entrance into the World*),表现了天真、纯洁、教养良好但没有经验的年轻女子进入社会过程中的种种遭遇,提出了女性的成长和教育问题,充满了感伤情调。伯尼在小说获得好评后公开了真实身份,正式进入文学界。她的小说大多表现爱情与婚姻、父权社会中女性的尴尬处境,充满感伤主义色彩。与理性主义相对,感伤主义强调人内在的感受能力及其在社会道德中的重要作用,作者通过情感漫溢的主人公和弥漫于小说中的感伤情绪,表现充满情感和同情的道德关怀,批判社会冷酷无情的功利主义和生硬的理性逻辑。伯尼最主要的贡献是她的日志和书信,她终身保持写日志的习惯,她与家庭成员和朋友的通信及日记详细记述了日常生活、阅读札记、来访过的艺术家等。1787—1791年,她在宫廷服务期间,创作了《宫廷日志》(*Court Journals*),1793年她嫁给法国一位流亡贵族,并于1802至1812年居住法国期间写了大量的书信,描绘她在法国的生活。1832年出版3卷本的《回忆伯尼博士》(*Memoirs of Dr. Burney*)。去世后,她的侄女夏洛蒂·巴雷特(Charlotte Barrett)编辑了7卷本的《达布莱夫人的日记、书信》(*The Diary and Letters of Madame D'Arblay*,1778—1840),于1842至1846年间在伦敦出版,成为后世研究18世纪后期至19世纪早期英国社会生活和道德风尚的重要文献。

在18世纪的英国女性文学史上,哥特小说的代表人物**安·拉德克利夫**(Ann Radcliffe,1764—1823)是不能忽略的女性,透过她的小说,可以窥见在那个辉煌的世纪,英国女性乃至英国人隐秘的恐惧和焦虑。她出身于伦敦一个商人家庭,22岁时嫁给一位律师,她生性羞涩,因此过着离群索居的生活,在丈夫的鼓励下开始小说创作。她创作了《乌多尔夫的秘密》(*The Mysteries of Udolpho*,1794)和《意大利人》(*The Italian*,1797)等6部哥特小说,对当时及后世作家如司各特、华兹华斯、柯勒律治、雪莱夫妇、济慈、拜伦、勃朗特姐妹、狄更斯、萨克雷及达夫妮·杜·穆里埃等产生了不可磨灭的影响。正是由于安·拉德克利夫,哥特小说才被严肃认真对待。她的小说叙述感伤、敏感的女主人在阴暗、神秘的中世纪城堡中所经历的种种奇异事件和内心的迷惑、恐惧,陌生的外在环境与未知的内在自我相呼应,表现了女性走向成熟的心路历程。异国情调、结构复杂、具有超自然力量的城堡所象征的陌生、险恶的环境中隐藏的与性、婚姻相关的阴谋、禁闭和暴力,表现了女性对于家庭乃至性道德的不安和矛盾心理,同时也体现了在传统与现代的转型时期,充满鬼魅且正在崩溃的中世纪庄园生活方式的瓦解。它的瓦解与存在同样令人不安、邪恶、黑暗、危险与仙境般的美丽并存,正是这种心态的折射。安·拉德克利夫小说中无处不在的暗示、沉默、空白、朦胧同与世隔绝的城堡中的男女内心的焦躁不安、身份的不确定、无缘由的恐惧密切相关。令人不寒而栗的阴影、月光、风景、火光激起的怪诞和不确定性都是对于理性主义的一种反动,这某种意义上说体现了女性远离主流的立场。

四、19 世纪：女性文学的繁荣

19 世纪，女性的生活状况和文学传统都发生了前所未有的转变。"为争取选举权而斗争，要求获得财产权、离婚后获得孩子的监护权、进入高等教育机构，为成为医生、护士、律师和新闻工作者而学习的权利；组织贸易联盟，经商，写作畅销书，女性已经如此引人注目，以致到世纪末，所谓的女性问题——妇女在社会中的恰当地位的问题——成为当时思想家们关注的重要范畴。"① 在文学领域，女作家创作了数量超过先前所有世纪的文学作品，既粗制滥造了难以计数的通俗小说和戏剧，也留下了大量堪称经典的杰作。她们的作品关注现实妇女的命运，表现女性处境的阴暗面，探讨两性关系、母亲角色、孩子抚养、女性犯罪等问题，有些作家甚至把没有自由和人格独立的女性的生活视为奴隶般的生活，她们塑造新女性，甚至幻想出女性的乌托邦公社。女性文学的传统题材——爱情、婚姻——依然占主导地位，但被注入了新的时代因素，以两性关系和家庭为中轴，聚焦社会、政治问题，通过性、爱情、欲望、婚姻等两性关系探讨传统与现代价值观念之间的冲突与调和、乡村庄园生活与城市文明、自然的世界与人为的世界、工业主义时代的宗教信仰、财产法与海外殖民、男性主义与殖民主义、男性气质与家庭和社会暴力等等重大问题，展示出女作家从日常生活经验出发对于时代变迁的反应，表现出与男性不同的伦理关怀，"她们强调家庭、社群和责任，强调与自然合作而不是占有"②，强调同情、情谊和相通而非两极对立。

在保罗·史略特（Paul Schlueter）和琼·史略特（June Schlueter）所编的《英国女作家百科全书》（*An Encyclopedia of British Women Writers*, 1988）中所收录的 400 位女作家中绝大部分属于 19 世纪。随着越来越多的女作家的发掘，学者们发现 19 世纪出版的一半小说和诗歌出自女性之手。仅 1760 至 1830 年间，共有 339 位署名的女诗人和 82 位匿名的女诗人出版了诗歌，她们写作英雄诗剧、斯宾塞体、颂诗、传奇、歌谣、十四行诗、抒情诗和儿歌③，表现自然、爱欲、死亡、宗教和社会问题。如具有强烈宗教关怀并在英国诗坛具有重要地位的**柯里斯蒂娜·乔治娜·罗塞蒂**（Christina Georgina Rossetti, 1830—1894），其诗歌以质朴自然的形式表现她的宗教信仰、世俗世界的无聊和人生的苦难。而颇具传奇色彩和影响力的**伊丽莎白·巴雷特·勃朗宁**（Elizabeth Barrett Browning, 1806—1861），则以其感情细腻、笔调婉约、格律严谨的爱情诗在诗歌领域赢得了一席地位。在被文学史家称为戏剧衰微的 19 世纪，最受公众欢迎的剧作家是**乔安娜·贝利**（Joanna Baillie, 1762—1851）。在通俗文学极度繁荣的 19 世纪，每一打通俗作家中女性就占 10 位，最多

---

① Sandra M. Gilbert and Susan Gubar eds., *The Norton Anthology of Literature by Women: The Traditions in English*, London: W. W. Norton & Company, 1996, p.283.
② Annek Mellor, *Romanticism & Gender*, New York: Routledge, 1993, p.3.
③ Ibid., pp.7-10.

产的小说家是女性。安东尼·特罗洛普的母亲法兰西丝·特罗洛普(Frances Trollope,1780—1863)、玛格丽特·奥利芬特(Margaret Oliphant,1828—1897)等女作家创作了近百部作品。女作家群庞大的人数和作品数量、五花八门的文类、明确的政治社会意识和性别意识、艺术形式上的自觉,极大地丰富了英国文学,也产生了广泛的社会影响。

在19世纪灿若星河的女作家群中,玛丽·雪莱、简·奥斯汀、伊丽莎白·勃朗宁、夏洛蒂·勃朗特、艾米莉·勃朗特、乔治·爱略特、盖斯凯尔夫人等是最具影响力的经典作家。

玛丽·雪莱(Mary Wollstonecraft Shelly,1797—1851),玛丽·沃尔斯通克拉夫特与葛德文的女儿,雪莱的妻子。就其生活经历、思想观念和文学创作而言,玛丽·雪莱是典型的浪漫主义者。17岁时她与22岁的雪莱一见钟情,这是两颗动荡不安的灵魂的相遇,一种要不断地改变生活的强烈愿望一直困扰着他们,终其一生,他们都过着动荡不安的生活,玛丽觉得不论她身在何处,都是一个落魄异乡的游子,哪怕是在自己的祖国。玛丽·雪莱的创作表现了鲜明的反理性主义、反科学主义倾向和对于人类未来的忧虑。玛丽·雪莱并不是多产的作家①,但在西方文学史上却占据着重要的地位,她被尊称为科幻小说的鼻祖,她的小说《弗兰肯斯坦——现代的普罗米修斯》(Frankenstein, or The Modern Prometheus,1818),最早表现了科学给人类带来的毁灭性灾难,人类为科学所付出的巨大代价。玛丽在小说中不仅探讨了科学与自然、科学与人性、人与自然的关系,而且提出了一个重要的命题:伟大、良好的愿望同样可以制造出恶魔,并给凡人的生活带来毁灭和灾难,一个人必须为自己的行为负责。小说表现的是人造人的科学命题以及由此引发的宗教思索,其中蕴含着玛丽作为女性对于创生与死亡体验的隐秘表达,一种对于创造生命的渴望、对于生育的憎恶、对于新生命诞生的恐惧和"对婴儿照料不周"②而招致的死亡所带来的内疚和忏悔。这种矛盾复杂的情感来自于玛丽·雪莱的不断生育和孩子夭折的独特体验。综观玛丽·雪莱的作品,其中最震撼人心的正是那些表现死亡与毁灭主题的作品,创生、死亡、复活这些主题不断出现在她的作品中。以英国为背景的科幻小说《最后一个人》(The Last Man,1826),以一个牧羊人为叙述者,描写英国瘟疫流行,人类逐渐毁灭,剩下牧羊童孤身一人四处流浪,到2100年时他不觉置身于罗马废墟中,成为人类的最后一个幸存者。

夏洛蒂·勃朗特、艾米莉·勃朗特、安妮·勃朗特三姐妹堪称世界文学的奇迹。她们出身于英国北部约克郡霍沃斯的一个牧师家庭。父亲是爱尔兰人,他具有坚忍不拔的毅力、无所畏惧的精神以及斯巴达克式的刻苦。当勃朗特先生参加

---

① 雪莱死后,玛丽于1823年回到英国,经济拮据,靠写作维持母子的生活。她的作品包括长篇历史传奇小说、科幻小说以及短篇小说,短篇小说结为《玛丽·雪莱短篇小说故事集》,剧本有《冥后》(1822)等,两部游记是《法、瑞、德、荷六周旅行记》(1817)和《德、意漫游记》(1844),并编辑出版了雪莱诗、文集。

② 埃伦·莫里斯:《文学妇女》,见玛丽·伊格尔顿编:《女权主义文学理论》,胡敏等译,湖南文艺出版社,1989年,第207页。

教区活动时,勃朗特夫人则安静地呆在牧师公馆里不停地生孩子。她嫁给勃朗特先生时29岁,38岁时离开人世,留下6个孩子,后来两个女儿在寄宿学校夭折,幸存下来的4个孩子,即夏洛蒂、艾米莉、安妮和勃朗维尔都表现出异常敏感的个性和卓越的艺术天赋,在"与世隔绝"的牧师公馆,她们在读书、创作、表演、出版的游戏中度过了童年和少年,沉浸在自我表达的狂热中。她们的创作是她们白日梦的曲折表达,是她们生活的一部分。她们既不想让人们知道作者的女性身份,也不想进入公众的视野,隐姓埋名可以使她们自由表达自己内在的热情。三姐妹早期的诗作合在一起冠以中性的假名出版,但却只卖掉过两本。除了姐姐夏洛蒂,她们在世时没有享受其作品带来的荣誉和幸福。

夏洛蒂·勃朗特(Charlotte Brontë,1816—1855)的《简·爱》(Jane Eyre,1847)是举世公认的经典之作。小说采用灰姑娘故事的叙述框架,结合成长小说和哥特小说的因素,通过一个孤女的成长经历,表现了阶级、性别地位低下的女性对于平等和独立人格的强烈要求,因此被视为女权主义的先驱之作。更主要的是,小说表现了爱情与婚姻、道德与感情、女性自我意识与激情之间的冲突。正如戴维·洛奇所说:"一个人社会行为的现实世界和充满激情的自我意识的世界之间的冲突是这部小说中的重要主题","为求得自我实现而进行的本能的、激情的、非伦理的、不问代价的努力,受到了必须遵守的基督教信条的伦理规范以及在人类事务中遵循理性原则的约束。热情与理智、情感与判断、冲动与良心之间总是处于对话之中"①。男女主人公遵循感情的召唤,经过种种折磨,最终超越门第、年龄和道德原则而结合。哥特式的因素,如中世纪式的庄园、拜伦式的男主人公、阁楼上的疯女人、自然界的元素——土、水、气(风)、火等等,既表现了男女主人公动荡不安的内心生活,也体现了作者对于爱情和婚姻既渴望又恐惧的矛盾感情,这种矛盾造成了简·爱的人格分裂,她既遵循女性的社会角色和传统定规,渴望结婚,成为庄园的女主人,另一方面又对于这一命运充满了怀疑和抗拒。20世纪西方女性主义批评者苏珊·格巴(Susan Gubar)和桑德拉·吉尔伯特(Sandra Gilbert)在其《阁楼上的疯女人》(The Madwoman in the Attic,1979)中,通过对于简·爱与伯莎关系的分析,认为疯女人伯莎正是简·爱的另一面,她是简反抗性的体现,她的死亡也意味着简反抗性的压抑和消失以及其分裂人格的治愈。《简·爱》一经问世便大获成功,因此,夏洛蒂·勃朗特是三姐妹中唯一在世时享受盛名的人,但与此同时,她也是活得最为痛苦的一位,她在半年多的时间内经历了弟弟和两个妹妹的相继去世,她在38岁时与父亲的副牧师结婚,9个月后因患妊娠败血症而离世。

爱米莉·勃朗特(Emily Brontë,1818—1848)就更为不幸。与19世纪英国的许多女作家一样,爱米莉·勃朗特是那种囿于家庭,但又依赖家庭、无法离开家庭的女作家典型。除了几次痛苦而又短暂的离家外,爱米莉终身在那孤寂地坐落在

---

① 戴维·洛奇:《火与"爱":夏洛蒂·勃朗特的尘世元素之战》,见杨静远主编:《勃朗特姐妹研究》,中国社会科学出版社,1983年,第526页。

荒原上的牧师公馆,过着与世隔绝的生活。爱米莉与夏洛蒂一样,对外面的世界怀有深深的不适和恐惧。由此,人们推断,爱米莉的生活中没有奇遇,据说她也从来没有恋爱过。就其性格而言,爱米莉是那种由相反的因素奇特地组合在一起的人。"她在行动中羞怯异常,娴静闲散,拘谨扭捏",但思索时却感情强烈,独立不羁,性格坚强,想象丰富奇特。她像男人一样刚强,像孩子一样单纯。所有一个女人生活的局限、狭窄和封闭以及循规蹈矩都在她的想象世界中得以超越。爱米莉是那种拒绝现实生活而靠高水平的想象力来维持激情的、诗意地生存的天才,她将自己闭锁在自己的冥想之中,无法也不愿适应外部世界纷扰的生活,在她那平静的表面下,激情的地火在奔突。与其说,她的作品是她生活的曲折表达,不如说是她被压抑的隐秘激情的宣泄。她的生活与她的作品之间存在着巨大的鸿沟。她的《呼啸山庄》(Wuthering Heights,1847)因其粗犷恢弘的气质、强烈激越的情感和恶棍式的英雄人物不为世人理解,但爱米莉与世隔绝的生活和隐秘的情感体验以及《呼啸山庄》复杂的象征意义,使她成了英国文学中的"司芬克斯"之谜。《呼啸山庄》表现了悲剧性的激情,激烈的言辞和行动,暴烈的性格,疯狂的行为,丑陋的人物,超现实主义的元素——梦境、通感、鬼怪、夸张、恐怖、怪诞。在家庭琐事中描写波澜壮阔的情感世界、奔放的情绪。创造了性格暴烈而软弱的人,在恋爱中遭受的屈辱和痛苦。《呼啸山庄》以爱情为中心主题,表现了两个家庭三代人之间错综复杂的关系。小说熔家族小说、复仇小说与哥特小说于一炉,但又超越了传统的家庭、爱情、婚姻小说模式,诸如不顺利的爱情、欲望的延宕、不平等的婚姻、有情人终成眷属等等,正如评论家莫里斯·梅特林克所说:《呼啸山庄》表现了凯瑟林和希斯克里夫那种"令人惊异的如饥似渴的、占有欲的、完全超越道德规范的爱情","任何爱情与她所描绘的相比都会苍白无力,只不过是逢场作戏罢了"①。这部小说的另一种魅力则在于它浓郁的地域色彩,它对于荒原的描绘"反射出盐碱沼地贫瘠的光泽和荒凉的魅力"②,寂寞的沼泽峡谷、被风雨摧残的荒野、寒冷的空气、绕屋咆哮的狂风、坚硬的土地、暴风雨之夜的悬崖以及那荒凉的盐碱沼地,具有鲜明的浪漫主义色彩,形象地传达了苍凉荒原惊心动魄的狂野。

盖斯凯尔夫人(Elizabeth Cleghorn Gaskell,1810—1865),曾为夏落蒂·勃朗特作传,她的小说表现了英国社会变革中各个阶层的生活状况,是19世纪众多反映工业化图景的作家中最具代表性的一位。她的创作灵感来自于她所生活的乡村小城镇和英国工业革命的腹地曼彻斯特,她的小说提供了对英国动荡不安的工业社会最为生动的描写。她的小说《克兰福镇》(Cranford,1853)和《妻子与女儿》(Wives and Daughters,1866)展示了英国小城镇的生活风貌及价值体系,表现出对于自然和乡村小镇生活的怀念。她22岁时来到曼彻斯特,深切地体验了现代工业

---

① 莫里斯·梅特林克:《论艾米莉·勃朗特》,见杨静远主编:《勃朗特姐妹研究》,中国社会科学出版社,1983年,第215页。
② 阿·查·史文朋:《艾米莉·勃朗特》,见杨静远主编:《勃朗特姐妹研究》,第208页。

化的城市与传统的乡村小镇的差异,她从城乡、南北比较的视野审视曼彻斯特,她的两部工业小说《玛丽·巴顿》(Mary Barton,1848)和《南方与北方》(North and South,1855)都以曼彻斯特为背景,表现了城市环境、工厂制度、与工厂相关的诸阶层的日常生活和精神世界,特别是工人阶级的精神状态和文化状况,表现工业化进程中英国发生的本质性的转变,以及这种转变给人的生活、情感和信仰带来的巨大影响。《玛丽·巴顿》被称为"令人心碎的工业主义小说",它表现了19世纪40年代工业化带来的苦难,工人阶级家庭的日常生活,最早从乡下迁徙到工业城镇的那一代人的处境,都市工业环境引起的疾病、死亡,人精神的麻木僵化、阴郁、古怪、偏执、暴力倾向及对于信仰的怀疑,工人阶级与资本家的冲突与对立,以及作者试图以"上帝之爱"解决这种冲突的理想。《南方与北方》则试图探讨二者的和解与融合,这种和解与融合不仅是阶级对立的消除,而且也是传统的乡村价值与工厂主所代表的新型的资产阶级价值融合的象征。小说最后安排了来自南方乡村的玛格丽特与北方城市工厂主桑顿终成眷属,表明两种文化、两个阶层壁垒的打破。正如雷蒙德·威廉斯所说:这场婚姻,"是北方制造业主的务实能力与南方少女发达的感觉能力的一种结合:这一点几乎明确地直接陈述出来,而且被看作是一种解决方式。……被玛格丽特的人性感化以后,桑顿致力于我们今天所谓的'工业中人类关系的改善'";"南方独有的柔情和人性使桑顿敢于进行他的人道主义实验"[①]。

乔治·艾略特(George Eliot,原名 Mary Anne Evans,1819—1880),她以博学、智力超群而著称,熟读《圣经》,博览群书,涉猎天文、地理、数学、昆虫、古典文学、神学、历史、哲学等各学科,精通法、德、意大利语。先后翻译了施特劳斯(David Strauss)的《耶稣传》(The Life of Jesus Critically Examined)、费尔巴哈(Ludwig Feuerbach)的《基督教的本质》(The Essence of Christianity)和斯宾诺莎(Baruch Spinoza)的《伦理学》(Ethics),一度担任《威斯敏斯特评论》(Westminster Review)的主编助理,组织并发表过一系列重要文章。1851年,她与哲学家和文学评论家刘易斯(George Henry Lewes)相识,之后便开始了长达24年的同居生活,这种离经叛道的行为使他们与亲人疏远,并与伦敦的文学界疏离。乔治·艾略特的作品大多围绕乡村和小镇青年男女的爱情、婚姻生活,表现被道德和习俗所禁止或否定的关系,揭示英国的社会、政治危机,通过女主人公的悲剧命运,探讨伦理问题,抨击陈腐的思维方式和两性道德。艾略特小说中的女性由于打破社会规则和传统价值观念而受到社会的批评或排挤,或者由于对于人性错误的理解、遵循内在欲望的驱使而身处困窘、甚至危险的境地。《亚当·比德》(Adam Bede,1859)中的海蒂,因爱慕虚荣、迷恋风度翩翩的亚瑟,被其诱奸怀孕又遭抛弃,海蒂离开家乡在途中分娩,遗弃婴儿又使其死亡,最后以杀婴罪被起诉判刑。《弗洛斯河上的磨坊》(The Mill on the Floss,1860)中的女主人公由于其热情奔放、对于理想感情和崇高的渴望而陷入困境。代表作《米德尔马奇》(Middlemarch,1871—1872)中的多罗茜亚是一个

[①] 雷蒙德·威廉斯:《文化与社会》,吴松江、张文定译,北京大学出版社,1991年,第132页。

有教养、追求崇高境界的女性，但却看错了人，嫁给了一位才智平庸、徒劳无益地陷入故纸堆中的知识分子。美好心灵、崇高的追求与平庸环境之间的反差对照是艾略特小说中的核心主题，她试图通过小说表现"圣灵而充满想象力的天性的苏醒"，她试图"为更高天赋的发挥寻找空间，不管是朝向宗教神秘主义的，还是面向人间温情爱意的"①。

五、20世纪：女性文学的黄金世纪

20世纪女性文学深受妇女运动、女权主义思想和两次大战的影响。对于女性精英而言，女权主义不仅是一种思潮，而且是一种看女性和看世界的立场和思维方式，是所有问题的焦点。质疑男性中心的价值体系和文化标准，表现女性主体性，探索女性身份和女性亚文化，发展姐妹情谊，更新现存世界，被视为女性写作所担负的神圣使命。随着女性普遍接受教育并进入公共领域，有关女性写作的禁忌和限制逐渐被打破，女性的写作也超越了女性性别身份的限定。女作家将性别问题与多灾多难的20世纪中的许多重大问题联系起来，发出了自己独特的声音。

与此思想上的巨大转型相关的是文学观念和表现手法上的革新，表现出对于心理与精神世界高度重视的向内转倾向。正如艾莱恩·肖瓦尔特（Elaine Showalter）所说："弗吉尼亚·伍尔夫和她的同时代作家试图创造一种基于内在空间的力量和一种肯定女性意识高于公共的、理性主义的男性世界的美学，肯定女性完全不同的经验和自我评价。"②女权主义者**梅·辛克莱**（May Sinclair，1863—1946）是20世纪前期最具影响力的作家之一，也是一位对哲学和精神分析学颇有研究并深受其影响的作家。作为"心理研究学会"（Society for Psychical Research）的成员，她对于精神分析深感兴趣，首先提出了"意识流"这一术语，其作品表现出弗洛伊德和荣格的影响，并运用了现代派的艺术和超自然手法。1896年她开始卖文为生，一生创作了20多部长篇小说、2部哲学著作和大量的诗歌、散文、文学评论、新闻报道。她的作品通过女性的社会地位及女性的艰苦奋斗揭露爱德华时代的社会问题，如自传体小说《玛丽·奥利维尔》（*Mary Olivier: A Life*, 1919）涉及酗酒的父亲、控制欲强的母亲以及母女关系、兄妹关系等等。**多萝西·里查逊**（Dorothy Richardson, 1873—1957）是第一位用意识流方法写作的英语作家，其作品表现出与19世纪以来注重外部物质世界的"男性现实主义"完全不同的风格。她在奠定其文学声望的自传体长篇小说《人生历程》（*Pilgrimage*, 13卷, 1915—1938）中，运用意识流手法表现女主人公对自我身份的追寻和女性的深层意识，她肯定女性经验作为文学主题的重要价值，试图探索一种适用于表现女性经验的句法和文

---

① F·R·利维斯：《伟大的传统》，袁伟译，三联书店，2002年，第69页。
② Elaine Showalter, *A Literature of Their Own: British Women Novelists from Brontë to Lessing*, 北京：外语教学与研究出版社/普林斯顿大学出版社，2004, p.298.

风,有意改变标准的句法结构。

将性别问题作为反思家庭制度和西方文明的焦点,继承传统女性文学对于家庭婚姻的矛盾态度,展现家庭的混乱无序、冷酷无情等阴暗面,揭露男性的冷酷、邪恶、自私及女性所遭受的暴力迫害,描写女性的自杀、被囚禁和妓女的悲惨处境,通过两性关系和家庭关系揭露主流价值观念的荒谬,是这个世纪女作家创作普遍的主题。如**艾维·康普顿-伯内特**(Ivy Compton-Burnett,1892—1969)以上层中产阶级家庭为叙述中心的一系列小说,表现在普遍的利己主义价值观念支配下,传统古宅的衰败和堕落,家庭成员之间为了权力和物质利益明争暗斗,充满了乱伦、凶杀、私通和盗窃的人际关系。**琼·里斯**(Jean Rhys,1894—1979)以《简·爱》中疯女人伯莎·梅森为主人公的小说《广阔的马尾藻湾》(Wide Sargasso Sea,1966),让沉默的伯莎开口讲述自己发疯的真相,通过罗切斯特与伯莎的叙述,从男女两性的双重角度揭示了男权主义和殖民主义对于女性的双重利用和迫害,彻底颠覆了传统女性文学中的对于爱情、婚姻和家庭的诉求,揭示男性气质和男性魅力的来源正在于男性的权威、暴力、专断和喜怒无常。**伊丽莎白·鲍恩**(Elizabeth Bowen,1899—1973)的作品通过对于旧式家庭尔虞我诈的人际关系,表现了英国人不正常的家庭关系、心灵的麻木萎缩和理想的毁灭。以大轰炸时期的伦敦为背景的小说《炎炎日正午》(The Heat of the Day,1949)再现了战时伦敦的面貌,表现了战争的创伤、家庭的破裂、战争对于个人命运的影响,更重要的是揭示了年轻人参战或背叛国家背后的真正原因在于对生存于其中的家庭和传统的厌恶,对国家的失望与不满。

出生于爱尔兰的**艾利斯·默多克**(Iris Murdoch,1919—1999)毕业于牛津大学,二战时在英国战时财政部、联合国救济与复兴署工作,二战结束后赴美国学习哲学,后入剑桥大学研究哲学,1948年成为牛津大学的哲学讲师,思想和创作深受柏拉图、弗洛伊德、萨特的影响。她一生创作了25部小说和大量的戏剧、哲学著作。她的作品思想深刻、主题广泛,涉及爱情、婚姻、暴力、复仇、信仰、善恶、知识分子的追求与妥协等,表现出强烈的道德感和伦理关怀,融现实主义的风格和象征主义手法为一体,既富有悲剧色彩又包含着黑色幽默。

缪瑞尔·斯帕克(Muriel Spark,1918—2006)生于爱丁堡,曾一度生活在中非,1944年回到英国,二战期间曾在英国情报局工作,战后定居伦敦,晚年居住于罗马和纽约。她的小说大多以伦敦为背景,如《死亡警告》(1960)以一家养老院为场景,通过生命正在走向衰竭的老人们在死亡警告面前的不同表现,探讨生命与死亡、地狱与天堂、惩罚与救赎等问题,表现出鲜明的宗教倾向。现实生活中的斯帕克经历过信仰危机,深受纽曼和格雷厄姆·格林的影响,36岁时,她自己也皈依了天主教,这对她的创作产生了重大影响。除小说外,斯帕克在学术研究领域也作出了重大贡献,创作了大量的传记,如《光明之子:玛丽·沃尔斯通克拉夫特·雪莱再评价》(Child of Light: A Reassessment of Mary Wollstonecraft Shelley,1951)、《艾米莉·勃朗特:她的生活与创作》(Emily Brontë: Her Life and Work,1953);编辑了《艾米莉·勃朗特诗集》(A Collection of Poems by Emily Brontë,1952)、《玛丽·雪莱书信集》(*My Best Mary*:*The Letters of Mary Shelley*,1954)和《纽曼书信集》(*Letters of John Henry Newman*,1957)等。

玛格丽特·德拉布尔(Margaret Drabble,1939—),毕业于剑桥大学,兼学者与作家、职业女性与妻子、母亲的角色于一身,既是评论家、编辑又是小说家,是三个孩子的母亲也是职业女性和女权主义者。她创作了近30部小说,撰写了《托马斯·哈代的天才》(*The Genius of Thomas Hardy*,1976)、《作家的英国:文学中的风景》(*A Writer's Britain*:*Landscape in Literature*,1979)等重要的学术著作,还编纂了《牛津英国文学词典》(*The Oxford Companion to English Literature*,1985)。她的小说大多通过女性悲剧性错误,表现当代英国社会与其个体成员之间的相互关系,通过女性的个人体验表现英国社会的政治、经济状况以及保守倾向。早期的小说探讨女性的性别角色和社会身份之间、女性在实现母性价值与知识追求之间的冲突。70年代创作重心从女性领域转向公共领域,探讨现代世界的经济危机和战争威胁以及金钱与道德的问题。如小说《冰期》(*The Ice Age*,1977)表现石油危机时期的房地产市场。《中年》(*The Middle Ground*,1980)通过多重视角展现了当代英国的税收、政治、经济和科学。德拉布尔是一位具有现实关怀的作家,她撰文抨击美军侵略伊拉克,称自己是反美主义者,说自己有一种难以抑制的反美主义情绪。

正如肖瓦尔特所说:"1900—1920年代出生的女作家,50%上过大学,1920年以后的女作家中,很难发现一位没有学位的作家。……在战后时期,女性亚文化的界限只有在工人阶级妇女中间比较明显,在文化精英阶层中已不太突出,同她们的兄弟们一样可以在剑桥、牛津接受教育的女作家们对于男性知识不再表现出要么崇拜、要么拒绝的态度。女性以自己的方式表现性,不再受到坚持贞洁的男性的抵制,男女作家的作品在主题和基调上的差异也不再显著。"①女作家的学者化,强烈的政治意识和社会批判意识,思想观念、创作主题、风格的多元化和多产,是20世纪英国女性文学的显著特征。

第二节 简·奥斯汀

一、生平与创作

简·奥斯汀(Jane Austen,1775—1817)是世界女作家中最受学术界关注、拥有读者最多的作家之一。自1813年出现第一部法语译本以来,至2005年,仅在欧洲,奥斯汀的作品就有28种语言、415种版本②。阿特丽丝·金·西摩指出:"在一个连宁静的天空都充满了机关枪的社会里,总有许多男女——不管你是否把他们

---

① Elaine Showalter, *A Literature of Their Own*:*British Women Novelists from Brontë to Lessing*, p.300.
② Claudia L. Johnson and Clara Tuite eds., *A Companion to Jane Austen*, Chichester:Blackwell Publishing Ltd., 2009, p.424.

叫做避世主义者——带着如释重负或感激不尽的心情一头钻进她的小说中。"①

简·奥斯汀的一生平淡无奇。她在中世纪式的乡村小镇度过了"无可指摘"、"没有事件"的一生。在她的亲友眼中,她是合乎19世纪道德标准的淑女典型,外貌秀美,端庄文雅,虔信宗教,性情宁静,聪慧善良,"专为高雅而有理性的社会而诞生"②。奥斯汀的生活和创作远离那个时代粗粝、血腥的现实,当时英国乃至欧洲发生的重大变革诸如正在进行得如火如荼的经济革命和价值观念的转型,法国大革命、英法之间时断时续的战争……,似乎都没有直接侵入她的生活。许多男作家对这个时代的变化作出了激烈反应,甚至以实际行动介入社会变革,与社会之间充满了紧张的冲突,透过他们的作品,我们看到的是一个正在翻天覆地的英国社会。但是在奥斯汀的现实和想象世界里,没有冒险传奇、突如其来的悲剧、动荡不安的激情、焦灼烦躁的情绪、阴森恐怖的气氛、不受约束的感伤;她也没有"像她的同时代人那样露骨地讨论政治","没有把战争当作公众事件引入作品,更没有提到工业"③。人们或者将这归因于奥斯汀阅历不广、远离时代潮流和重大事件、缺乏意识形态的自觉,或者把这些特点视为奥斯汀保守主义倾向的表现,即认同"绅士阶级关于淑女不应介入男性事务的观点"。然而,奥斯汀最伟大的地方就在于她不动声色地将时代的重大变化天衣无缝地编织在她所反映的日常生活中,以其独特的方式表现时代的变迁是如何在芸芸众生不知不觉中影响着他们的命运。假使没有与拿破仑的战争,军人也就不会成为绅士淑女迷恋的对象,就不会有民团驻扎在麦里屯,也就不会出现与军人私奔的一系列事件;假使没有工业革命和法国大革命对于贵族阶层社会地位的冲击,奥斯汀小说中的绅士阶层也许就不会那么赤裸裸地数钱,那么盛气凌人、不得体地强调自己高人一等的身份。

奥斯汀出生于汉普郡的史蒂文顿,父亲在这个教区担任了40多年的教区长。奥斯汀在这里遇到了来自爱尔兰的一位青年,他举止优雅,风度翩翩,他们互相爱慕却没有结果,这可能是奥斯汀唯一的爱情经历。奥斯汀在这里完成了《理智与情感》(Sense and Sensibility, 1811)、《傲慢与偏见》(Pride and Prejudice, 1813) 和《诺桑觉寺》(Northanger Abbey, 1818)。1800年,奥斯汀一家搬到了当时已有3万多人口的巴斯,奥斯汀并不喜欢这个地方,据说她曾遭遇了忧郁症的折磨。在这里,奥斯汀拒绝了一位将继承大笔财产的青年的求婚,因为她不爱他。不久,奥斯汀又经历了父亲的去世,他的死给奥斯汀以沉重的打击,而且使家庭陷入窘境。1805年,

---

① 朱虹选编:《奥斯汀研究》,中国文联出版公司,1985年,第86页。
② 同上书,第6页。
③ 玛里琳·巴特勒:《浪漫派、叛逆者及反动派》,黄梅、陆建德译,辽宁教育出版社,1998年,第156页。

奥斯汀一家搬到汉普郡，先后居住在南安普顿和桥顿村，她在这里修改旧作，并完成了《曼斯菲尔德庄园》(Mansfield Park, 1814)、《爱玛》(Emma, 1815)和《劝导》(Persuasion, 1818)。

1817年，42岁的奥斯汀因病离开人世。她死后，所有的作品才用真名出版。与同时代许多囿于家乡和家庭的女作家一样，奥斯汀的社会阅历极其简单，情感生活极其隐秘、压抑，不为人知。奥斯汀对于社会的接触主要来自于父母双方的家庭关系，好在这两方都有遍布英国南部和中部的家庭关系网，"亲戚的触角四面八方，伸入名门巨室，伸入贫富不一的牧师住宅，伸入巴斯和伦敦、海军和民团"①。这些成为简·奥斯汀了解社会的主要媒介，也是她主要的观察对象和写作素材。奥斯汀父亲的祖上是早期的资本家，奥斯汀的祖父威廉·奥斯汀是个医生，但英年早逝，没有给儿子们留下什么，奥斯汀的父亲靠着自己的勤勉一步步获得了教区长的职位。奥斯汀母亲的祖先是世袭的贵族，历史可以追溯到伊丽莎白一世，第一代曾经做过伦敦市市长，被封为爵士，后代通过联姻或个人奋斗，家族关系中都不乏显赫之士。简·奥斯汀的母亲卡桑德拉·李无视门第观念下嫁乔治·奥斯汀，典型地体现了贵族与中等阶级的联姻。根据乔治·奥斯汀的收入和社会地位，他的家庭属于中下等阶层，有8个孩子，奥斯汀排行第6。男孩子们大都在家境允许的范围内接受了教育，当牧师、经商、从军，是这个等级的后代们通常的出路。而女儿们不论在教育、教养和婚姻问题上都很难超越习俗的限定。简·奥斯汀在寄宿学校和修道学校学习过一段时间，她的教育是在家里通过博览群书完成的。她对于英国社会的认识和人性的领悟以及创作灵感，主要来源于她所生存于其间的乡村小镇和家庭关系。在思想和情感倾向上，奥斯汀归属于贵族时代，正如玛里琳·巴特勒所说："奥斯汀是绅士阶级的最了不起的艺术家，她崭露头角的时候，该群体的权势、影响和声望仍处于鼎盛阶段。我们已经看到他们的领袖如何控制议会并由此得以拥有庇护施恩或分派公职的权力。在地方上，各郡、各小市镇和乡村也不可避免地完全被他们所控制。一个又一个世纪里英国绅士持续而稳定地在法律上获得了土地所有权。……英国绅士在自己的地产上和村庄里都享有独特的自治权……，自18世纪中期开始现存秩序似乎遭受到内外威胁。"②然而，奥斯汀依然"泰然自若地停留在贵族时代的最后边缘上"③，表现远离现代化、工业化的乡村庄园世界里的日常生活和世态人情、优美宁静的风景、井然有序的等级社会、绅士风度、淑女品质、社交礼仪、亲情关系、姐妹情谊、习俗和道德的力量、教养和风度的价值等等，因此，她不断激起现代人的"怀乡之情"。

奥斯汀是一位自觉的艺术家，她在26年中创作了6部小说，每一部都是精雕细琢之作。她运用写实主义的、无处不在的反讽手法，体现了她对于人类心灵的深

---

① 玛吉·莱恩：《简·奥斯汀的世界》，郭静译，海南出版社、三环出版社，2004年，第120页。
② 玛里琳·巴特勒：《浪漫派、叛逆者及反动派》，第157页。
③ 哈罗德·布卢姆：《西方正典——伟大作家和不朽作品》，江宁康译，译林出版社，2005年，第203页。

刻洞察,将芸芸众生单调乏味的平凡生活表现得妙趣横生。19世纪,奥斯汀曾被托·巴·麦考莱(T. B. Macaulay,1800—1857)称为"散文中的莎士比亚",被乔·亨利·刘易斯(George Henry Lewes,1817—1878)称为"英国第一流的艺术家"[1]。瓦尔特·司各特(Walter Scott,1771—1832)赞扬奥斯汀在小说创作手法上的独特和她对于美德与陋习的表现:"在文明社会里,有些陋习已经成了习以为常的现象,以至于几乎人们不把它们看成是什么道德品质上的污点。"[2]20世纪,简·奥斯汀被视为"第一个表现了具体的现代人格以及她所存在于其中的文化的人,在她之前,道德生活从未像她展现给我们的那样得到展现,也从未被意识到是如此复杂、困难,令人精疲力竭。他是第一个把社会即广义上的文化表现为在道德生活中扮演一个角色、产生出'诚恳'和'鄙俗'这样概念的小说家"[3]。

　　奥斯汀的所有小说都是以中下层绅士的女儿为叙述中心的婚姻、家庭小说,她的小说表现出强烈敏感的阶级意识、道德意识和性别意识,她将这三者通过婚姻这一纽带天衣无缝地编织在一起,表现了社会变革中英国绅士阶层的生活哲学和道德准则。奥斯汀最早的小说《诺桑觉寺》以巴斯为背景,讲述了牧师的女儿凯瑟琳·莫兰爱上了将军的儿子——蒂尔尼,将军误以为莫兰小姐家财万贯,便邀请她到诺桑觉寺的家中,以图促成这门婚姻,但当他得知莫兰家只不过是那种"既不受人冷落、也没陷入贫穷的"普通牧师家庭时,便立刻送走了莫兰小姐,并禁止儿子与她来往。但最后,男主人公冲破家庭的阻力,向莫兰小姐求婚。与亨利·蒂尔尼和凯瑟琳·莫兰的爱情线索相平行的是凯瑟琳的哥哥詹姆斯与伊莎贝拉小姐的恋爱,愚蠢、粗俗的伊莎贝拉误以为莫兰家有数目可观的财产,便与詹姆斯·莫兰调情并订婚,当得知他只能得到父亲的四百镑进款时便与他毁了婚约,转而迎合将军的大儿子、玩世不恭的蒂尔尼上尉的调情,而后者同样因为门第、金钱关系拒绝了伊莎贝拉。这部小说奠定了奥斯汀所有小说的叙述模式:地位较低因此处于弱势的女子渴望找到一个丈夫,在为自己寻求归宿的道路上所遭受的种种精神折磨;不同阶层无聊乏味、阴暗沉闷的婚姻和家庭生活;金钱在情感和婚姻生活中的决定作用。《理智与情感》以男性家长达什伍德的相继死亡为叙述开端,表现了根据法律和习惯被剥夺了财产继承权的女人们不确定的命运。丈夫死后,达什伍德夫人和她的两个女儿埃莉诺和玛丽安不得不搬走他乡,而她们未来的生活则完全依赖于她们能否得到有财产的男子的爱恋,而这些男子是否缔结婚姻也往往依赖于女子是否有嫁妆,女性陷入了一个怪圈,但善良的奥斯汀还是给那些处于绝境中的女子以希望。她的小说几乎都以皆大欢喜的求婚或订婚、结婚为结局,地位悬殊的青年男女,越过种种习俗、偏见或利益的打算结为一家,既表现了爱情的伟大、婚姻的宿命,又表现了阶层间的流动和分化。《曼斯菲尔德庄园》从30年前华德家的三位小

---

[1] 朱虹编选:《奥斯汀研究》,第39页。
[2] 同上书,第10页。
[3] 大卫·丹比:《伟大的书》,曹雅学译,江苏人民出版社,2003年,第412页。

姐地位悬殊的婚姻开端,玛利亚虽然只有7千英镑的陪嫁,却赢得了某郡曼斯菲尔德庄园托马斯·贝特伦爵士的倾心,一跃而为准男爵夫人,玛利亚的姐姐却只能嫁给一位牧师,妹妹则嫁给了没有文化、家产、门第的海军陆战队中尉普莱斯,悬殊的社会地位使姊妹们彻底决裂。小说的女主人公范妮·普莱斯寄居在姨妈玛利亚的庄园,不幸爱上了自己的表兄埃德蒙,经过无数的折磨,有情人终成眷属。最后一部小说《劝导》在表现了女性的自主与成长主题以及在金钱和门第观念的双重压力下女性的情感归属和生活困境的同时,还出现了新的因素,即记忆的重要价值。正如哈罗德·布卢姆所说:"弥漫于早期作品中对想象与浪漫爱情的极度不信任已经难觅踪迹",收入有限的女主人公安妮·埃利奥特在八年前接受朋友的劝导拒绝了温特沃斯的求婚,但"在长达八年且前景黯淡的分离中始终保持着对彼此的情意,个人都心怀一股想象的力量而设想着重续旧缘的美满结局"①。小说的男女主人公,由于彼此埋藏于心中的深厚情谊和对于往日的怀恋,冲破种种障碍终成眷属。在这里,清教意志、隐忍和对记忆、想象的同情,成为获得幸福的重要因素。

二、《傲慢与偏见》

《傲慢与偏见》初名为《第一印象》(*First Impression*),1797年送给伦敦一家出版商,但遭拒绝,奥斯汀修改后以《傲慢与偏见》之名于1813年出版。小说围绕着下层绅士班纳特一家几个女儿的婚姻,反映了英国社会转型期绅士阶层内部的等级关系,不同阶层的社会作用、价值观念、行为准则和风度礼仪,揭示了金钱对于情感、婚姻和社会地位的重大影响,两性情感、性别关系在阶级分化和社会流动中的作用。更重要的是,在一个一切以利益的打算为核心价值观的时代,小说赋予亲情、爱情、友情、优雅的风度礼仪以重要价值。

这部小说体现了简·奥斯汀敏感的阶级意识,她笔下的人物同样具有鲜明的阶级归属感和等级观念。《傲慢与偏见》中的人物基本属于三个阶层:处于上层的是达西和其姨母包尔公爵夫人。这个阶层在英国贵族等级体制中处于金字塔的顶端,他们往往因血缘关系或功绩而得到君主的恩赐获得了爵位、封地和荣耀,拥有很高的政治和司法特权,被称作"大人"和"贵人",如达西父子和包尔夫人都拥有教区牧师的任免权和司法权。对于这个阶层,奥斯汀充满了矛盾。一方面她肯定这个阶层所拥有的权威和承担的社会责任,另一方面,她站在下层绅士的立场,对其等级观念表现出强烈的不满。达西不仅拥有世袭的地产、庄园,而且对于他的社区、家庭和朋友自觉担负起责任,他资助佃户,救济穷苦人,他的慷慨解囊使班纳特一家摆脱了困境。他有良好的教养,举止高贵、光明磊落、风度翩翩、慷慨殷勤,典型地体现了贵族阶级传统的价值观念和行为风范。他最后战胜等级观念遵从自己的情感要求,与下层绅士的女儿联姻。与达西相反,包尔夫人却盛气凌人,时刻不忘等级秩序和利益的打算。达西和伊丽莎白·班纳特的结合典型地体现了下层阶

---

① 哈罗德·布卢姆:《西方正典》,第200页。

级向上爬的愿望。整部小说的叙述视角和立场也是以伊丽莎白的立场和视角完成的。下层绅士们根据自己的利益打算和价值观念对达西所代表的贵族阶层予以评判,他们是否被接纳或受到肯定完全依赖于他们对下层的态度,而真正吸引下层的则是他们的遗产和进款。不论是达西的慷慨解囊,还是包尔夫人对于利益的打算、对于自己高贵身份不得体的强调,某种意义上都暗示传统的等级制正在遭受着挑战,不受约束的个人主义、情欲以及资产阶级新贵的产生,都在威胁着等级制度、阶级间的界限和贵族的价值体系。正如戴维·格伦斯基所说:"工业时代的决定性特征是平等主义意识形态的出现和随之而来的原有种姓制、封建制和奴隶制下极端分层形式'合法性的丧失'。18、19世纪的革命用启蒙运动的平等主义理想去抗争等级特权和贵族的政治权力。最终,封建特权的残余在斗争中被削弱,也使新的不平等形式和分层形式成为可能。"①这种新的不平等和分层的基础不再是封建时代的庄园地产、社会职责和文化价值(道德标准、行为准则),而是经济实力。奥斯汀敏感到经济基础在新的社会等级观念中的重要作用。在《傲慢与偏见》中,金钱占据着极其重要的地位,几乎每一页都会出现算钱的细节,不论是富豪还是穷人,男人还是女人,都对财产和进项充满了无穷无尽的幻想。小说开端:"凡是有财产的单身汉,必定需要娶位太太,这已经成了一条举世公认的真理。这样的单身汉,每逢新搬到一个地方,四邻八舍虽然完全不了解他的性情如何,见解如何……人们总是把他看作自己某一个女儿里所应得的一笔财产。"②达西进场还不到5分钟,人们就盛传他每年有一万磅的收入。男宾们都称赞他一表人才,女宾们都说他比彬格莱先生漂亮得多。人们差不多有半个晚上都带着爱慕的目光看着他,最后人们才发现他为人傲慢、看不起人,巴结不上,因此对他起了厌恶的感觉。于是,他们便一心一意地把目标固定在彬格莱身上。彬格莱尚未出场,朗伯恩的太太、淑女们已经对他的身价"每年有四五千镑的收入"了如指掌,并把这"看作女儿们的福气"。朗伯恩村的下层绅士们都盘算着把自己的一个女儿嫁给他。班纳特太太还未等彬格莱到,就盘算着"有一个女儿在尼日斐花园幸福地安了家"。社会精英们被看重的不是其品德、行为举止和社会作用,而是金钱、庄园、房屋、家具、马车、花园等等。奥斯汀的小说中充满了对于物的描绘,经济因素成为评价贵族阶层的支配性标准。奥斯汀虽然出身中下层阶级,但她心向往之的却是上层贵族,她的小说表现了鄙俗的中下层价值观念对于贵族价值体系的侵蚀。

彬格莱就社会地位而言处于中间阶层,他是新兴的暴发户的代表,因为经商发财而上升为绅士,小说中特别强调他出生于英格兰北部一个体面家族,其财产是做生意挣来的,这类人被称为"新贵"以区别于传统意义上的贵族,同时也包含着一种贬义和嘲讽意味。彬格莱从父亲那里继承了10万镑遗产,他父亲还未来得及购置田产就死了,彬格莱意欲购置田产,但迟迟没有实施计划,因此尚没有自己的田

---

① 戴维·格伦斯基编:《社会分层》,王俊等译,华夏出版社,2006年,第9页。
② 简·奥斯汀:《傲慢与偏见》,王科一译,上海译文出版社,2006年,第1页。

产和庄园,大部分时间住在伦敦。彬格莱虽谈不上出身显赫,却大有绅士风度,他年轻漂亮,生气勃勃,有教养,品质好,诚实正派,温柔敦厚,坦白直爽,趣味高雅,为人谦和,因为他"对朗伯恩的每一个人都极其和善殷勤、不拘礼不局促",因此得到了朗伯恩下层绅士之家的赞美和渴望:他是一个可以攀附的对象。同时,彬格莱也极其信赖贵族阶层的代表——达西,并深得达西的器重。与他相反,彬格莱的姐妹们却表现出暴发户们常有的势利和强烈的等级观念,既渴望向上攀附,结交有身价的人,又瞧不起下层,骄傲自大、刻薄嫉妒,这正是缺乏教养的表现。作者讽刺到:即使他们再有钱,把彭伯里达西的庄园买下来,或者仿造一个彭伯里,依然摆脱不了她们的鄙俗。

班纳特先生家算是朗伯恩村的望族,但全部家当几乎都在一宗可以带来两千镑年收入的世袭田产上,他们属于普通绅士。在 17 世纪的英国,这一阶层包括律师、教授、各类牧师、主教区执事和乡绅,被称为或自认为"小贵族"或者"低等贵族",他们也归属社会精粹,居于平民和贵族之间,拥有极少的特权。到 1700 年时,人们普遍认为:"所有的贵族都是绅士,但不是所有的绅士都是贵族。"18 世纪中叶,"绅士"一词被滥用,"每个生活水准高于庶民的平民都敢于尊称自己为绅士",于是,越来越多的人把绅士和贵族区分开来①。在《傲慢与偏见》中,威廉·卢卡斯爵士也属于这类普通绅士的行列,威廉·卢卡斯从前是在麦里屯做生意起家发迹的,曾在当市长的任内上书国王,获得了一个爵士的头衔,从此便讨厌做生意,购置了房产,摇身一变成为"绅士",以显要自居,开始从事社交活动,待人接物尽力模仿贵族,和蔼可亲、殷勤体贴、彬彬有礼。班纳特的侄子科林斯也属于这个行列,由于受到包尔公爵夫人的提携担任某教区的教士——进入了"绅士"阶层,但是从价值观念、品性和风度而言,他都是个冒牌货。作者对于这些新发迹的"绅士"予以无情的嘲讽。科林斯虽然受过教育,也踏进了绅士社会,但是先天的缺陷却无法弥补,"他大部分日子是在他那守财奴的文盲父亲的教导下度过的,他也算进过大学,实际上不过照例住了几个学期,并没有结交几个有用的朋友","他本是个蠢材",在得到了贵族的提携、发了意外之财后,便在他原本"谦卑"、"愚蠢"的品性上又多了几分自命不凡,于是,他一身兼有了骄傲自大和谦卑顺从的双重性格②。

正如爱德华·科普兰(Edward Copeland)所说:"奥斯汀并不是以一个土地绅士的成员来写作的,而是以地位较低的'无名绅士'的一员来写作的,他们没有权力和财富,没有土地可以获得进项,经济地位不高但又要拼命维持这个阶层所应有的体面,所以面临着双重的经济压力。"③奥斯汀对于本阶级的弱点予以辛辣的讽刺。班纳特家的一家之主班纳特先生,是一个讲究体面却不负责任或没有能力负

---

① 阎照祥:《英国近代贵族体制研究》,人民出版社,2006 年,第 64 页。
② 简·奥斯汀:《傲慢与偏见》,第 68—69 页。
③ Edward Copeland,Juliet Mcmaster eds. *The Cambridge Companion to Jane Austen*,上海:上海外语教育出版社,2001,p.132.

责的家长,他因为年轻时迷恋美貌而结了一桩错误的婚姻,便一辈子尖酸刻薄、插科打诨、懒散冷漠,对于妻子和女儿们的愚蠢行为毫不约束。班纳特太太智力贫乏,没有教养,孤陋寡闻,喜怒无常,愚蠢庸俗,这样的母亲在中下层社会中具有普遍性。她生平的大事就是嫁女儿,生平的安慰就是访友拜客,打听新闻,传播流言蜚语。几个女儿就在这种低劣的环境中长大,大女儿简是淑女的典型,忠厚善良,隐忍顺从,柔和镇定,有极强的自控力但缺乏自我判断力,美貌和性格是她最大的资本,获得彬格莱的爱情,算是对她的奖赏。二女儿伊丽莎白是唯一一个对于自己的家庭和本阶层的弱点具有清醒认识的女性,她的美丽机智、自主自尊、活泼风趣赢得了达西的爱慕。她得到了更大的奖赏——成为彭伯里庄园的女主人。善良的奥斯汀给那些收入有限的女性以极大的安慰:美德和智慧是可以获得爱情、婚姻和利益的。漂亮而轻佻的莉迪娅则完全不受管教和约束,缺乏教养又毫无廉耻,愚蠢无知,放荡不羁,受制于情欲的支配,听从身体的召唤,肆无忌惮地与军官们调情,典型地代表了极端自我、缺乏道德意识、违背女性规范的女性。

处在这个"社会精粹"之外却与他们有着千丝万缕联系的是班纳特太太"微贱"的亲属:班纳特太太的妹妹嫁给了她们做律师的父亲的书记,他继承了产业,是麦里屯的律师;班纳特太太的弟弟嘉丁纳先生,出身商界,见闻不出货房堆栈,却通情达理,颇有绅士风度。在小说中地位最低的要数韦翰了,他出身卑微——父亲是达西家的管家,韦翰本可以靠着自己的忠心和美德以及贵族的好心获得提携,但却由于品德败坏而变成了真正无根基、游手好闲、淫逸放纵的浪荡子。不论对达西还是班纳特家,这种人都是最具威胁性的,他以美貌和翩翩风度引诱他们的女儿,向他们榨取钱财,对于乡村社区,他起的是伤风败俗的作用。韦翰利用婚姻敲诈了达西和班纳特家一笔财产,与莉迪娅不知羞耻地凯旋而归,并且得到了母亲的赞赏。因此,他并非完全受到下层绅士阶层的排斥,可以借班纳特太太和她的女儿莉迪娅对于私奔事件的态度,窥见这个阶层道德准则之一斑。

奥斯汀正是通过婚姻将界限分明的几个阶层连在了一起。她的小说颠覆了浪漫小说中的爱情罗曼司,她一方面表现了中老年人陈腐乏味的婚姻生活和不健全的家庭,另一方面通过青年男女的"经济罗曼司"(economic romance)揭示了妇女的经济困境以及经济与情感、婚姻、道德之间的复杂关系。不论是从阶级和性别而言都处于弱势的女性,在爱情和婚姻市场上完全处于被动等待的地位,她们遭受着希望与绝望的折磨,在这里可以看到奥斯汀对于爱情和婚姻的深刻怀疑。通过婚姻获得金钱或者增加财富,成为18、19世纪之交英国各社会阶层的主导性价值观。在后期的小说《曼斯菲尔德庄园》、《爱玛》和《劝导》中,"奥斯汀把经济视为检验社会道德的尺度、社会瓦解的力量又是获得民族身份的源泉,在最后一部小说《桑迪顿》(未完成)中则是令人疯狂的因素";"奥斯汀从三个不同的视角表现了金钱:作为乡村社会中'无名绅士'的成员,作为一个被法律和习俗剥夺了财产权的女性,作为小说家与其他女作家关于金钱的对话"①。奥斯汀通过金钱与婚姻这一核心主题,探讨了在一个经济价值正在成为社会主导性价值观的时代,传统道德、社会习俗、个人品性以及良好的教养、优雅的举止、责任心、绅士风度等等所拥有的美感和价值。"伟大的艺术家是公民的恩人",如同莎士比亚,奥斯汀也是英国人素质的组成部分。

第三节　弗吉尼亚·伍尔夫

一、生平与创作

正如艾莱恩·肖瓦尔特所说:"在过去的50年中,弗吉尼亚·伍尔夫一直主导着英国女性小说家的想象领域。……如果说简·奥斯汀是夏洛蒂·勃朗特、乔治·艾略特的'安琪儿',那么伍尔夫自己则是20世纪中期英国女作家的'安琪儿'。"②人们希望女作家都应该像伍尔夫那样主观、精致地表现内部世界,而把表现肮脏、粗糙的任务留给男性小说家。然而,弗吉尼亚·伍尔夫的影响力并不限于女性,马尔科姆·布雷德伯里认为:"在现代派作家中,很少有人比她更具有真正的创造性,比她更多产,也很少有人像她那样,为我们提供了描写他们生活、情感和时代极其丰富的文字记录。"③在20世纪的世界文坛上,伍尔夫不仅以意识流小说的杰出代表进入文学史和学术研究的视野,她更以女权主义者、和平主义者的姿态被人们所铭记。

弗吉尼亚·伍尔夫(Virginia Woolf,1882—1941)的教养与成长、思考与写作、病与死,都与19世纪末20世纪前期英国的知识氛围和社会危机密切相关。她的父亲莱斯利·斯蒂芬爵士是《国家名人传记大辞典》和《康希尔》杂志的主编,著名的文学评论家、学者和传记作家,同时他还是伦敦致力于文学和科学的俱乐部"雅典娜神庙"的成员。他的第一任妻子是萨克雷的女儿,她于1875年去世,留下一个女儿,1945年死于精神病院。1878年,斯蒂芬与萨克雷姐妹的好友朱莉亚·杰克森结婚,她的母亲,也就是弗吉尼亚的外祖母,是维多利亚中期伦敦以才智闻名的七姐妹之一。朱莉亚的丈夫于1870年去世,她与3个孩子相依为命,与斯蒂芬结婚后,她又生了4个孩子,弗吉尼亚排行第三。可以看出这是个家庭关系复杂、人口庞大的中产阶级核心家庭,妻子是贤妻良母,丈夫是著名学者,靠学术养家糊口。

---

① Edward Copeland, Juliet Mcmaster eds., *The Cambridge Companion to Jane Austen*, p.132.
② Elaine Showalter, *A Literature of Their Own: British Women Novelists from Brontë to Lessing*, p.265.
③ 马尔科姆·布雷德伯里等主编:《现代主义》,胡家峦译,上海外语教学与研究出版社,1991年,第219页。

男孩子们就读公立学校,然后,上剑桥或者牛津大学(弗吉尼亚的兄弟索比和艾德里安都是剑桥大学三一学院的学生),而女孩子们则需培养得体的行为举止和所需的才艺,然后出嫁,这依然是弗吉尼亚生活的时代普遍遵循的惯例。弗吉尼亚和其他几个女孩子也只能待在家里完成她们的教育,好在莱斯利·斯蒂芬有一个庞大的书库,弗吉尼亚可以自由阅读,无师自通,后来她在家里学习了拉丁文和希腊文。此外,她的父亲所结交的知识界名流常常是这个家庭的座上客,通过他们,弗吉尼亚接触了由男性知识精英们主导的知识领域。

把弗吉尼亚与20世纪初的知识界直接联系起来的是"布卢姆斯伯里团体",它典型地体现了现代知识分子社群的特点。弗吉尼亚在剑桥大学读书的兄弟索比把剑桥大学的同窗好友及自由的学术气氛带到了家里,他们在这里海阔天空地谈论哲学、心理学、绘画、文学等一切感兴趣的问题。"喜欢谈话是这个团体的最大特点,其中的大部分人安静地做事情,理性地谈话。"①这里曾经汇聚了当时最具创造性的思想家、艺术家和学者,其中包括著名哲学家、数学家罗素,经济学家凯恩斯,画家、美学家和艺术评论家罗杰·弗莱伊、邓肯·格兰特、弗吉尼亚的姐姐文尼莎及其丈夫克莱夫·贝尔,音乐家西德尼·特纳,作家爱·摩·福斯特、T·S·艾略特、乔治·摩尔,政论作家伦纳德·伍尔夫等等。这是一个没有纲领和宣言,也没有礼仪性的入会仪式的松散团体,使他们聚集在一起的是对于文学、哲学和艺术的共同爱好,以及他们对于传统思想与行为准则的怀疑。正如昆汀·贝尔所说:他们"把19世纪的怀疑主义从宇宙领域转到了个人领域。反对教条式的道德观,意味着抛弃传统的对社会仇恨的惩戒"。这种道德观念排斥侵略性的暴力,用其成员、经济学家凯恩斯的话说:"决不会容忍各种各样的罪恶、疯狂和非理性的邪恶源泉存在于世间。"②他们的作品表现生活中的黑暗和非理性,反映了他们对于理性、正直和良知的守护,他们倡导一种"理性、平和、自由的生活,舍弃英雄主义的品德,为的是避免由此滋生的英雄式的恶行"③。在他们看来,艺术家的职责在于寻找使变化多端、混乱不堪的客观现实有序化的方式,他们试图通过各种形式,如艺术工场、剧院、书店、画展、讲演在群众中传播高尚的艺术,从而提高整个社会的精神文明水准。虽然他们兴趣不同、成就各异,但却有着共同的信念:"是情感而不是理性必将成为我们心灵的航灯。"④

弗吉尼亚是这个团体的重要成员,也是这个团体活动最主要的记录者。她对于人类文明、英国社会的历史与现实的思考、她的文学观念都与这个团体密不可分。从外部的物质的世界转向人的内在心灵,从理性的秩序转向感性的纷乱,她赋予日常生活的碎片和转瞬即逝的感觉以意义,她的感官极其敏锐细腻,她的感觉包

---

① 昆汀·贝尔:《隐秘的火焰》,季进译,江苏教育出版社,2006年,第118页。
② 同上书,第121页。
③ 同上书,第128页。
④ 同上。

罗万象,她发展出一种全新的小说形式展现人内在的意识世界,她把人对于纷乱复杂的世界的感觉凝固在纸上。爱·摩·福斯特说:"我们应该感谢她,在这个暴力横行、宣扬理想的时代,她提醒了我们感觉的重要性。"①她在《论现代小说》(1919)等一系列文学评论中表达了她的文学观念。她称传统现实主义作家为"物质主义者"。在她看来,生活并不像现实主义者们所表现的那样由约定俗成的情节、喜剧、悲剧、爱情的欢乐或灾难构成,"生活也并不是一副副匀称地装配好的眼镜",生活是与人的"意识相始终的、包围着我们的半透明的封套",那些来自四面八方的琐屑的、奇异的、倏忽即逝的印象正是人的生活重要的构成部分,"把这种变化多端、不可名状、难以界说的内在精神"用文字表达出来,正是小说家的职责②。1922年发表的《雅各的房间》(Jacob's Room,1922)正是其文学观的具体实践,这也是伍尔夫第一次用意识流的手法,通过各种瞬间意象和碎片展现主人公雅各对于人生和自我精神世界的探索。1925年发表的《达洛维夫人》(Mrs Dalloway,1925)通过几个人物在6月中旬的一天12个小时之内的现实生活和心理活动,展现了战后伦敦的生活状况,通过家庭主妇克拉丽莎·达洛维和"弹震症"患者赛普蒂默斯的意识世界,将两个截然不同但互相联系的世界——和平的、充满阳光、鲜花、欢乐、生命的聚合的世界和战争造成的四分五裂的世界——联系了起来,表现了外部世界对于人的内在心灵的影响。伍尔夫30年代的小说《海浪》(The Waves,1931)、《岁月》(The Years,1937)和去世后发表的《幕间》(Between the Acts,1941)将小说、散文及诗的形式相融合,表现了她对意识流形式的超越和对于现代语言"随意支配"的高超才能③。

弗吉尼亚·伍尔夫也是一位无可争辩的女权主义者,她的每一部作品都回响着女权主义的声音,表现出对于两性的社会处境、性别差异的极度敏感和激进观点。她的第一部长篇小说《出航》(The Voyage Out,1915)通过典型的中产阶级女子从严格监护和管教的家庭走向社会,从天真少女到成熟女性的心智成长历程,探讨了女性缺乏应有的教育而遭遇的种种人生困境,抨击自卢梭、丁尼生、罗斯金至20世纪父权传统将女性施以区别教育以满足男性要求的教育观。小说以哭泣开头,以死亡结束,弥漫着女性的悲哀。伍尔夫的大部分作品表现男人和女人的差异以及两性如何相处的问题,《夜与日》(Night and Day,1919)通过几对男女的爱情,表现了婚姻对于男女两性的不同意义,女性在自我、事业与爱情之间的选择。在《一间自己的屋子》(A Room of One's Own,1919)中,伍尔夫提出了她的著名论断:一个女人要想写小说,就一定要有钱,还要有一间自己的屋子,即经济独立和自由对于

---

① 爱·摩·福斯特:《弗吉尼亚·伍尔夫》,瞿世镜编:《伍尔夫研究》,上海文艺出版社,1988年,第15页。
② 弗吉尼亚·伍尔夫:《论现代小说》,瞿世镜编:《伍尔夫研究》,第524—525页。
③ 自1904年12月14日弗吉尼亚首次发表作品开始,直到1941年3月28日,在苏塞克斯的乌斯河投水自尽为止,弗吉尼亚·伍尔夫创作了9部长篇小说,300多篇文学评论、散文、随笔,留下了5卷本日记和6卷本书信,还有少量的戏剧和短篇小说。

女性创作具有绝对的必要性。在这部由 6 章构成的长篇论文中,伍尔夫提出了一系列问题:为什么一性这么富有,另一性这么贫穷?财富和贫穷、有传统和缺乏传统对一个作家的脑子有什么影响?为什么文学中的女性形象与现实中的女性存在着天壤之别?一个养育了八个小孩的做杂事的女仆,对于世界的价值是不是比一个一年赚十万磅的律师要小?为什么在文学如此繁盛的莎士比亚时代,妇女没有贡献过一字一句,而每两个男人之中必有一个会写诗?为什么拿破仑和墨索里尼都特别坚持女人是低劣的?因为假使她们不低劣,他们就不能扩张,也就不会有那么多战争。在伍尔夫看来,男权主义与帝国主义和殖民扩张紧密联系在一起。在 1938 年,也即第二次世界大战爆发前夕发表的《三个旧金币》(Three Guineas,1938)中,伍尔夫把法西斯主义和战争归因于父权制文化体制,并对英国的教育制度、追名逐利的价值观念和出卖文化、学术自由等等导致战争和毁灭的文化体制予以激烈抨击。《三个旧金币》是对一封如何阻止战争的来信的回复,她的答复是:要使妇女能帮助男人阻止战争,得为某女子学院建设基金、为受过教育的人的女儿们的从业社团、为要求阻止战争、保护文化和思想自由的组织各捐一个金币。因为,要阻止战争,首先得使女性受教育,"如果她们不受教育,她们就无法自食其力;如果她们不能自食其力,她们就将再次局限于闺房之内的教育;而如果她们再次局限于闺房之内的教育,她们又将再次有意识或无意识地用她们的影响力去支持战争"。因此,"首先得使她们受教育,其次使她们能够从事职业而谋生,否则,她们不会拥有独立而无私的影响力来帮助你阻止战争"①。伍尔夫的政治观与她的女权主义思想密切相关。在她看来,"结束战争、实现和平依赖于结束对女人的压迫,依赖于结束社会的等级制度。正是在私生活中男性优越于女性的传统社会惯例培养并激发了男性在公共领域的好战情绪"②。男人们创造并支配着这个世界并把它弄成了一个"悲惨的烂摊子","男人的主要职业是流血、挣钱和发号施令,还有就是穿制服,女人穿衣服是为了好玩和漂亮,男人穿衣服是为了炫耀"③。她对于各种形式的权力表现出极度的怀疑,认为最好的抗议就是拒绝参与、退避三舍。20 世纪 30 年代,"当女权运动被嘲笑为不合时宜之时,正是欧洲的法西斯主义崛起之时,普遍弥漫于伍尔夫小说中的伦理分析与重新界定女性和重新界定人类潜在性的需要相结合"④。她的作品表现了对于男性所追求的权威、荣耀、理性、秩序的怀疑,她赋予代表着生命、养育和富有感性与同情心的母性价值重要的意义,提出"双性共体"作为人格全面自由发展和解决社会分歧的出路。她认为:"每个人都有两个力量支配一切,一个男性的力量,一个女性的力量。在男性的脑子里男性胜过女性,在女性的脑子里女性胜过男性。最正常、最适宜的境况就是在这两个力量结合

---

① 弗吉尼亚·伍尔夫:《伍尔夫随笔全集》(第 3 卷),中国社会科学出版社,2001 年,第 1113 页。
② Kate Fullbrook, *Free Women:Ethics and Aesthetics in Twentieth-Century Women's Fiction*, New York:Harvester Wheatsheaf, 1990, p.83.
③ 爱·摩·福斯特:《弗吉尼亚·伍尔夫》,见《伍尔夫研究》,第 18 页。
④ Kate Fullbrook, *Free Women:Ethics and Aesthetics in Twentieth-Century Women's Fiction*, p.81.

在一起和谐地生活、精神合作的时候。……任何无愧于艺术家称号的艺术家都是或多或少的双性人。"①在 1928 年发表的乌托邦幻想小说《奥兰多》(Orlando: a Brography, 1928)中,伍尔夫进一步阐述了两性共体的思想和写作与性别的关系。《奥兰多》表现了男女性别的互换与融合,主人公奥兰多经历了从文艺复兴到 20 世纪 400 多年的历史,从仪表非凡的少年变成了美丽的少妇,最后完成了从 16 世纪就开始写作的长诗,还生了一个儿子。在奥兰多身上,融合了阴性与阳性、历史与现实、世俗与诗意的各种因素,其人格和性别决非由单一的因素恒定地构成,这使奥兰多具有了无限的丰富性和丰饶的创造性。

伍尔夫在她的作品中提出了完全不同的政治观和伦理观,她对于西方文明、社会政治体制的评判,对于成功与失败、伟大与平凡的全新评价,描绘了新的"伦理风景"。

二、《到灯塔去》

《到灯塔去》(To the Lighthouse, 1927)是伍尔夫众多杰作中的一部。小说运用意识流的表现技巧和寓意丰富的象征手法,围绕着个人对于家庭的依恋所引发的复杂情感和欲望,表现了混乱与秩序、分歧与和解、理性与感性、生命与死亡以及父与子和母与子的诸种关系,集中体现了伍尔夫的女性主义思想、社会政治观和伦理观,同时也透露出伍尔夫与当时流行的精神分析千丝万缕的联系②。它是一部具有 19 世纪传统的"家庭罗曼司",但在 20 世纪却发生了本质性的转变:与专制父权分离,探索一种建立在母性基础上的新的价值观念。

小说由三部分构成。第一部分以"窗"为主体部分,写拉姆齐一家在战前某一年的 9 月在海滨别墅度假。这是一幅战前田园景象,以象征着生命、同情的母亲——拉姆齐夫人为中心,通过这个家庭成员及聚集在周围的人们之间的关系,展现了处于一室或一个社群中的人们由于出身、性格、思想、追求、地位的差异造成的分歧以及达成和谐的努力。这部分最后以象征聚合的宴会达到高潮。第二部分"时光流逝",背景是一战时期,随着时间的流逝,拉姆齐夫人离开了人世,拉姆齐家的孩子们也已经从童年步入成年,从家庭、从母亲的花园进入残酷的现实世界,不得不面临分离和死亡的威胁。这部分表现的中心是世界的支离破碎与死亡,原先那个母性主导的充满浪漫情调的海滨别墅沦为废墟。第三部分"灯塔",与第一部分首尾呼应,使小说的结构呈现为一种"首尾相衔的圆环",表现了周而复始的生活的"轮回"。十年后,活着的人故地重游,他们重访海滨别墅,回到荒芜了的花

---

① 弗吉尼亚·伍尔夫:《一间自己的屋子》,王环译,三联书店,1992 年,第 120—121 页。
② 伍尔夫生活的时代正是精神分析理论和实践从产生到发展的历史时期。"20 世纪 20 年代,弗洛伊德的著作在英国广泛传播,40%的精神分析著作在英国流传。伍尔夫与精神分析的关系是多重的,批评家们从三个方面分析她与精神分析的关系:她个人的精神疾病,她对于弗洛伊德及其追随者的认识和态度,精神分析观念对她的创作的影响以及她在语言、观念以及实践中与精神分析的相似与差异"。参见:Sue Roe & Susan Sellers eds., *The Cambridge Companion to Virginia Woolf*,上海:上海外语教育出版社,2001, p.245。

园,回想起拉姆齐夫人,倍感空虚和孤独,拉姆齐夫人的缺场放大了他们对于家庭温暖的诉求,强化了某种弥漫的恐惧感。莉丽·布里斯科怀念拉姆齐夫人,像她一样关心着孩子们的心情,想着怎样才能把混乱的一切凑合成一个整体。她完成了十年前就开始构思的画。拉姆齐先生将和儿子詹姆斯、凯姆去灯塔,实现10年前詹姆斯到灯塔去的童年梦想。但是,严酷的现实挫败了詹姆斯的梦想和激情,存在的只有他对那个坚持实事和真理的父亲的"俄狄浦斯"式的恨。10年前,拉姆齐夫人在为灯塔守护人的孩子编织,而如今,"把什么送到灯塔去呢?死亡。孤独。"①

1925年,伍尔夫在她的日记中谈到关于《到灯塔去》的构思时说,这部作品"要写出父亲和母亲的性格,以及圣·伊夫斯群岛,还有童年,以及我通常试图写入书中的一切东西——生与死等等,但中心将是父亲的性格"②。可以说正是"伍尔夫母亲和她父亲的幽灵,构成了小说的中心"③。在这部小说中,伍尔夫探讨了父性和母性截然不同的世界观及其对于文明的真正价值,一方面通过哲学家拉姆齐先生的性格特征和他与家庭成员之间的关系,揭示了追求所谓的理性、真理和普遍原则本身所包含的冷酷无情和不近人情,以及由此而招致的分歧和冲突;另一方面通过拉姆齐夫人,发掘出一种与拉姆齐所代表的主导价值体系截然相反的世界观,一种富有感性、同情、浪漫的想象和人性的温暖,并努力化解纷争达成和解的母性的价值——一种非正统的价值。如同伍尔夫的父亲莱斯利·斯蒂芬,他在伍尔夫的传记中被描绘为"像神明一样至高无上"、"喜欢行使权力",同时又要求妻子对他完全奉献的父权制家长④。小说中作为一家之主的拉姆齐先生也是一位颇有影响和权威的知识分子,他是大学教授和哲学家,25岁时就已经在哲学领域作出了卓越贡献,在40岁以前已经达到了事业的高峰,他也是英国社会标准的成功男人,他靠着哲学研究养活自己八个孩子的家庭。那些渴望在学术的领域里建立功名的年轻人无不崇拜他的"伟大",如出生低微的塔斯莱,与其说他崇拜拉姆齐的学问,不如说崇拜他的权威,满脑子装的都是如何通过学术向上爬,他"弯腰弓背、两颊深陷",说话咬文嚼字,总是自吹自擂、贬低别人,他喜欢与人唱反调,以示自己见解独到。他最大的嗜好就是和拉姆齐先生来回踱步,唠叨着某人赢得了这个荣誉,获得了那项奖金,某人是首屈一指的学者等,他最大的追求就是有一天他的哲学论文公开发表使自己闻名遐迩,学位论文、博士帽、学术讲座、教授……占据了他的全部身心,这就是这个文化所提供给像他这样的年轻一代的人生理想。已经拥有了这一切因此被崇拜的拉姆齐先生将他"卓越的脑袋",优秀的素质和埋头苦干、坚持不懈的毅力全都运用于形而上学的思考,即肉体凡胎看不到、预见不到的问题上,事实上,即使直到生命的终结,他永远也不会达到终点。因此,他在自我陶醉、骄傲自

---

① 弗吉尼亚·伍尔夫:《到灯塔去》,瞿世镜译,上海译文出版社,2000年,第157页。
② 弗吉尼亚·伍尔夫:《伍尔夫日记选》,戴红珍、宋炳辉译,百花文艺出版社,1997年,第63页。
③ 玛丽亚·狄巴蒂斯塔:《〈到灯塔去〉——弗·伍尔夫的"冬天的故事"》,见瞿世镜编:《伍尔夫研究》,第420页。
④ Phyllis Rose, *Woman of Letters: A Life of Virginia Woolf*, Oxford: Oxford University Press, 1978, p.159.

满之外又有着深切的自卑和焦躁不安,他对世界充满悲观,他需要别人的同情和崇拜。伍尔夫表现出她对于男性知识及其权威的极度怀疑。在她笔下,哲学家拉姆齐尽管有着聪明的头脑、横溢的才华和一个学者所必需的素质,但他的精神境界并不高。他具有"一种像电闪雷鸣般的磅礴气势,他像一只兀鹰一般带领着他的队伍穿越死亡的幽谷。拉姆齐夫人有时对于丈夫佩服得五体投地,觉得自己给他系鞋带都不配。但她时常感觉到,他总是不近人情地看到事物生硬的本质,丝毫不顾及别人的感情而去追求事实,如此任性如此粗暴地扯下文明的面纱,对她来说,是对于人类礼仪的可怕的蹂躏"①。他追求真理但对人世的情感缺乏考虑,极端不谙世故,对于日常琐事也一窍不通,他不通情理,冷酷无情,而且心胸狭隘、脾气暴躁、喜怒无常,他是典型的自我中心主义者。对于子女而言,他"是个暴君"。他嘲笑并挫败儿子詹姆斯到灯塔去的愿望,把它看作最幼稚的想象形式:白日梦。他那真理的权威和父亲的专制在儿子詹姆斯心中激起了愤怒和弑父的潜在欲望:"要是当时手边有把斧头,或者有把火钳,或者任何可以在他父亲胸脯上砸个窟窿并且杀死他的凶器,詹姆斯都会马上抓在手中。……他说的是事实,永远是事实。"②拉姆齐对童年时期詹姆斯梦想的挫败变成了对他幼小心灵的挫伤。詹姆斯痛恨父亲,"恨他得意洋洋、自命不凡的姿态;痛恨他才华过人的脑袋;痛恨他的精确性和个人主义"③。对他而言,父亲总是像一把空中飞舞的刀,破坏他的幸福世界。在此,伍尔夫运用了弗洛伊德的"俄狄浦斯情结",表现父权所象征的秩序和原则及其破坏力。数年后,詹姆斯终于可以去灯塔时,早年的梦想却变成了噩梦,詹姆斯对于去灯塔早已失去了兴趣,因为这个梦想的实现与十年前的被挫败都是父亲的权威所决定的,父子之间的对立依然。

　　拉姆齐先生典型地体现了英国社会所崇尚的价值体系,他"代表着善于思考的英雄,代表着理性主义者,他划出了主客体之间的界限"。"男性的才智,是人间的秩序这片干燥的陆地自身赖以建立的理性基础。这种秩序包括一般所称的文化:科学、数学、历史、艺术以及各种社会问题。"④伍尔夫对于这种价值体系表现出明显的否定,她把这看作挑起争吵、分歧和怨恨并最终导致毁灭性战争的根源。伍尔夫试图在母性那里寻求另一种价值,即与正统相反的价值。这一价值重建的努力贯穿于其所有的小说中。如同《达洛维夫人》中围绕着达洛维夫人的和平、鲜花、聚合的世界,与围绕着赛普蒂默斯的战火、伤残、死亡的黑暗世界平行交错,在《到灯塔去》中,"拉姆齐夫妇体现了人类体验的两极:女性与男性、想象与理性、永恒与短暂、交流与孤立,拉姆齐注重生硬事实的知识与拉姆齐夫人富有同情的感性形

----

① 弗吉尼亚·伍尔夫:《到灯塔去》,第 33 页。
② 同上书,第 4 页。
③ 同上书,第 38 页。
④ 玛丽亚·狄巴蒂斯塔:《〈到灯塔去〉——弗·伍尔夫的"冬天的故事"》,见《伍尔夫研究》,第 437 页。

成相互对抗"①。伍尔夫在代表着理性和纷争的父权与代表着感性和生命的母性之间作了明确的区分。如果说拉姆齐先生代表着将主客体分离并划定界限,那么,拉姆齐夫人则试图寻求统一、超越这一界限。他和她代表着截然不同的两种世界观和对于生活的不同态度,他代表理性、秩序、原则、自我、权威,他不仅把个人的要求强加于他人,而且强加于大自然,"他坚持以'我,我,我'的权威,凌驾于混乱无序的大海的情感之上";而她则代表着花园、自然、生命、同情和聚合。他对生活的看法是悲剧性的,而她则是喜剧性的。他"致命的不育"与她"欢快的丰产"之间存在着本质的区别②。她奉献,他吸收;她聚合,他"砍伐"。他与众不同,对于平凡琐事,"生来就视而不见、听而不闻、不置一词"③。而她则平凡无奇,只关心平凡的现实和日常的生活、具体的生命、爱情、婚姻,为现实中的苦难与死亡、分歧和争吵而苦恼。"她受人赞赏。她被人爱慕。她曾走进坐着哀悼者的房间,人们在她面前涕泣涟涟。男子们,还有妇女们,向她倾诉各种各样的心事。他们让自己和她一起得到一种坦率纯朴的安慰。"④她就像"是一块吸饱了人类各种各样感情的海绵"。她安慰烦躁不堪的丈夫拉姆齐先生,使自卑的塔斯莱恢复自信,她竭力撮合保罗和敏泰的婚姻,希望莉丽和班克斯结婚,她邀请班克斯参加宴会,同情他的处境,她安抚儿子詹姆斯受挫的心灵,她为孩子营造了一个乐园。她把这种私人之爱扩大到社会。伍尔夫将拉姆齐夫人置于小说的中心,也即赋予她所象征的爱与聚合以中心位置。小说通过各种意象,如花园、编织和宴会等等形象地阐述了一种非正统的价值观。当她用钢针编织出某种纤巧的花样时,她"抛弃了那些烦恼、匆忙和躁动,集中到和平、安宁、永恒的境界之中","把自我的各部分聚集在一起"⑤。在她为庆祝保罗和敏泰之间的爱情而举行的宴会中,伍尔夫集中体现了人们之间的纷争和她试图将一切聚合起来的努力。玛丽亚·狄巴蒂斯塔在对《到灯塔去》的神话原型分析中指出:"餐桌原先是阐明主体、客体及现实的性质这些问题的男性象征,而现在它却以其女性特征呈现出一种超凡入圣的面貌。它成了一个神圣的场所,一个进行社交礼仪的圣坛。通过这种社交礼仪,爱被分送到整个信仰的社团。"居于整个中心的拉姆齐夫人,是这个礼仪的权威,她"社交风度中的一言一行,都是来自喜剧中对其母体——礼仪、庆典及盛宴——的忠实的效仿"⑥。正是这些扎根于传统习俗中的礼仪和言辞行为方式,将有着各种分歧的人统一起来,阻止了对话冲突,调和了矛盾,以期达到和谐一致。但是这种努力终归失败:"他们全都各归各坐着,

---

① Steven Cohan, *Violation and Repair in the English Novel*: *The Paradigm of Experience from Richardson to Woolf*, Detroit: Wayne State University Press,1986, p. 203.

② 玛丽亚·狄巴蒂斯塔:《〈到灯塔去〉——弗·伍尔夫的"冬天的故事"》,见《伍尔夫研究》,第431—436页。

③ 弗吉尼亚·伍尔夫:《到灯塔去》,第74页。

④ 同上书,第43页。

⑤ 同上书,第66页。

⑥ 玛丽亚·狄巴蒂斯塔:《〈到灯塔去〉——弗·伍尔夫的"冬天的故事"》,见《伍尔夫研究》,第440页。

互不攀谈。互相谈话、交流思想、创造气氛的全部努力,都有赖于她。她又一次感觉到,男人们缺乏能力、需要帮助。如果她不开口,谁也不会来打破僵局。"①"她一走开,一种分崩离析的过程就开始了;他们犹豫了片刻,大家分道扬镳。"②小说第一部以这象征聚合的宴会而结束,在第二部,拉姆齐夫人已经死去,在这个无数人死伤的大背景下,他们的一个儿子安德鲁·拉姆齐死于法国战场,他们的女儿普鲁·拉姆齐在生孩子时难产而死。在那个年代里,人人都在失去亲人,物价在飞涨,恋人们分道扬镳,到处看到的是苦难、卑贱和折磨。海滨别墅人去屋空,变成了废墟,房屋倒塌,"投入黑暗的深渊",没有丝毫生气。"爱之梦成了一个关于死亡、空虚及白痴般混乱的噩梦。"③

第四节　多丽丝·莱辛

一、生平与创作

多丽丝·莱辛(Doris May Lessing, 1919—　)是当代英国文学史上成就最为卓著的作家之一,她以40多部作品的容量,表现了她对西方殖民主义、种族文化冲突、核战争的威胁、政治体制、共产主义思想、科学危机、两性关系、青年暴力、老年权利乃至人类未来的独特认识。她是第11位获得诺贝尔文学奖的女作家,被称为"女性体验的史诗作者,她以其怀疑主义、激情和幻想的力量,对于分裂的文明予以深刻的审查"。

多丽丝·莱辛曾经说,"一战留下的战壕和污秽嵌入了我儿时的日日夜夜","我是在第一次世界大战中长大的那一代人,然后在第二次世界大战中被塑造"④。在她看来,我们都由战争造就,并被战争扭曲,但我们又似乎忘记了这一现实。莱辛出生于伊朗,她一睁开眼,看到的就是一个残疾的父亲,他在一战中丢掉了一条腿,为了"波斯帝国银行"一个职员的位置迁居伊朗。1925年,父母听说在英帝国殖民地南罗得西亚(津巴布韦)种玉米可以致富,于是举家迁往,但经营失败,父亲逐渐萎靡下去,而她的母亲则在粗粝的环境中竭力维持英国的生活方式和价值观念,以求区别于"野蛮人"。母亲希望她成为南罗得西亚得体的英国淑女,她被送到一所修女学校,后进了首都索尔茨伯里的一所女子中学,不久因眼疾辍学。莱辛15岁时离开学校,18岁时离开家,做过保姆、速记员、电话接线员,参加过"左派读书俱乐部",投身于反

---

① 弗吉尼亚·伍尔夫:《到灯塔去》,第87页。
② 同上书,第118页。
③ 玛丽亚·狄巴蒂斯塔:《〈到灯塔去〉——弗·伍尔夫的"冬天的故事"》,见《伍尔夫研究》,第443页。
④ 多丽丝·莱辛:《影中漫步》,朱凤余等译,陕西师范大学出版社,2008年,第31、12页。

种族隔离活动,两次结婚,两次离婚,生了3个孩子。1949年莱辛在经历了婚姻的失败和种种困境后离开南罗得西亚,带着两岁的儿子前往伦敦。自传《影中漫步》(*Walking in the Shade*,1997)和纪实作品《英国人的追寻》(*In Pursuit of the English*,1960),记述了1949至1962年间莱辛在伦敦的生活与创作以及她在政治思想上的变化。战后的英国依然笼罩在战争的阴影中,战争依然在人民的意识与行为中延续,到处是被毁坏的房屋,所遇见的人不是来自缅甸、欧洲、西班牙的战场,就是来自恐怖的集中营,人们为了生存,为了获得名字、护照或者住所而结婚,为了浪漫的理想主义或对于现实的绝望而投身于激进的政治运动。莱辛与来自捷克的共产党员杰克前往巴黎、西班牙和德国短时旅行,她看到的到处是战争留下的废墟、贫穷和愤怒,人与人之间因为政治原因而被怀疑、被侮辱,"政治渗透到每件事情中,冷战像毒气"。1950年,莱辛加入了英国共产党。她说:"在整个欧洲,以及美国的小范围内,最敏感最有同情心、最关心社会的那部分人成为了共产党员。"①1956年,莱辛退出英国共产党,她在自传及一系列小说如《暴力的孩子们》(*Children of Violence*,1952—1969)和《金色笔记》(*The Golden Notebook*,1962)中,深刻剖析了她在政治信仰上的变化与危机。初到伦敦的十几年间,莱辛居无定所,经济拮据,为了写作而辞去了固定工作或任何赚钱的机会。她说:"因为那时,我们相信为金钱而写作是出卖灵魂,稀释甘甜的浓密,最终激怒你心中的缪斯女神,她将惩罚你,让你无法辨明好的或坏的作品,最终成为一个雇佣文人。但在当时这种风气下,保留这些珍贵的传统理念谈何容易。我们依旧认为作家应该是独立的个体,宁静的写者,应拒绝为盈利而写作。"②

自1950年《野草在歌唱》(*The Grass is Singing*)在伦敦出版以来,莱辛"总是挑起争论,触及被人遗忘的感情,使无数读者睁开眼睛,去面对令人不快的、丑陋的现实"③。非洲的生活经历和战后伦敦的灰暗现实以及冷战时期的国际政治局势,对于莱辛的社会政治观的形成和文学创作具有重大的意义。莱辛在回忆录《回家》中说,非洲"是我的空气,我的景色,最重要的,是我的太阳"④。异国他乡的生活经验使她得以在异文化的语境中重新审视英国政体以及西方的主流价值体系和多种文明的相遇与冲突,有关非洲的叙述贯穿她一生的创作。50、60年代莱辛创作了一系列以非洲生活为题材、具有强烈自传色彩的小说,如短篇小说集《老酋长的土地》(*This Was the Old Chief's Country*: *Collected African Stories*,1951)、《五篇小说》(*Five Short Novels*,1953)、《非洲故事》(*African Stories*,1964)等。五部曲《暴力的孩子们》表现白人在非洲的生活、梦想和失败以及离开非洲后的种种经验,是"对于一种来自莱辛自己的生活经历的社会、性和文化上的流浪状况的研究"⑤。小

---

① 多丽丝·莱辛:《影中漫步》,朱凤余等译,陕西师范大学出版社,2008年,第40—41页。
② 同上书,第213页。
③ Pamela L. Shelton ed., *Feminist Writers*, p. 288.
④ 王佐良、周珏良主编:《20世纪英国文学史》,外语教学与研究出版社,2006年,第470页。
⑤ Lorna Sage, *Doris Lessing*, New York: Methuen & Co. Ltd, 1983, p. 30.

说以女主人公玛莎·奎斯特的视角和立场,采用编年史和传统成长小说的形式,表现了生长于南非、后来离开南非四处"流浪"的玛莎·奎斯特苦闷、孤独、求索、奋斗、无所归属的一生。玛莎是非洲殖民的产物,她在殖民地的生活经验造就了她痛苦不安的生活历史,并使她处于一种永远的内心流亡状态。第一部《玛莎·奎斯特》(*Martha Quest*,1952)设定的时间是二战前,处于青春期的玛莎不满父母的生活方式,蔑视父母的维多利亚观念,于是离开父母,只身到城里工作,她在这里感受到了触目惊心的种族歧视和成功白人们的冷酷无情、自私虚伪。与她同龄的青年人没有生活目标,缺乏责任感,他们在乏味的办公室、俱乐部、吃饭调情、打架斗殴中虚掷时光,玛莎厌恶这种生活但又难以摆脱,她愤怒、迷惘、彷徨,不顾一切地想逃离这种令人窒息的环境。她参加了自己并不了解的左派组织,莫名其妙地订婚,激进地反叛又屈服于既定的生活模式。第二部《正当的婚姻》(*A Proper Marriage*,1954),玛莎结婚生子,居住在郊区,过着节衣缩食的生活,但不满于传统的女性生活和家庭妇女的角色,精神抑郁,最后婚姻破裂,再度回到共产党人中间,以逃避生活的空虚,但很快又对共产主义产生幻灭。离婚、战争与信仰的幻灭正是处于分崩离析的社会的象征。第三部《风暴的余波》(*A Ripple from the Storm*,1958),时间是二战期间,玛莎的第二次婚姻再度失败,渴望在激进的政治运动中找到自己的道路和迷失的自我,投身于她并不真正信仰的政治运动。第四部《壅域之地》(*Land Locked*,1965)中,玛莎的父亲病故,她与流亡的德国共产党员的婚姻也最终破裂,玛莎同一位来自波兰的犹太人相爱,但他不久也病故,玛莎看不到生活的出路,决定离开南罗得西亚。女性意识与政治意识、女性的内在自我与共产主义的双重主题贯穿四部小说。最后一部《四门之城》(*The Four-Gated City*,1969)的时间、背景跨度很大,从50、60年代的英国伦敦到20世纪末第三次世界大战的阴影,玛莎经历了二战后英国的贫困与无政府状态,最终于1997年死在苏格兰西北岸一个被污染了的岛上。这是一部启示录式、寓言式作品,预示英国的毁灭以及整个地球的灭绝。

1962年出版的《金色笔记》是最重要、最复杂的一部小说,是莱辛个人生活、政治信仰和文学创作中多重危机的产物。小说的主人公安娜是一位患"障碍症"的作家,由于种种压力和政治信仰上的"崩溃"处于人格分裂的危机之中,小说的主题就是"分裂的危险"①。形式上,由一个故事《自由女性》和五本笔记构成,《自由女性》是贯穿小说的总框架,主人公安娜有四本笔记本,她为了"梳理支离破碎的经验以便克服死亡的意志"而记笔记。因此,《金色笔记》由五部分构成,前四部分都由"自由女性"和黑、红、黄、蓝四本笔记构成,第五部分单独由"金色笔记"构成,它是对安娜一生的总结,小说最后以"自由女性"结尾,五本笔记本是对"自由女性"的注解。四本笔记分别代表了安娜作为一名作家的多重生活和经验。"黑色笔记"记录安娜的写作和与创作相关的真实经历和社会现实,包括安娜在非洲的经

---

① 陈才宇:《〈金色笔记〉阅读提示与背景材料》,浙江大学出版社,2009年,第106页。

历、安娜对于种族主义和殖民主义的看法等。安娜创作了一部有关非洲生活的小说《战争边缘》，但与安娜的真实经历相去甚远，其中充满了编造、虚伪和政治偏见，安娜经历着文学创作远离真实和真理的折磨，她还得面对大众媒体为了牟利对于文学作品的再度变形。"红色笔记"记录安娜的政治生活和政治立场，包括她与英国共产党的关系，对于前苏联等其他国家的看法，以及她对共产主义的动摇等。"黄色笔记"记录安娜的一系列以爱情和两性关系为主题的小说创作提纲或作品，同时也记录了安娜个人的情感经历，集中表现了安娜的爱情危机。"蓝色笔记"记录安娜的心理状态，安娜的梦境、生存危机、爱情危机和信仰危机，安娜拜访心理医生，同时粘贴了世界各地有关战争、凶杀、暴乱的剪报，表明其个人生活中的危机和精神问题与这些重大事件的密切关系。最后安娜用"金色笔记"把代表着分离经验和分裂人格的四本笔记本汇集为一个整体，表明她在自我分析后的自我拯救和人格统一。《金色笔记》可以视为莱辛对于20世纪50年代的总结，表现了那个时代的道德气候、社会斗争、政治分歧和知识分子的生存境况。

　　20世纪的多重灾难和罪恶使莱辛转向对于人类未来前途的极度关注。70年代开始，莱辛的创作主题和风格发生了巨大变化，她的思想深受苏菲派禁欲神秘主义的影响，结合传奇故事、太空小说和启示录式的预言，创作了大量的科幻小说。《幸存者的回忆录》(Memoirs of a Survivor, 1974)写一个处于毁灭边缘的城市里，当水、食物都耗费殆尽，一切社会组织都瓦解时人们的生活状况：他们活着，但是靠食尸体和垃圾。系列科幻小说《南船座中的老人星：档案》(Canopus in Argos: Archives, 1979—1983)将背景置于未来的星际空间，在地球与其他星际之间的关系中表现了人类可怖的历史、悲惨的现实和濒临灭绝的未来。《第三、四、五区域间的联姻》(The Marriages Between Zones Three, Four and Five, 1980)描绘了强大、未知的力量对于地球上进化程度不同的文明区域的影响：母权的、平等主义的第三区，父权的、军国主义的第四区，以及部落的、野蛮的第五区，从一个区域穿越到另一个区域，跨过边界的密切接触带来了情感上的病态甚至生理上的厌恶，不仅表现了国际区域间的斗争，也涉及了男女之间的斗争，被视为"女权主义乌托邦科幻小说"。《天狼星试验》(The Sirian Experiments, 1981)，从来自天狼星的访客的视角表现地球的历史，天狼星被描绘为充满法西斯色彩的高度组织化的社会，试图对不够发达的社会进行一种实验以改变其停滞不前的状态。1998年，莱辛谈到预言科幻小说《玛拉和丹恩》(Mara and Dann, 1999)时说："我们都坚信生存的可能"，认为冰川纪再度覆盖北半球这样的情况不会发生，"因此也就不愿意过多思考灾难以减免脆弱的自己的信心。……我们曾经极力保护的所有的文明、语言、城市、技术和发明、农场、花园、森林、小鸟及野兽，将在漫长的历史中变成一句话或一段描述"[①]。从莱辛早期的非洲叙事，到后期的科幻、寓言小说，都贯穿着一种对于不同文明、不同文化形式之间关系的经久不衰的兴趣，她不断告诉我们：世界的多元和人类的多种

[①] 莱辛：《玛拉和丹恩历险记》，苗争芝等译，译林出版社，2007年，第1页。

可能性,我们的知识系统并不足以解说这些多样的文化和未知的可能。

二、《野草在歌唱》

1949年,当莱辛离开南罗得西亚来到伦敦时,她唯一的财产就是《野草在歌唱》,小说于1950在伦敦出版后即获得成功,被视为"战后英国作家所创作的最杰出的小说之一"①,5个月之内再版7次,莱辛也一举成名,但这部作品在南罗得西亚却"遭到诅咒",也使莱辛的母亲"感到气愤和羞辱"②。这部小说不仅揭露了殖民地的种族压迫以及黑人的反抗,更重要的是,它深刻地揭示了白人男性在非洲的悲剧以及在非洲的背景下,白人文明的本质、白人政体的不公正和白人所面临的真正问题。她向人们揭示了英国对于非洲殖民的恶果:殖民主义带来的是英国人道德的堕落、肉体的衰败和精神的崩溃。

小说以玛丽·特纳被黑人男仆的神秘杀害案为开端。围绕着白人社区对于这一案件的暧昧态度,批判了白人殖民者的道德状况。因为特纳夫妇属于穷苦白人,他们被看作怪物和自作孽的人。对于玛丽的死亡,大家都不约而同地默不作声,甚至没有丝毫的同情。负责处理案件的是查理·斯莱特,他是少数成功白人的代表,他来自英国,出身贫穷,受过中等教育,在南部非洲靠着资本主义的经营方式和对土人的残酷剥削、对穷白人的野蛮掠夺而发了财。在莱辛看来,正是由于这些成功白人,在这个国家,"正义的理念被搅乱",行凶、死亡这一类事变得极其自然。这些人具有强烈的社团精神,他们形成一种强大的社会环境,迫使任何一位受过良好教育、有良心、有正义感的青年很快适应这一环境,让他们发挥自己与生俱来的变通、随机应变和识时务,学习新的行为举止,接受新的价值观念和先来的白人对于土人的看法和行为。"在一个种族歧视微妙复杂的社会里,他想要生活下去,有许多事情就只好不看不想。"③一个正直的年轻人要想在这里立足,就必须适应环境,如果他不肯就范,就会遭到排斥。要不了多久,敏感而正派的青年人就变得麻木不仁,他们开始把土人当作牲畜看待,他们与土人的关系成为奴隶主与奴隶的关系。小说的主人公玛丽和迪克分别代表了白人对待黑人的两种态度和方式:强硬、暴力和温和、哄骗。玛丽最后被杀,表明暴力只能招致暴力,而迪克则在经营农场的劳累中丧失了生命力。强大和永恒的是不可征服的非洲大自然。

主人公玛丽·特纳是由南部非洲的环境养育出来的成千上万普普通通的白人女性,她的相貌、声音和衣着都和大家一样。她的父母尽管都是英国人,但从来没有到过英国,他们与祖国的唯一联系就是来自英国的信件。父亲是铁路上的小职员,他像许多男人一样,经常酩酊大醉,失去人性。他和妻子每年为了账单会打上十二次架,贫穷使妻子变成了毫无自尊、歇斯底里的泼妇。他们养过三个孩子,两

---

① Michael Thorpe, *Doris Lessing*, London: Longman Group Ltd., 1973, p.6.
② 多丽丝·莱辛:《影中漫步》,第26页。
③ 多丽丝·莱辛:《野草在歌唱》,一蕾译,译林出版社,1999年,第21页。

个死于疾病,只剩下玛丽。玛丽冷酷无情,甚至不通人性,她从来没有想到过父母会有痛苦,在他们还在世时,她上了寄宿学校便非常高兴,连假期也不愿回去看看父母,从来不给他们写信。后来她在城里的办公室工作,过着无忧无虑的独身生活,没有目标和追求,只希望生活永远一如既往地过下去。她既不关心他人,更不了解别的国家,对于土人则视而不见。父母的不幸和死亡使她从心灵上彻底切断了记忆的纽带。她在心智上极其幼稚、愚蠢,直到30岁时还像一个少女。她孤零零地活着,没有亲情、友谊和爱情。尽管她从未想到"社会"这个概念,但是她无法脱离社会环境。她的独身成了人们的笑料,一次偶然听到的闲话改变了她的一生,使她丧失了自信,她本能地屈服于社会,决定结束单身生活。她迅速嫁给了善良但失败的农场主迪克·特纳,从城里来到农场。玛丽生长的环境逼迫她走上了规定好的道路,毫无疑问地陷入了残酷命运的"轮回"之中,她回到了母亲的老路,她和迪克重演着她父母的生活。在经济的压力下,在与土人精疲力竭的"战斗"中,玛丽从一个自信独立的年轻妇女逐渐变成了歇斯底里的泼妇、冷酷残忍的暴君,最终抑郁绝望,彻底丧失了生趣,最后被黑人男仆杀死。

玛丽是殖民主义的产物,也是它的祭品。但作为女性,她的悲剧又与性别和婚姻有着直接关系。

婚前的玛丽满足于无所追求的城市生活,认同并屈服于环境。尽管成年后的玛丽在白人的办公室工作,很少与土人直接打交道,但是她却有着一般白人根深蒂固的种族观念,从不把土人当人看,把他们视为牲畜。玛丽随着丈夫迪克·特纳来到农场后,与黑人的交道成为她日常生活中最令她精疲力竭的事情。她厌恶黑人到了神经质的地步,他们黑色的皮肤、气味、身体的姿势、行为方式,甚至她离不开土人这一事实,都激起她深深的憎恶。许多白人妇女把家里的男仆当作机器看待,于是土人学会了脸上毫无表情,让人看不出丝毫的喜怒哀乐,看上去简直像一具没有生命的黑色肉体,这也使玛丽恼火,恨不得拿东西向他们的脸上摔过去。土人有一条规矩:不能正眼看比自己地位高的人,玛丽又把这看作狡诈和不诚实。但如果他们盯着人看,玛丽则把这看作是野蛮。土人的奴性让玛丽愤怒,他们的傲慢更使她暴跳如雷,土人默然忍受她的呵斥,她又觉得这是土人无视她的尊严或者麻木不仁。土人为了她的面子婉转地辞工,玛丽却认为这是撒谎和不诚实。玛丽严守白人的时间观念和惩罚原则,从不放宽标准,她克扣土人的工资,随意开除土人。占据她身心的是如何毫不示弱地控制土人。她从未想过土人也是要吃饭、要睡觉的人,只要这些人不出现在她眼前,她从来不会想到世界上有这些人的存在。皮鞭和舌头的利剑是她对待土人的暴力武器。玛丽在对黑人的厌恶、愤怒、监视、仇恨、恐惧中耗费了自己的生命力,她丧失了理智,变得神经质。直到神秘而具有男性气质的黑仆摩西人性的一面突然被玛丽发现——他们也同白人一样痛恨自己在洗澡时被偷窥,他们也有同情心和人的尊严——玛丽发生了本质性的变化,她开始信任黑人,她人性和女性的温柔开始逐渐恢复,她开始思考自己痛苦的根源。她认识到自己的不幸应该从不幸的童年算起,"一切都不是出于她的自愿。她一步一步地走到现在这个地步,变成了一个没有意志力的女人,坐在一张又臭又黑的沙发上,等待着黑夜来毁掉她"①。她认识到他们的奋斗、征服,一切的所做所为都是徒劳的,她想到,等她一走,灌木丛就会将房子盖没,屋里的一切都将霉烂,房屋会倒塌,空地上会长出新的小草,什么都不会留下。玛丽产生了一种死亡的意志。就在玛丽和迪克即将离开他们奋斗了十几年的农场前夕,被玛丽鞭打过、呵斥过的摩西怀着歉疚、怜悯和伤感的复杂感情,报复性地杀害了玛丽。玛丽的悲剧和死亡体现了殖民地普通白人与冷酷的命运所做的无望抗争和她所付出的代价。玛丽的暴力没有征服黑人和他们的土地,相反却被黑人征服,尽管在理智上和表面上她毅然拒绝黑人,但在私下里和心理上却倾向于黑人。正如莱辛所说:"白种文化决不允许一个白种人——尤其是一个白种女人和黑人发生什么人与人的关系。'白种文化'一旦允许建立这种关系,它本身就要崩溃了,无法挽救。它最经不起失败。"②但是,事实上,白人殖民者所到之处便留下许多混血儿,白人女性与黑人男仆也有着类似的关系。在玛丽与黑人摩西的关系上,莱辛有意识地加进了性的因素,正是这种跨越种族的性吸引暗中威胁着意识形态上的种族隔离。

玛丽自我意识的觉醒和种族观念的转变与黑人男仆直接相关,而她命运的悲剧很大程度上也与男性气质密切相关。玛丽命运的转折直接缘于她的婚姻。她在舆论的压力下盲目地嫁给了一个失败的殖民者——迪克·特纳,他是穷苦白人的典型,经济上的失败直接导致了他男性气的丧失。小说中在有关迪克的描绘中不断重复使用了"疲乏"、"软弱无力"、"缺乏信心"、"筋疲力尽"、"被打垮"、"被毁"等词汇。他的失败使得人人鄙视他、轻蔑他。她在妻子面前也总是卑躬屈膝,缺乏男性气,玛丽对他的态度也基本是轻蔑和鄙视,她鄙视他作为男人的那一面,对他毫不关心,把他看得无足轻重。迪克徒劳地在土地上年复一年地耕耘,把自己弄得筋疲力尽。超负荷的劳动、贫困的生活、炎热的天气、热带疾病使他形销骨立、四肢瘫软。干旱、洪涝、虫灾或跌价使他辛勤的耕作付诸流水。他养蜂,但是却忘了非洲的蜂可能不喜欢钻进英国式的蜂箱,他盖起猪圈养猪,但是炎热的天气使猪一出生便生病死亡。迪克在农场苦心经营了15年,负债累累,难以为继,最后不得不把农场卖给查理·斯莱特。在小说最后,当黑人摩西在杀死玛丽后又想杀死迪克时,他看着睡眠中被他打败的迪克,觉得"他是无足轻重的,因为他早就被打垮了。摩西根本不把他放在心上。……于是,他轻蔑地转身离开"③。迪克没有征服黑人和他们的土地,却在耗尽了自己的生命力后彻底崩溃。

迪克是个悲剧性的人物,也是小说中唯一值得同情和比较正面的人物。他极其孤独,由于他的软弱无能和失败,他在白人中间是被嘲笑和排挤的对象,甚至也是被算计的对象。他也像许多白人那样,试图把自己的意志强加于非洲这块土地

---

① 多丽丝·莱辛:《野草在歌唱》,第211页。
② 同上书,第21页。
③ 同上书,第223页。

和非洲土著,但是,自足的非洲大自然和默默无言的非洲人,都是他有限的能力所不能掌控的。人的软弱无力与广阔无边、难以掌控的大自然形成了鲜明的对照。人们初来时精力充沛,但是炎热的天气让人四肢疲乏,不久便无精打采。人们无法捉摸冷热晴雨的规律,因为,在这里每个人的身心都得听从季节的缓慢运行。迪克除了自己拼命干活并想尽办法软硬兼施使黑人尽量给他赶出些活来,他无法掌控自然、土地和市场。正如莱辛所说:"非洲使你认识到:人,在其他的生物和广阔的风景中,只不过是一个渺小的造物。"①小说中大片的非洲荒野、炎热的气候、难以耕种的土地表现了原始自然不可战胜的力量,而正是这种地理环境孕育了非洲文明。迪克的失败,象征着一种文化改变另一种文化的代价和失败。外来者不但没有改变土人,相反,土人却改变了外来者。长久地生活于农场,使迪克逐渐养成了一种农民意识、乡村情结和对于土地的依恋。他厌恶、恐惧城市,只有待在农场才感到舒服。他对于电影、商店、金融家、商业巨头、职员等"城市符号"都深恶痛绝,他觉得正是他们毁了自己的家。每当看到郊区破了相的土地,他的内心就升起少有的反抗意识,恨不得杀了那些随意滥用土地、砍伐树木的人。与那些用资本主义的经营方式将土地商业化的殖民者不同,迪克固执地把生活的希望寄托在耕种庄稼上,他甚至为了保护土地耕种根本不赚钱的农作物,或者仅仅因为喜欢而栽种某种植物,他看着自己在被砍伐破坏的土地上栽种的树苗便感到由衷的喜悦。

与那些无情地剥削黑人的白人不同,迪克对于土人的态度比较温和,尽管他在骨子里也把土人看作野蛮人,但他从不以暴力对待他们。他学会了土人的用语,为了与他们沟通,甚至按土人的方式与他们交谈。迪克最后也沦为同黑人一样的赤贫境地,在某种程度上暗示了迪克在行为、观念和生活方式上向黑人土著文化归化的迹象。莱辛试图表明:改变了的是白人殖民者,殖民的结果不仅唤醒了黑人的反抗,也唤醒了白人的自反意识。在《野草在歌唱》中,莱辛展示了玛丽的自我意识的觉醒和其对于自己生活的彻底否定与绝望;在《暴力的孩子》中,莱辛集中表现了白人间的共产主义潜流和黑人的抵抗运动,白人道德的堕落和出于内心流亡状态的青年人对于白人文明、维多利亚观念乃至英国政体的怀疑。莱辛后期有关非洲的作品及回忆录,进一步呈现了非洲的自然、文化、制度以及伴随殖民主义而产生的反资本主义、反西方的政治思想和运动。这对于20世纪后半期处于冷战时期的西方人而言具有深刻的意味。殖民主义并没有拯救西方白人,相反,殖民主义不仅使白人从精神到肉体都溃败下去,而且造就了一种强大的自我怀疑精神和自反力量。对于共产主义的信仰和激进的政治活动,正是反抗非洲种族隔离、政治不公正,解决个人生活空虚、精神苦闷和情感问题的结果。

---

① Michael Thorpe, *Doris Lessing*, p.11.

第二章 法国女性文学

第一节 概 述

一、中世纪:女性书写的初现

法国女性文学的起点可追溯到中世纪。就法国女性文学自身的发展历程来看,"女作家及女性读者从肇始期即对法国文学史的发展进程施加了影响,尽管她们的历史因包含着沉默与抗争、边缘化与赋权、传统与独创、断裂与整合这些元素而呈现出一种片段化的样貌"①。中世纪的女性文学创作主要集中在公元6世纪到公元15世纪这段时期,以修道院及宫廷和贵族家庭中的女性为主要创作群体。

自墨洛温王朝时期开始,修道院成为庇护女性的处所,女子可以在里面以拉丁文进行阅读和写作,但仅限于对宗教教义的阐释和私人信件的往来。加洛林王朝以降,女性对拉丁文的研习从修道院蔓延到宫廷和贵族家庭,渐趋成风。这一传统的延续极大提高了中世纪法国女性的读写能力,以至于早期法兰克地区的女性作家几乎都能以拉丁文进行创作。12世纪中叶,以法语进行创作的作品在一些颇具地位的女赞助人,如埃丽诺尔·德·阿奎丹②、玛丽·德·香槟③等的支持下以宫廷文学的形式逐渐盛行。13、14世纪,一些宫廷、贵族女性和修女开始创作,但作品大多不能署以真实姓名。女性参与社会文化活动,尤其是读写活动受到习俗和宗教的制约,女性创作只取得了些微成就。这一时期女性作家的作品种类主要是抒情诗、宫廷叙事、书信、祈祷文、使徒行迹、劝喻文等,作品大多产生于宗教活动及贵族女性对下一代的教育活动中,其目的主要是为了实施道德训诫和进行精神指引。由于中世纪的法国女性在宫廷事务、家庭教育活动及口语表述传统方面扮演了重要角色,她们在抒情诗、小说、劝喻文及祈祷文等几种文学样式中形成了具有女性意识的独特话语,中世纪的女性作家以自己的方式与男性文学传统进行勇敢抗争,为这些文学样式的变革作出了不容忽视的贡献,可以说,女性对中世纪法语文学及文化的形成起到了推动作用。

法国中世纪早期较有影响的女作家为圣·拉德贡德(Saint Radegund,约520—578),拉德贡德原为图林根公主,幼年时与兄长被法王克罗泰尔一世(Clotaire Ⅰ)

---

① Sonya Stephens ed., *A History of Women's Writing in France*, Cambridge: Cambridge University Press, 2000, p. 10.

② Eleanor de Aquitaine(1122—1204):法国中世纪阿奎丹公爵威廉十世的长女,1137至1152年间曾为法王路易七世王后,1152至1204年间为英王亨利二世的王后。

③ Marie de Champagne(1174—1204):法王路易七世与埃丽诺尔·德·阿奎丹的孙女,弗兰德尔伯爵巴尔达维五世的妻子。

作为战利品带回宫廷,后被迫成为其王后。得知克罗泰尔一世杀害了自己的兄长后,拉德贡德逃离了宫廷,栖身于普瓦蒂埃(Poitiers)修道院。在大主教圣克鲁瓦(Saint-Croix)的调停下,拉德贡德最终获得了在修道院自由生活的特权。拉德贡德现存的作品主要是书信与诗歌,拉德贡德在致其他修女的信中主要探讨了修女应具有的道德品质以及提高读写能力的重要性。拉德贡德偶尔也以诗作直接作为信的内容,她曾以"图林根的陷落"为主题,在诗中描述战争的恐怖、残酷,表达自己失去亲人的伤痛之情以及在逆境中抗争的意志。以拉德贡德为代表的中世纪早期女作家的经历表明,"在六世纪的高卢地区这个混乱的世界里,那些女性如何在读写活动中利用自身的修辞技巧来巩固女性社团、强化家族与政治关联,甚或试图在时代的政治风暴中力挽狂澜"①。

法国中世纪最重要的女诗人是**玛丽·德·法兰西**(Marie de France,创作年代约1160—1190),她也是法国文学史上的第一位女诗人,是不列颠系骑士故事诗的代表作家之一。她出生在法国,因某种宗教原因长期生活在英国国王亨利二世的宫廷里,其作品主要为《短篇故事诗集》(*Lais*),共12首,其中以描述特里斯坦和伊瑟尔故事的《金银花》(*Le Chèvrefeuille*)较为知名。作品主要表现恋爱中的男女,重点突出女性的感受。无论是处于不幸婚姻中的女子、深陷婚外情的女子,还是忠诚的妻子、坚贞的少女,抑或是未婚生育的女子,作品中的女主人公都能勇敢地表达自己的感受。玛丽·德·法兰西通过爱情与死亡、欲望与逾矩、生育与再生等主题,对女主人公的道德困境及解决方式给予了多种诠释。玛丽·德·法兰西的《短篇故事诗集》赋予女性以更大的情感自主性,显露出与其同时代男性作家迥异的道德观,体现出鲜明的女性视角,对法国中世纪后期的传奇作品有很大影响。玛丽·德·法兰西还将搜集到的民间故事编译成一部寓言诗集,题为《伊索》。她在其中表达了对市民阶级和底层劳动人民的同情。

法国中世纪最重要的女作家是**克里斯蒂娜·德·皮桑**(Christine de Pizan,1364—1430),她也被誉为法国历史上第一位职业女作家。皮桑出生于意大利,具有开明思想的父亲使皮桑从小获得了良好的教育。她熟练掌握了拉丁文和希腊文,既熟悉古典作品,又能接触到其同时代人的作品。皮桑的父亲为查理五世的御用占星师,她从小便生活在查理五世的宫廷里,15岁时与查理五世的宫廷秘书结婚,25岁丧夫。艰辛的生活没有使皮桑意志消沉,她一面以写作排遣自己的苦闷,一面以写作所得供养三个幼子和年迈的婆婆。皮桑将自己的作品献给查理六世及王公贵族,并以其文笔清丽得到认可,获得赏赐。她还同当时知名的文人和学者进行广泛交流,以出众的学识赢得了众人的尊敬。皮桑的抒情谣曲因感情真挚、语言优美被翻译成多种语言。特殊的生活经历使皮桑对女性的身份和处境有更多的感触,也促使她进行更深入的思索。她在1401年有关《玫瑰传奇》(*Roman de la*

---

① Sonya Stephens ed., *A History of Women's Writing in France*, p. 14.

Rose,约 1225—1230)①的论战中曾公开谴责作者在作品中对女性形象的贬损,"这一举动本身便是一件重要的事,因为这是她以女性的身份在法兰西王国的文化生活中最早发出的女人的言论之一"②。在其代表作《妇女城》(*Le livre de la Cité des Dames*,1405)中,皮桑除揭露了此前男性作家有关女性的错误表述外,更对女性给予了全面的肯定。《妇女城》以薄伽丘的《名女传》(*De Claris Mulieribus*)为蓝本,构建起一个由杰出女性建造起来的理想王国。作品由三部分组成,分别讲述建造这个王国的缘由和基础、住宅的完工和居民的入住、塔楼和屋顶的完工。在城市建造的三个阶段,分别得到了理性女神、正直女神和公正女神的帮助。女性的勇敢、智慧和审慎是这座城市的基石,居民们也都是具有高贵品质的女性,建成后的城市将成为优秀女性的理想居所和避难地。皮桑试图通过《妇女城》表明,女性具有上帝赋予人类的一切高贵品质,在男性的压制和诋毁下,女性的价值一直无法实现,如果赋予女性与男性同等的权利,女性必将创造出属于自己的新世界。《妇女城》在承认性别基本差异的基础上明确提出了男女平等的要求,维护了女性的价值和尊严,在男性权威统治的世界里发出了女性的声音,具有划时代的意义。

二、文艺复兴时期:女性书写的兴起

法国在 15 世纪末进入文艺复兴时期,与欧洲其他国家一样,印刷术的推广和世俗教育的兴起改变了人们的生活方式,也在一定程度上影响了女性的生活。从整个社会层面上看,出身下层的女性依然鲜有受教育的机会,只能在极小的范围内得到简单的技艺培训,如识字、纺织、剪裁等。上层社会中出身于开明之家的女性,能够在一定的社交指向性原则下得到更加广泛的教育,如语言文化、社交礼仪、家务管理及子女养育等,有时还可以得到音乐和艺术等方面的培养。但这类教育的目的主要是为了保证女性在婚后尽快进入角色,符合其所属阶层地位的行为规范和道德准则。"她们接受的教育、她们的文化素养,包括她们在修道院学会的家务活计和手艺等,这些都与其掌管家政、护卫家人宗教信仰的贤妻良母形象相适应。"③女性在接受相应类别教育的同时也被更加牢固地束缚在社会指派给她们的领域内,其性别角色及义务也再次被强化。尽管如此,从实践层面上看,更多的女性在接受教育的过程中提高了自身的文化修养,增进了对社会的了解,扩大了自己的精神视野,从而有了更多思索和表达的空间。更重要的是,丰厚的知识积累使更多的女性具备了判断和选择的能力,也使她们在思想上获得了一定程度的自由。露易丝·拉贝(Louise Labé)就在致友人的信中称学习对女性而言是一种"高贵的

---

① 法国中世纪市民文学的代表作之一,作者为吉约姆·德·洛里斯(Guillaume de Lorris)和让·德·墨恩(Jean de Meung)。
② 米歇尔·索托等:《法国文化史Ⅰ》,杨剑译,华东师范大学出版社,2006 年,第 322 页。
③ 阿兰·克鲁瓦、让·凯尼亚:《法国文化史Ⅱ》,傅绍梅、钱林森译,华东师范大学出版社,2006 年,第 184 页。

自由",并认为比起华服美饰来,"通过学习赢得的荣耀才真正属于我们"①。可以说,文艺复兴时期的教育增强了女性独立思索的能力,进而造就了早期的知识女性群体,女性书写在人文主义思潮的推动下逐步发展起来。

文艺复兴时期法国的女作家大多出身于宫廷和开明的贵族阶层,少数出身于富裕的平民家庭,在创作上大多依托于自己的生活和情感经历,具有强烈的主观色彩和较强的性别意识。虽然这些女性作家在作品体裁和创作手法上大多模仿意大利早期人文主义者,如薄伽丘和彼得拉克等人的作品,但她们在作品中往往着力强调自己作为女性的独特感受和有别于男性的视角,在张扬个性的同时也体现出女性书写的特异性。

玛格丽特·德·纳瓦尔(Marguerite de Navare,1492—1549)是法国文艺复兴时期较有影响的女作家之一。她是法王弗朗索瓦一世的姐姐,博学多识,通晓多种语言,对古希腊罗马文学和同时代的人文主义文学有浓厚的兴趣。她主张对天主教内部施行改革,同情新教徒,力阻弗朗索瓦一世对新教徒的迫害,她的府邸是当时新教徒和人文主义者的避难所之一。她的作品以诗歌和小说为主,代表作有宗教长诗《罪孽灵魂的镜子》(Le Miroir de l'âme Pécheresse,1532)、小说《七日谈》(Heptaméron,1540—1547,未完成,1558 年出版)。《七日谈》在作品形式上模仿薄伽丘的《十日谈》,以因洪水阻路暂避修道院的五对贵族男女讲故事为基本框架,共有 72 篇故事。故事多为世俗趣闻,有的反映教士的伪善、荒淫和贪婪,有的表现男女青年的婚恋波折,在每个故事后面还有一段评论,集中反映作者的态度和感受,这使整部作品有别于单纯讲故事的通俗小说。作者以这种述评的形式表达了自己对当时的习俗和道德观的看法,肯定青年男女对婚恋自由的追求,揭露了贵族道德的虚伪残忍,批判教会中存在的腐败现象,对当时流行的贬损女性的流行观念给予了反驳。作者认为,伪善、狡猾、残忍并非女性的本质特征,在教会和封建家长的规范下,女性的真诚和忠贞往往使她们遭受不幸,女性只有时刻保持谨慎和自重才能获得幸福。《七日谈》的价值在于,"它表达了女性解放的思想,同时也表达了一个不屑于索邦神学院宗教谴责的王姊坚守个人思想的决心,表达了她忠实于自己的宽容态度的信念,以及由此而表现出的国王之姊的完美风范"②。

16 世纪较为著名的女诗人是**路易丝·拉贝**(Louise Labé,1525—1566),她出身于里昂的富裕绳商之家,从小受到良好教育,在文学和艺术方面有很好的造诣,还能和男子一样骑马。女性的特殊身份使路易丝·拉贝没能与同时代七星诗社的男性诗人一样享有同等的声誉,直到 20 世纪初,她的诗作被诗人里尔克发现后才逐渐引起研究者的注意。路易丝·拉贝不仅才华出众,还以其特立独行引起同时代人的热议。她坚持在婚后继续自由出入社交圈,而且在自己周围形成了一个具有一定风格特征的"里昂派"文学圈子。她于 1555 年出版了自己的诗集,其中收录了

---

① 马格丽特·金:《文艺复兴时期的妇女》,刘耀春、杨美艳译,东方出版社,2008 年,第 230 页。
② 阿兰·克鲁瓦、让·凯尼亚:《法国文化史 Ⅱ》,第 113 页。

24首十四行诗、散文诗《爱情与狂热的冲突》(Débat de Folie et d'Amour)等。她的作品在形式上较多模仿彼得拉克的诗作,但其中对情感的表达更为直白激烈,更具感染力。她以女性的身份直言不讳地讲述自己的恋情,表达对真爱的渴望与追求,描述自己在恋爱中的真实感受。更重要的是,她以自己的博学大量引述典籍和神话中的例证,以此说明,爱情使男性变得盲目,而女性应该在恋爱中享有与男性同等的权利,甚至可以由女性来引导男性。当时的人文主义者将其比作"萨福",而教会则斥其行为无耻。从生活状态到其创作主题,路易丝·拉贝都以其反传统的个性体现出鲜明的时代精神。"她对同时代女性状况的意识具有明显的现代特质,这种看法在稍后的16世纪甚或更晚的女作家身上将会得到回应。"①

除了小说与诗歌外,文艺复兴时期的法国女作家在回忆录和散文方面也取得了一定成就,前者以玛格丽特·德·瓦卢瓦(玛戈王后)为代表,后者以玛丽·德·古尔内为代表。

玛格丽特·德·瓦卢瓦(Marguerite de Valois,1553—1615)是法王亨利二世之女,美丽聪颖,作为政治与宗教双重利益调和的结果于1572年被嫁给新教领袖纳瓦尔国王亨利(后来的法国国王亨利四世)。她的婚姻导致了法国史上闻名的圣巴托罗缪之夜惨案②,她本人也在历经磨难后于1599年结束了这段婚姻,她的几位兄长和前夫在几十年间先后成为法国国王。在此期间,玛格丽特·德·瓦卢瓦开始撰写关于自己生活经历的《回忆录》(Mémoires,1628年发表)。这部《回忆录》堪称法国历史上第一部完全由女性撰写的自传,和以往由男性撰写、以记录公共性历史事件为目的的回忆录相比,这部作品更具个人化的私密色彩。作者记述了自己从童年到成年的经历,并从家庭成员的角度讲述了她的兄长们和前夫的生活。回忆录以一种直观的当代视角勾画出生动的时代画卷,具有文学和史学的双重意义。

玛丽·德·古尔内(Marie de Gournay,1565—1645)是活跃于法国文艺复兴晚期的女作家,以其作品中超前的女性意识为后世称道。她出身于破落贵族家庭,自学成才,具有创作天赋。少年时代起便仰慕当时的大作家蒙田,1588年被蒙田认为养女。蒙田去世后,玛丽·德·古尔内受蒙田遗孀之托为蒙田编辑整理遗作,她后来终其一生都在致力于这项工作。她不仅以评论者的角度为蒙田的《随笔集》(Essais)作序,而且还翻译了作品集中的拉丁文引文,为蒙田作品在后世的流传作出了巨大贡献。自1598年以来,玛丽·德·古尔内便开始了职业作家的生涯,她以自己的才学逐渐为同时代人肯定,晚年还从首相黎塞留处获得了作家年金。玛丽·德·古尔内的作品有诗歌、散文、小说等几个类别,涉及众多主题,哲学和伦理学是其中较为集中的两个方面。她的代表作为阐述女性主义观念的小册子《论男女平等》(Egalité des hommes et des femmes,1622)和《女性的申诉》(Grief des dames,

---

① Sonya Stephens ed., *A History of Women's Writing in France*, p.52.
② 1572年8月24日,法国王太后凯瑟琳·德·美第奇(Catherine de' Medici,1519—1589)借婚礼之机怂恿法国的天主教徒对前来观礼的数以千计的胡格诺派教徒进行屠杀。

1626)。在《论男女平等》中,玛丽·德·古尔内以引述古今具有权威性的思想家,如普鲁塔克、塞内卡、伊拉斯谟等人及早期教父和神圣经典中的话语,为自己的论辩开辟了一条新的路径。她指出,如果这些备受尊崇的古今贤哲都肯定了女性的美德,那只能说明否认女性美德的男子本身缺少智识。女性与男性同出于上帝,除了只在繁衍后代的事务中有所区别外,二者生而同质。她还强调了教育对女性的重要性,指出女性的弱势只源于后天缺少受教育的机会。在《女性的申诉》中,玛丽·德·古尔内对自己没有被严肃地作为知识分子看待而不平,她责备男性以虚伪的文雅礼节对待女性而拒绝与女性进行真正的智性对话,她认为这其实正反映了男性试图掩盖自己视女性为对手的恐惧心理。可以说,在男女平权的意义上,玛丽·德·古尔内的女性书写具有更加深远的划时代意义。"文艺复兴时期的女作家以具有女性意识和女权色彩的思考方式提升了人文主义的内涵,使其观念拓展到涵盖整个人类的层面。正是因玛丽·德·古尔内的存在,这一进程在十七世纪之初才有了结果"①。

三、17世纪:现代女性意识的初现

自17世纪初始,法国的几位国王都以巩固王权为宗旨,镇压贵族和民众的叛乱,推行中央集权政策,法国的君主专制体制和绝对王权得到空前发展,具有专制权威的意识形态占据了主导地位。与此同时,失去政治权势和经济威力的贵族阶层逐渐转向文化领域,试图以构建精英文化生活的形式与王权分庭抗礼,沙龙及沙龙文化的兴起即反映了这一意图。这种非官方的社交形式以探讨文学艺术为主旨,讲求优雅的交往礼仪和谈话技巧,同时也发挥了汇聚信息、传播信息的功效,因而在当时的社会中扮演了重要的角色。沙龙成为发布文学作品、品评文学作品、交流新思想、讨论制定新的语言文字规范的重要空间,"这些光彩夺目的社交中心产生了新的文学风格。诗歌和戏剧作品开始带上文学批判的痕迹"②。

自1608年德·朗布依埃夫人(Mme. De Rambouillet,1588—1665)创办"蓝色沙龙"(chambre bleue)起,在此后近两百年间,女性通过主导沙龙的方式对法国社会文化生活的变迁及文学的发展起到了巨大的推动作用,而那些教养良好、才智出众、品位超群的沙龙女性也一度被冠以"雅女(précieuse)"的称号。她们以自己的才学和社交技巧主导着沙龙活动,将具有严肃意义的学术活动与时尚趣味相结合,构筑起一种新的时代精神。女性的思想光芒闪耀在沙龙的日常生活中,沙龙也为女性提供了施展才能的空间。

尽管在当时,像玛丽·德·古尔内这样的职业女作家还未得到普遍认可,"雅女"们也只是把写作当作娱乐和展示才气的一种方式,全然没有成为作家的目的,但她们具有独立意识的生活方式以及在作品中对女性自身才能的认识和发掘,却

---

① Sonya Stephens ed., *A History of Women's Writing in France*, p. 62.
② 艾米丽亚·基尔梅森:《法国沙龙女人》,郭小言译,中国社会科学出版社,2003年,第4页。

显现出一定的现代意味。"就法国而言,当时不超过一半的女性能写自己的名字,即便在大城市也是如此。但是在沙龙这个环境中,这些少数女性中的少数成了精英。毫无疑问,如果不是这些精英女性的存在,其他更广大的女性主体不会意识到她们缺少了什么,她们想要什么。在一个由男性缔造并且服务于男性的社会中,所有的变革都只能求诸女性自身"①。这一时期涌现出的女作家人数众多,她们大多无意在男作家制定的规范下循规蹈矩,抛弃了戏剧这种古典主义文学的经典表现形式,转而在小说这种更加灵活、更易于表达个性化思想感情的文学样式上开辟自己的领地。这一时期女性作家的主要成就表现在小说创作领域,她们在作品容量和反映生活的广度方面都有所拓展。尤为重要的是,她们更加深入细致地反映了女性特有的内在精神世界,传达了具有鲜明时代特征的女性价值观、道德观和个体心理感受。玛德莱娜·德·斯居代里、德·塞维涅夫人和德·拉法耶特夫人是17世纪沙龙女作家的代表人物。

玛德莱娜·德·斯居代里(Madeleine de Scudéry,1607—1701)出身于没落贵族家庭,幼年双亲亡故,由叔父抚养长大,接受了良好的教育。叔父去世后,她与兄长乔治·德·斯居代里②一起定居于巴黎。玛德莱娜·德·斯居代里精通西班牙语和意大利语,知识面广博,才华出众,时人将其誉为"萨福"。在1652年独立主持"萨福星期六"沙龙之前,她曾是德·朗布依埃夫人沙龙的固定成员之一。因担心失去自由,她终身未婚,与保罗·佩里松③保持了长达半个世纪的精神恋爱。她的代表作为长篇历史小说《阿塔梅纳,或居鲁士大帝》(Artamène ou le grand Cyrus,1649—1653)和《克雷莉娅,罗马故事》(Clélie, histoire romaine,1654—1660)。在这两部长达十卷的作品中,玛德莱娜·德·斯居代里以浪漫的手法借古代异域故事的题材描写了自己同时代的人和事。她在历史小说中塑造了一群理想的贵族形象,她以宣扬英雄主义和典雅爱情的方式表达了自己对当时贵族阶层淫逸之风的不满。1671年,她获得了法兰西学院首次颁发的雄辩奖。玛德莱娜·德·斯居代里在作品中阐述了自己对于女性地位的看法,她一面强调女性加强自身修养的重要性,一面申明女性应避免成为单纯的学究,主张在一种"温文儒雅"的交往方式中使男女两性形成互相尊重、互相爱慕的情感模式。她的《道德会话录》(Conversations sur divers sujets,1680—1692)使其成为法国第一位女伦理家。

作为玛德莱娜·德·斯居代里的好友,**德·塞维涅夫人**(Madame de Sévigné,1626—1696)是17世纪沙龙书简作家的代表人物,她幼年失去双亲,由舅父抚养长大,受到了良好的教育,能够熟读拉丁文著作,具备良好的写作能力和鉴赏能力。是"蓝色沙龙"和"萨福的星期六"沙龙的固定成员之一,她的才华和个性也使自己

---

① Michelle Perrot,*A History of Women in the West*:*Renaissance and Enlightenment paradoxes*,Georges Duby,Natalie Zemon Davis,Harvard College,1994,p.397.
② 乔治·德·斯居代里(Georges de Scudéry,1601—1667),17世纪法国剧作家。
③ 保罗·佩里松(Paul Péllisson,1624—1693),17世纪法国作家。

家中举办的沙龙名士云集,拉辛、布瓦洛和黎塞留是她沙龙中的常客。1671 年,德·塞维涅夫人的女儿远嫁普罗旺斯,为了表达对女儿的思念之情,她每天给女儿写一封信,告诉她自己身边发生的事情。这些信件同其他写给友人的书信集结在一起于 1725 年正式出版,名为《书简集》(Lettres),1819 年出版完整本,共收录一千五百多封书信。书信是法国 17 世纪流行的文学样式,《书简集》堪称其代表作。德·塞维涅夫人的书信一度被当作典范之作呈送给路易十四。《书简集》中书信的时间跨度长达 48 年,其内容从日常起居、社交应酬等生活细节到宫廷轶闻、政治事件等社会大事皆有述及,在点评事件和抒发情感的过程中显露出女性的睿智和委婉。《书简集》不仅是德·塞维涅夫人个人生活的写照,更是记录了整个时代的历史文献。

德·拉法耶特夫人(Madame de La Fayette,1634—1693)出身于贵族家庭,天资聪颖,以博学著称。早年曾出入法国和卢森堡宫廷,与萨伏依公国的当权者也有密切的联系,这使她对当时的宫廷生活深入了解,为后来的创作积累了素材。她于 1661 年开办了自己的沙龙,这里汇集了当时的众多名士,而她本人与拉·罗什福科之间保持多年的柏拉图式恋爱也一度被传为佳话。她的小说《蒙邦西埃王妃》(La Princesse de Montpensier,1662)、《克莱芙王妃》(La Princesse de Clèves,1678)及回忆录《法国宫廷回忆录》(Memoires de la Cour de France,1731)等作品反映了自玛德莱娜·德·斯居代里以来,公众在小说方面的趣味已由对历史小说中英雄主义情怀的关注转向情感小说中个人化的情感体验。《克莱芙王妃》是德·拉法耶特夫人的代表作,女主人公克莱芙王妃为了践行道德规约而放弃了真爱,体现了古典主义时代激情服从理性的道德理想。《克莱芙王妃》被认为是法国第一部心理小说,对后世小说创作影响深远。

总体来说,17 世纪的法国女性在由王权和男性权威所主导的话语空间中,以一种非对抗的互动形式开辟了自己的领地,她们对自由精神的维护和对纯净情感的倡导体现了鲜明的群体性特征。

四、18、19 世纪:现代女性意识的发展

18 世纪的法国女性依然通过沙龙对法国文化发生影响,但封建王权的衰落和公众群体的壮大使 18 世纪的沙龙呈现出有别于 17 世纪沙龙的特点,"起先,沙龙中主要是文学游戏、朗诵诗歌、信札和箴言,后来成了信息交流、思想交锋、集体批评、讨论和作论文或哲学论著的场所。在一些本来贵族占优势的,艺术家、作家经常出入的文学沙龙中,平民和贵族平起平坐起来,在知识分子辩论所要求的平等意识面前,身份的差异被抹去了"①。18 世纪沙龙文化更突出个体的能力及思想价值。女性依然是沙龙活动的主导者,但她们已不再满足于只将自己的影响力局限

---

① 安东尼·德·巴克、佛朗索瓦丝·梅洛尼奥:《法国文化史Ⅲ——启蒙与自由:十八世纪和十九世纪》,朱静、许光华译,华东师范大学出版社,2006 年,第 41—42 页。

于沙龙这方天地,涉足领域开始扩大,越来越多地参与到时代的思想与政治纷争之中。对于18世纪的法国知识女性而言,写作依然不是首选的谋生手段,但写作却是参与社会生活的必不可少的方式。这些推动了启蒙思想的发展并致力于传播启蒙话语的精英女性利用书信、回忆录、论文、小说等各种文学形式表达对时代、社会生活以及自身的认识和评判。

集文学、哲学、科学素养于一身的**爱米丽·杜·夏特莱**(Émilie du Châtelet,1706—1749)是当时知识女性中的佼佼者。她出身名门,自幼喜爱数学和精密的科学理论,熟练掌握英语和拉丁语,曾翻译过英国作家曼德维尔(Sir John Mandevile,1670—1733)的《蜜蜂寓言》(Fable of the Bees)和牛顿的《数学定理》(Principia mathematica)。她长于缜密的思考和敏锐的判断,以《论火的特性及传播》(Dissertation Sur la Nature et la Propagation du Feu,1738)、《物理导读》(Institutions de physcique,1740)、《论幸福》(Discourse sur le bonheur,1779年出版)显示了自己独特的才华。另有两部从未发表的质疑天主教思想的作品《〈创世记〉考》(Examen de la Gènese)和《〈新约〉考》(Examen des livres du Nouveau Testament)。由于当时普遍对女学者有偏见,杜·夏特莱夫人的大多数作品都是秘密完成的。她与伏尔泰保持了长达20年之久的情谊,在某些方面影响了伏尔泰的思想。

一直到18世纪中期,女性写作也只在书信和小说这两个领域得到认可。**杜·德芳夫人**(Madame du Deffand,1697—1780)和**朱莉·让娜·埃莱奥诺·德·莱斯皮纳斯**(Julie Jeanne Eléonore de Lespinasse,1732—1776)是18世纪书简作家的代表人物。德·莱斯皮纳斯命运多舛,她是一位伯爵夫人的私生女,饱受家族歧视,后被杜·德芳夫人选中作为其女伴和沙龙主持。1746年,德·莱斯皮纳斯在两人关系破裂后自己另设沙龙,并与达朗贝尔①结下了终生友谊。后来她陷入一场无法自拔的单恋,郁郁而终。德·莱斯皮纳斯的书简集以不同版本面世,其中包括她写给其单恋对象的书简,其中反映了她对于情感的极其复杂的心理,表达了女性对真诚爱情的向往与追求。

法国女性的教育状况在18世纪未有明显改善,当时很多上层社会的女性都是通过自我教育增长见识,提高自身修养。一些知识女性在作品中就女性的教育问题发表了看法,她们的观点在一定程度上反映了启蒙思想笼罩下的知识女性如何看待自身的地位和作用,如何在充满禁忌的社会中通过自我教育完善自我。**德·朗贝尔夫人**(Madame de Lambert,1647—1733)在《一位母亲对女儿的忠告》(Avis d'une mere à sa fille,1726—1728)和《女性沉思录》(Réflexion nouvelles sur les femmes,1727)等作品中批评对女性教育的忽视,指责男性对女性的不尊重。她强调道德教育对女性的重要性,并以道德尊严为最高目标。她力图培育女儿内在的柔情,认为这种品质可以有助于形成个性、控制意志,确保形成稳固而又持久的人性美德。**玛**

---

① 达朗贝尔(Jean Le Rond d'Alembert,1717—1783):法国著名物理学家、数学家和天文学家,著名沙龙女性德·唐森(Claudine Guérin de Tencin)夫人的私生子。

德莱娜·德·皮西厄（Madeleine de Puisieux,1720—1798）在其代表作《性格论》(Les Caractères,1750)中根据不同的社会行为对人类进行分类,并据此来研究年轻女性的行为。在《女性并非劣等》(La Femme n'est pas inférieure à l'homme,1750)和《女性的胜利》(Le Triomphe des dames,1751)中,她驳斥了所谓女性不如男性的偏见,主张男女应该平等相处。她们的看法显示出18世纪的法国知识女性对自身关注度的提高以及对两性之间社会性差异的认识。

18世纪法国女性在小说创作方面有所突破,女性作家不再只局限于从具有浪漫风格的古代题材中获取灵感,随着她们对当代社会生活的更多介入,她们的作品也具有更多的时代气息和对于现实的关注。代表作家**玛德莱娜-安热莉克·德·戈梅**(Madeleine-Angélique de Gomez,1684—1770)的创作涉及诗歌、戏剧和小说等方面,她的代表作是故事集《美好时光》(Les journées amusantes, dediées au roi, 1722)和《新故事百篇》(Cent nouvelles nouvelles,1732—1739),她首次尝试在作品中运用框架式叙事结构。**让娜·玛丽·勒普兰斯·德·博蒙**(Marie Jeanne Leprince de Beaumont,1711—1780)在教育学方面成就卓著,她在旅居英国期间创办了女性杂志,并以童话的形式表达自己的教育理念,著名的《美女与野兽》(La Belle et la Bête)即出自她的笔下。她还在《书信评论集》(Lettres diverses, et critiques,1750)中先于卢梭指出,父亲应在子女教育中承担重要职责,教师应有献身精神,以学生为友。她的主要作品是道德小说,有《杜·蒙蒂埃夫人》(Lettres de Madame du Montier,1756)、《埃梅朗斯与露西》(Lettres d'Emérance à Lucie,1765)及《巴洛内·德·巴特维埃夫人回忆录》(Mémoires de Madame la baronne de Batteville,1766)等。作品大多试图通过人物的情感经历表明:女性在婚姻中应该奉行基督教所要求的忍耐和奉献的准则,以成就自己的完美品德,而一旦失去婚姻,这些品德也是女性最终能够实现"自治"的必要条件。具有这些良好品德的女性可以通过拒绝婚姻的方式抵御外在世界的诱惑,从而使自己获得无限的自由。**玛丽·让娜·里科博尼**(Marie Jeanne Riccoboni,1713—1792)则在作品中表现出具有女性主义观念的个性化特征。虽然里科博尼是个在舞台上不得志的女演员,但她作为小说家的地位已在同时代人中得到认可。她的作品主要为书信体小说,代表作有《法妮·布特莱尔女士》(Letters de Mistriss Fanni Butlerd,1757)、《阿德莱德·德·达马尔丹,桑塞尔侯爵夫人》(Letters d'Adelaide de Dammartin, comtesse de Sancerre,1766)、《伊丽莎白·苏菲·德·瓦雷埃》(Elizabeth Sophie de Valliere, 1772)和《米洛河》(Milord Rivers,1776)三部曲等。里科博尼通过作品中所描述的女性受男性欺骗的种种情形表明,男性具有自私、冷漠和投机的本性,由于在物质、法律及社会地位方面占有优势,他们在与女性的关系中常常处于压迫者的地位。加之社会道德法则对于女性的歧视,如果交往的结果不能形成婚姻,男性几乎不需承担任何风险,而女性则会成为被社会遗弃的贱民。她的作品在一定程度上反映了18世纪法国的社会现实。因在心理描写和社会写实方面的卓越成就,里科博尼被视为18世纪最重要的女作家之一。

法国社会在18世纪下半叶的种种迹象越来越显示出变革的趋势,"由于有了通过俱乐部、沙龙、学院、报刊、书籍、论著的媒介交流意见的原则,民间社会的文人们把他们个人的内心思想形成某种共识,形成可以与统治者意识抗衡乃至超过它的一种公众意识。这场革命是看得见的,在整个世纪层出不穷的出版物中,包含有'公众的'这个形容词的大量词组的出现即是一例"①。大革命作为启蒙思想的直接产物体现了统治权威非神圣化的过程,自由、平等、博爱的理念几乎渗透到社会生活的每一个角落。一些知识女性如**奥兰普·德·古热、罗兰夫人**(Madame Roland,1754—1793)、**黛洛尼·德·梅里古尔**(Théroigne de Méricourt,1762—1817)、**吕西·德莫林**(Lucile Desmoulins,1770—1793)等也投身于这场由"公众意识"高涨所引发的去魅化社会运动中,她们站到革命的舞台上,以手中的笔来捍卫启蒙思想的信念,以实际行动表明自己的政治立场。

奥兰普·德·古热(Olympe de Gouges,1748—1793)是女性介入政治的代表人物,她出身于小资产阶级家庭,早年接受过一定程度的教育,丈夫去世后从外省移居巴黎。她经常出入一些沙龙,结识了一批作家、思想家和政治家,开始了自己的创作生涯。她曾经满怀希望迎接大革命的到来,当发现革命并未给予女性以应有的平等权利后,她在失望之余以各种形式表达这一诉求。作为对《人权宣言》的回应,她发表了《女权宣言》(Les Droits de la femme et de la Citoyenne,1791),要求给予女性与男性同等的公民权,这部作品被视为第一部要求女性享有普遍人权的宣言。同年,她在《社会契约》(Contrat Social)中要求建立一种平等协作的两性关系,主张女性在公平契约的保障下在婚姻方面与男性享有同等的权利和地位。由于诉求得不到回应,奥兰普·德·古热的言辞越来越激烈,她与她的政治同盟者被雅各宾派逮捕,并被判处死刑。奥兰普·德·古热的经历表明,18世纪的知识女性已不再把写作只当作一种日常生活的消遣形式或显示才情的途径,写作不仅是认识自我、表达意愿的方式,更是维护信念、争取正当权益和参与社会生活的必要手段。从以写作为生到为自己写作,18世纪的女性作家在争取自身的话语权方面体现出更多的自觉性和自主性,这种转变对现代女性意识的发展进程具有重要的推动作用。

1789年的大革命使法国女性的生存状况发生了一些改变,但从实质上说,女性的地位和权益依然没有得到社会认可。1804年3月颁布的拿破仑法典规定:"妻子必须知道,在离开了父亲的监护以后,就接受丈夫的监护。不经丈夫的同意,妻子不能参与任何司法行为,丈夫是管理夫妇共同财产的唯一主人。……同样,孩子不属于母亲,而是属于父亲。"②这些针对女性的压制性条款代表了法国19世纪初期的资产阶级女性观和家庭观。多种因素的阻碍使法国女性直到第二帝国末期才逐渐获得了合法工作的权利。自19世纪30年代起,法国女性进行了一场旨在争取婚姻自主权与工作权的女权运动,她们利用报纸、期刊杂志等新兴媒体广泛宣

---

① 安东尼·德·巴克、佛朗索瓦丝·梅洛尼奥:《法国文化史Ⅲ》,第19页。
② 同上书,第155页。

传自己的主张,为女性争取应得的权益。**弗洛尔·塞勒斯蒂娜·黛莱丝·特里斯坦-莫尔科苏·特里斯坦**(Flore Célestine Thérèse Tristan-Morcoso Tristan,1803—1844)是法国女权主义的倡导者,律师的职业使她对当时的社会状况有更多了解。她的代表作《女贱民的长途旅行》(*Pérégrinations d'une paria*,1838)和《伦敦漫游》(*Promenades dans Londres*,1840)描述了在秘鲁和英国旅行期间见到的骇人景象。妇女由于遭受经济和性别的双重压迫生活在极度悲惨的境地中,她呼吁尽快将女性从这种状态中解救出来。

法国第一个接受了完整的高等教育并获得学士学位的女作家是**朱莉-维克托亚尔·道比埃**(Julie-Victoire Daubié,1824—1874),她关注工作女性的生活状况,主张女性应无条件享有普选权。她在两卷本的《十九世纪的贫困女性》(*La Femme pauvre au XIXe siècle*,1866—1869)中对法国女性劳工的生存状况进行了具有社会历史意义的分析。她认为,工作是女性摆脱经济束缚的重要途径,这不仅是个人的幸福,同时也是国家的福祉。

路易丝·米歇尔(Louise Michel,1830—1905)是19世纪后期女权运动的代表人物,巴黎公社的女战士,她将女性解放与工人运动和社会主义运动相结合,倡导组织妇女联盟(Union de Femmes),以团结斗争的形式增强反抗的力量。她的代表作有小说《平民的女儿》(*La Fille du peuple*,1883)、《回忆录》(*Mémoires*,1886)、《公社的历史与回忆》(*La Commune*,1898)等。

法国女性经过漫长而艰辛的抗争逐渐在法律上取得了选举权、财产权、婚姻自主权等权益,女性的教育也得到明显改善。到19世纪末,社会阶层壁垒的进一步弱化以及公共空间的进一步开放,使法国女性的合法工作领域扩大到如医护、记者、工商业经营者、职业作家等原来由男性独享的多种职业种类。女性在文学创作领域也有了长足的发展,女性文学创作进入繁盛期。一方面,资产阶级和平民女作家的数量日益增多,女性作家的群体规模有所壮大,另一方面,此时的女性作家在创作题材和表现形式等方面有所突破,涌现出一些具有划时代意义的作品。卡罗拉·海塞认为:"从最根本的意义上看,现代性即是一个人对自我创造的自觉意识。它要求具备特别的知识技能及高度发展的交流体制。写作在这里具有至关重要的意义,它使我们和我们的思想相互独立,使我们拥有思想,并且得以在特定的时空内与别人交流。"①从这个意义上看,19世纪的法国女作家以自己的生活和作品宣告了现代女性的生成。

19世纪初期最有影响力的女作家是**斯达尔夫人**(Madame de Staël,1766—1817),其父雅克·内克是路易十六的财政大臣,因在财政政策上与路易十六相左而被罢免。斯达尔夫人年少时即在母亲内克夫人主持的沙龙中尽显才华,受到广泛赞誉,后与瑞典驻法大使斯达尔男爵成婚。斯达尔夫人崇尚启蒙主义精神,曾支

---

① Carla Hesse,*The Other Enlightenment*:*How French Women Became Modern*,Princeton:Princeton University Press,2003,Ⅻ.

持法国大革命,后因反对拿破仑被两次驱逐出巴黎,复辟王朝时期回到巴黎。斯达尔夫人在政论、文艺思想和小说等领域都取得了很大成就。她在《论文学与社会制度的关系》(De la littérature considérée dans ses rapports avec les institutions socials,1800)和《论德国》(De l'Allemagne,1810)中阐述了一系列具有划时代意义的理论观点。她分析了自古希腊至18世纪的西欧文学,着重论述了欧洲南方与北方的文学、古典主义与浪漫主义文学的差异,表现了对浪漫主义文学的肯定。在《论德国》中,对德国的文学、史学、哲学和伦理学给予介绍,比较分析了法国文学与德国文学的差异。小说《苔尔芬》(Delphine,1802)塑造了心地纯洁、品格高尚却具有悲剧性命运的女性形象,以此表达对理想爱情境界的赞美及对社会流俗势力的批判。《柯丽娜或论意大利》(Corinne ou l'Italie,1807)中的女主人公则不愿为爱情牺牲事业和个人追求,保持了自身的独立和自由。这两部小说以崭新的女性形象反映了19世纪初期独立自主超越传统的女性观,具有浓厚的浪漫主义色彩。

阿丽丝·玛丽-塞莱斯苔·杜朗德(Alice Marie-Céleste Durand,1842—1902)是19世纪后半期较为多产的作家,也是《费加罗》(Figaro)、《时代》(Le Temps)和《世纪》(Le Siècle)等刊物的长期撰稿人,她曾以自己早年在俄国的经历为素材创作了小说、戏剧等作品。妙趣横生的小说《多西娅》(Dosia,1876)获得了法兰西学院的好评,再版了150多次,作品叙述一个"假小子"如何获得女性气质的过程,塑造了一个不同于以往女性形象的现代女郎形象。**马泰尔·德·让维勒伯爵夫人**(Comtesse de Martel de Janville,1850—1932),笔名吉普(Gyp),是19世纪晚期的代表性女作家,出身于贵族家庭,一生著作颇丰。她的作品以法兰西第二帝国和第三共和国期间的社会生活为背景,对当时的政治人物和上层社会予以辛辣的嘲讽,对一些社会热点问题也有精到的剖析。另有《可怜的小妇人》(Ce que femme veut,1888)、《希丰的婚礼》(Le Mariage de Chiffon,1894)、《别致的婚礼》(Un Mariage chic,1903)及《小女儿的回忆》(Souvenirs d'une petite fille,1927—1928)等作品,从某种角度上反映了女性文学创作在19世纪晚期由浪漫主义向现实主义的转变。

五、20世纪:多元共生时代的身份认同和自我选择

进入20世纪以来,法国的女性文学因社会文化格局和女性自身生存状况的改变而日益呈现出多元化的趋势。与19世纪相比,20世纪法国女性文学的主题不再仅局限于寻求独立,获得与男性平等的社会地位,而是着重表现获得一定独立后的女性在现代社会里寻找身份认同、个人归属的自我意识及其个人化的生活体验。她们通过描写自身的生活经历和身体感觉来表达女性的社会体验和自我意识,以独特的视角和艺术手法阐释女性寻找主体身份认同、选择个人归属的历程。20世纪的法国女作家还将性别主题与文化主题相结合,以自身的性别身份和女性体验与主流文化意识形态进行对话,呈现出具有女性意识的人文视野,在理论和实践方面都取得了丰硕的成果。

西多妮·加布里埃尔·柯莱特(Sidonie Gabrille Colette,1873—1954)是法国20

世纪初期极富传奇性的女作家,她出身于平民家庭,宽松的家庭氛围造就了她独立、自由的个性。1893 年柯莱特随丈夫亨利·戈蒂埃维拉尔迁居巴黎,并开始文学创作。1906 年离婚后她为生计从事过演员、舞女等多种职业,因私生活混乱而毁誉参半。她曾当选为比利时皇家学院法语暨法语文学院院士和龚古尔文学奖评奖委员会委员,去世后获得了国葬待遇。柯莱特的所有作品几乎都来源于自己的生活经历,《流浪女》(La Vagabonde,1910)和《歌舞场内幕》(L'Envers du music hall,1913)取材于她最初的谋生经历,《日之生》(La Naissance du joure,1928)则以她的记者经历为蓝本。柯莱特的小说可分为乡村生活和城市体验两类,前者包括《葡萄卷须》(Les Vrilles de vigne,1908)、《西朵》(Sido,1930)和《启明星》(L'Ètoile Vesper,1947)等,描绘了田园生活的纯净美好,表达了对故乡与自然的留恋和赞美;后者主要有《亲爱的》(Chéri,1920)、《日常遭遇》(Aventures quotidiennes,1924)和《吉吉》(GiGi,1945)等,以都市女性为中心,反映了现代女性的生活体验和情感欲望。她始终只关注个人世界,回避时代主题,不仅在自己的生活中远离社会团体和政治运动,在作品中也只展现女性在身体与情感方面的个人体验,表现她们如何通过破除传统两性关系的禁忌来释放情感满足欲望。女性通过逃离妻子和母亲的角色肯定自我意识,而传统社会的性别秩序和基础结构也由此遭到了侵蚀。"归根结底,在那些意识到要以多元化的形式反抗性别不平等的当代女权主义者眼中,这些作品呈现出清晰的、具有前瞻性的别样思想,它们对法国文学史的重要意义应该得到肯定。"①

在两次世界大战带来的冲突和混乱中,法国女性与社会生活的关联更加紧密,她们的话语空间也在逐步扩大,一些女作家开始有意识地运用各种理论在作品中探讨与女性相关的社会政治与历史文化命题。**西蒙娜·韦伊**(Simone Weil,1909—1943)是女性知识分子的代表人物之一,她出身于富裕的犹太家庭,1931 年毕业于巴黎高等师范学院并取得了哲学教师资格证书。在中学任教期间开始参加工人运动,并以自己在工厂的亲身体验写文章呼吁改善工人的劳动条件。二战爆发后,她加入了自由法兰西组织,因劳累过度猝死。她的主要作品有《笨重与优雅》(La Pesanteur et la Grace,1947)、《压迫与自由》(Oppression et Liberté,1955)及《伦敦创作》(Écrits de Londres et dernières letters,1957)等。她的作品表达了自己对一系列社会问题,尤其是知识分子如何以实际行动介入社会的看法,与马尔罗和萨特等人的观点形成了对照。

60 年代女权运动再度兴起时,法国女性作家在创作中的关注点已不再仅仅局限于为女性争取权益,而是更加注重男女两性的社会角色差异及其成因,进而对形成这种差异的话语机制提出了质疑。"女权主义者们大体上认同这样一个事实,尽管女性可以因种族、阶层、年龄、性取向等多种因素区分彼此,性别身份却已经使她

---

① Rachel Mesch,*The Hysteric's Revenge*:*French Women Writers at the Fin de Siècle*,Nashville:Vanderbilt University Press,2006,p. 196.

们成为一个共同体,并将她们置于父权制文化中的从属地位"①。艾伦娜·希克苏斯(Hélene Cixous,1937—   )认为,"女性写作"(écriture féminine)是女性颠覆父权制文化结构的重要手段,为此,"女性应该以使其作品主题及思想观念成为文化的一部分为创作目标,而不是仅作为欲望、恐惧和幻想的多重对象被男性描写"②。所以,女性的创作过程常常也是寻找自我身份认同、进行自我选择的过程。她的代表作有小说《上帝的名字》(Le Prénom de Dieu,1967)、《内部》(Dedans,1969),论著《新生的青年女子》(La Jeune née,1975)、《美杜莎的笑声》(Le Rire de la Méduse,1975)、《从无意识的场景到历史的场景》(De la scène de l'inconscient à la scène de l'histoire,1986)等。露丝·伊利格瑞(Luce Irigaray,1932—   )在其理论著作《此性非一》(Ce sexe qui n'en est pas un,1977)中批判了从男性视角出发、以男性审美观为唯一评判准则的价值体系,主张建立以女性性别身份、性别意识和表述方式构成的女性专属表达体系。伊利格瑞还提出以由母女关系构建的"女性谱系"来对抗父权制社会关系的设想,试图在女性身体经验和内在感性特征的基础上重建女性的话语空间。朱丽亚·克里斯蒂娃(Julia Kristeva,1941—   )积极投身于60年代的社会运动和女权主义运动,以符号学和精神分析学为基础,建构起自己的理论体系。其代表作为《诗学语言的革命》(La Révolution du langage poétique,1974)、《语言中的欲望》(Recherches pour une sémanalyse,1980)和《恐怖的力量》(Pouvoirs de l'horreur,1980)。她认为,通过对文学文本进行语义分析可以揭示创作主体的特定意识形态,从而揭示出生成具体文本的社会文化语言。女性创作的意义正在于可以通过其作品文本揭示出特定社会文化语言对女性意识形态的作用,进而研究女性意识形态的构成要素。这些产生于不同阶段的理论在文学观念和形态上与女性作家的创作实践形成了一定的呼应和互动关联。一些女性作家在创作中展现出更加开阔的视野,以各种不同的方式反映了性别主题与文化主题在女性创作中的合流趋势。

蒂德·莫尼埃(Thyde Monnier,1887—1967)在系列小说《德米歇尔一家》(Les Desmichels,1937—1948)和《卑微的命运》(Les petites destinées,1937—1951)中继承了自然主义小说传统,通过家庭成员的经历反映家族遗传特征及习俗对个体的影响,展现了普罗旺斯地区的生活风貌。苏珊娜·普鲁(Suzanne Prou,1920—1996)是坚定的女权主义者和人权维护者,曾在二战期间反对排犹主义,她的小说因对外省生活的刻画而具有浓重的地域文化气息,代表作是《帕塔法利斯一家》(Les Pataphuris,1966)和《贝尔纳迪尼家的平台》(La Terrasse des Bernardini,1973)。吉泽尔·普拉西诺(Gisèle Prassinos,1920—   ),受到超现实主义影响,倡导"自动写作",排斥创作中的理性意识,力求通过揭示隐藏在词语内部的形象探讨人类的潜意识和"深层自我"。小说《盛宴》(Le Grand Repas,1966)是其代表作。尚塔尔·

---

① Diana Holmes, *French Women's Writing*, *1848-1994*, Ⅳ, London: The Athlone Press, 1996, XIII.
② Abigail Gregory, Ursula Tidd eds., *Women in Contemporary France*, Oxford: Berg Publishers, 2000, p.138.

沙瓦夫(Chantal Chawaf,1943—　)的小说主题围绕着女儿与母亲之间的关系,从一个女性的角度重新定位爱与感性。在理论著作中主要探讨女性如何从身体内部写作,并让身体——尤其是女性身体——通过作品发出自己的声音。试图将女性潜在的话语转化成现实,释放女性的潜意识。使身体去知识化,从身体的内在经验中发出声音,体现出强烈的女性意识和女性主体的自我选择。代表作为《赛尔科尔》(*Cercoeur*,1975)和《母性》(*Maternité*,1979)。

与此同时,一些女性作家在以写作表述自我的同时也致力于改造传统的写作理念和写作形态。**娜塔莉·萨洛特**(Nathalie Sarraute,1912—　)是"新小说派"的代表作家、主要理论家和战后文学的代表作家。她出生于俄国,8岁随父亲移居巴黎,曾在英国和德国游学,以律师为业。萨洛特是女权运动的支持者,曾积极参与争取妇女投票权,1939年发表小说集《向性》(*Tropismes*)后专事写作。1955年左右,萨洛特与米歇尔·布托、阿兰·罗布-格里耶、克洛德·西蒙等具有反传统倾向的作家共同形成了"新小说派",她于1956年发表的论文集《怀疑的时代》(*L'ère du soupçon*)也被视作"新小说派"的理论纲领。萨洛特认为,现代小说与传统小说最大的不同之处在于其以揭示人物内心的隐秘世界为主旨,为此,作者应抛开外部的文本细节,极力简化作品语言以表现抽象的感觉。萨洛特始终坚持自己的小说理念,她的作品抛弃了传统小说的人物和情节,只凭词语和句子的组合表达潜在的感觉和意识,《一个陌生人的肖像》(*Portrait d'un inconnu*,1948)曾因此被萨特称为"反小说"。

尽管有些评论家将**玛格丽特·杜拉斯**(Marguerite Duras,1914—1996)也归入"新小说派"的行列,但从整体上看,她的创作经历了现实主义、新小说和通俗小说三个发展阶段,后期更倾向于通俗小说。她出生于越南,父亲早逝,18岁时因家庭破产与母亲回到法国。先后在巴黎法学院、政治科学学院攻读法律和政治学。毕业后曾担任法国殖民部秘书,在二战期间参加过抵抗运动。1943年,杜拉斯以小说《厚颜无耻之辈》(*Les Impudents*)开始了自己的创作生涯,在小说、戏剧和电影方面都有突出表现,主要作品有小说《太平洋堤岸》(*Un barrage contre le Pacifique*,1950)、《琴声如诉》(*Moderato Cantabile*,1958)和代表作《情人》(*L'Amant*,1984)等。她的小说在打破传统叙述模式的同时将虚构与现实融为一体,以简洁的对话和细致的心理分析表现殖民、战争等情境对人的心理和情感世界的影响。镜头式的画面和口语式的对话使杜拉斯的小说屡次被改编成电影,杜拉斯也在1959年电影脚本《广岛之恋》(*Hiroshima mon amour*)获得成功后投身于电影事业,成为法国电影流派"左岸"的成员之一。

继玛格丽特·杜拉斯之后,**弗朗索瓦兹·萨冈**(Francoise Sagan,1935—2004)成为20世纪法国通俗小说的代表作家。她自幼喜爱阅读,少年时厌恶学校的刻板生活,没通过大学的入学考试。她按照自己的兴趣尝试写作,于1954年发表了第一部小说《你好,忧愁》(*Bonjour tristesse*),讲述少女塞西尔为了保持自由的生活状态阻挠父亲与其情人安娜成婚,最后在无意中致其死于非命的故事。作品反映了成长中的少女敏感、焦虑而又无所顾忌的心理状态,获得当年的文学批评奖,萨冈自此走上职业作家的道路。萨冈的主要作品还有《某种微笑》(*Un certain sourire*, 1956)、《奇妙的云》(*Les Merveilleux Nuages*, 1961)、《狂乱》(*La Chamade*, 1965)、《转瞬即逝的悲哀》(*Un Chagrin de passage*, 1994)等。萨冈的作品基本以平庸生活中的混乱爱情为描写对象,重在通过人物的经历表达人生无常、及时行乐的生活态度,反映了 20 世纪后期法国社会中产阶级的精神状态。萨冈在戏剧和电影方面也表现出一定的才能,《瑞典城堡》(*Chateau en Suède*, 1960)和《草地上的钢琴》(*Un piano dans l'herbe*, 1970)是其代表剧作。萨冈本人个性鲜明,行为乖张,被视为她那个时代的青春代言人,而她的小说尽管畅销,却由于视野狭窄,缺乏思想深度而无法跻身于一流作家的行列。

从总体上看,20 世纪的法国女性与社会、文学、作者身份的关联,在她们确立身份认同、进行自我选择的过程中发挥了至关重要的作用。如果说,19 世纪的法国女作家主要通过质疑传统的两性关系提出女性自身的问题,强调女性身份的特殊性,那么 20 世纪的法国女作家则通过广泛参与时代社会生活深入到文化生产机制的内部,探究女性问题产生的根源,以自己的话语模式寻找表述问题的原点。可以说,通过这种方式,20 世纪的法国女作家在多元化的文化格局中体现出越来越多的自主性和创造性,宣告了女性主体的回归。

第二节 乔治·桑

一、生平与创作

乔治·桑(George Sand,1804—1876),原名阿曼蒂娜-欧萝尔-露茜·杜班(Amandine-Aurore-Lucile Dupin),法国 19 世纪浪漫主义文学代表作家之一,女权主义先驱。以内容丰富、形式多样的文学作品表达了女性对情感自主、婚姻自由和两性平等的渴望。她在写作之余也积极投身于其他领域的社会活动,从为谋生而写作到为表达自我而写作,体现了 19 世纪现代知识女性的转变过程。

乔治·桑出身于贵族之家,父亲为法兰西第一帝国时期的军官,母亲出身低微。她四岁时父亲不慎坠马去世,由祖母担负起养育的职责。童年时跟随祖母在诺昂庄园的生活给她带来无穷乐趣,也使她形成了热爱自然、自由奔放的性格。1817 年,她被送进巴黎一所修道院学习,三年后被担心其成为修女的祖母提前接回。1822 年,她与卡西米尔·杜德旺(Casimir Dudevant)男爵结婚。丈夫的粗鄙庸俗使乔治·桑觉得婚姻生活越来越难以忍受。她于 1831 年带着两个孩子离家前往巴黎,为了生计开始写作。1831 年,她连续发表了三篇署名为儒勒·桑的小说,一年后正式以乔治·桑为笔名发表作品。1832年《安蒂亚娜》(*Indiana*)与《瓦朗蒂娜》(*Valentine*)的成功为乔治·桑带来了经济保障和荣誉,她正式成为巴黎作家群体中的一员,与福楼拜、梅里美、屠格涅夫、小仲马和巴尔扎克及音乐家李斯特、画家德拉克洛瓦等人交往频繁。1835年,乔治·桑与丈夫离婚,由此开始了多彩而又富有争议的自由生活。在巴黎期间,乔治·桑热衷于以男装出现在公众场所,尤其是一些禁止女性出现的场所,再加上与缪塞和肖邦的情感纠葛,她被正统社会视为离经叛道者,因而备受舆论指责。1836年前后,乔治·桑受到空想社会主义理论家皮埃尔·勒鲁的影响,开始关注社会不公正现象,并以此为主题创作了一系列"社会问题小说"。1848年2月,法兰西第二共和国成立后,乔治·桑积极参加政治活动,并为官方报纸《共和国报》(*La République*)撰写文章,表达了自己消除阶级差别的主张和对共和政体的支持。乔治·桑一度对共和国的未来充满了热切的期待,但6月爆发的工人暴动及随后政府对工人的镇压行为使乔治·桑的政治理想破灭。她回到诺昂,从此对政治采取观望的态度。晚年的乔治·桑退居诺昂,创作了一系列田园小说。她的庄园成为当时法国文化名流的聚会场所,圣勃夫、米什莱、福楼拜、小仲马、巴尔扎克等人经常出入她的宅邸。乔治·桑对下层人民始终抱有同情的态度,她尽力从经济和文化上改善诺昂庄园附近农民的生活,教农民的孩子识字,还组织乡村木偶剧团进行演出,她成了当地人心中"诺昂的好夫人"。1876年,乔治·桑因病去世并葬于诺昂。

乔治·桑一生共创作了244部作品,其作品形式涵盖了故事、小说、戏剧、杂文等多个类别,另有三万多封书信。乔治·桑的创作主要分三个阶段:

早期(1832—1836)以自己的感情生活为基础,创作了一系列描写女性婚恋经历、表达爱情至上观念的情感小说。《安蒂亚娜》中的女主人公情感失意而又执著追寻真爱,《瓦朗蒂娜》中的女主人公在追求真爱的过程中遭遇不幸,《莱利亚》(*Lélia*,1833)中的女主人公则在追求个人情感自由的过程中被剥夺了生命。这一时期较有意义的作品还有《雅克》(*Jacques*,1834)和《莫普拉》(*Mauprat*,1836)等。通过这些作品,乔治·桑批判了包办婚姻制度及女性在婚姻中的低下地位,表达了自己的爱情观。她作品中的女主人公几乎都视爱情如生命,将其作为自己人生的终极意义,爱情使她们敢于冲破偏见和习俗的羁绊,不顾一切地追求幸福。这些小说主要来源于作者个人的生活经验,表现了女作家的委婉细腻,并具有鲜明的浪漫主义格调。

乔治·桑的中期(1836—1848)创作受到空想社会主义思想的影响,虽然仍以爱情为主题,但作品的视野更为开阔,在内容和思想深度方面有所加强。她将目光投向了更加广阔的社会生活,关注生活中存在的种种不合理现象,创作了一系列"社会问题"小说。这一时期的主要作品有《木工小史》(*Le compagnon du tour de France*,1840)、《康素爱萝》(*Consuelo*,1842—1843)和《安吉堡的磨工》(*Le Meunier d'Angibault*,1845)。这些作品不再只以女性为主要人物,婚恋问题也不再是小说中占绝对主导地位的主题,主人公大都来自下层社会,他们身上显现出来的美好品质代表了作者本人的理想。尽管此时的作品有更多的现实色彩,但就小说情节的总体布局及表现手法而言,依然是浪漫主义的。《木工小史》以品格高尚、具有时代意识的细木工皮埃尔·于格南为主人公,通过他组织工人团结一心反对阶级压迫、为工人争取应得的权益的一系列活动,辅以他与贵族小姐伊瑟尔的奇特爱情经历,塑造了一个处于时代变革前夕的、崭新的工人形象,体现了乔治·桑所倡导的底层社会自救思想。《康素爱萝》以 18 世纪中期为背景,女主人公康素爱萝是个底层艺人,当她在舞台上小有成就之时却不得不面对未婚夫的欺骗和背叛,康素爱萝一怒之下远走他乡。后来,她与具有民主意识的伯爵之子阿尔贝互生情愫,但却因不愿受困于贵族之家再次出走。多年后,康素爱萝得知阿尔贝病重前往探视,并在其弥留之际与之成婚,随即抛却一切归于自己名下的财产,又一次踏上旅途。康素爱萝是自由意识的化身,她的每一次上路都是个体的自由意愿冲破束缚的过程,也是个体朝更高层面的精神世界迈进的过程。"乔治·桑通过对贵族女性或女艺术家的主题进行的多样化变换,表现出,或者试图表现出女性的意愿,这使她得以用此检视那些否认这种意愿的不同文化机制。"① 康素爱萝对美好情感的珍视、对金钱和权势的漠视反映了乔治·桑对 19 世纪社会现实的一种批判态度,也是她对空想社会主义思想的一种诠释。

  1848 年欧洲革命浪潮过后,残酷的现实使乔治·桑的理想趋于破灭,她的作品主题也逐渐远离现实问题,转向对美好人情和人性的挖掘,进入以"田园小说"为主的创作晚期(1848—1876)。乔治·桑在这一阶段的创作主要以旖旎恬静的乡村田园为背景,以发生在这一背景下的爱情故事来呈现人类内心深处纯净美好的品质。这些作品篇幅较小,既包含其早期创作中对主观情感的关注,也具有一定的空想社会主义色彩,同时又摆脱了单纯表现情感世界的狭隘和对空想社会主义理论的抽象说教,在平实的日常生活场景中涌动着鲜活的情感,具有较强的表现力和较高的艺术性。早在 1846 年,乔治·桑就发表了具有浓郁田园小说风格的《魔沼》(*La Mare au Diable*),讲述了发生在乡村社会里的爱情故事。农夫日尔曼和牧羊女玛丽在"魔沼"这一特殊环境下逐步加深了解,由陌生到相爱,最后终成眷属。作品在诗一般的恬淡氛围中展现了男女主人公的纯净心灵和美好品质,为后期的"田园小说"奠定了基调。勃兰兑斯甚至认为,就其"天真纯朴的魅力"而言,《魔沼》"是所有这些乡村小说中的宝石。在这部作品中,法国小说的理想主义达到了最高水平。在这部作品中,乔治·桑贡献给世界的,是她向巴尔扎克宣称她所乐意写作的——十八世纪的牧歌"②。这些牧歌式的"田园小说"大多以乡村生活为表现对象,主人公也多是理想化的农民,如《小法岱特》(*La petite Fadette*,1849)中的富农之子朗德烈与野姑娘小法岱特,《弃儿弗朗索瓦》(*François le Champi*,1850)中的磨坊女主人玛德兰·布朗舍和雇工弗朗索瓦等,这种对农民形象的关注具有重要的

---

 ① Françoise Massardier-Kenney:*Gender in the fiction of George Sand*, Amsterdam:Rodopi, 2000, p.66.
 ② 勃兰兑斯:《十九世纪文学主流》第 5 分册,李宗杰译,人民文学出版社,2009 年,第 170 页。

时代意义,这些形象也具有浓重的理想化色彩。乔治·桑以卢梭的自然观和人性观为基础,将这一群体置于远离现代都市喧嚣的乡村田园中,消除了阶层地位、贫富差距等一系列矛盾,突出表现了人与人之间的情感关联,使自然之美与人性之美形成相互映衬的格局,构建起一个现代文明之外理想的世界。

晚年的乔治·桑还在散文《她与他》(*Elle et lui*, 1859)中追忆了自己早年和缪塞的恋情,在回忆录《我的生活》(*Histoire de ma vie*, 1855)中对自己早年的生活和心理发展历程给予了细致的分析,为自己在后世的形象留下了时代的见证。

作为19世纪的女性作家,乔治·桑在以实际行动冲击传统习俗的同时,也使自己的创作摆脱了单纯的经济目的,在社会政治体制、社会阶层关系、女性在婚姻中的地位和命运及爱情的理想模式等诸多领域发出了女性的声音,她的自由见解和理想情怀是现代女性意识形成过程中必不可少的重要元素。

二、《安吉堡的磨工》

在乔治·桑的所有小说中似乎都少不了爱情,然而究其实质,爱情及两性关系只是乔治·桑用以解读社会的一个视角,《安吉堡的磨工》也是如此。《安吉堡的磨工》是乔治·桑中期"社会问题"小说的代表作之一,与之前的作品相比,这部小说以男女主人公的情感经历为线索,更加具体而深入地反映了当时的社会矛盾,并试图为这些矛盾提供切实可行的解决方案,不仅体现了她的空想社会主义理想,也传达出独特的女性意识。这部小说以19世纪中叶的法国乡村社会为背景,通过玛塞尔与列莫尔和格南·路易与罗斯之间的爱情波折,从爱情与社会阶层关系、爱情与经济利益及爱情与自我认同等几方面的关系诠释了理想的情感模式及两性关系,勾画出由此而形成的理想社会图景。

在《安吉堡的磨工》中,自幼在修道院长大的贵族孤女玛塞尔纯洁善良,很早即与自己的堂兄布朗西蒙成婚,但放荡奢侈的布朗西蒙却没有使玛塞尔感受到婚姻的幸福。玛塞尔不仅要常常忍受布朗西蒙带给她的耻辱,更因布朗西蒙死于荒唐的决斗而早早成了孀妇。一个偶然的机会,玛塞尔与机械工亨利·列莫尔相知相爱,丈夫死后她提出与之结合,但后者却因担心二人社会地位和经济状况的较大差距会影响到将来的幸福而拒绝了玛塞尔,并就此出走。一心向往真爱的玛塞尔为了消除与列莫尔结合的障碍,前往自己的领地清理财产,并准备将来过平民的生活。当她到达领地时却发现,所谓的财产早已因丈夫的挥霍无度而变成了惊人的债务,她必须面对以富农布芮可南为首的债务人的逼迫,竭力使自己的家庭免于破产。富农布芮可南是个暴发户,贪财吝啬而且工于心计。布芮可南利用手中持有的债权企图以威逼和诱骗的方式将布朗西蒙的领地廉价收归己有。在安吉堡磨工格南·路易的帮助下,玛塞尔没有落入布芮可南的圈套。与此同时,相爱至深的格南·路易与布芮可南的小女儿罗斯却面临着因家境悬殊而被拆散的命运。布芮可南的偏见和偏执阻断了格南·路易与罗斯的情感,罗斯因此处于精神崩溃的边缘。善良的玛塞尔为了帮助他们实现心愿,答应了布芮可南的苛刻要求,以廉价出让土地换取布芮可南对格南·路易和罗斯婚事的认可。不料,早年情感受挫而精神失常的罗斯的姐姐布芮可里伦在此时突然发作,点燃了自家的仓库。布芮可南的家产在火灾中损失惨重,而格南·路易却因一贯善待他人而得到了一份意外的财富,成就了自己和罗斯的婚事。为救罗斯而失去所有财产的玛塞尔也因为没有了金钱的藩篱而得以与列莫尔重新走到一起,他们共同建立起理想的田园生活,找到了属于自己的幸福。

作品中的两对有情人都是因为分别归属于不同的社会阶层、彼此之间有一定的经济地位差距而陷入情感困境中。列莫尔因为厌恶金钱和贵族的名头而远离了玛塞尔,尽管他深知玛塞尔的个人品质与精神境界与这一切都毫无瓜葛,而玛塞尔也在得知列莫尔拒绝她的真正原因后陷入沉思。作为一个善良正直的人,玛塞尔很早就意识到她所生活的社会中存在着两种神秘力量间的斗争,这种斗争几乎影响着所有人的生活,"可是她还没有想到即使是她的恋爱,也会受到这无情的神秘斗争的影响,而且这斗争,尽管遭受着礼教的抑制和明显的打击,总还是要发作的。这种感情和思想的斗争,现在已经开始,并且很激烈了。……知识的和道德的战斗,已经在具有相反的信仰和相反的感情的阶级里展开了。玛塞尔在崇拜她的男人身上找到的是一个不能和她妥协的敌人"①。可以说,玛塞尔所感受到的敌人是列莫尔对财富和权势的憎恨,他的态度反映了个体自身正当的情感需求与时代和社会的道德习俗对这种要求的否定之间所形成的矛盾冲突,而社会道德习俗则又与由经济利益所驱动的社会阶层分化互为表里,对个体生活的方方面面,包括情感生活在内都产生了决定性的影响。曾经的雇农布芮可南在聚敛起一定的财富成为富农后,便被金钱同化了,他站在与原来的阶层身份相对立的角度上看问题,认为一切贫穷的人都是"活该倒霉",即便那人再勤奋、品质再好都与他眼中所谓的"幸福生活"不沾边。在财富面前,情感一文不值,为了保住财富及由财富彰显的地位,一切皆可牺牲。以经济利益为终极目的的观念不仅使他葬送了大女儿布芮可里伦的人生,也差点使小女儿罗斯发生同样的悲剧。格南·路易正因为深知他与罗斯的情感面临重重障碍而始终不愿向对方表白,罗斯也一度受家庭影响对与格南·路易的情感有所犹疑。横亘在两对有情人之间的,是由阶层地位差异与经济利益差距造就的巨大鸿沟,爱情与阶层地位和经济利益之间有着不可调和的矛盾。乔治·桑用他们的困境揭示了19世纪现代文明社会中,以地位和金钱为衡量标准的社会道德习俗如何阻碍了个体情感的正常发展。爱情问题的实质实际上是社会问题,因此,要解决情感问题,首先要解决社会问题。

在乔治·桑看来,由受阻的爱情所反映出的社会问题集中表现在财富对个体内在精神以及人与人之间的关系的影响,要解决社会问题首先应从改造个体、改善人与人之间的关系开始。乔治·桑认为,人与金钱总是处于控制和被控制的动态关联中,随着对财富的向往和个人财富的不断累积,人由获取财富变成受制于财

---

① 乔治·桑:《安吉堡的磨工》,罗玉君译,人民文学出版社,1980年,第14页。

富。"我们因此也可以说,金钱进入了他们的血液,同他们的身体和心灵黏合在一起,他们一旦丧失了财产,他们本人的生命或者理性必定也就垮台了。对人类的忠诚、对宗教的信念,往往是和因安乐生活而在生理上和精神上所起的变化不相容的。"①从后来布芮可南关于幸福生活与信仰和上帝之间的关系的那番解释中不难看出,对金钱的热爱已经取代了信仰和上帝在其心中原有的位置。财富所侵蚀的,不仅是个体的内在精神世界,也毒害了人与人之间的关系。"在这个金钱万能的时代里,一切都可以出卖,都可以购买。艺术、科学、一切的光明,甚至一切的道德,就是连宗教也在内。对于那些拿不出钱来的人们,都是没有份儿的,禁止他们去喝那神圣的源泉。到礼拜堂去领圣礼,也是要出钱的。取得做人的权利,如像读书、学习思考、分别善恶,这一切都是要通过金钱的代价的。"②在这样的社会氛围下,人与人之间的关系越来越呈现出利益化的趋势,变成一种扭曲的样貌,而作品中的几位主人公则以自己的行动摆脱了流俗的影响,建立起一种理想化的人际关联,并在此基础上找到了自我认同的方式,获得了幸福。

作品中的几位主人公都具有良好的品性和理想化的社会理念,都清醒地意识到自己的困境,也力求改变这种困境,乔治·桑试图以他们的经历来寻找解决社会问题的途径。无论是亨利·列莫尔还是格南·路易,他们都抱有明确的社会理想,并且分别在理论与行动两方面进行了实践。列莫尔具有空想社会主义者的思想轮廓,他主张实现绝对的社会正义,消除财富的影响。他不仅在父亲死后将其商号廉价卖给曾经受欺骗的竞争对手,还把所得分给原来受欺压的工人们,自己去过自食其力的生活。在他的感召下,玛塞尔也开始以自己的实际行动践行这一理想的原则,她平等对待一切和她有地位差距的人,并因此赢得了格南·路易的友谊。她更努力帮助格南·路易和罗斯成就幸福的婚姻,并不惜为此牺牲个人的利益。与此同时,格南·路易也以同样的胸怀对待玛塞尔和列莫尔,他虽然没有列莫尔那样明确的理论主张,但也清楚地意识到,"既然像我们这样的人,绝对需要一种宗教,那么我们应当有的,便是另外的一个宗教了。……我想要的那一个,是能够阻止人们相互憎恨、互相畏惧、互相损害的一种宗教"③。与列莫尔的理论化观念相比,格南·路易更倾向于以比较切实的操作方式来完成自己的想法。他在日常生活中乐善好施,乐于助人,他不仅不计得失地帮助玛塞尔摆脱布芮可南的诡计,更因对乞丐加多西的善举而得到了意外的财富。在这些人的影响下,罗斯也渐渐摆脱了父母的不良影响,善待他人,以平等的心态看待自己与格南·路易的爱情。可以说,通过这些人的行为,乔治·桑建构起一种理想的人际关联模式,每个身处其中的人都在无私帮助别人的过程中收获了自己的幸福。

在实现爱情理想的过程中,这几位主人公也在自觉的努力中逐步形成了自我

---

① 乔治·桑:《安吉堡的磨工》,第68页。
② 同上书,第127页。
③ 同上书,第99页。

认同的方式。列莫尔在一系列的波折中改变了自己对于财富的极端看法,从脱离实际的理论家转变成积极实践的行动者;玛塞尔也不再盲目以列莫尔的思想为行为指向,她也认识到,"金钱不过是达到幸福的一种手段,我们为别人谋得的幸福才能算是为自己谋得的最可靠、最纯洁的幸福"①,并以欢欣愉悦的精神迎接未来的平民生活;格南·路易则在与他们的交往中改变了自己以往对上层群体的不信任感和自卑感,更加坚定了自己以财富行善举的意愿。在这几个主人公中,每个人的自我认同感都建立在这个群体对于理想的共向性基础上,在个人与群体的合力下最终实现了他们的生活理想。

《安吉堡的磨工》以和谐美好的结局展现了乔治·桑与19世纪社会现实格格不入的浪漫主义情怀。她以爱情为引线,以列莫尔和玛塞尔、格南·路易和罗斯的经历诠释了理想的情感模式和两性关系。因爱而生的困惑给了主人公自省的动力,促成了主人公的自我认知,爱情受阻使他们为寻求解决方式而进行自我选择,走出困境的过程则使他们在精神上完成了自我更新和自我提升。最重要的是,对于男女双方而言,无论处于何种境况下,他们的所有行动始终都是在相互信任、完全平等、为对方利益着想的前提下来实现的。在乔治·桑看来,有这种理想的两性关系为基础,以对财富的合理分配为条件,在普遍仁爱精神的感召下,自然可以形成理想化的社群,这即是解决社会矛盾的良方。就作品表达的思想深度和情节与人物的安排而言,《安吉堡的磨工》并不是一部完美的作品,"无论关于其小说中所呈现的观念的成因有何种看法,乔治·桑看待社会问题的方式始终有些简单,其解决方式也常自相矛盾。但是又有多少小说家同时也可以称得上是伟大的思想家?在乔治·桑的事例中我们可以很肯定地说,这是一个有着热忱和诚挚信仰的作家,她将其作品视为向同代人表达这些信仰的一种方式"②。正是由于体现了具有特殊时代印迹的社会理想,《安吉堡的磨工》成为乔治·桑最具代表性的作品之一。

第三节 玛格丽特·尤瑟纳尔

一、生平与创作

玛格丽特·尤瑟纳尔(Marguerite Yourcenar,1903—1987),作家、翻译家、批评家,法兰西学院院士。尤瑟纳尔在文学方面的主要成就是历史小说。她在小说中利用丰富的历史知识和虚实相间的手法探讨了人类文明进程中个人命运与历史的关联、历史的生成及其意义等命题,表达了对人类行为的动机及其终极命运的哲理性思考,被视为当代法国历史小说的集大成者。

玛格丽特·尤瑟纳尔本名玛格丽特·德·克莱扬古尔(Marguerite de Crayencour),出身于布鲁塞尔一个中产阶级家庭,父亲为法国人,母亲为比利时人。

---

① 乔治·桑:《安吉堡的磨工》,第198页。
② Robert Godwin-Jones:*Romantic Vision*:*the Novels of George Sand*,Summa Publications,1995,p.4.

尤瑟纳尔出生十天即丧母，由父亲抚养长大。她从未接受过正规教育，自幼年起便在父亲和家庭教师的指导下博览群书，后来又随父亲在欧洲各国游历，由此积累了大量的历史文化知识，为后来的文学创作奠定了坚实的基础。尤瑟纳尔自青年时代起便立志成为职业作家，在父亲的鼓励和资助下于1921年出版了自己的第一部诗集《幻想的乐园》(Le Jardin des chimères)，并将自己姓氏Crayencour中的字母重新组合成为Yourcenar，正式以玛格丽特·尤瑟纳尔作为自己的笔名。她将自己的诗作寄给了当时的诗坛泰斗泰戈尔，后者在回信中对其作品给予了肯定。1929年父亲去世后，孑然一身的尤瑟纳尔开始了自己的漫游岁月，她辗转寓居于欧洲各国，以翻译和著文为生。由于偏爱古希腊文化，尤瑟纳尔在希腊停留的时间最长，希腊神话也成为其创作的重要题材。1934年，尤瑟纳尔与美国女子格拉斯·弗里克(Glass Frick)相识，并于1939年二战爆发后应格拉斯之邀前往美国暂避战火，未曾料想此去一别欧洲数十载。在美国期间，尤瑟纳尔经历了人生最为困顿的时期，她也曾以翻译和教学为生。为了女友格拉斯，尤瑟纳尔没有在战争结束后立即返回欧洲，而是于1947年加入了美国国籍，同时她并未放弃自己的法国国籍。自1949年起，尤瑟纳尔与格拉斯定居于美国东海岸的荒山岛。空间上的距离并未阻断尤瑟纳尔与故土的精神关联，异国的环境反而使她有了更多反思欧洲文化的契机。尤瑟纳尔一面关注着欧洲的风云变幻，一面坚持用法语进行创作，与法国的文学圈子保持着紧密的联系。她后期的所有重要作品几乎都是先在美国完成，再寄回法国发表。由于她在作品中以独特的视角对欧洲文化和历史给予了具有现代意义的审视，1980年，尤瑟纳尔当选为法兰西学院院士，成为第一位女性"不朽者"。1986年，尤瑟纳尔又同时获得法国三级荣誉勋章和美国艺术家俱乐部的文学奖章。1979年格拉斯去世后，了无牵挂的尤瑟纳尔又开始像自己早年时期一样到处旅行。1987年12月18日，就在一段新的旅程即将开始之际，尤瑟纳尔病逝于美国家中。她的传记作者认为，"19世纪渐渐远去，但人们尚未看见20世纪对'解放'的狂热追求，这种追求后来往往使20世纪显得滑稽可笑——这种'解放'之于自由，犹如游泳池之于海洋。在这些年里，玛格丽特·尤瑟纳尔坚定地选择了独立。她将继续这样走下去，没有声张，没有炫耀。但从未偏离过自己的意愿，永远努力做到最正确地估量自己的空间和能力的界限。"①尤瑟纳尔的重要性即在于，她以自己的亲身经历为女性的"独立"和"自由"作出了最好的诠释。

尤瑟纳尔一生只用法语创作，作品类别包括小说、诗歌、剧本散文和文论等，主要以小说见长。1929年，尤瑟纳尔发表了第一部小说《亚历克西斯，或者一个徒劳

---

① 若斯亚娜·萨维诺：《玛格丽特·尤瑟纳尔——创作人生》，段映红译，花城出版社，2004年，第81页。

挣扎的故事》(Alexis, ou le traité du vain combat)，着重从心理角度表现一个受到家庭束缚无法如愿的艺术家的经历，并在其中初涉同性恋主题。在其他一些早期的小说作品，如《新欧里狄克》(La nouvelle Eurydice, 1931)、《一枚经传九人的硬币》(Denier du rêve, 1934)、《死神驾辕》(La mort conduit l'attelage, 1934)中，尤瑟纳尔逐步表现出对人生命运的探究倾向，表达对世事无常的感慨。中篇小说《一弹解千愁》(Le coup de grâce, 1939)以三个贵族青年在十月革命后的经历为主线，展现了处于动荡历史情境中的个体情感与自由意志之间的冲突。短篇小说集《东方奇观》(Nouvelles orientales, 1938)取材于东方历史故事和文化典籍，分别以中国、南斯拉夫、阿尔巴尼亚、希腊、印度、日本等国家为背景，以当代视角重写相关的故事传说，体现了尤瑟纳尔对异域文化和哲学思想的看法。

尤瑟纳尔在其他方面的作品主要有：诗集《众神未死》(Les Dieux ne sont pas morts, 1922)、散文诗集《火》(Feux, 1936)和《阿尔西帕的慈悲》(Les charités d'Alcippe, 1956)；戏剧《埃莱克特或面具的丢失》(Électre ou La chute des masques, 1954)，《戏剧集》(Théâtre, 1971)；论文《三岛由纪夫：或者空虚的视野》(Mishima: ou la vision du vide, 1981)及文论集《时间，这伟大的雕刻家》(Le temps, ce grand sculpteur, 1984)。尤瑟纳尔的译作主要有弗吉尼亚·伍尔夫的《海浪》(The Waves, 1937)和亨利·詹姆斯的《梅齐知道什么》(What Maisie Knew, 1947)。

尤瑟纳尔的主要成就为历史小说和家族自传体小说。法国批评家让·勃洛特曾在论及尤瑟纳尔的作品时指出，"罗马和文艺复兴是西方历史上的主要时期。正是在那时——至少是部分地——形成了可称之为西方特色的东西，并且插下了它的罪恶和道德的种子。我们的时代及其悲剧可以在这两个时期里发现它们的起源，而且可以在思考这段往事时推测它们的命运"①。正因如此，偏好历史研究的尤瑟纳尔把自己关注的目光主要投射在这两个历史时期。尤瑟纳尔的历史小说主要有《哈德良回忆录》(Mémoires d'Hadrien, 1951)、《苦炼》(L'Œuvre au noir, 1968)及《像水一样流》(Comme l'eau qui coule, 1982)。在这三部小说中，尤瑟纳尔分别以古罗马皇帝、中世纪人文主义者和现代产业工人为描写对象，试图通过这些人物的命运经历构建出整个人类生活的图景。如果说《哈德良回忆录》是尤瑟纳尔对欧洲历史源头的一次回溯，那么《苦炼》则是她对欧洲历史进程的重要时刻所进行的审视。《苦炼》"讲述一个人动荡不安但同时又在思索的生活，这个人彻底抛弃了他所处的时代的观念和成见，目的是看看他的思想随后会将他自由地引向何方"②。主人公泽农生活在16世纪的欧洲，是一个从小依靠舅父生活的私生子。泽农的人生之路始于钻研神学的修道院，但这个未来的修士却对当时科学技术、医学知识和天文知识更感兴趣。为了探求真理，泽农一生几乎都在漫游中度过。他周游列国，身兼炼金术士、医生及哲学家等角色，最后成为一个具有独立批判意识

---

① 柳鸣九编选：《尤瑟纳尔研究》，漓江出版社，1987年，第564页。
② 若斯亚娜·萨维诺：《玛格丽特·尤瑟纳尔——创作人生》，第376页。

的自由主义者。在教会以异端判处泽农火刑的前夕,他凭借精湛的医学技艺,成功地以自杀的方式维护了自己作为人的尊严。泽农这个人物虽然是作者虚构的,但他的形象却是文艺复兴时代众多思想巨人的典型。尤瑟纳尔以泽农60年的人生经历展示了处于转折时期的欧洲社会文化氛围和总体历史情境。按照尤瑟纳尔的虚构,被假定生于1510年的泽农9岁时达·芬奇离世,而到他33岁时,哥白尼才在发表著作后去世。泽农与当时知名的医生昂布鲁瓦兹·巴雷一起探讨有关人体的奥秘,而艾蒂安·多雷①则被假定为他第一本著作的出版商。"泽农这位虚构出来的哲学家,与那个世纪不同时期的真实人物,与在相同地方生活过的、有类似曲折经历的或者为达到同样目的而不懈探索的其他人,有着千丝万缕的联系。"②作品同时以细致入微的手法将泽农的探索轨迹有机地嵌入某些独特的历史时刻,如宗教改革中的新旧教派冲突、欧洲封建领主划分势力范围、资本主义经济对君主制的改造等。不断游走于各个历史漩涡中的泽农也经历了炼金术所必有的途径,他的心智在思想不断溶解和凝固的苦炼过程中达到了摆脱思想偏见、认识自己的境界,从而实现了精神解放的目的。《苦炼》在发表的当年荣获了费米娜文学奖,1976年由格拉斯翻译成英文出版。这个系列的第三部小说是长篇《像水一样流》,作品以20世纪的现代社会为背景,表现了欧洲工人阶层的生存状况。尤瑟纳尔以工人的日常生活为描写对象,着力反映他们在现代工业社会中的困顿、挣扎及对生活意义的追寻,揭示现代社会中具有普遍性的生存境遇。从总体上看,这三部小说以不同历史时期的个体命运为思考对象,将个体的命运轨迹与宏大的时空背景相结合,反映了尤瑟纳尔对欧洲历史进程的宏观性思索,以及对于欧洲历史发展的整体性判断。

家族自传小说是尤瑟纳尔作品中另一个重要的类别,其代表作为《世界迷宫》(*Le labyrinthe du monde*)三部曲:《虔诚的回忆》(*Souvenirs pieux*,1974)、《北方档案》(*Archives du Nord*,1977)和《何谓永恒》(*Quoi？L'Eternité*,1988)。在这些具有家族史意义的作品中,尤瑟纳尔围绕着自己的父系和母系家族进行了详尽的谱系追索,并以对欧洲近代文明史的审视态度来描述其发展过程。尤瑟纳尔的父系和母系分属法国和比利时的两大古老家族,她力图在作品中通过对家族史的回溯来寻找欧洲文明史的原点。在《虔诚的回忆》中,尤瑟纳尔将母亲的去世作为追索的起点,由此上溯到14世纪,历数这个古老家族的主要成员在几个世纪中的经历,重点描述了这些家族成员的命运与时代变迁之间的关联。最后,沿着家族谱系的脉络,尤瑟纳尔谈起了母亲早年的经历以及与父亲的相遇、结婚。结尾处,待产的母亲倦怠地躺在长椅上休息,"她的面庞开始凝结在时间的屏幕上"③。一切仿佛又回到了起点,个体的生与死淹没在时间的恒常性中。尤瑟纳尔在《北方档案》中主要致

---

① 艾蒂安·多雷(Etienne Dolet,1509—1546):法国文艺复兴时期的人文主义者,因被控为无神论者处以绞刑。
② 柳鸣九编选:《尤瑟纳尔研究》,第336页。
③ 尤瑟纳尔:《虔诚的回忆》,王晓峰译,东方出版社,2002年,第300页。

力于追溯父亲的家世。自 16 世纪开始,着重叙述祖父在 1848 年前后的活动以及父亲在 19 世纪末到 20 世纪初的经历,由此将家族命运与一系列社会变革进行对照,突出了个体生命轨迹与历史大背景的关联,力求把握决定个体命运与历史发展的永恒性规律。《何谓永恒》是一部未完成的作品,尤瑟纳尔在其中以片段的形式追忆了父亲的一些往事,同时以亲历者的视角叙述了战争(第一次世界大战)对人们的影响,并对其文化原因给予剖析。尤瑟纳尔认为,梳理家族历史不仅仅是为了认清个体的来龙去脉,而是为了发现具有个体意义的问题,从而更好地在个体存在的偶然性中体味历史的永恒性。在尤瑟纳尔看来,"回忆并不是汇编已经整理好的资料,资料存储在我们自身的什么地方,也无从知道;回忆在进行着,也在变化着;回忆是把干柴收集在一起,再次将火焰烧得更旺。一本回忆录,应该在某个地方阐明这个显而易见的道理。问题就在这里"①。

不同于法国以往的历史小说,尤瑟纳尔的作品中呈现出兼具古典主义与浪漫主义的风格。她善于通过不同的历史题材深入探讨人类的总体境遇,在历史与现实的交错变幻中完成对人的解读。

二、《哈德良回忆录》

1924 年,尤瑟纳尔在意大利参观了古罗马皇帝哈德良(117—138 年在位)的行宫遗址,她被哈德良的生平事迹深深触动,开始构思关于哈德良生平的小说。1927 年前后,福楼拜通信集中的一句话进一步引发了她的创作意愿:"由于诸神已不复存在,基督也不复存在,从西塞罗到马尔库斯·奥列利乌斯②,有过一个独一无二的时期,在此期间,唯有一个人存在过。"③她觉得,今后自己"一生的大部分时间将用在试图确定,然后描写这位无出其右,但却与万物联系着的人"④。1951 年,小说发表后获得了当年的法兰西学士院小说大奖,尤瑟纳尔也藉此跻身法国当代一流小说家的行列。

哈德良是一位深爱希腊文化的罗马皇帝,他一生都在致力于保护其完整性,并竭力使其在罗马得到延续。小说选取了第一人称的叙述方式,以哈德良写给继位者马可·奥勒留的信件形式展开。面对即将到来的死亡,哈德良审慎又不乏温情地回顾了自己的一生。他出身于西班牙贵族家庭,幼年丧父,16 岁被其保护人送往雅典学习。随后,他在罗马的对外征战中屡获成功,逐步取得了皇帝图拉真的信任,并以自己的正直和才干赢得了皇后普洛提娜的赏识。以皇后为首的政治同盟者帮助哈德良在图拉真去世后登上了皇位,哈德良利用手中的权力恢复了自己渴望已久的和平,使罗马成为"安定之邦"。他采取了一系列措施整顿吏治,安抚民

---

① 尤瑟纳尔:《何谓永恒》,苏启运译,东方出版社,2002 年,第 223 页。
② 马可·奥勒留的拉丁文名。
③ 尤瑟纳尔:《哈德良回忆录》,陈筱卿译,东方出版社,2002 年,第 301 页。
④ 同上。

众,颁布法令以改善奴隶的待遇,提高女性的社会地位,对基督教给予宽容的政策。哈德良还下令禁止一些有害的陋习,如饮食奢侈、男女同浴、非自愿角斗等。罗马进入了鼎盛时代,而哈德良也渐渐走入心智澄明的境界。晚年的哈德良百病缠身,丧失了享受生活中任何乐趣的能力,他在忍耐中等待"尽可能地睁大眼睛步入死亡"。

在尤瑟纳尔看来,作为古罗马帝国兴盛时期的统治者,哈德良的一生恰到好处地显示出个体命运与历史进程的共生关联。她在创作笔记中言明,"如果这个人没有维持世界和平和复兴帝国的经济,那他个人的幸福和不幸肯定不会使我如此感兴趣的"①。尤瑟纳尔作品中呈现的哈德良既是被后世奉为楷模的帝国统治者,也是具有复杂性情的"人",他既是历史的建构者,也是在历史事件中被建构的"人"。

哈德良在继位前面临着重重考验。作为罗马的主要战将,他反对图拉真皇帝的武力扩张政策,与皇帝之间已生嫌隙,与此同时,他的竞争对手正时刻准备将他置于死地。他既要完成自己的本职工作,又要担负维持各边境岛屿和行省的绥靖任务。尽管情况危急,行将就木的图拉真却迟迟不肯宣布帝位的继承人。哈德良感到,作为帝国的管理者,目前的所有问题都压在了自己身上。他告诉马可:"我希望得到权力,以便强行实施自己的计划,试一试我的良方,恢复和平,我尤其希望得到权力,以使我在死之前成为'我自己'。……如果我在这个时候死去,我将只不过是在达官显贵的名单上留下一个名字,……最紧迫的任务似乎都是徒劳的,因为我被禁止以主宰的身份去做出影响未来的决定。我需要确信自己能够实施统治,以恢复成为有用之人的兴趣。"②然而当一切尘埃落定,哈德良被宣布为继位者后,事情的真相反而难辨其貌了。尽管有人质疑图拉真在临终前留下的遗嘱是否真实,哈德良却已紧紧攥住了这份赋予他权力的文件,对他而言,此时的结果比手段更为重要。从被动等待到主动参与,哈德良的焦虑是一个想要有所作为的人在历史岔路口的彷徨与抉择,反映出个体意志在复杂历史情境下的能动意愿。通过捍卫这一偶然性的帝位机缘,哈德良得以建构历史。

尤瑟纳尔说,"我在一个正在解体的世界里生活过,这使我认识到君王的重要性"③。就其时代意义而言,哈德良完美地诠释了他作为一个君主所代表的时代精神。哈德良不仅考虑如何使罗马这个国家更强大,"成为世界的标准",更关心如何使罗马摆脱那些如底比斯和巴比伦等已遭彻底毁灭的古代城市的命运。他决心以"国家"、"公民身份"和"共和政体"这样的理念而非石质躯体作为构建罗马的基石,以"仁爱"、"幸福"和"自由"作为统摄一切行动的时代精神,并在此基础上"谨慎地重建世界"。哈德良对于罗马未来的构想显示出尤瑟纳尔对于欧洲未来走向的一种看法。尤瑟纳尔一直将古希腊罗马文明所确立的文化传统视为欧洲的精神

---

① 尤瑟纳尔:《哈德良回忆录》,第315页。
② 同上书,第92页。
③ 同上书,第308页。

基石,认为后世几乎所有的问题都能在这里找到根源性的解答。她借哈德良之口表达了自己对于欧洲现状的一种思考,经历过两次世界大战的欧洲恰如战乱频仍的古罗马帝国,一切都急需重建,然而解决问题的关键并不在于外部世界的构建,而在于如何修复根源性的价值观,使永恒的时代精神得以复归。

哈德良用"仁爱"来改造罗马帝国的底色,他将和平视为自己的目的,但和平并不是他的偶像,因为他已经意识到人类事务的复杂性与多边性。当谈判不足以实现和平的话,他依然会将战争作为一种实现和平的手段。同样,为了显示温和,他可以先任由自己的亲信阿蒂亚努斯采用恐怖手段除掉他的政治对手,然后再将其流放以便使自己在顾虑重重的民众面前"保持一双干净的手"。哈德良拒绝了元老院封给他的一切头衔,因为他已经学会关注事务于己有利的一面,而不去考虑别人的看法,他要使自己成为"真正的哈德良"。他调整了一系列对内对外的法律政策,以此避免出现"外部的蛮族人和内部的奴隶起而反对一个要求他们或从远处尊重或从底层为之效劳,但其利益又并不为他们所享有的世界"①这样的时刻。他致力于提高女性的地位,缩小贫富差距,组织生产者行会,改善奴隶和下层军人的境遇,建立君王参议会以协调政事,而自己统治期三分之二的时间则用来巡视这个庞大帝国是否运转良好。在巡视的旅途中,他很欣慰地看到,自己打造的"安定之邦"已然成型。哈德良开始感觉到自己成了神,他相信自己,觉得自己已如天性所允许的那样十全十美。但他强调,"我就是神,因为我是人"……"人类几乎总是用'天意'这类词语来设想自己的神。我的职责迫使我成为一部分人类的这种具体化了的天意"②。哈德良感到,这种崇拜并不意味着被崇拜者的无限僭越,相反却意味着一种制约,"那就是必须按照某种永恒的榜样去塑造自己,必须把一部分至高无上的智慧与人类巨大的能力联系起来"③。哈德良用仁爱精神改造罗马帝国,使之成为安定之邦的过程,也是他自身的非凡性逐步显现的过程,他也成为在历史事件中被建构的"人"。

哈德良生于西班牙,受教于希腊,建功于罗马。他酷爱文学和艺术,对美有特殊的爱好。他既眷恋雅典的精神之美,也不排斥罗马的感性之美,更希冀通过城市建设将二者统一起来。在他看来,建设就是人类与大地之间的一种合作,而重建则是把握或改变时代的精神,让城市成为过去与未来的连接点。哈德良统治期间在罗马和雅典大兴土木,复建神庙,同时也兴建了许多新的城市,如普罗提诺波利斯、昂蒂诺埃等。正如哈德良所说:"我的那些城市因相会的需要而诞生:我与大地的一角相会,我的皇帝的计划同我的普通人的一生所遭遇的各种事变相会。"④普罗提诺波利斯是为了纪念哈德良的心灵伴侣普洛提娜而建,而昂蒂诺埃则是为了纪

---

① 尤瑟纳尔:《哈德良回忆录》,第122页。
② 同上书,第152—153页。
③ 同上书,第153页。
④ 同上书,第136页。

念哈德良所钟爱的希腊少年昂蒂诺乌斯。哈德良如此迷恋昂蒂诺乌斯那种希腊风格的美,以至于将那段岁月称为自己的"黄金时代"。哈德良感到,昂蒂诺乌斯带给他的是一种姗姗来迟的幸福感,既丰富了,也简化了他的人生。哈德良不再因那些工程的美而感动,他将"幸福"与"命运"托付给了昂蒂诺乌斯,从而使其具有了实体的世俗形式。哈德良把对昂蒂诺乌斯的爱视作自己人性中应有的一部分,因而在概括这种幸福的意义时,他说,"我为了促进人的神意的发展而尽力斗争,但我并没因此而牺牲掉人性。我的幸福对我是一种补偿"①。后来,昂蒂诺乌斯受到某种宗教仪式的影响,为了使自己的青春和力量能以神秘的方式传给哈德良而自溺身亡。哈德良极度悲痛,尽管想到自己的行为可能会在后世"变成充塞历史的各个角落的那些半腐朽的传说之一",他还是在昂蒂诺乌斯死后给予其无上的荣光,下令尊奉他为神。

哈德良早年从希腊神话中悟出了一种哲学启示:"每一个人在他短暂的一生当中,都必须不断地在孜孜不倦的希望与明智地放弃希望之间,在混乱的欢愉与稳定的欢愉之间,在泰坦巨神族与奥林匹斯众神之间做出抉择。必须在它们之间做出抉择,或者有一天成功地让二者协调一致。"②昂蒂诺乌斯的离去对于哈德良个人而言是一场灾难,而这种灾难与幸福的过度欢乐和极度体验无疑有着紧密的关联。"这些事件异常清晰地表明,与往日行为方式的背离在其权力达到顶峰时影响了哈德良身为皇帝的作为,并以同等不幸的方式影响了他作为爱人的行事。衰退紧随昂蒂诺乌斯之死而至,在哈德良的身体和事业这两个层面呈现出相似的表现。"③晚年的哈德良身体健康每况愈下,他对帝国的未来也充满了忧虑。国内外发生的一系列事件使他更加清楚地意识到,"仁爱"与"幸福"必须以"奥古斯都的纪律"为结合点才能更好地在现实中得到平衡,恰如个人意志与命运之于"自由"。

哈德良从一开始就认为自己比其他人更加自由,也更加顺从,而其他人从没认识到自己"正当的自由和真正的顺从"。在哈德良眼中,自由高过权力,他热爱自由甚于权力,而仅仅因为"权力部分地有利于自由",他才去追求权力。他感兴趣的不是哲学意义上的自由,而是"自由人的一种诀窍",这种自由是"把我们的意志与命运结合起来的连接点,在这个连接点上,纪律有助于而非阻碍本性的发展"④。然而,在哈德良看来,所有的自由中最难以获得的就是"表示赞同的自由",它是人的自我意志与命运相调和的产物。哈德良自己正是依靠这种方式把"精心协调的谨慎和鲁莽","顺从和反抗"等一系列对立因素结合起来,在历史安排的命运中体现了自我意志。从这一意义上说,对"自由"的理解和恰当运用使哈德良的个人意志与宏观的历史脉搏呈现出一种正向互动的关联,展现了一个具有非凡品质的人,

---

① 尤瑟纳尔:《哈德良回忆录》,第 173 页。
② 同上书,第 144 页。
③ Joan E. Howard, *From Violence to Vision: Sacrifice in the Works of Marguerite Yourcena*, Illois: Southern Illinois University, 1992, p.211.
④ 尤瑟纳尔:《哈德良回忆录》,第 46 页。

在一个信仰和真理既已成型的历史时期所能达到的发展高度以及所能代表的时代精神。

相对于其他形式的历史小说而言,《哈德良回忆录》更像一部关于公元 2 世纪时期的个人与时代的精神传记,尤瑟纳尔在《哈德良回忆录》中采用哈德良自述的形式,试图"从内部去重新整理 19 世纪的考古学家们从外部所做过的事"①。在小说中,她选取了历史所了解、终结和确定的关于哈德良生平的主要线条,并围绕着这些主线条展开了虚构。哈德良对自己生平的回忆与古罗马的发展历程交织在一起,对个人与国家的现实评判与对未来的思考交融在一起,哈德良的自我肯定与自我反思交互在一起,形成了小说内部的多重对话格局。尤瑟纳尔想要呈现的哈德良也在他"曾以为是的"、"曾希望是的"以及"曾经是的"这三重形象之间逐渐显露。"哈德良皇帝隐蔽在每个人身上。……它在每个人身上是一个已经在过去的世代里——通过哈德良的整个存在而不是他的嘴——表现过一次的人。或者更是为了表明同样的直觉和同样的精神需要。"②尤瑟纳尔在小说中通过哈德良的直接告白缩短了时空距离,使其生平具有了"典范性",其意义在于阐明,人类在创造历史的过程中也不可避免地成为历史的表现物,无论个体以何种方式成为这种表现物,最终都无法超脱于特定的时空体系独立存在,留存下来的只是人类在不同的世代都要面对的共同问题,以及在探索解决这些问题道路上所形成的永恒的时代精神,哈德良如是。

第四节 西蒙娜·德·波伏瓦

一、生平与创作

西蒙娜·德·波伏瓦(Simone de Beauvoir, 1908—1986),作家、批评家和哲学家,西方现代女权主义理论的主要奠基者。波伏瓦一生著述颇丰,她不仅通过不同形式的文学作品表达了自己的存在主义哲学思想,对传统的思想和习俗提出质疑,而且身体力行参加各种社会活动,如反对集权暴力、反对殖民统治、要求政治自由、号召女性解放等,以此实现她和萨特所倡导的文学对现实生活和政治的"介入",其作品及思想具有广泛的影响力。

西蒙娜·德·波伏瓦出身于巴黎一个破落的资产阶级家庭。幼年时期早慧,母亲对其寄予了厚望。在成长的道路上,资产阶级家庭的道德规范和社会上层出不穷的新思想同时作用于她的精神世界,使她很早便形成了自主的反抗意识。

---

① 尤瑟纳尔:《哈德良回忆录》,第 307 页。
② 柳鸣九编选:《尤瑟纳尔研究》,第 588 页。

1925年,她考入巴黎索邦大学,同时攻读文学、数学和哲学三个学位,并初步参与了一些社会活动。1929年6月,她与萨特以同样优异的成绩通过了教师资格考试。此后,她与萨特成为一对新型伴侣关系的实践者,而两人之间契约式的情感模式也成为她思索两性关系的起点。从1931年至1943年,她陆续在一些中学担任哲学教师,同时坚持写作,其标新立异的教学方式和特立独行的言行举止常招致非议。二战期间,她与萨特一起参加了反抗德国占领的抵抗运动。1943年《女宾》(L'Invitee,1943)出版后,她开始了职业作家的生涯,尝试以多种表达形式阐释自己的思想。1945年,她与萨特、梅洛·庞蒂、雷蒙·阿隆等人一起创办了《现代》杂志,试图以此建立一种新的思想体系,以消除战后知识界普遍存在的消极、恐惧和厌恶情绪。40年代中叶,她与萨特和加缪一起推动了存在主义哲学的发展。1949年,《第二性》(Le Deuxième Sexe,1949)的出版使她成为现代西方女权运动的理论先锋。自此以后,她越来越多地参与到社会公共事务中,如支持阿尔及利亚的独立运动,支持"五月风暴"运动,抗议政府限制言论自由,关注女性解放及老年人的境遇等。她在晚年致力于整理萨特的作品和撰写回忆录,于1986年4月4日病逝于巴黎寓所。她的传记作者克洛德·弗兰西斯和弗尔朗德·贡蒂埃认为,"西蒙娜·德·波伏瓦在自己的一生中,超越了阶级、宗教、种族、性别、民族等观念,终于成为最关心不同文化的作家之一,……她通过文学触及了无数读者的心灵,并使他们相互了解,开阔了眼界"①。

对于西蒙娜·德·波伏瓦来说,写作即是生活的一种形式,而文学必须介入政治与生活,表达思想,"为艺术而艺术"是不现实的。她试图通过文学作品表现时代精神,反映同代人的思想和面临的种种问题。她第一部较有影响的小说是《女宾》,作品以她和萨特的真实生活经历为蓝本,讲述了一对情人的情感实验过程。弗朗索瓦兹和皮埃尔收养了少女格扎维埃尔,承担监护责任,对其生活和学业进行指导,格扎维埃尔由此成为她们的"女宾"。年轻的格扎维埃尔拒绝循规蹈矩,只想随心所欲过自由的生活。眼见皮埃尔对格扎维埃尔的同情和关怀渐渐演变成了爱恋,为了求得内部关系的平衡,她们开始尝试一种特殊的"三重奏"生活模式。最后,由妒意发展为恨意的弗朗索瓦兹杀死了女宾格扎维埃尔。作品对人物心理给予了深入细致的描摹和分析,通过对"三重奏"人际关系的描写表现了个体充满矛盾的内在世界,阐释了"自我"与"他者"的关系以及主体意识在自我选择过程中所发挥的作用。

1945年,波伏瓦完成了小说《他人的血》(Le sang des autres)和剧本《白吃饭的嘴巴》(Les Bouches inutiles)。在《他人的血》中,波伏瓦探讨了人的自由选择、行动结果及其连带责任的思想主题。男主人公在战前曾因朋友的遭遇而对政治心灰意冷,退出共产党。女主人公在战前曾是无政府主义者,不关心任何社会事务。战争

---

① 克洛德·弗兰西斯、弗尔朗德·贡蒂埃:《西蒙娜·德·波伏瓦传》,全小虎等译,中国社会科学出版社,1990年,第353页。

来临后，男主人公加入抵抗运动，义无反顾投身于反法西斯斗争。女主人公曾试图逃出巴黎，但在正义的召唤下也参加了抵抗运动，并在执行任务时牺牲。西蒙娜·德·波伏瓦认为，在特定情境下，主人公选择了自己的人生道路，承担起自己的责任，同时也实现了自己的人生意义。作品深化了这一时期对存在主义思想的理解。《白吃饭的嘴巴》对法西斯残杀无辜者的卑劣行径给予了无情的控诉，作品上演后获得好评。

战后，西蒙娜·德·波伏瓦发表了小说《人总有一死》(Tous les hommes sont mortels, 1946)，作品试图以一种存在主义的历史观来重新审视人类的发展历程。作品主人公福斯卡是一个浮士德式的人物，他求得了永生的本领，穿越若干世纪，在世界各国游历。他亲眼见证了欧洲的社会变迁，目睹了国家、民族与个人的种种灾难。西蒙娜·德·波伏瓦以福斯卡的视角揭示出，尽管历史在向前延续，但是所有的历史都是人类自身现实的不断重复，人类的存在因为死亡的不可避免而注定是虚无的，但存在意义却可以通过瞬间的自由选择来显现，正是在每一次的自由选择中，人类体现了主体的自由意志，实现了自身的存在价值。此前，萨特刚刚发表了阐释存在主义思想的论文《存在主义是一种人道主义》，他认为，人应该在既已存在这一事实面前思考"是否愿意继续存在"以及"在何种条件下存在"这样的问题，根据自己的处境作出判断进行选择，在作出选择的同时选定自身的责任，从而确定自己是怎样的人，人的存在意义即在于此。《人总有一死》这部小说可以看作是对萨特论点的形象化诠释。

发表于1954年的《名士风流》(Les Mandarins)是波伏瓦最重要的一部小说。作品反映了二战结束后法国的社会现实和知识分子的精神危机以及思想探索，在生活的广度和心理描写的深度上都异常出色，因而被认为是二战后法国最具时代气息的小说。作品描写战后法国的左派知识分子满怀着对未来的希望开始了对新生活的筹划，然而他们所要面对的却是冰冷严酷的现实——破败不堪的城市、极度匮乏的物质、自卑颓丧的国民。当战争的阴云还未完全散去，新的铁幕又把世界分割成了两个敌对阵营。面对这样的世界，他们不知何去何从。参加过反抗纳粹德国斗争的知名作家、社会活动家罗贝尔与友人亨利是进步知识分子中的佼佼者，他们在战后致力于组织一个独立的左派组织，终因来自"左"、"右"两种政治力量的挤压而宣告失败。罗贝尔的妻子安娜虽然是一个心理医生，但面对众多遭受战争创伤的人常感到无能为力。女儿纳迪娜在战争中痛失爱人，战后放浪形骸，安娜痛苦万分却爱莫能助。"他们将如何对待这如此沉重、如此短暂的过去，如何面对残缺的未来？……即使我能成功，使他们淡忘自己的过去，可我能向他们展现怎样的未来？我能消除恐惧、克制欲望、想方设法适应一切，可我能让我们适应什么样的景况呢？我发现在我的周围，再也没有任何可以依凭的东西了"[①]。失意的安娜沉醉于美国情人刘易斯的情感漩涡中，甚至一度想要放弃生命。每个想要有所作为

---

① 西蒙娜·德·波伏瓦：《名士风流》，许钧译，中国书籍出版社，2000年，第34页。

的人都在步入新时代的门口彷徨着。经过诸多波折,他们又从失落中振作起来,重拾信心。这些进步知识分子的困顿和迷茫,反映了二战后法国乃至整个欧洲的复杂社会现实。在国际上,曾经"乐于助人"的美国已经显现出控制欧洲的真面目,为了自己的局部利益甚至不惜扶植法西斯独裁政府;曾经是"人类希望"的苏联却在利用集中营和劳改制度巩固自己的政权。在法国国内,戴高乐派与法共势同水火,而所有的一切在政治利益面前都不过是工具,人的信仰和道德操守往往沦为政治力量角逐的赌注。波伏瓦在作品中深刻地揭示了进步知识分子的政治理想与社会现实之间的矛盾。想要摆脱"右"、"左"两种势力的控制,在完全独立的前提下实现自己的政治理想是不切实际的,也是注定要遭到失败的。而失败后的重整待发则显示出进步知识分子在第二次自我抉择中的主体意志,也体现出自己的存在意义,是对存在主义价值观的现实阐释。作品带有一定程度的自传形式,许多人物都可以找到原型,如罗贝尔和亨利身上有萨特和加缪的影子,安娜身上则有波伏瓦自己的印记。作品由于具有独特的时代风貌和思想深度获得了当年的龚古尔文学奖,也是对波伏瓦文学成就的肯定。

  波伏瓦还写有许多论著,如阐述存在主义思想的《庇吕斯与西奈阿斯》(*Pyrrhus et Cinéas*,1944)、《模棱两可的伦理学》(*Pour une morale de l'ambiguïté*,1947),倡导女性解放的《第二性》(*Le Deuxième Sexe* 1949),赞扬中国革命的《长征》(*La Longue Marche*,1957),探讨社会问题的《事物的力量》(*La Force des choses*,1963)、《老年》(*La Vieillesse*,1970)等。另有一些回忆录,如《一位良家少女的回忆录》(*Mémoires d'une jeune fille rangée*,1958)、《年富力强》(*La Force de l'âge*,1960)、《了解一切》(*Tout compte fait*,1972)、《告别的仪式》(*La Cérémonie des adieux*,1981)等。在这些回忆录中,波伏瓦讲述了她自童年时代起的经历,不仅记录了自己的成长过程,也真实再现了一代法国知识分子的心路历程,有很重要的历史文献价值。

二、《第二性》

  《第二性》是西蒙娜·德·波伏瓦最重要、最具影响力的论著,通过对一系列历史与现实问题的分析,从理论与社会现实等多个层面揭示了女性的文化生成,指出了女性自我解放的必要性及其途径。

  克洛德·弗兰西斯和弗尔朗德·贡蒂埃认为:"正如许多批评指出的那样,把《第二性》归结为请愿词典,这就贬低了一部建立在某个哲学体系上的作品,而这个哲学体系正是把个人作为主体来确定的。"① 这个哲学体系就是存在主义的哲学体系,西蒙娜·德·波伏瓦在《第二性》中所表达的也是一种存在主义的女性观。"每一种政治主张,尽管具有其消极意义,都是由一种对合理生活的向往所引发的:如果说《第二性》在女权主义理论史上是如此独特的一份文献,那首先是因为它使

---

① 克洛德·弗兰西斯、弗尔朗德·贡蒂埃:《西蒙娜·德·波伏瓦传》,第279页。

理想愿景与批判之间的关联如此明晰。"①通过一系列的文化批判,《第二性》揭示了女性的境遇——"他者"的身份,倡导重新确立女性的社会"主体"地位,进而强调通过女性自我意识的认证完成对存在方式的自由选择,实现女性的自我解放,缔结平等和谐的两性关系。

波伏瓦认为,在一种久已成型的话语范畴内,女性被界定成了"相对于男人的自主的人,……女人完全是男人所判定的那种人,所以她被称为'性',其含义是,她在男人面前主要是作为性存在的。……定义和区分女人的参照物是男人,而定义和区分男人的参照物却不是女人。她是附属的人,是同主要者(the essential)相对立的次要者(the inessential)。他是主体(the subject),是绝对(the absolute),而她是他者(the other)"②。作为人类思维基本范畴的"他者"是二元性表达方式——自我(the self)与他者——的概念之一,并非一开始就与人类两性分化联系在一起,也不由任何经验事实所决定,而是产生于由一组相互对照的概念形成的语境中。"主体只能在对立中确立——他把自己树为主要者,以此同他者、次要者、客体(the object)相对立。"③然而,这种相互性在人类的两性之间却不曾得到承认,男性被树立为唯一的主体,而女性沦为纯粹的他者,陷入一种依附性境遇。在波伏瓦看来,女性的他者境遇并不是由偶然的某个历史事件或某种社会变化造成的,而是一直以来的一种绝对性境遇。时至今日,女性依然生活在男性强迫她所接受的他者地位的世界中,而且,男性更准备将女性永远固定在他者的客体地位上。"他者"意味着女性在社会中处于被动性和从属地位,是社会中的次要者,这显然不是女性的本质性存在方式,因而必须对此现象加以深究,进而改变女性的境遇。

波伏瓦首先考察了生物学、精神分析学和历史唯物主义等几个领域的女性观。就最基本的生物学领域而言,尽管生物学上的性别特征也是构成女性境遇的一个重要因素,但是只凭生理上的性别差异不足以解答"女人是什么"。在所有雌性哺乳动物当中,人类女性受生殖的奴役最重,因而女人受到的异化也就最深。然而,这一事实并不意味着人类的女性从此有了不可避免的命运,也不足以在人类社会中确立两性等级制度。女性的这种生理特点在人类的历史发展过程中受到了来自各个方面的影响,社会经济模式、习俗及社会心理等多种因素最终改变了女人的本性。精神分析学从性一元论出发,以男性为主体参照物,只把女性看成是性的机体,认定女性由于生理上的差异受到与生俱来的阉割情结和恋父情结的双重困扰,从而具有强烈的挫折感和自卑感,缺乏自我认同意识和必要的超越性,因而注定只能处于客体地位,成为"他者"。历史唯物主义从经济一元论出发,认为女性的自我意识不是由其性别特征决定的,而是社会经济组织境况的必然反映,与人类特定

---

① Toril Moi, *Simone de Beauvoir*, *The Making of an Intellectual Woman*, Oxford: Oxford University Press, 2008, p. 204.
② 西蒙娜·德·波伏瓦:《第二性》,陶铁柱译,中国书籍出版社,1998年,第11页。
③ 同上书,第13页。

时期的技术发展阶段密切相关。在私有制经济体制下,女性由于经济地位的不平等而受到压迫,成为被征服者。在波伏瓦看来,这些理论无法从根本上说明女性为何在社会中处于客体的"他者"地位,只有存在主义的根本原则适于全面认识一个具体的女人,从整体上认识人的生命的特殊存在形式。

在存在主义的视阈下,"只是人类在生存方面开始怀疑他本身——就是说,开始重视高于纯粹生命的生存理由——男人才在女人面前表现出优势。……男性的主动性在创造价值时,也把生存本身变成了一种价值,这种主动性战胜了生命的无序力量,也征服了自然和女人"①。历史表明,从游牧时代、早期农耕时代、父权制古代社会、中世纪,到18世纪和大革命以后的时代,女性在权利、地位和处境方面的种种变化全部取决于相应历史时期的男性意志。即是说,"整个女性的历史都是男人创造的。……男人始终在主宰着女人的命运。他们不是根据她的利益,而是根据他们自己的设计,出于他们的恐惧和需要,来决定女人应当有怎样的命运。他们尊崇大母神是由于害怕大自然,当青铜工具使他们有可能勇敢地面对大自然,他们便建立了父权制。于是家庭与国家的冲突决定了女人的地位。基督徒对上帝、世界以及他自己的肉体的态度,在派给她的处境中反映了出来;所谓的'中世纪有关女人的争论',是一场教士与俗人在婚姻与独身问题上的争论;正是基于私有制的社会制度,带来了对已婚女人的监护制度;是男人所完成的技术发展解放了今天的妇女;是男性的伦理转变,通过节育引起了家庭规模的缩小,使她部分地摆脱了母性的束缚。女权运动本不是一场自主的运动:它部分是政治家手中的工具,部分是反映深层社会戏剧的附属现象"②。

女性在男性话语的统治下逐步丧失了作为主体的自我意识,不断认同于男性的法则,以男性的眼光来看待自己并做出选择。"社会性别提出的最典型的问题就是在二元结构中,有一方通常被当作真正的起源和标准,以这样的标准来衡量,另一方就难免有多种欠缺。区分两者的过程再一次成为决定价值高低的过程。"③于是,在以男性为主导的评价体系中,女性的真实面目逐渐模糊起来。在不同时代、不同文化背景下,出现在神话中的女性形象呈现出形态各异的局面,而每一类女性形象都代表着男性话语对女性存在本质的某种阐释。"一个神话总含有一个主体,他把自己的希望与恐惧投射到超越的天空。"④在男性创造的神话中,女性作为与主体相对照的他者,表现出无一例外的含混性和被动性。"她是男人梦想的一切,也是他不能获得的一切。她是仁慈的大自然与男人之间的理想调节者,也是尚未征服的大自然的诱惑,和一切善相对立。从善到恶,她是所有道德价值的化身,也是反对这些价值的化身。她是行动的主体,也是行动的任何一种障碍,是男人对世

---

① 西蒙娜·德·波伏瓦:《第二性》,第73页。
② 同上书,第150页。
③ 马元曦、康宏锦主编:《西方女性主义文学文化译文集》,广西师范大学出版社,2008年,第30页。
④ 西蒙娜·德·波伏瓦:《第二性》,第167页。

界的把握,也是他的挫折。所以,她是男人对自己的生存以及对他所能够赋予这一生存的任何表现的全部反映的起源与根源。"①波伏瓦认为,一些男性作家对于女性的描写就是这种复杂心态的典型反映,"对于他们每一个人来说,理想的女性都最确切地体现了向他显示他自己的他者。蒙特朗这位大男子主义者在女人身上寻找纯粹的动物性;劳伦斯是个阳具崇拜者,他要求女人总括一般的女性;克洛岱尔把女人界定为灵魂姊妹;布勒东珍爱扎根于自然的梅露辛,把他的希望寄予孩子般的女人;司汤达希望他的情妇有才智、有教养,精神上和行为上都很自由,是个与他般配的女人"②。"每一个作家在描写女性之时,都亮出了他的伦理原则和特有的观念;在她身上,他往往不自觉地暴露出他的世界观和他的个人梦想之间的裂痕。"③作为代表了人类状态静止一面的女性神话,是一种投射在观念世界的概念化现实,因而与现实中女性的生动性和多样化存在形式形成了对照关系,有时甚至是相互矛盾和对立的。但是,往往就是通过这些被构建起来的概念化形象,父权社会的法律和习俗作为群体命令被强加给现实中的女性,从而使其陷入他性的不断自我复制中,不仅阻碍其自我意识的复苏,也使其无法形成理性的自我判断。可以说,父权制文化是女性的心理和行为方式的社会文化根源,为了迎合男权社会的需求和男性的个体需要,女性试图使自己成为男性认可的女性形象,最终成为缺少自我意识的他者——"第二性"。

就女性的个体而言,"女人并不是生就的,而宁可说是逐渐形成的。在生理、心理或经济上,没有任何命运能决定人类女性在社会的表现形象。决定这种介于男性与阉人之间的、所谓具有女性气质的人的,是整个文明"④。从幼年时期开始,女性生命的整个成长发展过程都体现出一种由教师和社会强加的"被动性",它通过对女性性别特征的强调使女性逐步放弃自主生存的主体性,从而使其"第二性"的社会角色被固定下来。"少女会成为妻子、母亲和祖母。她会像母亲那样理家,像小时候自己受照顾那样去照顾她的孩子——她只有12岁,可她的故事已在天国里写好了。她用不着虚构,每天都可以发现这样的故事。但她沉思这种每个阶段都可以预见的,每天都在不可抗拒地向之迈进的生活时,既感到奇怪又感到恐惧。"⑤这种只能"存在"而不能"行动"的现实,造成了女性对于自己真实的身体欲望既想表达又不得不排斥的矛盾心理,也使女性在压制自身主体性的过程中充满了内在的自卑感和焦虑感。在波伏瓦看来,女同性恋即是社会对女性主体性进行压制的产物,"同性恋既不是一种厄运,也不是被有意纵情享受的一种变态,它是在特定处境下被选择的一种态度,……同性恋还是一种方法,女人用它来解决她的一般处

① 西蒙娜·德·波伏瓦:《第二性》,第231页。
② 同上书,第289页。
③ 同上书,第290页。
④ 同上书,第309页。
⑤ 同上书,第345页。

境,特别是她的性处境提出的问题"①,可以看成是对自身"第二性"角色的反抗,也可以看作是对男性的逃避。对于那些处于婚姻中的女性而言,"婚姻的悲剧性并不在于它无法保障向女人许诺过的幸福(保障幸福这种事本来就不存在),而在于它摧残了她;它使她注定要过着周而复始和千篇一律的生活"②。作为一个具有社会性的存在主体,每个人都应该是开放性的,可以使自己在最大限度上与社会相结合,从而实现个体的独立发展。对于女性而言,婚姻阻断了她向社会群体的延伸,因而也阻碍了其主体性的发展。正如"妻性"不是女性与生俱来的本性,母性也不是女性的"本能",成为母亲只是女性基于生理特点为了适应物种永存而实现的自然"使命"。但是在现有的社会结构中,生殖已经成为一个受到社会意志控制的行为,女性被剥夺了自由选择的权利,反对避孕与禁止堕胎使某些女性被迫成为母亲。波伏瓦借此强调,夫妻关系、家务劳动和母性综合在一起,形成了一个各种因素相互影响的整体,对女性的自我意识构成了致命的束缚。"女人被关在家里不可能形成她自己的生存;她缺乏把自我肯定为个人所需要的手段;因而她的个性不会得到承认。"③即便那些可以走出家庭自由参加社交活动的女性,甚至包括妓女在内,在波伏瓦眼里也不过是在某些时刻暂时逃避了束缚,因而在由男性话语主导的各类社会交往中,女性不可能真正掌握自己的命运。现存社会中对女性特性的种种界定"没有一种是雌性荷尔蒙或女性大脑的先天结构强加给女人的:它们是由她的处境如模子一般塑造出来的"④。

　　通过对历史、神话、现实进行的一系列文化批判,通过对女性个体发展过程中存在状态的分析,波伏瓦广泛而深入地阐释了女性的境遇——在经济、社会和历史的整体制约下处于受男性支配的依附性地位,失去了确立自己存在本质的自我意识,沦为消极的他者和"第二性"。她认为,女性的局限性及其不利处境是互为表里的,要改变女性的境遇必须首先了解造成这种境遇的根源,建立以女性性别特征为基础的自我意识,进而通过自由选择谋求解放。这种解放应该是集体性的,首先要通过女性经济地位的转变来实现。"女人通过有报酬的职业极大地跨过了她同男性的距离;此外再也没有别的什么可以保障她的实际自由。一旦她不再是一个寄生者,以她的依附性为基础的制度就会崩溃;她和这个世界之间也就不再需要男性充当中介。……当她成为生产性的、主动的人时,她会重新获得超越性;她会通过设计具体地去肯定她的主体地位;她会去尝试认识与她所追求的目标、与她拥有的金钱和权利相关的责任。"⑤与此同时,波伏瓦也看到,尽管经济地位在女性拥有独立的自我意识中发挥了基础性的作用,但并不是说,只要女性的经济地位发生变化就可以完全改变女性的境遇,"在它引起道德的、社会的、文化的以及它所承诺和

①　西蒙娜·德·波伏瓦:《第二性》,第 483 页。
②　同上书,第 544 页。
③　同上书,第 596 页。
④　同上书,第 673 页。
⑤　同上书,第 771 页。

要求的其他成果以前,新型女人不可能出现"①。只有在法律、制度、习俗、公众舆论以及整个社会关系都得到相应改善后,女性才有可能走出绝对他者的阴影,实现真正的解放,与男性建立平等和谐的两性关系。"所谓妇女解放,就是让她不再局限于她同男人的关系,而不是不让她有这种关系。即使她有自己的独立生存,她也仍然会不折不扣地为他而生存:尽管相互承认对方是主体,但每一方对于对方仍旧是他者。……当我们废除半个人类的奴隶制,以及废除它所暗示的整个虚伪制度时,人类的'划分'将会显露其真正的意义,人类的夫妇关系将会找到其真正的形式。"②互为他者的人类两性应该以尊重各自的存在事实为基础,平等看待彼此的自然差异,最终建立一种和谐的"手足关系"。

正如她的传记作者所言:波伏瓦"在指出什么可以构成关于人的存在条件的文化的同时,她不仅提出了妇女解放的问题,而且提出了所有与文化压迫相联系的问题:她对法律、宗教、习俗、传统提出了问题,以她的方式要求重新估价社会的所有结构"③。《第二性》也以其重要的文化和理论意义被视为现代女权主义的"圣经"。

---

① 西蒙娜·德·波伏瓦:《第二性》,第820页。
② 同上书,第827页。
③ 克洛德·弗兰西斯、弗尔朗德·贡蒂埃:《西蒙娜·德·波伏瓦传》,第279页。

第三章 德国女性文学

第一节 概 述

一、中世纪—文艺复兴时期:女性宗教文学与世俗文学

德国女性文学发端于中世纪。早期的女作家大多是生活于修道院里的女性,其创作虽然打上了中世纪基督教文学的烙印,却也具有鲜明的个性色彩及女性色彩。德国文学史上最早的女作家是**赫罗茨维亚**(Hrotswitha von Gandersheim,935—1001 或 1003),她出身于撒克逊贵族,在她生活的早期阶段便开始了修道生活,后来成为哈尔茨山甘德尔斯海姆修道院的修女。正是在修道院里,她接触了古罗马文学家贺拉斯、奥维德、泰伦斯、维吉尔以及早期基督教教父们的著作。在那个女性被排除于拉丁文及古典学术传统之外的时代,她是少数超越限制、拥有良好的古典学术修养并用拉丁文创作的女性。她被称作早期拉丁语基督教文学的代表作家,也是古代罗马戏剧没落后欧洲第一位基督教剧作家①。她一生创作了 8 部传奇、6 部戏剧、2 首史诗,她创作的灵感来源于她的基督教信仰和神圣的使命感。她作品的内容大都具有基督教道德倾向,宣扬拒绝诱惑、坚贞不屈,为贞洁而殉身的美德。她早期创作的 8 篇诗体圣徒传奇,讲述圣经故事,叙述圣徒生活,表现基督徒遭受的迫害以及传道的故事。她的史诗《皇帝鄂图一世的一生》(De gestis Oddonis Imperatoris,968)描写德国第一代皇族的生平事迹,极力颂扬世俗君主,把自己的创作视为对皇族的效忠。她的 6 部戏剧主要是拉丁韵文形式的对话,她写戏的目的主要在于消除罗马戏剧家泰伦斯的影响,"把他那些非基督教的、描写淫荡内容的喜剧从修道院的必读书目和学习者们的手中驱逐出去,用基督教的标准去超越那些著名的罗马作家"②。

第一位用德语创作的女作家是女诗人**阿瓦夫人**(Frau Ava,1060—1127),她也是欧洲文学史上第一位以女性名字署名的女作家。她在丈夫死后隐居在奥地利低地的一所修道院里,写了很多宗教诗,她的诗作融合了中世纪流行的圣经观念和主题,她的代表作《最后的审判》(Das Jüngste Gericht)表现了基督教会的发展、工作及结局,该诗与详细描述耶稣诞生、受难、复活、升天全过程的《耶稣的生命》(Leben Jesus,1120—1125)构成一个整体,全诗共 3388 行,主要是用于礼拜天弥撒仪式上的布道辞。她的作品还有《施洗者约翰》(Johannes)、《圣灵的七件礼物》(Die 7

---

① Jo Catling ed., *A History of Women's Writing in Germany, Austria and Switzerland*, Cambridge: Cambridge University Press, 2000, p.14.
② 安书祉:《德国文学史》第 1 卷,译林出版社,2006 年,第 40 页。

Gaben des Heiligen Geiste)和《敌基督者》(Antichrist)等。阿瓦夫人在文学史上具有崇高的地位,在今天的奥地利有两年一次的阿瓦夫人文学奖(Frau Ava Literaturpreis),主要针对德语女作家,以表彰其对于精神生活的探索、对于社会、政治、宗教问题的关注。

在中世纪德国众多的修女作家中,最具影响力的女作家是生活于 12 世纪的**宾根的希尔德嘉德**(Hildegard von Bingen,1098—1179)。她以博学著称,具有良好的古典文化修养,深谙拉丁文,是中世纪欧洲知识渊博的神秘主义女作家的代表,也被视为中世纪最重要的女权主义理论家。她被后世称为诗人、作曲家、语言学家、哲学家、植物学家、医生、草药师。她生于贵族家庭,被父亲当作什一税献给了教会,8 岁那年被送进修道院,成年后接替了已故院长的位子成了这所修道院的院长,后来她带领该院的修女在宾根附近的卢佩斯堡(Rupertsburg)建立了独立的修女院。她的创作包括传记、书信、礼拜歌、诗歌、戏剧、神学、植物学、药学著作以及大量的音乐作品。这些作品表现了她对宇宙、世界起源的探索,她所创作的世俗作品表现了女性的身体和欲望,探索了灵魂与肉体的关系。她最重要的创作是以她的宗教体验和幻想为内容的《知途》(Scivias,1151 或 1152)和《生命的价值》(Liber Vitae Meritorum,1163)等梦幻作品,描绘她所体验到的幻象和圣灵,并附有宗教和哲学的解释,这些作品内容涉及天国、宇宙万物、男女关系,并提出了男女平等的思想。她的戏剧《美德》(Ordo Virtutum,1151)表现灵魂反抗魔鬼取得胜利的斗争,塑造了贞女玛丽亚的光辉形象,称玛丽亚为黎明之光、智慧之母。她还用拉丁语写了大量歌颂圣母玛丽亚的诗歌,在修道院中间产生了深远的影响。

除希尔德嘉德外,**圣·伊丽莎白**(St. Elizabeth von Schönau,1129—1165)和多明我会修女**马格德堡的梅西特希尔德**(Mechthild von Magdeburg,1207—1282)、**玛格丽特·艾伯纳**(Margaret Ebner,1291—1351)也是深受现代学者重视的中世纪修女作家。圣·伊丽莎白出身低微,12 岁时进了拿骚的一所修道院,一生严格遵守圣本笃的教规和修院的规定,过着禁欲生活,16 世纪时她的名字被载入罗马殉教史。她的作品是她作为牧师的兄长根据她记录的材料编纂并以她名义发表的三卷本《见证》(Visions)。马格德堡的梅西特希尔德"是最著名的用德语写作的神秘主义作家,也是最早用散文细腻刻画心灵感受的女作家"[1]。她留下的唯一的著作《流动的神之光》(Das fließende Licht der Gottheit)是一部收录了诗歌、祷告、警句、自白、对话的作品集,内容丰富,充满激情,表现了她个人与神的关系,这本著作在她在世时就被翻译成拉丁文,19 世纪时引起学界的研究兴趣。玛格丽特·艾伯纳的作品展现了中世纪被尊为圣女的女性的思想和内在生活,表现了基督教中心的世界观,人的精神世界以及内在斗争。

中世纪修女作家的存在使得当时正统的神学家们开始关注女性的宗教生活和宗教体验,而她们的作品也成为后世了解早期宗教女性生活及思想情感和写作的

---

[1] 安书祉:《德国文学史》第 1 卷,第 176 页。

主要依据,具有重要的史料价值。

中世纪后期,德国文化出现了新的因素,宗教文学不再成为文学领域的主导者,世俗文化与世俗文学获得了发展,城市市民和学者补充了教会阶层和宫廷贵族的创作,世俗作家的人数大大增加,宫廷—骑士文学得以繁荣。男性作家创作了杰出的英雄史诗和骑士爱情诗,但女作家在这一领域的成就却微乎其微。只有女作家拿骚-萨尔布吕肯的**伊丽莎白伯爵夫人**(Grafin Elisabeth von Nassau-Saarbrucken, 1397—1455)占据着重要的地位,她最大的贡献在于将法国英雄故事翻译成德语。

人文主义思潮在德国传播的早期阶段,女性是否应该与男性接受平等的教育问题,在一些人文主义者中间引起了争议。在少数人文主义者的家庭中产生了屈指可数的进入学术领域的女性,如杰出的人文主义者威利巴德·伯克海默(Willibald Pirckheimer)的妹妹**巴巴拉·伯克海默**(Barbara Pirckheimer, 1474—1532)。她12岁时被送进纽伦堡的圣克莱尔修女院,在那里接受了传统学术和拉丁文的教育,后更名为卡瑞特斯(Caritas),用拉丁文写作,在当时著名的人文主义者中间颇负盛名,被人文主义者康拉德·蔡尔提斯(Conrad Celtis, 1459—1508)称为"新赫罗茨维亚",认为"她为提升德国学术于意大利学术的同等高度作出了民族主义的贡献"①。但随着修道院的衰败,女性几乎丧失了接受正统教育的可能性。

人文主义在德国导致了宗教改革运动,削弱了僧侣阶层的权力,肯定了任何信徒可以通过阅读圣经与神沟通的可能性和权利。但宗教改革运动并未从根本上动摇德国的社会政治结构,也未改变传统的女性观念和女性实际的社会地位。"拉丁文依然是这个时代的学术、科学、文学语言和教育话语。直到进入18世纪,德语世界中出版的大多数作品仍是用拉丁文写的。只有极少数女性懂拉丁语,如果女性想学拉丁语的话,她们被告知这更适合贵族妇女而不是中产阶级的女子。"②在强调个人、质疑陈腐观念的人文主义思潮在大学和宫廷内流行并被贵族接受的文艺复兴时期,德国女性基本上被排除于学术之外,她们所受的教育主要是为了当贤妻良母做准备,流行的女性观念使女性囿于家庭,而这个时期许多致力于学术的男性则获得了更广泛的教育。

尽管16至17世纪的女性在写作的道路上遇到了很大的阻力,但仍有一些女性创作了世俗诗、宗教诗和非叙事类作品及自传,17世纪出现了女性创作的小说。她们的诗歌形式短小、主题细微。主要的女诗人有**安娜·欧芬娜·豪耶斯**(Anna Ovena Hoyers, 1584—1655),她的第一部作品是诗体对话《母与子的对话》(Gesprach eines Kindes mit seiner Mutter),之后以作品集《宗教和世俗诗》(Geisliche und weltliche Poemata)而著名。她的同时代人**西伯莉·施瓦茨**(Sibylle Schwarz, 1621—1638)在父亲和哥哥的鼓励下,10岁时开始写诗,17岁英年早逝时,留下了80首诗、一部未完成的戏剧片段和一部牧歌小说的部分内容。她创作的诗歌采用

---

① Jo Catling ed., *A History of Women's Writing in Germany, Austria and Switzerland*, p.30.
② Ibid., p.29.

十四行和亚历山大体,题材非常广泛,包括宗教、友谊等。**玛格丽特·苏珊娜**(Margaretha Susanna von Kuntsch),父亲是阿登堡宫廷的官员,她在18岁时也嫁给了一位宫廷官员。她留下的诗歌大都是宗教主题和为生日、婚礼、葬礼而写的即兴应景之作。她一生孕育过14个孩子,但大都或夭折或流产,只有一个女儿活到成年,她写了大量的悼亡诗表达她的悲痛和自我安慰,她把死亡视为神的意志而无怨无恨。17世纪,女性自传得到了发展,女性传记作品既记录了女性的世俗日常生活经验,又包含着深刻的精神性因素,表现了女性的宗教体验。著名的自传作家是**乔安娜·埃里诺·彼得森**(Johanna Eleonora Petersen,1644—1724),她的自传详细叙述了她的家庭生活和宗教体验,包括自己及父母的性格、她与父母的关系、个人的情感、婚姻经历和她的祈祷与冥想。相比于自我表达的自传,女性小说的成就相对薄弱。

二、18、19世纪:女性创作的繁荣

18世纪,是德国女性文学阅读和创作兴起的重要时期。尽管德国社会的女性观念并未发生根本的转变,但妇女的教育问题受到某些教派和中上层开明人士的重视,与此同时,社会上出现了一些女子中学,知识女性的处境也较以前宽松。尽管德国的学术和文学整体氛围依然阻碍着女性进入主流文学和学术领域,女性阅读和写作依然不受鼓励甚至受到嘲笑,创作对于贵族妇女来说被看作是不体面的事情,但18世纪逐渐兴起的文学市场毕竟为女性提供了言说的空间,中产阶级女性把阅读视为体面的事情。此时期的女作家,或者出身贵族,或者出身于上层中产阶级之家,她们中的部分或因为与当红的男性文学家建立了密切关系,或因为家庭、婚姻的关系,接触了当时的男性知识分子精英、介入到政治运动或争论中而进入文学界。其中一部分女作家超越女性规范,追求自由和幸福,她们的作品很难受到重视,另一部分则深居简出,通过创作消磨孤寂的生命。尽管存在着种种阻碍,但女性在诗歌、戏剧、小说、书信写作领域仍取得了较以前显著的成就。

18世纪,最重要的女诗人有**克里斯蒂安·玛丽娅·封·齐格勒**(Christiana Mariana von Ziegler,1695—1760),她出身于莱比锡的名门望族,两度结婚,两度遭遇丧偶的打击,丈夫去世后,她带着两个孩子回到莱比锡父母的家中,这里是当时著名的文学家和音乐家聚集的场所,她与当时的许多文学家、艺术家建立了深厚的友谊,其中就有音乐家巴赫(他曾为她的一些诗作配过音乐)和戏剧家高特舍德,她在高特舍德的鼓励下开始诗歌创作。她的诗歌题材、形式多样,包括宗教诗、即兴诗、田园诗、讽刺诗和说教诗,其中部分诗作以女性为主题,她留给后世的还有她与朋友们的通信。另一位值得关注的女诗人是**西德尼亚·海德维希·佐伊纳曼**(Sidonia Hedwig Zäunemann,1714—1740),她出身于中产阶级家庭,反叛当时的女性惯例,她的宗教诗和即兴诗表现了她对那些僭越传统规范的思想、行为的认同。在戏剧领域,有两位女性在德国戏剧的发展中做出了杰出的贡献。一位是**卡罗琳·纽伯尔**(Friederike Caroline Neuber,1697—1760),她是演员和剧院经理,是德国戏剧史上不应忽略的艺术家。她因不堪忍受父亲对她的冷酷而逃离了父亲的家,后来成为宫廷演员,拥有了自己的剧团,她将法国戏剧引进德国,同时自己也创作剧本。她在高特舍德的影响下进行戏剧改革的实践,在18世纪40年代德国戏剧的转型中做出了重要的贡献。另一位女性戏剧家是高特舍德的妻子**路易萨·阿德贡德·高特舍德**(Luise Adelgunde Gottsched, 1713—1762),她被看作德国现代剧场喜剧的奠基者之一,也被视为18世纪最富有智慧的女性知识分子。她出身于波兰旦泽一个医生的家庭,从小接受了良好的教育,学习了英语、法语、音乐、数学和地理。她写诗,编剧,翻译,还创作散文,她的才能得到高特舍德的赏识。后来,她与高特舍德结婚。婚后,她的大部分精力和才干都花在协助丈夫的工作上,但依然坚持创作,并翻译了英法的戏剧作品。她创作的戏剧充满了智慧和幽默,表现了她的喜剧天赋,也体现了高特舍德的喜剧理论,即以现实主义的风格嘲笑人性的缺陷、鼓励美德和智慧,剧情简单、善恶分明,体现了18世纪德国中产阶级的道德倾向和趣味。

在小说领域,重要的作家是**玛丽娅·索菲·拉·洛赫**(Maria Sophie von La Roche, 1730—1807),她是18世纪最著名的女作家,在小说、旅行写作、道德故事、书信写作中具有重要地位。丈夫去世,再加上法国对于德国的占领,生活陷入窘境,她开始靠写作赚取收入,并创办了第一份德国妇女杂志。她一生著述丰富,大约出版过20部作品,都体现了启蒙思想和感伤主义情调。她的小说写作深受歌德和英国作家塞缪尔·理查逊的影响,其书信体小说《索菲娅·冯·斯泰因海姆小姐传》(*Geschichte des Fräuleins von Sternheim*, 1771)被视为德国女性文学的奠基之作,在当时引起了很大反响。她的一些作品具有浓厚的说教意味,譬如,她策划、主编的《写给德国的女孩们》(*Für Deutschlands Töchter*, 1783—1784),目的就是要表达她的教育设想,指导年轻女性生活。洛赫的作品表现了德国虔敬派传统的内省,注重心理分析和内在自我的探索,对后世的德国女作家产生过很大影响。她一度游历法国、瑞士、荷兰、英国等地,《瑞士旅游日记》(*Tagebuch einer Reise durch die Schweiz Richter*, 1787)和《法国日志》(*Journal einer Reise durch Frankreich*, 1787)、《荷兰、英国旅行记》(*Tagebuch einer Reise durch Holland und England*, 1788),记述了她的旅途经历、观感和对于文明的思考,是18世纪德国女性游记文学的杰出代表。

18世纪后期至19世纪早期,确切地说,"1750—1830年,整个欧洲的性别体系发生了一系列重要的转型。现代早期的文化准则强调在社会、政治、法律身份上的差异的多元性,性别成为复杂的差异体系的重要部分。然而,建立在平等观念基础上的现代性只针对白人男性公民,妇女、穷人和非白人被强调性别两极对立、经济社会身份和种族身份的差异话语的偏见所排斥。法律、科学建立了一套有关性别价值和社会空间的道德体系,在官方、政治变革和公众的共同作用下形成了新的性别体系——那就是男性和女性气质被理解为本质上的对立存在"①。在德国,学术界、文学界盛行探讨性别特征对于人的生活的深刻影响,女性的角色、女性的本质以及女性的功能和身份也成为杂志讨论的话题。"启蒙运动后期以来,在德国文化领域对于性别的界定直接导致了性别的两极化,教育家、哲学家和公众都把性别差异视为固有的本性,深深根植于自然,这种观念在近两个世纪中直接影响了劳动的性别分工和人类的生活本质。"②在这个强调母性和家庭角色的文化氛围中,通过写作、出版或艺术表演而进入公共领域的女性知识分子,不可能受到社会的尊重,甚至会招致嘲笑。但是,尽管男性知识分子主导着公共空间并成为现代话语的奠基者,尽管整体的文化氛围不利于女性的文学发展,一部分女性结婚、生子,遭遇离婚、情感危机或经济窘困,她们仍然在世俗社会强加给女性的各种限制带来的压力下,争取独立,并通过写作维持生活或缓解痛苦,探索生命的价值。她们中的一部分人通过出版文学作品进入公共领域,通过主持文学沙龙,在公众领域发挥了重要作用。

19世纪最重要的女诗人是**卡罗利妮·封·贡特罗德**(Karoline von Günderrode,1780—1806),她是19世纪早期浪漫主义女性诗人的代表,出身于败落的贵族家庭,19岁时入修道院。在她短暂的生命历程中,经历了多次丧失亲人的痛苦和爱情的挫折,孤独、失望和生活中遭遇的种种难题使她在26岁时自杀身亡。她生前发表的两部诗集和身后发表的一部集诗歌、散文、戏剧片段为一体的作品集都以男性笔名发表。她的作品充满了神秘的异国情调,爱欲与死亡是其诗歌最重要的主题,表现了她对于爱情、生命、死亡的思索,弥漫着对于美的哀悼和对于死的崇拜。她对诗歌形式、主题和风格做了大胆试验,她的诗融合了民歌、情诗、哲理诗和古典韵文的各种形式。她还创作了日记和剧作,表现了对于女性既定命运和传统道德的抗争。另一位重要的诗人是同样以自杀结束生命的**路易斯·布拉赫曼**(Liuse Brachmann),被称为"德国的萨福"③。她与席勒和诺瓦利斯相识,后来她在经历了亲人的相继死亡后,陷入贫困,以写作为生。但经济上的逼迫和艺术上得不到认可使她走投无路,最终投河自尽。

这个时期,女性的书信写作达到高峰,相比于其他领域对于女性的限制,书信写作是唯一不受限制甚至得到鼓励的女性表达形式,书信也是女性交流和自我表达最重要的媒介。14世纪以来,女性一直是书信写作的主体,她们写了大量的书信,但大部分遗失。女性书信写作经过17至18世纪的发展,在浪漫主义时期达到高峰。书信写作的热潮体现了女性对于思想、情感交流的渴望,也是促进女性情感生活和友谊发展的重要媒介。女性虚构叙事文学和纪实文学以及直接介入社会生

---

① Ulrike Gleixner and Marion W. Gray eds., *Gender in Transition:Discourse and Practice in German-speaking Europe*,1750-1830,Ann Arbor:The University of Michigan Press,2006,p.1.
② Ibid.,p.2.
③ Jo Catling ed., *A History of Women's Writing in Germany, Austria and Switzerland*, p.75.

活的散文、随笔和小册子等形式的写作得到了发展。浪漫主义女作家**卡罗莉娜·施莱格尔-谢林**(Caroline Schlegel-Schelling,1763—1809),最重要的贡献是流传下来的400多封书信和大量的小说、传记。她的父亲是哥廷根大学的东方学教授,她嫁给了一位官员,并与他生了3个孩子,4年后丈夫去世。1796年,她与威廉·施莱格尔结婚,与他迁居耶拿。他们的家成为浪漫主义者的据点,让她与浪漫主义的重要诗人诺瓦利斯、席勒和哲学家谢林相识。后来,她与施莱格尔离婚,与谢林结婚。两次婚姻使她处于德国文学和学术的中心并深受影响。被称为德国妇女文学先驱的**拉赫尔·封·瓦尔哈根**(Rachel von Varnhagen,1771—1833),是德国浪漫主义文学的女性代表之一。她在柏林的沙龙成为浪漫派作家聚会的中心,黑格尔、洪堡、施莱格尔也都是其沙龙的座上客。她留给后人的主要是由她丈夫整理出版的书信集和大量的随笔。女作家**贝蒂娜·封·阿尔尼姆**(Bettina von Arnim,1785—1859),出身于柏林一个意大利商人家庭,18世纪著名的小说家玛丽娅·索菲·拉·洛赫是她的外祖母,著名的德国浪漫主义诗人克莱门斯·布伦塔诺(Clemens Brentano,1778—1842)是她的哥哥,诗人和小说家路德维希·封·阿尔尼姆(Ludwig Achim von Arnim,1781—1831)则是她的丈夫。她生了7个孩子,最小的女儿吉塞拉·封·阿尔尼姆(Gisela von Arnim,1827—1889)后来也成了一名作家,以写童话著名,后来嫁给了威廉·格林(Wilhelm Grimm,1786—1859)的儿子,即著名的艺术史家赫尔曼·格林(Herman Grimm,1829—1901)。贝蒂娜·封·阿尔尼姆以天赋、才情著称,早年入修道院接受教育,后学习过作曲和演唱。她曾在外祖母家中广泛接触了德国浪漫派诗人和法国流亡者,并与贝多芬、舒曼与歌德等著名人物往来密切。贝蒂娜·封·阿尔尼姆主要以书信体形式创作,留下了大量的书信集。她与歌德相识并长期保持通信,3卷本的《歌德与一个孩子的通信集》(Goethes Briefwechsel mit einem Kinde,1835)记录了她与歌德之间的思想交流,表现了她对于歌德的情感。具有强烈自传色彩的书信体作品《贡特罗德》(Die Günderode,1840)记录了她与卡罗利妮·封·君德罗德的情感和思想交流,提出了"女性友谊"的重大命题,表现了她的宗教观和对于爱的理解,塑造了诗化的女艺术家形象。阿尔尼姆也是一位关注社会问题、思想激进的社会实践者,积极投身政治、社会活动,在1831年柏林发生霍乱期间她深入贫民区接济病人,还曾经给普鲁士国王写信批评他的某些政策,反映德国人民的痛苦生活。

19世纪是德国女性小说发展的黄金世纪,特别是19世纪后期,小说在文学和诗学领域从次文类上升为主导性的文类并获得了重要地位,小说写作也成为女性维持生活和贴补家用的重要手段。在内容和主题方面,存在着表达社会普遍的传统观念,表现刻板的女性人物形象的女性小说与质疑传统的性别角色,探讨女性社会地位、女性身份,表现女性职责与个人欲望、情感与理智相冲突的小说并存。一些激进的女性小说家创作了揭露社会弊病,表现贫困、道德堕落和妇女命运的现实主义小说。如**路易丝·奥托-彼得斯**(Louise Otto-Peters,1819—1895),她关注妇女问题,积极参与改善妇女社会地位的实践活动,被称为资产阶级民主妇女运动的先驱,她写了大量文章探讨工人和妇女问题。1851年她在发表于她自己创办的《妇女报》(Frauen-Zeitung)上的题为《乡村的婚姻》一文中指出,婚姻应该是神圣而道德的结合,但检视一下现实,却发现这种观念往往被曲解和盗用,婚姻不是出于情感和内在需要的结合,而是出于商业考虑、财产的转让等经济利益,她批判了当时德国乡村婚姻的"粗鄙"、不道德和商业化①。她关注社会现实、关心乡村农民、工厂工人和女性的生活处境,其作品表现贫困者的生活,具有鲜明的女权意识。另一位关注妇女命运的作家是**黑德维希·多姆**(Hedwig Dohm,1833—1919),她出身于柏林一个犹太人家庭,后来当了女教师。她发表了大量的文章探讨妇女的政治、经济权利问题,广泛接触过妇女运动的代表人物,她的作品表现妇女的社会处境,主要有《成为妇人吧,你就是》(*Werde die du bist. Wie Frauen werden*,1894)和三部曲《泽比拉·达尔玛尔》(*Sibilla Dalmar*,1896)、《一个灵魂的命运》(*Schicksale einer Seele*,1899)、《克里斯塔·卢兰德》(*Christa Ruland*,1902)。

三、20世纪:女性文学主体身份的确立

在充满灾难、社会动荡不安的20世纪,德国女性的生活和文学创作深受妇女运动、两次世界大战、纳粹统治和战后德国的分裂以及对于纳粹的清算等这些政治因素的影响。女作家被深深卷入各种重大的历史事件和社会变革中,并通过文学创作发出她们独特的声音,女性文学创作在数量和影响力方面都达到了前所未有的高峰,在出版和阅读方面获得了巨大成功。

1933至1945年纳粹统治的这一历史时期,在文学史上被称为"伟大的流亡文学时代"②:文学机构遭清洗,共产党、民主作家和所有反法西斯主义的作家遭到迫害,著作被焚毁,甚至被投入监狱、关进集中营或者流亡国外。女作家们表现了她们高度的社会正义感、人道主义思想和对于狭隘的民族主义、种族主义的否定,揭露法西斯的血腥罪行,展现纳粹集中营的悲惨生活,以各种形式投身于反法西斯主义的斗争。著名的女作家**里卡达·胡赫**(Ricarda Huch,1864—1947)曾在瑞士学习历史、哲学和文学,是德国最早的女博士之一。她的早期创作主要以诗歌为主,19世纪末20世纪初开始创作了一系列历史小说。她对浪漫派的研究著作《浪漫派的黄金时代》(*Blütezeit der Romantik*,1899)、《浪漫派的发展与衰落》(*Ausbreitung und Verfall der Romantik*,1902)及3卷本的历史著作《在德国的大战》(*Der große Krieg in Deutschland*,1912—1914)和《德国的历史》(*Deutsche Geschichte*,1934—1949)等,表现了她对德国历史及传统的深切关注。她早期创作的现实主义小说表现了世纪之交资产阶级家庭的衰落、德国商业的萧条、个人与社会的冲突,批判了循规蹈矩的

---

① http://germanhistorydocs.ghi-dc.org/sub_document.cfm document_id=449.
② 据统计,从德国逃出来的40万人中,大约有2 000—2 500人是作家、艺术家,他们散布在世界各地的41个国家之中,创作了723部戏剧、108部广播剧、398部电影剧本和无以计数的小说、诗歌。参见高中甫、宁瑛主编著:《20世纪德国文学史》,青岛出版社,1998年,第112页。

资产阶级的商业生活、伦理道德,努力呈现劳动者的苦难生活。1933年为抗议希特勒的法西斯文化政策,她退出了普鲁士艺术科学院。第三帝国时期,胡赫秘密参加了法西斯抵抗运动,创作了大量的反法西斯诗歌,这些诗歌因无法发表而被称为"抽屉文学",胡赫属于第三帝国时期真正的"内心流亡"作家①。

讽刺诗人、反法西斯战士**贝尔塔·瓦特施特拉特**(Berta Waterstradt, 1907—)在纳粹统治时期是反法西斯作家地下联盟的成员,她写了大量的政治讽刺诗,曾三次被捕并被判刑。在1936年对地下成员进行审判时,她被迫朗诵诗歌,她朗诵了一首揭露希特勒罪行的《我们同舟漂流》(Wir Segeln alle in einem Schiff),其勇气可见一斑。**拉斯克-许勒**(Else Lasker-Schüler, 1869—1945)是表现主义女诗人代表。

她早期的诗歌表现青春的激情、爱情和友谊,也有部分诗歌表现出对于充满危机和混乱的世界的失望和厌恶。拉斯克-许勒出身于犹太银行家家庭,希特勒上台后她被冠以"伤风败俗和病态的咖啡馆文人"而被驱逐出境,并被取消了德国国籍,她流亡瑞士、埃及、巴勒斯坦,最后定居于耶路撒冷。颠沛流离、贫病交加的生活严重损害了她的健康,1945年她死于心脏病。其晚年的诗集《我的蓝色钢琴》(Mein blaues Klavier, 1943),描绘了她的流亡生活,表现了对人世的悲叹,企求自我被消灭、被粉碎②。出身于犹太人家庭的女诗人和剧作家**奈莉·萨克斯**(Nelly Sachs, 1891—1970)20年代活跃于德国文坛,在纳粹上台后便过着东躲西藏的生活,1940年在德国文艺界朋友和瑞典女作家塞尔玛-拉格洛夫的帮助下逃离德国、流亡瑞典,最后加入瑞典籍。

她的作品描写了犹太民族流亡的命运,被称为"犹太命运的女诗人"。她的诗作大多以哀歌的形式表现痛苦、灾难和死亡,主要有《死亡的寓所》(In den Wohnungen des Todes, 1947)、《逃亡和变迁》(Flucht und Verwandlung, 1959)、《进入无尘之境》(Fahrt ins Staublose, 1961)等。她的剧作《艾利:一部苦难的以色列神秘剧》(Eli: Ein Mysterienspiel vom Leiden Israels, 1950)表现了纳粹占领下的波兰村庄犹太人惨遭杀害的悲惨和复仇的诉求。1966年奈利·萨克斯因其人道主义诗篇获得诺贝尔文学奖。**格特鲁德·科尔玛**(Gertrud Kolmar, 1894—1943)却没有幸运地逃离纳粹的魔爪。她为了照顾年迈的父亲而放弃离开德国,曾被送进军工厂做苦役,最后死在集中营里。在30年代她冒着极大的风险出版诗集,纳粹将她的部分诗歌销毁,她保留在"抽屉"里的诗歌在她去世后被整理出版。

当然,也有大量为纳粹服务的女作家,如**艾娜·赛德尔**(Ina Seidel, 1885—1974)就是其中的代表。她早年的诗篇充满了对于宗教的狂热,她的历史小说美化封建领主,蔑视软弱者。纳粹统治时期她写过吹捧希特勒的诗篇,其诗歌和小说表现"血的秘密"、母子关系、遗传等主题,歌颂抚养孩子长大成人后将他们送上战场的伟大母亲,因此受到纳粹的欢迎。

两次大战期间,德国妇女承担了维持家庭生存和社会经济生产的重要职责。

---

① 余匡复:《德国文学史》,上海外语教育出版社,1991年,第513—515页。
② 同上书,第522页。

二战后,"柏林的妇女占人口的64.2%","大量的男人或者在战争中死亡、或被关进集中营,回家的男人们或者变成了残废,或者面临精神上的创伤,丧失了活力,认同法西斯的男人们则不得不忍受羞耻。因此,战后男人的身份非常不稳定,在身体和心理上都不再能够起到家庭支柱的作用。成千上万的妇女投身到清理废墟和重建家园的工作中,可以说,德国妇女在战后的政治、经济和文化与文学领域起了重要作用。妇女不得不在一个到处充满了废墟和饥饿的世界里为了生存而战斗"①。战后德国,两性关系发生了变化,女作家作品表现出对于婚姻与父权家庭结构的批判和对于女性身份的寻求,表现出不同于男作家的叙述视角和生活态度,一些作品表现女性乌托邦和同性恋主题。70年代,女权运动为女性活动和文学创作提供了广阔的发展空间,专业的妇女出版社、书店和杂志的产生以及女性俱乐部、咖啡馆等专门的公共空间使女性之间的交流变得更加便利。女性创作受女权运动和女权主义思潮的影响,着力批判并重构妇女生活的现实与历史,解构男性价值体系,批判男性"毫无顾忌地掠夺自然,通过国家暴力满足社会的需要,以战争解决国际冲突",呼吁建立在"用感官感知世界基础上的"女性美学,试图创立一种女性文化以对抗"建立在由科学和现代文明的管理技术所产生的靠理性、靠分析感知世界的基础上的美学"②。自传体、纪录体文学形式流行,通过纪实体作品影响政治和社会公众。如**英格博格·德雷维茨**(Ingeborg Drewitz,1923—1986),从事过多种政治活动,最重要的作品《昨天即今天——百年沧桑》(Gestern war heute: Hundert Jahre Gegen wart,1978)通过四代人的命运反映了德国历史,表现了几代人的冲突和女性的多重角色和艰辛的生活道路。**魏雷娜·斯蒂芬**(Verena Stefan,1947—)的《蜕皮》(Häutungen,1975),表现女性的成长历程。她的作品描写女性的性生活感受,试图为女性的创作寻找一种女性语言。

自纳粹统治时期以来,女性作家对于文化批评和政治现实的敏感和创作的政治化倾向依然是德国女性文学的一大特点。女性作家更加强调人的主体性,表现出对于理性主义和科学主义的深切怀疑,文学创作表现出对于生命本源的追寻、历史的反思和神话的回归,"不再局限于对客观世界的描述,不再以政治、社会经历为对象,而是借助于个人的经验,特别是通过发挥幻想能力,引入神话、传说或童话故事"③。这个时期的女诗人表现对社会和自然环境的关怀和世纪末的恐惧与失落,诗歌描绘被破坏的自然景物和人与自然关系,表现了工业社会侵入乡村生活的恶果。80年代,女性文学一方面依然关注历史进程、文化传统、个体的主体性及身份问题,但另一方面,对于女性经验从"强调共享"转向对"他者"、"差异"、"边缘"等问题的揭示。"女性之间的差异"注定了会发出完全不同的声音。"边界"、"民族"

---

① Chris Weedon ed.,*Post-War Women's Writing in German: Feminist Critical Approaches*, New York:Berghahn Books,1997, p.31.

② 贝恩特·巴尔泽等编著:《联邦德国文学史》,范大灿等译,北京大学出版社,1991年,第393—394页。

③ 高中甫、宁瑛主编:《20世纪德国文学史》,第112页。

问题的被关注使得部分女作家转而从民族、国界的视角而不是妇女的视角看问题,女作家要求"超越各种使得等级、规范永恒的边界"①。2009年获得诺贝尔文学奖的女诗人**赫塔·穆勒**(Herta Müller,1953—)便是极具代表性的一位,她是获此殊荣的第三位德语女作家,也是罗马尼亚德语文学的代表作家。她出身于罗马尼亚西北部一个说德语的村庄,属于德国少数民族。她通晓罗马尼亚语,在罗马尼亚的一所大学学习期间,她的专业是罗马尼亚文学和德国文学。1987年她移居西德,体验了双重的疏离感,不论在罗马尼亚还是在柏林,她都是一个边缘者。她的作品以罗马尼亚德国少数民族的视角,批判了集权统治下的暴力、残酷、恐怖、压迫和道德的堕落、政治的腐败,同时也揭露在罗马尼亚生活的德国人中间的法西斯主义残余。"异己分子"、少数民族、边缘者的疏离感及其所遭受的压迫、放逐和流亡是贯穿其作品的重要主题。

第二节 安娜·西格斯

一、生平与创作

安娜·西格斯(Anna Seghers,1900—1983,原名 Netty Radvany,née Reiling),是纳粹统治时期流亡作家中最具代表性、最具影响力的一位。她出身于美因茨一个具有良好文化修养的犹太人家庭,家境富裕,父亲爱好艺术,在美因茨经营古玩。1920年起,西格斯在科隆大学、海德堡大学学习语言学、艺术、历史和汉语,她以论文《伦勃朗作品中的犹太人和犹太教》获得博士学位。她在大学期间接触了马克思主义团体,1925年,与一位匈牙利共产党员结婚并移居柏林,1928年西格斯也加入了德国共产党。这一年,28岁的西格斯完成了小说《圣·巴尔巴拉的渔民起义》(Der Aufstand der Fischer von St. Barbara),并在当年获得了魏玛共和国最重要的奖项——克莱斯特文学奖,她也因此获得了文学声誉。小说的主题是一个渔村的渔民因不堪忍受贫穷而举行起义,最终却被镇压,起义的主要领导者一个被关进了监狱,另一位则在逃亡中被打死。作者在小说开端写道:"他们失败的唯一结果,是圣·巴尔巴拉村的渔人们又跟过去一样,仍然回到海上去工作:他们跟他们的东家订的合同,跟过去四年间所订的一样。"警察总监向当局上报"秩序已经恢复","圣·巴尔巴拉便像过去的每一个夏天一样,平静无事。"②这部小说及1930年出版的短篇小说《到美国大使馆的路上》(Auf dem Wege zur Amerikanischen Botschaft)和《来自赫鲁索福的农民》(Bauern

---

① Chris Weedon ed.,*Post-War Women's Writing in German:Feminist Critical Approaches*,p.106.
② 安娜·西格斯:《圣·巴尔巴拉的渔民起义》,叶君健译,平明出版社,1952年,第1页。

aus Hruschovo）等蕴含了西格斯一生都在探讨的问题：面对铺天盖地的野蛮、强大和不公正，是逆来顺受、坐以待毙、助纣为虐，还是应该为了生存的权利和社会的正义起而反抗？西格斯在小说中以令人惊异的细节展现了生活在狭窄肮脏的小天地里的普通人的非人处境，他们所期望的只是不受饥饿的威胁和爱的权利，然而，即使他们付出了巨大的代价也不能实现。西格斯认为：艺术是改造社会的力量，写作就是一种政治行为，一个作家的存在应该以改变不公平的社会制度为目的，作家的责任在于唤醒那些平凡人物心中的正义感和勇气来颠覆黑暗的世界。安娜·西格斯不仅通过文学作品，而且身体力行地为伸张正义而斗争。她也因此在国际上享有"道义和政治上的威信"。她的创作反映了20世纪的政治动荡和重大的社会变迁。

  1929年，西格斯加入了德国"无产阶级革命作家联盟"，该联盟成立于1928年，在纳粹统治时期，是最有力的地下抵抗组织之一，因此，在第三帝国最高监察官的一份文件里，它被鉴定为"专事破坏活动"，是"当今最危险的破坏性组织之一"①。盖世太保对其中的作家盯梢，大批成员被迫流亡，遭到逮捕的作家被判刑或被处死，逃过劫难的作家或孤军作战，或加入其他抵抗组织。1932年，西格斯发表了长篇小说《同伴》（Die Gefährten），这部具有鲜明反法西斯倾向的小说反映了欧洲的恐慌，预言了法西斯主义的危险，并表现了在严峻的历史时期，在残酷的恐怖统治下，个人如何战胜恐惧和软弱，采取行动与黑暗势力作斗争。小说在国际主义的广阔背景下，表现波兰、匈牙利、意大利、中国等国家共产党人的战斗。这部小说发表于纳粹上台前夕，作者的胆识和勇气可见一斑。西格斯因此而遭到盖世太保的逮捕，她的小说被焚，其他作品遭禁。在短暂的拘留后，西格斯被释放，但不得不流亡国外，1942年，她获知母亲死在了集中营。1933年，西格斯经由瑞士到达法国巴黎。在法国，她与其他德国流亡作家一起，积极投身于反法西斯的实际活动，她是"德国作家保护协会"（Schutzverband Deutscher Schriftsteller）的组织者之一，也是反法西斯杂志《新德意志报》的创办者之一。1935年和1937年她分别参加了在巴黎和马德里举行的国际作家保卫大会。在流亡法国期间，西格斯创作了长篇小说《人头悬赏》（Der Kopflohn, 1933）、《二月之路》（Der Weg Durch den Februar, 1935）和《解救》（Die Rettung, 1937）等。《人头悬赏》是"1932年晚夏在德国一个村庄里写的小说，与此相应，它也是以乡村生活为题材，而乡村正是纳粹取得最大成就的地域"②。小说以1932年深秋，也即法西斯上台前夕的德国农村为背景，展现了一个躲避到乡村的年轻共产党员在乡村的经历。在纳粹分子的蛊惑和威逼利诱下，迫于生活之需的农民答应了法西斯分子的要求，他们毒打革命者并将他交给了警察。西格斯揭示了法西斯主义何以在农村蔓延的原因：富裕农民对于法西斯主义具有天然的同情，大多数农民愚昧无知、贫困冷漠，对于政治不感兴趣，还有一

---

  ① 苏联科学院编：《德国近代文学史》（下），福建师范大学外语系编译室译，人民文学出版社，1984年，第595页。
  ② J·M·里奇：《纳粹德国文学史》，孟军译，文汇出版社，2006年，第239页。

些农民则残忍暴虐。小说反映了希特勒上台前半年的德国状况,揭示了法西斯主义崛起和上台的民众基础。《二月之路》以1934年2月奥地利工人反抗多尔富斯政府的法西斯政策的历史事实为题材,同样着意于揭示法西斯主义得胜的原因。《解救》则以1929至1933年的经济危机为背景,表现德国矿工的精神状态。"空虚而漫无目的的生活,消磨了人的精力,损害了人的尊严","他们在面临社会灾害时,软弱无力,他们成了平凡的日常生活琐事的奴隶","只是忍气吞声地等待好日子的来临"①。但是,西格斯并不悲观,作为一名左翼作家,西格斯在揭示德国普通民众的逆来顺受和对于政治的冷漠为法西斯主义的胜利提供了土壤的同时,也竭力发掘并展现民众中的反抗意识和英雄主义的行为,目的在于唤醒民众的反专制意识。而"反专制教育"直到60年代才成为清算和反思法西斯主义的一种教育学理论,"旨在通过有意识地鼓励孩子具有不驯服、不迁就和反抗的精神,使他们日后能适应民主社会的生活"②。

　　1940年,德国占领法国,西格斯不得不再次流亡,她在朋友的帮助下,先到马赛,于第二年辗转到达墨西哥,这也是德国流亡作家的汇聚地。在墨西哥,她参与组建了以犹太诗人海涅的名字命名的反法西斯组织"亨利希·海涅俱乐部"(Heinrich-Heine-Klub),创办了反法西斯杂志《自由德国》(Freies Deutschland)。在这里她创作了反映流亡经历的小说《过境》(Transit, 1943)、具有自传成分的《已故少女的郊游》(Ausflug der toten Mädchen, 1944)等大量作品。长篇小说《过境》表现了1933年之后反法西斯或持不同意见的德国作家普遍的经验——流亡,这也是西格斯个人切身经历的记录。出走德国,并随着希特勒在欧洲军事占领地域的扩张而不断流亡,"盖世太保的魔爪几乎伸进了欧洲所有国家",德国流亡作家"从一个城市流落到另一个城市,从一个国家流落到另一个国家,对他们来说,这个时候的世界真的变成了'候车室'"③。他们在异国他乡的处境也非常艰难,一些国家因为害怕而不予保护,盖世太保时刻威胁着他们的生存。小说表现了在法国的德国流亡者的命运,包括逃离、出境的繁琐手续以及被追踪的恐惧和死亡的威胁等等。《已故少女的郊游》将幻想、回忆与当前现实融为一体,通过战前一个班的15位同学在两次战争中的毁灭,揭露战争和法西斯主义给人类带来的屈辱和灾难。不论她们在法西斯主义的毒害下沦为狂热、残忍的法西斯主义帮凶迫害犹太人,还是因反抗或者不合作而被追踪、被迫逃亡,她们都没有逃脱纳粹的迫害和死亡的摆布。她们有的死在集中营,有的死在战场上,有的因忍受不了侮辱而自杀,那些逃避现实只想过自己安稳日子的,则在战火中与全城人一起覆没。在那个疯狂的年代,友谊、爱情、亲情都受到了最为严峻的威胁和考验。这部小说在整个国家民族的命运中表现个人的命运,证明了个人命运作为国家民族命运的不可分割的组成部分,会

---

① 苏联科学院编:《德国近代文学史》(下),第1104页。
② 贝恩特·巴尔泽等编著:《联邦德国文学史》,第367页。
③ 苏联科学院编:《德国近代文学史》(下),第727页。

随着民族的灾难一起毁灭。而人们总是慑于强权和暴虐,看着自己的亲人、朋友参与到毁灭人类的犯罪中去,麻木不仁、逆来顺受。这部小说是一部独特的爱国主义小说,乡村的美景与纳粹的黑暗暴虐形成了鲜明的对照。

  战争终于结束,流亡者返回一片废墟的德国。1946年,西格斯回到西柏林,正如许多流亡作家那样,他们必须考虑移居哪个"德国"。西格斯选择了德意志民主共和国,她相信,正义和人道主义只有在社会主义和共产主义的土地上才能建立起来。她积极投身于社会主义的文化和政治活动之中,在社会主义新秩序的建设中作出了重要贡献。1950年她获得了东德国家奖,1951年她又同时获得了斯大林文学奖与和平奖。这一年,西格斯访问了中国,参观了北京、南京、上海、杭州等地,参加了中国的国庆观礼,回国后发表了游记《在新中国》。1952年起她开始担任东德全国作协主席,直到1978年。1959年获耶拿大学授予的荣誉博士称号。二战的结束是西格斯生活和创作的分水岭,她此时期的创作一是清算人们意识中的法西斯残余,二是反映东德社会现实,坚定人们对于社会主义的信心,表现出鲜明的社会主义现实主义的倾向。如短篇小说《怠工者》①(*Die Saboteure*,1946),以1941年和纳粹政权垮台几年间的莱茵河地区为背景,表现了一个军工厂的工人们面对希特勒侵略苏联的不同反应,入侵苏联的消息在工人们中间传播,他们生产的手榴弹将从这里运出去杀害苏联人,这在一部分工人中间引发了反抗的火花,但是他们却十分孤立,反抗的声音极其微弱,作者试图表明德国人民非常服从地被拖进帝国主义的冒险罪恶中。在长篇小说《死者青春常在》②(*Die Toten bleiben jung*,1949)中,作者展现了自1918年至法西斯独裁政权覆灭这一历史时期德国的社会政治现实,具有强烈的历史反思意识,提出了重要的问题:为什么革命会失败?一个认识到并反抗过法西斯主义威胁的民族,为什么不能阻止法西斯主义政权?民族悲剧的原因何在?在《一个人和她的名字》(*Der Mann und sein Name*,1952)中,叙述一个青年如何变成了一个纳粹分子,又在纳粹垮台后如何发生转变的故事,表现人的改造问题。主人公瓦尔德·列慈罗夫出身于小资产阶级家庭,没有别的理想,唯一的愿望就是向上爬,战争最后一年,他在家人的怂恿下加入党卫军,在为纳粹服务期间,只要是上面的命令,他就无条件服从,纳粹垮台后,他丝毫不反省自己的罪恶,却为自己开脱,认为自己不过是执行上面的命令。他冒用了一个被纳粹迫害的反法西斯者的名字,混进了机关,开始过起了另一个人的生活。小说采用了对比的手法,表现了两个名字下的两个人的两种生活。他最终在集体劳动中逐渐从内心发生了转变,但事情败露,他受到起诉,经调查,在他冒名顶替的时期并未做危害国家的事情,因此被释放。70年代以后,西格斯创作了一些取材于神话、传说和具有梦幻、科幻色彩的作品。西格斯一生获得过多种荣誉称号,她的作品被翻译成多种文字,部分作品被搬上银幕或拍成电视剧、广播剧,在前苏联及中国社会主义建设早期有

---

① 收入《安娜·西格斯短篇小说选》,季羡林等译,作家出版社,1955年。
② 1958年由新文艺出版社出版中译本,庄瑞源译。

很大影响。但是，对于东德的问题她却从未公开表达过自己的意见，甚至在某些关键时刻，她保持了沉默。由于政治原因，西格斯在西德没有得到认可。柏林墙倒塌、德国统一后，西格斯受到西德文学界的批评和质疑。然而，西格斯冒着生命的代价投身于反法西斯的斗争，并通过写作挖掘德国的民族性，唤醒德国人民追求正义和反抗专制的勇气，具有永恒的价值。

二、《第七个十字架》

享誉国际的《第七个十字架》(Das siebte kreuz, 1942)被誉为德国流亡文学"史诗般的小说"。仅凭着这部小说，西格斯就足以在世界文坛上占据一席地位。它写于西格斯流亡法国期间，其灵感和素材来源于作者所接触的从集中营逃离的幸存者。小说在巴黎沦陷的前一年完成，先在前苏联的《国际文学》杂志连载，后来由于《德苏互不侵犯条约》的签订而中断。西格斯曾把一份手稿给了一位法国朋友，他带到了马其诺防线，还有一份借给了一个女人，她在轰炸中丧生，手稿丢失。她自己保留的一份在德国占领法国时为避免危险而烧毁，寄给一位美国朋友的另一份则被译为英文并于1942年在美国出版，立即成为畅销书，并于1944年由米高梅公司拍成电影，它是最早反映纳粹罪行的电影。1942年，该书的德文版在墨西哥出版，随后法文版出版，1946年在德国出版，并于第二年获毕希纳文学奖，1981年被改编成话剧演出。《第七个十字架》具有广泛的国际影响，至1986年时已有40多种文字、60多种版本①。

小说的背景是1936年的深秋。被关在威斯特霍芬集中营里的七个人逃出了集中营，这无疑是对纳粹权力的极大挑战，全副武装的纳粹冲锋队，开始了大规模的搜捕，迅速封锁了集中营周围的所有通道。极其残忍的集中营司令官下令砍掉集中营前广场上的七棵法国梧桐树的树冠枝叶，钉上横板，使之成为七个十字架，并发誓要在七天之内把七个逃犯全部抓回钉上十字架。很快，七人中，三人被抓回，一人被附近的村民和纳粹少年团发现后送交集中营，一人由于精疲力竭倒毙于田野，一人因恐惧和愚蠢而自首。另一位最有经验的共产党人瓦劳，是这次逃亡的策划者，由于朋友的出卖也落入魔爪，他的一个儿子因帮助父亲而被送进了少年管教所，使之接受"国家社会主义的民族精神"的教育，出卖了瓦劳的人因不堪忍受良心的折磨而自杀。这些被抓回或自首的逃亡者受到了最为严酷的拷打和折磨。剩下的只有格奥尔格·海勒斯一人，他的亲友、熟人，凡是被查知与他曾有过关系的人，无一例外，全都受到严密的监视，到处是岗哨、党卫军、秘密警察，甚至邻居、亲友，都有可能在威胁与利诱下成为告密者。无处藏身的格奥尔格能否逃脱？如何逃脱？他的命运深深抓住了读者的心。他经受了无数的危急时刻，凭借着机智和耐力，在朋友、陌生人和地下党员的帮助下，九死一生，终于登上了一艘开往荷兰的船只，胜利地逃离了法西斯的魔掌，让第七个十字架空立在那儿。格奥尔格的胜

---

① 安娜·西格斯：《第七个十字架》中译本前言，李世勋译，外国文学出版社，1999年，第6页。

利使集中营的囚犯们重新燃起了反抗的希望。

小说以格奥尔格的逃亡为中心线索,通过格奥尔格和其他六位逃亡者所遇到的各色人等,将集中营内的残暴罪行和集中营外的日常生活、反法西斯者的秘密活动编织在一起,既展现了纳粹分子的残暴,又揭示了在纳粹秘密警察无孔不入的监控下,普通人民面对被监禁、被杀害的极大恐惧,所做出的重大选择。西格斯旨在向人们揭示对强大的纳粹机器予以反抗的可能以及在人民中间存在的难以觉察的微弱的抵抗力量,尽管纳粹的权力无孔不入,然而,在一些人的内心深处依然存在着某种同情心、正确的判断力和坚韧的力量,这使他们能够战胜恐惧和威胁。西格斯将这种力量发掘并聚合了起来,让人们意识到这种力量的存在。与此同时,西格斯通过民众中产生出来的党卫军军人、冲锋队员、密探以及那些告密者、背叛者的种种行径,揭示了德国民族的国民性和法西斯主义猖獗的社会基础。

小说开端,作者便以一种富有历史意味的笔触,描绘了集中营所在地区和主人公格奥尔格的家乡美因茨之间广阔的平原上,所经历的无数的流血事件和人们年复一年循规蹈矩的生活。他们从不知道自己居住的这块地方的历史沧桑,不论发生什么样惊天动地的流血事件,哪怕是他们的地方被占领,这一带的老百姓从来没有起来反抗过,他们觉得这一切都无所谓。离集中营最近的一个村子世代靠酿酒为生,日出日落,苹果照样成熟,葡萄照样发酵,村民照样酿酒,因为人人都需要酒:"主教和地主选举他们的皇帝,需要酒;十字军东征的军队,为了烧死犹太人,需要酒……,宗教和世俗的选帝侯们需要酒;那些雅各宾党人,为了绕着自由树跳舞,也需要酒。"①如今,那成千上万的小钩十字,倒映在弯弯曲曲的河水中,人们依然安分守己地过着他们悠然自得的生活,他们无动于衷地牧羊、摘苹果、酿酒,或者在工厂做工,礼拜天到亲戚家喝酒、喝咖啡、吃点心,晚祷的钟声响起时回到家中。他们已经习惯了警笛声、刺目的电石灯,习惯了大搜捕。逃亡的消息在他们嘴边不经意地滑过,有时带着几分好奇,有时则无所谓。他们不问政治,感觉迟钝,行动迟缓。他们有时会想,为什么把集中营建在离他们这么近的地方呢?为什么要发生逃跑这样讨厌的坏事呢? 因为集中营的修建,这个穷地方现在挣钱比以前容易了,他们的收入增加了,生活改善了。有些人看到集中营的苦役犯们在开垦土地,他们听说以后可以租这些土地,故想着希望租金便宜些。他们甚至骂那些逃犯不该躲进他们的村子,不该闯进他们这些规矩人家添乱,"干嘛不躲进沼泽地,而要把别人裹进去?"当一名逃犯被村里的一群纳粹少年团团员抓住时,老太婆、农民、冲锋队员蜂拥而至。当他被送交到集中营时已经被打得面目全非,需要将他的几个器官缝合后才能审问。村民中有的人就是告密者和监视者,人们把孩子送到冲锋队或者军队服役,为的是让这些调皮鬼学会服从。集中营的冲锋队队长齐利希在周末或假日时常常在这一带的酒馆里喝酒、聊天,这些孩子们也很可能会变成齐利希那样的冲锋队队长,骑着摩托车牵着警犬威风凛凛地巡逻。三年前当韦斯特霍芬集中营

---

① 安娜·西格斯:《第七个十字架》,第10—11页。

建起的时候,当第一队犯人在嘲笑声中被拳打脚踢带过去的时候,这个村里的少年阿尔文兄弟都是参与者。集中营外面的青年,一旦在希特勒青年团、青年义务劳动军或者军队里转上一圈,"他们就像传说中的由野兽哺育成人的孩子们那样,最终会把自己的母亲撕成碎片"①。纳粹一上台,就大肆捕杀一切反抗者和不同意见者,而那些年轻人或者傻呆呆地看着,或者"夹道而立"向被捕者吐口水,就"因为他们被教导说,这是棵毒草"。有一个年轻人因为公开咒骂了集中营,马上就被抓走,被关在里面好几个星期,出来的时候整个人都变了,变得沉默寡言,后来,他跑到荷兰不再回来了。一个女人看到20多个疲惫不堪的囚犯被带走,感到心惊胆战,在大庭广众之下哭了起来,当天晚上就被村长叫去训斥了一顿,说这不仅影响了她自己的孩子还会连累很多人的生活。当格奥尔格经过这样的村子时,他不敢问它的名字,也不知处身何处,他遇到的路人、那些站在窗口向外窥视的人,都向他投来生硬的目光,"他简直想用手把那种目光从脸上抹掉"。而在格奥尔格逃跑后,他的妻子和岳父被带到集中营询问时,韦斯特霍芬村里兴高采烈的繁忙景象让他们感到痛苦,痛感于他们不是这些人中间的一员。

在集中营附近的一个城市,经常发生追捕越狱者的事情,人们观看这种追逐如同观看惊险电影,"脸上现出一种惊异和开心的微笑。……人们期望着每一瞬间都会出现罕见的场面,或者介于幽灵和大鸟之间的怪物"。与格奥尔格一起逃亡的杂技演员贝罗尼,就是在人群和警察的追逐中丧生的。在他藏身的旅馆周围聚集了黑压压的人群,"具有捕捉欲望的人群被长时间的等待和关于那个危险盗贼的故事煽动了起来,陷入了疯狂之中",当一个年轻人从地下室门口钻出来时,他们立刻把那个年轻人包围起来,把他推推搡搡地弄到最近的一个值勤岗哨处,后来确认他只是一个普通堂倌。当躲在旅馆屋顶上的贝罗尼向下窥望时,发现人群已把楼房围得水泄不通,他意识到,自己是插翅难逃了。于是,"他纵身一跃,从栅栏上飞了下去。他跌进旅馆的天井里,使看热闹的人大为扫兴,他们什么也没看到,不得不慢慢散去。但是,在那些无所事事者的猜想中,在那些女人们激动的议论中,他仍然半像幽灵,半像大鸟地在楼顶上飞了好几个钟头"。人们因为没有看到追捕者抓逃犯的"精彩"演出而感到失望②。

在这些城市乃至整个国家,有些人把国家看作一种公司,只要他们踏踏实实的工作得到合理的估价,拿到合理的工资,干什么都一样。每个人都感到自己渺小无助,家是他们唯一可以找到归属感的地方,他们既不关心政治也不关心他人,无处不在的秘密监控使人与人之间的关系恶劣到极点,人们守口如瓶,不露声色,独来独往,不敢轻易相信任何人。不论在乡村还是在城市,到处都是纳粹的密探。在一个工厂,在发生逃亡事件的那天早晨,一个车间的工头同时又是党卫队队员的弗里茨·梅塞尔,从一个人身边走到另一个人身边,他的黑影在一个叫"积木块儿"的

---

① 安娜·西格斯:《第七个十字架》,第157页。
② 同上书,第101页。

工人身边停留了片刻,中午,这个工人就被抓走了,因为他喝醉时什么话都说,总之多嘴多舌会招来麻烦。纳粹的宣传教育加上集中营的恐怖,使任何不同意见和不同感情的人随时随地遭受被毁灭的厄运,"仅仅因为提出一个问题,说出一种想法,就会被送到那个地方去,或者被出卖"①。任何人,哪怕是被抓错的人,只要被抓到集中营,就不问青红皂白先遭受一番暴力的袭击,从精神到肉体被彻底摧毁。集中营的司令官们手握元首所授予的生杀大权,他们都以残忍著称又喜欢运用权力,所不同的是,有的会突然派人把囚犯们一起痛打一顿,有的会让大家排好队,把每数到的第四名拉出来痛打一顿。他们可以把那些强壮的成年男人打得粉碎,使他们变成四条腿的动物。要么让他们卑躬屈膝、出卖别人,要么使他们遭受非人的折磨直到在合适的时间被处死,目的就是将一切异己分子和反抗力量消除干净。对于集中营的司令官们来说,这种暴力行为是代表"社会主义的祖国""无情地追捕每一个反对这个民族大家庭的人",保护值得保护的,惩罚应该惩罚的,铲除应该铲除的。也正是在这些反抗者和被铲除者中间,存在着德国民族最优秀的人,像格奥尔格和瓦劳这样的抵抗分子,在韦斯特霍芬被关了很久,被审讯了无数次,"受尽了平常一次远征或一场灾难所能加于整整一代人的各种痛苦和折磨"②,但他们的意识和信念始终没有被摧毁。因为与普遍的民众之间存在着很大的隔膜,他们只能孤军奋战。当格奥尔格逃到他的家乡美因茨时,他不知道这个城市的千家万户,是否有一家愿意向他敞开大门,愿意给予帮助。

如果说,围绕着其他六个逃亡者的被捕,西格斯着重表现了民众的背叛和出卖,那么围绕着格奥尔格的成功逃亡,作者着重表现了埋藏在人性深处的善良、同情和勇气。一位免费开业的外科医生明知他不太正常,但还是为他包扎了伤口。集中营附近一所园艺学校的学徒工黑尔维希,当发现自己的夹克偷走时十分气愤,甚至说:"要是找着他,非打死他不可。"可是,在关键的时刻,他却没有认领那件本属于他的夹克,因为他隐隐地感觉到这个时代某些事情是不正常的。当格奥尔格搭乘一辆货车远离集中营附近的地区时,没有被认领的夹克使他顺利地通过了岗哨的查问。格奥尔格的岳父被传讯时,竭力表示自己对于逃犯的厌恶并声称早已与他断绝了关系,害怕格奥尔格来找他帮忙,他既担心自己一家人陷入绝境,又觉得自己因为没有及时给格奥尔格信号而受到良心的折磨。格奥尔格的妻子虽然已经与他没有了感情,却暗下决心在他出现的时候给予帮助。一位裁缝马雷利太太,在不知情的情况下,因为遵守诺言而帮助了格奥尔格,给了他一些钱和最为重要的衣物。在家乡美因茨夜晚的大街上,他为了能找到一个可以睡觉的地方,与一个街头女郎搭讪,她把他带到自己的住处。格奥尔格的朋友勒德尔在得知他是被通缉的逃犯时,在一阵恐惧过后,立即设法使格奥尔格逃离。勒德尔找到了同厂的一位工人菲德勒——他是地下秘密抵抗组织的成员,将格奥尔格转移到一对夫妇的住

---

① 安娜·西格斯:《第七个十字架》,第131页。
② 同上书,第119页。

处。与此同时,地下组织的秘密成员弗朗茨·巴赫曼在得知逃亡消息的那一刻起,便做好准备随时帮助需要帮助的人,他们为格奥尔格准备了假护照和钱。在最后一刻,一位不相识的酒吧女招待,明知他是通缉犯,却把他带到自己家里,使他躲过了警察盘问的漫长黑夜,格奥尔格终于逃离了德国。

第三节　克里斯塔·沃尔夫

一、生平与创作

克里斯塔·沃尔夫(Christa Wolf,1929—　)是战后德国最重要的作家、批评家之一,也是民主德国在世作家中在联邦德国读者中最受欢迎同时也是争议最多的一位作家。她的作品反映了二战后分裂中的德国政治、社会现实,深刻地表现了社会、国家对于人的控制、个人的历史形成以及一个人如何在特定历史进程中成为有意识的人等等具有普遍意义的问题。她小说的主题主要是德国法西斯主义、人性、女性主义和自我发现。她提出的问题引起了东西德人民的普遍关心,引发了广泛思考和争论,促使人们讨论德国特定时期的道德和政治问题。

克里斯塔·沃尔夫出身于现属波兰的兰茨贝格(Landsberg)的一个中产阶级家庭,少年时期在二战中度过,成年时期又经历了德国的分裂。1945 年,她与全家逃到德国的梅克伦堡州,1949 年,德国民主共和国成立的那一年,克里斯塔高中毕业,并加入了社会党,于 1989 至 1990 年间脱党。1949 至 1953 年她在耶拿和莱比锡大学学习德国文学,毕业后在德国作协工作,1954 年成为《新德意志文学》杂志的编辑,并任《新生活》主编。1959 年她来到哈勒,在一个工厂工作,同时又在一家出版社工作,其间深受德国工人运动的影响。1962 年,沃尔夫与丈夫搬到柏林,开始了专职作家的生涯。克里斯塔·沃尔夫一直坚信马克思主义、社会主义价值观,认为它优于资本主义价值观,但在政治上她却是一个持不同政见者,她批评东德的社会主义政治制度,同时也将批评的矛头指向技术至上和父权主义的变相影响,反对任何形式的工具主义,从德国的历史和灾难出发反思德国现存价值体系及其历史根源。她试图"在本世纪人的感情、思想和行动中发现由他们的意识所决定的客观历史过程的种种迹象"。"无论就观察历史关联的敏锐眼光,还是就其观察和认识对民主德国和联邦德国读者的重要性,在西方德语国家的女同行中,几乎没有人可与克里斯塔·沃尔夫相比。"① 60 年代之后,她受到长达 30 年的监视。

沃尔夫的第一部小说《莫斯科小说》(*Moskauer Novelle*,1961)获哈勒城市艺术

---

① 贝恩特·巴尔泽等编著:《联邦德国文学史》,第 395 页。

家奖。1963年,《分裂的天空》(Der geteilte Himmel)出版,发行量达16万册,并被搬上荧幕,引起巨大反响,奠定了她的国际声誉。小说表现了战后德国最敏感的问题——柏林墙的修建和人们的社会抉择,反映了德国的分裂给人们生活带来的巨大影响,呈现了两种政治和情感的激烈冲突。小说通过一对男女的爱情故事,塑造了男女主人公对于两种政治制度的选择。男主人公为了个人自由和职业上的原因奔向西柏林,而女方则在与他短暂的相聚后拒绝了西柏林而回到东柏林,意图说明:在分裂的德国,个人的爱情不可能实现。该小说获亨利希·曼奖。小说《追忆克里斯塔T》(Nachdenken über Christa T, 1968)写一位生活在社会主义国家但却不安于现状的女性,她在个人的自我实现道路上遇到种种障碍,最后英年早逝,作者表现了普通女性对社会主义信念和生活的质疑,提出了在社会主义社会里个体的发展问题,开启了东德文学关注主体真实性的创作倾向,再次引起争议,受到西德批评家的肯定,但却遭到东德当局否定,两年内禁止出版。1976年发表的《儿童楷模》(Kindheitsmuster)被视为70年代德国自传文学的典范,作者转向她这一代人的历史,追溯她在第三帝国时期的生活,挖掘现代思想和行为模式形成的根源,探讨了一个具有普遍意义的问题:"我们是怎样成了今天这样的?"小说通过家庭、学校教育以及德国老百姓顺从、愚忠、容忍、投机钻营的民族性格的展现,揭示了造成现代德国人行为方式和思维习惯的一整套价值准则,这套价值准则使德国人成为胆怯、具有忠诚和奉献精神同时又充满仇恨、冷酷、虚伪的民族,这也正是希特勒进行统治并造成巨大灾难的社会基础。

80年代,沃尔夫创作了3部反战小说,隐含着她对当时苏美两个超级大国异常剧烈的军备竞赛的一种忧虑和警醒。她以女性独特的视角和强烈的反战立场,通过与神话传说以及史诗和悲剧的潜在对话,表现了对已经成为公众知识体系的某些事件的认识,揭示了民族冲突背后的政治经济利益及权力斗争,展示了战争的残忍、不义,颠覆了长期以来主宰着西方文化价值体系的英雄主义。《卡珊德拉》(Kassandra,1983)是沃尔夫最重要的作品,它探索古希腊父权文化中战争的起源,重新解释了特洛伊战争,将其视为经济利益之战以及母权社会向父权社会的转变,将核战争与父权联系起来。小说以无人倾听的预言家卡珊德拉为主人公,并以她的视角讲述了特洛伊战争爆发的真正原因和在战争中进行野蛮杀戮背后的心理动机。叙述从特洛伊战争结束开始,卡珊德拉孤寂一人,伫立在"事发地"特洛伊城的废墟中,看到成为乱石堆的城堡和变成了屠杀场所的城墙。这个开端确定了整部小说的基调,它以英雄颂歌的反面形式——挽歌的形式,哀悼被毁灭的城市和死者。小说采用意识流的手法,将卡珊德拉个人的经历和体验镶嵌在特洛伊战争的故事之中,将漫长的特洛伊战争及战后的情景集中在卡珊德拉临死前的短暂时间中,从战后的现实出发回望战争的历史,将战后特洛伊人的悲惨命运、对于敌人的仇恨和胜利者希腊人阴暗的生活以及迈锡尼城的可怖现实交融在一起,重述了特洛伊战争,颠覆了古希腊的英雄观,揭露了被西方文明奉为英雄的冷酷残忍、放荡粗野以及杀人的嗜好和卑劣的情欲。同时也重塑了卡珊德拉作为一个女先知的形象,将卡珊德拉作为无所不知的女先知及其无人倾听的痛苦置于特洛伊宫廷政治和对外关系的背景中,表现了在专制统治和经济利益的驱动下,独异者思想和言论遭到压制,统治者无视疏离者独特的存在和其所发出的真实声音而一意孤行,为了争夺利益而挑起战争,为了获得战争的合法性,使全国人民参与战争,统治者和那些假先知合谋,利用一切神话、传说和历史事件,制造种种谎言,调动人民的民族情绪及男人的尊严、崇高感、英雄主义情绪,最终导致了国家的毁灭。小说的深刻之处还在于作者通过卡珊德拉作为特洛伊公主和阿波罗神庙女祭司的双重身份,影射了智识者——先知与神权和世俗政权之间的复杂关系。小说《核故事———天之间的消息》(Störfall: Nachrichten eines Tages,1987)写于1986年4月26日切尔诺贝利核电站①发生爆炸事故后的几个月间,一经出版即刻引起关注。小说将核电站的爆炸与人们的日常生活密切地联系起来,揭示人类面临的危险以及我们文明的未来,提出"杀戮和文明之间的内在联系从未离开过人类"。早在70年代,沃尔夫就创作过一篇科幻小说《自我尝试》(Selbstversuch, 1973),小说表现了一个女科学工作者接受改变性别的试验,在她变成男性的同时也丧失了人的感情。

90年代,沃尔夫再次挑起文学论争,1990年发表的《留下什么》(Was bleibt)叙述了曾经在东德受监视的经历,此书写于1979年,但直到1990年才出版。小说表现了国家安全部对作家的监视,揭露了国家对于个人的控制和监督问题。这部小说在德国引起了巨大的争论,进而引发了对于沃尔夫本人和东德文学的评价,西德的一些批评家认为她是东德的政府诗人,享有官方特权,因此否定她的作品和文学成就,另一些批评家则认为她们这些作家虽然认同社会主义但批判当权者,因而肯定了其创作成就。这场由单个作家引起的争论将许多德国知识分子卷了进来,暴露了铁幕时代两德的知识分子在面对德国统一以及冷战结束时的矛盾。2002年沃尔夫出版了自传体小说《亲身体验》(Leibhaftig),描述了一个女人的生存挣扎及其在80年代的东德医院等待西德来的药品而死亡的故事,表现了世纪之交德国社会生活和政治生活的深刻变化,这部小说被看作她最私人化的作品。2003年出版《一年中的一天:1960—2000》(Ein Tag im Jahr: 1960—2000)是又一部将她个人的体验和东德的历史及日常生活联系在一起的著作。

二、《美狄亚:声音》

《美狄亚:声音》(Medea: Stimmen, 1996)取材于古希腊神话,却通过重述神话批判了一个社会对"他者"的放逐,进一步探讨了女性与知识和权力的问题。古希腊传说中的美狄亚汇集了爱欲与知识的魔力两种因素,她在疯狂激情的迸发中,背叛父亲,并帮助伊阿宋战胜了父亲,抛弃父亲的家,并用计杀害了自己的兄弟,给父

---

① 切尔诺贝利(чернобыль),位于乌克兰,距离基辅83公里,1986年4月26日发生严重的核泄漏和爆炸事件,成为核利用以来最大的灾难之一,在2006年美国公布的地球上受污染最严重的城市中,切尔诺贝利位于前十位。

亲以致命的打击。她对伊阿宋的激情使她失去了理性。欧里庇德斯的悲剧着重表现了美狄亚激情的毁灭力："这是一个完全被满怀的激情所控制的女子，激情压倒了她身上所有的自然情感，理智已经束手无策，所有的道德情感都消失了，正义被遗忘了。在这样的状态下，为了满足自己的利己主义，一切手段都成了许可的。"①美狄亚是后世文化中的女巫原型，她具有女巫的一切特性：因纵欲而背叛父亲（不信上帝而拜魔鬼）、"杀婴"（"吃婴儿"），具有超自然的魔力、破坏秩序、毁灭生命，这是中世纪被判为女巫的几大罪状。美狄亚是集欲望、知识与魔力于一体的女巫，这一形象表明：非理性的女人如果掌握了知识，就更具有毁灭力和灾难性。在希腊传说与悲剧中，女性的知识是必需的，没有美狄亚，伊阿宋不能完成英雄的业绩；但是，这种知识，对于国家——科尔喀斯王国和科林斯城邦——又是颠覆性的。

　　克里斯塔·沃尔夫的小说《美狄亚 声音》在世俗权力的语境中，表现了知识女性遭到放逐、无以为家的孤独处境。小说分别通过美狄亚、伊阿宋、克瑞翁王的天文师拉奥孔和阿卡马斯、美狄亚的学生阿加梅达（她随同美狄亚一起离开科尔喀斯）的叙述，从多重角度展现了美狄亚的性格与命运。小说由9个乐章组成，每个叙述人的讲述都围绕着美狄亚这一中心展开，讲述他/她们与美狄亚的关系、对于美狄亚行为、性格的描绘与评价，他们在美狄亚的命运中所采取的行动和心理动机，从而揭示了美狄亚在异国他乡遭到放逐的处境。

　　知道太多，是影响美狄亚命运的关键因素。美狄亚帮助伊阿宋取金羊毛离开自己的祖国科尔喀斯，并不是由于激情，而是由于她知道了科尔喀斯最不可告人的政治阴谋：科尔喀斯王，也就是她的父亲，为了保住自己的王位，想改变一个国王只能统治两个7年的古老传统，而将未来的王位继承人，即自己的儿子，秘密杀害，将其尸骨剁碎撒在田野里。美狄亚像个疯女人一样把撒在田野里的骨头捡了起来，后来在她与伊阿宋逃亡的途中将尸骨撒在海里。科尔喀斯王不敢直视美狄亚的眼睛，因为她知道他的权力建立在罪恶之上。从知道这一秘密的那一天起，美狄亚就停止了信神，她决定同伊阿宋一起离开没落腐败的科尔喀斯。关于美狄亚的祖国科尔喀斯，主要通过伊阿宋和美狄亚母亲的妹妹——流亡在某一海岛的喀耳刻，即传说中曾经将阿耳戈英雄变成猪的女巫——这两个视角得到了补充叙述。伊阿宋从希腊人的立场，把科尔喀斯看作世界上最野蛮、最腐朽的国家："树上悬挂着最骇人的果子，牛皮和羊皮中装着人的骨骼、人类的木乃伊挂在树上，这种恐怖侵入了他的四肢"；宫廷"装饰奢华、雕梁画栋，国王却是一个瘦小而腐朽的男人，在这里一切都是虚假的"②。美狄亚的姐姐向美狄亚讲述了她离开祖国的经历，因为她同女人们反对国王和他的宫廷，他们便将自己犯的罪行嫁祸于她，给她造了一个恶巫的名声，她只好自我放逐。她已经看出伊阿宋"心中坐稳了邪恶"，认为"这地球，

---

①　陈洪文、水建馥选编：《古希腊三大悲剧家研究》，中国社会科学出版社，1986年，第427页。
②　克里斯塔·沃尔夫：《美狄亚 声音》（中译本译为《美狄亚 声音》），朱刘华译，上海译文出版社，2006年，第27页。

如果她充满了杀伐之声、号角和被征服者的哭泣声,那它就会停止不动"①。她劝美狄亚留在岛上。她的这些预言后来都得到了应验,小说开头,被克瑞翁禁闭在洞里、又被伊阿宋抛弃的美狄亚,听到了武器的叮当声,人们在准备鏖战,在院子里玩战争游戏、厮杀。美狄亚在决定帮助伊阿宋离开科尔喀斯之前,问伊阿宋,在他们"太阳沉落的国家里有没有人祭!"②。

美狄亚很快就发现,科林斯与科尔喀斯一样黑暗、腐败,两个国家都充满了谎言,不能撒谎是一种疾病。当一个人撒谎、自欺、强硬、冷漠、不再有人的感觉时,就"成了一个宫廷里的人"③。科林斯王与科尔喀斯王一样骄横、专制,权力使他们丧失了敏锐的感受力,"作为国王的科瑞翁根本就不是个人,而是一个官职"④。他做的事就是让科林斯王和所有的人相信他是权力的中心,他们的光环笼罩着国家,辉煌和财富建立在罪恶之上。在克林斯,除了胜利者和牺牲品没有其他东西存在,对金子的欲望统治着科林斯,祭品、饰物以及一般的日用品也是金制的,人们从一个人拥有金子的多少判断其价值,在宫廷豪华的宴会上,人人都在做着虚荣的表演,人人在向权力卖弄风情。科林斯的地下通道深藏着秘密的罪恶:王后穿着绚丽的节日服装坐在国王身边,但她却过着监狱般的生活,她被关闭在高墙厚壁的小房间,受到监视。美狄亚跟随王后的探秘就像探索罪恶的迷宫,那里有许多交叉的道路,进入此地的人有可能会腐烂,总有人在地下迷路,丧生在里面——王后就生活在这里。秘密的洞穴具有象征意义,代表着这个国家的秘密的地下世界,充满了黑暗和死亡,到处堆积着瘦小的孩子的骷髅头。在科林斯,如果不圈住好奇,想弄明白隐藏在背后的秘密,就将受到严厉的惩罚。如果秘密被公开,就会威胁到国家的安全。美狄亚却不明智,到处打听,因而她的罪行就是"她涉足了科林斯最深的秘密"。她过于聪明了,太爱管闲事,但人们不能以此来指控她,便另找了一个可以公开指控她的证据——于是,杀死自己的兄弟便成为她的罪恶。科林斯人冠冕堂皇地说他们要消除一切旧有的不公正,美狄亚被看作邪恶的杀兄弟者、自己国家的叛徒、逃亡者而被驱逐。

美狄亚与科林斯的冲突不仅是一位知识女性与权力的冲突,也是两个民族文化的冲突。在科林斯这个极端排斥异己、自我感觉良好的国家,美狄亚被看作一个逃亡者而受到歧视。随她来到科林斯的科尔喀斯人居住在他们特定的区域,在那里建起一座小科尔喀斯王国,对外面的变化充耳不闻,总是把头伸在一起,在他们编造的故事里造出一个神奇的科尔喀斯,他们因忧伤、乡思和愤恨科林斯人对待他们的方式而建造着他们梦想的世界。他们思念那处在世界边缘、在荒凉的高加索山南麓的科尔喀斯。他们聚在一起时,唱自己的歌,向孩子们讲述自己的神灵和家

---

① 克里斯塔·沃尔夫:《美狄亚 声音》,第74页。
② 同上书,第40页。
③ 同上书,第76页。
④ 同上书,第84页。

族的故事,顽固地保留着自己的宗教信仰和习俗。关于他们,"科林斯人最想听的是,在野蛮的东方,动物都是不可制服、吓破人胆的;你若告诉他们,科尔喀斯人将蛇当作家神,豢养在他们的灶间,拿牛奶和蜂蜜喂饲,他们会感到毛骨悚然。在这里,这些陌生人也没有放弃这种习惯,他们在私下里继续养蛇饲蟒……他们擅长驯养蛇……"①正是在这种种传说中,科尔喀斯人成了不可救药的野蛮人,伊阿宋则成就了屠龙英雄的美名,科林斯人唱着歌颂屠龙英雄的歌,而美狄亚却变成了恶妇。科林斯人迫切需要相信他们是生活在太阳底下最完美的国家里,而增强他们的这一信仰需要异族人付出巨大的代价。科林斯人与科尔喀斯人之间有一种无法描述、无法克服的距离,不管二者之间多么亲近。科林斯人"天生就怀有一种不可动摇的信仰,相信他们强过身材矮小的褐色皮肤的人"②。有些科尔喀斯人很想成为真正的科林斯人,于是经不住诱惑,投进下等人的怀抱,与他们通婚,悄无声息地"混进这一民族混杂的无形无貌的粥里";那些不愿成为下等人的,渴望进入更高级的生活方式,便臣服于科林斯。譬如普瑞斯本,科尔喀斯的一个女仆和一位宫廷侍卫长官的儿子,他忍受一切的屈辱和嘲笑强行扭曲自己的人格,谄媚于科林斯人,成为科林斯人最喜爱的人和当地有权有势的人,在科林斯盛大的表演中变得不可或缺。美狄亚的学生,阿加梅达,一位名医,彻底归化于科林斯,如今是科林斯公主、被许给伊阿宋的格劳刻公主的护理员。她为了能够"躺在这个城市最有权势的男人身旁",为了进入科林斯宫廷,出卖、陷害美狄亚。她知道科林斯人喜欢听科尔喀斯人自己谈论"科尔喀斯的大多数人生活于其中的原始与陋居"。这样科林斯人在为科尔喀斯人感到遗憾的同时获得一种满足,他们在科尔喀斯人对科林斯的富裕的惊叹声中沾沾自喜。

美狄亚和伊阿宋的婚姻因为种族和文化的冲突,一开始就埋下了破裂的种子。伊阿宋从踏上美狄亚的国家的那一刻起就极其鄙视她的民族和文化。科尔喀斯是伊阿宋向往的地方,那金羊毛——一张"愚蠢的羊皮",是他的叔叔曾经送给科尔喀斯人的礼物,当初对他来说意味着王位、荣誉,它被说成"圣物"、"男性生殖能力的象征",为了获得它,他让其他人为之献身。伊阿宋驾着大船,配备上最高贵的健儿们,"渡过地中海,驶过危机四伏的海峡,驶进野性的威胁的黑海,来到荒凉的将死尸挂到树上的科尔喀斯",那"最东方的最陌生的海岸"③。伊阿宋对于科尔喀斯充满了矛盾,一方面他被美狄亚的美貌、异国风情和原始野性所吸引,他第一眼看到美狄亚的情景充满了神奇色彩:在科尔喀斯王宫大院的井里,水、牛奶、葡萄酒和油从四只朝着四个方向安装的管子里流出来,美狄亚从井中取水喝。她的美丽激起了伊阿宋及其将士占有的欲望。另一方面伊阿宋对她所属的文化却异常鄙视、憎恶。他无法忍受它古怪、野蛮的习俗,他在很长时间里不能忘怀美狄亚主持祭祀

---

① 克里斯塔·沃尔夫:《美狄亚 声音》,第35页。
② 同上书,第51页。
③ 同上书,第30页。

活动时所显示的残酷:美狄亚在女神和公众面前杀死了牺牲,在她的带领下,女人们接住血喝了起来,然后开始在血泊里踩脚,面目可憎地起舞。伊阿宋沉醉于她的美艳,为了达到目的,按照美狄亚的方式杀死公牛,遵从了他所憎恶的习俗。美狄亚和她所属的国家对于伊阿宋及其所代表的文化而言都是必不可少的,但是却又是可憎的,接近它有着被异化的危险,最好的办法就是将这种差异性彻底消灭。伊阿宋的忘恩负义和对于美狄亚的背叛,是伊阿宋的品质和他所属的文化所决定的。在小说中,伊阿宋典型地代表了西方文化中的征服者英雄形象,但作者对这种英雄主义进行了无情的批判和嘲讽,跟随伊阿宋取羊毛的战友们因为无家可归或者无法与科尔喀斯姑娘割舍,而在码头的酒馆里闲荡、流泪,自艾自怜。他们的颓废忧郁惹人烦恼,他们的壮举已经被人遗忘,他们只有在对异族的征服中确立自己的人生目标和男性气质。在科林斯的传说中,伊阿宋是征服异族的屠龙英雄,但他实际上是一个软弱、无能、追名逐利、贪图享乐、忘恩负义的小人。为了在科林斯苟且偷生,他靠谎言生活,他明知美狄亚不是杀害自己兄弟的凶手,却在长老会议上附和他人,指控美狄亚,因为美狄亚的特立独行影响了他的前程,成为他奔向权力道路上的障碍,所以他加入了科林斯人驱逐美狄亚的行列。

来自东方异教国家的美狄亚,具有完全不同的女性气质,对于科林斯的两性规范是一种威胁。伊阿宋发现:在东方那莽荒之地,女人大都非常妩媚,而且受人尊敬,她们的意见在重大的事件中起着重要的作用。美狄亚,作为国王的女儿和科尔喀斯百姓大祭的最高女祭司,她的地位、知识和美德受到科尔喀斯人民的爱戴和敬仰。"她高昂着头穿行在她自己的城市里,人们聚集在她的周围,问候她。她同他们交谈,她认识每一个人,一股期望的潮水载着她。"①可是在科林斯,女人很少讲话,习惯上是男人先讲话,男人代女人讲,在葬礼上男人从来不曾哭过,不像科尔喀斯的男人那样任感情自由发泄,科林斯男人由女人代他们哭。在这里,女人有主见就是野蛮,克瑞翁认为:"女人天生不善,她们是邪恶的大师。"美狄亚发现,科林斯的女人们像是小心驯养的家畜,她们盯着美狄亚看像盯着陌生的怪物。小说通过科林斯国王的首席天文师阿卡马斯的视角叙述了美狄亚的到来引起的轰动,科林斯的人围着她看,"我的科林斯人当然将这一小队移民当作陌生的牲口似的惊讶地注视",说到底他们都是野蛮人。美狄亚被看作野女人,她发怒时像雷霆,在大街上奔跑,大喊大叫;高兴时就爽声大笑,这些都使笑声被抹杀了很久的科林斯人感到奇怪。伊阿宋特别强烈地感受到美狄亚与当地文化的格格不入。她强大的力量和知识,她的褐色皮肤,黝黑的、狂野的头发(她不像科林斯的女人在结婚后把头发梳起来),乌黑而热情的眼睛能够洞悉一切秘密,她的坚定自信,她迈着坚定自由的步伐、骄傲地高昂着头走路的姿势(大多数科尔喀斯女人都这么走路),都像是一种挑衅。当科林斯发生饥荒时,美狄亚传布她的野生植物知识,强迫科林斯人吃野草,吃马肉,"民众宰杀了马匹,吃了,活下来了,不忘美狄亚的这一行为。在此后,

---

① 克里斯塔·沃尔夫:《美狄亚 声音》,第28页。

她被视为一个邪恶的女人"①。她手拎着木箱,在城里奔跑着赶去救治病人,人人都尊敬过她,求助于她。但是,她的与众不同对任何人都是一种威胁。科林斯女人抱怨:她没有任何地方与本地的女人相似,"为什么外来女人,逃亡者,在她们自己的城市里可以走得比她们自己更自信?"她在科林斯人心中激起了既羡慕又愤怒的感情,王宫再也忍受不了她那骄傲嘲讽的神情②。于是科林斯人造出了许多谣言,人们都想挤走她,连她冷漠地接受被逐出科林斯这一决定,也引起了科林斯人的愤怒,因为她没有他们想象的那样乞求怜悯。美狄亚,这个在科林斯"半被人怕半受人鄙视的女蛮人",在这里得不到一丝的同情,只有冷漠和麻木,人们将所有的罪恶、死亡、暴行、月食、瘟疫都嫁祸于她。最终,美狄亚在科林斯人的诽谤、追逐和咒骂声中,"肮脏地、污秽地、疲惫地在卫兵的推搡和首席牧师的诅咒下被流放出了这座城市"③。留在身后的是那座美丽残暴、处于暴乱和瘟疫袭击下的科林斯。

　　沃尔夫通过美狄亚在自己祖国和异国他乡的遭遇,揭露了普遍存在于东西方的一种暴力,这种暴力以不同的形式表现,不仅存在于政治权力、国际冲突中,而且弥漫于普通大众之间,它靠排斥异己、消灭差异维持存在。

---

① 克里斯塔·沃尔夫:《美狄亚 声音》,第31页。
② 同上书,第32页。
③ 同上书,第162页。

第四章　俄罗斯女性文学

第一节　概　　述

一、18、19 世纪:女性文学的发端

一般认为,俄罗斯女性文学起源和俄罗斯历史上叶卡捷琳娜二世①的统治不无关系。俄罗斯历史上的这位女沙皇在位期间思想相对开明,同时其本人也热衷于舞文弄墨,甚至被认为是俄罗斯女性文学的创始人,这虽有些言之过甚,但亦可以看出叶卡捷琳娜二世在俄罗斯女性文学史上的重要地位。

事实上,从彼得大帝改革开始,俄罗斯妇女受到鼓励,开始介入社交生活并尝试用文字表达自己的情感。到叶卡捷琳娜二世时期,最早开始创作的女性逐步形成自己的写作风格。但是由于这一时期的俄国处于自由和压抑相交融的时代,社会生活的开放程度也不尽相同:"当叶卡捷琳娜女皇感觉束缚有过重之势,或者事态演成过于残暴无道,她便松弛专制的苛酷严厉,一旦似乎道出太多内部骚动、太多抗议,太多受过教育的人开始将俄国状况与西方状况作成不利的比较,她就嗅到蠢蠢欲动的颠覆;法国大革命终于又教她心惊胆战;她重新加紧钳制。俄国体制再度逐渐严峻压抑。"②正是在这种社会环境下,俄罗斯女性文学蹒跚学步。据非正式记载,俄罗斯第一位真正意义上从事写作的女性是**克尼娅金尼娅**(Княгиня,1714—1771),她是一位公爵的妻子,写了大量的笔记体小说记叙她和丈夫之间的生活。

俄罗斯女性写作最初往往诉诸模仿和改写法国文学,一些女作家甚至用法语自由写作,她们深受法国思想家伏尔泰等人的影响,崇尚自由理智的文学创作;而那些纯粹用俄语创作的女作家,则更倾向于女性自我世界的表达。这两种倾向基本涵盖了 18、19 世纪俄罗斯女性文学的特征。

最早对俄罗斯女性文学加以评论的是 19 世纪俄国著名文艺理论家别林斯基,1843 年在论文《关于叶·甘的创作》中,他专门论述当时的俄罗斯女性文学现状,认为俄罗斯女性文学基本上走出了"无害的消遣的果实,是诗意地编织袜子、押韵地进行缝纫",现在是"诗学在闪烁光芒"③。尽管如此,大部分女作家缺乏主体创作意识,很难在写作风格和写作体裁上形成自己的特点,导致创作生命短暂,自然

---

① 叶卡捷琳娜二世(Екатерина Ⅱ,1729—1796),俄罗斯历史上著名的女沙皇,1762 到 1796 年在位,其统治时期被称为"开明专制"和"贵族的黄金时代",虽然其政治残暴,镇压农民起义,对外扩张,惧怕欧洲革命,但是其本人热衷法国开明思想,希望通过借鉴法国伏尔泰等人的思想改造俄罗斯贵族阶层的精神。
② 以赛亚·柏林:《俄国思想家》,彭淮栋译,译文出版社,2003 年,第 142 页。
③ 转引自陈方:《当代俄罗斯女性小说》,中国人民大学出版社,2007 年,第 12 页。

也就不可能在辉煌的19世纪俄罗斯文坛上占据重要的一席。

虽然女性文学在18、19世纪的创作很少从诗学的角度得到中肯的评价,但是就它在当时所引起的反响来说,对于当今重新梳理俄罗斯文学史都有着重要意义。据统计,1810至1830年间俄罗斯出现了大约30位女作家①。其中绝大多数为诗人。在这些诗人当中又以**安娜·布宁娜**(А. Бунина,1774—1829)的成就最高。

安娜·布宁娜1774年出身于俄罗斯一个古老的贵族家庭,100年后这个家族又诞生了俄罗斯第一个诺贝尔文学奖获得者伊万·布宁(И. Бунин)。1799年安娜发表了第一部作品《爱情》(Любовь),1809年之后她定居彼得堡并将自己的一生献给文学。在创作诗歌的同时,布宁娜翻译了大量法国古典主义文学理论书籍。布宁娜本人的第一部诗集《没有经验的缪斯》(Неопытная муза)也于1809年问世,并且得到当时诗人杰尔查文(Державин)、寓言作家克雷洛夫(Крылов)的赞赏。1811年布宁娜发表散文集《乡村的夜晚》(Сельские вечера),1812年俄法战争期间她写了大量鼓舞士气的作品。1815—1817年间,她在英国治病期间将大量的英国文学作品翻译成俄文。1819年到1821年间,俄罗斯科学院出版了布宁娜的三部诗集,普希金多次提及她的诗歌成就。

另一位重要的女诗人**娜杰日塔·赫沃辛斯卡娅**(Н. Хвощинская,1824—1889),出身于一个普通的贵族家庭,她的父亲参加过1812年战争,思想开明。赫沃辛斯卡娅自小阅读了莎士比亚、雨果等人的作品,同时期俄罗斯著名批评家别林斯基的书籍也成为女诗人"灵魂的老师"。1847年赫沃辛斯卡娅开始在《文学报》上发表诗歌,主题是当时流行的乡村生活的寂寥和灵魂的孤独。1853年发表了诗体小说《乡村故事》(Деревенский случай),著名诗人涅克拉索夫(Н. А. Некрасов)认为这部诗体小说忠实而精确地表达了作者自己的思想,但是也暴露了其在诗歌创作方面灵感不足,或许转向散文创作更好。1850—1865年,赫沃辛斯卡娅开始在当时著名的《俄罗斯导报》(Русский Вестник)发表小说,如《乡村教师》(Сельский учитель,1850)、《清晨的访问》(Утренний визит,1852),三部曲《旧时代的乡村》(Провинция в старые годы)、《自由时间》(Свободное время)、《谁最满意》(Кто же остался доволен)(1853—1856)等均获得读者好评。这些小说的主题基本都是乡村爱情故事,即描写相爱的年轻人在乡村的传统面前无力改变状况的愁苦情绪。赫沃辛斯卡娅在文学创作的同时,匿名为博列琴科夫(В. Поречников)在报章上发表了大量文学评论文章,其中包括对法国作家巴尔扎克、俄国作家冈察洛夫、托尔斯泰、纳德松等作家的评论。她在晚年还翻译了一些意大利和法国小说。

娜杰日塔·赫沃辛斯卡娅的同时代女作家**尤利娅·让多芙斯卡娅**(Юлия Жадовская,1824—1883),是鲜有的涉猎诗歌和小说等诸多体裁创作、并且形成自己独特风格的一位作家,她的作品在当时就引起了评论界的关注。让多芙斯卡娅

---

① 转引自陈方:《当代俄罗斯女性小说》,第11页。

出生于亚拉斯拉夫尔州,父亲是当地一位有名的官员。她刚一出生,母亲只看了她一眼就昏厥了过去,因为让多芙斯卡娅先天右手残疾,只有三个手指。这个情形让在场的人画十字祈求上帝原谅,而她的母亲却把女儿的残疾看作上帝对自己的惩罚,因为在她嫁给尤利娅的父亲之前已经知道他有自己的新娘。这位可怜的母亲郁郁寡欢,不久便去世了。她的父亲为了使她尽快忘记这一切,把她送到了祖母家里,祖母虽然愿意照顾她,但也觉得她是家族中的一个怪人,她就在这样的环境下逐渐长大。祖母的衰老和多病又迫使她来到卡斯特拉马城投奔姨妈———一个经常发表文章的文学爱好者。在她的影响下尤利娅开始阅读并写诗,后来被姨妈送到私立学校专门学习语言和文学,在这里她遇到了影响自己一生的老师彼得·别列夫斯基(Петр Перевлевский),他们一生相爱,但是因为彼得出身普通,她们的婚姻没有得到她父亲的同意,不过这并没有影响他们成为终生的忠诚朋友。彼得本人不仅才华横溢而且积极从事出版事业,在阅读文学作品基本还是贵族特权的时代,彼得为广大普通人出版了大量的廉价书籍。他时刻关注文学动态,为让多芙斯卡娅的文学创作提出不无裨益的建议。正是在彼得的帮助下,让多芙斯卡娅开始了自己真正的文学创作。她先后到莫斯科和彼得堡,认识了著名作家和评论家米哈伊尔·鲍国金(Михаил Погодин),并且在他主持的杂志上发表诗歌。很快,她在莫斯科和彼得堡的文学圈中就具有了一定的知名度,她的诗得到了别林斯基(Белинский)和杜勃留波夫的关注(Добролюбов),而和屠格涅夫等作家的相识,又为尤利娅的散文和小说创作带来了美学上的灵感。1847年她发表小说《简单故事》(Простой случай),描写了出身贵族的姑娘与普通家庭教师间不可能的爱情。1857年发表小说《远离世界的地方》(В стороне от большого света),描写的依然是地位悬殊的年轻人之间不幸的爱情。1860年代让多芙斯卡娅发表的小说多触及两代人矛盾的生活,即小说的主人公最终不顾父母的反对嫁给了平民出身的青年等等,这应和了1860年代俄罗斯社会大变革的潮流。该系列小说多发表在杂志《时代》上,统一命名为"女性故事"("Женская история")。1862年作家为了摆脱父亲的监管而嫁给了一位年老的医生,此后鲜有佳作问世。让多芙斯卡娅去世两年后,她的四卷本全集出版。

让多芙斯卡娅的创作偏向于女性的自我表达,她与自己仰慕的老师的不幸爱情成就了她的大部分爱情小说,这些作品凸显了她在美学、哲学和社会变革领域的深刻思考,引起了当时评论界的关注。别林斯基从写作观点、内容和性别特征方面评价了她的第一部诗集,认为在这些诗歌中包含诗歌禀赋的东西,但是这些诗歌的灵感来源不是生活本身,而是作者的理想,所以立意苍白。与别林斯基不同,另一位著名的文艺理论批评家杜勃留波夫却对让多芙斯卡娅的作品给予了善意的评价,他厘清了作品中所谓脱离生活的成分,认为她诗歌语言上的某些瑕疵不能掩盖诗人的才华,在他看来,让多芙斯卡娅不喜欢将自己的情绪平铺直叙,是因为作者本人对于是否能够得到同时代读者的理解深表怀疑,所以诗人宁可隐藏自己的感受。杜勃留波夫和别林斯基的评价表明当时的批评界已开始从美学上关注女作家的作品。但在19世纪以男性文学大师为主导的俄罗斯文学的"黄金时代",女作家常常由于其性别而被质疑。譬如多数评论家对让多芙斯卡娅的作品中缺乏女性所擅长的对于感觉和细节的描写而感到奇怪,但又认为她的小说情节经常中断,导致她的小说甚至不需要署名就能使人知道它们出自女性之手。因为男作家不会放过将一个故事变成中篇小说、将中篇小说变成长篇小说、将长篇小说变成系列长篇小说的机会,而让多芙斯卡娅却只写中篇小说,这显然是由女性特质决定的。

19世纪末,女作家开始关注俄罗斯的社会变革。由于受到民粹派思想的影响,俄罗斯女性文学中流露出通过革命和暴力改变社会的愿望,一些女英雄和女革命党成为描述的对象。但是这一时期描述性和叙述性远远在作家思考之上,小说过度流于情节上的猎奇。随着俄国社会变革的加剧,俄罗斯女性文学依然退居到女性自我和个人情感的天地。

关于俄罗斯19世纪文学的伟大功绩著书立说者甚多,但是我们很难从中找到深入研究女性文学在这一时期的发展的文论。这自然和众所周知的女性社会地位相关联,同时也因为这一时期的女性创作更多地关注个人内心情感的宣泄,而这一点显然和日渐达到巅峰的俄国批判现实主义文学相去甚远。这一时期的女性文学由于不能以真实生活为基础,不能朝圣真理至上的文艺理论使她们的作品最终被搁置,在俄罗斯文学花园的墙外暗香涌动。

二、白银时代的女性文学

俄罗斯文坛论争从来都是"刀光剑影",正如韦勒克所说:"俄国文学批评绝非仅仅是关于俄国文学史的写照说明。任何其他国度都不像在二十世纪前二十五年中的俄国那样,主要的批评立场已经得到十分鲜明,甚至是极端的系统阐述;任何其他国度都不像在我们的时代的第二和第三个十年中的俄国那样,批评争论如此活跃,如此激烈,成为如此生死攸关的问题(甚至毫不夸张地说是到了如此地步)。"①这个"二十世纪的前二十五年"即是俄罗斯文坛上著名的"白银时代"②。

白银时代的俄罗斯作家伴随着对于上帝的质疑和对于俄国现实革命或追逐或脱离而陷入不同的怪圈。在这张怪异的白银时代的俄罗斯文学地图中,女性文学无疑留下了浓墨重彩的一笔。在十月革命之前,安娜·阿赫玛托娃、玛丽娜·茨维塔耶娃、济娜伊塔·吉皮乌斯等女作家已经开始发表作品并蜚声文坛。十月革命后,女作家逐渐分离,一部分流亡国外,继续保持白银时代的创作传统,视保护俄罗斯文化为己任。但是,由于俄罗斯文学的特殊性,即对俄罗斯故国家园的留恋使得侨民文学沾染了深刻的孤独感和寂寞的唯美哲学。这一点在吉皮乌斯和茨维塔耶

---

① 雷纳·韦勒克:《近代文学批评史》第7卷,杨自伍译,上海译文出版社,2006年,第414页。
② 俄罗斯文学的白银时代是相对于俄罗斯19世纪文学而言,即将19世纪俄罗斯文学看作"黄金时代"。一般将1892年梅列日科夫斯基发表《俄罗斯文学衰落的原因及现代俄罗斯文学的新流派》作为白银时代的发端,到1917年十月革命之后白银时代渐渐结束。笔者这里使用的"白银时代"是广义上的概念,即这里介绍的作家都是在白银时代开始登上文坛,但是对于其创作的介绍则一直延伸到白银时代之后。

娃的作品中随处可见。另一部分"国内流亡"①作家,如阿赫玛托娃则逐渐摆脱了白银时代阿克梅派的单一影响,随着苏联国内变革的加剧,其作品在思想和艺术上更加成熟。斯大林肃反和卫国战争的国家灾难和个体生活的不幸使得阿赫玛托娃的作品呈现出复杂特征。

象征派诗人**济娜伊塔·吉皮乌斯**(Зинаида Гиппиус,1869—1945)出身于图拉州一个德国贵族家庭,她的父亲是一个俄化的德国人,母亲是俄罗斯人。1881年父亲去世后吉皮乌斯随母亲过着四处流浪的"自由"生活。1888年她和俄罗斯著名文艺理论家梅列日科夫斯基②相识并于次年结婚,他们共同生活了52年。1888年吉皮乌斯开始发表象征派作品,同时积极参加宗教哲学的讨论,在《艺术世界》发表了一系列文章。吉皮乌斯早期的抒情诗充满了与世隔绝的悲伤情绪和对自由思想的向往,而在小说中却表现出对于道德哲学问题的思考。1918年,吉皮乌斯离开俄罗斯流亡法国,对于革命的不理解使得她中断了与勃洛克、勃留索夫、别雷等著名诗人的联系,流亡后吉皮乌斯的创作遭遇了极大的困境,不能与俄国现实和解的失望情绪使她的创作陷入了某种情感表达的机械藩篱。但在流亡时期,吉皮乌斯积极参加社会活动,倡议建立了"绿色之灯"(Зеленая лампа)组织,集合了一批流亡国外的俄罗斯作家,对于思想和语言的纯粹性的要求使得这个组织变得松散和冲突不断。1941年梅列日科夫斯基去世之后,由于对待法西斯的双重矛盾态度,吉皮乌斯受到批判。吉皮乌斯晚年主要致力于写作梅列日科夫斯基传记。

白银时代最重要的女作家是**阿赫玛托娃、玛丽娜·茨维塔耶娃**(М. Цветаева,1892—1941)。在描写爱情、自然和少女的孤寂等方面,二位具有一定的相似性,但是阿赫玛托娃的作品更加深沉和内敛,而茨维塔耶娃则个性奔放,其诗歌充满激情,"常常从高音 C 写起"。玛丽娜·茨维塔耶娃出身于莫斯科一个著名学者的家庭。父亲茨维塔耶夫(1847—1913)是知名的艺术家、莫斯科大学教授,是国立普希金造型艺术美术馆的创建者。母亲玛利亚·梅因(1868—1906)是一位钢琴家,是著名钢琴家鲁宾斯坦的学生。但是,由于父亲终生致力于创建美术馆,而母亲在其14岁时去世,茨维塔耶娃的童年和少年在孤寂中度过。1910年茨维塔耶娃自费出版诗集《黄昏集》(Вечерний альбом),当即引起著名诗人勃留索夫、沃罗申和古米廖夫的关注。同年女诗人写出了第一篇评论文章《论勃留索夫诗歌中的神话》,1912年又出版了诗集《神灯》(Волшебный фонарь)。茨维塔耶娃早期的作品以爱情诗歌为主题,极富个性的情感宣言在诗歌中若隐若现,除了描写爱情的甜蜜和神圣,更多的是描写爱情与生活的矛盾、爱情带来的精神折磨等。诗人曾说:"我是通

---

① "国内流亡":这里是指在十月革命之后一部分没有流亡国外的作家依然从事个体创作,没有完全按照苏联意义上的社会主义现实主义创作的作家作品。如布尔加科夫、阿赫玛托娃、普拉东诺夫等人。

② 梅列日科夫斯基(Д. С. Мережковским,1865—1941),俄罗斯白银时代著名文艺批评家,宗教哲学家。他的著作《论现代俄罗斯文学衰落的原因及其流派》成为俄罗斯文学史上的重要论文,是对19世纪末20世纪初俄罗斯文学的论述。十月革命后流亡法国。曾经被认为是1933年诺贝尔文学奖候选人。

过痛苦而认识爱情的。"①与谢尔盖·埃夫伦(1893—1944)的婚姻堪称茨维塔耶娃一生的魔咒,到1941年她自缢的时候,还不知道埃夫伦究竟身在何处。按照茨维塔耶娃女儿阿丽娅的话说:"妈妈两次为爸爸毁掉自己的生活。第一次是离开俄罗斯寻找他,第二次是跟他返回俄罗斯。"②和这段婚姻生活相关联,茨维塔耶娃的创作也可以分为在俄国内和流亡生活两部分。1911年到1922年期间,茨维塔耶娃的主要作品都是在国内发表。如在1913年出版诗集《两部书》(Из двух книг),1913到1915年的《少年的诗》(Юношеские стихи),1916至1918年创作浪漫诗剧,1922年的《致勃洛克的诗》(Стихи к Блоку)等。当然这期间女诗人最著名的作品是《天鹅营》(Лебединый стан)。这部诗集收录了作者写于1917年到1921年的诗歌。对于十月革命的困惑、对于过往生活的眷恋以及残酷的国内战争在这部诗集中都有所反映。但直到1990年,这部诗集才和读者见面。

　　《天鹅营》的主题是悲伤的,充满了对国内战争的不解和对白军的同情。这部作品和后来布尔加科夫的《白军》,被认为是俄罗斯文学史中描写国内战争最好的作品。在丈夫埃夫伦随白军流亡之后,1922年茨维塔耶娃带女儿到布拉格和丈夫团圆,短暂的安定生活使女诗人创作了大量的诗歌。但是这种安定的生活稍纵即逝,捷克中断了对于茨维塔耶娃的救助,她在写给帕斯捷尔纳克的信中说到:"至于我,捷克人倒是能够经常见到,见我总是提着水桶或背着口袋,见了三年半——也许,还没看够!"③她一度只能靠和女儿打零工维持基本的生活。1925年她同埃夫伦移居巴黎,但由于她的创作不合俄侨的口味,很快被法国俄侨遗忘。特别是1926年她在巴黎俄侨杂志《忠诚者》上发表《诗人谈批评》,因为文章指责了诗人阿达莫维奇等人而引起俄侨的抨击,同时由于茨维塔耶娃加入了"重返祖国协会",使得她和当地侨民的关系彻底恶化,作品难以发表。1928年完成《离开俄罗斯后》(После России)之后,她的作品在国外再也没有发表过。这部诗集收录了作者1921到1925年的作品。关于流亡17年的创作生活,茨维塔耶娃曾经说过:"我1922年出国,可是我的读者留在俄国,我的诗(1922—1933年写的)送不到我的读者手中。最初,在流亡时期,他们发表我的作品(头脑发热),可是后来,他们醒悟过来,不再刊载了,他们觉得我不是他们的人,我是那边的人!内容好像是我们的,而声音是他们的。"④1939年,茨维塔耶娃带着儿子回到祖国,恰逢人人自危的时代,作为一个白军妻子和有着流亡背景的女诗人,她的作品更是鲜有人敢问津。茨维塔耶娃之所以最终不得不选择回国,是因为1937年丈夫埃夫伦因参加间谍活动被巴黎通缉,后被遣回苏联,女儿阿丽亚也于1937年回到苏联。茨维塔耶娃回国之后的生活变得更加糟糕,1937年女儿阿丽亚被捕,被判间谍罪劳改8年,埃夫伦

---

① 译自任光宣、张建华、余一中:《俄罗斯文学史》(俄文版),北京大学出版社,2003年,第390页。
② 蓝英年:《历史的喘息——蓝英年散文随笔选集》,中央编译出版社,2005年,第101页。
③ 里尔克、帕斯捷尔纳克、茨维塔耶娃:《三诗人书简》,刘文飞译,中央编译出版社,2007年,第107页。
④ 高莽:《白银时代》,中国旅游出版社,2007年,第180—181页。

也被捕,后在1941年8月被处决。茨维塔耶娃靠翻译勉强度日。卫国战争之初她带着儿子到处流浪,后被疏散到南部,她尝试做各种黑工以换取些许面包,他们的生活陷入赤贫,几乎随时都可能被饿死。因为贫困交加和精神危机,女诗人于1941年8月31日,在南部小城叶拉布格镇自缢身亡。茨维塔耶娃的研究者认为女作家个性激烈、偏执,灵魂孤独。这种特殊的生命体验或许给茨维塔耶娃的生命带来了损害,却也使她的作品具有了别样的魅力。诗歌成为她孤独灵魂的唯一伴侣。她的诗歌也如她的生命一样富有激情,"二十世纪的俄国诗歌中没有比她更富有激情的声音了"①。茨维塔耶娃一生创作了大量的抒情诗、诗剧和散文。"散文是她的诗歌以另一种方式的继续","诗歌思维的方法被移入散文文体,诗歌发展成了散文"②。茨维塔耶娃独特的散文风格是在流亡期间逐步形成的。作家自己也认为是流亡生活使她成为了散文家。在流亡期间她创作了《我的普希金》(Мой Пушкин)、《母亲和音乐》(Мать и музыка)和关于沃罗申、别雷等人的回忆录。茨维塔耶娃形成了自己的"回顾式散文"(布罗茨基语)的特征。

茨维塔耶娃不属于任何派别,任何固定的写作模式都会让她厌倦。她说:"我是强有力的,我什么都不需要,除了自己的灵魂。我的日记就是我的诗歌,我的诗歌是只有自己名字的诗歌。"③她反对人们将诗歌囿于不同的国别或者其他什么分类方法,她认为诗歌本身就是世界的,是独特的。在写给里尔克④的信中,茨维塔耶娃说:"我不是一个俄国诗人,当人们这样称呼我,我便会感到莫名其妙。……民族性——这是一种阻断和囚禁。"⑤把诗歌献给神秘的灵魂始终是诗人的目的,而其他的任何归属都使茨维塔耶娃感到厌倦,这可以解释为什么在她的诗歌中读者很难找到明显的俄罗斯文学特质,这和阿赫玛托娃的作品有着巨大的区别,后者一生忠实于19世纪以降的俄罗斯文学传统,她将自己的诗歌献给了俄罗斯诗歌的太阳普希金。而茨维塔耶娃在自己的作品中则尝试了在当时来说还未被接受的手法,如"意识流"、松散的电报文体,甚至内心独白式的语句。研究者发现她的诗歌对于多余东西的抛弃,本身正是诗歌的第一声呼喊——即声音高于现实、实质高于存在的开始,这就是悲剧性意识的源泉。在这条道路上,茨维塔耶娃比俄国文学中所有的人都走得更远⑥。1932年的《诗人与时间》(Поэт и время)则是这一观点的有力证据,"文学语言学会了呼吸抽象概念的稀薄空气,而抽象的概念则获得了语音学和道德感的躯壳"⑦。茨维塔耶娃一生都在追求更高的体验,更高的激情和更高的目的,直到在最高音处戛然而止。1919年茨维塔耶娃曾写过一首诗《致一百

---

① 布罗茨基:《文明的孩子》,刘文飞译,中央编译出版社,2006年,第132页。
② 同上书,第117—122页。
③ 译自任光宣、张建华、余一中:《俄罗斯文学史》(俄文版),第383—384页。
④ 里尔克(1875—1926),奥地利诗人,茨维塔耶娃在1926到1927年和里尔克保持通信。
⑤ 里尔克、帕斯捷尔纳克、茨维塔耶娃:《三诗人书简》,第124页。
⑥ 布罗茨基:《文明的孩子》,第125页。
⑦ 同上书,第129页。

年后的你》,如今她的作品在俄罗斯一版再版,终于得到了认可。

苔菲(Тэффи,1872—1952)出身于彼得堡一个贵族知识分子家庭,最后在巴黎去世。她是20世纪俄罗斯文学史上的幽默大师,被誉为"幽默女王"(королевой русского юмора)。苔菲是她的笔名,原姓洛赫韦茨卡娅(Лохвинцкая)。一次偶然的机会,作家在给剧院的剧本中第一次使用了"苔菲"这个名字,按照作者的说法,傻瓜走运,所以就联想到民间流传的傻瓜斯杰潘,斯杰潘在家里被称作斯苔菲,所以作者就去掉了第一个"斯",果真剧本上演大获成功①。她继承了果戈理的讽喻特点,并将其发扬光大形成了自己独特的讽刺风格,她的同时代人左琴科②深受其影响。苔菲1901年开始发表作品,起初年轻的她感到诚惶诚恐,甚至对于能够发表作品感到羞愧,希望最好谁也不要去读它。她最初的作品以讽刺诗和讽刺小品为主,而且广为传播,报纸和杂志都希望登载她的讽刺小品文,特别是当这种文学体裁出自一个女作家之手时就更加引起读者的阅读兴趣,因为很少有女作家愿意写讽刺作品。1910年她的《讽刺小说集》(Юмористические рассказы)一经出版就引起读者的追捧,在1917年十月革命前这部小说集就再版了10次。她的读者群遍布各个阶层,无论是知识分子还是市井百姓都喜欢阅读这类讽刺小品文,特别是年轻读者更是苔菲最大的读者群。剧院也愿意上演她的剧目,1916年上演的《撒旦的牢骚》(Шарманка Сатаны)引起了巨大的反响。1920年十月革命之后苔菲流亡法国时已经是声名卓著的作家,她和吉皮乌斯一样成为俄罗斯侨民文学第一浪潮的作家之一,而直到1990年代之后她的作品才又回到俄罗斯。苔菲的一生创作了大量的诗歌、剧本和电影脚本,但成就最大的是10部小说集。1920年流亡之后,她的作品主要在俄侨的自办刊物如《未来俄罗斯》、《俄罗斯记事》和《现代记事》等杂志上发表,她的讽刺笔触也逐渐转向哲理层面。苔菲的作品得到了列宁的赞许,尽管当时苔菲已经流亡法国,但是她的作品中描写侨民身上恶习的文章还在当时的苏联发表,尽管这种发表多是以盗版的形式。对于苔菲在文学方面的才华,布宁曾经赞许道,"你永远令我惊讶,我一生从未遇见像你这样的人。上帝让我认识你对我真是莫大的幸福"③。库普林④则认为"她就是那个唯一的、与众不同的、绝妙绝伦的苔菲!"⑤著名诗人伊万诺夫预言:这是俄国文学的罕见现象,无法解释的奇迹,100年后人们仍将为此感到惊讶不已⑥。苔菲赢得了她的同时代人的一致

---

① 见蓝英年《历史的喘息——蓝英年散文随笔选集》中关于苔菲专章,第75页。

② 左琴科(Зощенко,1895—1954),苏联著名讽刺作家,善于写作小品文讽喻社会。在1946年和阿赫玛托娃同时被开除出作家协会。

③ 蓝英年:《历史的喘息—— 蓝英年散文随笔选集》,第73页。

④ 库普林(Куприн)(1870—1938),俄罗斯古典作家,20世纪后他和布宁被认为是俄罗斯19世纪古典文学最好的继承者。

⑤ 蓝英年:《历史的喘息—— 蓝英年散文随笔选集》,第73页。

⑥ 同上。

赞誉。其中最主要的原因在于她的作品继承了19世纪俄罗斯文学的传统,特别是果戈理的创作风格,用生动的笔触讽喻俄罗斯民族的缺点。她在谈到自己的作品时曾说:讲笑话的时候逗人发笑,可酝酿它的时候是一场悲剧,而我的一生是一连串笑话,也就是接连不断的悲剧①。这成为苔菲讽刺小品最重要的特征。

三、1990年代以后的女性文学

1985年戈尔巴乔夫改革之前的苏联虽然也有很多女性在从事写作,其中包括后来为广大读者所喜欢的彼特鲁舍夫斯卡娅(Петрушевская)、托尔斯塔娅(Толстая)等作家,但是她们的写作在当时并未引起批评界和读者的注意。直到1985年之后苏联文坛才基本改变了几乎清一色男性作家的面貌,同时文坛风貌为之一变,批评界和读者对女性作品开始投以更多元的眼光,同时随着学者对于女性主义研究的日益深入和女性文学本身的蓬勃发展,女性文学最终在1990年代后成为俄罗斯文坛的一朵奇葩。很多女性作家获得了和男性作家平等的来自读者的尊重和出版商的青睐,并且逐步形成自己的诗学特征。但是这些作家并没有像她们的前辈阿赫玛托娃、茨维塔耶娃那样以诗歌创作为主,而是将自己的文学生命献给了散文和小说创作,特别是长篇小说写作。自1991年俄罗斯设立俄语长篇小说布克奖之后,先后有彼特鲁舍夫斯卡娅、乌里茨卡娅(Улицкая)、托尔斯塔娅获得该奖,2009年女作家契若娃(Елена Чижова)凭借长篇小说《女性时代》(время Женщин)再次获得此项殊荣。

谈及1990年代俄罗斯女性文学的发展趋势,不能不提到"文学之外"的几个关键词,即苏联解体、叶利钦政权、经济转型和市场关系的介入,它们成为1990年代最富有戏剧性的事件。与之相呼应,在文学界不假思索、不加区分地批判苏联时代也成为一种风尚,"苏联的"一词由原来谨慎地批评和分析的对象,一下子变成了田野里吓唬人的稻草人,而人们对它的态度则形同对待苏联时代的"反苏联"一词,而所谓民主性的倡议则成为时尚。

1990年代后的俄罗斯女性文学所受的关注,某种程度上甚至超越了白银时代的女性文学,这其中包括其他国家对于此时期俄罗斯女性文学的高度重视。我国学界继对阿赫玛托娃、茨维塔耶娃的深入研究之后,也开始关注当代俄罗斯女性文学。1991年第2期的《苏联文学联刊》以"苏联女作家作品选"为专题,介绍了彼特鲁舍夫斯卡娅和和维·托卡列娃(В. Токарева);1992年第3期《苏联文学联刊》又介绍了维·托卡列娃的《基卡尔和军官》;1993年第4期《苏联文学联刊》何茂正翻译了尤沃兹涅辛斯卡娅的《女人十日谈》。

1990年代之后俄罗斯社会变革的加剧,一定程度上刺激了女性创作朝着更加理性的层面发展,女性文学伴随着"女性小说"、"玫瑰小说"的提法逐渐从大众文学中被分离出来,并且成为处于显著地位的文学现象。"女性文学"作为学术术语

---

① 蓝英年:《历史的喘息——蓝英年散文随笔选集》,第76页。

出现在各类文章中,它在本质上自然是女性发出自己声音的最好和最稳定的形式,正是在 1990 年代之后,俄罗斯女作家的创作得到了长足发展,一系列女作家文集争相面世。B·托卡列娃先后 8 次出版了 20 本文集,Г·谢尔巴卡娃出版了 8 本文集,Л·彼特鲁舍夫斯卡娅的 5 卷本文集也已面世。

乌里茨卡娅(Улицкая)无疑是当今文坛值得关注和研究的女作家之一。她出生于 1964 年,毕业于莫斯科大学生物学系,曾经在苏联科学院工作,1970 年代开始发表作品,但是进入读者视野,则是在 1990 年代她开始在《新世界》上陆续发表《索妮什卡》(Сонечка)、《愉快的葬礼》(Весёлые похороны)等小说。其作品充满了现代感伤情绪,读者可以在她的作品中感受到一种真诚的人性理念。她的小说着力反映普通人的生活,家庭一直是她关注的焦点,家庭的纷争和冲突,不完整的家庭等都是作者涉猎的范围,但作者极力想在这些日益变幻的生活背后寻找到一种传统道德的支撑点,传统的对待亲人、朋友和社会的责任感始终是乌里茨卡娅所极力推崇的。

当代女作家中最为著名且广受评论界关注的是 **Л·彼特鲁舍夫斯卡娅**。彼特鲁舍夫斯卡娅 1938 年出生于莫斯科,毕业于莫斯科大学新闻系,曾当过电视编辑,1972 年发表处女作短篇小说《穿过田野》(Через поля),1973 年创作剧本《音乐课》(Уроки музыки),1979 年公演后立即遭禁,1983 年解禁。由于这部作品的影响,之后的一段时间彼特鲁舍夫斯卡娅都主要从事编辑工作,虽然也在继续创作却很少出版。90 年代,她陆续出版了散文集和小说集。和乌里茨卡娅的感伤主义不同,彼特鲁舍夫斯卡娅尝试各种体裁和风格的创作。其作品反映大千环境下人性的变化,描绘人物的内心世界,常常把人物置于诸如生死边缘这样的情境中来展示他们的内心世界。彼特鲁舍夫斯卡娅常以一个旁观者的角度观察女性在不同社会环境中所扮演的角色,在小说行文中将读者引入到一个相对封闭的世界,如《房子的秘密》(Тайна дома)、《不朽的爱情》(Бессмертная любовь)、《夜晚时分》(Время ночь)等,其中中篇小说《夜晚时分》最为成功。小说叙述时代变革对于一个家庭的影响,从一个母亲的视角描写家庭的动荡。安娜是一位传统的俄罗斯母亲,为了家庭到处奔波,但是她的子女不是想骗取她的钱,就是对她恶语相加,唯一安静的时刻就是夜晚时分。小说弥漫着 1990 年代初普遍的悲观情绪,笔法复杂,大量的长句和复杂句融合在一起,一环扣一环,而且作者喜欢使用大量的转述实现创作意图。作者感兴趣的并不是生活本身,而是隐藏在背后的生活内涵和一种意识,这种意识往往是一种对生命的担忧甚至是惊恐,所以在阅读她的小说时会感受到一种内心的疼痛和紧张。

彼特鲁舍夫斯卡娅的创作理念,被认为是当代文学现实主义中新自然主义的一种表现。彼特鲁舍夫斯卡娅在主观上想避免女性作家所擅长的关注感觉和直觉的手法,渴望从思想层面进入文学创作,关注当下俄罗斯社会现实图景,但是在创作美学上的刻意严谨,又使她的作品陷入到一种文学游戏中。

塔基娅娜·托尔斯塔娅(Толстая)可以说是当代俄罗斯女性作家中颇具学院

派风格的作家。她1951年出生于列宁格勒,1974年毕业于列宁格勒大学语文系,后长居莫斯科。1983年开始发表作品,但是并没有引起过多的关注。1990年曾经到美国讲授俄罗斯文学。作为苏联著名作家阿·托尔斯泰的孙女,她对于自己的家学渊源并不十分在意,对于文学创作始终抱有自己特立独行的主张。早在1991年,我国的《苏联文学联刊》就刊载了她的小说《彼得斯》(Петерс),但她真正受到世界文坛关注则得力于其创作了14年的小说《野猫精》(Кысь,2000),该书一经出版立即引来国内外文学界的关注,并迅速翻译成英、德、法和中文。中文版于2005年6月由上海译文出版社出版。译者陈训明认为,小说主人公具有自古以来俄罗斯知识分子的特点,喜欢读书而不求甚解,沉迷幻想而又无法摆脱现实,自命清高而又逆来顺受,经不起利禄的诱惑。作家选择一个有过错乃至罪孽的人作为俄罗斯民族文化的继承者和复兴者,乃是对俄罗斯传统的"精神复活"的张扬;小说精心刻画的是知识分子,揭示他们潜意识中对于野猫精的恐惧和他们自身变成野猫精的可能性;小说打破时空界限,将蛮荒时代和后苏联时期的俄罗斯、将臆想的荒唐世界与活生生的现实互相交错和交融,同时大量使用俚语和改造过的名家诗文、讽刺和暗喻,外部环境和内心世界一同发生变形①。小说被一些评论家界定为后现代作品,原因是小说中引入了"字母表"这一概念,即希望将人们拉回到远古时代,从学习字母开始重新审视人类自身的文化。同时小说影射了1986年切尔诺贝利核爆炸,尽管作家本人竭力否定小说的现实暗示,她强调:"切尔诺贝利核爆炸只是小说中很小的一部分,而且我竭力希望读者摆脱这一联想,因为每个人都有自己的断裂,自然界的大断裂,哪怕是死亡都是生命的一种断裂。"②只要这种断裂是存在的,那么这本小说所寻找和阐释的主题就有它的现实意义,即作者认为小说主题具有世界意义。而对于小说中的反乌托邦色彩,托尔斯塔娅说:"对于我们来说永恒的永远是现在,是的,当作品触及反乌托邦时,人们就会认为它具有政治讽刺意义,但是我不希望这样,我希望讲述生命和人民,讲述神秘的俄罗斯人民。"③因此,批评界认为托尔斯塔娅是当代俄罗斯作家中最好地继承19世纪文学传统的作家之一。

---

① 托尔斯塔娅:《野猫精》,陈训明译,上海译文出版社,2005年,第1—9页。
② 同上书,第331页。
③ 同上书,第332页。

第二节 安娜·阿赫玛托娃

一、生平与创作

安娜·安德烈耶芙娜·阿赫玛托娃（Анна Андреевна Ахматова,1889—1966）是一位享有世界声誉的俄罗斯诗人,被称为"俄罗斯诗歌的月亮"。她的一生充满戏剧性,堪称一部个人史诗。她的诗歌是1920年代到1960年代苏联社会的真实写照,更是诗人心灵的写照。作为诗人,阿赫玛托娃的名字首先和"白银时代"紧密相连,她是白银时代最杰出的代表诗人之一。她的诗深受同时代批评家和读者的喜欢。特瓦尔多夫斯基评价阿赫玛托娃的诗歌:"首先是真诚,一种非杜撰的情绪,她的诗歌有着对于道德的不寻常的重视和寻觅。"①

阿赫玛托娃原姓高林卡（Горенко）,出生于黑海海滨的敖德萨（现属乌克兰）。阿赫玛托娃是作家的笔名。因为阿赫玛托娃的外曾祖母姓阿赫玛特,阿赫玛特家族是金帐汗国的显赫家族,是一位汗王。无论这种传说是否属实,阿赫玛托娃显然对这一充满异教传说的家族史十分认同,给自己起了一个具有异域风格的笔名。另一种说法是,毕业于法律系的安娜选择写诗的时候,她的父亲觉得会为此蒙羞,不准她使用家族姓氏发表诗作,安娜就选择了"阿赫玛托娃"这个笔名。

在阿赫玛托娃的年谱中,下面这些时间成为诗人生命历程和创作过程中的重要节点:

1900至1905年,阿赫玛托娃在俄罗斯贵族皇村学校学习,这是一段幸福时光,后来在自己的作品中安娜不止一次提到皇村学校葱茏的绿意和灿烂的阳光;1910年她和诗人古米廖夫②结婚,1912年十月生下儿子列夫·古米廖夫。1918年8月她和古米廖夫离婚,同年和学者什列伊科（Шилейко）结婚。1921年8月3日夜古米廖夫被捕,三个星期后被枪毙。1922年她和什列伊科分居,1926年正式离婚,此后阿赫玛托娃和艺术史家普宁长期生活在一起。1935年阿赫玛托娃的儿子列夫和普宁同时被捕,一个星期后释放。1938年列夫再次被捕,是年,阿赫玛托娃和普宁离婚。

1911年诗人第一次用笔名"安娜·阿赫玛托娃"发表作品,1912年3月出版第一部诗集《黄昏》（Вечер）;1914年出版诗集《念珠》（Четки）,印刷1 000册,至1923年再版8次;1917年出版诗集《白色鸟群》（Белая стая）,印刷2 000册;1921

---

① 任光宣、张建华、余一中:《俄罗斯文学史》（俄文版）,第225页。
② 古米廖夫（Гумилев,1886—1921）:俄罗斯白银时代著名的象征主义代表诗人、文艺理论家。1921年被苏联当局处决,1987年平反。

年4月出版诗集《车前草》(Подорожник),印刷1 000册。自1923—1934年,她的作品几乎不能出版,创作于此间的大部分诗作在搬家和疏散中丢失。1924年后的日子基本靠友人的帮助和翻译过活,诗歌处于一种不公开的被禁状态,人们能够阅读到的是她的一些研究或者翻译文章。1939年她的诗歌曾一度有恢复出版的迹象,这种迹象表现为1940年《六部书》(Из шести книг)的出版。但是终因这部诗集的内容不符合社会主义现实主义创作纲领而被禁。1941年卫国战争爆发,当祖国受到法西斯侵略的时候,阿赫玛托娃像其他公民一样奔走呼号,她的声音传遍了列宁格勒的大街小巷,她为卫国战争而创作的诗《起誓》(Клятва,1941年)和《勇敢》(Мужество,1942年)成为这一时期最重要的诗篇。战时,阿赫玛托娃被疏散到莫斯科,后经过喀山到达塔什干,在塔什干出版了新的诗集。但是很快阿赫玛托娃的诗歌又被禁止发表。1944年结束流放的儿子列夫赴前线成了一名战士,一直打到柏林,战后回到列宁格勒完成副博士论文答辩。1945年5月15日阿赫玛托娃从疏散地回到莫斯科。1946年阿赫玛托娃和左琴科同时被苏联作协开除①。但是普通读者并没有忘记她。"她的诗集被捣成纸浆,可是她的那些崇拜者们,经常悄悄在她家门口留下一束束的鲜花,有时甚至是装着食物的包裹"②。1949年8月26日普宁再次被捕,11月6日,已经在列宁格勒大学获得历史系副博士学位的列夫再次被捕,罪名仍然是从事反苏宣传,被判10年徒刑,自此列夫又开始了近4年的流放生活。1951年1月19日根据法捷耶夫的建议苏联作协恢复了阿赫玛托娃的会员身份。1953年8月普宁在集中营死去。1956年苏共20大之后,列夫返回莫斯科,但是他认为母亲阿赫玛托娃在自己流放期间并没有尽力营救自己,母子关系出现裂痕。1964年阿赫玛托娃获得意大利国际诗歌奖"埃特内·塔奥尔明"(Этна-Таормина)。1966年出版诗集《光阴飞逝》(Бег времени),3月5日去世,3月7日全苏广播通告诗人去世的消息,她安葬在彼得堡的柯玛罗沃。

阿赫玛托娃的命运几乎像是走马灯一样不停地被改变,在经历了皇村的幸福时光、白银时代的辉煌和婚姻生活的短暂甜蜜之后,她希望的太阳几乎再没有升起来,可怖的阴霾充斥了她的生活,但是诗人却在苦难中凝聚了战胜命运的力量,其创作也超越了自己的时代成为俄罗斯文学乃至世界文学的精品。

20世纪20年代,阿赫玛托娃是风靡俄罗斯文坛的阿克梅派"美丽而富有才华的诗人"。阿赫玛托娃在白银时代的创作在很大程度上表现了深切的危机感,而对于普希金的深入研究又使得她自己找到了解决内心危机的途径,在某种意义上说,她也是普希金研究专家。但是她的诗歌创作并没有沉浸在普希金时代而不能自拔。正如布罗茨基所界定的那样:安娜·阿赫玛托娃属于这样一类诗人,他们既无家族传统,又无清晰的"发展过程"。她系那种纯粹是"发生出来"的诗人,这样的

---

① 1946年在苏共中央发布《关于文学杂志〈星〉和〈列宁格勒〉的决定》之后,阿赫玛托娃和左琴科被开除出作家协会,自此她的诗作很难发表,直到1956年重新发表。

② 张新颖:《默读的声音》,广东教育出版社,2004年,第16页。

诗人带着已经建立的语汇和自己独特的感觉来到这个世界上。她全副武装地来了,她从未显示出与任何人的相似①。

1912年阿赫玛托娃的诗集《黄昏》出版,共印了300册,令评论家感到震惊,他们认为,"一位新的年轻的"、"真正的诗人正在向我们走来"②。许多批评家认为:《黄昏》更像俄罗斯"诗歌创作的一个早晨"③。面对这些赞誉,阿赫玛托娃有着清醒的认识。诗集出版一个月后,阿赫玛托娃前往意大利旅行。在谈到自己这部出名的诗集时,安娜觉得荒谬:"一个头脑空空的小姑娘写的这些可怜巴巴的诗,不知为什么居然有人一而再、再而三地翻印了十三次。还有几种外文也出版了。当时那个小姑娘(据我记得)对于这些诗是不敢有如此奢望的。所以她总是把那次发表这些诗的杂志藏到枕下。"④

正像大多数初写诗歌的年轻作者一样,阿赫玛托娃更注重内心感受的表达,对于生命、爱情的挚爱经常会化作年轻女诗人笔下缠绵悱恻的诗句,虽然这些诗句表达的都是对于爱情的失望,但是诗中的主人公们却始终忠于自己的感受。而这种创作倾向使得阿赫玛托娃的诗歌在某种程度上更像是一部长篇小说的不同注脚,所有的诗句似乎都是为了完成一部史诗性的长篇巨著,所有的主人公虽然境遇不同,但是内心却是统一的。如在诗中,作者写道:

    心和心不在一起,/如果你想就可以离开。/那些自由的人们啊,/总是被幸福环抱,/如果你愿意就可以离开。/我不会哭泣也不会哀怨,/幸福不会光顾疲惫的心灵,/请不要亲吻我,/亲吻我的自会有那死神。⑤

曼德尔施塔姆在评价阿赫玛托娃的诗歌时曾说:"阿赫玛托娃的诗歌具有俄罗斯心理散文的特点。"⑥批评家果列捷茨基(Горедецкий)认为,阿赫玛托娃的早期诗歌在象征主义之后更加接近阿克梅主义,即诗中描写的感觉都是可知的和现实的,"湿润的黄昏和澄澈的空气都是可感的"⑦。如:"心已经冰冷,/我的脚步轻盈。/应该戴在左手的手套,/我竟戴在了右手,/只有三级的台阶,/却变得如此漫长。/秋叶随风呢喃,/仿佛在说,请和我一起死去吧。"这种情节、心理乃至生活片断的可感性使得阿赫玛托娃的诗作朗朗上口,它超越了前期象征主义诗歌的神秘和晦涩。《黄昏》出版之后,阿赫玛托娃迅速成为当时最出名的诗人之一。

然而,对于20世纪初俄罗斯如火如荼的社会变革,阿赫玛托娃却少有涉及,她也为自己的诗歌感到惭愧甚至不安。她坐在电车里,看着周围普通的女乘客,心里

---

① 布罗茨基:《文明的孩子》,第101页。
② 辛守魁:《阿赫玛托娃传》,四川人民出版社,2001年,第52页。
③ 同上书,第53页。
④ 同上书,第54页。
⑤ 本节译文除特别标注均为笔者翻译。
⑥ 《20世纪俄罗斯文学史》(俄文版),俄罗斯国立沃罗涅日大学出版社,1999年,第463页。
⑦ 任光宣、张建华、余一中:《俄罗斯文学史》(俄文版),第220页。

想到:"她们多幸福——她们没有出过书。"①《黄昏》里的诗歌并非像阿赫玛托娃所认为的那样是"可怜巴巴"的习作,也不是像急于做出结论的批评界所说的那样是一种新的诗歌。实际上,阿赫玛托娃的诗歌创作从一开始就表现出对于俄罗斯文学传统的继承。将感知到的人们的内心痛苦放置在高于自己内心的思想位置上,是大多数俄罗斯作家的文学使命之一。阿赫玛托娃的早期创作表现了这个传统,这既是一种美学传统也是一种俄罗斯文学中的"公民"传统。对于苦难的预知性和承受力使得阿赫玛托娃度过了人生的困难岁月。她没有像同时代人茨维塔耶娃和马雅可夫斯基那样选择自杀来结束自己的世俗生命和文学生命。阿赫玛托娃相信"苦难是人所不能摆脱的经历,她相信天国,也相信人民,相信未来","她以遁入人间的方式活到了为她平反的日子"②。她的同时代诗人包括勃洛克、马雅可夫斯基、帕斯捷尔纳克无不喜欢她的诗歌,即便是普通读者,也争相阅读和传诵她的诗歌:"阿赫玛托娃一跃而成为读者最多,且受爱戴的诗人之一。那一代的知识分子莫不诵读她的诗,而且在日记和信里摘录她的名句。她成为他们的发言人,她的诗述出知识分子的痛苦、哀悼与愿望。"③而在创作后期,即1940年到1965年间,阿赫玛托娃创作了《没有主人公的长诗》(*Поэма без героя*),1940年在彼得堡喷泉屋诗人开始写作,主体部分在1943年塔什干疏散期间完成,到1965年全诗完稿,但直到1976年才得以发表。女诗人将这一诗作献给了伟大的俄罗斯白银时代文学。全诗恢复了白银时代的壮丽图景,虽然充满暗示和秘密,但是人们还是看到,它的主人公是成为彼得堡、彼得格勒,后又成为"列宁格勒"的城市。按照帕斯捷尔纳克的说法,这部诗作是"伸展着双手,仿佛是俄罗斯舞蹈中的某个形象"④。整首诗是从历史深处走来,充满了柔情和苦痛。诗人在诗中回忆了自己的青春岁月和白银时代的朋友,这些朋友今天或者被流放、或者流亡国外、或者自杀,而他们温柔的目光,激烈的辩论声还在彼得堡的上空和诗人的内心回荡,所以在诗中安娜诘问自己"这一切是怎么发生的,为什么只有我一个人还在苟活?"

二、《安魂曲》

今天的读者谈及阿赫玛托娃的作品,多是从其创作于1935—1940年的组诗《安魂曲》(*Реквием*)说起。的确,这部诗作将阿赫玛托娃的创作推向巅峰,并为诗人赢得了世界声誉。长诗完成之后很长一段时间内,因为时局所迫,它只存在于阿赫玛托娃的记忆中,只是偶尔朗诵给亲友听。全诗得以完整发表并且在国外出版却是在1987年。是年3月,苏联杂志《旗》(*Знамя*)根据手抄本第一次在国内发表《安魂曲》全文,6月,文学杂志《涅瓦》(*Нева*)经阿赫玛托娃儿子列夫的同意,将经

---

① Акаткин:*История русской литературы XX века*,ВГУ,1999г,стр.54。
② 高莽:《白银时代》,第101页。
③ 马克·斯洛宁:《现代俄国文学史》,汤新楣译,人民文学出版社,2001,第233页。
④ 任光宣、张建华、余一中:《俄罗斯文学史》(俄文版),第225页。

过女诗人修改过的手抄本作为定稿发表,此时距离诗人去世已经整整20年了。

组诗《安魂曲》被认为是阿赫玛托娃的"自传性诗歌",是对始于斯大林肃反时的家庭灾难和民族灾难的书写,"通过个人家庭所遭受的不幸,写出了苏联社会主义建设时期引人深思的另一个侧面"①。它也是一部"口语体"或"谈话体"的诗歌。《安魂曲》写于女诗人生命中最痛苦的时期,这是苏联历史上"只有死去的人才能平静微笑"的时代。丈夫古米廖夫被枪毙(尽管当时他们已经离婚,但是两个人始终保持着亲密的友谊),之后,诗人的朋友和亲人不断失去自由,遭到流放。曼德尔施塔姆被流放到远东,后死在劳改集中营;阿赫玛托娃的第二个丈夫普宁被捕后死在监狱中,而最大的苦痛当然是儿子列夫分别于1935年、1938年和1949年三次被捕、监禁和流放,直到1956年他才获得最后的自由,并开始从事自己喜欢的历史研究。

1935年10月27日,正在列宁格勒大学历史系求学的列夫和普宁同时被捕,这对于阿赫玛托娃来说不啻于晴天霹雳,她到莫斯科四处求助,希望朋友可以帮助她。在作家帕斯捷尔纳克等人的帮助下,阿赫玛托娃给斯大林写信,请求他释放她的儿子列夫和丈夫普宁。这一次请求得到了批准,列夫和普宁被释放。1938年3月10日列夫因为父亲古米廖夫的"历史问题"再次被捕,后于1939年8月被流放至北极圈中的小城诺里尔斯克。1943年列夫结束了五年的流放生活。1944年他报名到前线参加抗击德国法西斯的战争。自儿子被捕后,阿赫玛托娃不放过任何一个探视的机会,后来阿赫玛托娃说,假如需要为她建立一座墓碑,那么最好的地方就是监狱门口,因为在这个地方,她伫立等待,被痛苦燃烧了三百多个日夜。

俄语"安魂曲"一词来自拉丁语,意为"给予人们以永远的平静",而"安魂曲"作为一种音乐形式则形成于中世纪基督教教堂的弥撒音乐中,是一种多声部的复调音乐,是为逝者祈祷的音乐。在中世纪的基督教教堂里,"安魂曲"作为合唱曲目,其主人公往往是一位悲伤的母亲。阿赫玛托娃的《安魂曲》也是一部多声部的复调音乐,主人公也是悲伤的母亲——那些守候在监狱门口排队等待探视的母亲们。诗人选择这一题目本身就传达着她对世界的基本理解和愿望。在这部乐曲中,那些和诗人一样伫立在监狱门口的母亲都加入合唱,这些沉默、忍耐的妇女形象在俄罗斯文学中并非特例,早在十二月党人起义②失败后,在被流放的青年身边就站着这些悲伤的妻子和母亲,这一主题也是普希金诗歌《致西伯利亚囚徒》(1827)的主题之一。所以十二月党人起义仿佛是历史的前言,作为生活在另一个时代的阿赫玛托娃,其《安魂曲》正是向俄罗斯伟大的文学传统的致敬,也是对苦难的俄罗斯母亲的悲悯。

---

① 高莽:《白银时代》,第93页。
② 1812年俄法战争中俄罗斯战胜拿破仑,在俄国国内掀起了一场争取自由和民主的运动并最终导致了1825年12月以贵族士官为代表的"十二月党人"起义,起义失败。主要起义人员或被绞死或被流放到西伯利亚。

《安魂曲》组诗共7个部分,12个篇章,分别为:代序、献辞、序曲、审判、致死神、钉上十字架、尾声。在写于1957年的"代序"中阿赫玛托娃交代了诗歌创作的"引子"。此时距离"序曲"写作已经过去20年了。作者告诉我们:是一个站在"我"后面一起等待探视的母亲小声请求并且提醒了我将这一切写下来。"那里所有人都是低声说话。"可就是这个低沉的请求变成了阿赫玛托娃最初的灵感。诗人似乎要告诉阅读组诗的后世读者,这只是一部属于母亲的诗作,这或许只是一个进入诗歌场景的小径。《安魂曲》虽然未能发表,但总是有人轻轻地朗诵着其中的诗句。

在"前言"里,诗人描写了儿子被带走的那个清晨。1935年10月27日,儿子列夫被捕。11月在莫斯科,阿赫玛托娃写下了《安魂曲》的"前言","我将在克林姆林的钟楼下哀号"。

写于1938年列夫第二次被捕和1939年被流放时期的部分更是饱含着母亲心灵的哀伤:

这是一个生病的母亲,/这是一个孤单的女人,/丈夫在坟墓里,儿子在监狱,/请帮帮我吧。

在完成于1939年的"致死神"中,安娜显然更像是一位被痛苦灼伤的勇士,她质问死神:

你终归要来——为什么不是现在?/我熄灭灯光,打开房门,/……/我已经无所畏惧,/叶尼赛河在奔流,/北极星在闪耀……

这一节写于1939年8月19日,在彼得堡的喷泉屋。此时阿赫玛托娃的诗作被禁止发表,生活陷入完全的困顿,列夫则在8月刚刚被流放到北极圈的一个小城市。在寒冷、孤寂的小屋里,阿赫玛托娃"熄灭了灯光,打开房门",想看看死神究竟是什么样子。

组诗第6部分"钉在十字架上"具有了更多的节律感,它仿佛是人类历史灾难的大合唱,而诗人阿赫玛托娃则位列其中默默地吟唱:

天使在颂唱伟大的时刻,/天空在烈焰里熔化,/伟大的父亲啊:"为什么留下我一个人",/母亲:"请你不要为我流泪"。

这一节完成于1938年。组诗《安魂曲》并非按照我们今天阅读到的顺序次第完成。而"钉上十字架"无疑是组诗的高潮部分。时值列夫第一次被捕,阿赫玛托娃似乎已经预感到了个人厄运的来袭。

在诗歌中,作者既是一位普通的受难者的母亲,也是深处时代灾难漩涡的诗人,监狱门前漫长的等待和随时可能来临的死亡如同监狱高墙不能逾越,而唯有诗歌可以消解和吸收这种绝望。所以说《安魂曲》虽然呈现出自传性,但更多的还是时代的悼亡诗。母亲成为诗歌的领唱者和吟诵者,而诗歌则是作为母亲的阿赫玛托娃延续生命的唯一证明。

阿赫玛托娃的《安魂曲》充满了音乐般的悲怆,它适合低吟,更适合高声歌唱:

> 静静的顿河静静地流,/昏黄的月光照进屋子。/在黄色的月光下,/坐着一个孤独的女人,/她疾病缠身。/丈夫在坟墓里,/儿子在监牢,/求你为我祈祷吧。
>
> 我大声呼喊你十七个月,我的儿子,/呼喊你回家,/我匍匐在地,/我的儿子,/我的惊梦。

在东正教传统影响下的俄罗斯,"安魂曲"很容易让读者联想到莫扎特的乐曲《安魂曲》和俄罗斯诗歌的太阳普希金,因为从1920年代中期到1940年女诗人不能发表作品期间,她将大部分时间都用来潜心研究普希金。普希金的诗歌和命运也激励着《安魂曲》时期的阿赫玛托娃度过生命中最艰难的时刻。对于女诗人来说,普希金不仅仅是一个诗人,他的生命本身就是一组诗歌,是难以抗衡的游戏,拥有让人沉醉的神秘。他是俄罗斯文化的代表。阿赫玛托娃不止一次在诗中刻画过普希金的形象:

> 这里依然还放着他的帽子,/和少年翻乱了的稿子。

而普希金的诗歌和形象也不止一次出现在《安魂曲》中。要知道普希金自己也曾因别人的请求而为莫扎特写过"祈灵诗",即《莫扎特和萨里埃利》:

> 我昼夜无眠,/我的黑衣人啊,/你站在我的后面,/像是我的影子。

而这个"别人的请求"成为《安魂曲》的引子,正如众多研究者不止一次引用的那样,《安魂曲》远远不只是只为这些受难的母亲而作,它成为苏联1930年代作者生命和时代生命的一部分。当年普希金为莫扎特写"祈灵诗"实际上也是基督教的传统,它并非是东正教的习俗。所以说阿赫玛托娃的《安魂曲》既是这位母亲的请求也是普希金的请求,阿赫玛托娃的《安魂曲》共十二个部分,而莫扎特的《安魂曲》也有十二个乐章。阿赫玛托娃正是以这种方式和普希金对话,从中获得精神力量。

虽然安魂曲作为一种宗教祈灵文化并非东正教所特有,但是阿赫玛托娃在自己的《安魂曲》中却处处渗透着东正教忍耐、同情和救赎的特质。正如布罗茨基所言:《安魂曲》一诗中众多的声音所交织的深刻的同情,只能用作者的东正教信仰来加以解释;而那种深刻的理解,那种赋予这部作品以锐利的、几乎难以承受的抒情的宽容,则只能用她独特的心灵、自我和自我对时间的感受来加以解释。任何教义都无助于理解,更无助于宽容,也无法解救这位制度铁拳中的寡妇寡母,无法解救她的儿子,无法解救这缄默的、被排斥的四十个年头①。

无疑,《安魂曲》是俄罗斯20世纪文学史的一个特例。它是一部用诗歌语言抒写时代命运和个人遭遇的作品。在某种意义上来说它具有史诗的风格。而这部组

---

① 布罗茨基:《文明的孩子》,第115页。

诗创作和出版的历史本身就值得镌刻在俄罗斯20世纪文学史的丰碑上。

第三节　维克多莉娅·托卡列娃

一、生平与创作

在当代俄罗斯文坛,维克多莉娅·托卡列娃(Виктория Токарева,1937—　)无疑是一个特例,她的作品既拥有庞大的读者群,又不乏批评界的追踪评价。在俄罗斯的文学教科书中,托卡列娃有时被归到大众文学一列,她是俄罗斯读者最喜欢的当代作家之一,她的大部分小说都被改编成电影、连续剧或者舞台剧。同时托卡列娃也是批评家眼里能够完全阐释当代俄罗斯文学进程变迁的最重要的严肃作家之一,众多研究者不厌其烦地将其与契诃夫对比,将她放在19世纪以降俄罗斯批判现实主义传统的背景下观照,这在一定程度上说明了托卡列娃创作风格的复杂性。不过和契诃夫不同,托卡列娃喜欢将主人公放在一个不能确定的环境下生存,主人公命运的不确定性既来自作者也来自读者,所以可读性成为其作品的重要特征之一;同时托卡列娃小说的语言简洁、凝练,心理描写细致而不拖沓,又深受西方小说的影响。对于自己的读者群托卡列娃的理解是:"我的读者群基本是女性,她们多是知识分子,她们的命运却并非具有典型的女性特征。"①

托卡列娃出生于列宁格勒(今天的圣彼得堡),她从小喜欢阅读契诃夫的作品,并且在后来的创作中不止一次宣布契诃夫是自己真正的"文学导师",在文集《什么都可能发生》(Мало ли что бывает)的前言中作家写道:契诃夫曾经说过,人类再过100年会生活得更好,而契诃夫死于1904年,现在已经100年过去了,但是俄罗斯人未必生活得更好;我是一个乐观主义者,所以我也说,人类再过100年会生活得更好,我们拭目以待②。

托卡列娃起初希望学习医学,后来却考入列宁格勒里姆斯基—科尔萨科夫音乐学院学习钢琴,毕业后被分配到莫斯科的一所小学教音乐。由于对自己的现状不满,托卡列娃又想当演员,1963年她考入莫斯科格拉西莫夫电影学院,不过不是学习表演,却进了编剧专业,成了一名专业编剧,为她进一步成为专业作家奠定了基础。或许是因为扎实的艺术功底,托卡列娃的语言始终洋溢着音乐般的节律感,同时又有着舞台剧的真实感;同时她对于隐喻的特殊青睐又总是引导着其研究者

---

① *Акаткин*:История русской литературы XX века,ВГУ,1999г,стр.790.
② *Токарева*:Мало ли что бывает… издательство АСТ,Москва,2002г. Стр.4.

不止一次走进托卡列娃的迷宫。

1964年托卡列娃的处女作《没有谎言的一天》(День без вранья)在文学杂志《青年近卫军》发表。小说描写了一个中学法语教师尝试着在生活中不说任何谎言——"按照真话生活",结果却在生活中因为说真话而遭到一系列打击。托卡列娃从一开始从事创作就奠定了思辨的特征,这一点使她有别于其同时代人的创作。适逢苏联处于赫鲁晓夫的解冻时代,这篇小说一经发表就受到批评界关注,作者自此踏入了文坛。

创作之初至1970年代托卡列娃的作品类似于"科幻现实主义",即作者总是将一种想象的图景植入现实世界,这种写作方式为作者涉猎更多的话题提供了土壤。托卡列娃的第一部文集《关于那些没有的事情》(О том, чего не было),基本是"科幻现实主义"的产物。1980年代后作家渐渐远离了这种写作方式,开始创作中篇小说系列,如《没什么特别》(Ничего особенного,1987)、《说还是不说》(Сказать не сказать,1991)、《代替我》(Вместо меня,1995)等。

20世纪80年代,托卡列娃为越来越多的读者所熟知。她塑造的主人公多是女性知识分子,事业有成,个性深沉,敢于追求自己的爱情却往往无法成功。这呼应了1980年代苏联知识女性的命运。1986年俄罗斯文学杂志《新世界》第2期发表了作家的中篇小说《漫长的一天》(Длинный день),立即引发了批评界的关注。"托卡列娃式"的家庭模式逐步形成,小说主人公是一个35岁的女记者维罗妮卡,她20岁结婚,32岁生下女儿,十几年的家庭生活使她逐渐认清楚一个问题:婚姻生活无法帮助她找到自我,因为"生孩子"在主人公看来无非是一种生理现象,而像一个具有独立人格的人那样去生活才是真正的人生。这需要更大的勇气。上帝赐予她美丽的容貌、温柔的个性和卓越的事业,但是像大部分俄罗斯妇女一样,所有的家庭重担都压在了维罗妮卡的身上,她丈夫是典型的被"电视、椅子、沙发"共同控制的普通男子,尽管他也喜欢阅读狄更斯等经典作家的作品。维罗妮卡因工作无暇顾及三岁的女儿,由一个不怎么识字的保姆照顾的女儿不幸染上了重病,此时,维罗妮卡和丈夫阿列克谢开始反思自己的婚姻。托卡列娃通过小说阐发了她对现代家庭生活的理解,即维系家庭和婚姻不是简单地靠爱情或者孩子,而是一种社会需求,正是由于社会对于每个人的需求才能够维系日常的家庭生活。社会需求对于家庭的影响成为托卡列娃1980—1990年代的小说主题。作家关心的是现代女性如何生存,她们凭借什么立足社会,她们的生活目的是什么?按照托卡列娃的观点,现代理想的家庭生活正如"水"的分子式,本身是两个不相关的分子,但合成在一起就成了一个新鲜的、美好的、富有生命力的新生物。

托卡列娃是一位多产又具广泛影响力的作家。她的许多作品被改编成电影或电视剧,2008年根据她的小说《自己的真理》(Своя правда)改编的电影在俄罗斯获得了巨大的成功。同时她自己也创作大量的剧本,自1968年她推出第一个剧本《文学课》(Урок литературы)起,至今已经有20多部剧本面世。其中写于1976年的《100克勇气》(Сто грамм для храбрости)、1983年的《护身符》(Талисман)

等,直到现在仍然是前苏联电影中的著名作品。

从托卡列娃作品的名称和情节即可判断其目标读者是大众,多取材于普通人的生活。但是这并不意味着作者热衷于追逐大众品味。实际上,托卡列娃注重小说美学层面的探索,作品语言精致、笔法幽默、逻辑严谨,善于动态地讲述故事,她的小说常常在紧张的情节之后戛然而止,轻描淡写的几个词汇却让读者玩味不已。

托卡列娃认为生活本身就为作家提供了大量素材,所以小说人物仿佛都是"浮在生活表面",但他们的命运却可以让我们感受到生活的真谛。作者善于捕捉生活中的纷争——争执、冲突、酗酒、暴力,对于这一切进行思索,予以嘲讽。她称自己的作品是"痛苦和理想"的结合。在小说情节的推进中,托卡列娃善于运用大量的对话展开叙述,她善于捕捉女性心理,喜欢把突然迸发的感情和持久的日常生活、对过去的追忆和对未来的想象放在一个特定的突发情节中描写。

当代俄罗斯文学批评界对于托卡列娃的作品褒贬不一,但相对于彼特鲁舍夫斯卡娅和乌里茨卡娅,托卡列娃在国外享有更高的知名度。她的大部分作品被翻译成英语、德语、中文,在国外有较大影响。

二、《雪崩》

我国文学期刊《俄罗斯文艺》1997年第2期发表了傅星寰翻译的托卡列娃的代表作《雪崩》(Лавина),介绍了这位在俄罗斯享有很高声誉的女作家,并以《两性世界的冲撞》分析了这篇小说,认为这是一部深层次探讨两性关系,揭示传统与现代意识,男性中心主义与女权相互碰撞、相互融合的作品。

《雪崩》于1995年发表在俄罗斯著名文学杂志《新世界》(Новый мир)上,后收入托卡列娃2002年出版的中短篇小说集《什么都可能发生》(Мало ли что бывает)。

小说一如既往地关注当代社会男女的复杂关系、无休止的夫妻背叛以及由此引发的社会效应。小说讲述了资深钢琴家伊戈尔·米夏采夫(Игорь Месяцев)进入中年以后的家庭生活,并以此为切入点,探究了苏联解体后知识分子的精神世界,讲述了年轻人在社会转型时期的无所适从,当然最重要的则是凸显了女性在当代俄罗斯社会中的角色转换,并向人们揭示了当下俄罗斯正在经历着的一场犹如雪崩一般的精神危机。托卡列娃牵着读者的手,引领着他们进入当代俄罗斯人的内心迷宫之中,将自己的意图隐蔽起来,要读者自己做出判断。像托卡列娃的一贯风格,小说自始至终弥漫着契诃夫式的淡淡忧伤。

小说主人公伊戈尔是知识分子的人物类型。他是那个时期人们心目中的好男人形象,是一个出色的钢琴家,在苏联时期经常到乡镇、部队演出,苏联解体后经常到世界巡回演出,虽然观众不同,但是他对艺术的感受便是"为心灵演奏",所以他没有时代变迁中的大多数知识分子的那种绝望。他喜欢现在的生活,也喜欢体面一点的生活,每次出国演出都会给妻子和孩子买来奢侈品,这些改变了他的生存境况,也改造了他的精神,正如小说中写道,"鸟儿在天空飞翔,在树间捉虫,鱼儿水中游到处觅食,而我在弹奏,则是那个站在火车站前等待别人往帽子里扔钱的那个人"。但他有着俄罗斯知识分子身上的怯懦和莫名的恐惧,比如每次坐飞机都会紧张,听到哪里飞机失事都会心惊肉跳。一位学习心理学的朋友告诉他,这恰好说明他是一个正常的人,因为只有正常人才有自我保护的本能,精神失常的人首先是失去了自我保护的本能,所以他们常常走向自我毁灭,害怕飞机失事说明他想活下去,伊戈尔当然想活下去、想工作,想给妻子买裘皮、给女儿和儿子买年轻人喜欢的所有东西。所以伊戈尔是家庭的太阳——散发光与热。伊戈尔每次巡回演出回来都带着几个大箱子,然后欣赏着家人看到礼物时的喜悦。

家庭关系和两性关系问题的探索是小说的中心题旨。伊戈尔和妻子在中学就认识,14 岁第一次接吻,18 岁结婚,然后生下女儿安娜。女儿乖巧伶俐,像教科书里说的那样成长,不让父母担心;但是儿子埃里克是他们的噩梦,无论在学校学习还是服兵役都无法满足埃里克自由的个性,他的母亲给他买来了医院证明,说他精神失常,所以他逃过了兵役,依然过着混乱的日子。对于伊戈尔来说,妻子是他的主人,女儿是他的节日,儿子则是一团燃烧的火,还好他们都认为伊戈尔是太阳,他们自己是行星,围绕着太阳旋转,生活平实而又充满乐趣。可是突然有一天,"太阳"伊戈尔不再发光发热了,他把光芒献给了在疗养院偶然认识的柳莉娅,后者 34 岁,是一个迷人的女人:当她穿着裘皮大衣,浓妆艳抹时,犹如贵妇;当她素面朝天时,又像是一个高年级的女学生;她的人生阅历并非一张白纸,她离过婚,有一个女儿;最重要的,按照小说中所说的:她什么都会! 能倾听别人的内心,懂得音乐。她明白伊戈尔弹奏柴可夫斯基《四季》时的心情,她甚至和他聊起陀思妥耶夫斯基和尼采。此时 50 岁的伊戈尔忽然发现自己爱上了柳莉娅。爱情像是人生多余的光芒突然让伊戈尔头晕目眩,他情愿在这束光中燃烧自己。像大多数婚姻之外的爱情一样,伊戈尔寻找一切可能的机会看望柳莉娅,出国演出的时候偷偷带上她,在法国共同相处的十天成了伊戈尔中年后偷来的快乐。当然,他和自己的妻子伊琳娜说了实情,他的家庭有如遭遇雪崩一样坍塌了,太阳陨落——妻子伊琳娜开始酗酒,儿子埃里克开始吸毒,女儿则和未婚夫跑到了塞浦路斯。起初,伊戈尔认为妻子伊琳娜和柳莉娅不过是生命中的两条平行线,妻子喜欢规则,而柳莉娅 34 岁之前的生活似乎都是混乱的,她 17 岁结婚,19 岁生下女儿,离过两次婚,所以柳莉娅理论上应该可以接受伊戈尔,和他相爱。伊戈尔就此也认为生活不会因为爱情而发生巨变,比如他还可以弹奏钢琴,依然爱自己的家庭,当然也爱柳莉娅。但儿子埃里克的意外死亡,使这场爱情戛然而止。伊戈尔把儿子的死怪罪在自己身上。他陷入悲痛之中,柳莉娅安慰他,并且帮忙安葬了埃里克——因为妻子伊琳娜在得知埃里克死亡之后已经意识混乱。托卡列娃遂了一部分读者的心愿——让柳莉亚离开了伊戈尔,她本来是被动生活的人:生活让她遇到伊戈尔,假如生活需要她离开,她就会离开。伊戈尔找到神父,后来又找到自己的老朋友,不停地重复着:假如让埃里克去服兵役他或许还会活着;假如埃里克那天去和他要钱他不发火,让他去参加朋友的聚会,他今天也会活着。可事实是埃里克死了,小说到此结束。

情节上这篇小说并无出人意料之处,作者似乎在暗示人生,即那些突然袭来的爱情也如突然袭来的雪崩一样,足以摧毁看起来牢固的生活。小说中的伊戈尔像传统的俄罗斯知识分子一样,遵守社会、生活、家庭的各种规则,他甚至从不撒谎,他"可以原谅除了撒谎之外的所有错误"。可是突然的爱情貌似神祇,如同君临,伊戈尔天真地沉浸其中燃烧自己,他开始在妻子和柳莉亚之间撒谎,而且发现实际上撒谎并非一件困难的事情。这在某种程度上恰好契合了19世纪以来俄罗斯文学中的"心灵实验"情节,即用某种行动实验来反证心灵的强大或者脆弱。

当这种突然的爱情带来令人意想不到的灾难时,伊戈尔走向了斯拉夫式的忏悔,藉此让心灵走向平静。托卡列娃显然希望把读者拉回到契诃夫时代,特别是在1990年代苏联解体后的10年,正如1890年代俄罗斯面临重大转型之际一样,托卡列娃希望可以像契诃夫一样思考:同样处于世纪更替、社会动荡时期心灵断裂的人们,他们的表现究竟有什么不同?

小说《雪崩》是现代题材,笔触却古典十足,并且不失俄罗斯式的自嘲和幽默,同时托卡列娃长于使用隐喻,这在小说的对话中表现更加明显。如当伊戈尔·米夏采夫告诉妻子伊琳娜自己爱上了别人时:

> 我们没什么好谈的,——她冷酷地说,你死了,我就和埃里克说你死了,说你被车撞死了。不,说你的车子从桥上掉到河里去了。不,说你搭乘的飞机在大洋上遇难了,最好如此!
>
> 米夏采夫语无伦次道:
>
> 难道我作为人不存在吗?难道我只是你生命的一部分?除此之外我什么都不是?
>
> 如果你不在我的生命里存在,那么意味着你压根就不该存在,哪里都不能。
>
> 难道你不爱我吗?
>
> 我们是一个整体,就像一个苹果,但是如果这个苹果的一半腐烂了,那么就该把它削掉,否则整个苹果都会烂掉!①

读者很容易从伊琳娜的表现中判断出这个中年钢琴家伊戈尔的生活,它仿佛开放、自然,实际上却是密不透风,容不得任何人来打乱它的秩序。所以小说中穿插着几个隐性的问题,即在苏联于1991年解体之后,所有人的生活秩序似乎随着国家局势的转变而深陷动荡之中。托卡列娃安排这个中年知识分子伊戈尔站在他者的角度来看待女性,看待新时期的年轻人和这个国家的历史:

> 米夏采夫对从前的总统怀着温暖的感觉,只是当听到他最近一次接受记者采访时,米夏采夫明白,戈尔巴乔夫时代已经彻底过去了,因为他,这位前总

---

① Токарева:Мало ли что бывает...издательство АСТ,Москва,2002г. Стр. 45. 小说引文部分由作者译自该书。

统,把完全可以四秒就说好的话重复了半个小时。①

当看到风靡俄罗斯的美国暴力电影时,米夏采夫想到:

难道俄罗斯真的需要这些,——米夏采夫想到,难道民主和暴力是一个木板的两头儿,难道个性自由就意味着什么都自由吗?②

在伊戈尔看来,美国电影充满了大团圆的结局,而俄罗斯人似乎更喜欢心灵虐待,他们"一定要杀死自己的英雄,然后为他哭泣,用泪水涤荡心灵"③。

当然对于伊戈尔来说,除了泪水、音乐可以洗涤心灵,还有中年突然造访的爱情,对于柳莉娅这位迷人的女性,伊戈尔常常将之与对于音乐和时间的思考放在一起:

米夏采夫坐到钢琴前,打开琴盖儿,开始演奏柴可夫斯基的《四季》。……人生的一半,好似昼夜轮回中的白日,清晨的色彩还在,却已经听到了傍晚的声音,虽然还年轻,可是时间如落叶簌簌地飞逝,在这个世界上有语言、有数字、有声音,但是数字是无情的,声音却可以信服。④

从前伊戈尔沉浸在音乐中是因为音乐是他的信仰,具有无上的尊严,但是当将之和对于柳莉娅的爱一起合奏,则使得自己的生命更加生动和鲜活,一个俄罗斯中年知识分子的形象跃然纸上。

伊戈尔的女儿安娜总是奔向世界的某个地方,比如塞浦路斯,儿子埃里克则认为老年人不该有钱,他们要钱有什么用呢?年轻人才应该是钱的主人。所以父亲伊戈尔的关心在他看来多余而又令人厌烦。

突然造访的爱情是伊戈尔重新思考生活的契机,由于这种思考并非单纯囿于个人,所以它在某种意义上成了1990年代转型时期俄罗斯都市生活的缩略图,人人都能在这里找到自身的投影。这也是托卡列娃小说区别于大众文学的主要特征之一。源于契诃夫时代的心灵思索飘荡在20世纪的俄罗斯上空,托卡列娃借着现代故事的外壳讲述一个经典的心灵拷问历程。

《雪崩》的小说风格很能代表托卡列娃对于当代俄罗斯文学创作的态度,作家常自称是一位富有喜剧特征的作家,将对于时代的讽喻,特别是对于俄罗斯知识分子身上所具有的犹疑和虚无表达得入木三分。从这个意义上说,托卡列娃的小说带有强烈的现实主义色彩,承载了自19世纪以降俄罗斯文学所表现出来的批判风格。1990年代以后虽然俄罗斯女性文学受到后现代思潮严重影响,但是托卡列娃始终没有染上这种倾向,她保留了自己自1960年代至今的创作风格,而且一如既往。

---

① *Токарева*: Мало ли что бывает... издательство ACT, Москва, 2002г. Стр. 45. 小说引文部分由作者译自该书,第18页。
② 同上。
③ 同上书,第19页。
④ 同上书,第24页。

第五章　波兰女性文学

第一节　概　　述

在漫长的中世纪,波兰政局动荡,封建割据严重,无法为文学的发展创造稳定的环境;再加上缺乏完整的语言体系,延缓了波兰文学的萌芽和发展。直到 12 世纪,随着基督教的传入,波兰出现了拉丁文文献。而波兰民族文学的发展则迟至 14、15 世纪。波兰女性文学的源头可以追溯到 16 世纪,这一时期被称为波兰文学史上的"黄金时代",也是波兰女性文学兴起的重要时期。这一方面归功于当时政局稳定、经济全面发展的社会环境,另一方面,在文艺复兴运动的影响下,波兰爆发了宗教改革和文艺复兴运动,这某种程度上解放了波兰女性的思想,她们的自我意识得到了增强,一部分女性通过文学创作表达自我、抒发内心情感。生活于 16 世纪的**索菲亚**(Zofia Oleśnicka,生卒年月不详)被认为是波兰历史上第一位女诗人。她的诗歌体裁广泛,包括抒情诗、田园诗、十四行诗等。1566 年她出版了一本赞美诗集,诗中宣扬清心寡欲、坚贞不屈的基督教美德。

16、17 世纪波兰的女作家们大多都与王室或教会有着密切的关系,她们在王室和教会中接受了有限的教育,其文学作品具有浓厚的宗教色彩和巴洛克风格。17 世纪,波兰女性文学的发展获得了来自文学内部的积极推动。女作家的创作形式得到了拓展,创作了大量的抒情诗、赞美诗、颂诗和田园诗。此时期主要的诗人有波兰王室成员**安娜·瓦萨**(Anna Wasa, 1586—1625),她信仰新教,丰富的生活经历为她的诗歌创作提供了源泉,她擅长写宫廷诗和颂诗。

18 世纪,波兰女性文学出现了新的转向,萌生了社会意识和女性意识,这与波兰当时的社会政治背景不无关系。随着斯坦尼斯瓦夫二世(Stanislaw II August Poniatowski)当政时期的整顿和改革,波兰的政治、经济、文化再度繁荣,社会的急剧变化引发了女作家对于社会的关注。与此同时,在启蒙运动和法国大革命的影响下,波兰女性追求自由、平等的意识开始觉醒。波兰女性文学表现出较为强烈的女性意识,在文体方面,诗歌已远不能满足女性作家描写现实生活和表达内心思想的需要,她们在延续诗歌创作的同时,开始转向小说、政论、杂文等体裁的创作,文学形式和风格走向多样化。这时期的重要作家有被称为"斯拉夫的萨福"的女诗人**埃勒比耶塔·德鲁兹巴克**(Elżbieta Drużbacka, 1698—1765),她也是为女性争取自由平等权利的先驱,在她看来,波兰作为一个自由的国度,也应将自由赋予波兰女性。

19 世纪,波兰先后经历了三次女权运动,为女性争取了政治、经济、法律、教育等方面的平等权利,使得波兰女性的生存状况得到了前所未有的改善,她们相继获得了选举权、财产支配权和对孩子的监护权等。女性开始关注自身的社会地位以及自我价值的实现。波兰早期的女权主义者们为使女性获得平等的"受教育权"奔走呐喊。波兰第一位女哲学家**埃利奥诺拉·齐梅卡**(Eleonora Zimięcka,1819—1874)认为:女性要获得平等权利,首先要获得平等的受教育权,因为教育有助于女性形成最基本的人性和女性气质。埃利奥诺拉的观点得到了其他女权主义者的响应。19世纪波兰女性知识水平和文化素质的提高,为波兰女性文学的发展奠定了基础。19世纪初到60年代被称为女性文学的浪漫主义阶段。一部分女作家受浪漫主义的影响,倾向于抒发个人内心情感,表达对大自然的热爱和赞美。此时期的代表人物是**玛丽亚·维特博尔斯卡**(Maria Witemberska,1768—1854),她是将军的女儿,从小受到优良的教育,对小说创作有着浓厚兴趣。1816至1830年,她先后发表了五部小说。她也是波兰第一位承认心理小说价值的作家,她借鉴心理分析的写作方法,联系当时的重大事件,借主人公之口抒发自己的观点、感受和体验。**旺达·玛莱卡**(Wanda Malecka,1800—1860),出身于书香门第,父母都创作小说,她从小受到良好的文学熏陶,长大后嫁给了文学素养较高的丈夫。1820年至1830年期间,她为亲自创办的《万达女性文学周刊》写了若干篇文章,赢得了广泛的社会声誉。她的文章和小说表现了19世纪初期的女性主义思想和女性意识。小说家**纳西亚·齐姆卓斯卡**(Narcyza Żmychowska,1819—1876)则积极投身于争取女权的实际活动,参与政治团体,创办女子学校,一度流亡国外。作为一名女权主义小说家,她为波兰女性文学的发展做出了重大贡献。19世纪60年代到80年代的波兰女性文学表现出明显的现实主义倾向。一部分女作家在现实主义思潮的感召下,直面人生,以其独特的审美意识和敏锐触角关注社会现实,创作了大量的小说。最具代表性的是小说家**艾丽查·奥热什科娃**(Eliza Orzeszkowa,1841—1910),她出身于立陶宛格罗德诺一个地主家庭,从小受到资产阶级民主思想的熏陶和影响,16岁从寄宿学校毕业之后,嫁给了一个波兰贵族。由于常陪伴丈夫到领地去视察,她有机会亲眼目睹波兰农民的艰苦生活和悲惨遭遇,这为她日后的创作积累了素材。1863年一月起义爆发,奥热什科娃的命运也出现了重大转折。起义失败后,她丈夫被迫流亡西伯利亚,她自己则被遣回父亲的领地。这些经历促使她更加深刻地认识社会现实,并创作了大量的现实主义小说。奥热什科娃早期的短篇小说表现劳动人民的苦难生活,赞扬他们善良、勤劳的美好品质,讽刺封建地主的自私冷酷。在中长篇小说中,奥热什科娃塑造了工程师、学者、教师、医生、律师等中产阶级形象以及企业主、商人和贵族资产阶级慈善家等资产者形象。受女权主义思想的影响,奥热什科娃创作了以妇女生活为题材的小说,揭示了她们在资本主义社会中的悲惨命运,以更多地引起社会大众对她们的关注。奥热什科娃早期的创作一方面批判了资产阶级和贵族阶级对劳动人民的剥削和压迫,另一方面对资本主义制度和资产阶级又抱有幻想。就艺术形式和思想内涵而言良莠不齐,"有些作品缺乏结构上的完整性,说教成分较多,人物形象也较单薄;也有些作品对资本主义现实持批判的态度,艺术上比较成功"①。1876到1889年是奥热什科娃创作的高峰期,此时期以犹太人的生活为题材的小说,反映了上层社会与犹太人的矛盾以及上层阶级对犹太人的压迫,另一类描写了劳资矛盾的小说则反映了资本主义制度的不合理和对社会主义运动的肯定,颂扬革命者建设正义社会的理想,但希望采用和平的手段而非暴力革命实现社会理想。还有部分全面描写农村生活的小说,反映了农奴制统治下农村的愚昧、落后以及农民的悲惨处境。19世纪80年代到90年代,一部分女作家主张"为艺术而艺术",创作了大量的诗歌、戏剧和小说。最具代表性的是女诗人玛莉亚·科诺普尼茨卡(Maria Konopnicka,1842—1910)。她出身于苏瓦城一个爱国知识分子家庭,从小受到民主思想的熏陶。在读书期间,她与奥热什科娃结为好友,两人时常探讨文学创作。随后,她嫁给了一位富有的地主。由于她和丈夫在思想观念上存在着严重的分歧,再加上对地主家庭生活的厌恶,结婚15年后她离开丈夫,带着孩子到华沙生活。从19世纪70年代至20世纪初,科诺普尼茨卡创作了大量的诗歌,表现贫苦农民在资本主义社会中的悲惨命运,以及被压迫者对美好的正义社会的向往,借此激励农民为争取自由和解放而斗争。她的诗歌体现了激进的民主思想,招致当局不满,她被迫流亡国外。从19世纪80年代起,科诺普尼茨卡创作了部分反映社会现实和下层人民悲惨命运的短篇小说。除小说、诗歌外,科诺普尼茨卡留下了大量政论、短评和书信。她对于社会现实的关注、高度的社会责任感极大地影响了后代作家。

女剧作家、小说家和戏剧批评家加布丽娜·扎波尔斯卡(Gabriela Zapolska,1857—1921)也是这一时期的杰出代表。她出身于乌克兰的波兰绅士家庭,父亲是一名执法官。她从小受到良好教育,具有深厚的文学修养。她一生创作颇丰,共创作了20多部长篇小说、40余部戏剧、1个电影脚本、上百部短篇小说,此外还有大量的新闻评论和一千多封书信。而真正为她赢得声誉的则是戏剧,其中最具代表性的是《杜尔斯卡太太的道德》(Moralność pani Dulskiej,1907),这是一部"小资产阶级分子的悲惨闹剧",被誉为波兰早期现实主义戏剧的"里程碑"。她的一些取材于波兰城市上层社会生活的剧作,如《玛丽切夫斯卡小姐》(Panna Maliczewska,1910)等,"揭露资产阶级和小市民的庸俗、虚伪、吝啬和贪婪的习性,塑造了一大批成功的典型,有些作品由于在思想艺术上取得的成就,被认为是波兰20世纪现实主义的经典剧作"②。

20世纪,是波兰女性文学的黄金时期。一方面,女性在教育、就业等方面获得更多的平等权利,为女性作家从事写作创造了有利条件。另一方面,20世纪中波兰共爆发了四次女权运动,波兰的女权主义者由自发反抗转向自觉抗争,不仅强调争取女权,更注重探究男女两性不平等的社会、历史、心理根源。正是在女权主义思想的影响和推动下,掀起了一股女性文学浪潮,波兰女性文学进入了前所未有的

---

① 易丽君:《波兰文学》,外语教学与研究出版社,1999年,第103页。
② 张振辉:《20世纪波兰文学史》,青岛出版社,1999年,第148页。

发展时期。女作家迫切要求借助新的文学形式，以独特的视角，书写妇女从觉醒、抗争到解放的过程，表达妇女渴望自由和独立的心声，创作了大量的心理小说。女作家的视野也更加开阔，女性为寻求独立自我的抗争、家族历史的演变、个人命运与国家命运的关系以及个人的归属等等，成为女作家创作的重要主题。

两次大战期间，由于波兰社会矛盾和阶级矛盾的尖锐复杂，文坛呈现出纷繁复杂的局面，不同流派和团体不断出现，不同流派的碰撞和竞争，推动了文学的繁荣与发展，女性作家在其中也起到了重要的作用。如：诗歌方面，这一时期最有成就的女诗人**玛丽亚·帕芙利科夫斯卡-雅斯诺热弗斯卡**（Maria Pavlikowska-Jasnorzewska，1891—1945），她出生于克拉科夫，父亲是波兰著名的画家。在结识了"斯卡曼德尔"诗派的部分诗人之后，她开始写诗。她早期的诗歌主要表现对大自然的热爱。到了30年代初，她的诗风发生了转向："大部分作品侧重于对人生意义的探讨，流露出怀疑、痛苦和死亡的情调，迥异于她的前期作品。"[①]这个阶段，涌现了一批优秀的现实主义作家，其中最为著名的是**玛丽亚·东布罗夫斯卡**（Maria Dabrowska，1889—1965）。她出生于一个穷困潦倒的绅士家庭，中学毕业后留学瑞士和比利时，读书期间，对文学和政治产生了浓厚兴趣，并致力于帮助处境艰难的人。她曾在波兰农业部工作，这为她日后描写农村生活积累了素材。20世纪20年代，她开始文学创作。她早期发表的短篇小说集如《祖国的孩子们》（Dzieci ojczyzny，1918）、《樱桃枝》（Gałąź czeremchy，1922）等，表达了对美好童年的回忆和留恋。中期的文学创作倾向于描写社会现实，展现困苦生活以及农村的落后面貌。其代表作《黑夜与白昼》（Noce i dnie，1932—1934）堪称一部"家庭史诗"，小说叙述了破落贵族包古米尔和芭尔芭拉一家三代的生活经历及其社会关系的变化，再现了一月起义后至一战期间的社会生活和风貌，具有深刻的现实意义。同时，作者在作品中特别强调了社会动荡对于人们（尤其是女性）的思想意识所带来的重大影响。

佐菲亚·纳乌科夫斯卡（Zofia Nowakowska，1884—1954）也是20世纪著名的女作家和女权主义者。她出身于一个进步知识分子家庭。作为20世纪初波兰女权主义运动的积极分子，她在首篇小说《妇女们》（Kobiety，1906）和另一篇小说《水仙花》（Narcyz，1908）中探讨女性的特质，认为女人被动性的产生在于她们受到男人主动性的制约。她的部分长短篇小说和报告文学描写了帝国主义的种种罪行，揭露在帝国主义侵略和压迫下人民的悲惨处境。而她娴熟的女性心理分析手法则在其长篇小说《泰雷莎·亨涅尔特的浪漫史》（Teresy Hengnieerte romans，1923）和代表作《界线》（Granica，1935）中得到了淋漓尽致的体现。《泰雷莎·亨涅尔特的浪漫史》叙述了女主人公泰雷莎的爱情悲剧。她同时深爱着两个情人，却又不愿放弃与不爱的丈夫的安逸生活。作者在这部小说中着力于描写泰雷莎的心理矛盾和挣扎，揭示出女性面临的两难处境：在男权统治的社会，女性固然内心充满着对美好爱情和自由的向往，却缺乏抗争的决心和勇气，最终还是摆脱不了依附于男性的从

[①] 张振辉：《20世纪波兰文学史》，第133页。

属地位。而她的代表作《界线》则通过两个女人对于一个男人的争夺,表现了女性的畸形心理,抨击导致女性悲惨命运的丑恶社会,以引发公众对女性尊严的关注。

在现实主义之外,一些女作家尝试新的写作技巧,取得了很大的成就。如著名的心理小说家**玛利亚·昆采维卓娃**(Maria Kuncewiczowa,1899—1989),以擅长描写女性的心理特征而闻名,是波兰现代心理小说的代表。她早年在法国南锡大学攻读法国语言文学,毕业后回国,在克拉科夫雅盖沃大学和华沙大学攻读波兰语言文学。她自1918年开始发表作品,一生创作了11部长篇小说、10部中短篇小说集和3部剧本。她的作品被译成英、法、德、俄等20种语言①。她的作品以挖掘女性心理为特征,借助象征主义和印象主义的手法,从多重视角表现女性的心灵世界。她于1936年发表了成名作《外国女人》(Cudzoziemka),塑造了一个女艺术家的形象,深刻地揭示了四处漂泊的女艺术家孤独、寂寞的内心世界。在作者看来,女性的凄凉处境和扭曲的心理状态,与祖国命运息息相关。1939年二战爆发后,玛利亚·昆采维卓娃离开华沙流亡法国和英国,一度在伦敦主持波兰笔会的工作。四五十年代,她创作了一系列以战争为题材的小说。如1943年创作的《钥匙》(Klucz),反映了二战中波兰等欧洲国家的社会现实,记录了她在西方的颠沛流离和对于国家的思念。二战后,昆采维卓娃继续"女性心理小说"的写作,在小说中深入剖析女性心理。

二战之后,波兰女性文学的发展面临新的局面。战后初期,波兰当局对文坛进行文化控制,将社会主义现实主义定为唯一的创作手法,将讴歌社会主义建设定为合法的创作内容。然而,部分女作家们还是敢于超越规范,表现出"叛逆"精神,将战争与被占领时期的体验作为自己的创作题材,在很大程度上推动了女性文学的健康发展。随着1956年文化控制的解除,女作家们的眼界更为宽广,她们"对不断发展的现实生活的认识不断加深,对题材、体裁的选择日益多元化,在表现手法上也出现了革新"②。这一时期女性文学的成就主要体现在诗歌领域,其中最具代表性和影响力的是两位女诗人,一位是1996年获得诺贝尔文学奖的**维斯瓦娃·希姆博尔斯卡**(Wisława Szymborska,1923—),另一位是**安娜·斯沃尔**(Anna Swir,1909—1984)。安娜·斯沃尔从20世纪30年代起开始发表诗歌,早期写过不少具有唯美主义色彩的诗,直到二战爆发,她的诗风急遽转变。二战期间,她当过女招待和起义军护士,并且为地下报刊撰稿。二战的经历极大地影响和丰富了她的诗歌创作。1974年她发表了《修筑街垒》(Budowa Barricade),在这部诗集中,她描写了在二战期间亲眼见证和亲身经历的痛苦,采用直白的笔法描摹了女性在不同阶段的身体和心理变化,感情真挚细腻。她的诗歌直白、大胆、朴实,主题内容丰富,有些作品带有明显的女权主义色彩。

波兰女性文学从产生到壮大已有四五百年的历史,它历经了文艺复兴、启蒙运

---

① 蒋承俊选编:《我曾在那个世界里》,河北教育出版社,1995年,第111页。
② 易丽君:《波兰文学》,第180页。

动、19世纪、20世纪等几个重要阶段,见证了波兰社会、经济、政治、历史的沧海桑田,是波兰文学不可或缺的重要组成部分,部分女性作家在世界范围内产生了深远的影响。

第二节　维斯瓦娃·希姆博尔斯卡

一、生平与创作

维斯瓦娃·希姆博尔斯卡被誉为"波兰的萨福"。希姆博尔斯卡是仅以200多首短诗获得诺贝尔文学奖的诗人,也是继显克维之、莱蒙特、米沃什之后获诺贝尔文学奖的第四位波兰作家。瑞典皇家文学院在授奖辞中对她的评价是:"通过精确的嘲讽将生物法则和历史活动展示在人类现实的片断中。她的作品对世界既全力投入,又保持适当距离,清楚地印证了她的基本理念:看似单纯的问题,其实最富有意义。她的诗意往往展现一种特色——形式上力求琢磨挑剔,视野上却变化多端,开阔无垠。"①

希姆博尔斯卡生于波兰西部的波茨南市附近的小镇波宁。她的父亲十分喜爱阅读文学作品,闲暇时喜欢写诗自娱自乐。在父亲的耳濡目染下,维斯瓦娃·希姆博尔斯卡五岁便开始写儿童诗。为了鼓励女儿创作,父亲经常会奖励她一些零钱买糖果。希姆博尔斯卡的母亲安娜极富牺牲精神,每天把大部分时间用在操持家务上,因而小诗人能在幸福安宁的生活环境中寻找文学的灵感。日后希姆博尔斯卡曾无限感激地回忆自己童年无忧无虑的生活:"我有非常聪明的父母,父亲很健谈,他回答我提出的所有问题,母亲操持我所有的生活问题。"②八岁那年,希姆博尔斯卡随父母迁往波兰南部工业大城市克拉科夫,从此她一直居住在这座具有浓郁文化氛围的城市。

幸福的童年很快过去,不幸接踵而至。1936年,诗人的父亲去世,生活陷入困境。1939年,德国人占领波兰,诗人深切感受到了当亡国奴的痛苦。中学毕业后,在朋友的帮助下,希姆博尔斯卡在铁路上谋到一份工作。繁重而单调的铁路职员工作,令希姆博尔斯卡常常陷入孤独和寂寞之中。工作之余,希姆博尔斯卡以写小说忘却生活的烦恼。她最初创作的小说只是自己情绪的倾诉,从未发表。1945年她发表了处女诗《我寻找词语》(*Szukam Slowa*),从此开始了创作生涯。

二战结束,波兰解放。上大学是诗人多年的梦想,1945年至1948年,希姆博尔斯卡在波兰亚哥隆大学攻读社会学和波兰语言文学。波兰这所最古老的大学有着追求自由思想的传统,知名的天文学家哥白尼、镭的发现者居里夫人均毕业于这所

---

① 希姆博尔斯卡:《呼唤雪人》,林洪亮译,漓江出版社,1999年,第380页。
② 转引自陈春生编著:《文学女性》,哈尔滨出版社,2005年,第176页。

大学。1952年,诗人加入了波兰作家协会,并于同年发表了第一部诗集《我们活着的理由》(Dlatego Zyjemy, Czytelnik, 1952)。1953年至1981年,希姆博尔斯卡一直担任克拉科夫《文学生活》周刊负责诗歌专栏的编辑,并为该刊《课外阅读》栏目撰稿。1954年,她又出版了诗集《询问自己》(Pytania Zadawane Sobie)。同年,她荣获克拉科夫市文学奖,初步奠定了她在波兰文学史上的地位。1956年,随着苏联文学的"解冻",波兰文坛也出现了巨大的变化。希姆博尔斯卡的世界观和创作方法发生了裂变,她的诗歌创作进入了一个新的阶段。50、60年代,她出版了诗集《呼喊叶提》(Wolanie doYeti, 1957)、《盐》(Sol, 1962)、《无穷的欢乐》(Stopociech, 1967)等。1963年,她因诗集《盐》获得了波兰文化艺术部文学二等奖。希姆博尔斯卡一生著作丰富,出版诗集17本,还发表了一系列书评。1967年到1972年间,作为克拉科夫周报《文学生活》的专栏作家,希姆博尔斯卡向读者推荐、评论了130多本书。书评范围涉猎广泛,有关于动物的科普读物,也有字典、百科全书以及历史、美术、音乐、哲学和心理学各领域的出版物等。她的评论短小精悍、见解不凡,充满智慧和幽默感。希姆博尔斯卡在青年时代还翻译了不少作品,译作主要有三卷本法国诗选和一本波德莱尔诗歌的法文、波兰文对照本。

希姆博尔斯卡一生中经历了两次婚恋。据说,亚当·沃德克是希姆博尔斯卡的初恋情人。他们之间的结合不仅给诗人以爱的滋养,同时也提供了丰富的精神食粮。遗憾的是,这场婚姻并没有维持很久。后来她认识了小有名气的小说家科内尔·费利泊维奇。这次婚恋带有玫瑰般的色彩,他们按照一种比较前卫的方式生活,各自有自己的房子,不在一起生活,有时好多天都不见面,她忙着写诗,他忙着写小说。但他们有着共同的爱好——旅游。他们几乎走遍了世界。这对伉俪情深,共同走过了23年的生活历程。1990年,诗人不幸失去了她的生活伴侣。费利泊维奇去世后,诗人开始了隐居生活。

希姆博尔斯卡的创作道路曲折而艰难。正如卡尔斯在论及希姆博尔斯卡时所指出的:"在她的时代,诗无疑具有政治含义,因为她无可避免地属于受到强烈的政治冲击的波兰作家的行列。她首先是一个社会主义现实主义者,但她在后来的二十年中转向共产主义的对立面。她最近的作品再度集中在政治问题上,但她是以一种犬儒主义的眼光来观察,以一种波兰作家在70年代末所共有的绝望情绪来观察。"① 她的诗歌创作,大致可以1956年为分界线分为两个阶段。

第一阶段(1945—1955),社会主义现实主义时期。希姆博尔斯卡是在一个特定的历史时期作为一名抒情诗人登上诗坛的,她的诗歌创作打上了时代的烙印。20世纪50年代初期,波兰的社会环境鼓励诗人从苏联社会主义现实主义诗歌中寻找样板。希姆博尔斯卡充满了对法西斯战争的憎恨和对战后新生活的憧憬。出于真诚的革命信仰,诗人为了适应当时官方的要求写了一些政治抒情诗,

---

① Leonard S. Klein ed., *Encyclopedia of World Literature in the 20th Century*, Volume 4, New York: Continuum, 1984, p.402.

这些诗收在《我们活着的理由》(1952)和《询问自己》(1954)两本诗集中。这两本诗集也是她早期的代表作。在第一部诗集《我们活着的理由》(1952)中,人民政权、人民军队、革命英烈是主要的吟唱对象,她号召人们在党的领导下,创造全新的生活:"不够,说我们的心脏在左边跳动,还应跟党一起畅想、一起行动,跟党一起去实现大胆的宏图。"①这一阶段她的诗富于政治色彩,"反对冷战、反对帝国主义、呼唤和平、歌颂党和国家、歌颂新的建设事业"②。朝鲜战争、越南战争、新宪法、党和工人阶级等都是此时期诗歌的主题。如在《老劳工妇女》中,诗人描写一个年老的妇女讲述她在资本主义制度下受苦受难的生活:她本来就在悲惨的条件下从事繁重的工作,可是由于怀孕,她被解雇了,她一度企图自杀,导致胎中的婴儿流产。在《来自韩国》中,诗人反对美帝国主义的侵韩战争,尽管她无法亲眼看见,却以目击者的视角,叙述了美国士兵残酷地挖掉韩国老百姓眼睛的故事。希姆博尔斯卡的社会主义现实主义诗歌主要是揭露资本主义和帝国主义的野蛮。她的诗歌在创作风格和形式上都与当时流行的标语口号式的政治诗歌不同,含蓄微妙,深受当时评论界的重视和读者的喜爱。希姆博尔斯卡的早期诗歌具有鲜明的政治化色彩,表现出高昂的政治热情和对现实的肯定态度。但正如德国翻译家卡尔·德德修斯所说:她的诗歌的政治,"是一般哲学意义上的政治,是柏拉图意义上的政治:充满了对国家、城市和共同事物的关注,对人的公民责任感和公民的人性高尚的关注"③。

第二阶段(1956—),1956 年以后,随着苏联文学逐渐"解冻",波兰文学迎来了文坛的初春,希姆博尔斯卡的创作也进入一个新的阶段。在 1957 年的诗集《呼唤雪人》中,诗人开始力求摆脱政治的窠臼,寻找自己独立的声音,抒写人与社会、人与历史的关系,饱含着诗人深刻的哲学思考。1962 年,诗人出版了诗集《盐》。这部诗集中重要的作品有以希腊神话为题材的《特洛伊的瞬间》、带有文论色彩的散文诗《词汇》、访问保加利亚归来而作的《旅游哀歌》、充满幻想色彩的《与石头对话》等诗作。1963 年,诗人获得了波兰艺术与文化部奖。1967 年,诗人出版了诗集《无穷的欢乐》,思想与艺术更为成熟。其中重要的作品有体现诗人诗学和美学观点的《写作的愉悦》、爱情诗《全家福》;以希腊神话为题材的戏剧性抒情诗《卡珊德拉独白》;表现诗人悲剧眼光的《归鸟》等优秀诗作。70 年代,诗人先后出版了诗集《可能性》(1972)、《诗选》(1973)、《塔修斯及其他诗作》(1976)和《大数目》(1977)。其中不乏以二战期间德国占领下的波兰为背景的诗作。80 年代,希姆博尔斯卡出版了《诗选Ⅱ》(1983)和《桥上的人们》(1986)。诗人试图以诗的语言阐释绘画语言,开掘新的意境。1992 年出版诗集《作者夜谭诗》,1993 年出版诗集《结束与开始》,1996 年编选诗集《沙粒风景》。

---

① 陈春生编著:《文学女性》,第 178 页。
② 兰守亭编著:《诺贝尔文学奖百年概观》,学林出版社,2006 年,第 305 页。
③ 林洪亮:《呼唤雪人》译本前言,第 13 页。

这一阶段,希姆博尔斯卡开始将创作投向世界从古至今的历史发展和宇宙天地间的自然万物,大大扩展了她的诗歌创作题材。希姆博尔斯卡的诗歌如同"一个包罗万象的宇宙世界的缩影"①,广袤无垠的宇宙,沙粒、流水、风雨、动物、科技、发明、爱情、婚姻、贫穷、富裕、欢乐、痛苦、战争、杀戮、暴力等等,都在她的诗歌中得到反映。人的生存环境、人与历史的关系、人在历史和自然环境中的位置、现代文明和20世纪的罪恶等等都是她后期诗歌创作的基本主题。

在希姆博尔斯卡的诗中,尘世的悲喜、善恶、美丑、真伪、正邪之间的明暗对照时常可见。如在《中世纪插图》(1976)中,诗人首先描绘了青翠欲滴的山冈上封建贵族老爷、夫人及其仆从骑马踏青的情景,他们穿着珠光宝气的披风,或文质彬彬,或趾高气扬。接着,诗人笔锋一转,将镜头对准了一个贫苦的农奴:

> 是谁这样垂头丧气和精疲力竭,/手肘上有裂洞,眼睛眯着缝,/茫然失神。/这并非无关紧要的问题:/在最为湛蓝的晴空下,/是做自由民还是当农奴。②

再如在《隐士时代》(1976)中,希姆博尔斯卡将一位以假隐士伪装的现代隐士与一位默默无闻的老妇人进行了对比。前者"归隐"在离公路只有十来分钟路程的白桦林间的园林茅舍里,他虽过着隐居生活,却常有旅游团前来参观拜访,导游得耐心向游客解释他"归隐"的个中原因,有时这位隐士还要在玫瑰花丛中装腔作势地与游客摄影留念。后者是一位沉默寡言的老妇人,除了收账单的人叩门以外,别无他人登门拜访。最后,诗人以老妇人的口吻说:"上帝值得赞美,因为他让我有生以来看到了一位真正的隐士。"这里的"真正的隐士"当然是一种修辞的反讽,对于虚伪人生的讽刺意味耐人寻味。

二、《桥上的人们》

《桥上的人们》(*Ludzie na moscie*, 1986)是希姆博尔斯卡后期诗歌的代表作,收有《波动》、《过剩》、《考古学》、《毫不夸张地谈论死亡》、《希特勒的第一张照片》、《酷刑》、《填写简历》、《葬礼》、《桥上的人们》等22首诗歌,表现了诗人对于宇宙、大自然与人类的关系、历史与人类、时间、永恒以及暴力与死亡等重大问题的哲学思考。如在《过剩》中,诗人通过一颗新星的出现所引发的思索,表现了宇宙的自在自足:"星的世纪、星的物质、星的座位",人们大可以拿它作一篇博士论文,人类甚至谈论:"人是应某颗星星而出生,也是应某颗星星而死亡,"但是——

> 星星并没有带来什么结果,/它对天气、时装和比赛成绩、/对政府改组、

---

① 张振辉:《诗人与世界·译者序:在无限的时空中》,见希姆波尔斯卡《诗人与世界》,中央编译出版社,2003年,第23页。
② 希姆博尔斯卡:《呼唤雪人》,第226页。

财政收入/和价值危机毫无影响。

它对宣传机关和重工业不起作用,/也不能反映出会议桌上的光彩,/更不能为时日可数的生命增年添寿。①

同样,在《一粒沙的景象》中,作者表达了同样的宇宙观念:大自然并不受人类知识、意志和欲望的影响而自足自在。

我们称它为一粒沙,/但它不叫自己为沙粒。/它无名地存在着,/既无笼统的名号,/也无专门的称呼,/既无短暂或永久的名称,/也无错误或正确的名称。

它毫不在乎我们的观看和触摸,/也不会感觉到自己的被看、被摸。/而它掉落在窗台上的事实,/那也只是我们的经历,/并非是它的经历。
……
它无色、无形,/无声、无响、无味、无痛,/存在于世界之中。
……
天空下的万物实无天穹,/那里太阳落山又没有落山,/在那片不知道的云层后面,/它隐没又没有隐没,/风在吹,除了吹之外,/别无其他情由。
……

在《考古学》中,诗人揭示了历史、记忆和真理的意义:

在难以数计的物质中/发掘出以往的记忆。/血迹永存/语言会被曝光。/文件的密码会破解,/怀疑和欲望会大白于天下。

《世界的没落》则是诗人对于20世纪的总结:

我们二十世纪本该/比以往世纪更加美好,/但已来不及证明。/……
大多不该发生的事,已经发生,/而应该发生的事,/却一直没有发生。

"在这些该发生的事情中,就有春天和幸福"。……不该发生的事,则包括"恐惧、谎言、饥饿、战争以及别的灾难"。"应该尊重无助的人,他们的无能为力、忠诚和其他品行"。在《时代的孩子》中,诗人总结了政治对于这个世纪的影响:

我们是时代的孩子,/政治的时代。
所有你的、我们的、你们的,/白天的、晚上的事情,/全都是政治的事情。
不管你喜欢还是讨厌,/你的基因具有政治的历史,/你的肤色具有政治的因素,/你的眼睛也具有政治的洞察力。
你的话能引起别人的共鸣,/你的沉默也都具有/某种政治的含义。

---

① 本节所引诗歌均出自林洪亮所编选并翻译的希姆博尔斯卡诗文选集《呼唤雪人》。

政治无处不在,决定了你的一切,"即使你在森林中漫步,那也是在政治的地盘上迈开你政治的脚步"。空中的月亮,也已不再是月亮的客体,而是一个政治问题,一切都变成了政治:石油、饲料和再生的原料。而当一切都变成政治问题时,"人们正在死亡,野兽在倒毙,房屋在燃烧,田园在荒芜,如同在远古的很少谈论政治的时代一样",我们这个时代也是一个野蛮的时代。

《桥上的人们》表达了作者的宇宙观和时间观:

> 奇怪的星球,奇怪的人们,/他们屈从于时间,但又不承认它,/他们有表达他们的反对的种种方式。

紧接着诗人借一幅画描绘了人、自然与时间三者之间的关系:

> 你看见了河水。/你看见了岸。/你看见一条小船吃力地逆流而上。/你看见水上有桥,桥上有人们。/人们显然在加快脚步,因为从大片的乌云中,/倾盆大雨刚开始落下。
>
> ……
>
> 很难在这儿不做一番评论:/这完全不是一幅天真的绘画。/在这儿,时间被阻止了,/时间的法则已被忽视,/它对事件发展的影响已被否决。/它受到了侮辱和唾弃。

在无限的宇宙自然和无限自足的时间长河中,生命是何等的有限,但人类却以不同的方式表达他们对无限时间的永恒法则对于人类限定的忽视。

希姆博尔斯卡后期的诗歌探求人类在宇宙和历史长河中的位置,人认识世界的有限性以及人与人的沟通等等重大问题。"在诗人看来,人是世界的主宰者,世界的命运有赖于人所做出的抉择,但人本身又不是自由的,不仅受着历史和生物规律的限制,而且还受到文化因素和社会环境的制约,难以穷极对真理的探求。面对广袤无垠而又丰富多彩的世界,人总是感到自己的渺小和无能为力,但是,面对几千年来的文明成果和科技进步,人又往往表现出过分的自大。诗人力求还原人在宇宙中的本来面目,阐明人与其他生物在宇宙法则面前都是平等的,而这一法则就是时间,时间能创造一切,也可以毁灭一切。"①

---

① 林洪亮:《呼唤雪人》译本前言,第10页。

第六章 美国女性文学

第一节 概 述

一、17—18世纪：女性文学的开端

美国自1776年立国以来仅有二百多年的历史，但学术界通常认为美国文学的发端应前推一个多世纪，从殖民地时期算起，以1607年约翰·史密斯船长带领第一批移民在北美大陆建立第一个英国殖民地詹姆斯敦为标志。殖民地时期的美国文学仍带有浓重的欧洲遗风，模仿痕迹较重，写作题材也多局限于探险、游记、历史和宗教之类，文体形式则更多具有实用性，比如日记、书信、布道词等。就在这个语境下诞生了美国第一位女诗人——**安妮·布雷兹特里特**（Anne Bradstreet，1612—1672），美国女性文学之先河大抵可以追溯于此。

布雷兹特里特生于英格兰，在良好的家庭氛围中饱读诗书，通晓多种语言，成长为一名博学多闻的知性女子。1630年，全家人随约翰·温斯罗普的舰队移民至北美萨勒姆镇。她在此结婚、生子、读书、写作，并经受了疾病和丧女的打击。1666年，她家的房子连同藏书付之一炬，全家人一度无家可归，但宗教信仰赋予她坚强的意志和心灵的安宁，她身后留下了大量未发表的散文和诗歌作品。她因1647年在伦敦发表的诗作《第十缪斯，近来跃然出现在美国》（*The Tenth Muse, Lately Sprung Up in America*）而得名"第十缪斯"，这部诗集被认为是出自美国新大陆的首部诗集。布雷兹特里特敢于挑战传统主流社会为女性规定的界限，大胆追求知识和思想解放，被看作美国早期女性主义先驱。然而，她的创作具有两面性。她表面上仍是一位父权庇护下的传统女性，其身份与父亲和丈夫的声名紧密相连。她的诗歌创作题材局限于家庭生活的"私人领域"，仅供家人和朋友欣赏，具有明显的私人化倾向，就连诗作的发表也是男性家庭成员的刻意安排，其意图是为了向世人展示清教体制下妻子和母亲的地位如何通过信仰和教育得以擢升。她为父母所作的墓志铭集中体现了清教文化中"性别领域划分"的主流意识形态和评判两性美德的双重标准：女性的恭顺谦卑和自我牺牲是清教徒眼中的上帝旨意。她的诗歌基于其学识储备和内心省察，多取材于家庭和宗教主题，鲜有对殖民地严酷的外部生活环境的观察，主要意象和隐喻大都源于女性角色的日常生活和宗教体验，表达了自然之爱和家庭生活之情趣，如《神圣与道德冥想》（*Meditations Divine and Moral*）、《家宅被烧之后》（*Upon the Burning of Our House*）、《写给挚爱的夫君》（*To My Dear and Loving Husband*）等。诗作也蕴含着对女性地位和清教信仰的矛盾情感。1650年版《第十缪斯》的《序曲》表达了她对男权社会压抑女性才智的不满，"我痛恨每一根吹毛求疵的舌头/它说我的手更适合把针来持；/人人都讥笑我错拿

了诗人之笔,/因为他们如此蔑视女性的才智;/假如我做起来得心应手,这也无济于事,/他们会说它是偷来的,否则就是撞大运。"布雷兹特里特从历史、文学和科学的书籍中汲取养分,不断完善自己的诗歌技艺,形成一种充满自信的文风,明显区别于爱德华·泰勒(Edward Taylor,1645—1729)、迈克尔·威格尔斯沃思(Michael Wigglesworth,1631—1705)等同时代的男性诗人,在逆境中开创了美国女性诗歌传统。

美国殖民时期的一个重要创作题材是**殖民探险文学**,主要是欧洲移民介绍新大陆及其新生活的描述文字,包括殖民者与印第安土著之间发生的纠葛。**玛丽·罗兰森**(Mary Rowlandson,1636—1711)的《玛丽·罗兰森夫人被俘与归家的叙述》(*Narrative of the Captivity and Restoration of Mrs. Mary Rowlandson*,1682),记录了她在新英格兰的印第安土著中间度过的十一周零五天,被认为是美国"**俘虏叙事文学**"(captivity narrative)的开山之作。作者与印第安人的近距离接触和文化交流、其宗教热情以及作品的自传文体,使其成为后世了解美国早期殖民经历和清教思想的重要文献。与此同时,不断有大批黑奴从非洲来到新大陆,**菲利斯·惠特利**(Phillis Wheatley,1753—1784)便是其中之一,她也是首位非裔美国女诗人。她在非洲老家遭绑架,被卖到波士顿,成为一个富有的裁缝的贴身女佣。在这里学会了英语和拉丁语,阅读了《圣经》和部分英国诗人的作品,13 岁开始写宗教诗,后受资助在英格兰出版了她唯一的诗集《各种宗教与道德题材的诗歌》(*Poems on Various Subjects, Religious and Moral*)。这些诗歌表现了通过耶稣基督获救的宗教主题。文学上的成功为惠特利赢得了自由身份。惠特利的诗集是非裔美国人出版的首部作品,因此被看作非裔美国文学的发端之作。

18 世纪,小说作为一个文类在英国兴起拉近了文学与平民生活之间的距离。以**苏珊娜·罗森**(Susanne Rowson,1762—1824)的畅销书《夏洛特·坦普尔》(*Charlotte Temple*,1791)为代表的早期美国女性小说,多在语言、风格和内容上模仿欧陆风格,从新兴中产阶级的价值观出发,带有很强的道德说教意味①。

总体上讲,17—18 世纪从英国殖民者来到新大陆到美国独立战争前后的一个多世纪,美国女性文学并未取得太多显著成就。对于女性写作而言,作为早期美国文学思想基石的清教主义是一柄双刃剑。一方面,清教思想体系强调个体的精神体验,鼓励个体独立与上帝交流思想,不断省察内心,以独善其身。由于这是不分性别的,女性的内心体验也被赋予了与男性同等的权威,因此从理论上为女性写作提供了有利条件。另一方面,清教文化是根植于男权社会体制的,它强化了男性在家庭与社会中的权威,分配给女性次于男性的从属地位,从而限制了女性在公共事务中扮演的角色。比如,女性被禁止在公开场合下宣讲自己对圣经的阐释,不允许在政府部门和宗教机构任职。如萨勒姆逐巫案(Salem Witchcraft Trials)所示,由于女性无权涉足教会和政界等"公共领域",像离经叛道的宗教领袖安妮·哈钦森

---

① 参见金莉:《美国女权运动·女性文学·女权批评》,《美国研究》2009 年第 1 期,第 62—79 页。

(Anne Hutchinson,1591—1643)那样才智出众的女性,往往会受到男权势力的排挤和迫害,女性传道者被认为传播异端邪说,面临着被逐出教会、逐出殖民地乃至失去性命的风险。在这种社会环境下,安妮·布雷兹特里特将她个人化的清教精神反思,置于由家庭环境和女性角色编织的语境中,菲利斯·惠特利将她自身的黑奴经历掩藏在浓重的宗教色彩背后,都不失为一种变通的生存策略。她们在女性写作中成功地运用并在一定程度上颠覆了以男性为主导的文学传统,为美国女性文学传统的建立做了很好的铺垫。

二、19世纪:浪漫主义时期的女性文学

18、19世纪的中产阶级女性被越来越多地局限于家庭领域,教育、参政、财产等正当权益得不到法律保护;主流社会极力渲染女性的柔弱纯洁、情感丰富、恭顺谦卑等特质以及肯定女性相夫教子、勤俭持家等角色,并把这些作为女性特有的"美德"来弘扬。这种男权意识形态首先在英国引发质疑和抨击,早期女权主义的声音在19世纪的美国得到了积极响应。美国女权主义运动的特别之处在于它从一开始就与黑奴解放事业密不可分,卢克丽霞·莫特(Lucretia Mott,1793—1880)、伊丽莎白·卡迪·斯坦顿(Elizabeth Cady Stanton,1815—1902)等反抗奴隶制的女斗士,于1848年在纽约州塞内加瀑布(Seneca Falls)召集第一次女权大会,掀起了美国妇女解放运动的第一次浪潮,要求两性平等,其中最重要的一个目标就是争取政治权利,特别是公民选举权。领袖人物还有露西·斯通(Lucy Stone,1818—1893)、苏珊·B·安东尼(Susan Brownell Anthony,1820—1906)等。

在女权主义浪潮中,19世纪中叶的美国女性写作领域呈现出一派勃勃生机。一个引人注目的现象是大批女性家庭/感伤小说占领市场:以苏姗·沃纳(Susan Warner,1819—1885)的《宽宽的世界》(*The Wide, Wide World*,1850)畅销为标志,凯瑟琳·塞奇威克(Catharine Sedgwick)、玛丽亚·麦金托什(Maria McIntosh)、E. D. E. N. 索思沃思(E. D. E. N. Southworth)、卡罗琳·李·亨茨(Caroline Lee Hentz)、安娜·沃纳(Anna Warner)、玛丽亚·卡明斯(Maria Cummins)、安·斯蒂芬斯(Ann Stephens)、玛丽·简·霍尔默斯(Mary Jane Holmes)、奥古丝塔·埃文斯(Augusta Evans)等人纷纷聚焦于家庭生活,在作品中反映了19世纪女性的成长与生存状态;贝姆将其情节程式化地归纳为"一个被剥夺了赖以生存(正当或不正当)的生活支柱的年轻女孩被迫独立谋求生存的困境"[1]。19世纪女性文学虽大多在文学成就上远不及男性,但在整体上自成风格,富勒、斯托夫人和狄金森分别代表了这个时期女性散文、小说和诗歌创作的最高成就。

在美国思想史和文学史上,**玛格丽特·富勒**(Margaret Fuller,1810—1850)的名字与爱默生、梭罗、霍桑、惠特曼、爱伦·坡等人密不可分。她生前不仅与美国超

---

[1] Nina Baym, *Woman's Fiction: A Guide to Novels by and about Women in America*, 1820-1870, Ithaca: Cornell University Press, 1978.

验主义代表人物过从甚密,而且在1840至1842年间受爱默生之邀担任超验主义杂志《日晷》(The Dial)的首任编辑,还被认为是霍桑的《红字》、《福谷传奇》等几部作品中女主人公的原型,也是惠特曼民主思想的灵感源泉。同时,她还是一名女权主义社会活动家,积极倡导维护妇女、犯人和黑奴权益的各项社会改革。富勒在世时被誉为新英格兰最博学的人,除了做过《日晷》的编辑工作以外,她还曾供职于《纽约论坛报》,不仅是该报社的首位女编辑,而且后来作为该报的首位女特派记者被派往欧洲工作。1850年,她与丈夫、孩子在返回美国的途中全部遇难身亡。作为女权主义的早期倡导者,富勒的女权主义思想融合了超验主义流派的精髓,即对人的心灵世界的关怀,特别是对个体自我发展潜力的神性擢升,但同时也质疑了爱默生等人重个人发展而轻社会改革的倾向。富勒把教育看作女性争取平等政治权利的首要条件,提倡女性根据自己的兴趣和能力自由选择职业,警告女性不要过多依赖丈夫,呼吁女性在婚姻中寻求自立。她大胆地驳斥当时盛行于世的"两性分野"的说法,指出两性之间没有严格的界限划分:"没有完全男性化的男人……也没有纯粹女性化的女人。"①同时,她把改革理念推广到其他领域,如女囚犯的人性化管理、美国印第安人和美国黑人遭受的不公正待遇等。富勒在文学创作上以散文见长。她根据自己在芝加哥、威斯康星州密尔沃基市、尼亚加拉瀑布、纽约州水牛城等地的旅游见闻以及旅途中与印第安人交往的经历,写就佳作《湖上的夏天》(Summer on the Lakes, 1844)。在《纽约论坛报》任职四年间,她撰写了大量的书评以及专栏文章,内容涉及文学艺术、社会政治的诸多话题,其中不乏为黑奴与女性呼吁正当权益的作品。最具代表性的是她在为《日晷》杂志创作的文章《大诉讼》(The Great Lawsuit, 1843)基础上扩展成书的《十九世纪的女性》(Woman in the Nineteenth Century, 1845),详尽探讨了女性在美国民主进程中扮演的角色,发表了她关于如何改善女性境遇的看法,被公认为美国第一部重要的女权主义著作,推动了美国女权运动的进程,在世界范围内的影响力持久而深远。

斯托夫人(Harriet Beecher Stowe, 1811—1896)的文学创作同样具有重大的政治意义。1852年,她以反映黑奴生活的《汤姆叔叔的小屋》(Uncle Tom's Cabin)闻名于世。作品出版后立即在美国引起了轩然大波,甚至成为引发南北战争的导火索,林肯总统称她为"发动了这场大战的小妇人"。斯托夫人出生在康涅狄格州一个有着废奴主义传统的基督教牧师家庭,在卡尔文宗价值体系的影响下受到良好教育,父母和姐姐分别对她的传统价值观形成起到了积极作用,不仅使她从小产生了一种强烈的社会使命感,还让她坚信传统角色下的女性也能通过基督教的仁爱典范来改良和救赎美国文化。斯托夫人先后生过八个孩子,1850年与在大学教授圣经文学的丈夫移居缅因州。为贴补家用,她曾为地方杂志和宗教期刊撰文,一生创作了诗歌、游记、传记、儿童文学和小说等大量各类作品。《汤姆叔叔的小屋》作

---

① Sandra M. Gilbert and Susan Gubar, eds., *The Norton Anthology of Literature by Women*, 2nd ed., New York: W. W. Norton, 1996.

为经久不衰的畅销书流传于世,但其他作品未受关注。《汤姆叔叔的小屋》受到 1850 年通过的《逃亡黑奴法》(Fugitive Slave Law)启发,在广泛阅读废奴主义文献、访谈多名逃亡黑奴和奴隶主的基础上完成,集中体现了她的废奴思想和社会正义感。她将废奴思想与女性身份联系起来,曾宣称,"我之所以这么写,是因为作为一名妇女,作为一名母亲,我曾经为了我所看到的苦难和不公正现象而感到压抑心碎,因为作为一名基督徒,我觉得这是对基督教精神的玷污,作为一名爱国者,我为了愤怒爆发的那一天的到来而颤栗",并发誓要为那些受压迫却无法言表的人们代言①。然而,公众对其作品的政治意义的过度关注掩盖了斯托夫人在小说艺术上的成就,如以地域为中心的观察视角、具有浓重地方色彩的社会生活细节描述、人物群像的精心刻画、运用新英格兰方言的叙事风格等,这些都是 30 年后确立的马克·吐温式美国写作风格的重要元素。她在《神圣历史中的女性》(Woman in Sacred History)一书中通过一系列人物小传展现神圣文化下的女性身份,致力于发展"现代基督教国家中的女性崇高理想",这对以朱厄特、弗里曼等为代表的新英格兰乡土主义流派产生了深刻影响。

19 世纪黑奴叙事的代表人物**琳达·布伦特**(Linda Brent,1818—1898),是一名有着 27 年黑奴经历并成功逃脱的混血女子。她的自传《一名女黑奴的生活纪实》(*Incidents in the Life of a Slave Girl*,1861)讲述了女黑奴受到的不公正待遇,比如来自奴隶主的性侵犯及其后果、女黑奴与其他白人男子的性关系、黑奴子女获取自由身份的艰难等问题。作品虽对具体人名、地名做了虚构处理,但涉及 1831 年的纳特·特纳起义、1850 年的《逃亡黑奴法》等真实历史事件。该作品有着强烈的宗教意味,反映了奴隶制对女性的贞洁和性道德所产生的不良影响,强调女黑奴面对性侵犯的无助感,旨在争取北方的中产阶级基督教白人妇女的同情,同时也对南方白人宗教的虚伪性进行了揭露和批判。

这个时期其他较重要的小说家还有伊丽莎白·德鲁·斯托达德(Elizabeth Drew Stoddard,1823—1901)、丽贝卡·哈丁·戴维斯(Rebecca Harding Davis,1831—1910)、路易莎·梅·奥尔科特(Louisa May Alcott,1832—1888)等。**斯托达德**的代表作《莫格森一家》(*The Morgesons*,1862)表现了海边小镇的女主人公与社会、宗教规范抗争,追求精神和经济独立并取得成功的过程,作者将 19 世纪盛行的(男性)青少年成长小说的叙事方式与女性浪漫小说的写作传统结合起来,大胆探索两性之间的关系,特别是女性的情感世界以及束缚女性个性发展的新英格兰社会与家庭风俗。作品独特的反讽视角和哥特式情节设置体现了作者对主流文化价值采取的反传统的颠覆性立场。**戴维斯**一生致力于社会变革,为黑人、女性、印第安人、移民、劳动阶层等边缘群体争取正当权益。她在作品中表达了她对阶级、种族、性别等身份为个体带来的挫折和苦难的抗议。**奥尔科特**以《小妇人》(*Little*

---

① 译自 1853 年 1 月 20 日斯托夫人写给登曼勋爵(Lord Denman)的书信,参见 http://en.wikiquote.org/wiki/Harriet_Beecher_Stowe,2010 年 3 月 15 日。

Women, 1869)及其续篇《小男人》(Little Men, 1871)和《乔的儿子们》(Jo's Boys, 1886)著称,这三部系列长篇小说统称为"马奇家族传奇"(March Family Saga)。其父曾是爱默生超验主义俱乐部成员,1843 至 1844 年间全家人在超验主义农场"果园公社"居住过,她本人早期受过梭罗、爱默生、霍桑、富勒等人的教诲,成长为一名积极的废奴主义者和女权主义者。代表作《小妇人》借鉴了班扬《天路历程》的叙事结构和道德范式,通过马奇家四个女孩的青春历程再现了内战时期的新英格兰家庭生活,反映了 19 世纪美国女性成长中遭遇的困境。奥尔科特也为 19 世纪女权主义事业做出了贡献:1879 年,她积极支持女性争取选举权运动,是第一位在马萨诸塞州康科德进行选民登记的女性公民;1881 年,她帮助哈里特·汉森·罗宾逊(Harriet Hanson Robinson)出版了《女性争取选举权运动中的马萨诸塞州》(Massachusetts in the Woman Suffrage Movement)。她宣称在推进政治变革的行动中获得的成就感甚于文学创作。总之,这三位女小说家的作品性别特色分明,极富女性意识和时代感,被当时的一位报纸专栏作家称为"这个时代的明确象征之一"。

19 世纪浪漫主义时期美国女作家中首屈一指的当推才女诗人**埃米莉·狄金森**(Emily Dickinson,1830—1886),跃动在狄金森诗行中的生命激情和思想火花与她生前那独具神秘色彩的封闭生活形成了鲜明对照。她从宗教、自然与生命、爱情与痛苦、灵与肉、时间、死亡与永生等层面体味人生,刻意避免了当时盛行的华而不实的浪漫诗风,以大胆直白的诗性语言、简单明快的诗歌意象表现了她对人类境遇的敏锐洞察力。在文学史上,狄金森敢于挑战权威,颠覆成规,将诗歌从传统的语言结构和心理预期的牢笼中解放出来,因而与同时代的男诗人惠特曼一同被看作独立"美国诗风"的创始人、现代诗歌的先驱者。

三、世纪之交:现实主义时期的女性文学

内战以后,随着南方奴隶制的衰落和北方工业化进程的加速,美国文学进入现实主义时期。首当其冲的就是以哈姆林·加兰(Hamlin Garland,1860—1940)、布雷特·哈特(Bret Harte,1836—1902)为首的**乡土主义流派**(Local Colorism)。该流派自 19 世纪 60 年代末开始兴起,80、90 年代达到鼎盛。作品大多聚焦于某个区域的社会群体生活,细致地描述特定时代、特定背景下人物的生存状态,如实再现彼时彼地的自然景观、风土人情、方言土语等地域特征。由于当时美国的地区之间差异尚存,不同地区的作家各自体现了鲜明的地域特色,根据地理分布大致可分为新英格兰、南方、中西部等区域。新英格兰的萨拉·奥恩·朱厄特(Sarah Orne Jewett,1849—1909)与玛丽·威尔金斯·弗里曼(Mary Wilkins Freeman,1852—1930)、南方的凯特·肖班(Kate Chopin,1851—1904)等众多女作家是这个流派的代表人物。

其中当以**朱厄特**最具代表性,她的创作根植于新英格兰土壤,作品多以缅因州与新罕布什尔州交界处的海港城市南伯威克为背景。这也是朱厄特家世代居住的地方。朱厄特 19 岁时在《大西洋月刊》上发表了小说处女作,随后 35 年间一直笔耕不辍,创作中长篇小说和短篇故事集 15 部,代表作包括长篇小说《乡村医生》(The Country Doctor,1884)、《尖枞树之乡》(The Country of the Pointed Firs,1896)及短篇小说集《白苍鹭》(A White Heron,1886)、《深港》(Deephaven,1877)等。《乡村医生》反映了一名年轻女孩在婚姻和事业之间做出"非此即彼"的艰难抉择的困境及自我意识的觉醒过程,被看作一部打破父权制意识形态束缚、鼓励女性摆脱传统角色禁锢、宣扬女权主义思想的早期代表作。《尖枞树之乡》体现了朱厄特的最高文学成就,讲述了一位女作家来到缅因州海滨小镇度过夏季的经历。叙述者原本是来寻清净的,以便于专心写作,却与通晓草药医术的房东托德太太建立起友谊,不由自主地全身心投入小镇生活之中,并参与了当地女性群体的日常生活。作品弥漫着一种对逝去的小渔村生活方式的浪漫怀旧情愫,着力渲染了女性价值观对抗男权社会资本主义工业化进程中急功近利、物质至上的个人主义价值观的积极意义。短篇小说《白苍鹭》通过乡下小女孩如何抵制城里来的青年鸟类学家带来的金钱与异性魅力的诱惑,最终没有出卖对方急于捕获的白苍鹭的行踪的故事叙述,表现了关于女性价值观的主题,特别是女性与自然和谐相处的生态环保思想,堪称女性生态主义的发轫之作。总之,朱厄特采用情感细腻的诗性语言进行乡土气息浓郁、极富浪漫色彩的细节铺陈,其轻情节而重细节描写的主题表现手法,在很大程度上颠覆了传统的男性叙事模式,对美国女性写作传统的建立产生了一定影响。

凯特·肖班既是一位有地方特色的美国南方女作家,堪称 20 世纪女性主义文学的先驱人物。肖班一生几经起落,了解各个社会阶层的生活,尤其受到路易斯安那州克里奥文化的深刻影响。其作品具有强烈的叛逆性,涉及异族通婚、离婚、女性性意识等禁忌题材,对主流意识形态提出了质疑和挑战。代表作《觉醒》(The Awakening,1899)因"伤风败俗"而遭到猛烈抨击,被打入"冷宫"长达半个多世纪之久。20 世纪 60 年代前,肖班一直被看作 19 世纪乡土文学流派的一名次要作家。1969 年《作品全集》的出版标志着她进入了美国文学经典殿堂,自此她作为女性主义文学鼻祖的地位开始得到认可。《觉醒》表现了女性自我意识的觉醒以及 19 世纪女性的社会地位和家庭角色问题,尽管作者对女权主义者的称号不以为然,但她反对男权社会将女性视为附属品、打破男权社会道德束缚、支持女性解放天性的反主流立场是显而易见的。短篇小说《黛西莱的婴儿》(Desiree's Baby)将女性的社会身份困境与种族问题联系起来:白人孤女黛西莱嫁入豪门,婚姻幸福美满,不料生下一名黑人男婴;作为豪门养子却出身于黑奴家庭的丈夫为了掩饰自身的黑人血统,嫁祸于黛西莱,无情地将其赶出家门。这篇小说反映女性个体在男权社会中的悲惨境遇的同时,也体现了肖班对南方奴隶制与种族主义的关注。肖班以女性独特的视角审视女性特有的生活,超越虚构与非虚构之间的界限,对主流意识形态做出大胆的正面回应,尝试在男权社会的边界上构建一种女性自身独立的、全新的身份模式,发出一种出自肺腑的、极富个性的、真实有力的女性叙事声音。在这个意义上,美国女性带有自传色彩的个人化写作始于肖班。

夏洛特·珀金斯·吉尔曼（Charlotte Perkins Gilman,1860—1935）也是一名女性个人化写作的先驱。吉尔曼的父亲是一名图书管理员、杂志编辑，他在吉尔曼幼年时离家出走，置妻子儿女于贫寒不顾，随后一家人过着颠沛流离的生活,18年中竟然搬家19次。吉尔曼一度以设计商业卡片和做家教谋生。1884年她嫁给了一名艺术家，次年生下女儿，患了严重的产后抑郁症，被丈夫送到著名的心理医生米切尔处接受"休养疗法"（rest cure）。这种疗法绝对限制女病人的自由，严格禁止女性从事一切脑力活动。吉尔曼根据自身的"休养疗法"经历创作了短篇小说《黄色糊墙纸》（The Yellow Wallpaper,1892），塑造了一个在软禁中幻想摆脱束缚并最终在疯狂中达到自由境界的女性形象，表达了19世纪女性的生存困境与自由理想。作为一名活跃的女权主义社会活动家，吉尔曼于1898发表的《女性与经济学》（Women and Economics）一书号召女性不做婚姻的附属品，争取经济独立，被称作"世界妇女运动的圣经"。吉尔曼在一系列作品中宣扬女性特质对于男权社会价值体系的有益补充作用，她的女性主义乌托邦小说《她乡》（Herland,1915）彰显了女性文化中优越的生态伦理观，批判男权价值观念。代表作《黄色糊墙纸》和《她乡》成为女性主义文学的经典作品。吉尔曼尖锐地触及了女性文化中的一些主要议题，如女性受压迫的根源、在亲密的人际关系中如何保持独立人格、工作在自我定义中扮演的中心角色、创造一个有益于教养后代的人性环境的新策略等。

四、20世纪(上)：现代主义时期的女性文学

20世纪的美国文学不仅将现实主义推向极致，而且迎来了现代主义文学的繁荣。科技进步、工业革命、信仰危机、世界大战等因素对旧社会体制和传统价值体系提出了严峻挑战，造就了一个日新月异、充满幻灭感的"焦虑时代"。在性别领域，令男性群体感到焦虑的是女性社会地位的提高带来的威胁，这种焦虑在男性作家的文学作品里往往表现为对传统女性美德的渲染以及"新女性"形象的丑化上，比如世纪之交的"荡妇"（femme fatale）和20年代的"轻佻女郎"（flapper）等惊世骇俗的叛逆女性形象。毋庸质疑，由于女权运动取得的成果和女性在大战期间的后方扮演的主导角色，20世纪的美国女性在社会生活的各个领域都取得了长足的进步，不仅最终赢得了选举权，而且在性爱、婚姻、生育、养育子女等方面拥有了自由选择权；中上层女性普遍获得了受教育的权利，可选择从事的职业范围在原有的基础上有所扩展，劳动阶层的妇女也开始受益于工会制度和社会福利的保障。

在这个社会背景下，女性历史得以改写，女性写作开始关注女性群体特有的文化和文学传统，美国女性文学迎来了繁荣期。在小说创作领域，主要代表人物包括现实主义小说家伊迪斯·华顿（Edith Wharton,1862—1937）、中西部乡土主义作家薇拉·凯瑟（Willa Cather,1873—1947）、现代主义实验派小说家格特鲁德·斯泰因（Gertrude Stein,1874—1946）、南方小说家凯瑟琳·安·波特（Katherine Anne Porter,1890—1980）、黑人女作家左拉·尼尔·赫斯顿（Zora Neale Hurston,1901？—1960）等人。在诗歌创作方面出现了艾米·洛厄尔（Amy Lowell,1874—

1925)、H·D·杜利特尔(Hilda Doolittle,1886—1961)、玛丽安·摩尔(Marianne Moore,1887—1972)、埃德娜·圣文森特·米莱(Edna St. Vincent Millay,1892—1950)、多罗茜·帕克(Dorothy Parker,1893—1967)等现代派女诗人。这些女作家的共同特点是对文学形式的关注和强烈的创新意识,大都借助于实验派的语言策略与写作技巧来达到颠覆男权文学传统诗学、再现女性特有的情感经历和生活体验之终极目的,在不同程度上对女性文学独特的美学传统进行了有益的探索和大胆的尝试。

伊迪斯·华顿在世纪之交的美国文学史上,是与亨利·詹姆斯(Henry James, 1843—1916)、豪威尔斯(William Dean Howells,1837—1920)等现实主义大作家享有同等地位的一位女作家,素有"女亨利·詹姆斯"之称。华顿出生于纽约的一个富贵之家,经历了门当户对但貌合神离的婚姻给她带来的精神磨难和创作危机,她所熟悉的美国上流社会特权阶层的生活方式为她的"社会风俗小说"提供了丰富的创作素材。华顿的生活方式与作品可谓美国20世纪初期最后的贵族的生存状态之真实写照。长篇小说如《欢乐之家》(The House of Mirth,1905)、《纯真年代》(The Age of Innocence,1920)等着力刻画了从上流社会到劳动阶层的一批拒绝随波逐流、具有叛逆性格的个性鲜明的新女性形象,通过戏剧性反讽的表现手法剖析了男权社会中的女性境遇。

薇拉·凯瑟受到新英格兰地方主义女作家朱厄特创作思想直接影响:她的早期创作也带有亨利·詹姆斯风格,但在写作生涯之初接受了朱厄特的忠告,及时放弃了对男性叙事的模仿,把目光投向自己所熟悉的美国中西部平原上的拓荒生活。在世纪之交的价值观转换所带来的冲突之中,凯瑟对美国文化传统的传承起到了重要作用,她有关美国精神的反思对后世作家产生过很大影响。近年来与海明威、福克纳、菲茨杰拉德等人一起被批评界称作20世纪美国最杰出的小说家,其代表作品被誉为"美国经典"。

格特鲁德·斯泰因是一名更具创新意识的现代派女作家,一生热衷于尝试各种文学体裁(小说、人物素描、自传、戏剧、诗歌)的现代主义语言试验,曾以"达达之母"著称。她于1903年以后旅居巴黎并正式开始文学创作。喜爱社交的天性使她与毕加索、马蒂斯等先锋派艺术家以及海明威、桑顿·怀尔德(Thornton Wilder, 1897—1975)等作家都有交往,她在巴黎居所举办的沙龙成为当时的先锋派活动中心,她与爱好收藏并熟谙现代艺术的兄弟利奥一起创办的现代艺术私人画廊闻名遐迩。斯泰因深受乔治·桑塔亚那和威廉·詹姆斯影响,正是詹姆斯发现了她在不受意识控制的状态下进行"自动写作"(automatic writing)的才能,并鼓励她发展这种才能,放弃复杂的意识转而发掘无意识成为她文学创作的指导思想。另外,受到印象主义和后印象主义绘画风格的影响,她眼中的时间不再是一种线形序列,而是由一系列不连贯的瞬间构成,这使她得以把英语语言从传统的束缚中解放出来,通过对人物意识的不厌其烦的重复创造出新的意义来,并在此基础上形成了以韵律感很强的重复及其幽默效果为标志的独特风格。评论家朱迪·格拉恩将斯泰因的创作原则总结为"共性（普适平等）、本质、明暗关系、现在进行中、游戏、转换"等五个要素①。这种风格被阐释为一种"男权话语的女性主义改写"。斯泰因的小说代表作《三个女人的生平》(*Three Lives*, 1909)由《善良的安娜》、《梅伦克莎》和《温柔的莉娜》等三个独立的短篇组成，她宣称是挂在案头的一幅塞尚夫人肖像带给她创作灵感。斯泰因的小说利用细部重复的叠加与累积效应，构建出人物的实体形象。叙事直白平实，间或夹杂细节铺陈或评述，试验派技法将种族、性别和性取向等问题交织成一个复杂整体，给读者留下很大的阐释空间。可以说，斯泰因的语言试验开启了20世纪美国文学的新篇章，影响了海明威、安德森等一代青年作家的文学创作观。

语言试验也是现代派诗歌的主要特征。1912年前后，意象派诗歌运动在英美兴起，此时期涌现了艾米·洛威尔(Amy Lowell, 1874—1925)、H·D·杜丽特尔(Hilda Doolittle, 1886—1961)、玛丽安·穆尔(Marianne Moore, 1887—1972)、埃德娜·圣文森特·米莱(Edna St. Vincent Millay, 1892—1950)等一大批现代派女诗人。

艾米·洛威尔是直接受到庞德影响的一名女诗人，她的名字与美国意象主义诗歌运动密不可分，庞德甚至不无讥讽地称之为"艾米主义"运动("Amygist" movement)。1910年她首次在《大西洋月刊》发表诗作，1912年推出首部诗集《多彩玻璃的拱顶》(*A Dome of Many-Coloured Glass*)。身后出版的诗集《何谓点钟》(*What's O'Clock*)获得1926年的普利策奖，其中包含了她的多篇最佳诗作，例如《姐妹们》(*The Sisters*)。这首长诗通过与萨福、勃朗宁夫人和狄金森的对话，感叹女性诗人之命运，歌颂"姐妹情谊"，并为像她这样敢于挑战社会规范的女性申辩；同时也反思她们的诗歌传统，开创自己的个人化诗风。诗歌开篇写道："总体上看我们，我们是奇怪的一群人/我们这些写诗的女人。而且，当你想到/我们为数不多的时候，那就更奇怪了。/我纳闷，是什么让我们这么做。/单单把我们挑出来，信手涂鸦，以男人的方式，/书写我们自身的破碎人生。"洛威尔的诗歌多采用"自由诗体"，在分行上独具创新性，有些地方读来颇似散文。如同许多其他女作家一样，她一度被人遗忘，20世纪70年代的女性主义运动回潮使她重新进入公众视线，她的反战情怀、拟人手法以及写给女伴艾达·德怀尔·拉塞尔的情诗所表现的同性恋主题等，都成为评论界的关注焦点。

H·D·杜丽特尔最初借助意象主义运动而闻名，同时创作了大量的小说、自传、批评、译作。她于1904年与庞德相识，大学期间又结交了威廉斯、玛丽安·穆尔等诗人。她曾与庞德订婚，但遭到家人反对，1913年嫁给了同为意象派先驱的英国诗人理查德·奥尔丁顿(Richard Aldington, 1892—1962)，1918年分居，最终离异。H·D·杜丽特尔的诗歌创作从一开始就被庞德贴上了"H·D·意米吉斯特"

---

① 参见 Grahn, Judy, ed., *Really Reading Gertrude Stein: A Selected Anthology with Essays by Judy Grahn*, Freedom, CA: Crossing Press, 1989.

(imagiste 意即"意象主义者")的标签,并在哈里特·门罗的《诗刊》创办之初便在庞德的推荐下发表了意象派诗作,从而成为意象派的开山鼻祖之一。事实上,庞德制定的意象派诗歌创作原则正是在 H·D·杜丽特尔早期诗作的基础上总结出来的。另外,H·D·杜丽特尔从古希腊文学,尤其是抒情诗人萨福那里获得创作灵感,诗作里多包含神话原型意象。她在 30 年代末之前的所有作品都直接体现了以类比为主要特征的语言凝练、简洁明快、寓意深远的意象派诗风,这些早期作品被收入她的首部诗集《海花园》(Sea Garden,1916)。她的后期诗作在语气和措辞上更接近口语体,主要从女性主义视角探索了传统意义上的史诗主题,尤其是战争与暴力。经历了二战的洗礼后,她推出了两部叙事性战争史诗,一是包含《墙垣不倒》、《天使颂歌》和《柳条葳蕤》在内的《三部曲》(Trilogy,1944—1946),二是《海伦在埃及》(Helen in Egypt,1961)。前者表现了女性创造力的奇迹,后者则被看作是对庞德《诗篇》(Cantos,1925—1960)的回应,抨击了建立在男性价值观基础上的文化虚无主义,二者尝试从圣经和希腊神话典故中寻求古老的生存智慧,救赎被战争吞噬的现代荒原。

曾与 H·D·杜丽特尔大学同窗的**玛丽安·穆尔**也是一名重要的女诗人。她于 1915 年开始专事诗歌创作,事业之初便受到了史蒂文斯、威廉斯、艾略特以及 H·D·杜丽特尔的关注。1951 年的诗集为她赢得了普利策奖、国家图书奖、博林根奖等多个文学奖项,奠定了她作为现代主义重要诗人之一的地位。她最著名的作品是 1919 年首次发表的《诗歌》(Poetry),以她特有的音节诗行(syllabics)形式表达了她的诗歌创作主张:诗歌的精髓不在于形式完美,而在于真情实感、语言快感和精确表达。整体上看,穆尔的作品关注人类的生存哲学,早期强调秩序和英雄行为的必要,后期则是精神优雅和爱的诉求,常借助于观察客体和引经据典来拉开自我与作品之间的距离,保持自我的神秘性①。在表达方式上,她的诗歌语言高度凝练,诗节参差不齐,诗句长短不一,惯用新奇的动物意象或深奥的典故来表达抽象而富有哲理的内涵。

同时期还出现了多罗茜·帕克(Dorothy Parker,1893—1967)、莉莲·赫尔曼(Lillian Hellman,1907—1984)、蒂莉·奥尔森(Tillie Olsen,1913?—2006)等几位犹太女作家。**帕克**的父亲是德裔犹太人,她在度过一个不幸福的童年之后开始尝试写作,并积极从事左翼政治活动,1936 年参与建立好莱坞反纳粹联盟,50 年代麦卡锡时期因共产党嫌疑而被列入黑名单。帕克在诗歌、小说、舞台戏剧、电影剧本以及文学评论等方面均有建树,以诙谐风趣、睿智犀利的文风见长。帕克的朋友兼遗嘱保管人**赫尔曼**则是一名犹太左翼戏剧家,其作品聚焦于儿童人物,代表作包括《儿童时刻》(The Children's Hour,1934)、《小狐狸》(The Little Foxes,1939)和《阁楼上的玩具》(Toys in the Attic,1959)。二战期间,她曾致力于反战运动。在麦卡锡时

---

① Elaine Oswald and Robert L. Gale, "On Marianne Moore's Life and Career", http://www.english.illinois.edu/Maps/poets/m_r/moore/life.htm, Mar. 15, 2010.

代,她由于拒绝出卖与共产党有关的熟人,而被列入好莱坞电影公司的黑名单。

作为女性主义代表作家、社会活动家,**奥尔森**不仅对20世纪初期的女性主义运动做出了极其重要的贡献,而且对20世纪后期"文学经典"的重新界定起到了推动作用。她是最早以底层劳动人民的日常生活为创作题材、最早关注各类弱势群体受主流社会体制压抑的现象的作家之一。20世纪50年代以后,奥尔森进入创作高峰期,接连发表了《我站在这里熨烫》(*I Stand Here Ironing*)、《嗨水手,坐什么船?》(*Hey Sailor, What Ship?*)、《哦,是的》(*O Yes*)、《让我猜个谜》(*Tell Me a Riddle*)等中短篇小说。她的作品多描写工人阶级家庭的生存困境、个体在困境中寻求自我实现与生命意义的积极努力,尤其反映母亲对家庭的无私奉献和对子女的自我牺牲给自身带来的困惑与幻灭。其代表作还有散文演说集《沉默》(*Silences*,1978),深入探讨了妨碍女性从事文学创作的社会机制。奥尔森晚年在高校开办创作研讨班,致力于指导和鼓励女性从事写作,帮助成长中的女性作家摆脱男性文学传统的束缚,找到女性自身特有的声音,为建立女性主义文学传统做出了重要贡献。

20世纪20年代以来,美国文坛上的一个重要现象是南方文艺复兴,重农派与新批评派等文学团体在当时颇有影响。成就非凡的女作家有埃伦·格拉斯哥(Ellen Glasgow,1873—1945)、凯瑟琳·安·波特(Katherine Anne Porter,1890—1980)、尤多拉·韦尔蒂(Eudora Welty,1909—2004)、卡森·麦卡勒斯(Carson McCullers,1917—1967)、弗兰纳里·奥康纳(Flannery O'Connor,1925—1964)等。其共同思想倾向是:注重家庭和宗教传统价值观,对南方历史怀有复杂心态,对工业文明抱有明显的批判态度。

凯瑟琳·安妮·波特著有《开花的紫荆树》(*Flowering Judas*,1930)、《倾斜的塔》(*The Leaning Tower*,1944)等27部短篇小说集和1部畅销长篇小说《愚人船》(*Ship of Fools*,1962),主要以精湛的短篇小说技艺和个性鲜明的人物塑造而闻名。她自幼丧母,在祖母的陪伴下度过了童年时代。波特16岁时私奔,改信罗马天主教,在经历了一场失败的婚姻后移居芝加哥;她不得不离开南方,是"因为我不想被看作怪物。人们就是这么看待想要写作的女性的"[①]。1920年,她前往墨西哥,开始关注墨西哥的革命运动和领袖人物,并创作了大量墨西哥题材的短篇小说,1930年出版的首部短篇小说集《开花的紫荆树》奠定了她在美国文学史上的地位。波特一生命运多舛,始终关注南方父权社会中的女性成长经历和坎坷命运,在文学创作中从自身经历和女性心理出发,尤其是借助于《旧秩序》(*The Old Order*)、《灰白马,灰白骑手》(*Pale Horse, Pale Rider*,1939)、《清教徒》(*Old Mortality*)等南方家族故事系列中颇具自传色彩的米兰达这个人物,描写了南方女性在爱情、家庭传统价值观与追求独立人格的自我探索中的矛盾挣扎。

尤多拉·韦尔蒂在南方文学流派中成就仅次于福克纳,尤以创作地方特色鲜

---

① George Hendrick, *Katherine Anne Porter*, New York:Twayne Publishers, Inc., 1965, p.19.

明的小说见长,作品大多描写其家乡密西西比河流域的小城镇生活,体现了南方作家所特有的厚重历史感。她著有《乐观者的女儿》(The Optimist's Daughter,1972)等5部长篇小说,《金苹果》(The Golden Apples,1949)等多部短篇小说集,另有《故事眼:散文评论选》(The Eye of the Story: Selected Essays and Reviews,1978)、《一个作家的眼光:书评集》(A Writer's Eye: Collected Book Reviews,1994)等散文和文学评论集。她的创作具有浓郁的南方风情,关注社会底层小人物命运,评论界认为她的作品直接传承了福克纳的衣钵,体现了哥特式传统和怪异风格相结合的南方艺术特色。

弗兰纳里·奥康纳从年轻时起就饱受疾病和残疾困扰,大半生在母亲的农场上度过,闲时喂养孔雀。但她不顾病魔的折磨,始终笔耕不辍。代表作包括两部长篇小说《智血》(Wise Blood,1952)和《暴力夺魁》(The Violent Bear It Away,1960)以及几部短篇小说和散文集,其中《好人难寻》(A Good Man Is Hard to Find,1955)与《殊途同归》(Everything that Rises Must Converge,1965)中的一些作品被誉为20世纪美国最优秀的短篇小说。奥康纳以短篇小说见长。如施咸荣先生所讲,"作为南方作家,她的创作带有南方文学的显著特征:浓厚的历史意识、细腻的心理描写和怪诞的人物形象"①。在多数作品中,奥康纳主要描写的是20世纪四五十年代美国南方的农村生活,常以怪诞手法揭示人类在现代社会中的道德畸形,与同时期的卡森·麦卡勒斯(Carson McCullers,1917—1967)、杜鲁门·卡波特(Truman Capote,1924—1984)等作家一同被视为"南方哥特流派"(Southern Gothic School of Writing)的代表人物。关于这一流派的名称,奥康纳曾经宣称,"凡是出自南方的事物都会被北方读者称作怪诞,而怪诞的事物却又被他们当作现实主义了"②。另外,奥康纳虽身为南方作家,而南方地区多以基督教新教为主流,可她的创作思想却带有天主教家庭背景的深刻烙印。在她看来,"上帝(对罪人)施加的恩典往往会改变一个人物",而她笔下的"所有故事都关系到恩典是如何在一个毫无悔罪之意的人物身上产生影响的"③。

麦卡勒斯是美国南方哥特文学的代表人物,22岁时就因第一部长篇小说《心灵是孤独的猎手》(The Heart Is a Lonely Hunter,1940)的出版一举成名;该作品包括了她日后创作中的所有主题,随后,三部杰作《金眼睛里的映像》(Reflections in a Golden Eye,1941)、《伤心咖啡馆之歌》(The Ballad of the Sad Cafe,1943)和《婚礼的成员》(The Member of the Wedding,1946)相继问世。1961年,她推出了酝酿已久的最后一部长篇小说《没有指针的钟》(Clock Without Hands),数月间在畅销书排行榜上成绩斐然。麦卡勒斯的作品具有南方哥特小说的基本特征,风格怪诞,蕴涵着深

---

① 《当代世界文学名著鉴赏辞典》,辽宁人民出版社,1992年。
② Sally and Robert Fitzgerald eds., Flannery O'Connor, Mystery and Manners: Occasional Prose, New York: Farrar, Straus & Giroux, 1969, p.40.
③ Ibid., p.118.

沉的人道主义精神以及对现代社会中人之异化与南方文化造成的"精神隔绝"现象的深刻感悟。

20世纪美国文学的另一个重要现象是以兰斯顿·休斯（Langston Hughes, 1902—1967）、康提·卡伦（Countee Cullen, 1903—1946）为领袖人物的哈莱姆文艺复兴，这个致力于发掘黑人古老传统、树立民族自尊心的文学运动标志着美国黑人文学的一个突破性进展。出生在南方的黑人女作家**左拉·尼尔·赫斯顿**（Zora Neale Hurston, 1891—1960）也是哈莱姆文艺复兴时期的领军人物，对拉尔夫·埃里森、艾丽斯·沃克、托尼·莫里森等当代非裔美国作家的创作产生了深刻影响。赫斯顿出生于阿拉巴马州，小镇居民是清一色的黑人，她父亲后来成为镇长，这段经历激发了她有关黑人乌托邦的文学想象。她大学期间受过良好的人类学专业训练，一生致力于民族传统文化遗产的收集、整理和保护工作，出版了民间故事集。长篇小说《他们眼望上苍》（*Their Eyes Were Watching God*, 1937）被公认为黑人文学的经典之作。作为黑人文学中首部充分展示黑人女性意识觉醒的作品，这部小说对美国黑人文学的传统性别模式提出了挑战，在黑人女性形象塑造上具有里程碑式的意义。同时，作品借助于黑人文化和语言元素，特别是黑人方言和日常用语，着力表现黑人文化语境下的黑人经验，力图唤醒黑人的主体意识及其对自我身份的肯定，以纠正黑人群体内部存在的黑人种族主义思想以及随之而来的自轻自贱倾向。赫斯顿的另一个突破是她在《苏旺尼的六翼天使》（*Seraph on the Suwanee*, 1948）中对贫穷白人农民的困顿挣扎所作的描述，这是黑人作家笔下首部聚焦于白人生活而将黑人当作陪衬的文学作品，一度在黑人和白人批评家中间引发了争议，但它反映了赫斯顿勇于突破种族身份界限的大胆尝试。

五、二十世纪(下)：后现代时期的女性文学

二战以后的美国文学在总体上呈现出一派求新、求异的多元化景象。除后现代思潮带来的文学技巧革新和主题创新以外，少数族裔、劳动阶层、女同性恋等边缘群体的特殊性成为当代美国文学的关注焦点。其中，非裔美国文学占据了重要地位。在风起云涌的民权运动背景下，作为美国黑人历史上一次新的文艺复兴，黑人权力运动（Black Power Movement）始于1964年，其规模和影响超过了20年代的"哈莱姆文艺复兴"。黑人艺术家致力于开拓种族文化历史传统，寻求黑人文化的自主性，强调黑人文学艺术的独特性，即"黑人性"（Blackness），力图在此基础上建立一种黑人美学。以莫里森、沃克为首的一批女作家脱颖而出，使黑人文学成功地进入了20世纪美国文学经典殿堂。**托尼·莫里森**（Toni Morrison, 1931— ）成为获得诺贝尔文学奖的首位非裔美国女作家，也是诺贝尔奖有史以来第八位获此殊荣的女作家。莫里森充分运用后现代叙事技巧，结合黑人民族文化传统，将遭受种族和性别双重压迫的女性命运表现到了极致，把女性追求个性解放的理想与黑人民族主义思想紧密结合起来。

艾丽斯·沃克（Alice Walker, 1944— ）旗帜鲜明地宣扬女性主义思想，从黑

人及其他有色人种的特殊身份出发对传统女性主义进行了改良,独创了"妇女主义"(womanism)。沃克生于佐治亚州的一个佃农家庭,有着北美印第安、苏格兰和爱尔兰血统。她在8岁时右眼受伤失明,中学毕业后以优异成绩进入一所黑人女子学院读书,两年后转学到纽约萨拉·劳伦斯学院,在学期间被派往非洲交流。大学时代,沃克开始积极参与黑人民权运动,她与犹太民权律师利文撒尔的婚姻是密西西比州首例合法的跨种族通婚,招来了三K党的威胁和迫害,这场婚姻维持八年后结束,女儿丽贝卡目前也是一名作家。沃克70年代后期在《女士》杂志担任编辑期间还对重新发现赫斯顿做出了重大贡献。其代表作包括获得美国国家图书奖和普利策奖的《紫色》(The Color Purple, 1982),处女作《科普兰农庄的第三种生活》(The Third Life of Grange Copeland, 1970),反映黑人民权运动的《梅里迪安》(Meridian, 1976)、《我亲人的庙宇》(The Temple of My Familiar, 1989)、《父亲的微笑之光》(By The Light of My Father's Smile, 1998)等长篇小说和《日常家用》(Everyday Use, 1973)等短篇小说及《寻找我们母亲的花园》(In Search of Our Mother's Gardens, 1983)等散文作品,集中反映了黑人女性在充满暴力的种族主义白人文化和父权制黑人文化中的抗争经历和成长历程。《紫色》代表了沃克的最高文学成就,以20世纪初的美国南部为背景,讲述了幼年被继父强奸、婚后遭受家庭暴力的黑人女孩西莉,如何在丈夫的情妇、黑人女歌唱家莎格的引导下自我意识觉醒并走上自尊自强之路的过程。女主人公的转变彰显了黑人女性自我意识的崛起,西莉与莎格的同性恋情则表现了黑人女性的"姐妹情谊",在揭示种族主义对黑人群体造成伤害的同时,宣扬黑人女性在抗争中相互支撑的必要性。作品采用书信体形式,运用多种语言技巧,强调黑人女性的主体意识,从黑人女性的特定视角再现了涉及宗教、性与身份的复杂情感历程。

二战以后成就较突出的其他黑人女作家,还有以记述青春成长经历的自传体小说《我知道笼中鸟为何歌唱》(I Know Why the Caged Bird Sings, 1969)而闻名遐迩的传记作家兼诗人玛亚·安吉罗(Maya Angelou, 1928—)、以60年代民权运动和黑人民族运动为背景进行创作并致力于发掘非裔美国文化传统的政治小说家及黑人女性主义活动家托尼·凯德·班巴拉(Toni Cade Bambara, 1939—)、首位获得普利策奖的黑人女诗人格温德林·布鲁克斯(Gwendolyn Brooks, 1917—2000)、美国桂冠诗人丽塔·达夫(Rita Dove, 1952—)、2007年获得露丝·利里诗歌终身成就奖的露西尔·克里夫顿(Lucille Clifton, 1936—)以及因创作了著名的《阳光下的葡萄干》(A Raisin in the Sun, 1959)而被称作"现代非裔美国戏剧鼻祖"的黑人女剧作家洛兰·汉斯贝里(Lorraine Hansberry, 1930—1965)等。

与此同时,其他少数族裔文学也陆续从边缘走向中心,成就比较突出的包括亚裔和墨西哥裔美国文学以及美国印第安文学。其中特别值得一提的是以汤亭亭、谭恩美、任璧莲为代表的华裔美国女作家。荣获2008年度美国国家图书奖杰出文学贡献奖的马克辛·洪·金斯顿(Maxine Hong Kingston,中文名汤亭亭, 1940—)出身于一个来自中国广东的移民家庭,属于第二代美国移民,她的自传性纪实小说

《女勇士》(The Woman Warrior: Memoires of a Girlhood Among Ghosts, 1976)被认为是美国华裔文学中的一个转折点。60年代以前,以**黄玉雪**(Jade Snow Wong, 1922—)为代表的早期美国华裔文学对美国文化采取了一边倒的认同态度,中国文化元素的引入只是为了满足西方猎奇心理,而《女勇士》则将中国文化置于与美国文化的碰撞、交流与对话之中,力图在两种文化的夹缝中重新界定华裔美国人的文化身份。小说中的女儿以美国文化价值体系为坐标,重新阐释并构建母亲口述的"花木兰"等中国古代传说和"无名女人"等家族历史传奇,批判了中国文化中根深蒂固的性别歧视思想,在弘扬美国个人价值观的同时,也无情地揭露了美国主流话语中的种族主义,并且在两种文化的融合中寻求积极的女性个体文化身份。作品采用了虚构与纪实相结合的创作方法,获得了美国国家图书评论界奖的非虚构类作品奖。另一部作品《中国佬》(China Men, 1980)获得了国家图书奖小说奖。艾米·谭(Amy Tan,中文名**谭恩美**, 1952—)同样关注华裔美国女性的身份界定,通过反映家庭内部的矛盾及其带给年轻一代的身份困惑,再现激烈的中美文化之争。这个主题在其成名作《喜福会》(The Joy Luck Club, 1989)中表现为华裔美国移民两代人特别是母女之间的观念冲突,年轻一代对待中国文化的态度经历了一个从抵制和质疑到同情、理解乃至接受的变化过程,他们在美国社会中的自我价值实现其实在一定程度上得益于自身的中国品质。

吉什·任(Gish Jen,中文名**任璧莲**, 1955—)则代表了出生在美国的新一代华裔作家,他们已不再受种族身份问题困扰,基本上无须再为自己的身份辩护,关注焦点也从中美文化的冲突与对抗转向了多元文化的并存局面,使得华裔美国文学真正进入了美国主流文化。任璧莲是第二代移民,哈佛大学毕业生,曾在爱荷华大学作家班学习,丈夫是爱尔兰裔。1999年推出的首部短篇小说集《谁是爱尔兰人?》(Who's Irish?)中的《同日生》("Birthmates")入选美国短篇小说世纪佳作之列;著有《典型的美国人》(Typical American, 1991)、《莫娜在应许之乡》(Mona in the Promised Land, 1996)、《爱妾》(The Love Wife, 2004)等三部长篇小说。任璧莲关注美国身份的多元性和复杂多变性,成功地跳出了"少数族裔作家"的窠臼。在她看来,"把欧洲裔美国人看成典型美国人的时代已经过去了,我认为典型美国人的标志就是对身份的困惑。试想想,全世界除了美国人,有谁会琢磨做华裔美国人、犹太裔美国人、爱尔兰裔美国人等等意味着什么"①。她将目光投向美国华人小圈子以外的广阔空间,转而探索"家庭"、"民族"等概念的深层内涵和宽泛外延。她笔下的人物超越了种族身份的刻板印象,具有复杂人性的立体感和多面性;个体身份不再简化为二元对立模式,而是一种杂糅的化学构成。因其对华裔、犹太、非裔、爱尔兰裔等来自各种文化背景的美国人以及群体间相互关系的广泛关注和人文关怀,任璧莲的文学创作状态被称为"后种族写作"。

---

① 石平萍:《多元的文化,多变的认同——美国华裔作家任璧莲访谈录》,《文艺报·文学周刊》,2003年8月26日第4版。

以 N·斯科特·莫马戴(N. Scott Momaday, 1934—)的小说《黎明之屋》(House Made of Dawn)荣获 1968 年普利策文学奖为标志,美国印第安文学在 20 世纪 60 年代末、70 年代初开始繁荣,这一切都应归因于印第安人教育和生活状况的改善以及美国学界对印第安历史与文化的新关注。作为这场"美国印第安文艺复兴运动"①的代表人物之一,女作家**莱斯利·马蒙·西尔科**(Leslie Marmon Silko, 1948—)与莫马戴、杰拉尔德·维兹诺(Gerald Vizenor, 1934—)和詹姆斯·威尔奇(James Welch, 1940—)并称"美国印第安文学四大家"。虽然西尔科仅有四分之一印第安血统,但她从小受祖母等亲属口述的印第安传统故事影响,对印第安文化持认同态度。1977 年出版的长篇小说《仪式》(Ceremony, 1977)使其一举成为最重要的美国印第安作家之一。《仪式》讲述了心灵饱受战争创伤的二战退伍老兵塔尤在拉古纳部落里寻求身份归属感的经历,同为混血儿的那瓦霍药师贝托尼引领塔尤通过印第安传统仪式化的回忆和旅程,回归乡土和民族文化,重新确立自我和族裔身份,最终恢复了心灵的宁静。反映北美原住民与白人关系的长篇巨制《死者年鉴》(Almanac of the Dead, 1991),从土著视角反观美洲大陆五百年来的历史,为社会公平与正义呼吁,笔锋直指印第安文化的消亡、生态环境的破坏、精神世界的失落等社会问题,并提出暴力革命的可行性。《沙丘花园》(Gardens in the Dunes, 1999)中的女主人公印蒂歌是白人殖民屠杀后部落仅存的四个族人之一,她被迫远离亚利桑那州的家园,随一对白人夫妇踏上一段横穿欧洲大陆的旅程,途经加州、纽约、英伦、意大利、法国、科西嘉等地,最后返回亚利桑那州。旅程始于沙丘花园,亦终于沙丘花园,浓缩了原住民在濒临灭绝的土著文化传统与入侵的白人文化之间达成妥协的过程,其中部落仪式是完成部落宇宙秩序重建的一个重要途径,人与自然的关系接续是原住民精神世界复原之根本。

墨西哥裔美国文学的发端可追溯到 16 世纪,19 世纪美墨战争后开始繁荣。而墨西哥裔美国文学正式进入美国公众视野,当以 1945 年**约瑟芬娜·尼格利**(Josephina Niggli, 1910—)的小说《墨西哥村庄》(Mexican Village)为起点,墨西哥裔美国作家多关注身份、文化、历史、移民、语言、边界等主题。出生于得克萨斯州的**格洛丽亚·安扎杜阿**(Gloria Anzaldua, 1942—2004)是当代重要的墨西哥裔同性恋女性主义激进作家。她曾编辑过《这座桥唤我归:激进有色人种女性作品集》(This Bridge Called My Back: Writings by Radical Women of Color, 1981)等三部著名文集。1987 年,安扎杜阿推出代表作《边界:新美斯提扎》(Borderlands/La Frontera: The New Mestiza),该作品聚焦于美墨边境及其居民的问题,巧妙地将英语与西班牙语交织在一起,表现了多重身份混杂的"边界"概念,从理论上促进了

---

① 即"Native American Renaissance",这个说法最初于 1983 年由评论家肯尼斯·林肯提出,随后引发不少争议,尤其被认为忽视了先前的印第安口头文学传统。该运动的代表人物除了文中提到的几位以外还有女作家路易斯·厄德里奇(Louise Erdrich, 1954—),其成名作《爱药》(Love Medicine)获 1984 年美国国家图书评论奖,2009 年新作《鸽瘟》(A Plague of Doves)获普利策文学奖。

后殖民女性主义、族裔文化研究和酷儿理论的发展。她引入"新美斯提扎"一词来描述一种"新混血意识",即女性个体对充满矛盾的多重身份的意识,这一新视角颠覆了西方二元对立思维模式。在《美斯提扎:走向新意识》(La Conciencia de la Mestiza: Towards a New Consciousness)一文中,安扎杜阿呼吁打破种族间樊篱,实现和谐共存的世界理想。另外,受墨西哥传统文化的影响,她在后期作品中创造了"精神能动主义"(spiritual activism)和"动荡空间"(nepantla)以及"穿越动荡空间之向导"(nepantleras)等概念,来描述那些能够引领人们跨越身份危机并在本土传统中获得完整的自我意识的精神领袖;对于安扎杜阿来说,跨性别者是扮演这类角色的理想人选,因为他们具有那种与将其视为社会异类的观念对抗的经验和能力。

20世纪后半叶,性别、种族和阶级问题在美国文学中逐渐被前景化。与此同时,伴随着美国的后工业化进程,从艺术形式上讲,美国文学自60年代以来进入了一个后现代时期。女性主义科幻小说家**厄秀拉·勒古恩**(Ursula le Guin, 1929—)、"新新闻主义"散文家**琼·狄迪恩**(Joan Didion, 1934—)以及打破文学与音乐、绘画等各种艺术形式疆界,并在文本中引入高科技元素的后现代行为艺术家**劳瑞·安德森**(Laurie Anderson, 1947—)等女作家的作品,颠覆了传统小说和现代派小说的模式,在人物塑造上多选取"反英雄"或毫无个性的"代码",表现手法上具有自我指涉、戏仿、并置、非线性叙事等元小说特点以及多种艺术形式、多个文本、多重视阈融合的互文性特征,叙事话语采用拼贴、断裂、重复、留白等刻意颠覆传统语言秩序的手段,揭示出美国后现代社会的混乱无序状态及其给个体带来的困顿迷茫。

勒古恩是一位后现代科幻小说大师。60年代初开始创作科幻小说,《黑暗的左手》(The Left Hand of Darkness, 1969)获1970年雨果星云奖,小说将一个名为"冬季"的星球描述为性别身份流动的双性人世界,一种生物实验使人人都有机会体验到不同性别的生活状况,彻底颠覆了建立在"菲勒斯—逻各斯中心主义"(phallogo-centrism)基础上的二元对立结构。她的小说从社会学、人类学等出发想象异类文化、探索性别身份,其作品被看作"软科幻"、女性主义科幻之作。勒古恩惯常在描述现实生活细节的同时,借助想象空间的另类视角探索政治文化主题,未来世界不同文化间的冲突和妥协中蕴含着作者对人类社会现实状态的隐喻式评论。

在当代美国文坛上,**乔伊斯·卡洛尔·欧茨**(Joyce Carol Oates, 1938—)被看作一个典型的"后现代现象"、一位难以归类的特殊人物。她的创作题材从最初的劳动阶层生活逐渐扩展到美国社会的各个领域。她从欧茨大学期间开始写作,自1963年出版首部短篇小说集《北门边》(By the North Gate)以来一直勤于笔耕,迄今为止已发表长篇小说40余部,另著有多部短篇小说、诗歌、戏剧、随笔、文学评论等文集,也从事时事议论文与侦探小说等通俗文类写作。欧茨的全部作品构成了一幅当代美国社会全景图,触及当代美国社会生活的各个领域,如学术界、法律界、宗教界、政坛,甚至涉足拳击、足球等体育题材,因此常被称作"具有巴尔扎克式雄心"的现实主义女作家。但是,欧茨不认可"女性作家"的称呼,执意要打破文学传统的性别局限。她在创作中大胆尝试多种文学体裁,表现手法求新多变,尤其擅长使用心理现实主义手法,揭露现代美国社会的暴力倾向和罪恶现象,其作品往往充满怪诞和黑色幽默成分。她认为,在一个物质极度丰富的社会,人们的精神世界苍白贫瘠,商业化价值观轻而易举地弱化或取代了人们的道德伦理,因此,对人生意义和生命价值的追问变得尤为重要。在艺术手法上,在继承传统的同时,更注重用多样化的艺术手法刻画人物内心世界,娴熟地运用心理分析、内心独白、意识流、象征主义、神秘主义等现代和后现代主义表现手法。

二战以后,美国诗歌也很快进入了"后现代时期",所谓"先锋派"诗歌涵盖了20世纪五六十年代以来出现的垮掉派、黑山/投射派、自白派、纽约派、深层意象派、语言诗派、行为诗派等多种试验派诗歌。尽管后现代主义不是一种特定风格,但这些诗歌有着共同之处,即:基于颠覆经典、质疑权威之意图的语言平面化/无深度性、经验片断性、艺术非原则化、表述反讽性、表达口语化、文本跨文类和表演性等特征;随着意义消解,文学语言最终幻化成一种文字游戏。

在这异彩纷呈的后现代诗歌世界中不乏女诗人的身影。首先值得一提的是**伊丽莎白·毕晓普**(Elizabeth Bishop,1911—1979)。她是美国20世纪最重要、最具影响力的女诗人之一,在国际上享有很高声誉,不仅被视为女诗人的杰出代表,其作品也被奉为现代英语文学典范。毕晓普在父亲去世、母亲进精神病院之后远赴加拿大与外祖父母同住。大学期间与日后成为小说家的同学玛丽·麦卡锡(Mary McCarthy,1912—1989)等人一起创办文学刊物,同时开始发表诗作和短篇小说,大学毕业后在欧洲游历,1950年定居巴西,1966年返回美国。毕晓普著有《北与南》(North & South,1946)、《诗集》(The Complete Poems,1969)、《旅行的问题》(Questions of Travel,1965)、《地理学Ⅲ》(Geography III,1976)等多部诗集;身后发表《诗全集》(The Complete Poems,1927—1979,1983)和《散文全集》(The Collected Prose,1984)。毕晓普被称为"诗人中的诗人"。由于自幼过着一种漂泊不定的生活,"流浪"、"旅行"、"孤独"等字眼成为理解毕晓普的人生与写作的关键词。她在漂泊人生中寻求独立的精神家园,对日常事物与生活不断进行超现实的探索,在由碎片组成的"陌生化"情境下制造出意味深长的寓言效果,传达出一种反叛性的道德意识,怪诞的人物形象与不动声色的冷峻叙述,体现出诗人特立独行的观察视角和人生态度。作为一名离经叛道的女同性恋者,她拒绝性别身份的束缚和"女诗人"的标签,提倡超越性别界线的艺术。在表现形式上,她以无格律的多变诗风著称,其诗歌跨越了古典与现代之间的界线,融浪漫主义抒情传统、超验主义道德寓意、现实主义对平凡琐事的观察和细节描述、超现实主义对梦幻视界的探索于一体。

安妮·塞克斯顿(Anne Sexton,1928—1974)和**西尔维亚·普拉斯**(Sylvia Plath,1932—1963)两位女诗人同属自白派,最终都是自杀身亡。普拉斯的父亲曾在波士顿大学教授德语和动物学,在西尔维亚八岁时不幸病逝,母亲靠教书的微薄收入艰难地将孩子们养大。普拉斯天资聪颖,才学出众,早在进入史密斯学院英文系读书之前已有作品发表,大学期间更是诗作颇丰,接连获奖。大学三年级时受聘于《小姐》(*Mademoiselle*)杂志,担任学生客座编辑。然而,表面上的风光无法掩盖普拉斯内在的性格缺陷。从父辈性格中遗传的忧郁气质导致了她在1953年夏天的第一次自杀尝试,这次青春期精神崩溃的经历在她的自传体小说《钟形罩》(*The Bell Jar*,1963)里有所记录。1956年,普拉斯与日后成为英国桂冠诗人的泰德·休斯(Ted Hughes,1930—1998)结婚,并生下一儿一女,后因丈夫的婚外恋而分居,独自带着孩子栖身于伦敦的一间小公寓房里,靠写作维持生计。1963年2月11日,《钟形罩》出版后数周,生活贫困、精神抑郁的普拉斯在寓所自杀身亡。1981年,由休斯编辑的《诗全集》(*Collected Poems*)出版,次年荣获普利策奖。普拉斯自始至终关注女性的生命历程与苦痛情感,其诗作以个人内心体验的深度探索为主,充斥着愤怒、反抗与黑色幽默,彰显了渐趋鲜明的女性自我意识与个性化声音,体现出诗人对女性多重社会角色的深刻理解。与主题内容相得益彰,反传统的诗歌形式表达了一种近乎病态却不无节制的神经质激情,不寻常的隐喻、扭曲更迭的意象、跳跃激荡的节奏、语气的突兀变换等手法构成了休斯所谓"噼啪作响的文字能量" (crackling verbal energy),营造出一个恐怖而虚无的超现实主义寓言意境。

塞克斯顿与普拉斯有诸多相似之处:年龄相仿,出生于马萨诸塞州,同属自白诗派并获过普利策奖,都患有精神抑郁症并进过精神病院,最终自杀身亡。1961年,二人在波士顿大学参加罗伯特·洛威尔开办的写作研讨班时相识,对死亡和诗歌的迷恋在二者之间架起了一座桥梁。二人生前都曾谈到对方对自身诗歌创作产生的影响。她们的诗歌创作都集中表现了现代女性的情感生活,通过书写女性的隐私、失落甚至疯狂来达到挑战、颠覆传统男权文化价值之目的。塞克斯顿在好友普拉斯自杀后创作了一首题为《西尔维亚之死》(Sylvia's Death)的哀怨诗歌,并于1974年步其后尘而去。然而,与普拉斯相比,塞克斯顿的诗歌更多源于实实在在的生活,在形式上更为平实,在内容上更加直白,这与她从一名私奔、早婚的家庭妇女成长为一名女诗人的生活经历有关。不同于普拉斯,塞克斯顿未受过正规的学院派训练,她早年便受忧郁症的困扰,写诗在很大程度上是一种精神疗法,自白派的写实技法使她在狂乱中得以重新感受现实世界的秩序。从她的第1部诗集《去精神病院中途返回》(*To Bedlam and Part Way Back*,1960)到第8部也是最后一部《庄重地划向上帝》(*The Awful Rowing Toward God*,1975),塞克斯顿诚实地面对本真自我,原原本本地记录下自己所经历的一切:女性身体与成长经历、富足却单调乏味的中产阶级生活、精神崩溃对她生活的影响、心理治疗和情感挣扎、爱与失落、生的欲望以及对死亡的病态迷恋,这些都是她诗歌中一再出现的主题,大胆地呈现了一个现代女性原生态的狂放不羁的精神世界。可以说,在塞克斯顿的真实生活和诗歌世界里,疯狂与死亡成为她反抗中产阶级传统价值观,特别是传统女性角色的一个象征和武器。

艾德里安娜·里奇(Adrienne Rich,1929—)也是一名重量级的后现代女性主义诗人兼女性主义理论家。里奇出身于马里兰州一个上中层家庭,出生在一家黑人区医院;父亲有犹太人血统,等待多年也得不到约翰·霍普金斯大学教职;祖父留下的遗物包括一支象牙长笛、一只金怀表和一本希伯来语的祷告书。这些背景都在里奇的自白性诗歌里有所反映。1966年,里奇开始积极参与民权、反战运动,1966—1971年,出版诗集《生命必需品》(Necessities of Life)、《传单》(Leaflets: Poems 1965—1968)和《改变的意志》(The Will to Change: Poems 1968—1970)。1969年,里奇婚姻解体,次年丈夫自杀。自70年代初期,里奇全身心投入女权主义运动。她在诗歌和散文中反映了女性及女同性恋者在父权社会的成长经历和自我意识觉醒过程,并将艺术创作与政治行动有效地结合起来,成为20世纪美国激进女性主义的艺术代言人。里奇最出色的诗集《潜入沉船》(Diving into the Wreck, 1973)承载了女性主义者对美国社会的激进批评立场,著名论文《当我们死人醒来时:作为再修正的写作》(When We Dead Awaken: Writing as Re-Vision, 1971)和《强制的异性恋与同性恋的经验》(Compulsory Heterosexuality and Lesbian Existence, 1978),可谓当代女性主义思想宣言书。她的作品表现贫困、暴力和种族主义问题,思考美国社会、生态、政治危机大背景下诗歌与政治文化之间的关系,反思美国梦及阶级、性别、种族冲突。她在诗歌创作中关注语言与历史之间的张力、权力关系以及诗歌的意识形态功用等问题。

总之,20世纪美国女性文学的发展在很大程度上得益于女性主义运动的新浪潮,大致经历了一个从早期女性作家和作品的重新发现与推出,到女性文学传统的开发与系统梳理,一直走向女性诗学的探索成型的过程。自20世纪初期以来,继弗吉尼亚·伍尔夫(Virginia Woolf, 1882—1941)之后的英美女作家和女性主义批评家十分注重发掘女性文学的共同传统,取得的成果在吉尔伯特和古巴编撰的《诺顿女性文学选集》(The Norton Anthology of Literature by Women: The Tradition in English, 1985)与劳特等人编写的《希思美国文选》(The Heath Anthology of American Literature, 1990)中都有体现。自20世纪60年代始,女性作家与少数族裔、同性恋等其他边缘化作家群体一起高调出现于公众视野,女性擅长的日记、书信、浪漫小说等各种边缘化文类都被纳入扩展的"文学"范围,"女性哥特"、"女性科幻"、"女性乌托邦"等派生文学体裁也应运而生,并成为学术界的研究对象。这一切都标志着女性文学全面进入文学经典殿堂的开端。与此同时,创作群体和体裁的多样性与分化从一开始就决定了"女性文学"内部存在着一种抗拒普适性标签的异质特性。考虑到美国社会构成的多元化本质以及文学界与批评界对"差异"的极大关注,21世纪的美国女性文学及其研究领域将会呈现出一派更加异彩纷呈的发展态势。

第二节 埃米莉·狄金森

一、生平与创作

埃米莉·狄金森（Emily Dickinson, 1830—1886）是一位成就极高的天才女诗人，与惠特曼一起被誉为19世纪美国文学史上两位划时代的民族诗人。狄金森过着一种深居简出、几乎与世隔绝的生活，大约只有不到十首诗歌面世，并未获世人认可。但她身后却留下1800首诗，其中包括定本的1775首与新近随狄金森秘密日记《孤独是迷人的》发掘的25首，多涉及自然、生命、爱情、宗教、死亡、永生等深刻主题，表现形式不循章法，风格独树一帜。20世纪，这些诗作以其突破传统的多样题材和个性化多变诗风，被公认为美国现代诗发轫之作。哈罗德·布鲁姆在《西方正典》中对狄金森评价道："除了莎士比亚，狄金森是但丁以来西方诗人中显示了最多认知原创性的作家。"①此外，她独居世界一隅品评人生百味的非凡勇气、细腻情感和哲学思考被看作现代女性写作典范。

狄金森出身于马萨诸塞州阿默斯特的一个富足的中产阶级家庭，家族成员在当地享有较高的社会地位和威望，与爱默生等文化名流都有交往。祖父塞缪尔·福勒·狄金森毕业于达特茅斯大学，也是阿默斯特学院创办人之一。父亲爱德华笃信卡尔文宗，是耶鲁大学校友、知名律师，曾在州议会、众议院担任职务。父亲对埃米莉及其兄长、妹妹管教甚严，连他们阅读的书籍都要严加审查，规定他们只能研习经典，流行小说及惠特曼诗歌都被纳入禁读之列；相比之下，母亲则与子女缺乏沟通，在情感上存在鸿沟。在这种家庭氛围中，埃米莉成长为一名有着良好教养和正统基督教信仰的女子。尽管她外表谦卑，对男性长辈尊敬有加，但她个性极强，内心叛逆，不肯屈从于当时主流美国社会的性别角色规范，敢于选择与众不同的生活方式，在诗歌创作中对传统价值体系大胆提出了质疑和挑战。

自1840年起，狄金森在阿默斯特学院就读七年，师从科学家兼神学家爱德华·希契科克，后到南哈德利女子神学院（现为曼荷莲学院）求学，但仅一年就因健康状况不佳退学回家。她在阿默斯特学院研修了拉丁语、英国文学等多门科目，涉猎范围很广，上学期间便显露出超群的智力与才华。她思维敏捷，多才多艺，不仅在文学艺术上天赋极高，而且具有独立思考精神与思辨能力。狄金森不善交际，在公众场合通常会手足无措，流露出焦虑情绪，而在熟识的人们面前则会轻松自如

---

① 哈罗德·布鲁姆:《西方正典:伟大作家和不朽作品》，江宁康译，译林出版社，1994年，第226页。

地表现出孩童般的纯真与幽默。60年代始,她几乎足不出户,逐渐淡出公众视线,生活在一个封闭狭小的空间里。她谢绝会客,弃绝社交,一面协助母亲做家务,一面专心从事读书和创作,潜心营造一个属于自己的自由而丰富的精神世界。这种生活状态一直持续到1886年5月15日狄金森患肾病去世。对于这位外表柔弱、衣着朴素、行为古怪的独身女子,当地人只能偶然从狄金森宅邸窗前翩然飘过的白衣身影中领略她的风采,故称之为"阿默斯特的女尼"。如她的诗句所说:"灵魂选择自己的伴侣,/然后,把门紧闭,/她神圣的决定,/再不容干预。"①尽管选择了隐居生活,狄金森并未封闭自己的心灵,除了父母、兄妹等家人以外,她还与一些友人保持密切的书信往来。一如她的传世诗作,保存下来的书信也向人们展示了这位传奇女子的语言魅力及其充满爱与感恩之情的心灵世界。正因为她有着如此丰富的情感体验,世人对她离群索居、终身未婚的原因多有浪漫猜测,焦点大都集中在"谁是她遥不可及的单恋对象"这个问题上。在狄金森的生活中,有两个人对她的诗歌创作产生过直接影响。一位是她兄弟的朋友纽顿(Benjamin F. Newton),此人专修法律,曾在她父亲手下工作,精通当代文学,他最先发现了狄金森的诗歌天赋并鼓励她创作。另一位是希金森(Thomas Wentworth Higginson),他于1862年4月发表在《大西洋月刊》上的《给年轻投稿人的信》启发了狄金森,她很快便开始了与他的信件往来,探讨文学艺术,并视其为精神导师。希金森虽对她的创作风格持保留态度,却十分赞赏她的才情,在她去世后亲自编辑出版她的遗作。

狄金森大约20岁时开始写诗,其诗歌创作是在几乎不为人知的情况下进行的。她的写作方式很随意,惯于将诗句信手写在零碎纸片上,甚至购物单、处方签、废旧信封背面,而后折叠成册或用针线连缀成集,或干脆松散地卷起并用丝线系住,在排列上并非遵循时间顺序。诗作大多没有标题,有些是铅笔涂鸦,字迹潦草,有的甚至未完成。狄金森本人似乎未把自己的诗歌创作看得有多重要,去世前曾交代其妹拉维尼娅将她的书信、手稿付之一炬,但拉维尼娅在整理遗物时吃惊地发现了800多首诗歌的40册手稿。所幸,拉维尼娅自作主张将其保留下来,后来交到狄金森家的友人梅布尔·卢米斯·托德(Mabel Loomis Todd)手里。1890年,狄金森的部分遗作由托德与希金森共同编辑出版。这些尘封的诗作一经面世便轰动一时,《纽约时报》盛赞狄金森,宣称她将跻身于"不朽的英语诗人"之列。

跃动在狄金森诗行中的生命激情和思想火花与她生前那独具神秘色彩的封闭生活状态形成了鲜明对照。在当时的社会环境下,女性写作屡屡受挫,因行为不符合社会性别角色期待,写作女性甚至被视为古怪变态之人。幸运的是,家庭并未给狄金森任何物质或精神上的压力,这个平静的避风港湾为她提供了相对宽松的写作环境和个性发展的空间。大量时间的独处使她能够在深闺中沉静地观察窗外世

---

① 狄金森:《狄金森抒情诗选》,江枫译,湖南文艺出版社,1992年。目前国内比较普遍的狄金森诗歌译本有江枫、吴钧陶、孙亮、王晋华、蒲隆等5种。江枫译本最早于1984年出版,是大陆第一个狄金森诗歌译本。若非特殊注明,文中的作品引文均出自江枫1992年译本,或在此基础上有所改动。

情,深刻地探索心灵世界,同时广泛驳杂的阅读经历也开阔了她的视野,带给她丰富的创作灵感。除《圣经》、神话和莎士比亚戏剧以外,她密切关注当代文学,尤其是同时代英美女作家的文学成就,勃朗宁夫人、勃朗特姐妹、斯托夫人、乔治·爱略特等人的作品都在她的阅读范围之内。狄金森的诗歌体现了17世纪玄学派诗人、圣经启示录和新英格兰超验主义的影响,也直接继承了从弥尔顿到济慈的诗歌传统,多涉及宗教、自然与生命、爱情与痛苦、灵与肉、时间、死亡与永生等主题,特别在情欲主题表现上打破了19世纪的禁忌。她刻意摆脱了当时盛行的华而不实的浪漫诗风影响,以大胆直白的语言、简单明快的意象表现她对人类境遇的敏锐洞察。其诗作形式多变,颇具独创性,如无标题、押半韵、改变字母大小写和飘忽不定的断句分行策略等。标点符号的运用更是与众不同,她在诗句中使用许多倾斜角度不同、长短不一的破折号,使抑扬格、音步、节奏等诗歌元素的搭配产生突兀的起伏跳动,以拓展诗句的特殊意义层面,从而有效地再现了她对物质、意识和精神世界之复杂性的认识。

在文学史上,狄金森敢于挑战权威、颠覆成规,将诗歌从传统的语言结构和心理预期的牢笼中解放出来,因而与同时代的男诗人惠特曼一同被看作独立"美国诗风"的创始人、现代诗歌的先驱者。大体上,狄金森诗歌遗作的出版过程经历了收集改写、形式还原、恢复顺序等三个关键环节。最早版本是狄金森去世后不久由希金森与托德共同编辑的诗集,于1890年、1891年和1896年分别推出三个分册。1914年,另一部诗集《孤犬》(The Single Hound)由狄金森的侄女玛莎·狄金森·比安奇(Martha Dickinson Bianchi)编辑出版,比安奇在1924年推出狄金森诗歌合集。然而,这些诗集的共同特点是,为了迎合当时公众的诗歌欣赏趣味,编者均对狄金森的诗作进行了不同程度的改动,擅自修改了诗中不合乎传统规范的标点符号、措辞和韵律,同时也打乱了这些诗歌的排列顺序。1955年,托马斯·H·约翰逊(Thomas H. Johnson)出版了按时序排列的三卷本《狄金森诗歌全集》,从形式上还原了狄金森遗作的原貌,使其个性化诗风首次完全呈现在世人面前。1981年,哈佛大学出版社推出《艾米莉·狄金森手稿诗集》(The Manuscript Books of Emily Dickinson),编者拉尔夫·W·富兰克林(R. W. Franklin)在对狄金森诗歌手稿上的物理痕迹(如污迹、针孔等)进行研究的基础上,进一步还原了诗稿的排列顺序,诗人亲手结集成册的原初意图得以彰显。至此,狄金森对英语诗歌的创新贡献一览无余。

二、狄金森的诗歌特点

狄金森是一位凭直觉写作的作家,她没有抽象的诗歌理论,却在1870年8月给希金森的信中给诗歌下过一个颇为感性的定义:"如果我读一本书,它使我浑身发冷,以至于火都无法使我暖和过来,我知道这就是诗歌。如果我身体的感觉仿佛天灵盖被掀开一样,我知道这就是诗歌。这些就是我感知它的唯一方式。还有其他方式吗？（L342a）"①狄金森的诗歌既有日常家庭生活题材,又有抽象深奥命题的思考;具有很强的抒情性和哲性内涵。评论家往往能在她的诗作中找到17世纪玄学派与19世纪浪漫主义诗风及创作理念的明显印记;超验主义代表爱默生的个人主义和自助精神;梭罗的自然观和反物质主义都直接影响了她的诗歌主题;新英格兰文学的地方色彩,如内敛、节制、精练等特征,在她的诗作里也有体现。狄金森诗歌研究多关注她的自然、爱情、死亡、永生、宗教等主题及其诗歌艺术形式(如音韵、结构、技巧)等方面。

狄金森善于在最平凡的事物和经历中发现美、恐怖以及包含反讽、悖论等的不平凡意义。在她眼中,没有渺小到可以轻视的事物,哪怕是一只柔弱的知更鸟也可与宇宙同日而语。概括起来,狄金森诗歌表现的是被英国玄学派诗人约翰·多恩称作"牢固地盘踞人类心灵的大主题",其中包括爱情、死亡、宗教、自然、信仰等关乎人生意义和终极目的的命题,这些主题几乎都与她的日常生活息息相关。比安奇在狄金森诗集序言中指出:"有许多传教士都发现她的诗句直接道出了自己所谈的话题的核心,故借用她的诗歌来装点他们的布道的结尾。有位天主教的权威教士甚至这样写道,'我因埃米莉而赞美上帝,——她的一些作品对我的生活产生的影响超过了别人写的其他一切作品'。"②

根据主题划分,狄金森的作品主要包括四大类:自然诗、爱情诗、死亡诗和宗教诗。

首先,以自然为素材的诗歌在狄金森遗作中占了相当大的比例,总共有500多首。大自然构成了狄金森创作灵感的源泉。诗人的现实生活虽与现实世界相对隔绝,她的想象力却与大自然如影相随,诗作传达的是大自然的朴素声音和平实真理。自然万物无论有多渺小,知更鸟、蜜蜂、蝴蝶、蛇、苍蝇、甲虫、小草、花朵、石楠等都为她打开无尽的想象空间,承载着她对生命的珍爱和对人生的思考:

> 要造就一片草原,/只需一株苜蓿一只蜂,/一株苜蓿,一只蜂,/再加上白日梦。

狄金森的自然观与她的生活阅历与情感体验密切相关,她在诗中如此定义"自然":

> "自然",是我们所见,/青山,午后——/松鼠,乌云遮日,野蜂/不仅如此——自然是天国。
>
> "自然",是我们所闻,/歌雀,大海——/雷鸣,蟋蟀——/不仅如此——自然是和声。

---

① Thomas H. Johnson, ed., *The Letters of Emily Dickinson*, Vol. 2, Cambridge, MA: Belknap P. of Harvard UP, 1958, pp. 472-474.

② Martha Dickinson Bianchi, ed., "Introduction", *The Complete Poems of Emily Dickson*, Boston: Little, Brown, 1924, A Penn State Electronic Classics Series Publication. http://www2.hn.psu.edu/faculty/jmanis/dickinson/Dickinson-poems6x9.pdf, p. 8.

"自然",是我们所知,/却无以言表/若要道出她的淳朴/智慧如此苍白无力。

诗句背后是满怀敬畏之心。狄金森眼中的自然不仅是自然万物的栖居地,而且是人类心灵的家园,既简单又复杂,既朴实又神秘。她笔下的自然往往仁慈与敌意并存,既带给人类和谐与愉悦,又对人类造成威胁与伤害。比如:

一口井竟充满了奥秘!/水住得如此之深——/一个从彼乡来的邻居,/安身在一只缸。

其缸底无人能见,/只能看到他的镜面——/你每一兴起探望,/就好像望进一深渊的脸!

小草并不显露惊惧之色,/我常困惑他,/何以能临深渊泰然而处,/我一靠近就惊惧万般。

他们或许有一些关系,/就如莎草近立于海——/底下是无底的深渊,/却无畏缩之色。

不过自然仍是个陌生人;/最常说她的人,/是那些从未走过其鬼宅,/也未能穿透其鬼魂之本质者。

可怜那些不懂自然的人,/懂自然的人,/因遗憾而拉近彼此的距离,/人越接近自然/对她越感觉陌生。①

在这首诗里,井、缸、小草、莎草都是普通平常的自然景物,但是深井却代表了自然的深渊,小草能泰然自若,而人类却避之不及。另外,海边的莎草也能够临渊而不惊。自然的奥妙如同鬼屋、鬼魂一般令人类惊惧。不懂自然的人正是因为无知而常去论说她,而懂自然的人却因为懂得而保持沉默,这种谦卑反倒拉近了人与自然的距离。可以说,自然万物虽能和谐共存,彼此泰然共处、相安无事,但人类与自然之间却有着不可逾越的鸿沟。从这首诗可以看出,狄金森对大自然的热爱夹杂着疑惧和不解。她的自然观是复杂的,其中包含了深厚的宗教内涵以及多重哲学思想的融合与矛盾,如浪漫主义、清教主义和爱默生的超验主义思想。

最能引发读者遐思的是狄金森的爱情诗。狄金森虽孤单一生,甚至可能有过刻骨铭心的失恋经历,但她始终对爱抱有坚定信仰:"爱,先于生命——后于,死亡——是创造的起点——世界的原型——"她的未了情缘和情感体验为爱情主题增加了深度和激情。在《我一直在爱》"爱就是生命/生命有不休的特性"中,诗人将爱情与生命视为等同。在《如果你能在秋季来到》中,她又将爱情看得高于生命:

如果确知,聚会在生命——/你的和我的生命,结束时——/我愿意把生命抛弃——/如同抛弃一片果皮——

---

① George W. Lytle eds.,《艾蜜莉·狄金生詩選》,董恒秀译,(台湾)木马文化,2006年,第1400页。

《暴风雨夜》则大胆地描绘了一个两情相悦的激情时刻：

> 暴风雨夜，暴风雨夜/我若与你同在一起/暴风雨夜就是/豪奢的喜悦！
> 风，无能为力——/心，已在港内——/罗盘，不必，/海图，不必！
> 泛舟在伊甸园——/啊，海！/但愿我能，今夜，/泊在你的水域！

其中，"暴风雨夜"也有人理解为"狂野之夜"。这个意象在两个层面上浓缩了两个有情人的爱情体验。一方面，暴风雨是一个场景。夜晚，窗外风雨大作、雷电交加，室内则是两情缱绻、浪漫温馨，内外场景形成的鲜明对照暗示着爱情的力量足以战胜任何险恶的外部环境。另一方面，暴风雨也是一个隐喻。有情人内心激情奔涌，爱的激情充满了原始的野性自然美，这是人的本性回归。与此同时，这份性爱激情也与性别身份和角色联系起来，狄金森在下列诗句中率性直接地反映了女性特有的生命体验。

> 黎明时分我将成为——妻子——/日出——你是否能给我一面旗帜？
> 五月，我还是少女——/刹那间变成为新娘——
> 于是——午夜——我从你那里/走向东方，和胜利——①

这首诗聚焦于新婚之夜，从初为人妇的女性角度，毫无矫饰地制造了一种性爱初体验的"狂喜气氛"②。评论家波拉克称之为"高雅诗歌中最充满性爱欲望的一首"③，这种打破禁忌的勇气在19世纪女作家中间确实难得一见。

狄金森诗中表现最多、最充分的还是死亡。她对死亡似乎抱有极大兴趣，正视死亡的事实，执著地探寻着人类死亡之谜。狄金森的创作高峰期正值美国内战时期。与积极参战、活跃激进的惠特曼不同，狄金森一生远离政治，一家人也并未参与其中，却有多位友人在战场上丧生，战乱在她貌似平静的生活中激起了涟漪，战争氛围无形中影响到狄金森的诗歌创作，这或许也是致使狄金森关注死亡的一个主要因素。狄金森的死亡诗中有着战争的阴影，以下便是一首题为《战场》的悼亡诗：

> 他们雪片般落下，他们流星般落下，/象一朵玫瑰花的花瓣纷纷落下，
> 当风的手指忽然间，/穿划过六月初夏。
> 在眼睛不能发现的地方，——/他们凋零于不透缝隙的草丛；
> 但上帝摊开他无赦的名单，/依然能传唤每一副面孔。④

在战场上，死亡来得很容易，如同风中飘落的花瓣一样，悄然凋零，而这些阵亡将士却被上帝铭刻在心，获得了不死的灵魂。这首诗赋予死亡一种伤感的美，战争之残

---

① 刘守兰：《狄金森研究》，上海外语教育出版社，2006年，第239页。
② Cynthia Griffin Wolff, *Emily Dickinson*, New York: Knopf, 1986, p.382.
③ Vivian R. Pollak, *Dickinson: The Anxiety of Gender*, New York: Cornell University Press, 1984, p.141.
④ 该诗译文引自百度百科：http://baike.baidu.com/view/85042.htm。

酷也在雪片、流星、花瓣纷纷"落下"的意象中得以展现。然而,狄金森的死亡诗更多还是对死亡进行的形而上的抽象思考。在《我的生命结束前已结束过两次》里,诗人着力描述了亲人的死亡给生者带来的痛苦,每次亲人离世引发的情感效应相当于自己死过一次。其实,诗人生活中发生了哪些死亡事件,"两次"具体是指哪两位亲人的亡故,这些无法确定的事实并不重要;"死亡"更像是一个隐喻,浓缩了生活中一切痛苦的源泉,在人的心里投下难以磨灭的阴影。

> 我的生命结束前已结束过两次,/它还要等着看,
> 永恒是否会向我展示,/第三次事件。
> 像前两次一样重大,/一样,令人心灰望绝。
> 离别,是我们对天堂体验的全部,/也是将我们带入地狱的一切。①

最后两行诗句隐含着一个似非而是的警世感悟:离别既是天堂,又是地狱;前者是因为我们知道那些离我们而去的死者会升入永恒的天堂,而生者却因为他们的离世而堕入悲痛绝望的"地狱"。另一首名作《因为我不能停下等死》延续了这个死亡与永生的话题,以平和的心态和轻松的口吻描述了一次"朝向永恒之地"的死亡之旅,诗中的死亡竟化作了赶着四轮马车迎接新娘的"友善和气"的新郎形象。为了表达死亡的极端体验,狄金森的死亡诗甚至采用了死者的视角和语气展开叙事,比如《就在去年这个时候我死了》等。而在《我听到苍蝇的嗡嗡声》一诗中,苍蝇的介入为这个沉重的话题增添了几分调侃意味。叙事者是一个即将死去的人,亲友围在床边,泪已流干,遗产也已分配,一切就绪,只等上帝现身;不料,垂死者最后一点模糊意识却被一只苍蝇完全占据。诗人将死亡时刻描写得极富戏剧性,其中关于上帝和永生的思考也颇具深意。

与之不无关联,宗教引发的思考在狄金森诗歌里也多有体现。狄金森家族有清教背景,狄金森出生时值福音教派"大复兴"运动,卡尔文宗死灰复燃,她自幼就被灌输了原罪论、宿命论、有限救赎说等教条。当众宣布"获得救赎"的教民狂潮甚至波及学校的课堂时,狄金森却公然拒绝签署一份忠于耶稣基督的誓言。她不肯随波逐流,反对教会体制的虚伪和武断,对人生来就受到诅咒、上帝在选择救赎方面的绝对权威等说法表示怀疑。同时,她却受到了当时的超验主义思潮影响,尝试通过自身的精神体验与内心省察在大自然中感知神性存在,上帝在她眼中不仅是严厉的生死判官,而且也对人类怀有同情和怜悯之心。由于她在宗教信仰方面与 19 世纪美国主流社会存在分歧,狄金森内心萦绕着一种因孤独隔绝而生的落寞和疑虑,诗作生动表达了这种"被关在天堂门外"的失落感。如 1924 年诗集序言中所说,"她的属灵生活,——如同她的闺房密语,——完全是她自己的,——绝无仅

---

① 该诗译文引自江枫译本,但最后一行"对地狱短缺的一切",笔者根据诗歌原文(And all we need of hell)稍作改动。

有,独具个性,未受她那时代的宗教狂热的损害"①。

狄金森的宗教观存在多重内在矛盾,其宗教诗似乎总是徘徊在信仰(信念)与怀疑两极之间。一方面,她将失去信仰视为陷入赤贫:"丧失一个人的信念,/远大于失去一份地产;/因地产能够再置,/而信念无法重建。"另一方面,她感叹信仰不可靠,在失意时,她也会抱怨上帝的冷漠,上帝给人生命,却在人最需要的痛苦时刻置之不理,保持缄默,就连祈祷也无济于事。狄金森宗教观的矛盾性集中体现在《那样重大的损失一连两次》这首诗里。在遭受痛失亲人的打击之后,她"像个乞丐"一样祈求上帝的帮助,而"夜贼!银行家——父亲!"这些称呼却流露出她对上帝抱有爱恨交织的矛盾心理和进退两难的怀疑态度:上帝在夜晚潜入,带走亲人,但同时上帝又是富有的,人在上帝面前贫穷匮乏,无异于乞丐。在这首诗中,上帝扮演了一个赋予人生命、给人以精神慰藉的父亲角色。失去对上帝的信仰会使人"沦入贫穷",这种情况不止发生过一次。显然,怀疑与依赖共同构成狄金森宗教观的矛盾统一体。可以说,宗教信仰是困扰狄金森终生的一个问题,且与死亡、永生等重大哲学命题密切相关。在接二连三失去挚爱亲友之后,她的信仰更增添了几分不确定性,她在1858年这样写道:"天堂竟是如此冰冷!上帝创造了一切,却否决了我们这般微小的愿望。对我而言,他不再慈祥!"②然而,她却从未放弃过对信仰的渴求,在孤独中一直不懈地探索信仰的真谛,勾勒心目中理想上帝形象;唯一确定的便是永生,她坚信死后一定会有"崭新的、更好的、永恒的生活"③。这种可望而不可即的状态和无法企及的目标促使她达到了对生命和自然的更深理解层次,"天堂是我所不能及!""那些从未成功过的人,/认为成功最为甜蜜。/为了领会一滴甘露/需要最深刻的痛苦"等脍炙人口的诗句便是明证。

狄金森的诗歌形式不拘一格,语言清新质朴。根据评论家莱尔的研究,狄金森的诗作主要采用类似布道词的模式,首先推出论题,然后加以具体细节论述,最后得到结论④。它们在形式上主要有以下特征:诗歌从个人情感和具体事物出发,却带有格言警句的意味;叙事直白,高度凝练,并留有余地,一般点到为止;思维具有跳跃性,给阅读造成一定障碍;主观性强,常用第一人称单数;意象具体,谈论抽象事物时多用比喻作具体化处理;意义含混,打破语法规则,遣词造句多有创新;大量运用比喻、拟人、象征、典故、象声等修辞手法。

狄金森信奉人类思想的价值和力量。一如她在诗中所说:"头脑,比天空辽阔——","头脑,比海洋更深——","大脑,和上帝相等——/因为,称一称,一磅对一磅——/他们,如果有区别——/就像音节,不同于音响——"在狄金森的诗歌世

---

① Martha Dickinson Bianchi, ed., "Introduction", *The Complete Poems of Emily Dickson*, Boston: Little, Brown, 1924, A Penn State Electronic Classics Series Publication. http://www2.hn.psu.edu/faculty/jmanis/dickinson/Dickinson-poems6x9.pdf, p.5.

② Alfred Kazin, *God and the American Writer*, New York: Alfred A. Knopf, 1997, p.144.

③ Ibid., p.156.

④ Robert L. Lair, *Emily Dickinson*, New York: Barron's, 1971.

界里,天马行空的思想完全打破了形式的樊篱,达到了一种遗世独立的自由境界。对她来说,多数人定义的"正常"是最值得担忧和质疑的,"对于明察秋毫的眼睛/有不少疯狂是最神圣的认识;/有不少认识是最彻底的疯狂。/在这里,和别的方面一样/也是多数在支配。附和,你就是明智;/反对——你马上就陷入危险,并被锁链加身"①。在她为了与公众保持距离而刻意营造的自我封闭的心灵空间里,狄金森意味深长地宣称"我的业务是周长";也就是说,她自觉地站在一个自我边缘化的立场上,以写作的方式对多数人持有的价值体系进行着极其苛刻的审视以及不懈的批判与解构。当然,她所采取的策略也是颇有技巧的,"讲出全部真理,但要以倾斜的方式"便是她对世人的忠告。这是一种女性书写特有的迂回方式,藉此可以躲过因为被世人视为"疯狂"而惨遭"锁链加身"的厄运。无论如何,这位诗坛才女那特立独行的思想和价值观最终还是获得了她在世时避之不及的公众的认可,她所开创的独特诗风给现代美国诗坛造成了巨大的冲击力,尤其对后世美国诗人产生了极为深远的影响。

第三节 薇拉·凯瑟

一、生平与创作

在20世纪美国文学史上,薇拉·凯瑟(Willa Cather,1873—1947)通常被认为是浪漫主义向现实主义、现代主义嬗变过程中的一位重要作家。这位杰出的女作家在将近30年的写作生涯中出版了13部中长篇小说、3部短篇小说集、1部散文集和1部诗集。

1873年,薇拉·凯瑟作为长女出生于西弗吉尼亚州蓝山附近的巴克溪谷,1883年与父母和六个同胞兄弟姐妹离开祖辈六代人生活的地方,迁至中西部的内布拉斯加州。凯瑟一家先是暂居于卡瑟顿镇的祖父母的农庄,次年再次迁居至附近的红云镇。由于凯瑟在多部作品中以该镇为创作原型,红云镇(小说的汉诺威镇、蘑菇镇、黑鹰镇、弗兰克福镇、甜水镇等)随着凯瑟小说创作的成功而闻名于世。事实上,凯瑟虽以西部素材的作品闻名,但她一直对内布拉斯加的西部生活持有一种模棱两可的态度。提及她初到内布拉斯加农庄的第一年,凯瑟说那里的景色"像手背一样,光秃秃的","于是,我与这片土地相互作对,到了第一个秋天结束的时候,那片杂草丛生的土地已在我身上激发出一种强烈感情来,后来一直未减。它是我生命中的福星和魔咒"②。这片有

---

① 马永波译《狄金森诗歌选集》,http://www.docin.com/p-60069463.html。
② L. Brent Bohlke, *Willa Cather in Person: Interviews, Speeches, and Letters*, Lincoln: University of Nebraska Press, 1986, p.32.

待于人类驯服的西部荒原构成了凯瑟一生创作灵感的源泉,但她大学毕业后不久移居纽约,1931年母亲去世后几乎从未回乡,最终葬于新罕布什尔州。

凯瑟生性叛逆,童年时便缺乏维多利亚时期的"淑女"风范,公然违抗当地社会习俗,素爱扮演男孩子角色,行为举止颇具男性风范。尽管家庭经济拮据,父母还是在她1890年高中毕业后送她上了内布拉斯加大学。大学期间,她仍以短发、男装示人,常用"威廉"这个名字。凯瑟最初主修自然科学,1891年,她的一篇题为《论英国作家托马斯·卡莱尔》的文章得到老师赏识,被推荐到《内布拉斯加州报》发表,从此对文学创作产生浓厚兴趣,开始在大学刊物《西方人》杂志不断发表文章,并为《内布拉斯加州报》、《林肯信使报》写戏剧评论和专栏文章。1895年大学毕业后,凯瑟先是回到红云镇,在《家庭月刊》杂志担任编辑,1897年转而在匹兹堡一家女性杂志做助理编辑兼戏剧评论专栏作家,1901年又改做中学教师。1903年推出的第一部诗集《四月的黄昏》(April Twilights)引起出版业巨头麦克鲁尔的注意。1905年,凯瑟出版了首部短篇小说集《旋转花园》(The Troll Garden)。1906年,她应邀来到纽约,在以发起"黑幕揭发运动"而闻名遐迩的杂志《麦克鲁尔》(McClure's Magazine)先后担任编辑、执行总编,此间她往返奔波于波士顿及欧洲各地,极大地开阔了视野。1907至1908年间,该杂志连载她与人合作的基督教科学教派创始人玛丽·贝克·埃迪评传,引起了该教派教徒的强烈抗议。

由于凯瑟梦想成为一名伟大作家,她为了保证有充足的写作时间,1912年辞去了杂志社的工作,潜心创作并发表了首部长篇小说《亚历山大的桥》(Alexander's Bridge,1912),从此走上了职业作家的道路。30年间,凯瑟接连推出长篇小说杰作《啊,拓荒者!》(O Pioneers!,1913)、《云雀之歌》(The Song of the Lark,1915)、《我的安东尼亚》(My Antonia,1918)、《一个迷途的女人》(A Lost Lady,1923)、《死神来迎接大主教》(Death Comes for the Archbishop,1927)等,1940年第13部也是最后一部小说《莎菲拉与女奴》(Sapphire and the Slave Girl)问世。此外还出版了《卑微的命运》(Obscure Destinies,1932)、《老美人及其他》(The Old Beauty and Others,1948)、《瓦伦丁大叔及其他》(Uncle Valentine and Other Stories:1915—1929,1973)等短篇小说集。

近年来,凯瑟与海明威、福克纳、菲茨杰拉德等人一起被评论界称作20世纪美国最杰出的小说家,其代表作被誉为"美国经典"。凯瑟的作品地方特色鲜明,她的早期作品深受亨利·詹姆斯的影响,后来听从了新英格兰地方主义女作家萨拉·奥恩·朱厄特(Sarah Orne Jewett)的忠告,以自幼熟悉的西部边疆生活为创作题材。1912年,她前往后来被她称为"世界的闪亮尽头"的亚利桑那州,在这片生机勃发的处女地看到了30年前内布拉斯加州的影子,突发灵感,开始以全新的客观视角重新审视童年的西部生活。在凯瑟将注意力转向内布拉斯加的大草原生活以及来自八方的法国、瑞典、波西米亚移民们的拓荒经历和语言风俗以后,她的创作状态大为改观。

凯瑟的两部代表作《啊,拓荒者!》与《我的安东尼亚》描写的是第一代东欧和北欧移民与大自然搏斗的艰苦生活，同时也表现了新旧文化之间的矛盾冲突。作品饱含深情，着力塑造"拓荒时代"的典型人物形象。其中，瑞典移民的女儿亚历山德拉和波希米亚姑娘安东尼亚的身上，集中体现了美国早期开拓者在困境下求生存的激情与力量。同样以西部拓荒生活为素材的作品《一个迷途的女人》则宣告了拓荒时代的结束和拓荒精神的失落：在拓荒时代发迹的福雷斯特上尉落马受伤，随后死于中风，抛下他那美丽高贵的妻子在充满各种世俗诱惑的世间沉沦。小说透过一个年轻爱慕者的眼睛揭穿了这位贵妇人利欲熏心、道德沦丧的本质，批判了拓荒时代后期的物质主义价值取向，成为日后 F·斯科特·菲茨杰拉德（F. Scott Fitzgerald, 1896—1940）创作名篇《了不起的盖茨比》的灵感源泉。凯瑟后期的一些作品致力于发掘北美洲历史中的人性美成分，同样充满积极向上的精神。《死神来迎接大主教》歌颂了 19 世纪在新墨西哥印第安人中间传教的天主教神父的献身精神；《莎菲拉与女奴》叙述了南北战争前弗吉尼亚的一位白人妇女帮助女黑奴逃往加拿大、获得人身自由的故事。另外得到公众认可的还有凯瑟的散文成就，她的文学评论文风泼辣，笔锋犀利，尤以散文集《四十岁以下不宜》（*Not Under Forty*, 1936）为代表。

凯瑟反对现实主义作家过度细节铺陈的庸俗做法，坚持自己关于"不带家具的房间"的文学主张——要写"不加雕饰的小说"（The Novel Démeublé），即：要注重"意境"制造，删繁就简，描述场景时只消"暗示"，无需悉数搬出细节。在她看来，更高一级的艺术过程全部是"简化"的艺术过程。她以平实的语言对普通人境遇的关注和再现获得了同时代作家和评论家的高度认可；辛克莱·刘易斯甚至在诺贝尔颁奖词中宣称，得奖的其实应该是凯瑟才对。事实上，凯瑟一生中获得过许多殊荣。1923 年，一战题材的小说《我们中间的一个》（*One of Ours*, 1922）获得普利策文学奖；1933 年，《岩石上的阴影》（*Shadows on the Rock*, 1931）中对法国文化的描写为她赢得了法国在北美设立的费米娜小说奖。耶鲁、普林斯顿、加州大学伯克利分校等名牌大学分别授予她荣誉学位。

在 19、20 世纪之交的价值观转换带来的冲突中，凯瑟对美国文化传统的传承起到了非常重要的作用，她有关美国精神的反思影响了后世作家。近来，凯瑟被认为开创了生态批评的先河，作品中流露的生态意识成为凯瑟研究的新近焦点。至今仍令研究者感到困惑的是凯瑟的性别身份之谜。她终身未婚，却与多位女友来往密切，乃至被人疑为关系暧昧。这些人包括她的大学好友路易丝·庞德、匹兹堡社交名流伊莎贝拉·麦克朗、歌剧演员奥利夫·弗雷姆斯塔德等，尤其是编辑伊迪丝·刘易斯自 1912 年起与凯瑟在纽约同住，直到凯瑟 1947 年去世为止。自 20 世纪 80 年代起，研究者试图从同性恋批评和酷儿理论的视角解读凯瑟的作品，但这种做法也遭到一些人的强烈反对。

凯瑟去世前将大量书信付之一炬，留下来的部分也在遗嘱中规定不能轻易示人。2007 年初，有报道说凯瑟家族的后人向内布拉斯加大学捐赠了凯瑟生前的私人信函 358 封、明信片 38 封、照片 35 幅以及书籍 77 本，这批以凯瑟的弟弟和弟媳命名的"罗斯科—米塔·凯瑟集",或许会给21世纪的凯瑟研究带来新的转机。

二、《啊,拓荒者!》

谈到薇拉·凯瑟,有美国评论家宣称,"在现代美国作家中,没有任何一人能像她那样为延续旧世界与新世界之间的文化做出过那么多的贡献"①。凯瑟对美国文学与文化的贡献主要在于她对西部文学传统的延续与创新。追溯到美国立国之初,以詹姆斯·费尼莫尔·库珀(James Fenimore Cooper,1789—1851)的"皮袜子五部曲"为代表的西部文学体现了一种积极向上的时代精神,这种精神逐渐成为美国国民性格和身份的一个有机组成部分,完全融入美国文化的血脉之中。西进的梦想和现实主导了美国集体意识将近三百年的"美国梦"和个人主义,然而,19、20世纪之交的社会变迁和价值转变对这个梦想造成了巨大冲击。凯瑟正是立足于这个过渡时期对美国拓荒时代的历史和价值观进行了回顾和反思。

西进运动始于1803年10月20日美国与法国签订的"路易斯安那购买条约"(Louisiana Purchase Treaty),此后美国政府开始鼓励国民向西部边疆迁徙。1862年颁布的《宅地法案》(Homestead Act)吸引了大批拓荒者在大平原地区廉价购买土地,建设家园,开始新生活;惠特曼的诗歌《拓荒者! 啊,拓荒者!》(Pioneers! O Pioneers!)正是献给这个特定时代的一曲激情澎湃的颂歌。"对美国人来说,西部意味着许多东西:理想中的福地、自由的疆土、逃避家庭和债主的'避风港'、游猎,从经营矿山、畜牧和木材事业中大发横财。"②在这半个世纪间,数百万拓荒者加入了西进大军,将文明带入荒野,用辛勤的劳动把这片处女地开垦成一个农业王国。然而,如历史学家弗德里克·杰克逊·特纳(Frederick Jackson Turner)在1893年的一次学术会议上宣布,西部边疆实际上已不复存在;到了19世纪末,随着美国西部边疆的不断拓展和处女地的渐次消失,象征着自由国度的西部开始成为一段过往的历史,只留下桀骜不驯的大自然等待着那些移居边疆的人们去驯服。因此,这时的西部文学多以浪漫主义的怀旧和感伤为基调。凯瑟既是集浪漫主义、现实主义与现代主义等多种元素于一身者,又是美国西部拓荒神话和边疆传奇人物塑造的集大成者;她的拓荒小说将历史、记忆与想象巧妙结合,在民族、地区和个人等三个维度上立体地重塑了拓荒者的集体和个体身份,发掘了西部边疆史上先前不为人所知的层面以及西部拓荒经历的新时代特色。

凯瑟的第二部长篇小说《啊,拓荒者!》发表于1913年,是"内布拉斯加小说系列"(Nebraska Novels)代表作。该系列主要包括《啊,拓荒者!》、《我的安东尼亚》和《一个迷途的女人》这三部作品,集中反映了19世纪美国特有的西部拓荒经历,前两部是拓荒时代的见证和拓荒精神的赞歌,堪称美国文学中的经典之作。《啊,拓荒者!》讲述了内布拉斯加州汉诺威镇的瑞典移民柏格森一家的拓荒经历。小说

---

① 威勒德·素普:《20世纪美国文学》,濮阳翔、李成季译,北京师范大学出版社,1984年,第58页。
② 同上书,第8页。

开篇,大约在 1883 至 1890 年间,柏格森家长女亚历山德拉在父亲去世后继承了农庄。适逢大旱,土地连年颗粒无收,小镇上的居民纷纷放弃土地,逃往城市,其中也包括她的朋友卡尔·林斯特伦姆一家。但是,在亚历山德拉和母亲的坚持下,柏格森一家留了下来,亚历山德拉甚至说服了两个弟弟奥斯卡和洛,将农场重新抵押后购买了更多土地,并使用了新型农耕技术。十六年后,柏格森家的产业兴旺发达,亚历山德拉与已成家的弟弟们分了家产,她的农场成为"分水岭"一带最富有的一处,她挚爱的小弟埃米尔刚刚大学毕业。这时,多年不见的老朋友卡尔突然出现了,他在芝加哥从事蚀刻业,失业后打算去阿拉斯加,临时决定留下来陪亚历山德拉一段时间,两人因此得罪了奥斯卡和洛,两兄弟怀疑穷困潦倒的卡尔觊觎亚历山德拉的财产。卡尔愤然离去,埃米尔也为了逃避对童年玩伴、有夫之妇玛丽亚的恋情而到墨西哥城工作去了,亚历山德拉形单影只地度过了寒冬。埃米尔回来后正打算再次离开,他与玛丽亚的私情被其丈夫弗兰克发现,嫉妒成性的弗兰克盛怒之下将两个有情人枪杀后出逃。小弟的暴死给了亚历山德拉致命打击,她一度精神恍惚。等到平静下来,她去监狱见了弗兰克一面,不仅原谅了他,而且许诺要请求法律不再追究他的罪行。这时,卡尔从阿拉斯加回来了,他们不顾兄弟们的反对,决定结婚。

作品主要有两条主线。一条主线是女主人公亚历山德拉白手起家的艰苦奋斗历程。父亲去世后,她作为长女,虽接连遭遇大旱、歉收和经济危机等挫折,却在极其艰难的情况下坚守父亲的家业,带着两个自私而平庸的弟弟化荒原为沃土。亚历山德拉对土地有着深厚感情和信心,同时也有着征服野性自然的耐心、决心和勇气。小说一开始便强调了自然力作用下人类力量的微不足道和拓荒的艰难:"犁耙留下的痕迹并不深刻,就像史前动物在石头上留下的几道隐隐约约的爪痕,太模糊不清了,让人觉得这或许就是冰川的遗迹,而不是人类奋斗过的纪录";卡尔在自然力面前退缩了,"他觉得人类太软弱,无法在这里留下痕迹,这儿的土地不想被人打扰,它要保留自己固有的狂烈力量、独特而原始的美和连绵不断的忧伤"①。但是,亚历山德拉凭借自身的勤劳、才智和远见卓识,终于完成了父辈为之献出生命的未竟开垦事业。她身上集中体现了百折不挠、乐观向上的拓荒精神,她的成功经历也正是"美国梦"的一个典型例证。

另一条主线涉及爱情与婚姻主题。亚历山德拉虽在经营农场方面才智与胆识过人,但在情感上颇为迟钝,时常下意识地压抑情感需求。她虽与卡尔自幼情投意合,却在经历了几番聚散和一场劫难之后才最终意识到,一直都理解并默默支持自己的卡尔原是她一生的真爱和精神寄托。小说结尾处,亚历山德拉感叹道,"我想我们会幸福的。我一点儿都不担心,我想好朋友结婚,比较安全,我们不会遭受——年轻人那样的痛苦";同时,她也终于承认了长久以来内心的渴求,"我累

---

① 薇拉·凯瑟:《啊,拓荒者!》,张琼、叶旭军译,见朱炯强选编:《薇拉·凯瑟精选集》,北京燕山出版社,2004 年。文中该作品的引文均出自此译本。

了,我一直很寂寞,卡尔!"相比之下,小弟埃米尔与玛丽亚的爱情多了许多浪漫成分。埃米尔有着情感丰富的性格特点,他与活泼美丽、热情奔放的波西米亚女子玛丽亚幼年相识,但大学毕业后发现玛丽亚已在感情冲动之下嫁作他人妇,且婚后生活并不幸福。玛丽亚与埃米尔两情相悦,陷入痛苦的感情漩涡之中。在好友阿梅代突发急病身亡后,埃米尔深刻地感受到"生命是如此的短暂而又简单",一时放纵了自己积蓄已久的激情,却在果园幽会时惨遭枪杀。年轻恋人血染白桑葚树的意象取自罗马诗人奥维德关于皮拉摩斯和提斯柏双双殉情的神话典故,这场浪漫爱情被赋予悲剧的特质和结局。

作品着力强调了亚历山德拉与玛丽亚之间的性格反差:亚历山德拉是理智的化身,而玛丽亚却代表了如火的激情。亚历山德拉"身上有一种像宿命论者那样,不为所动的安详宁和的气质",她曾对玛丽亚说,"我相信大多数的瑞典姑娘都有母牛那样的品性。你们这些好激动的波西米亚姑娘是无法理解的。我们是一个非常讲究实际的民族"。实际上,她也无法理解玛丽亚,反而对她的丈夫弗兰克抱有同情——"为什么一个生性快乐、性情温柔的姑娘会给所有爱她的人带来毁灭和哀伤呢?",这是一个令她百思不得其解的问题。很明显,作品中包含的道德判决是在理智与情感的冲突中偏向前者的;而且,作者在这部作品中对浪漫爱情也基本上持否定态度,甚至倾向于将爱情与死亡联系在一起,埃米尔与玛丽亚、阿梅代的悲剧都提供了例证。评论家不约而同地注意到这个文本现象,但在阐释上多存争议。

从主题表现上看,不同于以往的拓荒体裁的西部小说,这部作品不仅反映了特定历史时期的"美国梦"的内涵,而且着力再现了世纪之交新旧价值观的对立和转换。1865 年内战结束后,以南方种植园为代表的农耕经济模式开始衰落,美国加快了工业化、城市化、现代化的资本主义发展进程。从这个意义上讲,内战构成了新旧世界之间的一道历史分界线。在《啊,拓荒者!》这部小说中,女主人公的主导价值观虽然仍是以土地为核心的农耕意识,但其中也包含了新时代语境下的全新阐释。首先,亚历山德拉的自然观不同于父辈。当许多拓荒者在大自然施加给人类的挫折面前幻灭乃至放弃时,亚历山德拉眼里的野性自然却在顿悟一刻发生了巨大的改变。她在与大自然的近距离接触中体会到土地对自己的重要性:她"对乡村有了新的认识,觉得和它有了新的联系","这一切促使她想到了自然界伟大的运行,每当想起这背后的规律,她就感到一种个人的安全感"。但是,她与土地之间的关系完全不同于父辈关于土地的旧观念。在父亲看来,人与土地之间多半是一种拥有和被拥有、征服和被征服的关系:"土地本身是值得拥有的。但它是个谜,就像一匹没人能驯服的野马,狂奔着,把东西踢碎。他认为没人懂得如何正确开垦这片土地。"关于荒野变沃土的奇迹,亚历山德拉却有着自己颇为独到的描述方式:"土地自己做到的。它开了个小小的玩笑,因为当初没人知道开垦它,所以它装得很贫瘠;然后,一转眼,它自己工作了。它从沉睡中醒来,舒展开来,展得那么开,那么富饶,我们一下子发现自己只是静静坐着,就变富裕了。"这段文字中饱含了拓荒者对土地的深情以及人与自然之间达成的默契。

另外，土地的价值也在新时代语境下得到重新评价。一方面，它给个体带来了身份的确定感，如卡尔所说："在这里你是一个个别的人，有自己的身世，会被人想念。但在城市里，有成千上万个像我这样滚动的石头。"另一方面，这种以土地为本的价值体系的意义远远超出了它对个人和地区发展的影响，它在民族历史上起到的作用同样是无与伦比的：

> 或许，自从这块土地从地质纪元前的洪水中涌现出来后，还是第一次有人用爱和渴望面对着它。对于她，这块土地是美丽、富饶、强盛和荣耀的。她痴情地饱览着宽广的土地，直到泪水模糊了视线。于是，"分水岭"之神——那伟大的、自由的、弥漫于此间的灵魂——也从没有如此地俯首于一个人的意志。每一个国家的历史就是从一个男人或一个女人的心里开始的。

在爱萌发的那一刻，人与自然之间的关系将被彻底改变，个体、地区和国家的命运也将随之被彻底改写。显然，凯瑟的历史观带有19世纪美国个人主义的深刻烙印。借用亚历山德拉在小说结尾处回应卡尔的话："你还记得你曾说过的……有关一遍遍书写那古老故事的话吗？只不过现在轮到我们来书写，用我们所拥有的最美好的一切来书写"。不仅如此，土地的永恒价值也远远超越了个体生命的意义，亚历山德拉在小说结尾处感慨道，"我们不过是匆匆的过客，而土地才是永恒的。只有真正热爱土地，珍惜土地的人才配拥有它——哪怕这样也只是短暂的。"

这样一来，旧世界的土地价值观突破了它传统上褊狭、保守和固步自封的原有意义，带上了新时代的烙印。这一点在亚历山德拉与母亲及两个弟弟的对比中得到强化。柏格森太太虽是个好主妇，但她缺乏对新环境的适应能力和开拓精神，只是"不懈地在新环境中重复着旧生活的秩序"，并且"希望能让她放手尽可能地重建旧时的生活"；两个儿子虽是农耕好手，却像母亲一样平庸，不思进取、墨守陈规：奥斯卡"不爱动脑子的程度就如同不吝惜体力一样"，洛"总是大惊小怪、毛手毛脚的"，两人在成家以后则越发显示出自私而褊狭的一面来。这些有悖于个人主义精神的陋习都是亚历山德拉所痛恨的。她对卡尔说："在这里，我们越来越粗硬、笨重，不像你一样轻快自如地行动，我们的思想也僵化了。如果世界不比我的玉米地大，如果这以外没有别的，我会觉得没有什么值得做了。"正是这种开放的心态和灵活的头脑，使得亚历山德拉大胆地改变了旧时农耕经济的生产和运营方式，采用了现代化农业技术和设备，雇佣了帮工，改良了家庭作坊式的自给自足小农经济模式，从而在人与自然的抗衡中最终取得了胜利。同时，她也深知固守旧世界价值观的弊端，故把未来的希望寄托在小弟埃米尔身上，鼓励他和卡尔一样走出去，"在未知世界里寻求新的自由"①。埃米尔大学毕业以后，她感到欣慰："埃米尔和农庄正如她所愿。在她父亲的几个孩子中，总算有一个不被农活所羁绊，有着跟土地截然不同的禀性，能走出去闯天下了。这，她想正是她奋斗的目标，她对自己的人生感

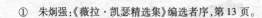
① 朱炯强：《薇拉·凯瑟精选集》编选者序，第13页。

到心满意足。"可见，亚历山德拉的价值观具有过渡时期的两面性，她既保持了农耕时期价值观的良好传统，又接受了工业化时代的新观念，在一定程度上起到了新旧两个世界之间的桥梁作用。

除了带有强烈个人主义意味的自然观与历史观以外，这部小说值得关注的还有它所体现的女性主义价值观。作品多聚焦于西部拓荒生活中的女性人物，集中反映了女性在拓荒生活中的角色和境遇。一方面是对贬抑女性才能的男权思想的谴责。亚历山德拉作为一名女性拓荒者，尽管在魄力和才智上丝毫不输于男子，但她还是没能逃过男权思想占主流的社会对女性的偏见和歧视。两个弟弟在成人以后变得忘恩负义，竟然否认姐姐在发家过程中起到的决定性作用，不仅以女子生来就缺乏管理头脑为借口，剥夺了她的主导权，而且宣称"家庭的财产本该属于家庭的男性成员"，甚而为了家产的缘故阻挠她的婚姻幸福。另一方面则是对女性价值观的弘扬。亚历山德拉所代表的价值观在整个村庄占据了主导地位，成为拓荒精神的重要元素；而包括卡尔、埃米尔、弗兰克、奥斯卡和洛在内的男性人物则充当了陪衬。如前所述，这些男性人物性格上都存在着明显的缺陷，卡尔在自然力量面前缺乏意志和力量，埃米尔在情感诱惑下失去了理智和道德感，他们实质上都在以不同的方式逃避或拒绝现实。在拓荒精神中，除了女性特有的爱与坚忍、务实等素质以外，还有个人主义与群体精神的有机结合。小说着力描写了女性群体的密切交往，亚历山德拉与玛丽亚、安妮、李老太太以及女仆西格娜之间的亲密关系使得艰苦而孤寂的拓荒生活变得可以忍受；对于被众人认为发了疯的异教徒、挪威老人艾弗，对于固守旧时生活习惯而成为众人笑柄的李老太太，她采取的都是一种包容和理解的态度。这些女性特质与土地价值观之间的契合在女性与自然之间建立了紧密关联，使得女性在顺应自然规律和尊重文化传统的同时获得了绝对的生存优势。这种女性主义价值观与朱厄特等人开创的美国乡土主义女性文学传统是一脉相承的。

《啊，拓荒者！》自面世以来一直备受公众赞赏和评论界推崇。它不仅迎合了一个时代的文化需求，真实地反映了这个特定时代的史实和风貌，而且也回应了爱默生半个世纪之前对美国作家发出的召唤，彻底摆脱了欧洲文化的羁绊，以个性鲜明的美国声音讲述美国民族的独特经历。一如凯瑟自身的文学创作理念，小说的现实主义表现手法并不拘泥于事实和细节，而是带有浪漫主义想象以及象征主义和印象主义色彩。西部拓荒生活在家庭聚会、教堂义卖会、婚宴等日常生活场景描述中呈现出一派丰富多彩的光景。景物描写着眼于氛围的塑造，突显出强烈的美国特色。比如，小说开篇对"狂风怒号"的内布拉斯加草原的描述：小镇如同"正挣扎着不被大风吹走"的一叶扁舟，散乱分布的简陋住房在广阔天空和空旷平原的衬托下显得不堪一击。16年后，春天的村庄就像一大片由麦田和玉米地交错分布的棋盘，农舍在云淡风轻的明媚春光里"色彩明快"，土地"丰饶而有生命力"，"微微抬起身子去迎接太阳"；冬季的田野则"到处灰蒙蒙的一片"，村庄"冰冻如铁"，为"严寒和阴郁"所笼罩，刚好与女主人公在兄弟反目、亲人离去后的孤寂苦闷心境交相呼应。大自然被赋予灵动的拟人化特征,深沉而含蓄的文字间跃动着人与自然之间共生与默契的脉搏。从这个角度看来,该作品又不失为一部生态写作的前瞻之作。

第四节 托尼·莫里森

一、生平与创作

托尼·莫里森(Toni Morrison,1931—)是美国最具代表性的非裔作家,1993年因"其作品想象力丰富,富有诗意,显示了美国现实生活的一个重要方面"而获诺贝尔文学奖,成为继赛珍珠(Pearl S. Buck)后第二位获此殊荣的美国女作家。诺贝尔颁奖词中提到的"美国现实生活的一个重要方面",实际上就是指美国黑人在一个种族主义和性别歧视至今仍大行其道的白人男权主流社会中的生存状态和文化困境。莫里森的主要文学成就在于长篇小说创作方面。40年来,她在《最蓝的眼睛》(*The Bluest Eye*,1970)、《秀拉》(*Sula*,1973)、《所罗门之歌》(*Song of Solomon*,1977)、《柏油孩子》(*Tar Baby*,1981)、《宠儿》(*Beloved*,1988)、《爵士乐》(*Jazz*,1992)、《乐园》(*Paradise*,1998)、《爱》(*Love*,2003)、《恩惠》(*A Mercy*,2008)等一系列作品中以史诗般的恢宏手笔、高超的叙事技巧、丰富的想象力和生动的黑人口语,深刻揭示了美国黑人生活中通常不为人知的复杂层面,展现了黑人深厚的民族文化传统。作品既有厚重的历史感和深刻的思想性,又不失诙谐幽默。莫里森还是一位学者型小说家,自20世纪50年代起先后在纽约州立大学、加州大学伯克利分校等高校任教,1987年起出任普林斯顿大学教授,主讲美国黑人文学和文学创作;1996年获选杰斐逊讲席教授,这是美国联邦政府授予人文学科成就的最高荣誉。

莫里森原名克洛艾·沃福德,1931年出身于俄亥俄州钢城洛里恩的一个工人家庭,父亲乔治·沃福德是焊接工人,母亲在白人家做女佣。她在兄弟姐妹中排行第二,自幼嗜好读书,尤其喜爱奥斯汀和托尔斯泰的作品,父亲经常给她讲述黑人民间传说,这为她日后的文学创作提供了丰富的素材和文学表现手法。1949年,她以优异成绩考入当时专为黑人开设的霍华德大学,攻读英语和古典文学,1953年进入康奈尔大学继续深造,1955年以一篇研究福克纳和伍尔夫作品中的自杀情结的论文获得文学硕士学位。毕业以后,莫里森先后在南得克萨斯州大学、霍华德大学担任英文讲师。1958年,她与牙买加人哈罗德·莫里森结婚,育有两子,1964年离异。随后在兰登书屋纽约总部任高级编辑,为出版拳王穆罕默德·阿里的自传和托尼·凯德·班巴拉(Toni Cade Bambara)、安吉拉·戴维斯(Angela Davis)、盖尔·琼斯(Gayl Jones)等青年黑人作家的作品做了很大努力,从而对美国黑人文学进入主流起到了重要的推动作用。1974年,她协助米德尔顿·哈里斯(Middleton Harris)编辑出版《黑人之书》(*The Black Book*),该书以翔实的资料再现了美国黑人长达三百年争取平等的斗争史,被称为美国黑人史的百科全书。

莫里森的文学创作始于在霍华德大学工作期间。她参与了一个非正式作家论坛,与大家聚在一起讨论自己的作品,莫里森当时写了一个短篇小说,讲述了一个异想天开地渴望拥有一双蓝眼睛的黑人女孩的经历。在此基础上,她创作了长篇小说处女作《最蓝的眼睛》,1970年推出后立刻引起公众关注。小说通过肤色黝黑的佩科拉在种族歧视的重压下精神崩溃的悲剧,探讨了白人主流社会强加给黑人的审美和价值标准,揭示了黑人在认同并内化白人价值观后产生的内部矛盾和自我厌弃心理及其给个体、家庭和群体带来的伤害。这部作品的发表是对黑人民权运动提出的"以黑为美"(Black Is Beautiful)的口号所作的回应,但其魅力经久不衰,在2000年成为奥普拉图书俱乐部的推荐书目。1973年出版的第2部作品《秀拉》也是一部青少年成长小说,着重刻画的却是一个具有叛逆精神的黑人女性形象。情节围绕女主人公秀拉与童年好友内尔之间的友谊展开。秀拉早年丧母,离家出走去寻找自由,十年后回到黑人社区时已变得我行我素、放荡不羁,甚至勾引内尔的丈夫,因此遭到黑人群体的唾弃。内尔与秀拉反目,直到秀拉重病垂死时才肯原谅她。然而,多年以后,内尔想起秀拉来却满含深情,终于认可了内心深处对独立、大胆的好友的倾慕之情。这部小说引起关注的不仅是叛逆的黑人女主人公的形象塑造,还有它独特的视角及道德立场所引发的质疑。对于秀拉的所作所为,叙述者自始至终不动声色,似乎无意做是非评判,而是极力保持中立。如作者自己所称,"在《秀拉》里,社区中的人们让秀拉留在那里,他们不会清洗她或把她埋掉,他们只是保护自己不受她的伤害,但她仍是社区中的一员。但是白人的渣滓,那些在《秀拉》里被高贵的白人世界抛弃的白人,却在我们社区里为所欲为,随心所欲"。显然,作者试图在这强烈反差之中强调黑人的卑微境遇和应有权利。在这个意义上,秀拉的反叛行为代表了黑人女性追求自由、寻求自我的一种积极行动。如果说《最蓝的眼睛》令莫里森一举成名,《秀拉》则使她被奉为黑人妇女的精神领袖。

《所罗门之歌》被认为是莫里森的代表作,据称比稍后名声大噪的《宠儿》更完美地表现了黑人民族的历史。这部小说是一部以黑人男性为主人公的小说,主要讲述了一个绰号"奶娃"(因断奶较晚而得名)的黑人男青年在民族文化寻根过程中获得精神独立的成长经历。作品从不同角度描写黑人戴德一家三代的历史。奶娃的祖父在保卫自己的土地时被杀死,父亲麦肯·戴德富有却自私,妻子的恋父情结令他不齿,姐姐派特拉祖孙三代人在他眼里也一无是处。奶娃长大后变得像父亲一样缺乏同情心,他爱上了派特拉的孙女哈格尔,但由于轻易得到反而不珍惜,哈格尔遭到抛弃后发疯,一心想杀死奶娃。32岁时,奶娃想要离家出走,但父亲告诉他,姑妈有一个盛金块的口袋,于是奶娃伙同好友吉他一起去盗,却发现是一袋骨头,后来得知这是他祖父的遗骨。奶娃不死心,回到南方去寻找金块,结果在洞穴里一无所获,转而探寻戴德家族历史。尾随而来的吉他却误会他私吞金子,暗地里策划把他杀掉。奶娃从童谣里发现曾祖父原来就是传说中那个会飞的黑人,名叫所罗门,他为逃脱奴役而抛妻弃子,只身飞回非洲。这时的奶娃已失去了对财富的向往,明白了自己的生活目标。他带姑妈回到"所罗门跳台"安葬祖父遗骸,但姑妈却被吉他误杀。整个故事始于一个黑人试图用绸翼飞行,结束于奶娃从"所罗门跳台"盘旋而下,情节围绕着"黑人会飞"这一古老传说展开,以隐喻的方式表达了黑人对自由的向往。小说包含来自非洲的各种民间神话和传奇故事以及黑人音乐等民族文化元素,体现出浓郁的黑人文化传统,并带有强烈的魔幻现实主义色彩。

第四部小说《沥青娃娃》的标题也同样取自一个古老的黑人传说。莫里森在1995年卡琳·L·巴特所做的一次访谈中指出,"沥青娃娃"是白人对黑孩子,特别是对黑人女孩的称呼;由于沥青用于建筑,沥青坑一度被认为是一个重要乃至神圣的地方。因此,莫里森将沥青娃娃看作具有胶合力的黑人女性的象征。根据加纳传说,一名农夫用沥青制作了一个娃娃形状的稻草人,以捉一只偷白菜的兔子,兔子一怒之下动手打沥青娃娃,却被粘住,逃脱不得。这个故事在美国南方种植园里广为流传。莫里森借用兔子和沥青娃娃的隐喻,讲述了两名来自不同阶层和背景的男女黑人青年之间的爱情纠葛。贾丁是一个被白人文化同化了的黑人女子,由于她的叔婶在斯特里特家帮工,她受到这个富裕的白人家庭资助在巴黎大学求学,毕业后做了时装模特。索恩则是一名穷困潦倒的黑人水手,夜里潜入斯特里特家宅躲藏,与碰巧来访的贾丁相识,后在交往中互生好感。两人一起离开斯特里特家所在的小岛,在纽约度过了一段快乐时光。但是,当两人去索恩位于佛罗里达州的家乡时关系出现了裂痕,回纽约后不久便分道扬镳。贾丁从小岛回到巴黎,索恩在小岛寻找贾丁时面临一个抉择:继续寻找恋人,或加入首批黑奴后裔在那里组建的野马部落。他选择了后者。莫里森在小说中运用黑人特有的方言土语,并将整部作品献给曾经给她讲故事的女性长辈,藉此来实现她的民族文化寻根之梦。

《宠儿》是莫里森迄今为止最畅销的一部小说,描述的是后奴隶时期的美国黑人如何摆脱奴隶制造成的心理阴影并走出过去创伤的历史。作品人物众多,结构复杂,以蒙太奇手法在多个故事之间进行切换。其主要情节取自于一个真实的历史故事,故事发生在1873年前后。怀有身孕的女主人公黑奴塞丝只身从肯塔基的种植园逃到俄亥俄州辛辛那提,奴隶主循踪追至,为使儿女不再重复自己做奴隶的悲惨命运,她毅然杀死了一个女儿。奴隶制废除后,18年前被残忍地割断喉咙的女婴阴魂不散,日夜作祟,惩罚母亲当年的行为,甚至以色相引诱塞丝的情人保罗·D,企图独占母亲的爱。《宠儿》堪称美国黑人史上的一座纪念碑,以震撼人心的艺术形式揭露了奴隶制的残酷压迫和剥削。作品充分展示了作者高超的叙事技巧,被普遍认为是莫里森的巅峰之作,1987年出版后立刻荣登畅销书排行榜。《宠儿》未获当年的美国国家图书奖和全国图书评论奖,一些作家表示抗议,翌年3月它终于荣获普利策小说奖;2006年被《纽约时报书评周刊》评为25年来最佳美国小说,并入选《时代》周刊"1923—2005 年百佳英语小说"之列。该作品于 1998 年被改编为同名电影,由著名脱口秀节目主持人奥普拉·温芙瑞领衔主演。

《爵士乐》的主题表现形式颇似爵士乐的表演方式,叙事语言极富乐感,风行于 20 世纪 20 年代的爵士乐奠定了黑人口头叙事的基调和节奏,同时,音乐也在黑人生活中扮演了重要角色,对人物命运产生了深刻影响。这部作品聚焦于移民到北方城市的南方黑人所面临的身份问题,反映了 20 年代哈莱姆区的黑人生活,主要线索是维奥莱特、乔和多克斯之间的三角恋情。维奥莱特和乔的婚姻并不幸福,乔在偶遇 17 岁的多克斯之后便开始了一场持续数月之久的婚外恋,但多克斯由于厌倦而单方终止了恋情,并且交上了新男友。乔盛怒之下开枪打伤了多克斯,多克斯阻止他人叫救护车,最终流血身亡。葬礼上,维奥莱特意外现身,持刀猛砍尸体面部。后来,她却与死者的姑妈交上朋友,并在多克斯好友的调解下与乔和好如初。小说打破了时空界限,以凶杀和砍尸的暴力事件开始,穿插对了维奥莱特和乔的身世追溯以及一些次要人物的故事,在历史层面上暗示了黑人之间暴力行为的种族压迫诱因,探究黑人支离破碎的身份形成的社会根源。

《乐园》是莫里森获诺贝尔文学奖后发表的第一部作品,与《宠儿》和《爵士乐》构成三部曲,共同梳理了非洲移民在美国的发展史。作品跨越了从奴隶解放初期到 20 世纪 70 年代的百年历史,两条主线分别是美国俄克拉荷马州一个名为鲁比的纯黑人小镇的兴衰史和小镇旁边女修道院中一些女性的身世叙述,这两条线索时而平行发展,时而交织在一起。开篇一个章节以小镇为标题,其他章节则以不同女性人物来命名,每一章节穿插了对小镇历史上主要事件的回顾。小镇的百年历史变迁折射出非裔美国人整个族群的生存状态。19 世纪 70 年代,刚刚摆脱奴隶制的黑人历经磨难后在俄克拉荷马州建立起梦想家园黑文小镇,二战后小镇的萧条促使那些创建者的后裔带领镇上 15 户人家西迁,建立鲁比小镇,可 20 年后的鲁比镇又走向衰落。几代黑人为了建立一片远离种族压迫、专属自己所有的自由乐土付出了艰辛努力。另外,作品着重反映了性别差异带来的冲突,一方面是小镇上男人的父权制思想,另一方面是小镇妇女与修女之间的私密交往,体现了黑人女性的独特视角。

2003 年出版的小说《爱》围绕去世的旅游胜地旅馆老板比尔·库什展开情节,通过一名雇员的眼睛审视几名深受比尔影响的女性的生活。这是 1950 年东海岸的一个小镇,比尔经营的旅游胜地专门服务于中上层黑人,在佛罗里达州小有名气,而且他热心慈善事业,乐于为有色人种提供援助。比尔尤其影响了身边女性的生活,其影响力甚至在他死后也未减弱。小说的主要人物希德、克里斯汀和梅分别是他的遗孀、孙女和儿媳。希德与克里斯汀同岁,曾是童年时代的好友,后来反目为仇。其根源在于比尔:52 岁的比尔从希德的父母手里买回 11 岁的小希德,希望她能为他生一个儿子,以弥补丧子之痛。梅却将希德的到来看作一种威胁,不仅不失时机地羞辱这个小新娘,而且极力挑拨希德和克里斯廷之间的友谊。小说采用倒叙手法,以第一人称视角透视人物的内心世界,塑造出为嫉妒、敌意和报复心所困扰的女性角色,充分表现了这些女性为争夺财产继承权而展开的钩心斗角。追根溯源,这些行为背后是奴隶制和种族主义的深远影响,复杂的感情纠结之中闪现的是种族、阶级和性别权力斗争的历史幽灵。

时隔5年推出的新作《恩惠》则穿越历史时空,将读者带回17世纪的美国,透过奴隶制最初各种形式的表象,试图揭示种族主义的根源。莫里森在这部作品中致力于挖掘美国建国之初的两桩原罪:从非洲进口奴隶和灭绝土著群体。与《宠儿》相似,小说塑造了一位被迫卖掉八岁女儿的母亲,但故事发生在1680年,且叙事焦点转移到了那位对于被母亲抛弃难以释怀的女儿弗洛伦斯身上,直接展现了女性是如何成为受害者的。好心的纽约农场主雅各布·瓦尔克买下了弗洛伦斯,弗洛伦斯却在这里发现了一个多种文化融合的群体:瓦尔克本人是一个孤儿,曾在救济院生活,他的妻子丽贝卡则来自英格兰,瓦尔克希望弗洛伦斯能为他的妻子减轻丧子之痛;与弗洛伦斯一起干活的莉娜是一名印第安女子,是一场瘟疫席卷部落以后的少数幸存者之一。这些人物都失去了他们的文化根基,在一块陌生的土地上挣扎着活下去。当16岁的弗洛伦斯被派去为生天花的丽贝卡寻找一位懂得草药的自由黑奴时,她踏上了一次改变命运的艰险之旅。作品在描述被奴隶制逐渐腐蚀的美国"伊甸园"的同时,也尝试构建了一块没有种族主义概念的理想净土,尤其将女性人物从"属于并为了男人活着"的奴役状态一直到自我意识觉醒的发展历程与当时的各种宗教习俗结合起来,取得了史诗般的宏大叙事效果。这部小说被《纽约时报书评周刊》评为"2008年十佳作品"。

莫里森在长达40年的小说创作生涯中始终如一地关注黑人在美国的历史和现实生存境遇,并将其个体经历融入历史,融入民族的群体命运之中。更为可贵的是,她能以积极乐观的态度面对黑人的灾难历史,时用用幽默来化解创伤经历给整个种族群体带来的精神重压。另外,尽管她的小说侧重于反映黑人女性的生活状态,但她不愿将自己的作品贴上女性主义文学的标签。莫里森站在人类的宏观立场上写作,其作品在主题表现上的博大眼界、深刻洞察力和厚重历史感以及叙事上的恢宏气势和震撼力,令她远远超越了性别的局限,为女性写作增添了前所未有的力量。

二、《宠儿》

2006年,《纽约时报书评周刊》组织评选"25年来出版的美国最优秀小说",《宠儿》最终位列榜首。随后,编辑部邀请了几位参评的小说家与评论家座谈。简·斯迈利谈到了《宠儿》与《汤姆叔叔的小屋》之间的差异。她认为,尽管两部作品选择了同一主题,但是它们在表现形式上有所不同。"斯托夫人用了情节剧和论战——小说是直白的、悬疑的、令人发怒的,因为她是狂怒的!莫里森非常精明。她使用了鬼的故事,并在其中填满了民间故事。主题是戏剧性的,行为是令人恐怖的,但是她用的形式把我们吸引进去。当她写到高潮的时候,就是早期从种植园的出逃中实际发生的事情时,令人震惊的事件突然被披露出来。它们一直被当作秘密和故事。当然,莫里森真正要做的,我想,是重写历史——以一种从没有过的更真实的方式。我认为这是25年来小说创作的主要推动力。"①

在《宠儿》中,莫里森用超自然的表现形式将封存在黑奴记忆深处的一段历史揭开来。她"重写历史"的努力主要体现在史料的借鉴和叙事手法的突破上面。小说序言中提供了有关创作背景方面的信息。莫里森在编辑《黑人之书》的过程中,有机会接触到不少有关黑奴反抗奴隶制的史料,其中一张剪报上有一个名叫玛格丽特·加纳的女黑奴的真实事件报道。1856年,玛格丽特带着她的几个孩子从肯塔基州逃到了俄亥俄州辛辛那提,奴隶主带人赶来追捕,她见希望破碎,绝望之下砍断了不到两岁的小女儿的喉管,并自杀未遂。由于当时的奴隶制律法规定奴隶的一切都是奴隶主的财产,包括奴隶的后代,玛格丽特险遭谋杀起诉,却最终以"偷窃财产"罪被押回种植园。玛格丽特在被捕后神志清醒、毫无悔意,只是平静地说:"他们再不能那样生活下去,他们再不能那样生活下去。"这个事件曾经轰动一时,成为反抗《逃亡奴隶法》斗争中的一个著名讼案。莫里森以此为素材写就《宠儿》,集中反映了黑奴不惜一切代价争取自由的强烈意愿。此外,小说中反复提到了"中间通道"和"地下铁路",这是非裔美国人历史上的两个重要概念。前者指的是奴隶贸易船从欧洲至非洲,再到美洲或西印度群岛,最后回到欧洲的"黑三角"航行中从非洲西海岸横渡大西洋的那段旅程。据历史学家估计,1505到1865年间,大约有一千万非洲黑人经"中间通道"被贩运到美洲为奴,其中数以百万计黑人遇难。后者是指美国19世纪以哈利特·塔布曼为首的黑人建立的一套帮助黑奴从奴隶制南方各州逃往北方废奴州以及加拿大的地下保护网络体系。在1810到1850年的高峰时期,累计有超过3万黑人通过这一途径逃跑。另外,小说中的黑人在肯塔基、佐治亚等地遭受性虐待与暴力迫害的惨痛经历也一针见血地揭穿了历史真相。故而,莫里森将这部作品题献给"六千万有余",以此纪念那些在奴隶制下惨死的黑奴。

《宠儿》以黑人母亲的杀婴事件为核心展开情节。女主人公塞丝从奴隶主"学校老师"的农庄"甜蜜之家"逃了出来,在从肯塔基到俄亥俄州途中历尽艰辛,并在一位白人女孩的帮助下生下女儿丹芙。她与婆婆贝比·萨格斯以及早先托人带出来的三个孩子在辛辛那提蓝石路124号农舍里团聚,准备开始自由新生活。然而,白人奴隶主尾随而至。为了不让自己的孩子同样沦为奴隶,塞丝杀死了刚刚会爬的幼女宠儿。此后,宠儿的鬼魂一直萦绕着124号,将这座充满快乐人声的房子变成了一处众人避之不及的凄苦鬼宅,导致塞丝的两个儿子离家出走,女儿丹芙性格孤僻。18年后,萨格斯已去世,曾在"甜蜜之家"与塞丝及其丈夫黑尔同为黑奴的保罗·D来到塞丝身边,给她带来了一丝精神慰藉,这个新组建的家庭开始走出忧伤的阴影,三个人还一起去城里参加了狂欢节活动。但是,宠儿却偏偏选择此时还

---

① "Fiction in the Last 25 Years", *The New York Times Book Review* (May 21, 2006), http://www.nytimes.com/2006/05/21/books/fiction-discussion.html_r=1&pagewanted=all, Mar. 15, 2010.

魂,从水中重返人间,以需要帮助的弱者身份住进这所房子里,久久不肯离去。为了独占母亲的爱,她纠缠并引诱保罗·D,以此为借口将他赶出了家门。由于宠儿变本加厉地向母亲索取爱,塞丝日渐枯竭,生命危在旦夕。最终,丹芙只好向黑人群体求助,众人合力将鬼魂彻底赶走,塞丝终于得到解脱。

作品一开篇便营造了一种阴森恐怖的哥特氛围:"124 号恶意充斥。充斥着一个婴儿的怨毒。"①这是时隔多年以后的 1873 年,两个儿子早已出走,萨格斯也已去世,只剩下塞丝和丹芙母女在鬼宅里相依为命。小说采用哥特艺术手法,揭示了美国奴隶制在黑人身上造成的无法言说的巨大痛苦,以及个体与群体创伤经历在黑人心中留下的挥之不去的阴影。作者将如何对待族群历史上的创伤记忆问题推到了前台。往事虽不堪回首,可是,被压抑的记忆却以鬼魂的形式反复浮现,使当事人身心备受折磨,几乎痛不欲生。这个鬼魂构成了一种有关黑人族群历史的深刻隐喻:"在这个国家里,没有一座房子不是从地板到房梁都塞满了黑人死鬼的悲伤"。作为小说的中心意象,宠儿的鬼魂被赋予了既具体又抽象的特质。最初,宠儿以塞丝被杀的幼女的面貌出现,具有明确的超自然特征,比如,她从未见过塞丝的耳环,却出乎意料地提到它;她会唱一首只有塞丝和她的孩子们才会唱的歌谣。后来,另一种可能性被黑人斯坦普·沛德提出:这个不速之客也许是附近一带某个被白人男子关起来的女孩子,白人男子去年夏天被人发现死了,女孩也已跑掉。但是,宠儿的具体身份逐渐变得不再重要,她对于塞丝和丹芙来说只是一种心理需求的投射,其作用在于减轻塞丝的负罪感和丹芙的孤独感。而对作者来说,宠儿的意象则提供了一种叙事动机,驱动情节不断向前发展,引领读者去发现那些不可言说的隐秘。

虽然杀婴事件是构成小说情节的核心要素,但这一事件始终未得到完整再现,点滴细节是随故事情节的展开和推进逐渐透露出来的,达到一种欲说还休、欲罢不能的叙事效果。借用小说序言里的说法,"邀请读者(和我自己一起)进入这排斥的情境(被隐藏,又未完全隐藏;被故意掩埋,但又没有被遗忘),就是在高声说话的鬼魂盘踞的墓地里搭一顶帐篷"。莫里森把这种表现手法叫做"重现回忆",重现的是奴隶制创伤经历的集体记忆。不同于一般意义上的倒叙手法,人物在忘记与回忆之间挣扎:为了开始新生活,黑奴努力想要忘记过去,却无法阻止记忆碎片在脑际浮现,无法阻挡点滴往事从记忆的裂缝中泄漏。其实,不仅仅是杀婴事件,整部小说在叙事上都未按事件发生的时间顺序和实际过程来展开情节。莫里森在小说序言里宣称,"为了让奴隶生活经验更为亲近,我希望能有一种一切尽在掌握而又频频失控的感觉贯穿始终;日常生活的秩序和平静将遭到粗暴破坏,让位于饥渴的死者制造的混乱;遗忘的巨大努力将受到绝地求生的记忆的威胁。将奴隶制还原成一种个人体验,语言决不能成为障碍"。基于这种理念,她将主人公的现实生活场景与记忆片段进行加工,重新拼接组合,用多重叙述方式还原那些曾被刻意

---

① 托尼·莫里森:《宠儿》,潘岳、雷格译,南海出版社,2006 年。文中该作品的引文均出自此译本。

抹去的真实情境,填补残缺记忆中留下的空白缺憾。这种"兜圈子"的讲话方式迂回曲折地突破了既定的语言框架,意识在生者与死者、现实与魔幻、过去与现在之间自由穿梭,其目的就在于真实再现创伤记忆给个体造成的深重伤害。这也是莫里森对奴隶叙事和非洲口述传统的传承和创新。

《宠儿》这部作品聚焦于黑人女性在种族主义、性别歧视思想大行其道的美国主流社会中的生存困境,探索了"母亲"这一神圣概念的内涵及其在奴隶制中遭受的玷污和扭曲。事实上,杀婴事件本身最令人发指的是,宠儿并非直接为白人所害,而是死于黑人亲生母亲之手。莫里森借用这个极端事例,把她对剥夺人权、扭曲人性的奴隶制的拷问推向极致。如她在序言中所讲:

> 我回头想,是思想解放的冲击令我想去探究"自由"可以对女人意味着什么。20世纪80年代,辩论风起云涌:同工同酬,同等待遇,进入职场、学校……以及没有耻辱的选择:是否结婚,是否生育。这些想法不可避免地令我关注这个国家的黑人妇女不同寻常的历史——在这段历史中,婚姻曾经是被阻挠的、不可能的或非法的;而生育则是必须的,但是"拥有"孩子、对他们负责——换句话说,做他们的家长——就像自由一样不可思议。在奴隶制度的特殊逻辑下,想做家长都是犯罪。

在真实的历史事件中,玛格丽特之所以没有被判谋杀罪,其原因就是在于莫里森在此提到的这个"黑奴做家长都是犯罪"的逻辑。根据当时的奴隶制律法,黑奴不是严格意义上的"人",而是奴隶主的私人财产,所以女性黑奴生下的孩子不属于她自己,而是与母亲同归奴隶主所有。只有"人"才能被谋杀,玛格丽特的谋杀罪名因此不能成立,只能按照偷窃财产罪论处。丹芙在谈到母亲塞丝杀死宠儿的动机时说:"她杀了自己的孩子,肯定有什么正当的理由。多少年来,我一直害怕逼着妈妈杀死我姐姐的那个正当理由会再次产生。"可见,这位黑奴母亲杀死女儿的动机是母爱,与她"为了让孩子们的母亲活下去"而从奴隶庄园冒险出逃的动机如出一辙。这也是塞丝为之骄傲并在保罗·D面前炫耀的成就:"……我的每一个宝贝,还有我自己。我生了他们,还把他们弄了出来,那可不是撞大运。是我干的。……我很大,保罗·D,又深又宽,一伸开胳膊就能把我所有的孩子都揽进怀里。我是那么宽。看来我到了这儿以后更爱他们。也许是因为我在肯塔基不能正当地爱他们,他们不是让我爱的。"保罗·D"准确地理解了她的意思:到一个你想爱什么就爱什么的地方去——欲望无须得到批准——总而言之,那就是自由"。但是,他被这种源于母爱的动机吓坏了,在离开塞丝之前对她说:"你的爱太浓了。"塞丝的回答是:"要么是爱,要么不是。淡的爱根本就不是爱。"事实上,正是塞丝的极端母爱严重地妨碍了她与保罗·D的感情生活,对母亲角色的心理障碍最终导致了他们之间的情感隔阂与关系破裂:"她主要是被再次要个孩子的想法吓坏了。需要足够过硬、足够麻利、足够强壮,还得那样操心——重来一遍。必须再多活那么久。噢主啊,她暗道,救救我吧。除非无忧无虑,否则母爱可是要命的。"从本质看来,塞丝的母亲角色的实现是以丧失自我为代价的。她对宠儿的死感到深深的负疚,以至于情愿"放弃自己的生活,每一分钟,每一小时,每一秒,哪怕只为换回宠儿的一滴眼泪"。为了补偿女儿,她任由宠儿毁掉她的生活,切断她与他人的关系,使她逐渐走向自我毁灭。

归根结底,塞丝与宠儿都是奴隶制的受害者,骨肉分离造成的这种畸形母女关系正是奴隶制的产物。由于奴隶的嘴上都像牲口一样戴着一副"铁嚼子",塞丝也从未见过自己母亲的真实面目,因此她缺乏的是母亲角色的典范模式。这个缺失体现在一个具有强烈象征意义的故事情节上:塞丝在"甜蜜之家"被两名白人男子强行吸吮了奶水;不仅如此,她知道怯懦的丈夫正躲在暗处目睹这一切却无能为力。她一直努力想要忘却这段往事,却无法挣脱记忆的枷锁:"她来回摇着头,听凭她那不听话的大脑摆布。它为什么来者不拒、照单全收呢?不拒绝苦难,不拒绝悔恨,不拒绝腐烂不堪的可憎的画面?"塞丝之所以不能忘却这段屈辱的记忆,因为这是一个母亲遭受的致命打击,它意味着母女之间特有的沟通的渠道被切断,象征了奴隶制对母亲身份的剥夺。只有在宠儿的鬼魂被驱除之后,塞丝才能够面对真实的自我,并最终接受了保罗·D的感情——生命中第一个真正属于她的人际关系。在小说结尾处,保罗·D以他的真诚付出帮助她找回自我,并对她讲,"你所拥有的最好的事物就是你自身"。

在《宠儿》中,杀婴事件改变的不仅仅是塞丝母女的命运,它也断送了塞丝的婆婆贝比·萨格斯的自我实现之旅。作为一名女黑奴,贝比同样有着破碎的家庭,如小说中交代,"所有贝比·萨格斯认识的人,更不用提爱过的了,只要没有跑掉或吊死,就得被租用,被出借,被购入,被送还,被储存,被抵押,被赢被偷被掠夺。所以贝比的八个孩子有六个父亲"。儿子为她赎身获得自由,她先期到达辛辛那提以后便自觉承担了灵魂救赎的使命:"她认定,由于奴隶生活'摧毁了她的双腿、后背、脑袋、眼睛、双手、肾脏、子宫和舌头',她什么都不剩了,只能靠心灵谋生。"于是她成为一名"不入教的牧师",在"林间空地"上向饱经苦难的族人宣扬着自我之爱,号召因仇恨而陷于瘫痪的人们放下"剑与盾",放下"所有抵御苦难、悔恨、苦恼和伤痛的沉重的刀子",尽情地释放情感,全心全意地接受并热爱自我。她试图用黑人所特有的舞蹈和乐曲来唤醒麻木的心灵,从根本上消除奴隶制为黑人带来的自我否定与厌弃心理。去世之前,她一直是124号的灵魂所在,"在124号和它里面的每个人一起关闭、掩藏和隔绝之前,在它成为鬼魂的玩物和愤怒的家园之前,它曾是一所生机勃勃、热闹非凡的房子,圣贝比·萨格斯在那里爱、告诫、供养、惩罚和安慰他人"。然而,发生在她眼前的杀婴悲剧却无情地夺去了她的信仰,"她的忠诚、她的爱、她的想象力和她那颗伟大的大心,在她的儿媳妇到来之后的第二十八天开始崩溃"。心力交瘁的贝比感叹道,"那些白鬼夺走了我拥有和梦想的一切,还扯断了我的心弦。这个世界上除了白人没有别的不幸"。卧床9年后,她含恨离世,塞丝对她曾经的教诲充满渴望——"现在塞丝想去那里。至少去聆听那久远的歌声留在身后的余韵。多则呢,她想从她丈夫死去的母亲那里得到一个线索,问问她现在该拿她的剑和盾怎么办"。

就这样,莫里森将已获人身自由的黑人如何面对历史的心理困境和盘托出。如她在小说中所讲,"解放自己是一回事;真正拥有那个被解放的自我是另一回事"。压抑记忆和逃避历史导致的直接结果就是自我否定与自我分裂,唯有接受并和解才是找回失却的自我、完成自我身份重建、实现自我价值的有效途径。《宠儿》尝试开启了记忆的闸门,使得黑人在学会应对创伤记忆的过程中逐步愈合了曾在奴隶制的暴力意识形态下分裂的自我。与此同时,莫里森在作品中强调了自我实现的群体因素:"没人能独自办到……你可能永远迷失了自我,假如没人给你指条明路的话。"尽管奴隶制早已废除,但其影响的消除绝不是靠个体力量就能做到的,群体的合力才会产生强大的作用。杀婴事件彻底摧毁了124号所有人的生活,使贝比、塞丝、丹芙三代女性在自我封闭中日渐消沉,从而被历史记忆的鬼魂所挟制,不能自拔。宠儿的出现迫使丹芙最终走出这所农舍,勇敢面对现实,融入黑人群体。在那一刻,停滞的时间重又开始前行。同时,小说结尾暗示了塞丝也将挣脱母亲角色给她戴上的枷锁,在黑人群体中找回了立体的、多层面的完整自我。

总之,随着小说情节的展开,被他人强行规定的自我得到重新界定,被压抑的声音得到释放,不可言说的真相终于得以言说。可以说,《宠儿》显示了语言在重写历史的过程中所发挥的巨大威力,权力的天平在既定话语秩序的颠覆中悄然发生着倾斜。

第七章 加拿大女性文学

第一节 概 述

加拿大由英法两个欧洲国家殖民而形成,英法移民是加拿大最早的公民。近百年来,世界各国不断向加拿大移民,境内形成不同民族的聚居区,它们保持各自的语言和风俗习惯。全国法定的官方语言为英语和法语,但还存在着乌克兰语、德语、瑞典语、冰岛语、意大利语和意第绪语等,各有出版物和文学作品。但加拿大主流文学却由英语文学和法语文学两部分构成。

与其他国家相比,加拿大文学起步较晚,但加拿大女性文学却起步早、人数多、成就大,在加拿大文学中起着举足轻重的作用,卓越的女作家所占的百分比比西方任何一个国家都高。

一、殖民地时期

这时期的加拿大文学受到宗主国文学传统的影响,模仿英法两国作家的创作技巧,反映加拿大拓荒时期的生活,如含辛茹苦地开垦荒地和艰苦创业的情况。此时期具有代表性的女作家有弗朗西斯·布鲁克、凯瑟琳·帕尔·特雷尔和苏珊娜·穆迪等。

弗朗西斯·布鲁克(Frances Brooke,1724—1789)堪称加拿大第一位小说家。她的童年很不幸,过着寄人篱下的生活,忍受着亲人一个个相继离世的痛苦。她以当时魁北克英国驻军的生活为背景创作的《埃米利·蒙塔古往事录》(The History of Emily Montague,1769)是加拿大第一部小说。这部小说由 228 封信组成,围绕恋爱、求婚、终成眷属展开,叙述了三对恋人的爱情生活,寓道德和爱情于平淡之中,显示出早期女作家的创作才华。弗朗西斯·布鲁克第一次以小说的形式向英语世界展示了加拿大的自然风光和风土人情,开创了加拿大本土小说的先河,同时通过对魁北克生活的敏锐观察和细致描写,批判了阻碍妇女争取独立的陋习,确认了妇女要求独立的权利。

凯瑟琳·帕尔·特雷尔(Catherine Parr Trail,1802—1899)和**苏珊娜·穆迪**(Susanna Moodie,1803—1885)两姐妹以文笔清秀、情趣高雅闻名。她们出生于英国,后移居加拿大。特雷尔一生创作颇丰,出版作品 30 余部,最著名的《加拿大的丛林区》(The Backwoods of Canada,1836)用书信体写成,记录了从英国到加拿大的旅途见闻和初抵加拿大三年的拓荒生活,以细腻的笔触描写了移民生活、自然环境和地方历史,体现了女作家独特的视角。穆迪最负盛名的是表现移民生活的《丛林中的艰苦生活》(Roughing It in the Bush,1852),取材于 19 世纪 30 年代作者随丈夫到未开垦的森林地带定居的经历,作者以充满激情、富有幽默感的笔触描述了拓荒的艰难困苦、移民的矛盾心态和他们对艰苦的自然环境的挑战。这部小说已成为加拿大文学乃至整个英语文学的经典之作。

殖民时期的女性作品大都采用书信体和日记体形式,大多具有自传性质,而且不同程度地表达了妇女要求独立、自由、平等的愿望。在那个时代,人们普遍忙于谋生创业,无暇关心文学和教育的发展。妇女的责任是养育孩子、料理家务,一些有艺术才华的女性在闲暇时间进行文学写作,描写移民艰苦的拓荒生活和家庭生活、爱情故事。这些作品对于了解加拿大早期移民的生活具有重要的史料参考价值,同时又为后来女性文学的发展奠定了坚实的基础。

二、联邦时期

1867年英国议会通过《不列颠北美法案》后,加拿大自治领组成,自治领的成立标志着加拿大正式独立。国家实体的诞生使得早在自治领成立之前就已经唤醒的民族意识更加高涨,民众呼吁发展和造就具有加拿大特色的文学,不欢迎继续以加拿大的自然风貌为背景来反映其他国家的传统和意识形态,特别是一批年轻作家们,他们坚决反对继续临摹欧洲和美国文学的做法,提出了创作加拿大民族文学的口号和创作"真正的加拿大文学"的要求。杰出的作家和诗人在这一时期应运而生。当时流行最广的是乡土文学,这些作品情节曲折、表现善有善报的道德观念。一望无际的森林、湖泊,寒冷、空旷的原野,星星点点的农户,具有鲜明的地方民族特色。这个阶段的文学创作取得了辉煌的成就,史学家和评论家称之为加拿大的"首次文艺复兴"。

此时期产生了一批杰出的女诗人,她们受英美浪漫主义诗歌的影响,着力描写大自然,抒发对大自然的深厚情感,写作技法上善于将各种神话传说糅于诗歌章节中,注重技巧,注重音韵、节奏、语言、意象和象征。由于受到高涨的民族情绪感染,女作家们努力从本国人民的历史和现实生活中寻找题材、捕捉灵感,挖掘并歌颂民族精神,表现地区特色。最有成就的女作家首推**伊莎贝拉·瓦伦希·克劳福德**(Isabelle Valancy Crawford,1850—1887)。她的诗歌在加拿大文学史中占据重要地位,被誉为19世纪加拿大最杰出的女诗人。她出生于爱尔兰都柏林,1857年全家移居加拿大。童年在风景如画的苏静河岸和科沃瑟湖区度过,早年就博览古典名著和法国、意大利文学。克劳福德的诗歌内容十分广泛,《圣经》故事、北欧传说以及当地神话和传说……无所不包。被公认为最优秀的诗篇《老斯普克斯关口,马尔科姆的凯蒂及其他》(Old Spookes' Pass, Malcom's Katie and Other Poems,1884)描写的就是发生在神奇的印第安土地上的神奇故事、爱情纠葛,情节哀婉动人。采用牛仔民谣,模仿西部语言,是一部描写落基山中一次军队溃逃的喜剧叙事诗。克劳福德的诗作具有浓郁的象征色彩,意象丰富,比喻奇特,形式多样。最令人称道的是她对长篇叙事诗的驾驭能力,对加拿大大自然环境的独一无二的感受力以及她那非凡的想象力。克劳福德所处的时代,女性很难以文谋生,克劳福德因为生计艰难而英年早逝。20世纪70年代,掀起了重读、研究、评论克劳福德的热潮,加拿大文学界才意识到忽略了这位有希望与美国同时期伟大诗人埃米利·狄金森齐名的女诗人。

另一位颇具才气的女诗人是**艾米莉·波林·约翰逊**(Emily Pauline Johnson,1862—1913),她生前就在国内外享有盛誉,被视为"加拿大印第安人的唯一诗声"①。波林出生在安大略省布兰特福德,父亲是印第安莫霍克族酋长,母亲是英国人,熟读文学经典,从小给她朗读拜伦、济慈的诗歌。波林从小受到了良好教育,父亲藏书极为丰富,她自小徜徉在书的海洋,12岁之前就读过莎士比亚、司各特、朗费罗和爱默生等人的作品。波林的诗歌描绘加拿大的自然风貌,赞美印第安传统,歌颂印第安人民的品德。

这一时期最优秀的现实主义小说家是**萨拉·珍妮特·邓肯**(Sara Jeannette Duncan,1862—1922)。她最优秀的小说当推《帝制支持者》(*The Imperialist*,1904),以安大略省艾尔金城的默哥森家族为素材,以冷峻嘲讽的笔调再现了小城的民俗风情、传统习俗以及世纪之交价值观念的变迁。

这时期的女性文学主题和题材更加拓宽,她们关心的不仅仅是爱情、家庭生活、生老病死等,而且越来越关注现实社会,关注人类的文明与进步;文学形式从日记体、书信体、游记、见闻录等拓展到诗歌、散文、评论、长短篇小说,写作技巧也日趋圆熟完善,为加拿大妇女文学在20世纪走向世界前列奠定了基础。

三、20世纪

20世纪上半期,加拿大的经济得到突飞猛进的发展,变成了北美工业强国,加拿大的国际地位得到了提高,加拿大人的民族自豪感、国家意识进一步加强。1926年加拿大获得了外交上的独立,民族意识再次高涨,要求作家创作与国力相称的文艺作品。《加拿大文人》、《加拿大论坛》等杂志积极扶植本国作品,提倡小剧院运动,并开展对加拿大文学的研究。20年代初,加拿大作家协会成立。新的文学理论和流派层出不穷,草原小说、都市小说、区域小说、小镇小说、现代诗歌、本土戏剧都在这一时期兴起,在此大背景下,加拿大女作家们也致力于改革与创新,其创作表现出多元化的特征。这一时期的加拿大女性文学完成了晚期浪漫主义向现实主义的过渡,出现了许多优秀的现实主义作品。20世纪30年代的经济危机和40年代的世界大战使得女作家们不得不正视严峻的现实,她们在作品中描写灾荒、贫困、饥饿、人与冷酷无情的大自然的斗争;描写工业文明中的不平等现象,受压迫者的反抗心理,讽刺上层社会的恶习,表现小人物的坎坷经历;探讨文化冲突、移民痛苦、种族歧视等;注重探究人与人之间,人与社会,人与民族、国家的关系。取材范围也由荒野乡村扩展到现代文明的中心——城市。

---

① A. J. M. Smith. ed. , *The Book of Canadian Poetry: A Critical and Historical Anthology*, Toronto: W. J. Gage, 1957, p. 144.

露茜·莫德·蒙哥马利(Lucy Maud Montgomery,1874—1942)生于加拿大爱德华王子岛上的克利夫顿(即现在的新伦敦)。她幼年时期就开始写作,写了各种小故事和短诗。儿童文学名著《绿山墙的安妮》(Anne of the Green Gables,1908)以清晰流畅、生动幽默的笔触,讲述了纯真善良、热爱生活的孤女安妮的生活经历:她自幼失去父母,被人领养,但她自尊自强,凭自己的刻苦勤奋,赢得了领养人的喜爱和同学的友谊。这部作品被译成数十种语言,在全球销售达几千万册,并在加、美、英、法、德等国相继被搬上银幕或拍成电视剧,风靡欧美。具有浓郁乡土色彩的小说《阿封里亚的历史》(Chronicles of Avonlea,1920)描写了加拿大爱德华王子岛乡间地区淳朴、单纯但狭隘的生活,以及小镇居民严重的自卑感。小说反映了加拿大人对于纽约大都会的崇拜心态,在他们看来,比起南边强大繁荣的美国,加拿大永远是个边缘地带,没有自己的核心文化和传统。

希拉·沃森(Sheila Watson,1909—1998)被视为加拿大第一位现代主义作家。著名学者斯坦斯(David Staines)称沃森为加拿大现代主义小说的始祖,称她是加拿大文学中超脱地域性、不再受殖民地意识禁锢的第一人。长篇小说《双钩》(The Double Hook,1959)通过勾画英属哥伦比亚腹地山区四五户居民的艰难生活,他们的期望、恐惧、绝望和灵魂的碰撞,还有他们的爱和恨,探讨永恒的人类生存话题。展现了加拿大独特的地域风情,加拿大人的生存困境和奋斗勇气。作为一个高度象征、充满现代主义特征的文本,它也被视为一则"民族寓言",表现了加拿大民族试图摆脱殖民心态,确立自己的民族身份和文学地位的过程。它强调加拿大文学应致力于表现加拿大本土的历史现实,而不必在意英、美的标准或追随其传统,被许多评论家视为加拿大本土文学诞生的标志。

加布里埃尔·罗伊(Gabrielle Roy,1909—1983)是加拿大文学史上最重要、最具影响力的法语作家。她曾到欧洲旅行,二战爆发后返回加拿大,后定居魁北克。第一部小说《锡笛》(Bonheur d'occasion,1945)以极大的同情心描绘了蒙特利尔的工人生活。罗伊也因此荣获1945年法国"女作家奖",1947年《锡笛》以 The Tin Flute 为名出版英文版本,被授予加拿大总督奖和加拿大皇家协会的洛恩·皮尔斯奖。1954年出版另一本小说《亚历克斯安德烈·契尼沃特》(Alexandre Chenevert)被认为是加拿大文学史上心理现实主义的重要作品。

当代另一位重要的法语女作家是享有国际声望的**安妮·埃贝尔**(Anne Hébert,1916—2000),她生于加拿大魁北克。父亲是加拿大颇有名气的文学评论家,埃贝尔自小受父亲的鼓励开始文学创作。50年代后长期居住巴黎,来往于法国与加拿大之间。由于其文艺创作方面的杰出贡献而多次荣获包括加拿大总督文学奖、法兰西学院奖、法国书商奖和比利时皇家学院奖等各种国内外大奖。发表于1970年的《卡穆拉斯卡庄园》(Kamouraska)是根据发生在19世纪加拿大魁北克的一桩真实案件创作而成。小说反映了主人公伊丽莎白惊世骇俗的感情历程。16岁时与卡穆拉斯卡庄园主安托万邂逅后即匆忙成婚。婚后因无法忍受丈夫的荒淫放纵而与医生奈尔逊坠入爱河,无法自拔。奈尔逊杀死了安托万逃到了美国。但不久即被引渡到加拿大受审,而伊丽莎白也为自己不容于世俗的恋情付出了代价。女主人公曲折而漫长的一生在不断"闪回"的梦境中连绵展开,采用第一人称与第三人称穿插交替的叙事方式,亦梦亦真。发表于1975年的小说《黑色安息日的孩子们》(Les enfants du sabbat)获加拿大总督文学奖。天赋异禀的朱莉有一种特异功能,即可以显现过去发生之事。她在神游教堂时亲眼目睹了自己曾被传为女巫而惨遭凌辱后奋起反抗终获自由的经历。作品游离于虚幻与真实之间,扑朔迷离的情节与荒诞离奇故事之中隐隐似有几分寓言色彩。安妮·埃贝尔在诗歌创作方面同样取得了极高的成就。诗集《国王的坟墓》(Le tombeau des rois,1953)和《诗集》(Poèmes,1960)曾获加拿大总督文学奖。此外,还有创作了部分短篇小说和戏剧作品。

法语女作家中,富有影响力的还有**南茜·休斯顿**(Nancy Louise Huston,1953—),她出生于加拿大,但1973年始一直生活在巴黎。她用法语写作,同时又把自己的大部分作品翻译成英语出版。著有20多部小说和散文集,因其作品主旨和叙事策略与昆德拉相似,被称为"女昆德拉"。跨民族、跨文化之间的人际关系和爱情是其创作的重要特征。小说《断层线》(Lignes de faille,2006)从四个6岁孩子的视野,讲述了从旧金山到慕尼黑,从海法到多伦多到纽约,跨越半个多世纪的世事变化。这四个孩子的特殊连续性是:后一个是前一个的子女。一个1940年的德国女孩,和一个21世纪的加利福尼亚男孩,他们之间并无什么共同点,却有着血缘的纽带。每一代人对生老病死、战争、和平、幸福、痛苦,都有不同的观念。小说通过一家四代的历史,勾勒出20世纪欧洲的重大事件。

玛格丽特·劳伦斯(Margaret Laurenc,1926—1987)是20世纪六七十年代加拿大举足轻重的作家之一,有"加拿大文坛上的常青树"之美誉。她出生于加拿大曼尼托巴的草原小镇尼帕瓦,是苏格兰—爱尔兰后裔,幼年失去双亲,后被姨妈收养。她一生著作甚丰,作品包括小说、杂文和儿童故事。她的创作大致可分为两类:一是以她在非洲的生活经历为创作素材的作品,另一类是以她虚构的加拿大西部草原小镇马纳瓦卡为创作背景的系列小说。其作品主要有《石头天使》(The Stone Angel,1964)、《上帝的玩笑》(A Jest of God,1966)、《火中人》(The Fire-dweller,1969)和短篇小说集《屋中的小鸟》(A Bird in The House,1970)等,展现了加拿大的开拓历史。其中最为人称道的是《石头天使》,通过90高龄的老妇哈格·希普利来的回忆,揭示了一个妇女认识自我的漫长历程。哈格总在问:"人怎样可以了解别人?"而作者正是想通过这个问题回答"人怎样才能了解自己"这个具有普遍意义的问题。小说的成功之处在于揭示了这个僵化、傲慢的女人性格形成的背景和原因,小说关注的不仅是女性身份的确认问题,也是加拿大民族自我身份确认的问题。玛格丽特·劳伦斯通过女性的视角呈现加拿大殖民地的生活,不同于男性中心的拓荒故事。作者采用双重时空叙事结构改变了从头至尾讲故事的传统,而是深入人物内心世界、突出人物个性,使小说成为灵魂的写照。

卡箩尔·西尔兹(Carol Shields,1935—2003)生于美国芝加哥郊外的橡树园,先后在印地安纳州汉诺威大学、英国的埃克塞特大学和渥太华大学上学,并取得文学硕士学位。西尔兹是一位奥斯汀迷,其创作也深受奥斯汀影响。《石头日记》(*The Stone Diaries*,1994)以幽默和讽刺的笔调,回顾了一位普通老妇人戴西·格薇佛乐特在20世纪整整90年的时间里不断寻找自我的心路历程。西尔兹匠心独运,以传统和非传统相结合的叙事方式将传统的人和事巧妙地整合在一起,使人们熟知的常人生活通过她别出心裁的叙事技巧透射出饱满的精神张力,从而营造出强烈的艺术效果。《石头日记》为她赢得了1995年的普利策小说奖、国家书评奖和加拿大的总督小说奖,并进入布克奖的决选名单,印数超过70万册。

20世纪60年代以来,加拿大女性文学进入了一个欣欣向荣、繁花似锦的时期,产生了许多享有国际盛誉的作家和作品。综观60年代以后的加拿大女性文学,可看到其创作题材更加广泛,艺术形式不断创新,各族作家民族意识不断增强,表现出多民族、多元文化的特征。

第二节 玛格丽特·阿特伍德

一、生平与创作

玛格丽特·阿特伍德(Margaret Atwood,1939—)是加拿大文坛最为重要的女作家,被誉为"加拿大文学女王",同时也是加拿大最具影响的女性主义文学理论家与批评家之一。以她的多产和先锋实验手法享誉全球,是当代最具国际影响的加拿大作家之一。

玛格丽特·阿特伍德生于加拿大第二大城市渥太华,在苏圣玛丽和多伦多长大。父亲是昆虫学家,每到春末夏初,便带领全家去北部丛林中捉虫子、制标本,深秋才返回南部城市,这培养了她对大自然的浓厚兴趣。城市与荒野不同的生活方式给她留下了深刻的印象,这种文明与蛮荒之间的张力成为她文学作品中常见的主题之一。1961年阿特伍德进入哈佛拉德克利夫学院读研究生,在研究早期美国文学时,她为没有人注意到早期加拿大文学而惊异,有些美国人甚至认为加拿大只是"地图北面的一片空地,一切坏天气的发源地"。哈佛的经历激发了阿特伍德强烈的民族意识,民族主义一直是她的作品表现的一个重要主题。1962年,阿特伍德获得文学硕士学位并继续攻读博士学位,开始撰写有关哥特式小说的论文,她以后的小说创作也存在着哥特小说的印痕。

阿特伍德的创作领域涉及诗歌、小说和文学评论等,已出版15部诗集、13部长篇小说和6部短篇小说集,并主编了《牛津加拿大英语诗歌》、《牛津加拿大英语短篇小说》等文集。阿特伍德擅长将日常经验提升到一种形而上的层次,表现女性细腻和深刻的洞察力,在加拿大和英美文坛享有很高的声誉。她曾获"加拿大总督奖"、布克奖等国内外多项文学奖项和荣誉。阿特伍德的文学底蕴深厚,对生活观察敏锐,具备诗人的气质、调侃的智慧与反思的理性。她的诗具有感伤色彩;她的小说展现了当代加拿大人生活的画卷,反映了工业文明给人带来的暴力、压抑、疑虑和恐惧;她的评论笔锋犀利,对文坛和社会存在的种种不良现象进行有力的批判。此外,阿特伍德十分关注美国文化对加拿大文化无所不在的强大影响和加拿大的日益美国化倾向,她大力支持以推进独立的加拿大民族文化为宗旨的阿南西出版社,为它的成立和发展不遗余力,做了很大贡献;还帮助成立了加拿大作家协会,并曾担任该协会的主席;应邀到英、美、德、俄、爱尔兰、澳大利亚等国演讲、朗诵和发表评论,扩大加拿大在国际文坛的影响。阿特伍德关心妇女的出路问题,主张妇女为平等权利而斗争。作为一名女作家,她在作品中以细腻的笔触与独特的视角揭示现代社会中女性所面临的各种问题,特别是在男性支配的社会中女性的失落感和对环境、语言的陌生感。阿特伍德批判将女性变成商品的社会与文化,认为女性遭受着被消费掉的威胁。阿特伍德善于捕捉女性的心理,反映她们的生活、成长过程及命运。成长着的女性意识,是阿特伍德作品中一以贯之的主线,她通过女性视角观察女性之间、女性与社会之间的关系,与女人生存至关紧要的性别政治是她在小说和诗歌中反复探讨的重要内容,她通过女性在社会中无所事事的状态影射加拿大在世界政治舞台上不发挥任何作用、被边缘化的地位。在阿特伍德看来,英国是一个完整、独立自足、等级森严的岛国,美国则是边疆辽阔、新事物扩张和征服以及可以创造完美生活的理想社会,至于加拿大,求生存而煞费苦心则是其主要特点。

阿特伍德的第一部长篇小说《可吃的女人》(*The Edible Woman*, 1969)以轻松、幽默的笔调探讨女性,尤其是职业女性在现代社会中的地位问题,展现了20世纪60年代加拿大社会知识女性的迷惘、困惑与挣扎。女主人公玛丽安是个受过大学教育的年轻女性,她的工作与爱情生活似乎都比较顺利,但是,在她内心深处却始终存在着一种迷惘,她下意识地感到无论是在职业生涯还是婚姻生活中,都无法把握自己的命运。作者巧妙地把她精神上这种无形的压力通过其食欲表现出来。随着婚姻的临近,玛丽安渐渐地无法正常进食,精神上日趋崩溃。在故事的最后,她决心摆脱这个社会强加在她身上的一切,就在婚礼之前,她烤了一个女人形状的蛋糕,将这个"可以吃的女人"作为自己的替身献给自己的未婚夫,从而与过去的一切一刀两断。

第二部小说《浮现》(*Surfacing*, 1972)的发表使阿特伍德再次成为众所瞩目的焦点。小说女主人公"我"接到邻居的来信,被告知父亲突然失踪。于是,离开了繁华都市,和朋友驱车回到了阔别多年的故乡——加拿大魁北克荒凉清幽的湖区上一个偏僻美丽的小乡村。"我"少女时期曾与已婚的老师相爱,后来怀孕堕胎,因为无颜面对父母而离家出走,九年来从未与父母通音信。旅途中,"我"回忆着自己的童年、父母和兄弟,思索人生的意义以及人与人之间的关系,看到他人的局限,也逐渐认识到自己的不足。"我"决定不再与朋友返回都市,而是悄悄留在了远离文明的故土。"我"的寻父历程是一个摆脱束缚、回归自然、回归本真的历程。通过"我"的探索、回忆和反思,传达了阿特伍德对加拿大民族、对生命、对自然界生存状态的忧虑和思考。《浮现》被视为女权主义小说、一部生态学论文,还有人认为是一份民族主义宣言。

长篇小说《使女的故事》(*The Handmaid's Tale*, 1985)使阿特伍德继 1966 年以诗集《圆圈游戏》(*The Circle Game*, 1965)获加拿大总督文学奖后,再次赢得总督文学奖,而且还为她赢得了国际声誉,在美国连获洛杉矶时报最佳小说奖及《纽约时报》书评专栏 1985 年度最佳小说两个奖项。它以美国马萨诸塞州为背景,讲述了发生在未来基列国的故事:在这个被美国原教旨主义极端分子所控制的世界里,在宗教极权主义分子眼中无比美好的理想国度里广大女性群体的悲惨命运。通过充当政教大权在握的上层当权人物"大主教"们生育机器的"使女"们梦魇般的经历,阿特伍德以一种极端的方式提醒人们,由于严重的化学污染而导致的西方社会中日益普遍的不孕,终有一天会成为美国原教旨主义者进行极权统治的借口。小说承袭西方文学中的反乌托邦传统,描画阴森可怖的未来社会图景,给人以警示,又融入了女性主义主题,被评论界称为"女性主义的《1984》"。

《猫眼》(*The Cat's Eye*, 1988)的主人公伊莱恩·瑞斯利是一位年近四十但算不上很成功的女画家。她只身来到家乡多伦多举办作品回顾展。漂泊多年之后的故地重游,心潮波动,往事历历在目。喜爱星空的哥哥在参加一次物理学研讨会途中,被恐怖分子从飞机的机舱中推下,飘逝在星夜里。少年同学科迪莉娅怪诞的性格最终导致她进了疯人院。伊莱恩自己从初恋起就坠入三角私情中并沉迷不起,而后又经历数次情感危机……伊莱恩一直走在现实与回忆的边缘,她摆脱不掉自己走过的每一步生活,一切发生在昨日的事都在她敏感心灵上刻下烙印。通过回忆和思考,终于对过往的恩恩怨怨释怀,以平静的心情接受现实。"猫眼"是伊莱恩儿时玩耍的一个被特别珍爱的玻璃弹子,成年后,年事已高的母亲在整理杂物时"猫眼"不经意地从小皮夹子中掉落出来,它打开了通往过去的大门,将往事一一呈现。阿特伍德一反过去按事件发生的先后顺序叙述的传统,将过去与现在有机结合起来,强调过去对现在的影响。

《别名格雷斯》(*Alias Grace*, 1996)源于一桩真实发生的谋杀事件,因为人们对嫌疑人格雷斯看法不一,无法定论而成为历史悬案。阿特伍德以此为蓝本进行小说创作,在对格雷斯是否犯罪以及如何犯罪的探讨过程中,从种族、阶级和性别等多个角度展示了女主角所经历的创伤体验。《强盗新娘》(*The Robber Bride*, 1993)是一部伦理小说,讲述了三位加拿大女性与她们的仇敌泽尼娅之间的矛盾冲突,通过对难民泽尼娅的族裔身份的不同叙述,向读者展示了加拿大多元文化体制下潜藏着的族裔歧视以及少数族裔的生存选择。《羚羊与秧鸡》(*Oryx and Crake*,

2003)是一部关于人类毁灭与幸存的寓言,通过对未来世界的展现,追问人类的过去。它延续了阿特伍德作品的一贯传统:运用意识流、元小说、戏仿、反讽、不可靠叙说者、不确定的开放性结局等手法,增强了作品的可读性和趣味性。《珀涅罗珀记》(The Penelopaid,2005)在形式上模仿了《奥德赛》,但是转换了它的叙述视角,将发言权交给了珀涅罗珀和12个被绞死的女仆,从女性的角度重新诠释了这一经典文本。奥德修斯所代表的男性权力不再能够压抑"她者"的声音。在每个人的叙述中,自己都以受害者的面目出现。

二、《盲刺客》

2000年,阿特伍德出版了她的第10部长篇小说《盲刺客》(The Blind Assassin),并因此荣获该年度英联邦国家文学最高奖——布克奖,成为加拿大文坛第二位获得该奖的作家。

《盲刺客》是一部结构复杂奇巧的小说,大故事套中故事、中故事套小故事。第一个故事由年迈的艾丽丝的回忆构成。主人公之一劳拉,在小说开头死于车祸;另一个主人公是她的姐姐艾丽丝,生活在死者的阴影中,回忆着快被淹没的往事。第二个故事描述了在动荡的20世纪30年代,一个富家小姐和一个在逃的穷小子的恋情。这对恋人想象出发生在塞克隆星球上的"盲刺客"的故事,从而构成了小说中的第三个故事。

艾丽丝是《盲刺客》显在的主人公,小说从多维的角度展示了她心灵成长变化的矛盾旅程。在劳拉去世之前,艾丽丝一直是盲目的,对于自己的生活没有反思。艾丽丝的盲目表现在三个方面:对上流社会生活的盲目跟从、对父亲包办婚姻的盲目服从和对丈夫的盲目顺从。出身于豪门望族的艾丽丝从小耳濡目染,对上流社会的物质生活心向往之。她对威妮弗雷德羡慕不已,对于艾丽丝来说威妮弗雷德是消费时代的旗帜,是上流社会的权威,是她可望而不可即的理想。每次威妮弗雷德出场,她都会从头到脚打量一番,观察十分仔细:"可爱而昂贵的时装","小珍珠做成一串葡萄,带着黄金做的茎叶"的耳环,"形状像一截金属丝带,表面上用小店代表数字"的流线型银表。她急切地想加入到威妮弗雷德的世界中去。在婚姻问题上,艾丽丝听任父亲的安排。父亲利用对家庭的责任和对家人的爱来打动她、说服她,艾丽丝觉得自己"被逼到了墙角","毫无选择余地"。她的回答一句比一句简短,直至不再吭声,默默接受了父亲为自己安排的婚姻。婚后,丈夫理查德与威妮弗莱德联手千方百计地打压她。艾丽丝被动地做了许多事。她听从理查德的安排,让妹妹劳拉与他们同住,对理查德对劳拉的垂涎居然失察,使理查德有机可乘,借机欺负了劳拉。遇到亚历克斯之后,艾丽丝忙于秘密幽会和掩盖自己的婚外情,更加不关注劳拉。她既不知道劳拉到底想些什么,更不知道劳拉到底干些什么。对妹妹的痛苦麻木不仁,对本应感觉到的事物感觉不到,对发生在她眼皮底下的自杀、乱伦、通奸视而不见,表现出一种惊人的"盲视"。

作为姐姐的艾丽丝对妹妹劳拉有着微妙且复杂的感情。作为姐姐,艾丽丝对劳拉从小就既爱护,又嫉恨。她怨恨大家对她说"要照顾好妹妹",觉得这种强加的责任不公平,经常能逃避就逃避,有时还背着大人故意折磨劳拉,内心深层的自私导致她置妹妹于绝路。当她发现自己和妹妹都爱上了外面世界的左派活动分子亚历克斯之后,便急切地抓住机会投入亚历克斯的怀抱。劳拉在二战之后回来见艾丽丝,出于嫉妒和报复,艾丽丝告诉劳拉她一直在跟亚历克斯约会,亚历克斯除了她(艾丽丝)没有别的任何亲人,而他已经死于战争。这个残酷的消息使劳拉崩溃,彻底毁灭了劳拉对过去的幻想和美好回忆,开车坠桥自杀身亡。艾丽丝对丈夫理查德的死负有不可推卸的责任。在与劳拉的最后一次谈话中,艾丽丝获悉劳拉住精神病院的那段日子实际上是被安排打掉她所怀的理查德的孩子。劳拉去世后,艾丽丝趁理查德出差的机会不动声色地搬出了她和丈夫的家,回到家乡小镇,然后以她掌握的理查德强奸劳拉的"证据"为要挟,提出分居。两年后,她以劳拉的名义写作的《盲刺客》发表,书中有些细节为理查德的政敌调查他的不轨行为提供了线索,结果一系列的丑闻断送了理查德看得高于一切的政治前程,从而导致他突然死亡。

劳拉一直存在着高贵的自我牺牲精神。当母亲因为流产去世的时候,出于信念上帝是公平的,劳拉跳进河里自杀,她相信自己的死可以换回母亲的生命。为了保护亚历克斯不被出卖,劳拉与理查德达成三方协议,甘愿做他的秘密情人,又因怀孕被送进精神病院秘密堕胎。劳拉是个纯真的姑娘,世界在她眼中不仅黑白分明,而且异常简单:正义必将在上帝的庇护下降临。她一直以为自己的牺牲在拯救亚历克斯,所以当艾丽丝告诉劳拉自己和亚历克斯是秘密情人,劳拉的内在世界彻底崩溃。在短暂的一生中,劳拉不断反抗,寻求自己的声音,她渴望无私奉献,直到无意义的牺牲。劳拉宁可坠崖身亡也不向命运低头的反抗精神,唤醒了艾丽丝内心深处对自由的渴望,正是劳拉的自杀开启了艾丽斯的洞见,也彻底改变了艾丽斯的命运轨迹。劳拉给了她直面强权的勇气,也让她对旧我的盲目、懦弱和自私作出深刻的反省。

小说在暮年艾丽丝的悔恨和内疚中展开。作者向读者敞开的是艾丽丝复杂而真实的女性心灵,也是女性在男权文化中的自我迷失、自我寻求、自我觉醒的过程。艾丽丝以劳拉的名义发表《盲刺客》何尝不是对自我盲视的嘲讽和觉悟。艾丽丝用"盲刺客"作为书名,其实有着很深的用意,持有锋利武器的爱神和公正女神都是"盲神",艾丽丝自己正是那个手持锋利武器的盲刺客,强烈的爱产生的嫉妒,让她蒙蔽了双眼,使劳拉丧失生存的希望。仇恨让她愤怒,愤怒让她充满了报复的力量,她以《盲刺客》为匕首刺死了自己的丈夫。然而,她在伤害自己身边最亲近的人的同时,也在伤害自己。

蔡斯家族的纪念碑上方有两个维多利亚风格的天使,劳拉认为这两个沉思的女性天使就像她们姐妹俩,艾丽丝则认为不可能,因为祖母立这两个天使的时候她们还没有出生。劳拉总是穿过表象寻找精神意义,而艾丽丝只停留在表面,忽视了内在实质。对艾丽丝来说,两个天使不过是蔡斯家族王朝的象征,虽然她看到酸雨使两个天使"曾经炯炯有神的眼睛"变得"一片模糊,斑斑孔孔",但是她看不到两个天使和她之间的联系,她如两个天使一样僵化和盲目,看不到真实的自我,看不到事情的真相。小说中频频提到艾丽丝"视力已经不正常,我已经需要眼镜"。阿特伍德的用意很明显,艾丽丝的确需要一副眼镜来帮助她将"自己所见与别人教她看的东西区别开来"。小说中象征认知与理解的意象——光与明黄色始终环绕着劳拉,既表明她不被理解,寻求理解的状态,也暗指她最终将成为引领艾丽丝介入已视的一道光芒。

艾丽丝以劳拉名义出版的《盲刺客》是对以往盲目和自私的自赎行为,同时《盲刺客》是一个双重纪念,不仅记下了艾丽丝和亚历克斯的爱情,又把作者的位置留给了劳拉,就是在与死者协商。在这部书里,艾丽丝与劳拉完成了从背离到认同的历程。在回忆的过程中,艾丽丝与劳拉做着灵魂的沟通,越来越深地体会到劳拉其实是她一直压抑着的另一个自我。"劳拉是我的左手,我也是她的左手,我们一起写出了这本书,这是一本左手写成的书。"①这种互为左手的关系本身就意味着不完整,必定缺失了某个人或缺失了某些东西,就像艾丽丝所说,不管从哪一面看,"总有一个是看不到的"。小说里反复出现的野餐会照片,另一个人被剪去了,只剩下一只手,"似乎被丢弃了,由它自生自灭",表明艾丽丝和劳拉总是无法完整地存在,这也印证在姐妹俩化为一体与亚历克斯恋爱的情节中。劳拉是艾丽丝自己无法看见的那一面。

第三个盲刺客的故事中弥漫着哥特式阴森恐怖的氛围。萨基诺城的斯尼法贵族代表了权力、统治及法律,他们拥有一切财富,包括女人,而女性的作用仅仅在于繁衍后代、维持种族的发展。人们选用健康美貌的处女献给代表生产的五月之神,女孩们的鲜血被用来滋润日渐褪色的五个月亮,确保它们永远不会因黯淡而消失。为祭祀而献身的女孩是毫无反抗力的弱女子,她们通常是女奴和主人的私生子,这样的出身就决定了她们只能出于被支配的地位。她们被关在神庙里受着严格的训练,为祭祀做准备。所有的反抗都是徒劳,等待她们的只有噩运。在这个故事中女性还充当了政变夺权的工具。在这个历史上洒满鲜血的城市里,正在悄悄地进行着一个由国王高度信任的几个侍臣发动的阴谋。他们雇用了一名手段最高明的盲刺客去杀死用作祭祀的哑女,然后装扮成她的样子,等到第二天早晨行祭的时候去刺杀国王。这样一来,国王看上去就是被女神处死的,用作祭祀的女孩完全沦为了政变夺权的工具。在这样的社会中,女性早已丧失了自我意识而成为男人的附属品,处于社会的最底层。女性是弱势群体,受男性支配以及利用,在男性的权力世界仅仅充当一个工具。盲刺客和哑女的爱情充满了不确定性。对女性出路问题的关注延续到艾丽丝的故事。

所有的父权制文明都会在某种程度上表现出对女性存在的贬低和蔑视,对女性的社会权利的压制和遮蔽。艾丽丝生命中出现的三位男性无一不把她当成附属

---

① 玛格丽特·阿特伍德:《盲刺客》,韩忠华译,上海译文出版社,2003年,第615页。

品。父亲把她当成交易品来挽救家族企业的生存;丈夫理查德把她看作花瓶;情人亚历克斯根本不爱她。第一次世界大战的经历摧毁了父亲的宗教信仰,却并未动摇他的男权意识。妻子死后,他没有担负起养育女儿的责任,养育子女是女人的天职。对女儿缺乏关爱的父亲自然而然地因距离遥远而被女儿艾丽丝视为权威。在劝说艾丽丝接受理查德的求婚时,父亲的话处处流露出女人要为家庭牺牲的男权思想。与理查德的"协议"婚姻,注定了这是一场交易,也更像一场赌博,交易品就是艾丽丝,赌注是她一生的幸福。阿特伍德运用的纽扣意象,也预示着艾丽丝将如同纽扣一般作为弥合裂缝与亏空的工具而被使用。理查德把妻子视作摆设、私有财产和发泄欲望的工具。面对冷酷阴险的丈夫理查德,艾丽丝只有害怕和盲目地服从,她敢怒不敢言的原因是她所受的教育没有给予她任何技能,她没有能力自谋生路,只能忍受身体和精神上的双重伤害。尽管艾丽丝对理查德的中产阶级价值观持鄙视态度,但是在婚姻的"围城"里,她衣食无忧,无须为生计发愁,她所唾弃的正是她赖以生存的依靠。同时艾丽丝也喜欢作为上流社会一员的优越感,喜欢到处炫耀自己的名牌时装。阿特伍德常常不厌其烦地、细致地刻画艾丽丝这一人物:头发的颜色、头上的装饰、身上的服饰、脚上的鞋子,无一不到,塑造出一个上流贵妇的形象,大量运用的服装意象,暗示出女性被物化后无法超越的被动、服从的形象。艾丽丝对亚历克斯怀着深深的爱,但亚历克斯却利用和摆布艾丽丝,对她颐指气使、嘲笑和侮辱。艾丽丝跳出了无性无爱的婚姻,又陷入了情人的控制。阿特伍德似乎在暗示,女性是自身的"盲刺客",而由传统、习俗、舆论等建构的男权文化,又何尝不是女性自身的"盲刺客"?

《盲刺客》在写作技巧上充分体现了阿特伍德的创作个性。《盲刺客》篇幅很长,近50万字,但结构安排巧妙使整个小说并不繁琐。最外层是年迈的艾丽丝描述自己目前的身体状况以及周围环境的变迁,探讨自己写作的目的。第二层是艾丽丝自传性的故事叙述或者说回忆录,记录了家族的历史、艾丽丝的个人经历以及她和妹妹劳拉的微妙关系。同时,劳拉写作的《盲刺客》的叙述结构也有两层,外层是富家女子和在逃的穷小伙子的浪漫史,里层是他们在一起时编造的发生在另一个星球上的故事。两个故事初看似乎不相关,然而读到小说第14章"一堆瓦砾"时,才明白文本《盲刺客》的作者不是劳拉,而是艾丽丝借劳拉之名发表的,同"他"幽会的"她"也不是劳拉,而是艾丽丝。一切都联系起来了,《盲刺客》所写都是艾丽丝的故事,分别记述了艾丽丝的表面生活和隐秘的婚外情。读者才发现已落入了作者设下的"陷阱",不得不从头再读一遍。这与其说是阿特伍德独具匠心的艺术创造,不如说是她有意布设的叙述圈套。其寓意在于:真相永远掩盖在表象之下,涉及阴谋则更甚。阿特伍德高度成熟的标志显现在写什么和不写什么的问题上。譬如,理查德对劳拉的诱奸无疑是小说的一个重点,但阿德伍德却并没有描写这个令人惊骇的情节,而仅仅在最后以寥寥数语揭露。她不惜笔墨地描绘早餐、野炊、远航、化装舞会等活动,小说在艾丽丝波澜不惊的叙述中铺展开来,一直到最后,似乎才要掀起一点风浪来,作者却又惜墨如金。阿特伍德借艾丽丝之口说:"这些事似乎和悲剧沾不了边。但在生活中,悲剧可不是一场长长的惊叫就完事了。它包括事情的一切前因后果。"一切前因后果是什么?时代、社会、人性,以至于整个人类的文明……至此,小说在内容上就与结构紧密暗合上了。《盲刺客》复杂的结构显示出阿特伍德的叙事智慧,但其目的不在于纯粹追求结构的复杂性,以此显示写作技巧的高超,而在于凭借这种"俄罗斯套娃"式的结构,建构起相互对比的社会空间意象,最终实现其表达女性主义思想的根本意图。

除了叙述结构上的独特性,阿特伍德在《盲刺客》中大量使用互文手法。《盲刺客》的开放式故事,构成了多重相互指涉的文本间性。阿特伍德以新闻报道牵引故事的方式,或者以借用经典的策略,形成了小说与传统、小说与自身文本、小说与它文本的多重互文关系。小说的第一句话就以其表面的平淡和强烈的悬念抓住了读者:"战争结束后的第十天,我妹妹劳拉开着一辆车冲下了桥。"她是不是自杀?为什么要自杀?紧接着这一悬念,叙述者以三个讣告的形式告诉读者理查德、他的女儿艾梅和他的小姑子威妮弗蕾德的死讯。读者在阅读中不断在思考一系列死亡事件之间的联系,以及谁是盲人杀手,谁是小说的真正作者。的确,小说需要解释的东西太多。这是典型的侦探小说制造悬念的手法。阿特伍德把当时的新闻报道穿插于情节中,在新闻报道中以他者的身份叙述小说中相关人物的活动和社会事件,与艾丽丝许多零碎的记忆和印象交织组合在一起,对故事是一种补充,起到相辅相成、浑然一体的天然效果,从而提升了作品的现实感和历史感。《盲刺客》还有着诸多的哥特式成分。《盲刺客》中许多人物形象通过讣告形式进入读者的眼帘,开篇便营造出一种灰暗阴森的氛围,激发了读者的恐惧心理。阿特伍德还借助装嫁妆的旧行李箱、残缺不全的照片、像猫一样的婴儿死尸、旧笔记本、水中淹死、地窖、阁楼、"一只断手"和火焰等生活中平常之物,来为读者提供真切形象的感触,营造紧张悬疑的气氛。阿特伍德把多种形式容纳到自己的小说中,目的是在通过互文性来为小说创设广阔的历史空间的同时,也使读者从女性主义视角重新思考对它们的阐释。

《盲刺客》采用了顺叙和倒叙交错使用的方式。小说开始时艾丽丝已经是80多岁的老妇,到自己的过去旅行,讲述自己的故事,属于倒叙,但是这种倒叙又不同于传统的倒叙方式,它是现实与回忆交错进行的。艾丽丝先写自己老年的生活,而后就进入回忆。这种现实与回忆相交错的倒叙手法的运用,加强了回忆的深刻性。在艾丽丝开始回忆前,阿特伍德又采用倒叙,把一些主要人物的死亡放在小说的开头。开卷第一章第一节"桥",宣布了劳拉开车坠桥死亡的消息,当读者急于了解劳拉的故事的时候,作者又引出了小说中的小说。接下去通过新闻报道宣布了艾丽丝的丈夫理查德、女儿艾梅、小姑子威妮弗蕾德死亡的消息。事件一个接一个发生,线索越来越多,层次越来越丰富,然后阿特伍德又以顺叙的方式让叙述者以缓慢的笔调讲述了家族的故事,两姐妹的成长过程以及艾丽丝婚后的生活。结尾又与开头呼应,在所有的谜团都解开后,以一则关于叙述者本人的讣告结束整个小说。这样的叙述手法,有效地消解了传统叙事赖以产生意义的两种手段(时间相继、因果相关),从而造成叙事文本意义上的中断。

《盲刺客》由三个不同文类、不同体裁的文本(新闻、正在写作的回忆录、文本中的《盲刺客》)精心拼贴而成,这种拼贴建构了复杂的文本空间。从内容上说,这三个部分相互印证,扩大了小说的容量,作者把一战和二战期间的大小战事、劳资冲突、不同政党的斗争等纳入视野。这种形式也创造了一种空间上层层叠叠而时间上无限延伸的效果,渐次展示了现在与过去、社会现实与科幻小说之间令人不安的联系。《盲刺客》打破了传统的文学分类法,读者已经无法用传统的文类定义它,它融回忆录、忏悔录、自传、科幻故事、哥特式小说、侦探故事、浪漫故事等为一体,既有通俗小说的成分,又有一种互相质证、互相背离的游戏姿态,甚至让读者观察,乃至参与它们的写作过程,因而解构了这些文类的传统模式,使读者对写作本身更加关注。书中的科幻小说也因为与历史的对比、与现实的对比而具有了现实意义。

第三节 爱丽丝·门诺

一、生平与创作

享有"加拿大契诃夫"之誉的爱丽丝·门诺(Alice Munro, 1931—)是当今世界最优秀的短篇小说作家之一。权威的盖尔文学批评系列《当代文学批评卷》对她文学创作的评价是:"门诺在她过去的创作生涯中表现出来的对短篇小说形式的稔熟地精湛运用,已经赢得了敬重,并激励着很多人尊崇她为当代正在写作的最重要的作家之一。"①因其所取得的短篇小说成就,门诺于2009年荣获年度布克国际图书奖,从而更加巩固了她在这一领域中的领先地位。

以描写区域文化、乡村民风习俗为特色,探索具有普世价值的人性为长的爱丽丝·门诺,出身于加拿大安大略省西部的一个饲养狐狸和火鸡的小康之家,少年时代经历了战后经济大萧条,家境变得拮据。小镇上的居民基本是传统的爱尔兰和苏格兰移民后裔,各自经营着以家庭为单位的农场。在这一与外界有着相当距离,与自然融为一体,看似平安静谧、波澜不惊的村野里,爱丽丝从小就用她的慧眼和心灵去感受和观察微波之下的生活激流,15岁起她就开始创造性地描写触动她心弦的人物和事件。1950年,还是西安大略大学英国文学专业二年级学生的爱丽丝发表了短篇小说。大学期间爱丽丝遇见了詹姆斯·门诺,还未毕业两人便结婚,并移居到大不列颠哥伦比亚省的温哥华市。

① *Contemporary Literary Criticism*, Farmington Hills, MI: Thompson/Gale, 2006, p.129.

20世纪50年代的加拿大,仍然残存着殖民地文化心态,文学创作被认为是遵循欧洲传统而不被看重。加拿大著名结构主义理论家和批评家弗莱对此有着精辟论断,他把这种心态形容为"想象力根部上的冻伤"①,严重阻碍了加拿大文学的发展。门偌很有感触地说,在开始创作的时候,无论是男性还是女性,只要她/他意欲写作,就会引来疑问和困惑的眼光②。这种情况直到60年代才得到根本改变。

1963年门偌夫妇搬到维多利亚市,在那里开设了门偌书店。门偌出版于1968年的首部短篇小说集《快乐的阴影之舞》(Dance of the Happy Shades),一举夺得年度加拿大文学最高奖:总督文学奖,显示了门偌起点很高、出手不凡的文学素质。小说叙述者是一个少女,她的眼中折射出成年人世界中的小镇上的生活,以及叙述者在青春期所遭遇或目击的以男性文化为中心的传统习俗对女性的歧视和压抑,由此展开对一个个人物的性格和内心世界的探讨。三年后,门偌出版了她唯一的长篇小说《姑娘们和妇女们的生活》(Lives of Girls and Women,1971),它由一系列关联着的短篇小说组成,每一个故事单独成章,放在一起亦是一个整体,颇似中国的章回小说。小说以黛尔的视角观察她上一辈的族人始,之后戴尔从目击者逐渐进入舞台,连接起所有的人物和事件,最后成为中心人物,戴尔也由此从一个女孩成长为成熟的女性。该作品获加拿大书店协会奖。

门偌的第一次婚姻生活生育了4个女儿。虽然常为家务事所累,但她并不后悔那一段作为家庭主妇的生活经历,她拥有很多时间思考、写作,与邻居的家庭主妇饮茶、喝咖啡、聊天、交流读书体会和家庭经验。她发现在厨房或者咖啡馆里的聊天,是她源源不断的创作源头:家庭主妇们对生活细节的生动描述,给她提供了很多活生生的写作材料。此阶段她创作了为数不多但高质量的小说。更重要的是,她正是在那一阶段完成了面对自己的过程。

20年的婚姻结束后,门偌在1972年搬回安大略省,在西安大略大学任驻校作家。在那里她与大学同学、政府部门的地理学家、《国家地图》的编辑杰拉德·佛雷林(Gerald Fremlin)重逢并相爱。门偌的第3部短篇小说集《我一直想要告诉你的事》(Something I've Been Meaning to Tell You)于1974年面世,这部体现门偌在艺术上重大突破的集子展现了门偌驾驭短篇和长篇小说的能力,不仅仅是讲故事的能手,她平衡人物内心的挣扎和外部冲突的技巧也很娴熟,其中的4个短篇被誉为"杰作"(masterpieces)③。

1976年门偌与佛雷林结成伉俪,两人搬到佛雷林的老家安省克林顿镇外的农场,后来定居在克林顿镇,从此成为一个乡村主妇。克林顿是一个只有3万5千人口的小镇,在多伦多的东南边。从多伦多到克林顿的三个小时的路途中,只有吃草

---

① Rosemary Sullivan, "introduction", *The Oxford Book of Stories by Canadian Women in English*, Oxford University Press, 1999, p. XIII.

② Ibid.

③ Brad Hooper, *The Fiction of Alice Munro: An Appreciation*, Westport, Connecticut, London: Praeger Publishers, 2008, p. 33.

的牛和马像标点符号点缀在几百公里长的田野上。这一带乡村,是读者很熟悉的,她的大多数作品都以克林顿镇为背景。之后,门偌经常在世界各地旅游并作短期逗留。

门偌在生活中的角色似乎很符合社会传统观念对女性的规定,她从未放弃作为女儿、妻子、母亲的责任。然而她的生活经历了很多角色变化的挑战,她的小说始终属于开放的女性主义,她自己则是充满着女性主义信仰的作家①。

1978 年门偌的短篇小说集《你以为你是谁》(Who Do You Think You Are?)与读者见面,次年以《乞丐女佣》(The Beggar Maid)为题在美国出版。该书使门偌第 2 次荣获加拿大总督小说奖。在 1979 年和 1982 年之间,门偌在澳大利亚、中国和斯堪的纳维亚旅游,同时任加拿大不列颠哥伦比亚大学和澳大利亚昆士兰大学驻校作家。在中国时她跟丁玲会面并作演讲。其间出版于加拿大和美国的《朱庇特的月亮》(The Moons of Jupiter, 1982)展现了作家对于叙述控制、人物塑造、环境渲染的高超技巧。叙述者多是在门偌作品中反复出现的青春期的女孩以及成长起来的女性,一个门偌经常涉及的母题在这里得到了进一步的挖掘:婚姻对女人来说意味着麻烦,丈夫常常是压制性的;没有男人女人也能以她们独特的姿态使生命闪光,使生活更加精彩斑斓。

在 20 世纪末的最后 20 年内,门偌基本上每 4 年出版一部短篇小说集,作品经常出现在《纽约客》(The New Yorker)、《阿特兰月刊》(The Atlantic Monthly)、《大道》(Grand Street)、《巴黎评论》(The Paris Review)等刊物上。1986 年的短篇小说集《爱的进展》(The Progress of Love)使她第 3 次获得加拿大总督文学奖。首篇书名小说是门偌最优秀作品中的一部,它展示了作家精湛的处理时间、穿越时间的艺术,它让过去占有了现在,相比之下,现在却显得微不足道②。作品结构是叙述者的回忆杂糅着多年前母亲妹妹的来访,家庭成员在追忆过去时对同一事件的不同的描绘和表述映照出完全不同的观点。

1990 年出版于美国的短篇小说集《我的青春时代的朋友》(Friend of My Youth)标志着门偌创作生涯的新的高峰,书名小说被评论家认为"不仅是这部书的最高点,而且是(她)事业的高峰"③,作品最能激起读者想象的部分在于它的双重框架,叙述者回忆她母亲关于一位青年时代的朋友的回忆。最后作家以第三重框架结尾:叙述者自己对她母亲的回忆和对她记忆中被告知的往事的反思,这一反思使过去发生的事情有了新的解释,全然不同于叙述者母亲和叙述者自己的观点,小说的立体感就在这向不同方向开放的层次上。小说集获得当年延龄草图书奖(The Trillium Book Award)。

---

① Beverly J. Rasporich, *Dance of the Sexes: Art and Gender in the Fiction of Alice Munro*, Edmonton: The University of Alberta Press, p. 12.
② E. D. Blodgett, *Alice Munro*. Farmington Hills, MI: Twayne, 1988, p. 131.
③ Brad Hooper, *The Fiction of Alice Munro: An Appreciation*, p. 87.

门偌的第 8 部小说集《公开的秘密》(Open Secrets, 1994)中的《至为感动》(Carried Away)是该集子中的杰作,作品由 4 个部分组成,分别从不同的时间跨度揭开女主角露易莎的过去,通过 20 个世纪初到今天的不同时间段她与几个男人的关系,为读者呈现了一段加拿大的历史。这部被称为"历史小说"的作品是门偌在题材和艺术表现手法上的又一个突破,获得英国的 1995 年年度 WH 史密斯(WH Smith)文学奖。

1997 年门偌获 PEN/马拉穆德奖(PEN/Malamud Award)。次年与读者见面的《一个好女人的爱》(The Love of a Good Woman, 1998)荣获两项大奖:加拿大的"格勒小说奖"和美国的"国家图书批评界奖",从此门偌与玛格丽特·阿特伍德齐名,在北美最优秀的小说家中占据了令人瞩目的席位。《一个好女人的爱》是门偌最复杂同时又是非常优美的心理小说之一。作品把一件异乎寻常的事件放在极其平常的环境中,反复考验常人对此事件的反应。小说以护理一位垂危女病人的护士艾尼德为中心。病人去世前,告诉艾尼德一个令人震惊的秘密:她丈夫汝伯特在验光医师强奸她时杀死了他。从此艾尼德内心开始了剧烈的思想斗争:要不要报警,把杀人凶手捉拿归案? 作家对女主角艾尼德复杂的心理梳理解剖得非常细腻,人物心理的每一个变化,既出人意料之外,又合乎情理。强烈的道德观念在小说里似乎以宗教的赎罪理念出现,它决定着人物行为的方向。当艾尼德深为汝伯特强烈的男子气所吸引时,"道德"和感情之间的冲突就成了不可解决的矛盾。

《憎恨,友谊,求爱,爱情,婚姻》(Hateship, Friendship, Courtship, Loveship, Marriage, 2001)使作家与世界最优秀小说家平起平坐,被"认为绝对是世界上最佳小说作家之一"①,"其中的一篇可以说是所有创作出来的最没有缺点的英语短篇小说"②。小说对人物心理的探索深刻而充满张力,追述的是女主角玛丽尔曾经为一位不是她丈夫的男人(医生)所吸引:初次见面便在双目对视中激出火花,尝试了并不似想象中浪漫动人且颇令人失望的一夜情后,女主角在回家路上把发生过的一切在心里再重温一遍,此时却只有美好留存,从此她把它永远尘封。小说结尾时玛丽尔看到报纸上关于医生的讣告,她思索着,究竟是短暂地出现在她生活中的他还是她关于他的记忆影响着她的生活? 小说所传达的是在门偌作品中已经烙上个性印记的主题,即过去与现在和将来的关系,这里表达的是现在,是过去的结果,它同时又为未来铺设了发展的轨道。

2004 年出版的《逃跑》(Runaway)使门偌第 2 次荣获加拿大的"格勒小说奖",并获英联邦作家奖(Commonwealth Writers Prize),尽管评论家认为它不能代表门偌的最高成就③,不过书名小说仍然不失为杰作:卡拉坐上多伦多的长途车逃离她粗暴的丈夫克拉克,他们的宠物一头小山羊已先于她出逃。这不是卡拉第一次逃跑,

---

① Brad Hooper, *The Fiction of Alice Munro*: *An Apperciation*, p. 128.
② Ibid.
③ Michiko Kakutani, *The New York Times* (December 7, 2004), p. 1.

数年前她曾坐在克拉克的车里从父母那里逃走，那时就连克拉克训斥她孩子气的举动她都感到十分浪漫动情，他在她的眼里就是她生活的建筑师。车上的卡拉开始意识到其实她并不能掌握自己的命运，离开了克拉克当然没有人会对她怒目而视，没有人会败坏她的情绪，但是"那又怎么呢？"①这一转折使卡拉马上给丈夫打了电话，让他去多伦多接她回家。小说的结尾又折回到原来的母题：克拉克在确保卡拉不会再离他而去后故态复萌，作品以卡拉想象着小山羊正在享受卡拉本来可以享受却已放弃了的自由结束。2005年门偌获得美国国家艺术俱乐部的文学荣誉奖。

经过十几年的家族寻根，门偌于2006年出版了毁誉不一的《石城远望》(The View from Castle Rock)。盛赞者称其为短篇小说形式的创新变革，认为她创造了一种融历史、小说和回忆录为一体的新型短篇小说②。批评者认为作家本身不停地介入小说干预情节，是对小说艺术形式的破坏。作家旨在这部集子里创新一种跟以往不同的小说，类似于历史小说但是在一个较小的框架内。门偌对她父亲苏格兰祖籍的历史发生浓厚兴趣已有十多年，她多次踏上苏格兰探访家族故地，收集了大量材料，这本集子以小说的形式对她祖先几代从苏格兰移民到北美这段历史进行生动描述。

最近刚出版的《幸福太多》(Too Much Happiness, 2009)被誉为"不寻常的选集"，"难以比拟"③，里面的故事比以前更苍凉和痛切。《儿童的游戏》(Child's Play)的故事借由女主角玛琳的回忆展开，少年时她跟好友裕琳一起在夏令营度过的某一个夏天，俩人无意中卷入一个事件。当时光返回到现时，玛琳决定鼓足勇气去见已经年老病危的裕琳，直面多年来自己始终不敢正视的当年事件。加拿大著名的英语文学专家戴维·斯丹思高度评价这本选集，认为"它全面地证明了门偌是最卓越的用英语写作的短篇小说家"④。

门偌的很多作品被改编为广播剧和电影。根据她小说改编的电影《男孩和女孩们》(Boys and Girls)赢得1986年最佳短片奖；短篇小说《从山里来的黑熊》(The Bear Came Over the Mountain)被改编为电影《离她很远》(Away from Her)，在2007年的奥斯卡金像奖评选中被提名为最佳剧本改编奖，但败给《老无所依》。

门偌小说最大的特点是其代言的文化传统的区域性，很多文学批评家把门偌与美国南方作家威廉·福克纳和弗兰纳里·奥康诺相比较，指出他们在描写乡村生活时的相似之处。门偌的作品典型地代表着加拿大的文学流派"南安大略省的哥特"文学，它们的魅力在于能在读者心中引起深沉的共鸣，作家所创造的人物都是非常独特的地区性的个人，浸染着鲜明的文化色彩，但是作家同时把她们/他们

---

① Alice Munro, *Runaway*, p.34.
② Deborah Eisenberg, "New Fiction," *The Atlantic Monthly* (December 2006): 128.
③ David Staines, "Unforgettable Reads of the Past 10 Years", *The Globe and Mail*, Saturday, Dec. 26, 2009.
④ Ibid.

跟人的普遍属性联系起来,正因为此,读者能够跟她们/他们在精神和心灵上沟通。

二、《你以为你是谁》

门偌的小说属于艾莱恩·萧瓦尔特所界定的"女性文学",它的特征就是要颠覆传统对女性价值标准的定位,追求"自我的发现,自我身份的确立"①,"寻找自我的社会身份,探求自我的定义和属于我的地方是始终贯穿于门偌小说的中心母题"②。对于门偌自己来说,女性主义的探求包括利用小说艺术来追求想象和表达的自由,她作为女性主义作家的实力,则表现在女性的叙述者和她所塑造的多种多样不同年龄段的女性人物,从少女到中年妇女到老妪。其中反复出现的题材是女儿和母亲之间的关系。

《你以为你是谁》是门偌获总督文学奖3部中的1部。写作时,门偌已是3个孩子的母亲,正经历着婚变。这期间她不仅体验了婚变对女儿的影响,体验了母亲与青春期女儿之间的复杂关系,也体验了女性与男人、与社会意识形态之间的关系。这些人生体验以及由此而带来的思考不可避免地折射于小说中的人物身上。

这部由10个短篇小说组成的集子在结构上与门偌的长篇小说《姑娘们和妇女们》相仿,但是在主题上则更深入:女主角柔思和她的继母芙露轮流出现在各自单独立篇的小说,连贯起全书的主线是柔思性格的发展过程:一个处于青春期的固执、任性的女孩如何在反叛的过程中努力寻找自己,尤其是在有限的小镇环境中扩大、充实她那早熟的精神世界,然后上大学、恋爱结婚、成为母亲再到婚外恋和离婚,在处理与男人的关系中最终成长为完全独立的女性。

集子的首篇《揍得你听话》(*Loyal Beatings*),开场白就揭示了小柔思和她继母之间的紧张关系。柔思还是娃娃时,母亲就病故了,为了照顾柔思,芙露嫁给了柔思的父亲,同时按照她的观念来塑造柔思,却总是遭到柔思的反抗,芙露就常把"揍得你听话"放在嘴里威胁柔思。随着情节的发展,芙露终于忍受不了柔思的顶嘴和反驳,恼羞成怒,让柔思父亲把她揍了一顿。与此同时,芙露又于心不忍,企图阻止丈夫的揍打,之后又悉心安抚照顾柔思。柔思是很典型的青春期的少女,她不愿意对芙露言听计从,更不愿意按照芙露的观念来设计自己的人生,她在摸索自己人生道路时常常与芙露发生冲突,以致芙露总要发问:"你以为你是谁?"

母女之间关系的表现是门偌小说中最深刻的部分,最能体现出门偌对女性本身的思考。门偌小说中的自传因素是非常明显的,反复出现的母亲形象有很多门偌自己母亲的影子。母亲安·克拉克·切莫尼(Anne Clark Chamney)是一个意志坚强很有魅力的事业型女性,年轻时在一个公立学校任教,嫁给门偌父亲汝伯特·

---

① Elaine Showalter, *A Literature of Their Own*:*British Women Novelists from Brontë to Lessing*, Princeton:Princeton University Press, 1977, p.13.

② Beverly J. Rasporich, *Dance of the Sexes*:*Art and Gender in the Fiction of Alice Munro*, Edmonton:The University of Alberta Press, 1990, p. xv.

雷德劳(Rubert Laidlaw)后不久,就遭遇到战后的经济大萧条,她以非凡的能力帮助丈夫挽救日益衰退的生意,同时操持着所有的家务。不幸的是她患上了帕金森氏病症,经过漫长的与疾病的抗争,终不治而逝。门偌从小就承担起家务,并与病中的母亲关系紧张。在她的很多小说中,母女之间的紧张状态很多来自于门偌自己的体验。在柔思以及其他女孩或青春期少女的叙述者眼中反映出来的母亲,往往是社会对女性角色的期待和规定的执行者,虽然她们自己是以男性为中心的传统习俗的牺牲品,因此,新一代的女孩首先反抗的对象往往是自己的母亲。然而,门偌并没有把母亲塑造成一个恶母形象,即使是继母芙露,门偌同时展现了她善良、朴实的一面,还原她作为人的多面性。当叙述者已是成年女性时,回忆中的母亲往往是女儿魂牵梦绕的对象,经过时间的过滤,依稀能辨别的却是健康的理想中的母亲形象。随着叙述者自己的成长,对母亲的理解也逐渐深入,母亲身上多方面的素质包括母爱、无私等也分别在小说中呈现出来。小说最后以早已离家的成年柔思对芙露的惦记结束:柔思偶然听到关于她老家一个邻居的电台采访,她马上想到应该告诉住在医院已几乎是植物人的芙露,她会是最愿意听到这一消息的人。在叙述者的富有诗意的追忆中,女儿和母亲实现了沟通。这一在作家多部小说集中不断在发展的回溯性母题,仿佛是神话原型的旅途:从时间的河流上溯到孩提时的故乡,回到在母亲身边的女儿时代,重新回味咀嚼与母亲的关系,实际上是作家对于女性身份特征的寻找和确认。

《乞丐女佣》是本集中的精品,柔思这时已经成年,正在大学里扩展她人生的地平线,小说描绘的是她与男人之间的关系,以及柔思怎样在这关系中寻找和发现自己作为女性的价值和独立性。作品以"帕特里卡爱上了柔思"开始,这位比柔思大好几岁的研究生是富家子弟,可是柔思对他的富有没有丝毫概念。当柔思终于被帕特里卡的挚爱所感动并接受了他的爱后,才意识到两人的社会和经济地位的悬殊,此后柔思经历无数次的分分合合。帕特里卡的家庭地位和对很多问题贵族式的态度让柔思感到压抑,也显示出自己家庭的卑微,从而使她一贯的人格独立产生了危机,她不得不考虑帕特里卡去她家后"会怎么说她的家庭"①,更使她困窘的是帕特里卡和他父母居高临下、权威性的传统保守观念,似乎要把柔思规范成社会对女性所要求的角色。帕特里卡并不是高傲的有等级观念的男性,他爱上柔思特立独行的个性,全然不顾家庭的反对,但是从小到大的家庭教育培养起来的思想根植于他内心,也很自然地会形之于表。这让柔思感到两人关系中的不平等。文化和经济背景不同引起的冲突实际上是社会对女性角色规定和女性要摆脱"第二性别"的等级争取平等独立的社会地位的冲突。柔思拒绝成为男性的附庸,拒绝成为"他者",决定了她和帕特里卡婚姻的必然破裂,虽然分手不是那么容易,分手以后更是举步维艰。在集子中的另一篇小说里,柔思跟女儿安娜在山里小镇上过着非

---

① Alice Munro, *The Beggar Maid*, New York: St. Martin's Press, 1988, p.71.

常窘迫的生活①,最后不得不把女儿送到女儿父亲帕特里卡那里,柔思不能让女儿跟她一起品尝独立生活所带来的不稳定的苦果。这些细节突显了柔思追求独立寻找自己在社会中位置的倔强和固执。财富和利益跟平等和女性个体完整比较,柔思毫不犹豫地选择后者,哪怕是前途曲折坎坷。

《乞丐女佣》结尾的场景是在柔思离婚 9 年以后,已是知名人士的柔思在多伦多机场上看到了帕特里卡的背影,正当她心里柔情漫涌,欲上前拍他肩膀时,帕特里卡转身看到了她,让她震惊的是,他给了她一个憎恨的脸色,这个脸色使她立即转身匆匆离开。此时的帕特里卡已经再婚,而柔思仍然在寻找。如果帕特里卡的形象象征着财富、地位、权威、男权文化,那么柔思寻找的道路还会很漫长。

这部小说集凸现了门偌创作的一个重要特色:对人物性格追根究底的彻底性。小说经典地体现了门偌对人物心理、精神洞察捕捉的透彻性和准确性,以及在展现它们时洞幽烛微、一波三折的技艺。和其他集子一样,门偌所描写的是"小乡镇里平凡的人物和事件"②。在她的小说中,每一件事物都是既"能触摸到,又很神秘",那是一个深深地根植于小镇的历史、由可触摸的很浓的环境和人物组成的世界,是门偌的祖先自 1800 年起开始居住的、她已深刻领悟了的地方③。因此在表现这一乡镇生活时,门偌不关注逸事奇闻、不猎奇,而是直接面对每天的日常生活和普遍人生,在表现人物与根深蒂固的传统和习俗、性别与阶级的歧视、宗教与政治的矛盾冲突中,门偌一层一层地揭开这一地区文化历史的层次,凯瑟琳·舍尔德瑞克·若斯形象地指出,"当门偌观察休伦镇时,她看到的是整个地质学和考古学的意义……她对人类历史有着考古学的层次感"④。

就是那些貌似很不起眼的小人物如柔思、芙露和家庭琐事,门偌以她对这一地区文化和传统的深刻理解,逐层挖掘到具有普世意义的人性的深度。罗伯特·萨克把这一特性总结为"门偌成功地把(她家乡)那顽梗的乡村的、不紧不慢的、诚朴的区域牢牢地绘摹在文学的地图上,演绎它的人性的骚动——它的荒蛮的激情、埋葬起来的忧伤和孤寂的神秘——那些令人炫目的直率的故事直接地连接着她的读者的内心叙述和心灵的轨迹"⑤。

门偌不是社会批评者,也从来没有在她的作品里明确地抨击或提倡什么,但她具有敏锐的社会嗅觉,她是通过对周围环境的观察、感觉和想象以及自己的生活经验,来过滤和折射乡镇生活以及社会的不同层面,以对人性多层次的开发,对人心理和精神多方面的探索,达到作品的深度。尽管在一次采访中,门偌强调她"不做

---

① "天意"(providence), in *Who Do You Think You Are*, Alice Munro, Toronto: Macmillan of Canada, pp. 133-151.

② Daphne Merkin, "Northern Exposure", *The New York Times Magazine* (October 24, 2004), p. 60.

③ Robert Thacker, "Introduction: Alice Munro, Writing 'Home': 'Seeing This Trickle in Time'", in *Critical Essays on Alice Munro*, ed. Robert Thacker, ECW Press, 1999, p. 3.

④ Catherine Sheldrick Ross, *Alice Munro: A Double Life*, Toronto: ECW, 1992, p. 26.

⑤ Daphne Merkin, "Northern Exposure", *The New York Times Magazine* (October 24, 2004), p. 60.

综合概括,也看不到超越平常的东西"①,但她的超越在小说中到处可见。那是因为她对历史和人物心理有着常人所未有的细腻的体验和敏感,这一独特素质使她能连接起记忆和现实、过去和现在,在用现实视野重新审视过去的人物事件时,她能精细微妙地揭示出人物性格中的精髓部分、人性的深层部分,从而使她的小说既深植于地区的根子里,又超越了地方界定,使她能够脱颖而出与世界最优秀的作家齐名,使她善于运用浓厚的特色化的区域性和地方性来沟通并共享人类经验。

---

① Beverly J. Rasporich, *Dance of the Sexes: Art and Gender in the Fiction of Alice Munro*, p. xii.

第八章 澳大利亚女性文学

第一节 概 述

自1788年1月库克船长带着他的船队在悉尼港登陆至今,澳大利亚在两百多年的历史中经历了殖民化、民族化和国际化的过程,形成了独具一格的澳大利亚特性。澳大利亚文学伴随着澳大利亚社会的进步而发展,以丛林气息、土著生活、囚犯故事和淘金历史等独特的话语为标志,在英语文学中独树一帜,构成了澳大利亚文学明显区别于其他国别文学的典型特征。肯·古德温(Ken Goodwin)指出,"土地和语言是澳大利亚文学中两个势均力敌的决定性因素"①。事实上,无论是殖民主义时期对英国文学的模仿,还是民族主义时期对本民族文学传统的建构,抑或是国际化时期对英美文学的接受和拒绝,澳大利亚文学中始终弥漫着浓郁的澳大利亚风情,成为世界文学中的一朵奇葩。

在澳大利亚历史和文化的浸染中,澳大利亚女性文学经历了从英国传统向丛林传统转变,并在"丛林"中建构"她们自己的文学"的历程。早期的澳大利亚女性作家主要是生在欧洲,长在欧洲,移居澳洲,最后大多又回到欧洲居住的中产阶级女性,她们用欧洲人的眼光看澳洲人的生活,用澳洲生活的素材为欧洲读者写作,作品中虽然有对澳洲人拓荒精神的赞颂,但其中的殖民主义意识也是十分明显的。最早的澳大利亚女性文学可以追溯到19世纪40年代。**玛丽·特丽莎·维尔达**(Mary Theresa Vidal, 1815—1869)被认为是澳大利亚的第一位女作家。1840年至1845年间,维尔达随同丈夫从英国来到澳洲生活,其间,她撰写了《写给丛林的故事》(*Tales for the Bush*, 1845)——以丛林为背景、宗教为主题、具有道德教化意义的故事。这本《写给丛林的故事》一开始并不是一本书,而是8本小册子(每本标价为6美分)。1845年,维尔达回到英国后才将这8本小册汇集成书。与同时代的另一些女作家相比,**凯瑟琳·海伦·斯彭斯**(Catherine Helen Spence, 1825—1910)有些特殊。

她差不多是和维尔达同时期随家人从苏格兰移居澳洲的,但是与维尔达不一样的是,斯彭斯来到澳洲后就定居了下来,她对澳洲的关心和关注超出了其他的女作家,因而她被认为是"第一个写澳洲的女作家和第一个写女性问题的女作家"②。斯彭斯于1854年出版了《克拉拉·莫里森:淘金热时期的南澳故事》(*Clara Morrison: A Tale of South Australia During the Gold Fever*, 1854),小说以阿德莱德为背景,描绘了一个女孩找工作过程中的种种遭遇,反映了殖民地时期澳洲普

---

① Ken Goodwin, *A History of Australian Literature*, New York: St. Martin's Press, 1986, p. 1.
② Ibid., p. 21.

通人,特别是女人的生存困境。斯彭斯的写作风格虽然有明显模仿简·奥斯汀的痕迹,但是她在作品中,通过对中产阶级女性移民生活现实的描摹,反映了澳大利亚女性强烈的民族自豪感和用劳动建设家园的决心。几乎斯彭斯的所有作品都展现了一种积极而充满希望的人生观,包括《温柔和真实:一个有关殖民地的故事》(*Tender and True: A Colonial Tale*, 1856)、《霍格斯先生的遗嘱》(*Mr Hogarth's Will*, 1865)、《作者的女儿》(*The Author's Daughter*, 1868),以及在她去世之后才出版的《聚集》(*Gathered In*, 1977)和《束手无策——一部浪漫史》(*Handfasted — A Romance*,1984)。她的每一个故事最终都有一个完美的结局,表达了作者对于人类未来的乐观态度。斯彭斯可以看作澳洲女性文学史上从移民文学向民族主义文学转变的过渡性人物。随着19世纪90年代末澳洲民族主义运动风起云涌,民族主义文学也应运而生,"人们希望摆脱传统英国文学的束缚,抛弃刻板的模仿,跳出因袭的框框,创立反映自己民族特点,具有本民族个性的文学"①。在这个时期的大多数文学作品中,丛林拓荒者勇敢和坚毅的精神以及友爱、互助的"伙伴情谊"成为讴歌的主题。然而,女作家的声音在这个民族主义的大合唱中还是比较微弱的,在那些以澳洲为暂居地并且大部分时间生活在欧洲的女作家们的笔下,"丛林"只是发生浪漫爱情故事的场所。从**罗莎·坎贝尔·普里德夫人**(*Mrs. Rosa Campbell Praed*,1851—1935)的《策略与激情》(*Policy and Passion*, 1881),到**塔斯玛**(*Tasma*, 1848—1897)的《派普山上的派普大叔》(*Uncle Piper of Piper's Hill*, 1889),再到**艾达·坎布里奇**(*Ada Cambridge*, 1844—1926)的《引人注目的人》(*The Marked Man*, 1890)和《并非完全徒劳》(*Not All in Vain*, 1892),都无一例外地以牧场和丛林为背景,描写对澳洲生活厌倦了的当地女孩是如何追求英国绅士和上流社会的阔佬们,和他们恋爱结婚。

两次世界大战期间及以后,澳大利亚女性文学开始繁荣。这一时期小说的主流仍属于劳森传统,沿袭着民族主义的道路,在反映内容和风格上力求"澳大利亚化"。家世小说在这个时期十分流行,其中最杰出的代表作品就是**亨利·汉德尔·理查森**(*Henry Handel Richardson*, 1870—1946)的三部曲《理查德·麦昂尼的命运》(*The Fortunes of Richard Mahony*, 1930)和**迈尔斯·弗兰克林**(*Miles Franklin*, 1879—1954)的《我的光辉生涯》(*My Brilliant Life*, 1901)。《理查德·麦昂尼的命运》描写了主人公麦昂尼自1852年开始到淘金工地谋生,随后的20年里历经坎坷,最终因心力交瘁、精神失常而死的经历,刻画了一个无法适应澳洲环境的移民失败者典型。全书分《幸福的澳大利亚》(*Australia Felix*, 1917)、《归途》(*The Way Home*, 1925)和《最后的归宿》(*Ultima Thule*,1929)三部,被评论家认为是在怀特小说出现之前最优秀的作品。弗兰克林是坚决主张表现澳大利亚地方色彩、发展澳大利亚民族主义文学的作家之一。代表作《我的光辉生涯》写丛林少女西比拉·梅尔文为改变自己的处境所做出的努力:她悄悄地学写小说,希望在文学创作上显

---

① 黄源深、彭青龙:《澳大利亚文学简史》,上海外语教育出版社,2006年,第34页。

示自己的才华,成为一个被众人膜拜的、被社会承认的作家。西比拉的形象成为一位具有女权思想、追求独立人格的澳洲新女性。在续篇《我的经历破产了》(*My Career Goes Bung: Purporting to be the Autobiography of Sybylla Penelope Melvyn*, 1946)一书中,弗兰克林讲述了西比拉来到城市后的生活。在另一部代表作品《自鸣得意》(*All That Swagger*, 1936)中,弗兰克林以她的祖父为原型,记录了早期定居者在一个陌生的大陆创业的生活轨迹。弗兰克林以"宾宾地区的布伦特"为笔名发表了6部小说,直到她去世之前才公开了自己的真实身份。她在临终前的遗嘱中将9 800英镑用于设立一个基金,奖励"反映澳洲人生活的最高的文学成就",这就是后来很多澳大利亚当代作家孜孜以求的"迈尔斯·弗兰克林奖"。除这两位具有重大影响的女作家外,**凯瑟琳·苏珊娜·普理查德**(Katharine Susannah Prichard, 1883—1969)、**克里斯蒂娜·斯特德**(Christina Stead, 1902—1983),以及**杰西卡·安德森**(Jessica Anderson, 1916)也都是这个时期拥有众多读者的作家。普理查德生于斐济,在墨尔本和龙塞斯顿长大。她是澳大利亚共产党的创始人之一、一位以写澳大利亚普通人生活为主的现实主义作家。普理查德一生写过24部小说,其中多为长篇小说①。斯特德长期生活在海外,但对于澳大利亚怀有深厚的感情,她说:"澳大利亚造就了我,我应该是个澳大利亚人。"②斯特德一共出版过12部长篇小说和2部短篇小说集。《热爱孩子的男人》(*The Man Who Loved Children*, 1940)是她的代表作,也是一部具有国际影响的作品。小说描写了一个混乱而充满矛盾的家庭,萨姆与妻子亨利埃塔因家庭事务经常吵架,甚至发展到互不理睬、大打出手的地步。父母的争斗大大伤害了6个孩子的幼小心灵,大女儿路易莎决定毒死父母,以求得安宁。亨利埃塔死后,萨姆并未接受教训,依旧一意孤行,路易莎忍无可忍,终于离家出走。整部小说充满了压抑的气氛,平静的表面下却有剑拔弩张的冲突,深刻反映了现代社会婚姻的危机和家庭的瓦解。杰西卡·安德森于1978年和1980年分别以小说《河边云雀叫得欢》(*Tirra Lirra by the River*, 1978)和《扮演者》(*The Impersonators*, 1980)获得了当年的"迈尔斯·弗兰克林奖"。

20世纪80年代以来,伴随着女性主义浪潮的起伏和澳大利亚国际化程度的深入,澳大利亚女性文学进入了前所未有的辉煌时期。在这个阶段,不仅女作家写作异常活跃,而且她们的写作风格和写作主题也更为丰富多彩。在她们的作品中,传统的澳大利亚丛林气质在国际化的视阈中展现出新姿,在属于她们自己的文学舞台上,她们"用自己的声音讲述自己的故事",吸引了众多的听众和读者。在1980年以后获得"迈尔斯·弗兰克林奖"的作家中,有7位女性,分别是:1980年的获奖

---

① 主要有:《先驱者》(*The Pioneers*, 1915)、《黑蛋白石》(*The Black Opal*, 1921)、《干活的阉牛》(*Working Bullocks*, 1926)、《库纳图》(*Coonardoo: The Well in the Shadow*, 1929)、《哈克斯拜的马戏团》(*Haxby's Circus: The Lightest, Brightest Little Show on Earth*, 1930)以及反映金矿生活的三部曲《咆哮的90年代》(*The Roaring Nineties*, 1946)、《金色的里程》(*Golden Miles*, 1948)、《带翅膀的种子》(*Winged Seeds*, 1950),等等。

② 黄源深、彭青龙:《澳大利亚文学简史》,第93页。

者杰西卡·安德森,1986年的获奖者伊丽莎白·乔利(Elizabeth Jolley, 1923—2007),1987年的获奖者格兰达·亚当斯(Glenda Adams, 1939—2007),1995年的获奖者海伦·德米登科(Helen Demidenko, 1972—),2000年的获奖者西娅·阿斯特利(Thea Astley, 1925—2004),2004年的获奖者雪莉·哈泽德(Shirley Hazzard, 1931—)和2007年的获奖者阿莱克希丝·赖特(Alexis Wright, 1950—)。其中,杰西卡·安德森两次获得"迈尔斯·弗兰克林奖",而西娅·阿斯特利则四次获得该奖,成为澳大利亚获得该奖次数最多的女作家。除了以上获奖者外,在这段时间里创作成就让人侧目的女作家还有海伦·加纳(Helen Garner, 1942—)、科琳·麦卡洛(Colleen McCullough, 1937)和凯特·格伦维尔(Kate Grenville, 1950)等人。其中海伦·加纳于1993年入围"迈尔斯·弗兰克林奖"提名,凯特·格伦维尔于2006年同时入围"迈尔斯·弗兰克林奖"和布克奖提名。她们俩都获得过多个澳大利亚文学奖项①。

西娅·阿斯特利创作最为活跃的时期是20世纪60年代和70年代,她是一个不擅长写女人的女作家,她从1958年出版第1部小说《牵猴子的姑娘》(*Girl With a Monkey*, 1958)到1999年出版最后一部小说《干燥的土地》(*Drylands*, 1999),"一个明显的特色就是她的作品中充斥着男人的经验,男人的叙事"②。40年间,阿斯特利写作了大量的作品,也获得过多种奖项。1962年,她以《穿着考究的探险家》(*The Well Dressed Explorer*, 1962)第1次获得"迈尔斯·弗兰克林奖";1965年,又以《迟钝的本地人》(*The Slow Natives*, 1965)再次获得弗兰克林奖;她第3次获得该奖是在1972年,那一年,她带着小说《追随者》(*The Acolyte*, 1972)登上了弗兰克林奖的领奖台;2000年,75岁的阿斯特利第4次成为迈尔斯·弗兰克林奖的大赢家,她的最后一部小说《干燥的土地》(*Drylands*, 2000)以一个人毁灭的故事影射了澳洲的历史和种族的历史,被比作"西娅·阿斯特利的《荒原》"③。

伊丽莎白·乔利生于英国伯明翰,11岁进寄宿学校学习6年,毕业后又在医院受训6年,成了一名护士。1959年,乔利随丈夫移居澳大利亚。虽然在少女时代就开始写作,但是乔利出版第1部小说集《五英亩处女地及其他故事》(*Five Acre Virgin, and Other Stories*, 1976)时已经53岁,可谓大器晚成。到90年代中期,乔利

---

① 澳大利亚文学奖包括"国家委员会图书奖"(National Book Council Award)、"澳大利亚文学奖"(The Australian Literary Award)、"橘子文学奖"(Orange Prize for Fiction)、"联邦作家奖"(Commonwealth Writers' Prize)、"维多利亚总理文学奖"(Victoria Premier's Literary Award)、"昆士兰总理文学奖"(Queensland Premier's Literary Award)"南澳总理文学奖"(South Australia Premier's Literary Awards)、"新南威尔士总理文学奖"(New South Wales Premier's Literary Awards)、"乃塔·克博文学奖"(Nita Kibble Literary Award)、"内德·凯里奖"(Ned Kelly Award)、"墨尔本文学奖"(Melbourne Prize for Literature)、"旺斯·帕默尔小说奖"(Vance Palmer Prize for Fiction),以及"芭芭拉·杰弗里斯奖"(Barbara Jefferis Award)等。

② Pam Gilbert, *Contemporary Australian Women Writers*, London: Pandora Press, 1988, p. 109.

③ Kerryn Goldsworthy, "Undimmed Outrage", http://home.vicnet.net.au/~abr/Sept99/kg.html.

已出版长短篇小说近20部①。乔利的小说大多描写现代人的生存困境与挣扎,他们在生活中的压迫感、孤独感、恐惧感以及为适应环境摆脱困境而采取的形形色色的生存策略。在技巧上,她融合现实主义和现代主义的表现手法,采用了现代主义作家所惯用的时空倒错、内心独白、蛛网式结构、象征和意识流等手法,使她的小说既具有现实主义文学作品因故事生动、人物鲜明所造成的较强的可读性,又不乏现代主义文学深入现代人内心揭示其内在本质的深度②。

海伦·加纳是澳大利亚文学史上实践"女性写作"并获得巨大成功的第一人。在澳大利亚众多女作家中,海伦·加纳是一位具有独特个性、独特声名和独特意义的女作家。虽然她出名不算早,产量不算多,作品的主题和篇幅也不算宏大,但是她在澳大利亚文坛崛起之后却始终吸引着读者和评论家,历经30年而不衰。她以女性为主要书写对象、以女性生活经验为主要书写内容、以个人叙事为主要书写形式,如果以男权的文学标准去衡量,她的作品似乎是没有多少艺术价值的,但是,她在公众中的知名度和持久影响力则颠覆了男性的审美标准,证明了女性写作的力量。30年里,她的女性主义作家身份在读者和评论者接受和拒绝、理解和质疑的交替中建立、巩固并提升,成为一个在澳大利亚女性主义文化和文学领域兼有盛名的女性主义偶像。她的名字几乎成为当代澳大利亚女性主义写作的代名词,她的写作人生记录了澳大利亚女性主义文学与女性主义文学批评发展的轨迹③。在她以《毒瘾难戒》(*Monkey Grip*, 1977)为代表的前期小说写作中,通过对身体和欲望的书写,展示了后现代时期女性身份的流变,建构了一套以身体快乐为中心的女性话语;而在她后期以《第一块石头:关于性和权力的几个问题》(*The First Stone: Some Questions about Sex and Power*, 1995)为代表的非虚构作品的写作中,她质疑传统女性主义与男性对抗的姿态,反对女性主义者将男人变成"受害者",主张男女和谐相处。所以,海伦·加纳的这种非传统的女性主义立场的转变,为读者和评论者从不同的角度阐释她的作品提供了广阔的想象空间。

科琳·麦卡洛是中国读者比较熟悉的作家,她的早期作品《荆棘鸟》(*The Thorn Birds*, 1977)在70年代末、80年代初为她赢得了国际声誉。继《荆棘鸟》之后,麦卡洛又写作了十多部小说,但是影响都不及《荆棘鸟》。她的多部作品曾被改编成电影或者电视剧,如《荆棘鸟》在1983年被改编成电视剧,《蒂姆》(*Tim*,

---

① 乔利的主要作品有《银鬃马》(*Palomino*, 1980)、《克雷蒙特街的报纸》(*The Newspaper of Claremont Street*, 1981)、《皮博迪小姐的遗产》(*Miss Peabody's Inheritance*, 1983)、《斯科比先生之谜》(*Mr. Scobie's Riddle*, 1983)、《牛奶与蜜蜂》(*Milk and Honey*, 1984)、《可爱的婴儿》(*Foxybaby*, 1985)、《井》(*The Well*, 1986)《代理母亲》(*The Sugar Mother*, 1988)、《我父亲的月亮》(*My Father's Moon*, 1989)、《幽闭烦躁症》(*Cabin Fever*, 1990)、《乔治一家的妻子》(*The George's Wife*, 1993)、《果园窃贼》(*The Orchard Thieves*, 1995)、《情歌》(*Lovesong*, 1997)、《随和的妻子》(*An Accommodating Spouse*, 1999)和《天真的绅士》(*An Innocent Gentleman*, 2001)等。

② 陈正发:《她们自己的文学——当代澳大利亚妇女小说发展评述》,《安徽大学学报》,2006年第9期,第87—91页。

③ 朱晓映:《〈毒瘾难戒〉的女性主义解读》,《当代外国文学》,2007年第2期,第114—119页。

1974)和《一个下流的念头》(*An Indecent Obsession*, 1981)分别在1979年和1985年被改编成电影。90年代之后,麦卡洛不断改变她的创作主题和写作形式,出版了《特洛伊之歌》(*The Song of Troy*, 1998)、《莫甘跑步》(*Morgan's Run*, 2000)、《触摸》(*The Touch*, 2003)、《安琪儿帕斯》(*Angel Puss*, 2004)、《打开,关上》(*On, Off*, 2006)和《班内特夫人的独立》(*The Independence of Miss Mary Bennet*, 2008)等题材多样、形式新颖的小说,虽然现在她已经是72岁的老人,其创作精力还是十分旺盛,出版计划已经定到2010年底。2009年12月,她将要出版小说《太多的杀人犯》(*Too Many Murders*),2010年底将要出版《打开,关上》的第2部。

凯特·格伦维尔较之前几位作家年轻得多,她是一位伴随着当代西方女权主义运动成长起来的女作家。她的作品通过对澳大利亚普通女性的描写,重构了澳大利亚女性的平凡生活,对于长期以来男性主导的"丛林英雄式"的历史话语进行了全面解构。格伦维尔自称,作为一个觉醒的当代女性,她认识到女性在男人那里遭受的苦难,她觉得有责任,也有义务运用文字的力量对男权社会进行猛烈的抨击,唤醒女性为自由而奋斗。她最早的作品是1984年出版的短篇小说集《长胡子的女士们》(*Beared Ladies*, 1984),后来,又相继出版了《梦屋》(*Dreamhouse*, 1986)、《琼创造历史》(*Joan Makes History*, 1988)、《黑暗之地》(*Dark Places*, 1994)、《完美主义》(*The Idea of Perfection*, 1999)、《神秘的河流》(*The Secret River*, 2005)和《上将》(*The Lieutenant*, 2008)等。在与坎蒂达·贝克(Candida Baker)的访谈中,格伦维尔说:"我自命为女权主义者已经很久了。我的女权主义思想已经发生了改变,我曾经是一个声嘶力竭的两性分离主义者,如今的我是一个更柔和、更完全的女权主义者。声嘶力竭的叫嚷不是今日斗争之面貌。我认为,今日的斗争瞄准的是一些更加微妙的压迫。"①格伦维尔的这种关于女性主义立场的坦白,不只是反映了她个人经验的转变,从某种意义上说,也反映了80年代以后澳大利亚女性主义写作的总趋势。

第二节 海伦·加纳

一、生平与创作

海伦·加纳出生于墨尔本西南的海滨小城吉朗。父亲是当地一位羊毛经营商,母亲是幼儿园老师。关于自己的家庭,海伦·加纳说:"我父亲的家来自丛林,南部的桉树丛林,而我母亲的家在墨尔本,属于中产阶级。"那是"一个普普通通的澳大利亚家庭,家中没有多少书,家人之间也没有太多交流"②,"我父母两边家庭

---

① Candida Baker, *Yacker*: *Australian Writers Talk About Their Work*, Australia, Sydney: Pan Books Pty Limited, 1986, pp. 118-119.

② Geoffrey Dutton, "Helen Garner", *The Australian Collection*: *Australia's Greatest Books*, Melbourne: Angus & Robertson Publishers, 1985, p. 358.

中都没有太多的文化,尽管我的母亲是一个音乐爱好者……最后,来自乡村的父亲和来自都市的母亲达成妥协,他们在小镇上安家落户,生活虽然不是十分富足,但是也从未拮据"①。

海伦是父母所生的6个孩子中的老大,自幼年到少女时代,她孤傲甚至有些怪癖,青年时期则变得叛逆而另类。1965年加纳从墨尔本大学人文学院毕业,之后开始了平静而又普通的教书生涯。1972年春天,一场"四字词"②风波彻底改变了海伦·加纳的人生方向:她因为在课堂上和学生探讨有关"性"方面的问题被维州教育部解雇。加纳为了维持生计,开始为一些不入主流的报刊和杂志撰写专栏文章,这种状况一直延续到1977年她的第一本小说《毒瘾难戒》出版,因作品的"半自传"特点及对女性性自由的探索而引起轰动。在随后30年的创作生涯中,海伦·加纳几乎每三四年出版一部书,每部书都引起关注或争议,给她带来荣誉和奖励,也带来误解和烦恼。加纳曾戏言:我每出版一本书都要失去一个丈夫③。过去30年间,她经历了3次婚姻,都以离婚而告终,重复着单身——结婚——离婚——再单身的人生轨迹。

海伦·加纳的创作以1995年为分水岭。1995年之前以小说为主,之后,转向非虚构作品的写作,直到2008年才又出版小说《空余的房间》(*The Spare Room*)。在小说和非小说之间移动,在虚构与非虚构之间转换,将虚构与事实自然地嫁接到一起,糅合成一个源于生活又高于生活的故事,这是海伦·加纳的一种写作策略。几乎她的每一部作品都有她自己的影子,总有一个人物是她自己的化身,即便是在她后来的非虚构作品中,她本人或现身或隐身,始终是事件直接或间接的见证人,因此,她的小说有明显的自传性,而她的非小说又充满戏剧的虚构性。尽管加纳本人认为当年写作《毒瘾难戒》时并没有明确的作家身份意识,而是直到写作第三部小说《孩子们的巴赫》(*The Children's Bach*, 1984)时,这种身份意识才开始建立起来。但是澳大利亚文学评论界还是一致认为,《毒瘾难戒》"宣告了澳大利亚一种新型的女性主义小说的到来"④。在《毒瘾难戒》推向市场时,出版商将其贴上"女性主义小说"的标签,并同时将其定义为"一本可以改变女性生活的书"⑤。从那时起,海伦·加纳就作为女性主义先锋作家在澳大利亚文坛建立了自己的声誉。从《毒瘾难戒》到《荣誉和他人的孩子》(*Honour, and Other People's Children*: Two

---

① Candida Baker, *Yacker, Australian Writers Talk About Their Work*, p.142.
② "四字词"(four-letter-word)指性禁忌语,俗称脏话或下流话。
③ Elisabeth Hanscombe, "Groupie", *Helen Garner's Work in The First Stone*, *Quadrant*, Sept. 2006, pp.72-76.
④ Helen Garner, Literature Resource Center—Author Resource Pages.
⑤ Geoffrey Dutton, "Helen Garner", *The Australian Collection*: *Australia's Greatest Books*, Melbourne: Angus & Robertson Publishers, 1985, p.356.

Stories，1980)、《小天地中的大世界》(Cosmo Cosmolino，1992)等,"加纳的小说一般没有什么情节,也没有推动情节发展的戏剧性动作,而集笔力于日常琐事、人物之间关系的变化、细微的感觉、在语言运用上自成特色,善于用形象而富有表现力的词把抽象的心理感觉传达出来,用词不同于一般作家"[①]。她所有的小说都以女性为主人公,以个人化叙事形式讲述爱、性、孩子等与女性相关的话题,探讨女性生理以及心理的自由欲望,呈现了一场场发生在房间里的两性战争。一些评论家从男权歧视女性的角度审视加纳的小说,简单地认为女作家所写的那些发生在客厅或者卧室的故事是没有意义的,因为房间是一个有标记的场所,是女人的场所。但是,另一些评论家从女性主义文学批评的角度解读,指出"个人的就是政治的",身体和性爱都是政治的表现,客厅和卧室是没有硝烟的战场。加纳笔下所有的故事都是女人的故事,也都是从各个角度审视女人身份的故事。1995年,海伦·加纳转向非虚构作品的写作,《第一块石头》的出版几乎将加纳推向女性主义的对立面,她的女性主义身份开始受到质疑甚至批判。加纳认为年轻一代女性主义者将身体用作对抗男性的武器,使男性成为女性主义的受害者,表达了对男性角色的同情。作为一位激进的女性主义者,加纳的女性主义态度立即遭到来自于女性主义内部的攻击,许多女性主义学者在各大主流报纸杂志及电台发表评论,对《第一块石头》中加纳的女性主义立场予以批评,从而引发了关于女性主义理论中性与权力关系的大讨论,形成澳大利亚女性主义史上"一个有特殊意义的时刻"[②]。在质疑、攻击甚至谩骂声中,加纳坚持着自己的女性主义原则。1996年,她出版了《真实故事:非小说作品选》(True Stories：Selected Non-fiction),回顾了自己的成长经历,并重申了自己的女性主义姿态。2001年,她又出版的非小说集《钢铁的感觉》(The Feel of Steel)表达了自己对人生、对社会的反思。2004年,非小说作品《小天地中的大世界》将视线从自我转向了社会,对于一宗谋杀案的关注再次将女性主义代际矛盾呈现在读者面前,以一种超然的女性主义姿态探讨建构两性和谐的可能,被视为后女性主义文本。

《毒瘾难戒》是加纳的第一部小说,也是当代澳大利亚文学史上女作家以写女人以及女人的生活引起轰动和争议的第一部作品,它改变了澳大利亚文坛长期以来对于女作家写作的冷漠和偏见。小说以70年代的墨尔本城市生活为背景,通过主人公贾沃和叙述者诺拉之间的关系呈现,反映了澳大利亚历史上那个思想空前解放同时也空前混乱的年代,以及年轻人无视一切,将吸毒、滥交、同性恋等视为新潮的特殊的生存状态。

第二本小说《荣誉和他人的孩子》包括两个独立的中篇,均围绕着分离的主题

[①] 黄源深:《澳大利亚文学史》,上海外语教育出版社,1997年,第501页。
[②] Jenny Morgan, "Priggish, Pitiless, and Punitive or Proud, Passionate, and Purposeful Dichotomics, Sexual Harassment, and Victim-Feminism", *Canadian Journal of Women and the Law*, Volume 17, Number 1, 2005.

展开。《荣誉》中的女主人公是一个与丈夫分居了5年的女人——伊丽莎白。一天,分居的丈夫弗兰克向伊丽莎白提出了离婚的请求,并告诉她有再婚的打算,他说他需要一个真正可以安居的地方,在那个称之为"家"的地方,他可以在后院里种些蔬菜,也可以亲手给自家的墙壁刷油漆,还可以养一条狗——不是一个像火车站样的该死的地方①。然而,他们毕竟有过共同的体验,他们了解各自的习惯与爱好,许多共同的记忆难以抹杀。他们的孩子生活在这样一种尴尬的三角关系中,不能理解父母在婚姻境遇中的摩擦与窘境。故事的结尾暗示,伊丽莎白本能地意识到,作为丈夫的前妻她将会和他未来的妻子建立起一种友情。这是一种家族的荣誉,也是一种血脉的关联。《他人的孩子》从异性恋的视角转向了同性之间的感情依恋。作品探讨了新型的家庭伦理关系以及爱与责任对孩子的影响。《孩子们的巴赫》表现了家庭伦理和错综复杂的人际关系,以音乐为线索表达人物不同的追求。由于这部作品对艺术和主题的探索,加纳被称为追求多种意义的后现代作家。她主张:保持间隙,留出空白,不要过细地去思考,也不要试图作任何解释,让音乐去完成那一切。

在《小天地中的大世界》中,海伦·加纳改变了她惯有的表现形式和主题,运用魔幻现实主义的手法,聚焦于人的精神世界,通过对梦想的描绘,让现实世界中的人长出飞翔的翅膀,实现自我超越。评论家认为,《小天地中的大世界》"由现实主义转向现实主义和超现实主义的融合"②,是一个作家致力于人物的精神世界追求的自然结果。《小天地中的大世界》中有两个短篇《记录天使》(Recording Angel)、《守夜》(Virgil)和一个中篇《小天地中的大世界》(Cosmo Cosmolino)。3篇故事以重复出现的人物和主题衔接,成为有机的整体。"记录天使"叙述女主人公对一位身患绝症的老友帕特里克的拜访过程,眼看着老友逐渐丧失记忆、丧失思维、最终丧失生命;《守夜》写一位粗心的年轻人瑞侬发现了他女友的尸体,而后又被迫观看了她被火化的过程;《小天地中的大世界》稍长一些,故事通过主人公简内特的讲述,将前两个故事中的人物和情节与第3个故事有机衔接起来。第2个故事中死去女孩的母亲以简内特老朋友的身份出场。安琪儿在每篇故事中都有表现,这样3篇故事分别从不同的侧面探讨生与死的重大主题。正像作品的题目所暗示的那样,作品想要传达给读者的主要思想就是"人"的世界是一个很小、很小的世界,但是在我们每个人的小世界中存在着很多很多的可能性,你可以选择做天使也可以选择当魔鬼。加纳似乎确信通向地狱的路比去往天堂要来得简单。

1992年之后,海伦·加纳的写作开始从虚拟世界转向非虚构的体裁。《第一块石头——关于性和权力的几个问题》(1995 以下简称《第一块石头》)在文坛激起波澜,作品以1991年底发生在墨尔本大学的一起案件——两位法律专业的女生指控她们的院长性骚扰为主要内容,从后女性主义的立场对这起案件进行了个人

---

① "Helen Garner", *Contemporary Novelists*, St. James Press, 2001, Biography Resource Center.
② 黄源深:《澳大利亚文学史》,第502页。

化和主观性的评述。该书出版后引发了一场媒体大战。许多著名的女性主义学者卷入其中,在各大主流报刊杂志及电台发表评论,表达对海伦·加纳的支持或者质疑和批判。引起关注和争论的焦点不在于事件本身,而在于海伦·加纳的女性主义立场。早在1992年9月,她在《时代》(*The Age*)杂志上最初读到有关这起性骚扰案的报道,她对两位女生的做法表示"震惊",却对被指控的男教师深表同情。她立即给被指控的老师写了一封信,表达她对他的处境的不安,担心两位女生的"无情"不只是"让他吃了点苦头",更可能"毁掉他的一生"①。她的信很快在墨尔本大学校园传开,如同在平静的水面上投掷了一块石头,这也很可能是后来她将这本书取名为《第一块石头》的原因之一。加纳奔波于墨尔本的大街小巷,采访与此案相关及不相关的人,收集报刊评论文章,最终于1995年3月出版了《第一块石头》。它是加纳反思并挑战传统女性主义性与权力的关系、建构后女性主义性与权力的新话语的"第一块石头",也是加纳在虚构与非虚构之间书写、进行"虚构批评式"女性主义写作的"第一块石头"。它出版后的第一个月就售出3万册,到1996年6月,共售出7万册,创下了澳大利亚非小说作品的销量之最。詹妮·摩根(Jenne Morgan)写道:"就当时的情形看来,似乎所有的人都在读《第一块石头》,所有的人都在谈论这本书。"②

2004年,加纳的另一部非虚构作品《乔·琴科的安慰》(*Joe Cinque's Consolation*)出版,这一次,她戏剧化地演绎了一个与《第一块石头》中的故事有些类似的案件。乔·琴科(Joe Cinque)一案发生在1997年。乔·琴科是一位堪培拉工程师,他的女友阿奴·辛格是一个印度籍姑娘、澳大利亚国立大学法律系的学生。1997年10月的一个星期天,阿奴·辛格和她的女友麦德哈维·劳在乔·琴科的住处举行了一场晚宴。参加晚宴的都是阿奴的大学同学。晚宴结束之后,客人散尽,阿奴乘琴科不注意,在他的饮料杯中加入了过量的安眠药,并乘他昏睡之际给他注射了海洛因。第二天凌晨,阿奴看到男友已不省人事,惊恐之中,她拨通了求救电话。但是一切为时已晚,乔·琴科死了,不明不白地结束了年仅26岁的生命。1999年乔·琴科的父母指控阿奴谋杀,将她告上法庭。在经过两个多月的审理之后,法庭最终认定阿奴是过失杀人,判十年监禁。但是,阿奴最终只在监狱中待了四年便被提前释放。在狱中,她完成了法律学士学位和犯罪学硕士学位。阿奴的同谋,她的女友麦德哈维被免予起诉。这起案件让人觉得匪夷所思。人们难以理解一个法律系的女生如何会涉嫌谋杀,而一个文弱的女孩怎么会杀死她忠诚的男友。但是,这一切都是事实。虽然加纳最初是抱着同情女人的心理去关注这个案件的,但在听完案件的审理之后,加纳的同情心却转向了那个死去的男青年。

---

① Jenny Morgan, "Priggish, Pitiless, and Punitive or Proud, Passionate, and Purposeful Dichotomics, Sexual Harassment, and Victim-Feminism", *Canadian Journal of Women and the Law*, Volume 17, Number 1, 2005.

② Ibid.

在《乔·琴科的安慰》中,加纳再一次颠覆了传统男女主体关系,在虚构和非虚构之间,毫不掩饰地表达了自己对"荡妇"的厌恶和对男性受害者的同情,并探讨了法律与公正、人与人之间的相互责任等更为复杂的社会问题。

在非虚构作品中,加纳将文学与新闻杂糅而成"创造性非虚构作品"。她表现出对这种形式极强的驾驭能力。这种"创造性非虚构"也称作"文学性新闻"、"新新闻"或者"叙事新闻",指在事实的素材中增加了许多文学的元素和文学的技巧,使得叙事更具戏剧性,有更强的感染力。传统新闻写作要求作者不偏不倚、冷静客观;而受后现代理论影响的新新闻则主张为读者提供更大的想象空间,提供更多的可能性。加纳说:在写作非虚构作品时你受到很多限制,即便你使用很多的小说技巧。所谓创造性,并不是说我要发明新东西,而是指我作品中的主题、人物和素材等等要有独创性。但是所有这一切都受到限制。非虚构作品的写作要遵守很多契约,其中包括作者和读者之间的契约,以及作者和她所写的人物之间的约定。事实上,在写作非虚构作品时,你必须清楚哪些是事实、哪些是思考。你无法编对话。你可以说"不知道他是不是说过这样的话"或者"她或许这样想过",但是你不能说"他正在想"或者"她确实这么说了"①。从《第一块石头》到《乔·琴科的安慰》,海伦·加纳的写作技巧日益提升,她的女性主义思想日臻成熟。对她而言,女性主义的标签已经不重要,重要的是女性主义的观念已内化为她的语言和行动,融入她的生活,她的名字已经成为女性主义的一种符号,海伦·加纳也已成为当代全澳公共知识分子中少数重要的女性知识分子,以其独特的思想和艺术魅力在公共领域发挥着作用。

二、《毒瘾难戒》

《毒瘾难戒》出版于1977年11月。70年代是澳大利亚文学进入国际化视野、赢得国际化声誉的时代。1973年,帕特里克·怀特成为获得诺贝尔文学奖的第一个澳大利亚作家,在怀特之后,相继有托马斯·基尼利(Thomas keneally,1935—)、彼特·凯里(Peter Carey,1943—)等人获得了布克奖,戴维·马洛夫(David Malouf,1934—)获得"国际IMPAC都柏林文学奖"。澳大利亚文学获得了极高的国际声誉,同时,澳大利亚文学的国际化倾向也日益明显。70年代初,澳大利亚文坛出现了一批无视文学传统、刻意标新立异的青年作家。他们的文学见解、作品内容和形式都迥异于此前的传统现实主义文学和怀特派文学,被称为"新派作品",这些作品"竭力反映典型的城市生活,尤其是落拓不羁的知识分子生活,大胆闯入了60年代文学的禁区——性和毒品,毫无顾忌地、赤裸裸地加以表现,使时人为之瞠目"②。在这些"新派作家"中,许多是伴随着女性主义运动成长起来的

---

① Suzanne Eggins, "Real Stories: Ethics and Narratives in Helen Garner's *Joe Cinque's Consolation*", *Southerly: A Review of Australian Literature*, 65:1(2005),p.124.

② 黄源深:《澳大利亚文学史》,第398—400页。

女作家,到70年代中期,在澳大利亚文坛有三分之一的作品出自女作家之手。但是,女作家写作并没有改变文坛以男性作家为中心的状况,她们仍然处于边缘,忍受着读者、评论界以及媒体对她们的冷淡甚至是故意的疏远。这种状况一直持续到70年代末。在1977年《毒瘾难戒》出版之前,杰西卡·安德森、西娅·阿斯特利等人已经写了很多作品,她们虽然也几次获奖,却一直没有能够引起广泛的、足够的关注。《牛津澳大利亚作家丛书》主编柯琳·歌尔德斯渥斯(Kerryn Goldsworthy)指出:海伦·加纳是妇女小说的领军人物,其《毒瘾难戒》的成功,为杰西卡·安德森和西娅·阿斯特利的作品提供了一种全新的生存机会。《毒瘾难戒》是澳大利亚女性主义写作史上具有里程碑意义的作品,它的出版宣告了澳大利亚新型的女性主义小说时代的到来。

《毒瘾难戒》以第一人称叙事,用简明的"日记体"纪实风格,叙述了诺拉对一位有吸毒爱好的演员贾沃的爱情,以及诺拉与多个男子的性爱关系,展现了诺拉在爱与期待被爱之间、在梦与现实之间、在自我身份的迷失和发现之间挣扎的心路历程,展现了一个女人的多元生活方式。小说中爱的主题与性和毒品等社会敏感话题交织在一起,加上作品中不断出现的性爱和吸毒场面的描写、女主人公与多个男子性关系的呈现及其性爱心理感受的坦白等等,引起了评论界的广泛关注和争议。根据加纳本人的解释,英文名 *Monkey Grip* 是一个儿童游戏的名称,是指两个人拉着手快速地转圈,转得越快,分得越开,也就拉得越紧,加纳实际上用这个游戏来表现男女主人公之间的那种互相依赖、欲罢不能的关系,又以"爱如毒品"的隐喻反映了男女主人公内心的纠结和挣扎。《毒瘾难戒》具有半自传的特点,没有明显、连贯的情节,形式松散,充满了个人化的经验叙述,但是读者在形似松散的文本中仍然能够理清诺拉和贾沃之间故事发展的脉络。故事的开头是诺拉被贾沃所吸引,爱上贾沃,在经历多次被贾沃冷淡、吸引、再冷淡、再吸引的反复之后,故事的结尾诺拉终于做出了"该怎样就怎样"的决定,不再依赖和纠缠于贾沃的感情。加纳在看似零散、琐碎的日记体文本中,用简洁明快的语言和对话,呈现了多层次的、富有立体感的故事结构。故事不是直线的、单一的,相反,故事的线索丰富,人物关系交错。加纳的这种个人化的、零散的和快速变化的语言特点也正体现了女性写作的特点。

在《毒瘾难戒》中,海伦·加纳采用身体叙事,讲述"我"的故事。女主人公诺拉以第一人称个人型叙述声音讲述"自身故事"(其中一部分是诺拉过去的故事,一部分是作者加纳的故事,还有一部分是其他女性的"典型经验"),在一个主要由三个人物诺拉、贾沃(诺拉的情人)、格丽斯(诺拉的女儿)构成的关系网中,作者借诺拉之口叙述了性、毒品和爱三者之间的微妙关系:诺拉被贾沃的性所吸引,而贾沃则迷恋毒品,格丽斯对母爱充满依赖。诺拉在贾沃的爱中迷失自己,又在贾沃一次次的背叛中挣扎和备受折磨,最后,在自我的发现中逃离心的羁绊,去寻求自由。诺拉对贾沃的爱首先是源于贾沃所呈现出的一种本能的、具有原始意味的吸引力。贾沃虽然只有23岁的年龄,但是看上去像一个40岁的人,皮肤黝黑,双颊凹陷,从鼻翼到唇边皱纹明显,鼻梁上还有一道疤痕。他母亲曾安慰他说:"儿子,别担心,一个人的相貌并不能决定一切。"诺拉则叙述道:"当我对他说'你很美'时,他不敢相信。"但是,在诺拉的眼中,贾沃确实有一种难以抵抗的魅力、一种野性的魅力、一种法西斯的吸引。福柯指出,每个人的内心都有一种对于法西斯主义的渴求。这种法西斯主义不是历史的法西斯主义,也不是希特勒和墨索里尼的法西斯主义,而是尼采的"权力意志","是我们的言论和行动、我们的心灵和乐趣中的法西斯主义",它深埋在人的"肉体"之中,"正是这种法西斯主义导致我们喜爱权力,希求那种现在正统治和压榨着我们的东西"①。诺拉正是被贾沃那燃烧着激情的蓝色的眼睛(也许是海洛因的令人晕眩的烟雾?)和他狂放不羁的表情所征服。诺拉坦白道,"我害怕他的躁动不安,害怕他的闲散和漫不经心,害怕他的情绪突变甚至失控。和他在一起就像是跟一个孩子在一起一样……我要听任他乖戾的本性的摆布,忍受他的失衡和捉摸不定"。所以,诺拉一直在"害怕被爱,又害怕不被爱"的矛盾中挣扎。盖勒·斯特劳森(Galen Strawson)在《时代文学副刊》(*Times Literary Supplement*)上撰文说:诺拉的内心是"碎裂的",她"是一个在日常生活的重大事件的缝隙间充实地生活的女性",她说,"我压根儿没想将来会怎样。我也不打算一辈子就爱一个人"。虽然她习惯于"放开一切"地去爱,就像贾沃放开一切地去吸毒一样,但是正像克温·托马斯(Kevin Thomas)在《洛杉矶时报》(*Los Angeles Times*)上发表的文章中所写的:每个人都注重自由和独立,但是一旦随意的性让位于真感情时,每个人都无可避免地会受伤。

作品中自始至终回荡着诺拉的叙述声音,这个声音对性和毒品的呐喊构成了小说女性主义的基调。诺拉的性欲望叙事,不仅仅展露出女性对个人世界和个体生命体验的独特感,不仅仅以独特的个人话语描绘了女性的生存状态,更重要的还在于建构女性在男权社会的话语权威。通过诺拉讲述她自身身体的细微感受变化以及她眼睛所观察到的男性的身体反应,加纳由此去推断男女之间的关系。诺拉的身体是诺拉反叛内心的外在表现。当诺拉与贾沃最初相见时,他们的身体就有一种接近的渴望。在贾沃用手摸着诺拉的后脑勺、他们互相凝视着的那一刻,他们心里就已经产生了一同回家的欲望。在随后的郊游中,诺拉看到贾沃趴在草地上,肌肤在烈日下闪着汗珠,泛着光亮,于是,"我在他的身边躺了下来,我们炽热的肌肤碰到一起","他的眼睛像一对蓝宝石又像是用某种强效的化学药剂着色过的水。我用自己干燥、发烫的臂膀搂住他油亮的背。他像一个小男孩那样蠕动着身躯","我听到他的喘息声"②。读者在贾沃的喘息声中自然也听到了诺拉身体的声音。身体的声音便是心灵的呼喊,诺拉从此对贾沃的性爱充满了期待和依赖,就如同毒品对贾沃的吸引一样。在她亲近贾沃的同时,她的身体开始与马丁(Martin)疏离。当她与马丁一起躺在床上时,他们的心情十分平静,"心里很清楚互相并不

---

① 李银河:《福柯与性》,山东人民出版社,2001年,第46页。
② Helen Garner, *Monkey Grip*, Melbourne: McPhee Gribble, 1977. 文中译文均为编者所译。

需要对方身体的接触了"。但是,当贾沃后来冷淡并疏远她时,她的身体中又产生了接近其他男性的冲动。吸引、接近、欢愉、冷淡、期待,多次反复,诺拉最终挣扎着走出了身体困扰的漩涡,决定接受现实,直面贾沃的背离。加纳通过对诺拉身体和性欲的书写来表达女性的抗争和觉醒,在诺拉个人欲望抒发的背后,是一种政治要求的表达——女性期待彻底解放。根据兰瑟在《虚构的权威——女性作家与叙述声音》一书中对女性写作的叙述模式的分类,三种叙述声音(作者型叙述声音、个人型叙述声音和集体型叙述声音)代表了女性为了在西方文学传统中占有一席之地而建构的三种不同权威:"建构另外的'生活空间'并制定出她们能借以活跃其间的'定律'的权威;建构并公开表述女性主体性和重新定义'女子气质'的权威;以及形成某种以女性身体为形式的女性主体的权威。每一种权威形式都编制出自己的权威虚构话语,明确表达出某些意义而让其他意义保持沉默。"①个人型叙述声音是"自身故事的"叙述者,其中讲故事的"我"也是故事中的主角,是该主角以往的自我。在个人型叙事中,叙事者以内视角和个人记忆、个人生存体验来审视生活,借解读个人经验表达女性的身体,通过"身体叙事"重新发现和认识"自我",建构女性主体性。女性作为主人公与叙述人,在幻想的秩序中具有了话语主体的身份,从而有可能否定男性话语专制的权威,否定男权文化关于女性意义的解释、界定与命名,确立女性的眼光,女性的视点,女性理解、解释并表达自身及世界的权利。在女性主义者们看来,在女性主义作品中,"无论是以浪漫的方式遮遮掩掩地表现,还是以自白形式直截了当地表现",性欲总是一次次成为揭示人的"真实"和"重要"本质的要素②。

《毒瘾难戒》的主题一直是评论界争议的焦点,不同的读者有不同的认识,甚至是完全相对立的看法,但正是这些争议吸引更多的读者去阅读作品,并从不同的角度阐释作品的主题,从而进一步拓展了这部作品的阐述空间。一些评论家认为《毒瘾难戒》讲述了一个怪异而又浪漫的爱情故事——一个女人迷恋一个瘾君子的故事。在这个故事中,女主人公诺拉被爱牢牢地套住了,就像她的男友贾沃被毒品牢牢地套住了一样,两个人都无法脱身。这些评论家指出,虽然在作品中有性爱和吸毒的场景,但是关于毒品的描写不是作品的主题,真正的主题是爱的问题。另一些评论家则强调《毒瘾难戒》中女性主义的、另类的倾向。苏珊娜·埃德加(Suzanne Edgar)在《堪培拉时报》发表了一篇题为《一种几乎接近于自负的女性主义》的文章。在埃德加看来,《毒瘾难戒》是70年代末墨尔本女性主义者另类生活方式的展现,他指出,诺拉在全书中所做的所有努力就是拒绝传统意义上的责任和婚姻。埃德加认为,诺拉处于一种困境中,她的女性主义理想与她的边缘人身份之间发生了严重的冲突,导致了一场全面的战争。她被爱所困,是一个对爱有瘾的人;同时她又是一个被自由所吸引的人,为了自由可以放弃一切。还有一些评论家

---

① 兰瑟:《虚构的权威》,黄必康译,北京大学出版社,2002年,第20页。
② 张京媛主编:《当代女性主义文学批评》,北京大学出版社,1992年,第79页。

认为《毒瘾难戒》是一本关于女性之间的友谊、爱情和支持的书。维罗妮卡·施瓦兹(Veronica Schwarz)在《澳大利亚书评》杂志上撰文,称她在《毒瘾难戒》一书中看到一种特殊的爱与忠诚。施瓦兹认为它书写了一种新型的爱,一种另类的,有别于结婚、离婚和做单身母亲的生活方式,一种女性之间的爱。第四种观点认为《毒瘾难戒》是一本有关生活的书——一本描写边缘人反传统文化生活方式的书。这类评论家指出,《毒瘾难戒》反映了一群边缘人的生活状态,他们以性和毒品为交流方式,是一种病态的毒品亚人群。作品中的男性具有反英雄形象的特征,他们一副骨瘦如柴的样子,像个软体动物,粘在具有双性同体特征的女人身上。还有人提出《毒瘾难戒》是一本关于海伦·加纳本人的书,持这种观点的评论家认为海伦·加纳出版了她的日记而不是写了一部小说,因为诺拉的个性"与作者很近",诺拉仿佛是加纳的面具。

谈及《毒瘾难戒》的创作,加纳毫不掩饰女性主义对她的影响。她在接受威尔斯巴克的采访时说:"那段时间我们几乎所有的人都是女性主义者。从70年代初开始,女性主义就成为我们的武器,成为我们看待世事的透视镜。我并没有刻意地去写一本女性主义的书,但是我想我受到了女性主义思想的束缚和启迪。现在,女性主义对我的束缚没有以前那么紧了,但是,它仍然对我有启迪意义。"①她承认,没有女性主义的滋养,她可能成不了作家。所以,在我们阅读《毒瘾难戒》时,女性主义的视角是必要的,它使得我们能够在"性"的表象下去挖掘作品中更深层的内涵。后现代女性主义认为,女性身份认同是移动的、多层次的、可以变化的。在《毒瘾难戒》中,加纳展示了诺拉身份认同的挣扎和流变:作为情人,她在享受爱的同时忍受着爱的背叛;作为母亲,她在付出爱的同时期待着被爱的温暖;而当她决定做自己之时,实现身心自由的愿望竟然也伴随着身心的痛苦。诺拉的自我身份、"他者"身份、母亲身份,互相撞击着、撕扯着,甚至"分裂"成"碎片"。《毒瘾难戒》就是这样书写了身体和欲望,呈现了一个女性所经历的身份挣扎。加纳用这样一个文本演绎了女性主义第三次浪潮的纲领性口号"个人的就是政治的":关于身体的故事是个人的,但又是本质性的,个人也是一代人的代表。因而个人的经历是一代人生存状态的再现,而个人的故事表达了一代人的追求和理想。

---

① Ray Willbanks, *Australian Voices*: *Writers and Their Work*, Austin: University of Texas Press, 1991, p. 92.

第九章　智利女性文学

第一节　概　述

被称为"世界角落"的智利人口不多,却有两个文学巨人摘取了诺贝尔文学奖的桂冠。他们是加夫列拉·米斯特拉尔和巴勃罗·聂鲁达。特别是 1945 年智利著名女诗人米斯特拉尔第一次打破了此前诺贝尔文学奖几乎被欧美作家垄断的状况(除 1923 年印度诗人泰戈尔获此奖)。从此,女诗人把世人惊奇的目光引向了拉丁美洲这块充满瑰丽色彩的神奇土地,智利女性文学也渐渐引起了人们的关注。智利女性文学虽不能成为衡量拉丁美洲女性文学的标准,但它在拉美女性文坛上始终代表着一种独一无二的声音,唤起了人们的深情凝视。它像一面镜子,反映出拉丁美洲妇女为争取自由、摆脱枷锁与禁忌的艰难历程,它也是一部述说丰饶苦难的历史。

一直以来,智利都是一个比较保守的国家。男性是社会的主导,而女性往往只承担家庭职责。智利妇女在经济、政治、教育等领域都遭受歧视,长期处于被压迫、被禁锢的地位,即使在上流社会,也只有很少的妇女能够得到一些受教育的机会,政客们始终把妇女视为弱势群体。独立战争时期,著名的女诗人梅尔塞德斯·马林·德·索拉尔(Mercedes Martin del Solar,1804—1866)是妇女教育的倡导者,她精通乐理,诗歌富于音乐感,其代表作是《波塔莱斯葬歌》。由于受到母亲的影响,梅尔塞德斯·马林·德·索拉尔走上了自由主义之路。1840 年,她创办了一所女子学校,学校的课程主要是宗教和道德教育,而这些是男子教育中所没有的。她还强调要在女子学校中开设男孩子常学的科目,如地理、历史、天文、阅读等。她支持通过法语而非拉丁语使语言文学现代化。这些课程,如基础语言、唱歌、乐曲、编织、诗歌或戏剧欣赏等与过去在修道院中的那些教育内容完全不同。然而,这一时期智利女性的教育虽有改善,但依旧受宗教禁锢。

19 世纪末发生了三次改变智利女性教育的变革。首先是一个非常著名的私家女校在圣地亚哥创立,其次是 1877 年智利大学开始允许女性在教育学和科学上获取学位,最后是智利师范学校由很多特雇德国教师组成的组织接管,这些德国教师精通教育学、物理学和人文科学等。智利杰出的教育家布里奇特·沃克(Brigida Walker)于 1915 年根据自己法语版的书《关于教育学及方法的课程》,撰写了《教师们的导师》一书,介绍了师范学校全新的教学计划和培养方案。这三次教育变革使智利女性的受教育权得到了极大的改善。

直到第二次世界大战结束前夕,智利还是拉美最后几个反对女性在国家选举中拥有选举权利的国家之一。早在 1884 年智利的选举法就剥夺了女性的选举权,

1934年又通过组织法使女性在市政选举中的权利受到限制。多少年来,为了争取自己的生存权利和女性尊严,智利女性们一直进行着不懈的斗争。1944年,她们曾成立了第一个全国妇女代表大会,两年后又创办了智利联邦妇女机构,并领导200多个组织和500个积极分子建立了智利妇女党。该机构的领导者是阿曼达·拉巴尔卡(Amanda Labarca),她创办了"女性阅读中心"俱乐部,该机构是由一些敢于创新的自由妇女组成,并为妇女服务。通过开设语法课、听文化讲座、颁发最佳女诗人奖等活动,"女性阅读中心"最终使圣地亚哥和周边城市的女性成员在女性解放意识上得到大大提高,它的出现与存在也标志着智利女性生存地位的进步。第一位获得诺贝尔文学奖的拉美诗人**加夫列拉·米斯特拉尔**(Gabriela Mistral, 1889—1957)著名的《死的十四行诗》(*Sonetos de la muerte*, 1914)就代表着这个组织获得的文学成就。

米斯特拉尔被称为"抒情女王"。她的诗作对整个拉丁美洲的诗歌产生了深远影响。她的一生极富传奇色彩。她出生于智利北部一个贫困孤寂的小镇,父亲是一位小学教师,能歌、擅唱、会写诗,在不知不觉中充当了米斯特拉尔走上文学道路的启蒙者。米斯特拉尔3岁时,父亲弃家出走,不知去向,得知父亲的消息时,他已客死他乡。米斯特拉尔的童年十分悲苦,7岁时被邻家男子强暴,小学时被女校长污蔑偷窃学校办公用纸,被罚"示众",同学用石头袭击她,女校长还以"弱智"为由,向她的母亲建议让她退学。退学后,她全靠自学和做小学教师的同父异母的姐姐辅导获得文化知识。但米斯特拉尔从小就表现出诗歌方面的天才。9岁时,就能即兴赋诗。20岁时,便在省内的报纸和刊物上发表诗歌和短篇小说。25岁时,她以《死的十四行诗》获圣地亚哥赛诗花会桂冠,名扬智利。她虽未受过正规教育,却通过顽强的拼搏成为深受欢迎的优秀教师和中学校长。她45岁进入智利外交界服务,先后出任过智利驻意大利、西班牙、法国、葡萄牙、美国等国家的领事,最终出任智利驻联合国特使。1945年,56岁的米斯特拉尔获诺贝尔文学奖。

米斯特拉尔一生主要发表的诗集有:《绝望》(*Desolactión*, 1922)、《柔情》(*Ternura*, 1924)、《塔拉》(*Tala*, 1938)等。她的诗歌内容和创作风格大致经历了三个阶段:痛苦与绝望的爱情诗阶段、柔和与光明的母爱诗阶段、宽容与眷恋的博爱诗阶段。米斯特拉尔的爱情诗大都是青年时期的作品,是她爱情悲剧的高度概括和深刻表现,这些作品大都收在她的第一部诗集——《绝望》里。1906年,米斯特拉尔到拉坎特拉小学去教书,与一位年轻的铁路职员罗梅里奥·乌雷塔相爱。但婚前,罗梅里奥·乌雷塔抛弃了她,另有所爱。1909年,罗梅里奥·乌雷塔又因爱情与生活的失意而举枪自戕。这使米斯特拉尔痛苦、怨恨、怀念和内疚长达10年之久。但正是这种复杂的心情催开了米斯特拉尔的诗歌之花。米斯特拉尔的《死的十四行诗》就是女诗人情到极致、爱到极致的明证:

人们将你放在冰冷的壁龛里/我将你挪回纯朴明亮的大地/他们不知道我也要在那里安息/我们要共枕同眠梦在一起/我让你躺在那阳光明媚的大地/

像母亲照料酣睡的婴儿那样甜蜜/大地会变成柔软的摇篮/将你这个痛苦的婴儿抱在怀里/然后我将撒下泥土和玫瑰花瓣/在月光缥缈的蓝色的薄雾里/把你轻盈的遗体禁闭/赞赏这奇妙的报复我扬长而去/因为谁也不会下到这隐蔽的深穴里/来和我争夺你的尸骨遗体/……①

《死的十四行诗》是女诗人爱情悲剧的高度浓缩和深刻表现,诗人以无法遏制的激情、细腻感人的笔触,描绘出一幅幅活生生、罕见的悲壮场面,道出了她对恋人的深情厚意和生死与共的决断。1922年,她的第一部诗集《绝望》诞生。在这部诗集中,米斯特拉尔将女性的多愁善感变成了诗歌的素材,用一种独特的迷人语言表现了女性的纯真,情感真挚强烈,呈现了一个痛苦而美丽的世界。

《绝望》的出版使诗人一举成名,米斯特拉尔渐渐从个人狭窄的情感世界走出来,把无私的爱倾注到妇女和她教育的儿童身上。1924年,诗人出版了第二本诗集《柔情》,该诗集中的大部分诗是献给母亲和儿童的,真挚地表达了诗人对母亲的赞美、崇敬以及对儿童的爱心和柔情。诗中较多地运用了经过提炼的民间语言,朴实易懂、朗朗上口。《渔家小姑娘》描写了一个在玩耍一天之后以海滩为床、用渔网当被的小姑娘酣然入梦的优美意境,好像自然界的一切都显示出了大地母亲的情怀:

渔家的小姑娘/不怕风和浪/睡脸像贝壳/鱼网罩身上/海滩上睡眠/沙丘上成长/海阿姨唱着玩/绝妙地将你晃/睡得多香甜/胜似在摇篮/嘴里是盐味/梦里是鱼鲜(《渔妇的歌》)②

女诗人虽为自己终生未婚、没有生育感到遗憾,但女性的本能、母性的本能、爱的本能还有她从母亲身上感受到的博大神圣的母爱,驱使着她创作了许多礼赞母性、祝福儿童的优秀诗篇。在下面这组《母亲的诗》中,她以女性独到的目光和柔情,以女人受胎、孕育、分娩的过程为引线,将女性孕育生命的心理细微变化放大:生命的神圣起源于母亲,因而母亲是神圣的。

我甚至在自己的呵气中闻到一种花的馨香:/这一切都是由于他在我的体内温柔地留下了那种东西,/象露珠落在草上。(《他吻了我》③)

我已经不在路上走了,/我对自己宽宽的腰部和深深的眼窝感到羞涩……/我要沉浸在美之中。/在寂静与平和中,/我编织着一个躯体,/一个奇迹般的躯体,/他有血脉,有脸庞,有目光,/有纯洁的心。(《平静》④)

米斯特拉尔从天然母性出发,以一双善良慈祥的目光注视着世界,营造了一份让任何一位母亲都感同身受和产生共鸣的温婉而美好的诗意,字里行间渗透出一

---

① 加夫列拉·米斯特拉尔:《柔情》,赵振江、陈孟译,漓江出版社,1992年,第37—38页。
② 同上书,第92页。
③ 同上书,第259—267页。
④ 同上。

种血肉感极强的母爱情怀,在温暖朴素的语言里不经意地传达了来自生命本质的母性深度和富有引力的磁性,诗意地扩大了亲情之爱,由生活的实在性进入了写意的艺术范畴,在浓郁的艺术情调之中抵达了大美大爱的目标。米斯特拉尔在《忆母亲》中还表达了儿女对母亲"报得三春晖"的心声:

在今天和所有的日子里,/我都感谢你给了我收集大地上的美的能力,/就象用双唇嘬取水一样,/也感谢你赋予我那痛苦的财富,/我的心灵能承受痛苦,/不会因此而死去。(《忆母亲》①)

1923年9月,为了纪念母亲节,她在墨西哥撰写了题为《怀念母亲》的文章,谈到:到了中年,渐渐懂得人总会有不幸的,人们都需要一首"摇篮曲",使心情平静下来。她的摇篮曲立意新颖,内容含蓄,不仅情感细腻、情趣高雅,而且散发出浓厚的生活气息。米斯特拉尔说:"摇篮曲好比水滴,由于它简单和不加雕饰才显得神圣,它们轻柔得好像露珠,不会使草茎折弯。"②

对米斯特拉尔来说,"母亲"的称号是神圣的。1938年,为了减轻处于战争期间的孩子们的痛苦,她将《塔拉》诗集的版权献给了西班牙斯克人的孩子们。对于一个经历了毁灭性战争和精神磨难的时代来说,米斯特拉尔单纯而又极富人性的作品才是一剂合适的安慰剂。诗人聂鲁达说她是"每个智利人的母亲"③。

1930年,诗人发表了《艺术十原则》,对自己前期的创作经验进行了总结。文章认为:美就是上帝在人间的影子,美是指灵魂的美而不是物质的美,美即是怜悯、同情和安慰。自此以后,她的诗作内容和情调都开始有所变化,从个人的忧伤转向人道主义的博爱。自1932年起,米斯特拉尔进入外交界,曾获得智利、法国、意大利、阿根廷、厄瓜多尔和巴西等国政府的嘉奖,被誉为杰出的外交家。但是在繁忙的外交事务中,她依然写了数百篇优美隽永的散文(如《龙舌兰》、《歌声》等),以及关于文化和世界和平的文章,表达了对人类命运和世界前途的关切。

1955年,米斯特拉尔发表了诗集《葡萄压榨机》,在这部诗集中,诗人表达了对祖国、对人民和对世界和平的热爱。她将"祖国"延伸扩展,囊括了整个南北美洲。在《土地》这首诗中,米斯特拉尔又以深情的笔调描写了印第安土地的神奇,它是印第安根;也是聂鲁达经常提到的全美洲的根:

哪里有印第安人在呼唤/哪里就有印第安人的鼓声/忽远,忽近/像是逃走了又临近……/土地以它神圣的脊梁/背着一切,驮着一切……(《土地》④)

正是这块诗人生存其上的热土,使她对复原那些神话记忆,寻找到自己的根。

---

① 加夫列拉·米斯特拉尔:《柔情》,第274页。
② 段若川:《米斯特拉尔——高山的女儿》,长春出版社,1997年,第122页。
③ 转引自胡里奥·萨维德拉·莫里纳:《卡夫列拉·米斯特拉尔生平和创作》,赵振江译,陈光孚选编:《拉丁美洲当代文学论评》,漓江出版社,1988年,第399页。
④ 加夫列拉·米斯特拉尔:《柔情》,第126页。

晚年,米斯特拉尔客居美国,在哥伦比亚大学任教。1957年1月10日,因癌症在纽约逝世。

20世纪30年代,在欧洲现代派小说的影响下,拉美各国都在进行艺术创新的大胆尝试,先锋派小说应运而生。这一时期,智利出现了一批较有影响力的女作家,如超现实主义作家玛里亚·路易莎·邦巴尔(Maria Luisa Bombal,1910—1980)以及带有宿命论观点的马尔塔·布鲁内特(Marta Brunet,1901—1967)等。

玛里亚·路易莎·邦巴尔,智利文坛上的奇女子,出生于美丽的海滨旅游城市比里亚德尔马尔。她家境富裕,从小受到良好教育,且表现出超人的文学和艺术天赋。邦巴尔5岁时就无师自通地读书看报,弹钢琴;8岁时就能写诗。9岁时邦巴尔的父亲去世。后来,母亲带着她和两个妹妹到了巴黎。为了让女儿们日后能够嫁给好人家,母亲辛苦工作,节衣缩食地送她们进入巴黎最好的学校学习。在这里,邦巴尔接触了法国的超现实主义思潮。1931年邦巴尔回到智利,这之后她又结识了拉美重要的诗人和小说家聂鲁达、博尔赫斯、米斯特拉尔及西班牙诗人加西亚·洛尔卡等,并受到他们的影响,从而形成了自己富有特色的创作风格。聂鲁达曾盛赞邦巴尔,说如果能够和一个女人正经八百地谈文学,这个女人就是邦巴尔。

邦巴尔是拉丁美洲超现实主义早期的代表作家,具有超强的女性自我意识。她的创作以小说为主,其小说大量使用象征、意识流、时空跳跃等艺术手法,表现人的梦幻、欲望、想象和潜意识,同时力图打破现实和梦境的界限。邦巴尔才情非凡,但生活经历却极为不幸,其笔下的主人公无不叠合着作家本人的身影。1931年,邦巴尔爱上了有妇之夫欧罗修·桑切斯。毫无结果的爱情逼得她朝自己的肩膀开了一枪。1933年,欧罗修给她买了一张机票,送她前往布宜诺斯艾利斯。在这里,她与聂鲁达夫妇以及加西亚·洛尔卡相识,这对她受过创伤的心灵是很大的安慰。1935年,邦巴尔的处女作《最后的雾》(*La última niebla*)正式出版,在拉美文坛引起极大轰动。小说写的是一个少妇,由于得不到爱,感到灵与肉的窒息,于是就把自己在梦中得到的爱情当作现实,以一次梦境作为自己精神生活的支柱。在这部作品中,邦巴尔打破了梦幻与现实的界线,以优美抒情、酣畅淋漓的文笔挖掘女性的内心世界,营造了一个似梦非梦的诗性境界。1935年,邦巴尔与一个画家结婚,但这场婚姻在1937年便宣告结束。

1938年,邦巴尔发表了第二部小说《穿裹尸衣的女人》(*La amortajada*),写的是一位去世了的美丽女性,躺在灵床上冷峻地观察着前来吊唁的人们,回想着生前自己与他们之间的故事。在这部作品中,邦巴尔从一个独特的视角更加深入地观察人世。女主人公安娜·卡马丽亚已经死去,她穿着裹尸衣,躺在灵床上,亲友们正在向她作最后的告别。奇妙的是,这个已经死去的穿裹尸衣的女人居然能看得到、感受得到自己身边的一切:

> 在那高高的明烛照耀下,那些为她守灵的人们正在俯下身来,观察着她眸子中那丝连死神都无法夺去的明澈的光。他们俯下身来,带着敬意,怀着惊

诧,却并不知道她也在注视着他们。

她隐隐看到自己的双手,交叉着轻轻放在胸前,按在一个十字架上,如两只安静的鸽子一般柔弱。①

随着一个个亲人、朋友来到她的身边,出现在穿裹尸衣的女人记忆中的一个个片段逐渐串联起来,组成了她一生的完整画面:

她回味着那些天真的虚荣,久久地,一动也不动地躺着,被各种各样的目光所吞没,就像被一股不可抗拒的力量剥去了所有的衣服。②

一位老人坐到她的身边,带着忧伤,久久凝视着她,毫不惧怕地抚摸着她的头发,说她漂亮。只有穿裹尸衣的女人没有为那份沉重的平静感到不安。她很了解她的父亲。他不会被任何猝发的打击击倒。③

她的身材与棺材多么般配呀! 她一点也不想支起身子。她从未想到自己也会如此疲劳!

送葬队伍走上了草地,她感到自己处在一种奇特的晃动中。她真应该告诉他们让棺木晃得轻一点。④

女主人公作为一个已经故去的人,却有着和生前一样的种种感情和思维能力。邦巴尔就这样运用独特的笔墨把死人写活了。这部作品给邦巴尔带来了更高的声誉。这种以死者口吻叙述的方式,及其阴阳两界时空交错的奇特效果渲染,为整部作品带来了很强的魔幻色彩,从另一个方面来看,叙述者站在魔幻角度上所叙述的内容却又带有很强的现实性。因此,后来以描写死人世界著称的墨西哥作家胡安·鲁尔福也承认他曾受到邦巴尔的启发。

1941年欧罗修携妻回到智利,这引起了邦巴尔的极大愤怒和绝望。1月27日,邦巴尔在马路上朝欧罗修开了三枪,结果被捕。这事曾轰动一时,所幸的是欧罗修没有丧命,邦巴尔也只坐了几个月的监狱,几经周折被保释。1944年,再次离开智利的邦巴尔与一个名叫法尔·桑·法叶的绅士结婚,生了一个女儿,但她的心情仍然忧郁。这之后,邦巴尔曾两次回到智利。她的出现引起了智利文学界的注意,却始终未能得到智利文学奖。丈夫去世后,女儿不愿与邦巴尔一起生活,甚至连信也不回。邦巴尔的老年处境非常悲惨,1980年5月6日,孤苦的邦巴尔在圣地亚哥病逝。

许多评论家认为马里亚·路易莎·邦巴尔"是超现实主义在拉美的一位代表作家,也是魔幻现实主义的一位先驱"⑤。虽然在保守势力占主导地位的智利,邦巴尔一直与智利国家文学奖无缘。但是她在智利以及整个拉丁美洲文学史中的地

---

① 玛·路·邦巴尔:《穿裹尸衣的女人》,卜珊译,《世界文学》1998年第1期,第7—8页。
② 同上,第9页。
③ 同上,第26页。
④ 同上,第65—66页。
⑤ 段若川:《遭贬谪的缪斯——玛利亚·路易莎·邦巴尔》,河南文艺出版社,2007年,第148页。

位却不容置疑。她的优秀作品滋养了几代读者,近年来,她作品极高的文学价值和女性的自我觉醒意识也越来越受到广大读者和评论界的重视。

20世纪60至70年代,在先锋派小说的基础上,拉美小说家写出了一大批思想内容深刻、情节扑朔迷离、艺术技巧奇特的作品。从而,拉美文坛出现了空前的繁荣兴旺局面。在西方乃至整个世界形成了一股"拉丁美洲文学热",被称之为"文学爆炸"。一时间,作家辈出,群星灿烂,流派纷呈,争奇斗艳。一代新作家站在新的高度观察新大陆的现实生活,用新的艺术形式表现出来。他们不拘于某种固定的文学模式,在继承和借鉴外来文学和拉美文学传统的同时,大胆地开拓出一条新路,即艺术多样化的道路。而就现实主义而言,在拉丁美洲文坛就活跃着十几种流派,诸如心理现实主义、社会现实主义、结构现实主义、魔幻现实主义等不同风格和流派。在所有这些现实主义流派中,影响最大的要算魔幻现实主义。魔幻现实主义文学是20世纪拉丁美洲最重要的文学流派,在整个20世纪西方文学中也占有十分重要的地位,催生了一批具有国际声望的作家,如两位诺贝尔文学奖获得者:危地马拉作家米盖尔·安赫尔·阿斯图里亚斯和哥伦比亚作家加夫列尔·加西亚·马尔克斯,以及古巴作家阿莱霍·卡彭铁尔、墨西哥作家胡安·鲁尔福等。魔幻现实主义文学的崛起,归根结底是拉丁美洲人民新的觉醒的表现,是一种民族自省和反思的开始。

70年代初,拉美一些国家发生军事独裁政变。军事独裁政权实行镇压政策,许多作家受到监禁和流放,致使大批作家流亡国外。"爆炸"文学宣告结束。但是尖锐的民族矛盾、激烈的阶级斗争是任何镇压都无法平息下来的。1975年前后,一批文学"新人"登上文坛,他们平均年龄在35岁左右,被文学界称为"爆炸后的新一代"。至此,拉美文学已经发展到了魔幻现实主义的巅峰。智利女作家**伊莎贝尔·阿连德**是魔幻现实主义、"后文学爆炸"时代的代表,她以独有的方式丰富了魔幻现实主义的谱系。其高超的技艺、敏感的笔触和细腻的讽刺呈现了特殊时代的历史演变。因其作品中有诸多魔幻现实主义因素,深受《百年孤独》的影响,因此伊莎贝尔·阿连德在文学界有"穿裙子的马尔克斯"之美誉。

从米斯特拉尔的获奖,到邦巴尔和阿连德的崛起,智利女性渐渐从禁锢的思想中走出来,在文学中彰显着自身价值。智利女性知识分子始终相信有文化的女性应该承担起一种责任,那就是努力为大多数不能接受教育的女性同胞谋福利。这也启发着受压迫的拉丁美洲妇女,使她们意识到她们在这个社会上本应得到的权利和地位。2006年,54岁的**米歇尔·巴切莱特**(Michelle Bachelet,1951—)勇敢地挑战世俗,凭借聪颖的头脑、卓越的能力、顽强的作风赢得了民众的心,成为智利首任女总统。

第二节　伊莎贝尔·阿连德

一、生平与创作

伊莎贝尔·阿连德出生于秘鲁首都利马。父亲托马斯·阿连德是位外交官。在她3岁时,父母离异,母亲把她带回智利,住在外祖父家。伊莎贝尔·阿连德从小便受到多方面的良好教育,尤其对文学表现出浓厚的兴趣。她的童年生活深受外祖母的神秘主义思想和外祖父正直、坚强性格的影响,这些在她第一部长篇小说《幽灵之家》(*La casa de los espíritus*, 1982)中有着明显的反映。此外,在她成长的道路上,继父拉蒙也起着至关重要的作用。拉蒙是一名外交官,总在世界各国旅行。他借助外交工作之便带着她们,游历了拉丁美洲、欧洲、中东等国家和地区。这极大地开阔了伊莎贝尔的眼界,对于她后来的文学创作有着不可估量的影响。1957年,阿连德回到智利首都圣地亚哥,翌年,在联合国粮食及农业组织驻智利机构中任秘书。从17岁起,她开始了记者生涯,广泛接触了拉美国家的社会各界,深入调查了解了许多现实问题。凭借知识分子的良知和社会正义感,她撰写了不少批评社会丑恶现象的文章,这段记者生涯对她日后的文学创作影响极为深远。

1970年,她的伯父、社会党领袖萨尔瓦多·阿连德在全国大选中当选为智利共和国总统。萨尔瓦多·阿连德就任后,提出要使智利成为"第一个按照民主的、多元化的和自由的模式建立起来的社会主义社会"①,开始推行一系列社会改革。1973年9月11日黎明时分,在美国的支持下,皮诺切特领导的武装力量发动震惊世界的武装政变,推翻了当时的民选总统阿连德政权。伊莎贝尔·阿连德的伯父萨尔瓦多·阿连德总统奋勇抵抗,以身殉国。这一次军事政变将智利人民推向了痛苦的深渊。很多人被逮捕、遭拷打、被杀害,还有不少人流亡国外,留下了寡妇和孤儿。这一年,也因此成为阿连德人生道路上的一个转折点。1975年,她被迫逃亡到委内瑞拉,随行的还有她的丈夫和两个孩子以及从她家花园里取的一把泥土。据说,有11 000多智利人在那次政变中丧生。伊莎贝尔的许多亲人或被监禁,或逃往国外。正如伊莎贝尔所言,她生命中的第一阶段结束于1973年的9月11日,当时她31岁。

离开智利后,阿连德生活艰难,精神上孤独寂寞,常常想起自己抛在身后的那

---

① 《拉丁美洲历史词典》,上海辞书出版社,1993年,第245页。

个大家族。正是这种思乡之情促使她开始给敬爱的外祖父写信,此时的老人已年近100岁高龄。这些书信最终成为《幽灵之家》的素材,1982年,《幽灵之家》问世,这是一部气度恢宏的全景式小说,一部展现一个智利大家族几代变迁的成功之作。它以30万字的篇幅展现了一个拉丁美洲国家从20世纪初到1973年为止风云变幻的历史。小说以埃斯特万·特鲁埃瓦家族的兴衰变化为中心线索讲述了3个家族4代人之间的恩怨纠葛,描写了在历史大变迁中各个阶级、各个阶层人物的生活、思想状况。作者在这部小说中采用的表现手法是讲故事,分别由主人公埃斯特万·特鲁埃瓦和他孙女阿尔芭来主讲。二人都站在20世纪80年代的角度,通过回忆来讲述家族及其国家的兴衰历程。其中,阿尔芭着重讲述具体的故事。这些故事,或离奇,或荒诞,或惊心动魄,或缠绵悱恻。而埃斯特万·特鲁埃瓦主要补充人物的思想和情感变化。这样的叙事结构有些近似于马尔克斯的《百年孤独》。这两部作品都十分重视文学观念中的魔幻因素。伊莎贝尔·阿连德曾说:"这本书产生于激情,产生于希望恢复失去的一切,我想,我在写书的时候我是这样做的。我认为我的目的达到了,即重建正在消逝的世界——过去的世界,回忆的世界,家族的世界,也是我已抛在身后、但又唯恐失去的世界。"①因此,《幽灵之家》问世后,受到了广大读者的欢迎,并引起了文学界的重视。小说一版再版,并被译为多种外语,十分畅销。美国《芝加哥论坛报》认为它是二战后世界文坛最优秀的小说之一。

第一部小说的成功极大地鼓舞了伊莎贝尔·阿连德。两年后,她发表了第三部长篇小说《爱情与阴影》(De amor y de sombra,1985)。这是一部内涵丰富的惊悚小说。作品取材于皮诺切特军事专制时代的一桩令人发指的事件:1978年智利隆根地区有人在一座被军警关闭的废矿中发现了15具尸体。经查证是被独裁政府秘密处死的民主斗士。消息传来,伊莎贝尔义愤填膺,1973年的惨剧在她眼前一幕幕地重现。经过周密调查,她终于发现,在独裁肆虐的拉丁美洲,这样的惨剧天天都在发生。她认为自己有责任将这一切公之于世,哪怕粉身碎骨。于是,阿连德于1984年完成了第二部长篇小说《爱情与阴影》。小说以皮诺切特发动政变上台后进行"大清洗"为背景展开叙述,智利发生军事政变以后,士兵和警察关闭了一座矿山,女记者伊尔内,在朋友的帮助下,勇敢地冲破戒严令,闯入矿山,发现了许多刚刚被特务杀害的革命烈士的尸体,并将拍下的照片给了教会。教会立刻要求政府打开矿山,在那些可疑的地方人们发现了更多的尸体。消息传出后,舆论哗然,纷纷谴责独裁者的暴行,但政府百般抵赖,随后又派特务去暗杀伊尔内。伊尔内侥幸逃脱,到了国外。《爱情与阴影》问世后获得了巨大的成功。许多读者对作品的真实性称道不已。

阿连德在这部作品中继承了拉美文学"贴近现实"的优良传统,同"文学爆炸"中杰出的作家保持着同一创作方向,表现出强烈的社会责任感。

---

① 伊莎贝尔·阿连德:《伊莎贝尔和幽灵们》,笋季英译,见《幽灵之家·附录》,译林出版社,2007年,第403页。

1987年伊莎贝尔·阿连德的第三部长篇小说《夏娃·鲁娜》(Eva Luna)在西班牙出版。小说讲述的是一个名叫夏娃的妓女陪同一位作家兼新闻记者前往游击队营地的故事。进入90年代以后,伊莎贝尔的作品明显转向。其中的《无限计划》(1991)便是她侨居美国之后的一次新的尝试:苏格兰一个犹太家庭开着大篷车在美国宣讲《圣经·旧约》中的"无限计划"。"无限计划"是一个预言,但美国的文化不相信古老的预言,而是以其巨大的生命力同化了这个家庭。这个家庭子孙的经历见证了现代文明的多义和矛盾。该小说多少反映了伊莎贝尔在美国的遭遇。

1994年10月,伊莎贝尔·阿连德又发表了长篇纪实文学作品《芭乌拉》(Paula)。这是她在女儿芭乌拉患病住院期间写下的回忆和抒情随笔。该书哀婉凄恻,感人至深,因此在其出版后的两年时间里,长期位居西语世界畅销书榜首。

近年来,她又相继发表了《感官回忆录:阿佛洛狄特》(Afrodita, 1997)和长篇小说《命运的女儿》(Hija de la fortuna, 1999)。《感官回忆录:阿佛洛狄特》不是一本小说,也不是传记,而是一部关于暴食和纵欲、烧菜和爱情的随笔集,本书色彩明快、甚至带些狂欢的意味,主题是食与性。它也是一本远离悲伤的书,它让阿连德"重新找回生命的感觉,重返自己的想象空间,甚至重新拾回被生命中的无常抹去的自我"①。食物或许给了她最后最深的安慰,她指望着这些令她满怀童年乡愁的美味,能帮助她承受目睹女儿病势垂危的哀痛。她曾经说过:她的生命分两部分,生命的第一部分在1973年智利政变后就已经结束了。也许可以说《幽灵之家》的写作耗尽了她生命第一部分的全部资源。1992年爱女保拉的病逝,让阿连德陷入了无尽的悲哀之中,她花了3年的时间,试图以徒劳无功的仪式驱散内心的悲伤。"这三年等于三个世纪,只觉得世界光彩尽失,铺天盖地的昏暗,冷酷无情地笼罩万物。我说不出何时看到第一抹色彩,但自从开始梦见食物,我就知道自己终于抵达漫长哀悼的隧道尽头,来到了出口,重见天日,恢复了非常强烈的再度吃喝与拥抱的欲望。于是,在一点一滴、一斤一两、一亲一吻中,这本书诞生了。……这是一次在感官记忆的领域里不带地图的旅行。每逢我享受佳肴或浓情缱绻,获得的那种深沉的快乐,都会反映在我的作品里,就好像我的身体获得满足后急于回馈,就会释放出它最好的能量,使我的文字如虎添翼。"②

《命运的女儿》写了一个智利姑娘在美国的遭遇。故事发生在19世纪。受美国梦的蛊惑,世界各地的淘金者纷纷踏上星条旗覆盖的土地。小说的女主人公是个弃婴,长大后爱上了一个不负责任的男人。男人不辞而别,她却痴心不改。一天,她终于女扮男装,走上寻找情人的不归之路。先是在一船狂热的淘金者中颠簸,继而与小偷、妓女、醉鬼和流浪汉为伍,以至于梦醒梦灭才开始新的生活。

可以说,伊莎贝尔·阿连德的文学创作既有对小说传统写作技巧的继承,也有对西方现代派写作方法的借鉴。作为拉美"爆炸后文学"中成绩斐然的女作家,她

---

① 刘小枫:《沉重的肉身》,上海人民出版社,1999年,第6页。
② 伊莎贝尔·阿连德:《阿佛洛狄特·感官回忆录》,张定绮译,译林出版社,2007年,第23页。

始终在魔幻与现实、激情与浪漫中书写着绚丽的诗篇。秘鲁著名作家巴尔加斯·略萨曾说,"在女作家中,最著名的当推智利的伊莎贝尔·阿连德。她才华横溢,擅长用流行于拉丁美洲的魔幻手法创作";"她的成功在拉丁美洲之外引起了人们的惊讶,因为在一个以男子气概闻名于世的大陆,像伊莎贝尔这样的女艺术家居然能脱颖而出,似乎真的有点奇怪"①。

二、《幽灵之家》

阿连德写成于1982年的《幽灵之家》使她跻身于拉丁美洲小说家的顶峰。作者称《幽灵之家》是写给决定绝食自杀的99岁外祖父的一封长信。这部30余万字的小说以埃斯特万·特鲁埃瓦家族的兴衰为中心,讲述了两个家族四代人之间的恩怨纠葛,展示了拉丁美洲某国从本世纪初到1973年军事政变为止半个多世纪的风云变幻和社会变迁。

出身名门,然而家道已经中落的埃斯特万爱上了瓦列家族的俏姑娘罗莎。为了能和罗莎体面地结婚,他抛下母亲和姐姐,只身到荒无人烟的北方开采金矿。经过两年的艰苦努力,攒下一大笔钱。但就在这个时候,他接到从首都传来的噩耗:罗莎误饮毒酒,不治身亡。埃斯特万悲痛万分,他决定到父亲遗留下的三星庄园了此一生。当他刚到农村时,庄园一片破败,后来经过埃斯特万的苦心经营,庄园日渐发展起来,他也成为当地的富豪。发财后的埃斯特万慢慢变得不安分起来,开始在外面拈花惹草,甚至肆意奸污雇工的妻子和女儿。瓦列家族的二小姐克拉腊和她姐姐一样也是个善解人意的姑娘。但颇为神奇的是,她从小就有超人的预测(曾经准确地预测到姐姐死亡的时间)。罗莎去世后,由于对爱人的怀念,埃斯特万经常去瓦列家族拜访。出落得楚楚动人的克拉腊,逐渐吸引了埃斯特万的注意。后来,二人终于结为夫妻,搬到一座新庄园里生活。不久,克拉腊生下了女儿布兰卡和一对孪生兄弟:海梅和尼古拉斯。此后,埃斯特万的生意日益兴隆。他以保守立场涉足政界,在家庭生活中也成了说一不二的专制家长,与克拉腊之间产生裂痕。有一年,埃斯特万·特鲁埃瓦全家到三星庄园过夏天,布兰卡和佩德罗相遇,并萌生爱情。但埃斯特万对佩德罗的叛逆精神极为不满,坚决不许他们接触。几年后,国家发生了一场大地震,埃斯特万在地震中受伤,得到了老佩德罗·加西亚的医治才得以死里逃生。但地震后,埃斯特万依然以自我为中心,性情也越来越暴躁,夫妻间的裂痕日益加深。由于佩德罗与布兰卡多次幽会,埃斯特万一怒之下用斧头削去佩德罗的三个手指。克拉腊忍无可忍,带着女儿返回首都,此时的布兰卡已经怀孕。为了遮盖家丑,埃斯特万强令布兰卡嫁给"法国伯爵",并让他们到北方生活。"伯爵"大搞走私文物、倒卖干尸的活动,而且是个性变态者。布兰卡无法忍受,逃离夫家,赶回首都生下了女儿阿尔芭,并与佩德罗重修旧好。阿尔芭7岁那

---

① 巴尔加斯·略萨:《在困境中崛起的拉美文学》,转引自刘习良:《妙在有意无意间》,见《幽灵之家·附录》,译林出版社,2007年,第415页。

年,克拉腊离开人世,特鲁埃瓦家族陷入一片混乱。阿尔芭18岁进入大学学习,认识了激进的革命青年米格尔。总统大选来临,社会政治斗争日趋激烈。最后,社会党联合其他左派力量在大选中获胜,于是右派军人发动了军事政变。政变中,总统壮烈牺牲,海梅和一批总统的追随者被军人抓住,受尽酷刑,最后惨遭杀害。埃斯特万得知海梅遇害,便凭借朋友的关系把佩德罗和女儿布兰卡偷送到一个北欧国家。不久,埃斯特万身边唯一的亲人阿尔芭被捕入狱。阿尔芭在狱中受尽百般折磨,埃斯特万在三星庄园强奸民女而生的私生子埃斯特万·加西亚上校对她尤其狠毒,他借政变成功之机,在阿尔芭身上公报私仇。走投无路之下,埃斯特万最终找到自己年轻时的旧相好妓女特兰希托,向她苦苦哀求,阿尔芭才获救。阿尔芭出狱后,埃斯特万过上了平静的生活,并最终在平静中溘然长逝。埃斯特万去世后,阿尔芭开始一边用笔记录下家族的历史,一边满怀希望地等待腹中孕育的胎儿降临,由此诞生了这部《幽灵之家》。

这部以家族故事为背景的小说,跌宕起伏,巧妙地糅合了现实和魔幻,以现代严肃文学少有的大起大落、大喜大悲、大是大非、大善大恶,展示了一个家族乃至一个国家的命运。在这部长篇小说中,作者通过生动鲜活的故事和一系列个性突出的人物,揭露了军事独裁统治给人民造成的苦难。

埃斯特万·特鲁埃瓦是贯穿于整部作品的人物,他是庄园主、资本家、资深参议员,他毫无疑问也是个好东家,他给了三星庄园生机,用他雷厉风行的作风和勤奋的工作给了庄园里的雇农以起码能够温饱的生活。但他又暴力而专断,他不断地强奸农妇,把自己的暴力和欲望强加于女人。在家里,他是一家之主,横行霸道,当他得知女儿和雇农的儿子约会时,"不由得火冒三丈,举起鞭子,纵马朝她冲过去,狠狠地一下又一下地抽打她,直打得姑娘跌倒在地,躺在泥地上一动不动……跳下马,摇了摇她,等她恢复知觉后便又破口大骂,污言秽语一泄而出"①。但他并非没有温情,只是不知道如何表达,他把心中最柔软的地方留给了心爱的女人。"埃斯特万·特鲁埃瓦也需要别人的爱怜,但是他不善于表达这种需要。自从和妻子关系恶化以来,更是无缘接受别人的柔情蜜语。"②

他鄙视懒虫,鄙视傻瓜,鄙视毫无教养的农民和工人,他信奉的是丛林法则:一种由强者带领弱者活下去的法则。而他旺盛的精力和对目标不懈的追求,也为他自己和家庭带来了财富和名望。埃斯特万沉着、现实、强大,而且具有非凡的勇气。

在政治上失利后,让人看到了一个年老、衰弱、徒劳地希望以自己的力量保护外孙女的老人。他老了,身体萎缩,眼前时常出现克拉腊的幻影。他唯一的希望就是建一座坟墓,能够让他跟自己一生最爱的两个女人在一起。在阿尔芭入狱后,他向特兰希托求救,"我只有阿尔芭这么一个外孙女,在人世间我越来越孤单,正像菲

---

① 伊莎贝尔·阿连德:《幽灵之家》,笋季英译,译林出版社,2007年,第181页。
② 同上书,第250页。

普拉诅咒的那样,我的身体干瘪了,灵魂萎缩了,所差的只有像条狗似的死去……"①他没有力气再挥舞银色的手杖把家具打得四分五裂,他只能为了被囚禁的外孙女四处奔波,最终卑微地祈求得到妓女特兰希托的帮助。

在他的专断和暴虐背后,我们看到了一个父性屡现的埃斯特万。在孙女回家之后,老人过上了平静的生活,并最终在和平中死去。"他曾担心会像条狗那样死去。但是没有。他安然死在我的手臂中,把我误认为是克拉腊,有时候又把我当成罗莎。他没有痛苦,没有烦恼,头脑清楚,情绪镇定、愉快,比任何时候都更清醒。"②

阿连德还塑造了由二十几位妇女组成的群雕图。其中克拉腊、布兰卡、阿尔芭祖孙三辈,大体上代表了拉丁美洲三个不同时期的妇女形象。她们都是美好、善良而又坚强的妇女,都是理想主义者。"虽然她们的性格不同,特点各异,甚至有着自己的缺点或怪癖,但是她们都有先人后己的善良品德,有从来不逆来顺受、敢作敢为的英雄胆识。"③

小说的结尾,阿尔芭面对自己的不幸发出了这样令人动容的感慨:"对所有罪有应得的人施加报复,这实在太难了。报复只能延续这个难以挽回的循环过程。但愿我的任务是生活,我的使命不是延长仇恨。我要等待米格尔归来,我要埋葬在这个房间里躺在我身旁的外祖父,我要孕育腹中的胎儿(她是那么多对我施加强暴的人的女儿,也许是米格尔的女儿,但主要是我的女儿),等待美好时光的到来。与此同时,我要写完这些纸张。"④

在谈到小说为什么没有美满的结局时,阿连德说,"我非常喜欢美满的结局","但书中的人物让我希望落空,结局打破了我的设想,因为最后起作用的还是故事和人物。我掌握不了他们的命运。我千方百计地想要拯救他们,至少使他们免于一死。只要救了他们的性命,就等于说他们有回来的希望,有重建家园的希望"。"《幽灵之家》的女主人公留下来撰写历史,历史一旦记载下来,就不会改变了。她留下来,还是因为要生孩子。""孩子是将在智利诞生的新人,一个更美好的祖国的建设者。祖国不能忽视过去的苦难。我们不能把过去一笔勾销,另起炉灶。我们是在痛苦、强暴、破坏、酷刑的基础上建设祖国的。""我希望以某种形式把这一切表达出来。我认为,女主人公将出生的孩子是一种表达形式。"⑤

作者圆熟地运用魔幻现实主义写作技巧,安排了不少"魔幻现实"的情节。因此,拉丁美洲文学评论家把它归入魔幻现实主义文学流派。哥伦比亚的加西亚·马尔克斯的《百年孤独》深深影响了伊莎贝尔·阿连德的小说创作。魔幻现实主义手法的运用,在《幽灵之家》这部作品中主要表现在克拉腊和老佩德罗·加西亚

---

① 伊莎贝尔·阿连德:《幽灵之家》,第385页。
② 同上书,第388页。
③ 段若川:《安第斯山上的神鹰——诺贝尔文学奖与魔幻现实主义》,武汉出版社,2000年,第222页。
④ 伊莎贝尔·阿连德:《幽灵之家》,第398页。
⑤ 伊莎贝尔·阿连德:《伊莎贝尔和幽灵们》,笋季英译,见《幽灵之家》附录,第405—406页。

这两个人物身上。克拉腊从小就有特异功能,可以凭意念移动一张三条腿的桌子,可以挪动桌子上的小物品。她"不止会圆梦,还善知人的未来,能猜中人的心思。这套本事她一辈子也没有丢掉,而且随着光阴流逝,本领越来越大"①。她能预知地震,获得外星人的信息,用扑克牌为人算命,甚至预言到自己什么时候要结婚。她与巫女三姐妹可以心灵相通,互相发出召唤,死后还可以通过巫女三姐妹,与家里沟通。甚至她的灵魂还会在亲人最艰难的时候保佑着他们。小说中另一个具有魔幻色彩的人物老佩德罗·加西亚,也会不少神奇的本领。他凭着自己的感觉就能够知道哪里有水。他懂得利用各种草药来治疗多种疾病。地震发生时,他虽然老态龙钟、双目失明,却能凭感觉和经验为埃斯特万·特鲁埃瓦接骨:"他一边干一边连声祈祷医圣,祈求好运,呼唤圣母玛利亚,面对埃斯特万·特鲁埃瓦的喊叫和谩骂不动声色,还是那副盲人的恬静表情。他摸着黑儿把东家的身体各部位毫厘不差地接好,后来为埃斯特万检查身体的医生简直不敢相信这是真的。"②而老佩德罗·加西亚的这种魔幻色彩,大多都是源于克里奥约和印第安两种文化的神奇与魔幻。

《幽灵之家》出版后,受到了广大读者的欢迎,并引起文学界的重视。拉丁美洲文学评论家称它是继《百年孤独》之后魔幻现实主义的又一部力作,伊萨贝尔·阿连德也被称为"穿裙子的加西亚·马尔克斯"。1993 年,《幽灵之家》被改编成电影《金色豪门》,2004 年,该小说被欧洲读者评为百本最喜爱的图书之一。

---

① 伊莎贝尔·阿连德:《幽灵之家》,第 71 页。
② 同上书,第 147 页。

第十章 印度女性文学

第一节 概 述

一、"沙门"时代:女性文学的开端

印度文化堪称世界四大文化体系之一,与中国一样,其古老的文明从未中断,延续至今。哈拉帕和摩亨佐—达罗的文化遗址见证了灿烂和发达的印度河文明。从印度河文化遗址发现的母神雕像可见当时印度河文明曾流行对母神的崇拜,相信女性的生殖能力是万物的本源。例如,迦利女神是印度河文明时期的女神之一,也是母系氏族社会的女神代表之一,她的独立自由精神一度成为现代印度女性运动的象征。

直至公元前 1750 年前后,印度河文明逐渐被入侵的雅利安文化所取代。雅利安人所代表的吠陀文明成为印度的主流文化,印度进入有文字可考的吠陀文明时期。"吠陀文明"得名于印度宗教经典——《吠陀经》,其中包括四部吠陀本集:《梨俱吠陀》、《沙摩吠陀》、《夜柔吠陀》和《阿达婆吠陀》。吠陀教是多神崇拜的宗教,在吠陀的万神殿中,男性神的数量居多,母神地位在吠陀文明时期下降。在《梨俱吠陀》中,有少量诗歌是颂扬女神的,例如《朝霞女神颂》和《大地女神颂》等,歌颂朝霞女神乌莎的诗歌近 20 首。这些有关女神的诗歌反映了远古时代人民热爱自然的朴素思想,这些女神诗歌多为集体创作。从这些女神诗歌中可见,在吠陀早期,男女社会地位较为平等。女性可以参与社会祭祀活动,并与男性一样可以学习吠陀经典。

雅利安部落吸收了土著人的文明元素,结束游牧生活,开始了定居的农业生活。铁制生产工具的使用,促进了生产力的发展,随着社会财富的积聚,印度社会分化为严格的四个种姓。直至公元前 200 年前后,宗教法典《摩奴法论》标志着印度社会等级秩序的完善,它确立了各个种姓的行为规范。《摩奴法论》是古代印度婆罗门教祭司根据吠陀经典的传承编写而成,它是一部集教律和法律于一身的典籍。它认为妇女在道德上低于男人,她们生来是邪恶的,她们是引诱者、不洁之人,"摩奴把嗜睡、偷懒、爱打扮、好色、易怒、说假话、心狠毒和行为可恶赋予女子"[①]。《摩奴法论》以社会行为规范的方式把妇女排斥在宗教仪式大门外。法论对妇女宗教权利的剥夺缘于婆罗门的"妇女不净说",这一律法否定了妇女的地位,确定了妇女的身份、权利义务和行为准则,构建了一个男性化为主的社会系统。在这个系统中,父权、夫权及子权是权力的核心,是绝对凌驾于女性权力之上的。《摩奴法

[①] 《摩奴法论》,蒋忠新译,中国社会科学出版社,2007 年,第 178 页。

论》所确立的社会机制和家庭机制使得印度教女性的附庸地位合法化,并成为其庞大机制中的一个附属。

在印度文化中,从《薄伽梵歌》、《罗摩衍那》到《摩奴法论》这些经典都宣扬男权中心,形成印度几千年以来的核心价值观。史诗《罗摩衍那》中悉多的形象已经成为印度传统妇女的典型。悉多的忍耐、克制成为印度教女性的完美典范。在吠陀时代,受印度河文明的影响,妇女有较高的地位,可以参与各种社会活动。而到法典时期,妇女地位大大下降,妇女不能参加宗教祭祀,不能阅读吠陀经典。这些限制极大压制了女性对文化的参与,更不要说写作了。

追溯印度女性文学的写作历史,直到公元前6世纪,才出现有确切文字记载的印度女性文学,而这一文字记载则归功于印度佛教的兴起。古代印度妇女地位低下,直到公元前6世纪,婆罗门教文化体系衰弱,新兴的刹帝利阶层所代表的"沙门"思想兴起,"沙门"(Sramana)意指"勤息",指在婆罗门教后期反对婆罗门至上的出家修行者,他们以刹帝利阶层居多,反对吠陀权威,敢于叛逆婆罗门教,这种新兴的思想有力地冲击了婆罗门教的社会秩序,反映了一种全新价值观的出现。"沙门"思想中最为著名的是佛教,释迦牟尼奠定了佛教徒教团(僧伽)的基础,以他为首,由比丘(Bhiksu,和尚)、比丘尼(Bhiksuni,尼姑)、优婆塞(Upsaka,善男)、优婆夷(Upasika,信女)四部分人组成佛教教团。佛教倡导四种姓平等,这种宗教主张迎合了新兴刹帝利和吠舍阶层的思想需求,同时还允许妇女成为佛教徒。佛教众生平等的宗教思想在一定程度上为印度女性提供了相对的自由空间,佛教之于印度女性来说是一次思想的解放,同时,还为加入佛教的比丘尼提供了一定的创作空间,她们可以记录自己的思想,佛教的包容性促发了诸如比丘尼穆塔(Muttar)等一批女性创作者的诞生。比丘尼的身份不一,有出身高贵的小姐、年老的妇人和年老色衰的妓女等,她们都在佛陀的感召之下,踏上了宗教解脱的道路。《长老尼偈》(*Therigatha*,600 B.C.)是比丘尼抒发宗教情感的诗集,也是印度文学史上第一部女性诗集,其中包括73品,522颂。《长老尼偈》"通过比丘尼诉说个人的不幸遭遇和摆脱世俗束缚后的愉快心情,宣扬佛教教义,劝人皈依佛教。从中可以窥见印度古代社会的真实画面,尤其是妇女的生活和地位。例如,第400—447颂中,一个名叫伊希陀悉的比丘尼诉说了自己三次嫁夫、三次无端被弃的悲惨命运"[①]。比丘尼的诗歌不仅是个人情感的抒发,同时也为佛教的流传和发展做出了不可磨灭的贡献。"沙门"思想促进了地方文学的发展,打破了梵语文学唯我独尊的局面,同时在印度历史上,为女性提供了前所未有的创作空间。

二、南印度桑伽姆时期:女性文学的发展

"沙门"思想的影响主要在北印度[②],南印度的女性文学历史也非常悠久。南

---

① 季羡林:《印度古代文学史》,北京大学出版社,1991年,第131页。
② 温德亚山把印度分割成南北不同的地理单位,成为古代南北印度交流的巨大障碍。在印度历史上,北方的帝国很少统治到温德亚山以南地区。交流的障碍使南北印度的文化具有不同特点。

印度的主要居民是泰米尔人,他们是达罗毗荼人的后裔,在雅利安人侵北印度后,大部分达罗毗荼人退居南方。泰米尔语是南印度主要语言,它隶属于达罗毗荼语系。泰米尔语文学在印度文学史上曾盛行一时,公元前5世纪至公元2世纪,是泰米尔文学史的桑伽姆(Sangam)时期。"桑伽姆"是一种文学组织,这种文学组织通常为官方组织,在先后建立的三期泰米尔桑伽姆中,涌现了大批的诗人。流传至今的泰米尔文学著作有《短诗集》(Anthology of Short Poems,100B.C.—A.D.250)、《四百政诗》(Four Hundred Puram Poems, 100B.C.—A.D.250)和《十卷长歌》(Ten Tens of Songs,100B.C.—A.D.250)。这些诗集中的两千多首诗歌为473余名诗人所作,其中有30名是女诗人。桑伽姆诗歌属格律诗,这些女诗人多数表达了她们的爱情观。其中,最著名的女诗人阿凡亚(Auvaiyar,300B.C.)创作了33首政诗和26首爱情诗,这些诗歌描写和歌颂了朱罗王卡利伽兰的政绩,运用了丰富的比喻和文学想象,描写了泰米尔民族的生活习俗。桑伽姆时期的女诗人在创作上以表现南印度的自然景象以及抒发个人情感为主。

　　由于政权和语言的独立性,南印度的文学也非常独立。公元6世纪,南印度为了抵制耆那教和佛教的影响,泰米尔纳杜兴起虔诚(Bhakti)运动,倡导者是民间的诗人和说唱者,其目的在于维护民族传统的湿婆教和毗湿奴教,他们反对繁琐的宗教仪式和种姓制度,认为知识不是解脱的重要途径,只要虔信,就能够获得解脱。虔诚运动突破了严格的种姓制度,吸纳了相当数量的低等种姓信仰者。如火如荼的虔诚运动在公元7、8世纪到达顶峰,并迅速影响到马哈拉施特拉邦、古吉拉特邦、克什米尔和旁遮普等北印度,并横扫全国范围。这场文学运动是泰米尔桑伽姆时期的继承和发展,主张消除种姓差异,宣扬平等思想。"虔诚"意味着对神的奉献精神,这一运动吸引了低等种姓等社会边缘群体,允许他们表达对神的虔信。虔诚运动时期,文学以颂神为主要特征。其中,湿婆教派的虔诚诗歌是虔诚文学中重要的一支,虔诚运动中一部分是女性诗人,她们挣脱家庭的束缚,走向寻找神的道路。公元6世纪的女诗人迦莱卡尔·安迈娅尔(Karaikkai Ammaiyar,600B.C.)是湿婆教派中最早的诗人之一,她还是南印度虔诚运动的发起人之一。传说她被为商的丈夫所弃,后皈依湿婆教派。她的传世之作,三部虔诚诗集是泰米尔语虔诚文学中最早的诗篇,打破了传统的阿哈瓦尔等诗歌格律,在诗歌形式上有所创新,对后来的泰米尔诗歌文学产生过一定的影响。

　　除了湿婆教,毗湿奴教也是印度教中的一大派别,崇拜毗湿奴及其化身。毗湿奴教在印度影响深远,贝利亚尔瓦尔(Beliyarwar,600B.C.)是南印度最负盛名的毗湿奴派诗人之一,安达尔(Andar,600B.C.)则是泰米尔语毗湿奴教派诗人中唯一的女诗人,相传她是大诗人贝利亚尔瓦尔的养女。她遵从养父的教诲,终身未嫁,而把毕生精力和全部的爱都奉献给了毗湿奴大神。安达尔的诗歌在南印度广为传,还被译成达罗毗荼等语言,她的作品有虔诚诗歌《提鲁巴瓦伊》(Derubhai,600B.C.)和《纳奇亚尔圣言》(Divine Poets of Najiyar,600B.C.)。《提鲁巴瓦伊》的形式是泰米尔民歌,用民间耳熟能详的传唱方式传播宗教的虔诚思想,共收集30

首诗歌,以一个牧女为中心人物,表达她对毗湿奴大神的化身——黑天的虔诚。《提鲁巴瓦伊》表达了安达尔对毗湿奴大神的虔敬之心:

> 诵念着齐天圣者的英名,/我们在水中嬉戏欢腾;/祈求三月降雨,国泰民安,/禾苗茁壮,鱼虾戏水田间。
>
> 瓶中的鲜花引来蜜蜂无数,/圈里的奶牛肥壮,乳汁如注;/我们祈祷,我们歌唱,/祈求天神赐给我们永恒的财富。①

安达尔的《纳奇亚尔圣言》一共收录诗歌143首,表达了对毗湿奴的爱慕之情,是富有艳情味的宗教诗,在南印度广为流传。具有艳情味的宗教诗在虔诚文学的鼎盛时期之后逐渐流于形式主义,多追求辞藻的华丽和情欲的渲染。虔诚文学时期,泰米尔女性文学辉煌一时,直至17、18世纪,女性作家逐渐被边缘化,为男性作家所取代。

三、虔诚文学:女性文学的黄金时代

南印度繁荣一时的女性文学源自相对稳定的政权统治,而异族入侵则为北印度带来新的文化元素。公元12世纪,穆斯林在北印度建立穆斯林政权,史称德里苏丹时期,之后蒙古人侵印度次大陆,于1526年建立莫卧儿帝国(1526—1857),至19世纪中叶莫卧儿帝国统治结束,这700多年的穆斯林统治为印度带来了新的穆斯林文化,这种新的文化元素一方面给印度教带来了巨大的冲击,另一方面,又促进了两种文化的融合,其结果之一是产生了新的宗教——锡克教。

受外来伊斯兰教的冲击,传统的印度教开始变革。为了抵制伊斯兰教的冲击,虔诚运动反映了印度教自身改革的需要,同时也是印度教捍卫自身的一场运动。以虔诚文学为大旗的虔诚运动是一场历时4个世纪(13—17世纪)的印度文艺复兴运动,成为当时印度文学的主流,并引领印度各语种文学思潮。

虔诚文学中,影响最大的是描写黑天的诗歌,属于"黑天支"。黑天是印度三大主神之一毗湿奴的化身,诗歌多取材自《薄伽梵往世书》(*Bhagavata Purana*,1000 B.C.),描写黑天在牧区的生活以及与牧区女子的爱情。在"黑天支"的诗人中,**米拉巴伊**(Mirabai,1503—1573)是著名的女诗人,也是印地语文学史上第一位女诗人。她13岁时就嫁给了一位王公,几年后丈夫的去世使她陷入悲观,她将黑天作为精神寄托,其诗歌以描写黑天为中心:

> 一见黑天我倾心,/身不由己吐真情。/父母兄弟来阻挠,/黑天形影常在心。/世人说我入歧途,/唯有黑天知我情。
>
> 女友啊,/我一心将黑天来怀念。/一日我在门前站,/黑天笑着来到我跟前。/我家里的人来阻挠,/可我的一切已属黑天。/别人说好说歹我不管,/离

---

① 季羡林:《印度古代文学史》,第412—413页。

了黑天我心永不安。①

对世俗爱情和生活的绝望,转至对神的膜拜是虔诚文学时期多数女诗人的心路历程。

虔诚文学是印度历史上影响广泛的文学运动,除了印地语文学,各种方言文学都深受其影响。14 世纪的克什米尔文学中,**拉尔·苔德**(Lal Ded,1318)是著名的女诗人,她的诗集《苔德之语》(*Lalla Vaakh*,1350)收集了 171 首诗歌,这些诗歌都带有湿婆派的神秘主义。16 世纪的**赫巴·卡杜**(Habba Khatoon,1550—1597)也是著名女诗人之一,她开创了克什米尔文学唱诗的传统,她所编的诗集传唱至今,她在克什米尔文学史上的地位类似于印地语女诗人米拉巴伊,具有开创性和影响力。19 世纪的**阿尔尼马尔**(Arnimal,1800)深受其影响,在克什米尔文学史上,也留下优美的诗篇。

虔诚运动自南方的泰米尔文学开始,发展到印度各种方言文学,是印度文学史上影响至深的文学运动,这场文学运动产生了大量的女诗人,她们走出家庭,摆脱了家庭的束缚,投身到虔诚运动中,创作了大量优美的诗歌,抒发个人情感,可谓印度女性文学自觉意识的迸发。**阿卡·玛哈德薇**(Akka Mahadevi,1150)是 12 世纪卡纳尔语女诗人,也是女性解放的先驱人物,她 10 岁时就称自己的精神属于湿婆神,为寻找精神伴侣,她拒绝世俗的家庭生活,放弃安逸、奢华的生活。她作为一个流浪诗人,在各地吟诵有关湿婆的诗歌,她游历广泛,超越凡人的举动招致非议,但最后她成为女圣人。她的诗歌集《写给湿婆的歌》(*Songs For Siva*,1179)主张对神的爱才是永恒,反对世俗意义上的爱。玛哈德薇无论就其个人行为,或是诗歌成就,都堪称卡纳尔语的文学表率。

信仰伊斯兰教的莫卧儿帝国统治印度 300 年之久,统治者实行文化融合政策,实现了政治的统一、文化的繁荣昌盛。不同的宗教带给印度女性文学全新的文学体验。这个时期,波斯语是北印度的官方语言,宫廷以波斯文学为主流,王室女性有受教育的机会,这个时期产生了一批用波斯语写作的女诗人。1587 年,胡玛雍的妹妹**古尔巴丹·贝甘姆**(Gulbadan Begum,1523)用波斯语为他写的传记《胡玛雍本纪》(*Humayun Nama*,1587),其中描写了莫卧儿王宫的生活,被誉为印度女性第一部传记式小说。除了王室女性,另一类女诗人宫廷妓女也是创作队伍中不可小觑的一支,她们多拥有丰厚的物质资源,她们的诗歌反映了当时奢华的宫廷生活。

四、19 世纪:民族独立斗争中的女性文学

到 18 世纪,印度妇女的写作数量下降。1600 年,东印度公司成立,英国开始在印度进行以贸易为目的的商业活动,之后,经济的绝对优势变为权力统治的资本,使印度沦为殖民地。印度王公丧失了很多领土,王室减少对妇女教育的投入,教育

---

① 刘安武:《印度印地语文学史》,人民文学出版社,1987 年,第 113—114 页。

财力援助的大幅度减少使女性丧失了受教育机会,女性写作数量急剧下降。另一方面,英国关闭了一些地方语言学校,取而代之的是英语教育。然而,即便创作环境如此不利,印度女性遭受到英殖民权力和传统男性权威的双重阻挠,但小部分女性依然坚持写作。

印度女性这种逼仄的写作环境直到19世纪才有所改善。19世纪,随着印度社会改革,女性受教育的机会增多,至19世纪下半叶印度民族主义运动时期,伴随着民族意识的觉醒,女性的自我意识又一次强烈地被唤醒,很多女性也参与到这场轰轰烈烈的民族主义运动中,女性文学迎来新的发展时期,创作题材广泛,涉猎社会改革、独立斗争以及民族运动等。

马哈拉斯特拉邦的**莎维竺芭伊·普莱**(Savitribai Phule,1831—1897)堪称女性社会改革家,她和丈夫一道,从事女性教育事业,宣扬平等的价值观。她提倡寡妇再嫁等,这些社会改革一度引起印英政府的关注。1852年,她在马哈拉施特拉邦为女性贱民建立了第一所女子学校。在文学创作上,她是现代马拉提语诗歌的先驱,她的写作充满对低等种姓的同情,要求实现各种姓平等。

马哈拉斯特拉邦的社会改革风气盛行一时,**拉玛拜·萨拉阿斯瓦蒂**(Ramabai Saraswati,1858—1922)也是马哈拉施特拉邦的女性诗人和社会活动家,精通英语和梵文,自小不能忍受歧视妇女的宗教社会制度,在其著作《印度高等种姓妇女》(*The High Caste Hindu Women*,1888)中探讨了印度女性悲剧性命运的根源,她还为寡妇和低等种姓妇女修建精舍。她把《圣经》翻译成马拉提语,由于其杰出的社会活动成就和文学才识,她被尊为印度智者(Pandita)。

各种方言文学中大量涌现出有关民族独立和自由平等的伟大篇章。印地语女诗人**苏珀德拉·古马利·觉杭**(Subhadra Kumari Chauhan,1904—1948)曾参加过民族独立运动,她的代表作是长诗《章西女王》(*Jhansi Ki Rani*,1930),章西女王是1857年反英起义中的民族女英雄,整个诗篇充满民族意识的感染力。她的诗集还有《花苞》(*Flower*,1930)、《散落的珍珠》(*Scattered Pearls*,1932)等,多表达爱国主义情感以及爱情主题。

19世纪下半叶开始,伴随着民族精神的浪漫主义文学是印度这一时期主要的文学思潮,加注了民族主义元素后的浪漫主义文学标志着印度现代文学自觉阶段的开始,而印度女性作家从来没有在这一主创大军中缺席过。

印地语文学中的浪漫主义结合中世纪虔诚文学的颂神思想,形成风格独特的阴影主义文学。在印地语中,"'阴影'一词寓含的不仅是朦胧、虚幻的表达方式,而且是沉思、反省式的精神追求"①。**默哈德维·沃尔玛**(Mahadevi Varma,1907—1987)是著名的阴影主义女诗人,她在30年代参加过民族独立斗争。她的爱情诗带有神秘主义的色彩,摒弃中世纪宫廷诗的艳情色彩,体现对神灵的精神之爱。她出版的诗集有《雾》(*Frost*,1930)、《光》(*Ray*,1932)、《灯焰》(*The Tip of a Flame*,

---

① 石海峻:《20世纪印度文学史》,青岛出版社,1998年,第51页。

1942)和《回忆》(Memory Sketches,1943)等。1935 年,进步文学作家协会(The Progressive Writers' Association)成立,其对马克思主义的宣扬吸引了不少作家加入其中,包括著名的女性作家伊斯麦特·朱葛泰(Ismat Chugtai,1911)等。

　　印度女性的写作意识总体发展缓慢,由于女性缺乏受教育机会以及局限于家庭狭隘的生活模式,女性的"声音"很长时间处于沉默状态。直到殖民时期(19 世纪下半叶),英语教育的大力推广和西方个人主义思想的传播,促使了印度女性意识的萌发。殖民政权自上而下进行了社会改革,禁止"萨蒂"制,实行一夫一妻制等,这些改革措施在全社会范围内唤醒了女性的自我意识。"随着殖民地类型的资本主义工商业的发展、城市化进程的推进以及大量自由职业的出现,大量农村妇女进入城市,成为工人,越来越多的城市受教育妇女成了自由职业者。她们接触新的思想,开阔了眼界,头脑中的宗教和种姓束缚逐渐减弱,从而对改善妇女地位有了越来越强烈的要求,女权的观念逐渐传播开来"①。

　　随着西方新思想的传播,殖民统治下的女性作家要求民族解放的思想日益强烈,这个时期的女性作品多数反映了印度民族意识的觉醒、渴望政治自由和民族独立,争取民族自治是各语种女性作品的主题。文学形式也发生了巨大的变化,传统的女性创作形式主要是诗歌,题材多取自两大史诗和宗教典籍。新时期,诗歌这种单一的文学形式已经难以表达复杂的时代背景和大众对艺术欣赏的需求,而印度报刊的产生加速了文学体裁的发展,这一时期出现了欧洲类型的小说和话剧。各语种女性创作群体也日渐庞大,在众语种文学中,尤以英语文学引人注目。

　　印度英语文学是英殖民在印度的文化产物,也是印度近现代文学的一个重要分支。**萨罗吉妮·奈都**(Sarojini Naidu,1879—1949)是印度著名民族诗人,出生于海德拉巴的一个婆罗门家庭,不顾印度种姓制度的束缚,毅然嫁给低等种姓首陀罗家庭。奈都 1905 年出版诗集《金色的门槛》(The Golden Threshold,1905),被誉为"印度的夜莺"。之后又出版诗集《时间之鸟》(The Bird of Time,1912)、《折断了的翅膀》(The Broken Wing,1917),诗歌题材广泛,富有爱国主义情感,同时,她的诗歌富有韵律,是优美的抒情诗。诗歌上卓越的成就使奈都在印度文坛上占有一席之地。除了诗歌,印度英语小说自朵露·都特(Toru Dutt,1856)的《年轻的西班牙少女》(The Young Spanish Maiden,1878)开始,开创了印度女性小说的写作传统。同期女性作家还有拉吉拉克什米·德薇(Rajlakshmi Devi,1863),她创作了《印度妻子》(Hindu Wife,1894)。孟加拉是印度民主运动和文艺复兴运动的中心,孟加拉女性作家的创作也很丰富。最早的孟加拉女性小说家斯瓦娜·古马力·德薇(Swarna Kumari Devi,1855)的两部小说《致命的荣誉》(The Fatal Garland,1915)和《未完成的歌曲》(An Unfinished Song,1917)均被翻译成英语。

　　至 19 世纪中期,越来越多的中产阶级女性接受英式教育,她们更青睐于用英语写作。**洛克亚·萨迦瓦特·侯赛因**(Rokeya Sakhawat Hossain,1880—1932)是英

---

① 林承节主编:《印度现代化的发展道路》,北京大学出版社,2001 年,第 412 页。

治印度时期孟加拉著名女作家,当时孟加拉是较早的殖民统治地,民族觉醒意识较早,这也促进了近代孟加拉文学的蓬勃发展,女性文学亦表现出新时代的自由意识。在代表作《萨尔塔娜之梦》(Sultana's Dream,1905)中,侯赛因构想了一个女性的理想主义世界,在这个理想境界中,女性成为统治者,而男性则处于被统治的地位。侯赛因以女性视角建构了一个理想的世界。

五、20世纪:女性文学的繁荣时期

20世纪初,西方的女权思想在印度传播。起初,印度的女权运动仅局限于提高社会对女性形象的认可,并不像西方女权运动那样大有颠覆两性传统的激进理想。之后,印度成立了印度妇女协会(Women's Indian Association)、全印妇女大会(All-India Women's Conference)等阵容强大的组织。此外还创办了一些刊物,如1934年瑞努卡·拉伊(Renuka Ray,1904)主办的全国性的印度妇女报纸。这些公共媒体的介入让印度妇女问题普及化,尤其促进了受过教育的中产阶级女性对自我的反思,提升了自我意识。20世纪上半叶,部分印度妇女的活动开始走出传统的家庭私人空间,参与社会生活和政治生活。

印度独立为印度女性社会地位的提高提供了一次历史性的契机,女性群体的主体意识被唤起。同时,印巴分治是南亚次大陆建构后殖民独立国家过程中产生的巨大创伤。这些历史性的变化影响了文学领域,使女性创作群体扩大,女性自我书写增多。如果说历史给予女性主体意识一次外在催生的机会,那么其意识萌发和扩大的主要责任则落在女性群体本身。印度女性意识随着社会现代性的演进而变化,独立之后印度女性作家的写作凸显出女性体验和生存的困境。印度女性文学也面临着传统与现代交织的双重境地。家庭依然是现代印度女性主要的生活场所,新女性并未想彻底摆脱家庭,相反,是基于此之上,梦想建立温馨家庭。作为新时代的印度女性,她们表现出对传统价值观的尊重,"悉多"和"黑公主"是她们文学创作所依据的人物原型,但她们又着力塑造新的自我,如同英国女性小说家简·奥斯汀、乔治·艾略特、勃朗特姐妹、盖斯凯尔夫人、多萝西·理查逊和弗吉尼亚·伍尔夫这些作家一样建立了女性小说的写作传统。

20世纪60、70年代,受西方女权主义运动的影响,印度女性作家的主体意识增强,形成一支不可小觑的创作大军。这些女性作家以**安妮塔·德赛**(Anita Desai,1937—)、**卡玛拉·马坎达亚**(Kamala Markandaya,1924—2004)、**鲁斯·杰哈布瓦拉**(Ruth Jhabvala,1927—)、**娜扬塔拉·萨加尔**(Nayantara Sahgal,1927—)等为代表。她们所创作的女性形象不同于20世纪30年代英语"三大家"笔下的女性形象。R·K·纳拉扬(R. K. Narayan,1906—2001)、拉贾·拉奥(Raja Rao,1908—2006)等男性作家,站在传统男权中心的立场,对女性抱同情和理解的态度。纳拉扬的《黑房子》(The Dark Room,1938)刻画了传统女性悲剧命运,同时也塑造了甘姑(Gangu)等新女性形象,但纳拉扬对新女性的命运持悲观的态度。这些男性作家都以审视的态度看待女性,把女性放置在传统的家庭角色中考量。独立之后,安妮塔·德赛等女性作家的写作意识高涨,她们用独特的女性视角塑造新女性,这些新女性摆脱了依附性的地位,能够在家庭和工作之间、在两性之间找到平衡。马坎达亚的小说以农村为背景;杰哈布瓦拉的小说中社会背景的力量比角色的力量要强大得多;而萨加尔的小说则多表现政治主题。这些印度女性作家在独立之后确立了她们自己的文学,深刻探索了女性群体的精神世界,并在客观上建构了女性文学话语。正如斯皮瓦克(Gayatri Chakravorty Spivak,1942—)主张的那样,在现存男权中心主义的文本之上建构一套女性批评的话语。这种改写文本的宏伟目标依赖于每一位女性作家的努力。"当一位妇女着手写一部小说时,她就会发现,她始终希望去改变那已经确立的价值观念——赋予对男人来说似乎不屑一顾的事物以严肃性,把他们认为重要的东西看得微不足道。当然,为了这个缘故,她会受到批评。因为当男性评论家看到一种企图改变现有价值观念等级的尝试时,他自然会真诚地感到困惑与惊讶,他不仅在其中看到一种不同的观点,而且看到一种软弱的、琐碎的或者多愁善感的观点,因为它与他自己的观点截然不同。"①独立后的女性作家在男权中心之上开始建立女性中心的价值观,她以探索女性内心意识为切入点,用异于传统小说的心理描写刻画女性自身。

假如说卡玛拉·马坎达亚的小说表现了女性意识的萌发,安妮塔·德赛的女性角色意味着女性意识的崛起,那么**肖帕·黛**(Shobha De,1948—)小说中的女性意识在印度独立之后就到达了高潮。尽管对肖帕·黛的小说非议颇多,但就凭她小说中女主角对印度传统女性的完全颠覆,她的小说一度在印度热销,肖帕·黛因此一夜之间成为全印度最走红的作家。她所刻画的女性角色之一卡鲁娜坦言自己的婚姻:"我的婚姻如此痛苦,是因为我在错误的时间里、在错误的理由下,嫁给了一个错误的男人——一个无趣、没有激情、毫无教养的男人。当第一次见面时,他就让我想起一只忠实的长耳犬,他不会寻找刺激或者激情。"②无论是肖帕·黛有意迎合商业化的需要,还是迎合都市化阅读群体的期待视野,小说中高涨的女性意识成就了她个性化的女性写作。

20世纪后期,女性研究机构的成立促使产生了相当数量的学术著作。印度和西方出版机构的认可也促进了女性写作,很多印度女性作家都得到西方读者的认可,**阿兰达蒂·洛伊**(Arundhati Roy,1961—)便是其中之一,她凭借处女作《微物之神》(*God of Small Things*,1997)一举夺得当年的布克奖。20世纪后期的印度女性写作具有显著的现代性以及政治上的后殖民色彩,混杂着各种政治因素,具有霍米巴巴所说的"混杂性"。这种混杂性在小说的题材和创作技巧上都有所表现。女性作家表现自我的意识更加强烈,她们在创作中寻找女性的生存意义和价值。"印

---

① 弗吉尼亚·伍尔夫:《妇女与小说》,瞿世镜译,上海文艺出版社,1988年版,第590页。
② Shobha De, *Socialite Evenings*, New Delhi: Penguin,1989, p.65.

度女性小说家在寻求女性自己的身份,试图建立女性的主体意识。"[①]女性成为叙事的中心对象,女性作家也在书写中获得生存空间。通过书写,印度女性作家让印度本国和国外的读者都听到了印度女性的声音,看到一块"黑暗的领地"被挖掘和探索。印度女性写作试图在女性群体中寻找认同,其作品不仅具有丰富的文学内质,同时也作为一种社会宣言,力图去唤起更多女性开始自我探寻。

第二节　安妮塔·德赛

一、生平与创作

安妮塔·德赛出生于印度德里北部山区的慕索里(Mussoorie)小镇。父亲D·N·马宗达(D. N. Mazumdar)是印度孟加拉人,母亲托妮(Toni)是德国人。父亲在德国留学时认识了托妮,结婚之后于20世纪20年代后期回到印度并定居德里。1957年,德赛毕业于德里大学的米兰达女子学院(Miranda House),获英国文学学士学位。毕业之后,德赛在加尔各答工作一年。次年,她嫁给商人阿斯卫·德赛。他们育有4个子女,最小的女儿基兰·德赛(Kiran Desai)也是当代备受瞩目的年轻小说家。

德赛是一位多产的作家,自20世纪60年代开始创作至今,她出版的作品共计16部,其中短篇小说集2部:《黄昏的游戏》(*Games at Twilight and Other Stories*,1978)和《钻石星尘》(*Diamond Dust and Other Stories*,2000);长篇小说14部:《哭泣吧,孔雀》(*Cry, The Peacock*,1963)、《城市之声》(*Voices in the City*,1965)、《再见吧,黑鸟》(*Bye-Bye, Blackbird*,1971)、《孔雀园》(*The Peacock Garden*,1974)、《今年夏天我们去哪儿?》(*Where Shall We Go This Summer*,1975)、《游艇上的猫》(*Cat on a Houseboat*,1976)、《山火》(*Fire on the Mountain*,1977)、《白日悠光》(*Clear Light of Day*,1980)、《海边的村庄》(*The Village by the Sea*,1982)、《被监禁者》(*In Custody*,1984)、《鲍姆嘉特纳的孟买》(*Baumgartner's Bombay*,1988)、《伊萨卡之旅》(*Journey to Ithaca*,1995)、《斋戒·盛宴》(*Fasting, Feasting*,1999)、《曲折的路》(*The Zigzag Way*,2004)。长篇小说中,《孔雀园》、《游艇上的猫》和《海边的村庄》是儿童小说,获得布克奖提名的小说是《白日悠光》、《被监禁者》和《斋戒·盛宴》。

德赛身上有母亲的德国血统,自幼跟母亲学习德语。18岁时,举家迁往加尔各答,德赛在印度和西方双重文化氛围下成长,德赛说她是以母亲的"他者"眼光

---

① Anita Desai, "Indian Women Writers", in Maggie Butcher ed., *The Eye of the Beholder: Indian Writing in English*, London: Commonwealth Institute, 1983. p.58.

看待印度和以父亲的印度本土人身份来感受印度。印度的多元文化给德赛提供了丰富的创作素材。德赛早期的小说大多表现独立后印度社会转型时期的女性心理和印度工业化给农村带来的革命性的变化。1963年，德赛的第一部长篇小说《哭泣吧，孔雀》在英国出版，让她声名鹊起，奠定了她在印度英语文学史上的地位。小说通过女主角玛雅的心理描写表达了现代印度社会中产阶级女性萌发的寻求自我的意识。在这一艰难的心路历程中，印度女性试图在自我与传统印度家庭、社会之间找到平衡。《哭泣吧，孔雀》中大量心理描写和意识流的运用，使德赛的写作风格从传统小说中脱颖而出，她被誉为"印度的伍尔夫"。作为一位探索人物心理的小说家，她作品多数反映独立之后印度女性和边缘人物的心路历程。在印度英语文学史上，《哭泣吧，孔雀》是一部标志性的作品，玛雅是德赛笔下女性形象的典型，她是社会转型时自觉审视自我、家庭关系和社会关系的女性的缩影。"孔雀"是一个隐喻，"孔雀"的哭泣象征着毁灭和死亡，也象征着玛雅的绝望。玛雅对存在意义的追问、对身份的追寻反映了印度中产阶级女性的集体意识。

自《哭泣吧，孔雀》发表之后，德赛的作品受到了广泛的重视。但在创作上，德赛自称是个"孤行者"。印度英语小说在印度被冷落的局面一直到20世纪80年代才得到改善。1981年拉什迪《午夜的孩子》(*Midnight's Children*, 1981)的成功激励了年轻一代作家，同时引起印度的出版业甚至整个公众群体对印度英语小说的关注。1997年，阿兰达蒂·洛伊的小说《微物之神》的出版再一次引发公众对印度英语小说的重视。但是，在德赛创作的那个时代，写作还是一件非常个人化的事情，只有极少数人用英语写作，仅有的几个作家也很分散，纳拉扬住在南印度，拉贾·拉奥在国外。可以说这些英语作家各自遵循着自己的创作路线，他们运用英语的习惯不同，所掌握的素材也有所不同，并且彼此孤立地创作。尤其是女性的英语写作在独立之后依然是曲高和寡，但德赛对创作的热情和对英语文学的信心丝毫没有因此而消退。

德赛从小置身于浓厚的印度教文化环境中，印度教文化是她最重要的文化标志，她的多数作品都以印度为背景，印度文化毋庸置疑地成为她作品的思想源泉。印度大家庭(Hindu joint family)是近代印度社会变化的关键，其中女性的地位是社会变革的核心。德赛的小说反映了印度这种古老家庭结构的逐步解体，并逐渐转向现代的夫妻家庭模式。例如：1977年，在伦敦出版的《山火》就是一部探讨转型中女性心理的小说。1980年出版的《白日悠光》则是德赛的一部半自传体小说，它以20世纪40—70年代的德里为背景，聚焦于德里一个没落的中产阶级家庭。小说通过兄妹之间的关系展示印巴分裂导致的心灵创伤。在德赛的写作经历中，对她的创作造成巨大影响的莫过于1947年的印巴分治。印巴分治是南亚次大陆建构后殖民独立国家过程中产生的巨大创伤。作为亲身经历过这段惨痛历史的作家，德赛在她多部作品中回忆了这一历史性的创伤，她以弱势群体——女性的视角描述了这一特殊的历史过程。

德赛生活的德里是英国殖民者的统治中心，基督教、伊斯兰教、印度教等不同的文化组成了奇妙的马赛克般的多元文化景象。在1984年出版的作品《被监禁者》中,乌尔都语文学在北印度孤立性的地位实则是印巴分治的历史结果。小说表现了一个没落时代的文学哀伤情调和转型时期以戴文为代表的知识分子的内心转变。小说最后是开放性的结尾,其中蕴含的不确定性意在暗示新时代的知识分子不再耽溺于幻想,已经能够依靠自己内心的力量走出心理的困境。这部作品标志着德赛的创作视角走出家庭的小视野,转移至男性角色上。

1986年,已近不惑之年的德赛离开印度,开始了旅居国外的生活。她先到英国,在剑桥大学格顿学院做访问学者,开始步入学术界。1987年她来到美国,在史密斯学院(Smith College)授课。1988至1993年在霍山学院(Mount Holyoke College)授课。后来又在麻省理工学院(Massachusetts Institute of Technology)教授写作,直至退休。1986年,既是德赛生活的分水岭,也是她写作风格的分水岭。自旅居国外开始,德赛的创作题材也随之逐渐偏离印度,写作主题从早期家庭和女性的小空间叙事转向后殖民写作。

双重身份是德赛从小就面对的问题。从哲学上说,身份也就是同一性,寻找作为个体存在的同一性就是确证自我身份的过程。在成长过程中,她经历了第二次世界大战,亲身感受到了母亲对自己的祖国德国的担忧。她的母亲自来印度之后再也没有回过德国。小说《鲍姆嘉特纳的孟买》取材于二战,主人公是德国犹太人鲍姆嘉特纳,他为了躲避纳粹屠杀而来到印度。这一人物形象的塑造受到母亲的影响,小说的构思源于小时候母亲所给她讲述的二战前德国的情景。

二战产生的集体焦虑感使很多西方人从西方高度物质化的生活转向印度,期望能够在神秘的东方宗教国家寻找到心灵的慰藉。在20世纪的60、70年代,有很多西方人来到印度,期望在这异国他乡寻找心灵的安宁。《伊萨卡之旅》就是一部关于西方人寻求精神家园的小说。印度——伊萨卡在精神上表达了同一性的概念,是精神的归途之旅。这种寻找家园、寻求身份是现代文学中频繁出现的主题,不仅仅西方人在寻找精神家园,德赛自己也在寻找。德赛用文学的经验方式融入博大的旅行主题创作之中。

20世纪末期,德赛开始了她的墨西哥之旅。当踏上这片异国之土时,她立刻捕捉到了很多同印度相似的特征:同样古老的国家,有着相似的被殖民的历史,西班牙和英国分别对它们进行了长达300年的殖民统治。德赛感到厚重的文化气息,她甚至觉得每一块石头都有一段值得述说的历史。2004年出版的小说《曲折的路》以墨西哥和英国的康沃尔郡为背景。小说描写在墨西哥银矿的早期开发时,雇佣了大批来自英国康沃尔的矿工。然而时过境迁,当初的银矿现在已经变成了著名的墨西哥鬼城。小说通过美国青年埃瑞克对其祖父和祖母在墨西哥银矿的生活进行探寻和回溯,以多线叙事的方式展开故事。

德赛在旅行中创作了诸多以多样性文化为背景的作品,她笔下的主角也在旅行中:鲍姆迦特纳和莫图的印度之旅,索菲的意大利和埃及之旅,阿伦的美国之旅,以及埃瑞克的墨西哥之旅。年逾古稀的德赛依然是一个行路者,从前期女性心理小说的小空间思维叙事到旅行的写作状态,展示了德赛多元文化的包容思想。自

《圣经》中寻找家园开始,寻找和旅行已经成为文学的母题。德赛如同印度教徒般在文学圣殿里朝圣,在多元文化的国度中体验个体生命的价值,实行自我的"伊萨卡之旅"。

自 1963 年德赛的第一部小说《哭泣吧,孔雀》的出版,至 2004 年《曲折的路》的出版,长达 40 年之久的写作时间,10 多部作品成就了德赛一家之言,使她成为当今印度在世的主要作家之一。在印度英语文学在世界文坛大放光彩的今日,德赛也是享誉世界的印度作家之一。

1997 年,美国《纽约客》斥巨资,在伦敦安排了一场印度英语作家会。德赛母女是这次会上两颗耀眼的明星。女儿**基兰·德赛**是受安妮塔·德赛的文学影响最直接的一个。与德赛母女私交甚好的拉什迪曾这样谈道:"她(基兰·德赛)的出道等于现代印度文学史上已有了第一个文学家族,而她与乃母不同,非常有自己的风格,代表的是最新的声音,并证明了当印度与英语邂逅,不但没有造成语言和文学上的流产,而是有更多极大才华的孩子们已相继诞生。"①可见,基兰·德赛也是拉什迪之后的"午夜的孩子"中的佼佼者之一。1998 年,她的处女作《番石榴园的喧闹》(*Hullabaloo in the Guava Orchard*)就已轰动文坛;2006 年,时隔 8 年之后,她又以《继承失落的人》(*The Inheritance of Loss*)一举夺得当年布克奖的桂冠。虽然她的写作风格和母亲安妮塔·德赛的风格不尽相同,但就文化身份而言,她是一个"继承印度文化传统的人"。在跨文化的写作语境中,身份和家园的寻求是德赛母女共同的写作主题。

二、《白日悠光》

《白日悠光》是安妮塔·德赛的半自传体小说,1980 年出版,同年获得布克奖提名。小说讲述 20 世纪 40 至 70 年代之间德里一个中产阶级家庭的故事。德赛以这个家庭 30 年的变化为叙述对象,塑造出一个现代新女性的形象。德赛把宏大的印巴分治的历史背景糅合于一个家庭的叙事中,既透出深刻的历史分量,又表达了分治给人们带来的心理创伤。

这是一部自传色彩很浓的小说。印巴分裂前的历史场景和德里的生活都是德赛亲身经历过的。小说强烈地表现了德赛经历印巴分裂而产生的心灵创伤,她把内心的创伤具体化到景物上,德里一成不变的容貌、对乌尔都语诗歌等的喜爱,无不体现了德赛对印巴分治前那个时代的怀念。小说流畅的叙事中流露出哀伤的情感,仿佛是为德里谱写的一曲哀伤的老歌。

小说分为四个部分,德赛用第三人称叙事视角游回于不同的时间维度中,书写家庭成员之间的关系。

第一部分讲述塔拉和丈夫巴谷从国外回到德里后发生的故事。塔拉自从嫁给

---

① 基兰·德赛:《继承失落的人》译后序,李维拉译,台湾远流出版事业股份有限公司,2008 年,第 12—13 页。

做外交官的丈夫后，一直在国外，很少回印度。此次回来是为了参加侄女的婚礼。回到德里，她惊讶地发现姐姐敏和弟弟小巴住的老房子一成未变。时光仿佛在这里停滞了一般，唯一变化的是姐姐敏已经苍老了很多，靠着在大学里教课的薪水维生。小巴每天摆弄着他那台老式唱机，连唱片也从未更新过。老房子厚重的气息让塔拉想起过去的生活：父母日复一日地玩着桥牌，患糖尿病的母亲日渐消瘦；敏和哥哥拉贾对诗歌有着共同的爱好，曾经关系甚好的他们如今却很疏离，敏甚至拒绝去海德拉巴参加拉贾女儿的婚礼。从一封信件中，塔拉偶然得知敏对拉贾的怨恨：拉贾娶了邻居穆斯林姑娘后，随海德阿里老爷一家定居海德拉巴。海德阿里老爷去世之后，拉贾写信给敏，说她和小巴住的房子可以按原来的租金继续租用下去。拉贾不但继承了一笔可观的财产，而且摇身变成了敏的房东。拉贾身份的转变让敏无法接受，以致敏对拉贾的怨恨一直无法释怀。一切关系都处于变化中，邻居米斯拉家的两个女儿纷纷被丈夫抛弃，在娘家伺候不谙世事的兄弟。

第二部分进一步回溯分治前的时光。拉贾对乌尔都语诗歌的热爱让他有机会走进海德阿里家，拥有去阿里老爷家图书室的特权。作为一个信仰印度教的男孩，他开始参加海德阿里家的各种活动，逐渐取得伊斯兰教家庭海德阿里一家的信任，并经常参加他们的诗歌吟诵会。毕业之后，拉贾想去民族大学学习伊斯兰教。这一想法被父亲否定了，无奈之下，他选择在印度教大学攻读英国文学专业。母亲的过世没有给家庭造成太多的悲伤，犹如她还活着，还同从前一样。当印度教大学的男孩们发现拉贾竟然能够接受印巴分裂的事实，他们立刻从朋友变成了敌人，并公开抨击他，通告警察监视他。这时，拉贾得了肺结核在家疗养。他本来期望自己能成为"拜伦式的英雄"，去拯救海德阿里一家，但却像拜伦一样病倒了。父亲由于车祸意外死亡。不过他的死亡并没有给这个家庭带来太大的悲伤情绪，他们早已习惯父亲的不存在。父亲死后，拉贾拒绝继承父亲的事业去作保险公司的合伙人，而把父业推给尚未成年的弟弟小巴。塔拉在米斯拉家认识了外交官巴谷。塔拉嫁给他并随之去了锡兰。海德阿里一家为了躲避印度教徒的袭击而逃往海德拉巴。海德阿里老爷家曾经是拉贾的精神家园，此时却成了废弃的房子。

第三部分回溯他们的童年时期。当时小巴还未来到人世。母亲生小巴时年纪已经很大，加上患有糖尿病，因而体力不支无力照料小巴。米拉姨被请来照料小巴。母亲和父亲还是一如既往地沉浸于俱乐部的桥牌生活。米拉姨12岁就结了婚，成为寡妇时仍旧是处女。她丈夫完婚后就出国留学，后罹患感冒，不治而亡，从此她成为夫家的苦力，虽然年纪不太大，但形容衰老。米拉姨的到来给孩子们带来了很多乐趣。在问答游戏时，米拉姨问他们长大之后要干什么。拉贾和敏的回答都是要做英雄，而塔拉说要当个母亲。她的愿望遭到了他们俩的讥笑。拉贾从小热爱乌尔都语诗歌，崇拜骑着白马的穆斯林海德阿里老爷。敏则是学校的女代表，充满魄力和号召力，还曾偷偷穿着拉贾的裤子，抽着烟，打扮成男孩的样子。只有塔拉显得最脆弱，不喜欢学校生活，喜欢到米斯拉家玩。米斯拉家两姊妹学业未完就嫁人了。就在她们的婚宴上，敏对塔拉说她永远都不会嫁人，她要工作并独立。

小巴因患上幽闭症而需要家人的照顾。

第四部分,小说的叙事回到现实。塔拉和敏逐渐打开多年来的心结。塔拉一直因当初对家庭责任的逃避而感到内疚。她为自己没有帮敏照顾米拉姨和小巴,没有回来参加米拉姨的葬礼而感到自责。而敏对自己承担整个家庭的责任并无怨言。看到邻居米斯拉家的两个女儿同时结婚却又同时被丈夫抛弃,敏并不后悔独身的选择,而且在平时教学时她还给女学生灌输新女性的思想。固执的敏在时间之维中,慢慢消除了对拉贾的怨恨,对兄妹的爱和思念战胜了原有的怨恨和疏离。最后,敏带着小巴参加米斯拉家儿子姆克的导师的生日聚会,在导师的唱诗声中,敏想到艾略特描写有关时间的诗歌,她感到老房子包容了她的积怨、不快以及她整个家族成员分离的故事与经验。

文本的素材锁定在印度中产阶级家庭。这一家的大人沉浸于殖民时代的"光环"中,他们整天出入于俱乐部,大部分时间消耗在桥牌上,和小孩之间保持一贯的疏离关系。老房子是德里符号性的建筑,见证了印巴分治那段特殊的历史。情感意识的物化让文本充满着符号,甚至一段花园小路、一个衰败的玫瑰花园,都是联系主观世界和客观历史的链条,反映了小说的内在价值。对德里一个落魄家庭的叙事并没有编织成一个圆满自足的关系网络,而是用片段性、镜头式的叙事,颠覆了传统结构完满的叙事模式。德赛在细腻的叙事之间表现人物的生活形态以及家庭成员间的关系。

敏是所有人物中情感意识最为厚重的一个。她和拉贾从小是一个联盟,因为他们对乌尔都语诗歌有共同爱好,而塔拉则被排挤在他们之外。"当他们玩着最喜爱的你问我答游戏,一问'你长大了要当什么'时,这份差异就表露出来了。拉贾立刻骄傲地说出:'英雄!'……敏就闪动着眼睛,说她要当女英雄……塔拉满脸困惑地轮流看着他俩。'我要当个母亲,为我的宝宝织衣服。'她自信满满地说,然而兄姊们却哄然嘲笑她,鄙视她,害得她迸出泪水,随即跑向米拉姨,一头埋进她大腿,抱怨他们嘲笑她。"①

小时候的"英雄理想"表现了敏性格中的男性气质(Animus)——她总偷偷穿拉贾的衣服。小说中写道:"为什么女孩子必须穿连衣裙呢? 突然间,她们了解到自己跟哥哥为什么会那么不同,自己为什么会那么屈居下风:就是因为她们穿的不是裤子。她们把手插进口袋,感觉甚至更高高在上——没想到有几个口袋,可以把手插进去,竟能让人产生这么强大的拥有感和自信心,仿佛光是有了口袋,就可同时拥有财富、拥有独立自主的能力。"②

敏的男性换装策略实际上是对独立个体的渴望,平时在学校里,敏是女代表(Head Girl)③,充满着活力和魄力。她渴望自己具有男性的力量,于是放弃传统的

---

① 安妮塔·德赛:《白日悠光》,姚立群译,麦田出版社,2005 年,第 232 页。
② 同上书,第 268 页。
③ 英式学校里,每年会选出一名女学生和一名男学生代表学校,称作 Head Girl 和 Head Boy。

婚姻，否定传统女性的生活模式。当邻居米斯拉家的两个女儿放弃学业，很早就结婚了，敏对塔拉说："婚姻不足以支撑她们的整个生命。"①她认为经济独立才是女人安身立命之本，这是印度现代女性的新思维，意味着女性立足于现实，直面传统家庭的意识形态。她们拒绝成为依附于男性的寄生物，因为她们所依赖的男性体系已经瓦解了。德赛赋予敏很多男性的气质，她不但完成了历史专业的学业，还在大学谋取了一份教师的职位，经济上获得了独立，并且承担起整个家庭的责任。她一直照顾着生病的拉贾和年迈的米拉姨，直到他们离开她。她还无微不至地关心着患有幽闭症的弟弟小巴。她不但要求自己成为一个独立的个体，还给学生灌输新思想，她实现了从小拥有的"英雄主义"梦想。敏的这种英雄主义是男性的修辞策略，她想通过模仿男性加入男性世界。这种男性修辞往往会让女性陷入一种困境，即模仿的男性气质和自身的女性气质的矛盾冲突，容易导致人格的分裂。敏因为这种男性的英雄主义舍弃了个人的婚事，曾爱慕过她的毕斯瓦医生说："现在我懂你为什么不想结婚了。你奉献了你的一生给其他人——给你生病的哥哥、年老的姨妈以及会终身仰赖你的小弟。你为他们牺牲了自己的一生。"②这种男性修辞破坏了敏的女性气质。敏对塔拉说："英雄和女英雄——如今何在？掉到井底——消失，不见啦！"③这意味着男性修辞在逐渐消失，取而代之的是女性的自我意识。

从对敏的人物形象塑造上，可以看到德赛"双性同体"的写作策略。"双性同体"原属生物学的概念，指雌雄同株或雌雄同体。伍尔夫提出的"双性同体"的概念不等同于生物学的含义，她赋予其精神和文化上的意义。受伍尔夫的影响，德赛也认为："一个伟大的大脑是双性的，只有这样才是具有创造性和有力量的。"④

置身于传统社会中的敏，为妹妹塔拉和米斯拉家的女儿都具有传统女性的生活理想而感到痛心，因为她认为这种传统模式是压抑之后的麻木和迟钝。当她找不到更为合适的反叛途径时，对男性的模仿就成为她摆脱传统束缚的暂时路径，对男性主体的模仿让她从边缘逐渐走向中心。自父母去世后，她承担起了所有的家庭责任，但她没有把自己的生活局限于家庭的狭小空间里。依据人本主义心理学家马斯洛的"第三思潮"理论，敏是一个自我实现者，是马斯洛称为不断发展自我的一小部分人的代表。她完成了学业，并获得了经济的独立。伍尔夫说过，女人如果打算写小说，必须要有钱，还要有一间自己的屋子。敏抓住了女性独立的最本质要素——社会经济地位的核心，这个核心的经济地位确保了敏的独立和她"自己的屋子"，动摇了传统的"一整套事物"，包括男性权力支配下的女性生活。尽管敏是孤立的，但她实现了自己与男性平等的权利，是社会转型时期的新女性形象。假如说"偷穿拉贾的裤子"是对男性的模仿，那么经济的独立就是她摆脱男性价值标准

---

① 安妮塔·德赛：《白日悠光》，第 282 页。
② 同上书，第 203 页。
③ 同上书，第 315 页。
④ Anita Desai, "Indian Women Writers", in Maggie Butcher ed., *The Eye of the Beholder: Indian Writing in English*, London: Commonwealth Institute, 1983, p. 57.

和确立自我独立身份的开始,她是德赛所有女性形象中自我觉醒意识最强烈的一个。她不但为自己建构了一个独立的"小屋",同时这间"屋子"也是属于拉贾、米拉姨、塔拉和小巴的。

和敏相比,塔拉身上具有典型的"女性气质"。这是社会性别意义上的差异,社会性别是指由生理性别和社会传统价值观念所决定的"社会角色和心理身份,即所谓的'女性气质'与'男性气质'"①。塔拉的"女性气质"是顺从的、非理性和软弱的。女性气质通常被认为是女性的理想气质,是女性行为规范的表现。邻居米斯拉姐妹是她的典范。"米斯拉家吸引塔拉之处,在于他们家跟自己家正好形成对比。甚至外表上就有明显的差异——米斯拉家的无为,恰如塔拉家的'维持住门面'。他们家对于自己的中产阶级布尔乔亚地位从不怀疑。"②米斯拉家的这种"无为"是对印度传统文化的固守,是传统文化集体无意识的表现,他们的生活沿着传统、有序的轨道前进。塔拉从小"要当个母亲"的梦想是女性气质的表现,她利用婚姻作为逃离家庭的途径。她摆脱了德里沉闷的生活,开始了她的理想生活。而若干年后,她回到德里,为她曾经逃离对家庭的责任感到负疚时,敏的宽容却为她搭建了一座温暖的小屋。

印度传统的妇女观是一种超强的制约力量,几乎成为印度妇女先天性的思维模式。在印度历史上,女性伦理体系建构于宗教典籍和法论之上,它的不可僭越性是其延续千年最基本的要素。婆罗门教通过各种宗教经典,以宗教的形式确定妇女绝对服从的地位。传统习俗中对女性人格的摧残莫过于守寡和"萨蒂"制度,印度传统文化推崇女性守寡,寡妇不但要在夫家当下人来赎罪,并且还要去朝拜宗教圣地,通过对神的献身来实现救赎。禁止寡妇改嫁,一直到死亡都要过禁欲的生活。"萨蒂"制度更是极端摧残人性的手段。

小说中的米拉姨是这个家庭的远方亲戚,她颇像鲁迅笔下的"祥林嫂",一个被传统礼教吞噬的女性,丧失了作为女性的尊严。极具压迫性的陈规陋习决定了米拉姨极端化的心理倾向,导致了她的自我虐待。一开始她用酗酒的方式来压抑自己肉体的欲望,在酒精的作用之下达到精神的癫狂状态,并用身体的行为控诉传统陋习的压迫:"米拉姨一丝不挂,在车道上一圈又一圈地驱策自己,尖叫着快马加鞭,直到她摔到碎石上,惨痛地在那儿翻滚,大叫'天啊——老鼠,老鼠啊!老鼠蜥蜴蛇啊——它们在吃我啦——啊,它们在吃我——'狂乱的双手从她的喉咙撕掉这些生物,从她的头发拉开它们。然后她就躬身滚啊号哭啊!"③"老鼠、蜥蜴和蛇"都是传统陋习的象征物。由于心灵不堪重负,她的行为才如此癫狂。作为传统女性的米拉姨,不可避免地要遵循甚至死守社会传统伦理,在严重的精神忧郁和自我压

---

① Buchbinder David, *Contemporary Literary Theory and the Reading of Poetry*, Melbourne:Macmillan,1991, p.126.
② 安妮塔·德赛:《白日悠光》,第276页。
③ 同上书,第202页。

抑中,走向绝望和死亡。直到米拉姨死亡,敏都一直细心地照顾她。敏的"小屋"是米拉姨的避难所,她用新女性的力量给予米拉姨生命尽头最后的人性关怀。

拉贾对家庭责任的逃避和与家庭成员关系的僵化让敏一直积怨在心,但随着时间的流逝,敏逐渐释怀。她对拉贾欢迎的态度使得这间"小屋"成为拉贾永远的精神家园。拉贾在文本中是一个男性参照物,敏一开始模仿他,即一种对男性的行为模仿,这种行为模仿来自敏的男性意识,就像"木兰替父从军"的故事一样,木兰的换装也是中国女性对男性意识的追求。女性这种换装策略是女性有意识地从外部探索男性意识的行为模式。这种模仿在本质上是与女性气质相违背的。在一定的社会背景中,性别的差异包涵了政治与权力、主流和边缘等关系。德赛在笔墨的分配上,所有的男性,包括父亲、拉贾和小巴等角色都被列为次要地位,或被虚化,如父亲这一角色,就连他的死亡都没有给家庭带来多少影响;或被边缘化,如拉贾追随海德阿里老爷一家去了海德拉巴,回避了整个家庭的责任。小巴是一个患有幽闭症的小孩,一直是个被照顾的对象。这种角色的设置意味着对父权制核心视角的突破。米歇尔·福柯认为每一个人都追求自己的利益和执著于日常事务,以确证自己特殊的认同形式、对抗模式和自主权。"敏"是文本的核心视角,也是文本建构女性话语的中心。

通过时间的塑形,敏逐渐摆脱了从外部对男性的模仿行为,逐渐形成独立的女性意识。敏在小说中的主要社会身份是大学的一名历史教员,这表明敏的活动领域已经从私人领域走向公共领域。传统的印度女性以家庭这个私人世界为主要的活动领域,操持家务和看护小孩是她们的主要职责。独立之后,印度女性从家庭的私人领域走向公共领域,堪称女性在生存活动领域的一个巨大转变。女性主义学者凯特·米利特认为,从幼儿时代开始,社会文化和制度就将男女置于两个分离和相异的领域,两性的行为模式已经内化为个体的日常行为规范①。女性似乎已经适应了这种性别角色,敏身上的男性气质和她所建立的独立小屋模糊了公共领域与私人领域的二元划分,在实际意义上,修正了印度传统的男性中心主义。

敏从家庭的私人空间走向公共领域,得益于独立之后印度社会多方面的变化:首先,独立后的印度妇女解放运动进入一个新时代,印度各种社会律法,如《印度教寡妇再嫁法》、《禁止嫁妆法》等以法律的框架保证了女性的平等权利;其次,女性教育事业得到长足的发展,在独立之后的10年内,建立了百余所女子学院。受过教育的女性在社会各个领域逐渐崭露头角,呈现巾帼不让须眉之势;最后,印度家庭关系从传统的父权制大家庭向核心家庭——一种平等的家庭体系转变。这些社会变化相当程度上促进了女性意识的觉醒。

在德赛所塑造的女主角中,敏是最特立独行的。她的"英雄主义"姿态是自我意识所激发的,同时她也是亨利·詹姆斯所称的"封闭的自我"的典型,沉醉于自己的事业中,并力图超越自我。敏勇敢地面对生活,承担责任。如若说玛雅、西塔

---

① 参见凯特·米利特:《性政治》,宋文伟译,江苏人民出版社,2000年。

和娜达都挣扎于传统和现代的冲突之中,那么敏已经树立起现代新女性的一面旗帜,她独立的精神意识将成为女性面对现代生活的精神力量。对敏的独立精神的书写也是德赛在男性话语霸权之下对女性创作者的精神鼓舞。

在《白日悠光》中,时间是小说的第四维度,作为一个隐含的元素参与小说的叙事。每个阶段人物内心的变化、老房子的每一个角落、每一件陈旧的事物都渗透着时间的力量,每个人物身上都带有不同的时间印记。德赛说:"我的小说表达的时间是个破坏者,就像时间是个保存者一样,对人施加影响。我试图揭去家庭琐事的表面,寻找新的意义。"①时间是人存在的第四维度,在德里的三维空间之上,德赛建构了一条时间轴,在四维时空里,表现生命、自然和城市的变化意识。

尽管时间是建构文本的主轴,是解读小说的重要元素,但德赛避免了线性的时间叙事,淡化了确切的文学时间。小说中几乎没有一个确切的时间标志,叙事时间被淡化得若隐若现,可谓"不著一字,尽得风流"。这种对时间表述的刻意消解表达了德赛对时间的感知方式,契合了印度古老的时间循环论。时间以一种循环的形式融入小说的叙事。

单调的色彩、卑微的生命形式、沧桑的城市面容,体现了德赛悲剧性的美学观念。轮回的宿命观融入文本的时间意识中。人和时间、传统和现代的对抗表现出强烈的悲剧精神和震撼力。新德里是"事物发生的地方",集中了现代工业文明的力量,而德里只是朝代更迭之后一个衰败的历史景点,在工业化时代的潮流中,它已经处于分崩离析的边缘。小说叙述了带有强烈悲剧精神的衰亡命运,以独特的技巧阐释了德赛的时间哲学。

在"过去—现在—未来"的认知模式中,德赛的叙事重心放在"现在",过去的"历史"被表现得模糊不清。在 20 世纪 40 至 70 年代这根时间轴上,1947 年印巴分治是不容忽视的历史事件。德赛用强烈悲剧性的语言描述这一事件,却刻意回避它的历史时间:"这座城市在那年夏天失火了。每天晚上,火光照亮了城墙外的地平线,在天空辉映出一片橙黄红粉的节庆彩焰,偶尔升起一柱白烟,在黑暗中矗立如碑。敏,在屋顶上走来走去,想象她听得到枪声与哭叫的声音,但是,住在城外那么远,远在市民线区(Civil Lines),这里的庭院与平房躲在树篱后面,一片寂静,还真不觉得有那么回事,她告诉自己是想象罢了。她真听到的不过是阎牟那河泥巴里没完没了的蛙鸣,以及马路上偶尔行来一匹紧张兮兮的二轮马车儿。"②

不像诸多印巴分治小说中对冲突事件的直面表达,德赛回避了历史上的正面冲突,对这一历史事件用侧影、素描、印象等书写手法勾勒出其中的矛盾。对历史时间的回避是德赛作为悲剧主体的叙事策略。她亲身经历了这场历史性的分裂,其无论是在她心灵还是在其创作上都留下了深刻的伤痕。历史苦难使德赛成为悲剧主体,在悲剧色彩下追求生命的理想形式是她在文本中表现出来的悲剧美学精

---

① Anita Desai, "Tremendous Changes", Sunil Sethi Interviews, *India Today*, December1-5,1980, p. 142.
② 安妮塔·德赛:《白日悠光》,第 103 页。

神。柯林伍德认为一切历史都是思想史①。作为一个亲历了历史灾难的主体,德赛用文学的形式表达记忆,表述对历史的理解。文本承载的不仅是历史叙事功能,还有个人的记忆史。德赛对这场灾难的记忆主要不在于控诉和责难,而在于体现宽容的历史价值观。

无论是国家的大历史,还是个人的小历史,德赛都秉持宽容的态度。她秉着"以小见大"的书写态度,即以个人生活与历史变迁相关联,舍弃了宏大的历史话语,用日常生活的图景表达历史意识。对重要的历史时间的"遗忘"恰恰反映了德赛不愿公之于众的历史伤痛,这种伤痛通过家庭个体之间的关系表现出来。不同于传统的宏大叙事,德赛以一个家庭的小视角隐晦地表达印巴关系,从人物关系、生活细节的"小历史"进行叙事,超越了高度抽象的"大历史"叙事。

敏和拉贾的关系在时间轴上发生着变化,童年时代的敏和拉贾是一个联盟体,他们共同热爱乌尔都语诗歌,向往英雄主义。在印巴冲突之后,拉贾从兄长到房东的身份转变,让敏对他产生怨恨。德赛用敏和拉贾的关系隐晦地表达了印巴关系,这种家庭关系的历时性书写构成了对主流话语的纠偏和颠覆。老房子时间的停滞和空间的封闭意味着多年来兄妹关系的僵化,而塔拉的回来为他们关系的修复带来了转机,"她(敏)对大家只有爱与思念,就算有任何伤痛,有这些在她身上流着血的切口与创痕,也只是因为她的爱不够完美、不足以紧紧包围他们,只是因为它有裂缝与缺陷,没法均等延伸给所有人"②。在宽容之中,敏谅解了拉贾。德赛说:"当然,假如一个人要活在这个世界上,他就要学会妥协,否则无法生存,直线性的方式意味着死亡。"③这种谅解强烈地表达出德赛对印巴关系的寄望,敏最后以爱的感情升华包容了一切过往的怨恨,实质上是德赛希望借用兄妹关系的和解重构印巴关系。

德赛对德里的空间描写掩盖了历史时间,表现出现代女性的时间意识,现代女性的时间意识被置于时间之外。德赛用德里城、敏的老房子、人物容颜变化以及家庭成员的关系发展来表达时间概念,从不同角度表现现代女性对时间的感知。

文本在导师的颂歌声中结束,敏想起艾略特的《四个四重奏》中的一句:"时间这破坏者正是时间这保持者。"④正如奥古斯丁认为的,时间本质上即心灵或心灵对时间的意识。德赛表达了时间的救赎力量,文本叙事在时间的参与下,充满了人物的时间意识,在此意识之上,建构起个人意义或历史意义的精神家园。

---

① R·G·柯林武德:《历史的观念》,何兆武、张文杰译,中国社会科学出版社,1986年,第11页。
② 安妮塔·德赛:《白日悠光》,第330页。
③ Atma Ram, "Interview With Anita Desai", *World Literature Witten in English*, Vol. XVI, 1977, p. 21.
④ 安妮塔·德赛:《白日悠光》,第360页。

第三节 阿兰达蒂·洛伊

一、生平与创作

阿兰达蒂·洛伊是印度当代著名女作家,1961年11月24日出生于印度东北部的山城锡隆,父亲是信仰印度教的孟加拉人,经营茶园种植,母亲来自叙利亚基督教家庭,是喀拉拉邦著名活动家。父母离婚后,洛伊随母亲来到喀拉拉邦,她童年的居所阿耶门连是小说《微物之神》描写的主要场景。16岁的洛伊只身离开家乡,在新德里主修建筑,毕业后做过记者编辑,从事过电影剧本写作等。她的丈夫是之前的同学,但这段婚姻只维持了4年多时间。

1997年,兰登书屋出版的半自传体小说《微物之神》令36岁的洛伊声名鹊起,一举夺得当年的全美图书奖和英国布克奖。小说在《纽约时报》畅销书排行榜长达49周,被译为40种语言。

凭借处女作而名声大噪的洛伊并没有把眼光局限在文学层面,她还是一个优秀的社会活动家。1999年,一支由来自不同国家的400人组成的队伍,向印度古吉拉特邦的纳玛达河流进发,目的是声援"纳玛达反水坝组织",其中一个瘦弱的女子便是阿兰达蒂·洛伊。印度政府拟建造纳玛达水坝,这项计划是在世界银行资助下拟定的,预设建造30个大型、135个中型和3 000个小型水库,工程浩大,估计要淹没200多个村庄,4 000万人口需要搬迁。独立后的印度已建成4 000多座水坝,数量高居世界第三,以致许多人被迫离开自己的家园。洛伊认为政府不顾民生和生态而大兴水坝的行为无异于饮鸩止渴,纳玛达河流的悲剧可谓当代印度的悲剧。她实地考察,写出了《更大的公益》(*The Grater Common Good*, 1999)一文,在暴力和强权面前,洛伊毫不犹豫地站在贫困的弱势群体一边,用文字讨伐政府的强权。她痛斥政府无视人民的利益,同情当地贫穷的居民背井离乡的惨境。洛伊在文中悲痛地使用了"unroot"(根除)一词,形象地表现了水坝修建后当地居民的处境,他们被迫离开故土,被政府安置在聚居区里,虽然政府承诺要提供良好的居住条件,但实际上非常糟糕,很多人只能在城市边缘的贫民窟挣扎谋生,成为廉价的劳动力。洛伊同情这些在政府强权和暴力之下的弱者,除了写作,洛伊更用行为声援了这场对抗政府的反纳达玛水坝运动。洛伊还把《微物之神》的巨额稿费捐献给NBA(反对纳玛达水坝计划)。最后,世界银行撤销了纳玛达水坝的投资,而洛伊本人象征性地被监禁一天。面对"高明"的新帝国主义,洛伊一面要坚持对暴力统治的批判,一面又要参与振兴国家的文化建设,洛伊面对的这种困境意味着第三世界知识分子的生存悖论。

洛伊不惧政府的暴力和强权,用行动抗拒妥协,堪称行动主义者。作为一个知识分子,她真正认识到全球化带来的是权力的无限扩张,而印度人民却为此盲目地感恩戴德。洛伊还坚决反对印度政府的新自由主义经济政策以及核试验,她还曾因为不愿写任何御用小说而得罪印度官方文学组织。洛伊用瘦弱的身躯表现出当代印度公共知识分子的勇气,她用自己的言行参与社会运转,对印度政府和社会保持批判精神。洛伊以知识分子的本色——良知和正义——彰显了她对印度社会的责任感,当面对平等与歧视、正义和非正义的抉择时,洛伊毫不犹豫地站在弱势群体的立场上。《微物之神》出版之后,她仍然笔耕不辍,出版了《正义方程式》(The Algebra of Infinite Justice,2002)、《强权政治》(Power Politics,2002)和《谈战争》(War Talk,2003)等随笔集,这些论文随笔都集中体现了洛伊作为公共知识分子的思想和立场。

二、《微物之神》

《微物之神》是一部带有强烈自传色彩的小说,其中女主角坦率直言、不受传统世俗束缚,具有叛逆性格,代表新印度的精神。小说一共21章,其核心故事讲述一个叙利亚基督教离婚女人阿慕与贱民木匠维鲁沙跨越种姓障碍的爱情悲剧,故事素材源自洛伊孩童时代母亲给她讲述的乡间传闻。小说以两根主线交织进行,一根主线是女主人公阿慕的儿子艾斯沙被送回到阿耶门连,他的双胞胎妹妹瑞海尔从美国回来见他。另一根主线是20多年前,他们的表姐苏菲默尔从伦敦来到阿耶门连并客死他乡。两条主线的叙事交叉进行,融合了一个家庭中每位人物的故事,可谓一部细碎且完美的家族史。

小说聚焦于印度西南的喀拉拉邦,这个邦在印度文化普及率比较高,二至三成人口是叙利亚基督教徒,阿慕和洛伊的母亲一样,来自阿耶门连的叙利亚基督教家庭。小说扉页的献辞写道:"给玛丽·洛伊——她抚育我长大。/她教育我在公共场合打断她的话以前要先说'对不起'。/她给我的爱,足以鼓励我前行。"玛丽·洛伊是作者的母亲,也是小说女主人公阿慕的原型,作者即阿慕的女儿——瑞海儿的化身。在小说中,阿慕的父亲是大英帝国著名昆虫学家,母亲经营一家果菜腌制厂。在英殖民撤离印度后,父亲也随之失去头顶的光环。阿慕草率地嫁给一个茶庄经理,这段不幸福的婚姻逼迫她带着孪生兄妹回到娘家。就在阿耶门连,她遇上了维鲁沙,维鲁沙是贱民,在印度属于"不可接触者",他们之间的爱情为印度社会所不容。

《微物之神》的结构有如印度细密画一般繁复交杂。它通过孪生兄妹的眼光去感受他们的生长之地——阿耶门连,在孩童的视角中,他们看到了一个微小和细腻的世界,在这个世界中,诸如历史、观念、律法、宗教、种族等宏大的历史命题都被琐碎的事件表现出来,这些看似琐碎的事件构成了细密画上不可缺少的纹理,这些纹理相互交织、循环往复,形成一个历史的漩涡,以致每一个人物都被裹挟着,难以摆脱历史的命运。在这古老的阿耶门连,操纵每个小人物命运的并不是神明,而是

"爱的律法"——"那种规定谁应该被爱,和如何被爱的律法"①。"爱的律法"是宗教,是延续几千年的种姓制度,这种代代传承的历史观念是巨大的历史漩涡,所有微小的个体都无从摆脱。

文本混合了东西方双重文化背景,充分体现了印度后殖民时代文化的含混性。种姓制度是阿慕和维鲁沙之间爱情的历史障碍,他们之间的爱情是文本隐含的主线,洛伊则单个视角地逐一呈现各个人物不同的命运,表现后殖民语境之下命运的复杂性和多样性。

在诸多看似凌乱的叙事中,对维鲁沙的叙事是文本的重头戏,他和阿慕之间的爱情是对印度传统种姓制度的挑战,他们各自为大胆的爱情尝试付出了生命的代价。作为一部悲剧性作品,在创作技术上,洛伊回避了种姓制度、人物性格等矛盾冲突,把悲剧渗透到日常生活中,让每一个人物都成为悲情的承担者。作为文本的男女主角,对他们的叙事并没有占据主体性位置,他们从相爱到热恋,直至最后事情暴露,都是在孪生兄妹艾斯沙和瑞海儿的观察和参与中推进的。孪生兄妹不谙世事的口供最后断送了他们的幸福,把悲剧情节推向高潮。

作为核心故事的主角,阿慕和维鲁沙的身份代表印度现代社会两个不同的等级,职业世袭、内部通婚和互不交往导致各种姓之间具有严格的区分和不可跨越性。他们之间的爱情故事依托于帕帕奇家族之上,帕帕奇家族三代的悲剧故事高度指涉了现代印度社会发展的三种路径,帕帕奇一家隐喻印度社会,一个家族的悲剧实则关乎整个印度社会何去何从。作为文学和政治的"双料战士",洛伊在处女作中就表现出宏大的政治隐喻力量,正是这种政治隐喻赋予文本更多的解读空间,而不仅仅是简单的跨种姓的爱情故事。

阿慕的父亲帕帕奇曾经是大英帝国的昆虫学家,他生命中最大的失败在于没有以他的名字命名他发现的蛾,最后发现被他人占有,因此抑郁而死。帕帕奇服务于大英帝国,是典型的亲英派,而他的妻子玛玛奇则是传统的印度妇女,殴打玛玛奇的事是经常发生的,对待玛玛奇的态度表现了帕帕奇等亲英派的印度资产阶级对印度传统的背弃,"他们是一个亲英家庭,朝错误的方向前进,在自己的历史之外被困住了,而且由于足迹已经被抹除,所以无法追溯原先的脚步。他向他们解释,历史就像夜晚中的一栋老房子,一栋灯火通明的老房子,而老祖先在屋里呢喃"②。"老房子"是传统印度的象征,它的困境也是现代印度社会发展的困境,亲英是背离历史传统的错误方向,现代印度犹如陷入一个历史的迷局,在现代和传统双重裹挟中迂行。现代印度社会是奈保尔笔下那个"已经变化的国度","伴随独立与发展,混乱与信仰缺失,印度正清醒意识到常常隐蔽于稳定表象下的悲苦和残酷,以及它就这样继续下去的能力。不是所有人都满足于就这么活着。旧的平衡已经不在了,现在一片混乱。但除了混乱,除了老印度教体系的崩塌,除了拒绝的精神,印

---

① 阿兰达蒂·洛伊:《微物之神》,吴美真译,人民文学出版社,2006年,第31页。
② 同上书,第47页。

度还正在学习新的观察方式和感受方式"①。随着工业化的时代变迁,现代印度社会难以回到传统的、注重仪式的宗教社会中。英国殖民统治加速了印度现代化的进程,但同时也让印度人迷失自我。如果说,马尔克斯笔下的马贡多小镇是拉美历史的隐喻,那么帕帕奇一家三代便是印度现代社会家庭的缩影。帕帕奇对待玛玛奇暴力的态度象征着完全背离印度传统,而他最后的死亡也终将说明背离传统的悲剧后果。

作为帕帕奇家族的第二代,恰克和阿慕兄妹俩代表着新一代印度人的两种不同的选择。恰克在牛津大学留过学,并娶了一位英国籍女子为妻。恰克是继帕帕奇后新一代亲英派的代表,但是在他和英国女子离婚后,他们的小孩——苏菲默尔也不幸被河水淹死。经历了丧子之痛的恰克意识到:"我们的梦想被窜改过了。我们不属于任何地方,在汹涌的大海里航行,找不到停泊之处。或许我们永远不会被允许靠岸。我们的悲愁将永远不够悲愁,我们的喜悦将永远不够喜悦,我们的梦想将永远不够远大,我们的生命将永远没有足够的重要性。"②相比父亲帕帕奇,恰克身上含混着更多东西方文化相互交织的复杂性,他以留学的方式主动学习西方,从印度到英国,完成了文化空间上的迁徙。恰克的学习是模仿式的,他回归印度意味着自己终将不能真正融入西方文化的主流,他个人在东西方文化空间的转换,象征着印度在西方化的社会变迁中经历的复杂和痛苦的过程。西方现成的民主制移植到印度并非是简单的照搬和模仿,英国殖民文化的渗透依旧没有动摇印度教传统的文化精髓。在后殖民主义世界的新秩序中,印度处于无所适从的无序状态。恰克表现出的困惑正是现代印度的处境,在被殖民主义强行带入西方现代文明的新秩序中,原有的传统而古老的文明秩序被打破,取而代之的是与现代性相关的各种矛盾。

妹妹阿慕的抉择与恰克是背道而驰的,她在离婚后回到阿耶门连,与低等种姓维鲁沙之间跨越种姓的爱情成为小说的故事核心。对他们之间的爱情故事,洛伊着墨不多,悲剧依旧是他们命运的掌控者。阿慕的选择代表现代印度的另一条回归传统的道路,但是印度传统的种姓制度是现代印度发展无法跨越的障碍。作为高等种姓的阿慕是不能与贱民维鲁沙产生爱情的,这源于印度几千年来的种姓制度。在古老的印度宗教典籍中,人被划分为四个种姓,分别是婆罗门、刹帝利、吠舍和首陀罗。到了吠陀后期,被征服的原始部落居民以及触犯印度教规的首陀罗等都沦为贱民。种姓制度为印度社会提供了稳定的社会框架,它既是一种固定的社会组织,又是一整套经济分工体系,它对各种姓的宗教事务和世俗事务都做了严格的规定。种姓之间禁止通婚,像维鲁沙这样的贱民阶层受到公开的歧视,在世俗生活上受到各种约束。"还是一个男孩时,维鲁沙和维里亚巴本(维鲁沙的父亲)来到阿耶门连房子的后门,送来他们自园地内椰子树采摘的椰子。帕帕奇不容许帕拉

---

① V·S·奈保尔:《印度:受伤的文明》,宋念申译,三联书店,2003 年,第 51 页。
② 阿兰达蒂·洛伊:《微物之神》,第 48 页。

凡进入屋内。没有人会这样做。他们被禁止触摸任何非贱民（印度教徒和基督徒）触摸的东西。……在玛玛奇的那个时代，帕拉凡和其他贱民一样，被禁止走在公共道路上，被禁止用衣物遮盖上半身，被禁止携带雨伞。说话时，他们必须用手遮住嘴，不让他们被污染的气息喷向与他们说话的人。"①可见，种姓制度依旧是印度现代社会较为稳定的秩序，尽管近代诸多启蒙思想运动者如罗姆·摩罕·罗易、维韦卡南达等，都对种姓制度等陈规陋习提出改革，但始终都没有动摇种姓制度的社会根基。种姓制和贱民制依旧是现代印度社会难以跨越的等级壁垒。奈保尔在其印度三部曲之一《印度：受伤的文明》中认为，现代的印度与过去联系太多，仍然生存在仪式、律法和巫术之中。种姓制使印度社会处于僵化不变的状态。阿慕和维鲁沙所代表的高等种姓和贱民之间，依旧横亘着不可跨越的壁垒。作为高等种姓的阿慕，她对维鲁沙执著的爱情充满着印度后殖民的反叛意识，他们的爱情触犯了"爱的律法"。阿慕和维鲁沙的野合行为严重破坏了印度社会的等级体系，这种森严的种姓壁垒阻碍了阿慕的爱情，他们的爱情悲剧依旧无法超越传统种姓社会的框架。这也象征着现代印度社会完全回归传统的困境。

帕帕奇家族的悲剧隐喻印度所经受的殖民创伤，藉由这一家族三代人的琐碎事件和个人命运，洛伊也在质疑英殖民主义之后的印度社会秩序，透过三代人不同的人生抉择，瓦解西方殖民主义。帕帕奇家族的第三代苏菲默尔的死亡颠覆了西方的殖民主义，象征殖民主义在印度的夭亡。孪生兄妹中，瑞海儿是洛伊的影子，洛伊并没有大篇幅地描写他们，而是通过他们卑微、弱小的生命去打量阿耶门连的一切。作为帕帕奇家族的第三代，瑞海儿具有强烈的叛逆性格，"她（瑞海儿）被开除过三次，这是她第一次被开除。第二次被开除是因为抽烟，第三次被开除是因为放火烧女舍监的假发髻，而且瑞海儿被迫承认她偷了那假发髻"②。瑞海儿身上承载着洛伊的反叛意识，洛伊以瑞海儿的合法身份见证了阿慕和维鲁沙之间的爱情悲剧。

作为一个女性作家，洛伊的书写摆脱了印度传统小说的写作模式，借用"阿耶门连"的小视角去探讨宏大的政治命题，表现出个人对现代印度社会的困惑和不安。帕帕奇家族三代人的悲剧性命运分别是这个命题的答案，正如奈保尔在他的印度之旅中，现代印度众生相让他意识到："印度和英国之间的这场邂逅，终将破灭；它在双重的幻想中落幕。新的觉悟使印度人不可能回到从前，他们对'印度民族性'的坚持，却又让他们无法迈开大步向前走。……东西方之间的全面沟通和交流，是不可能的；西方的世界观是无法转移的；印度文化中依旧存在着一些西方人无法进入的层面，可以让印度人退守其中。"③可见，英国从未真正占有过印度，英国在印度的殖民历史置印度于历史的困境中，河流对岸的"黑暗之心"已化身为

---

① 阿兰达蒂·洛伊：《微物之神》，第67—68页。
② 同上书，第16页。
③ V·S·奈保尔：《幽暗国度：记忆与现实交错的印度之旅》，李永平译，三联书店，2003年，第317页。

"历史之屋",它是阿耶门连历史的见证者,"人们再也无法从河流接近'历史之屋'(在那儿,脚趾甲坚硬、有地图气息的祖先喃喃低语着)。现在,它已背弃了阿耶门连"①。在被一所五星级旅馆收购之后,"历史之屋"成为消费主义的象征,"这些古老的房子是供富有的观光客玩赏的历史,以顺从的姿势被放置在'历史之屋'周围,像约瑟梦中的稻束,像一群向英国行政首长请愿的急切的本地居民。旅馆被叫做'遗产'"②。分别23年后,瑞海儿因为艾斯沙而回到阿耶门连,此时,瑞海儿与她母亲死时一般年纪,31岁。"边缘、边界、分界线和界限就像一群侏儒,在他们俩各自的脑中出现……柔和的半月形眼袋在他们俩的眼下形成了,现在他们和阿慕死时一样大。三十一岁。不算老。也不算年轻。一个可以活着,也可以死去的年龄。"③这些充满悲情的文字表述是阿慕甚至是所有人物命运的谶语。回到阿耶门连的瑞海儿重新思考的依旧是"爱的律法",她的母亲依旧是阿耶门连最坏的犯规者,神和古代律法仍然是一切的仲裁标准。作为帕帕奇家族的第三代,艾斯沙的沉默是一种心理的抗议,阿慕、艾斯沙和瑞海儿都是律法的逾越者,瑞海儿和艾斯沙的乱伦行为更是打破了爱的律法,他们是秩序的破坏者,更是"历史之屋"的摧毁者。阿耶门连的每一个细小的事物中都蕴含着神——印度古老律法的化身,它是帕帕奇家族悲剧性的根源,也是现代印度发展中不可逾越性的障碍。

洛伊是属于"内倾性"的小说家,她的小说没有宏大的历史叙事,充斥着很多极其琐碎、细微的描写。她对阿耶门连每一处细节的描写都让读者重新打量这个世界。洛伊的写作超越了印度早期的英语小说"三大家",纳拉扬笔下的摩尔古蒂、拉贾·拉奥的根特浦尔都是作家着力表现的外部现实,也是作家用"情节"建构的理想生活场景。在叙事上,洛伊的手法更倾向于霍普斯金(Hopskin)的"内质"(inscape),而不是"情节"(plot)。"情节"会造成过多的人工痕迹。霍普斯金的"内质"是指自然物体、情景或诗歌综合品质和独特性。小说所追求的正是这样一种类似中国诗品中的"神韵"境界。外倾性写作已经不能表达人物丰富的内心变化,正如20世纪西方美学和文学艺术的总体变化趋势一样,印度的文学艺术在独立后也开始从外部世界转向内心世界,从社会生活表象转向人的精神实质。

洛伊的小说犹如优美的散文,在对阿耶门连的景物描写中充满着文字的张力,"河流曾经具有唤起恐惧和改变生命的力量。但是现在,它的牙齿被拔去了,它的精神耗尽了,它只是一条将恶臭的垃圾送往大海的迟钝、多泥的绿色带状草地。鲜艳的塑胶袋被风吹起,吹过它湿而黏、多杂草的表面,像飞起来的亚热带花朵"④。这些诗歌化的语言将视觉、味觉、触觉相互交织,成为阅读的飨宴。伍尔夫在对未来小说的预言中,就曾说到未来小说会具有诗歌的某些属性:"它将

---

① 阿兰达蒂·洛伊:《微物之神》,第117页。
② 同上书,第118页。
③ 同上书,第3页。
④ 同上书,第116页。

表现人与自然、人与命运之间的关系,表现他的想象和他的梦幻。但它也将表现出生活中那种嘲弄、矛盾、疑问、封闭和复杂等特性。它将采用那个不协调因素的奇异的混合体——现代心灵——的模式。因此,它将把那作为民主的艺术形式的散文之珍贵特性——它的自由、无畏、灵活——紧紧地攥在胸前。"① 散文化的语言在洛伊小说中表现出强大的表述功能,它是记录帕帕奇家族心灵意识的绝佳形式。小说开篇的精彩描写即是阿耶门连一切微物的呈现:"阿耶门连的五月是一个炎热、阴沉沉的月份。白日长而潮湿,河流缩小。黑乌鸦贪婪地吃着静止的、布满灰尘的绿色芒果树上那些鲜艳的果实。红白蕉成熟了,菠萝蜜胀裂开来。放浪形骸的青蝇在溢满果香的空气中,空茫茫地嗡嗡鸣叫着,然后撞在明亮的窗玻璃上,一命鸣呼,肥胖的身体在阳光下显得不知所措。"② 语言丰富的暗示性和强大的艺术感染力契合了帕帕奇家族被微物所包围,继而被微物之神所控制的悲剧性命运。

---

① 弗吉尼亚·伍尔夫:《论小说与小说家》,瞿世镜译,上海译文出版社,2000年,第328—329页。
② 阿兰达蒂·洛伊:《微物之神》,第1页。

第十一章　日本女性文学

第一节　概　述

一、上代的女性文学

人类在远古时期的生存大多受自然环境的左右,感知自身与外界的能力也大体经历了一个由朦胧至清晰、由感性至理性的过程。与世界上大多数国家一样,日本文化在发轫之初也经历过信奉万物皆有生命的"言灵信仰"时期。他们敬畏神灵,以群体的方式生息于自然之间,其原始文化大多以巫术、祭祀等仪礼活动为中心。由于没有文字,原始时期的日本神话、传说、歌谣等都是通过口口相传的形式流传下来的,并且大多为集体之作。

公元4、5世纪以降,日本社会在大量摄取大陆文化的过程中,开始从古代氏族社会进入到以天皇为中心的中央集权社会。文化从早期氏族社会以巫术仪礼为中心,转而以宫廷的贵族文化为主流,主要活动领域也由农村进入城市。6世纪左右,日本与中国、朝鲜等大陆国家的交流频繁,佛教、汉字、汉籍等纷纷传入日本,有力地促进了日本早期文化的发展。公元710年,日本进入奈良时代(710—784),迁都平京城,律令制国家体系日渐完备。其历法、儒佛思想、都城的建设,甚至有关七夕的传说,均由中国传入。

5世纪左右,万叶假名问世①,日本原有的口传文学也随之运用万叶假名逐渐辑录成书。进入奈良时代以后,用和、汉两种文体交叉书写的《古事记》(『古事記(こじき)』712)、用汉文体书写的《风土记》(『風土記(ふどき)』713)、《日本书记》(『日本書記(にほんしょき)』720),使用万叶假名的《万叶集》(『万葉集(まんようしゅう)』奈良末期或平安初期)与汉诗集《怀风藻》(『懷風藻(かいふうそう)』751)等纷纷问世。

在这一以男性作者为主流的古代日本文坛上,宫廷女诗人为日本女性文学创作拉开了序幕。这些女诗人均为皇室、贵族妇女,有的本身即为天皇,有的或为皇后或为天皇的宠妃,特殊的地位与身份使得她们创作的和歌得以流传后世。《万叶

---

① 古代日本为标记其本国语言而作为表音文字使用的汉字,有借音、借训、戏训等,后发展为平假名和片假名,因大多曾用于《万叶集》,所以称为"万叶假名"(萬葉仮名　まんようがな)。

集》里即收录了众多女性的和歌①。**额田王**(ぬかたのおおきみ,生卒年不详)是早期万叶歌人的代表之一,她也是初期宫廷女歌人的代表,《万叶集》里共收录了她的 11 首和歌。额田王出身豪族,曾侍奉过天武天皇与天智天皇,她的诗作描述了巡行、迁都、祭仪等宫廷活动,生活气息浓厚,也体现了日本在接受中国诗文影响的过渡期的时代特色。

持统天皇(じとうてんのう,645—702)原为天武天皇的皇后,天武天皇死后即位为日本的第四十一代天皇。持统天皇不仅在政治上大有作为,仿照中国建筑的格局创建了都城藤原京,致力于佛教文化的繁荣,而且在宫廷倡导和歌创作,直接推动了宫廷和歌创作的发展。她是万叶歌风第二时期的女性歌人,她的和歌既咏叹了国家的繁荣,也将四时意识引入到和歌中。她在治世之时采用的历法,为日本文学在四时意识上的发展奠定了基础。日本和歌对四季感受的传达,经额田王的"春秋判别歌"、持统天皇的御制和歌、柿本人麻吕(かきのもとのひとまろ,生卒年不详)②的"春秋对句"等创作实践,逐步形成了以四季为主题的创作传统。

天武天皇之女**大伯皇女**(おおくのひめみこ,661—701)思念因谋反罪而被处死的弟弟大津皇子、**但马皇女**(たじまのひめみこ,?—708)思念穗积皇子的诗作均情深而意切。

女帝元明天皇(げんめいてんのう,661—721)之女**元正天皇**(げんしょうてんのう,680—748)关于饮宴的诗作,圣武天皇(しょうむてんのう,701—756)的皇后光明子(こうみょうし,701—760)关于家族祭祀的诗作也收录其中。她们是万叶歌风第三时期的女性代表歌人。

此外,**坂上郎女**(さかのうえのいらつめ,生卒年不详)、**笠郎女**(かさのいらつめ,生卒年不详)、**纪郎女**(きのいらつめ,生卒年不详)等的诗作也见诸于万叶歌集中,她们是万叶歌风第四时期的女性代表歌人,与《万叶集》的主要编撰者大伴家持均有密切的关系。坂上郎女是大伴家持的叔母,笠郎女是大伴家持的恋人,纪郎女也与大伴家持有交往。其中,坂上郎女有 84 首和歌被收入《万叶集》中(短歌 77 首、长歌 6 首),其数目仅次于大伴家持和柿本人麻吕,为女歌人之首。这些奈良时代的女性歌人的和歌或为亲友间宴饮上的作品,或为与包括亲人在内的周围男性的赠答歌,非为官方场合的吟咏之作。

---

① 《万叶集》是日本现存的最古老的歌集,共 20 卷。其编撰时间较长,且非由某一编撰者独立完成。大约成书于奈良末期或平安初期,主要编选者为大伴家持(おおとものやかもち,约 718—785),奈良后期歌人,《万叶集》里收入了他的 470 多首和歌。一般根据歌风的变迁,将万叶诗歌的创作分为四个时期。第一时期大约从舒明天皇时期至飞鸟时期(629—672),歌风质朴清新;第二时期大约从飞鸟时代至藤原时代(673—710),为万叶歌风的确立期,和歌内容趋于丰富,表现手法洗练,出现了专门的万叶歌人;第三时期大约为奈良时代前期(711—733),为万叶歌集的隆盛期,众多歌人均具自身的创作特色,此时期受中国文学的影响很大,很多和歌取材于古传说;第四时期大约为奈良时代中期(734—759),为万叶歌集的晚期,歌风优美、纤细、感伤。

② 柿本人麻吕为《万叶集》的重要代表诗人,擅长长歌。

二、平安时代的女性文学

平安时代(794—1192)初期,日本文化大量摄取中国文化的精华,汉字为官方文字,汉诗文占据了文坛主流,撰写汉诗文也是出世致仕的一项基本技能。在清一色的男性汉诗坛上,嵯峨天皇(さがてんのう,786—842)的女儿有智子内亲王(うちこないしんのう,804—847)以其横溢的诗才受到瞩目。

日本的和歌创作在平安时代进入了一个鼎盛时期。《古今和歌集》(『古今和歌集(こきんわかしゅう)』905)、《后撰和歌集》(『後撰和歌集(ごせんわかしゅう)』951)、《拾遗和歌集》(『拾遺和歌集(しゅういわかしゅう)』1008)、《后拾遗和歌集》(『後拾遺和歌集(しゅういわかしゅう)』1086)、《金叶和歌集》(『金葉和歌集(きんようわかしゅう)』1127)、《词花和歌集》(『詞花和歌集(しかわかしゅう)』1151)以及《千载和歌集》(『千載和歌集(せんざいわかしゅう)』1188)等敕撰歌集依次问世。其中最重要的是《古今和歌集》,它收录了自《万叶集》之后到延喜五年(905年)间的约1100首和歌,其中男性作者有96人,女性作者有28人。从和歌数量上看,女性的和歌数仍属少数。比较著名的女歌人有**伊势**(いせ,生卒年不详),共收22首;**小野小町**(おののこまち,生卒年不详),共收18首;**藤原因香**(ふじわらのよるか,生卒年不详),共收4首。这些诗作既用于日常的交流,也用于恋爱时的赠答,它们在描述后宫日常生活的同时,也记录了生活于其间的贵族女性的喜怒哀乐。**小野小町**是平安前期女歌人的代表,为六歌仙之一。"小町传说"就是以她为主人公而演绎的,据传她才貌俱佳且颇为自负,与众多男性有过交往,后以落魄而告终。

《后撰和歌集》的女性作者增至85人,而在《后拾遗和歌集》里,收录数量最多的三位歌人均为女性,其中和泉式部(いずみしきぶ,约978—?)有68首,相模有39首(さがみ,生卒年不详),赤染卫门(あかぞめえもん,约956—1041年之后)有32首,这在女性文学史上是划时代的。

这一时期是万叶假名演进为假名文字的过渡期。在摄关政治下①,贵族们为了和天皇攀上外戚关系,将自己的女儿送入宫中充任天皇的妻室,以她们为中心,后宫聚集了大批的侍女。这些后宫女子用假名创作和歌,因此假名文字也被称为"女文字",从而有别于男性的汉文写作。假名在和歌中的自如运用使得它迅速地普及开来,这也为之后出现的物语文学创作高峰孕育了先机。

和泉式部等女歌人活跃的时期,正值摄关藤原道长(ふじわらみちなが,966—1028)与他的儿子藤原赖道(よりみち,992—1074)执掌政治与文化大权之时。一条天皇的中宫彰子(しょうし,988—1074,道长长女)、三条天皇的皇太后妍子(けんし,994—1027,道长次女)、后一条天皇的中宫威子(いし,1000—1036,道长三

---

① "摄关"为日本"摄政"和"关白"两个官位的统称。所谓的摄关政治,就是指作为摄政、关白的外戚藤原氏以天皇为后盾掌握朝政的政治形态。

女)等有势力的后妃并立后宫,从而促成了女流人才的辈出与女性文学创作的发展。

《古今和歌集》、《后撰和歌集》与《拾遗和歌集》的编撰,标志和歌已经成为宫廷社会的文学表现形式。这一时期的女歌人的创作反映了佛教净土宗的流行、白居易的隐逸趣味、和汉融合、人们对近畿地区的关注等时代新风潮。以和泉式部为代表的《后拾遗和歌集》的女歌人们,既是吟咏恋情的高手,同时也开拓了和歌创作的新领域,出现了法华经经文和歌、汉诗句题和歌等新题材,歌枕的运用也更为广泛。

平安时代中期,用假名文字创作的物语、随笔与日记成为文学主潮。其中,紫式部(むらさきしきぶ,生卒年不详)的《源氏物语》(『源氏物語(げんじものがたり)』平安中期)与清少纳言(せいしょうなごん,生卒年不详)的《枕草子》(『枕草子(まくらのそうし)』平安中期)被并称为王朝文学的"双璧"。

紫式部的《源氏物语》是物语文学的集大成之作,也是日本第一部长篇小说。此前,以女歌人**伊势**(三十六歌仙之一)为首,在宫廷中服侍皇后温子的一群女性集体创作了歌物语《大和物语》①。《大和物语》(『大和物語(やまとものがたり)』951左右)以和歌为核心,讲述了宫廷生活、男女别离等故事,为《源氏物语》的前驱。作者"紫式部"的称呼据说来自其父的官位"式部丞"和《源氏物语》里的女主人公"紫上"之名。其父藤原为时是中等官僚贵族,也是一位著名的汉学家。紫式部早年丧母,受父亲影响,汉学、和歌修养俱佳,在经历过短暂的婚姻生活后,入宫服侍皇后彰子,大约逝于40岁左右。

《源氏物语》由54帖组成,讲述了四代天皇历时70余年的历史,登场人物多达4百余人。小说以光源氏和熏父子二人与女性的情感纠葛为主线,在展示日本宫廷贵族的生活画卷与情感历程的同时,也从女性的视角深刻地折射了平安王朝宫廷的政治斗争。小说笼罩着浓郁的佛教色彩,出家是抛世离尘的常见选择,人生如浮萍般的虚无之感弥漫其间。光源氏与继母藤壶女御私通生下冷泉帝,他的年轻妻子三宫也与另一贵族男子柏木私通生下熏;年轻时的光源氏频频与众多女性交往,年老时深切体会到"因果报应"的苦楚。日本文学史研究者西乡信纲认为,《源氏物语》描绘了处于没落过程中的贵族社会的面貌,"从人的精神史的角度来描写贵族社会的矛盾及其没落的历史"②。而江户时代的国学家本居宣长(もとおりのりがら,1730—1801)则认为《源氏物语》的基本精神在于"物哀",即指人面对事物或人事时发自内心的感动。这种"物哀"(もののあわれ)的美学思想深深影响了日本后世的文学。

与之相对,**清少纳言**在其随笔作品《枕草子》中,用一种知性的眼光描绘了以皇后定子(ていし,977—1001)为核心的宫廷生活与日常物事,创造了另一种美学

---

① 物语文学包括歌物语、传奇物语、说话物语、历史物语、军纪物语等种类。
② 西乡信纲:《日本文学史》,佩珊译,人民文学出版社,1978年,第72页。

理念——"谐趣"（をかし）。这种以章段形式自由地抒怀叙事的创作方法，影响了《徒然草》（『徒然草（つれづれぐさ）』1330—1331）、《方丈记》（『方丈記（ほうじょうき）』1212）等之后的众多随笔名作。

　　日记原本是男性贵族用汉字记录事务的一种实用性文体，但随着假名文字的普及，记录自我人生体验的日记文学应运而生。第一部日记作品《土佐日记》（『土佐日記（とさにっき）』935）是纪贯之（きのつらゆき，约886—945）假托女性之名创作的，为平安时期女性日记文学的先驱①。《蜻蛉日记》（『蜻蛉日記（かげろうにっき）』平安中期）是第一部女性日记，作者**藤原道纲母**（ふじわらのみちつなのはは，?—995）为权倾一时的右大臣藤原兼家（ふじわらのかねいえ，929—990）的妾室，生育一子道纲。《蜻蛉日记》记录了作者婚后因藤原兼家用情不专而郁郁寡欢的生活，讲述了一夫多妻制下的贵族女性的悲剧人生。难能可贵的是，《蜻蛉日记》并非一味地表现女性的顺从与悲哀，它同时也记录了女性的无奈抗争，这在同一时期的日记文学中是很少见的。《和泉式部日记》（『和泉式部日記（いずみしきぶにっき）』平安中期）记录了作者和泉式部与敦道亲王相爱的过程，其中穿插了不少两人相恋时的赠答歌。《紫式部日记》（『紫式部日記（むらさきしきぶにっき）』平安中期）记录了紫式部服侍皇后彰子（しょうし，988—1074）期间的宫中生活，对诸多宫廷生活场景与事件有着生动细致的描绘。《更级日记》（『更級日記（さらしなにっき）』平安后期）的作者为**菅原孝标女**（すがわらのたかすえ，1008—?），其父为朝廷下层官员，日记记录了作者从10岁到51岁左右的生活。这些日记的作者大多出身于中下层贵族，且多数有宫廷生活体验，对繁华的宫廷生活的憧憬与对现实人生的关注贯穿于她们的日记中，她们或记事、或抒情，有天真烂漫，有哀伤感慨，语言优美典雅，穿插其中的和歌诗意盎然。可以说，它们既是私人生活的记录，也是那一时代的生活与文学的一面美丽的镜子。

三、中世女性文学

　　从平家灭亡的文治元年（1185）到德川家康（とくがわいえやす，1543—1616）开设幕府之前（1602），日本的中世历经了镰仓时代、南北朝时代、室町时代与安土桃山时代②。这四百多年间战事频繁，社会在动荡中饱受战乱之苦，但从中也滋生了新生的力量。武士文化渐次发达，文学面貌也随之发生变化。在这一历史时期，女性文学仅在从镰仓初期到南北朝初期的170年间有所发展。中世后期，因宫廷式微、战乱加剧以及婚姻制度的变革等因素③，女性创作几乎不曾留存。女性在战乱中趋于沉静，为近世安定社会里的文学创作悄悄孕育着文化土壤。

---

　　① 纪贯之，三十六歌仙之一，《古今和歌集》的主要编选者。
　　② 镰仓时代（1192—1333），南北朝时代（1336—1392），室町时代（1336—1573），安土桃山时代（1573—1603）。
　　③ 男女婚姻由入赘制改为男娶女嫁，女性不再拥有财产。

从平安末期开始，反映后宫男女恋情的作品已近乎消亡。《平家物语》(『平家物語（へいけものがたり）』1219—1222 以及 1240—1243 之间)、《徒然草》等男性文学纷纷问世。和歌的歌风也有所变化，以后鸟羽院（ごとばいん，1180—1239）为中心的和歌歌坛兴起了"新古今时代"的歌风，其特征是追求远离世俗、静寂孤淡的幽玄美。藤原定家（ふじわらのていか，1162—1241）将"有心"看成和歌的最高理念，视"有心体"（うしんたい）为和歌的理想形式，追求妖艳华丽、纤巧细腻的歌风①。以他为主要编撰者的《新古今和歌集》(『新古今和歌集（しんこきんわかしゅう）』1235)，收录了式子内亲王（しきしないしんのう，？—1201)、**藤原俊成女**（ふじわらのしゅんぜいのむすめ，约 1171—约 1252)、**宫内卿**（くないきょう，？—约 1204）等镰仓初期女歌人的诗作。式子内亲王和藤原俊成女均有自己的和歌集，比起之前的女歌人，她们的和歌更富于知识性与理性，更专注于用技巧来表现复杂纤细的美。

另外，由女性撰写的评论集、编撰的和歌集也开始出现，藤原俊成女晚年著有敕撰评论集《越部禅尼消息》(『越部禅尼消息（こしべぜんにしょうそく）』1252）。后嵯峨院的皇后敕撰、由后宫仕女编选的《风叶和歌集》(『風葉和歌集（ふうようわかしゅう）』1271)，收录了大约两百种物语里的 1 400 百首左右的和歌，并附及读者的评论。大约在 1202 年左右，日本文坛出现了一部作者不详的文学评论集《无名草子》(『無名草子（むみょうぞうし）』)。学界倾向于认为它出自藤原俊成女之手。《无名草子》只涉及女性作家作品，不仅评论了《源氏物语》等其他物语之作，也论及平安时代的女歌人；不仅分析了女歌人的和歌，也论及女歌人的生平与创作状况；并进而指出当时敕撰和歌集基本以男性作者为主，女性和歌难以被收录的实况。作为早期的文学评论集，该著作在文学评论史上具有重要价值。

中世时期也有一些女性日记问世，诸如《弁内侍日记》(『弁内侍日記（べんのないしにっき）』镰仓中期)、《中务内侍日记》(『中務内侍日記（なかつかさのないしにっき）』镰仓后期)、《竹向日记》(『竹むきが記（たけむきがき）』1349）等。这些日记作品大多为对皇室生活的记录，而上述三部日记的特别之处在于，它们是伺奉天皇的女侍的日记，记录了宫廷的各种仪式活动、官吏们的行为等，其中心是对皇室的赞美，极少涉及作者个人的私事或内心世界。其中，《中务内侍日记》里还如实记录了服侍皇室时的具体事务情况，与平安时代日记文学的抒情叙事手法有所不同。

另外，这一时期由于日本国内交通的发展，女性也开始出外旅行，纪行日记随之出现。**阿佛尼**的（あぶつに，？—1283）《十六夜日记》(『十六夜日記（いざよいにっき）』约 1280）是其中的代表作，它也是第一部由女性记述的沿东海道旅行的

---

① 藤原定家是镰仓前期的歌人、古典学家，编撰有《新敕撰和歌集》、《小仓百人一首》，也是《新古今和歌集》的编撰者中最有实力的人物。著有个人歌集《拾遗愚草》，和歌论著《近代秀歌》、《咏歌大观》与《每月抄》，校勘《源氏物语》、《古今和歌集》、《土佐日记》等古典名作。

日记，在中世的"纪行文学"中是非常特殊的①。

四、江户时代的女性文学

从1603年德川家康开设江户幕府，至1867年江户幕府将政权交还朝廷，日本近世的265年间，德川家族建立了稳固的封建幕藩体制，"士农工商"等级分明，文治政策以朱子学为主，因而这一时期的文学带有浓厚的儒家色彩。与此同时，教育大为普及，出版业发展迅速。在和平环境中，原本驰骋战场的武士阶层转化为领取俸禄的官僚阶层，作为致仕的基本要求，他们的文化素养也得到了大幅的提升。町人阶层则在发达商业的推动下，创造出了丰富多彩的町人文化。

教育的普及促成了以士民为主体的一个知识阶层，这一时期的女性作家大多出自这一阶层，她们学习儒学创作汉诗。江户初期比较有代表性的女汉诗人是内田桃仙（うちだとうせん，1681—1720）、江马细香（えまさいこう，1787—1861）、采蘋（さいひん，1798—1859）、立花玉兰（たちばなぎょくらん，？—1794）与张红兰（ちょうこうらん，1804—1879）等。她们的创作大多得到了父亲或其他男性的支持，在当时强劲的男尊女卑之风影响下，创作的局限也较为明显。

和歌方面，京都的"祇园三女"——祇园梶子（ぎおんのかじこ，生卒年不详）与其养女百合子（ゆりこ，生卒年不详）和女儿町子（まちこ，生卒年不详），她们各自创作的歌集也得到了时人的好评。

近世中期，以武家为中心的江户和歌迎来了隆盛时期，各藩每月定期举办和歌例会。贺茂真渊（かものまぶち，1697—1769）针对男女和歌创作的不同，提出了"高直之心得之于'万叶'，华艳之态咏之于'古今歌集'"的"女歌说"②。其门下的"三才女"——油谷倭文子（ゆやしずこ，1733—1752）、土崎筑波子（ときつくばこ，生卒年不详）、鹈殿余野子（うどのよのこ，？—1752）都秉持这一"女歌观"进行创作。

也是在这一时期，俳谐开始在富裕阶层中流行。俗语的运用使得俳谐风趣且贴近民众，因此它也广受庶民阶层的欢迎。众多女性在"俳谐连句会"上充任帮手，从而开始了俳谐的创作。但女性俳谐真正得到发展，是在"俳圣"松尾芭蕉（まつおばしょう，1644—1694）出现之后③。不仅松尾芭蕉的身边聚集了众多女弟子，松尾芭蕉弟子的门下也涌现了很多女俳人。梢风尼（しょうふうに，生卒年不详）、智月（ちげつ，？—1718）、可南女（かなじょ，生卒年不详）、园女（そのめ，1664—1726）等较为出色的女俳人都出自松尾芭蕉门下。她们创作的俳谐并非只是社交场合中的语言游戏之作，而是将自身的深切人生体验融入其中，表现自由且颇具个

---

① 阿佛尼是藤原定家之子藤原为家的侧室，藤原为家去世后，围绕着遗产之一的细川庄园是由她儿子为相，或为藤原为家的长子为氏所继承的问题，她取道东海道前往镰仓向幕府裁判所提出诉讼，《十六夜日记》即为她旅途中的日记。

② 贺茂真渊是江户中期著名的国学家、歌人，在《万叶集》研究上具较高成就，本居宣长为其门下弟子。

③ 松尾芭蕉是俳谐创作的集大成者，确立了闲寂、余韵、玄妙、轻快的俳谐创作风格。

性。元禄十五年(1702),女性俳句集《三河小町》(『三河小町(みかわこまち)』1702)问世。安永三年(1774),由与谢野芜村(よさのぶそん,1716—1784)编辑的《玉藻集》(『玉藻集(たまもしゅう)』)刊行,诗集共收录了110位女俳人的449句俳句。不过,尽管女俳人也参与俳句的创作,但要成为俳句宗匠却非易事。近世时期的众多女俳人中,**有井诸九尼**(ありいしょきゅうに,1714—1781)是屈指可数的俳句宗匠,她辗转于京都、大阪、九州北部等地教习弟子,著有纪行文《秋风记》(『秋風の記(あきかぜのき)』1772)。

此外,近世的女性纪行日记有**小田宅子**(おだいえこ,1789—1870)的《东路日记》(『東路日記(あずまじのにっき)』1860)和**内藤充真院繁子**(ないとうじゅうしんいんしげこ,1800—1880)的《东海道五十三所驿站 旅游日记》(『五十三次ねむりの合の手(ごじゅうさんつぎねむりのあいのて)』江户末期)等。《东路日记》记录了小田宅子前往伊势参拜时的所见所感,是江户时代的女性庶民的代表作。内藤充真院繁子是幕府末期大老井伊直弼(いいなおすけ,1815—1860)的姐姐,16岁时嫁给日向国的延冈藩主[①],《东海道五十三所驿站 旅游日记》记录了1863年她从江户回到延冈的沿途旅程。

江户时代,以中国白话小说为蓝本进行创作的"翻案"之风盛行。**荒木田丽女**(あらきだれいじょ,1731—1806)在父亲、丈夫等家族里众多男性的支持下,创作了历史物语《池藻屑》(『池の藻屑(いけのもくず)』1771)、王朝物语《桐叶》(『桐の葉(きりのは)』1771)、《滨千鸟》(『濱千鳥(はまちどり)』1772)、《藤岩屋》(『藤のいわ屋(ふじのいわや)』1772)等,其中《藤岩屋》是以中国的《游仙窟》为蓝本的翻案之作。

五、近现代女性文学

1868年,明治维新为日本拉开了建立近代国家的序幕。国家政权从江户幕府的手中归还天皇,以天皇为核心的明治政府进行了废藩置县等一系列政治改革。日本开始走上全面向以欧美为代表的西方世界学习的"脱亚入欧"之途。

明治时代(1868—1912)的前20年间,在维新运动的推动下,日本的教育体制发生了巨大变化。日本政府颁布了女性可以接受与男性同等教育的法令,掀起了女性受教育的时代新潮,女性解放的步伐由此加快。1872年东京女子学校面世,1875年东京女子师范学校也应运而生,众多的女校纷纷出现。但是,这波热潮很快就受到了保守势力的压制,政府重新颁布指令,要求女子教育必须以培养"贤妻良母"为指导方针,女性接受与男性同等教育的良好形势遂被遏止。不仅如此,女性在政治、言论自由等方面的权利也均被禁止。而以福泽谕吉等为代表的知识分子,在批判保守的传统思想的同时,积极地向日本介绍欧洲社会的自由与人权思想,传播男女同权论。日本随之兴起了女性运动。日本社会不仅出现了热衷于交

[①] 日向国(ひゅうがのくに)为日本旧国名,位于今宫崎县,属西海道。延冈位于其东北部。

际、每夜穿着晚礼服到鹿鸣馆(ろくめいかん)①参加舞会的女性,也出现了庞大的女性劳动者队伍。都市里,女性也开始活跃于医生、护士、电话接线员、小学教师、速记员、记者等岗位上。在这样的新形势下,女性创作由传统的和歌、汉诗转向了具有近代特征的演讲、评论等新体裁,小说也随之出现。

岸田俊子(きしだとしこ,1863—1901)既是女性运动的先驱,也是女性参与演讲、撰写评论的先驱②。她曾在宫廷为皇后讲授孟子,但1882年参加了自由民权运动,并在演讲会上发表了题为"女权论"的演讲,鼓吹男女同权,成为女性参与演讲的第一人。她的第一部评论集《足不出户的大家闺秀·不完美的婚姻》(『函人娘·婚姻の不完全(はこいりむすめ·こんいんのふかんぜん)』1883)是第一部女性评论集,小说《善恶的歧途》(『善悪の岐(ぜんあくのえだみち)』1887)开启了现代女性小说创作的先河。《善恶的歧途》是以英国政治家、小说家利顿(E. Bulwer-Lytton,1803—1873)的《是圣人还是盗贼?》(『ユージン·アラム』)为蓝本的翻案之作。小说将原作地点伦敦改为日本的须磨,主人公及其恋人也改为日本人,以庆应末期到明治初期这一历史转折时期为背景,小说意在揭示:必须用堂堂正正的手段去实现伟大的宏愿,否则其结果无论如何都没有意义,唯有善恶的分歧才是最重要的。小说虽然内容离奇,文句也比较粗糙,但在某种程度上也反映出了激烈变革的时代及其人心。岸田俊子还在当时的文艺杂志《都之花》(『都の花(みやこのはな)』1889年2月—5月)上发表连载小说《山间的名花》(『山間の名花(さんかんのめいか)』1889)。作为明治时期女权运动的先驱者,岸田俊子以自己的体验为基础所塑造的高圆芳姿,成为这一时期文坛上突出的女性形象。小说虽然最终没能写完即结稿,但仍是一部反映当时的政治状况、民权运动、女权及女学的重要作品。

当时还就读于东京女高的**三宅花圃**(みやけかほ,1868—1943)创作了小说《树林里的黄莺》(『藪の鶯(やぶのうぐいす)』1888),成为继岸田俊子之后的又一女作家③。小说通过两位女性的交往,揭示了她们所分别代表的鹿鸣馆文化和传统文化的对立,批评了浅薄的文明开化现象。之后,**木村曙**(きむらあけぼの,1872—1890)在《读卖新闻》上发表了连载小说《妇女之鉴》(『婦女の鑑(ふじょのかがみ)』1889),成为第一个在报纸上发表连载小说的女性。小说里的女主人公到英国接受了大学教育,毕业后到美国的工厂里工作,回日本后开设了纺织工厂,致力于发展生产和贫民教育,传达了文明开化期的年轻女性的梦想及其对梦想的追求。**清水紫琴**(しみずしきん,1868—1933)的创作大多以反映社会及女性对自身权利的追求为主题。发表在《女学杂志》(『女学雑誌(じょせいざっし)』)上的

---

① 1883年明治政府于东京建成的二层西式建筑,由英国人康德尔设计,供政府要人、上等阶层人士及外国使臣等用于晚间聚会、跳舞的场所,是那一时代的日本欧化主义的一种象征,1941年被拆除。

② 岸田俊子号湘烟,出生于京都,1884年与自由民权运动家中岛信行结婚。

③ 三宅花圃本名为龙子,旧姓为田边,出生于东京,为三宅雪岭之妻,与樋口一叶一起拜中岛歌子为师学习和歌。

小说《损坏的戒指》(『こわれ指輪(こわれゆびわ)』1891),以第一人称的形式,描绘了身处当时婚姻制度下的女性的痛苦及自立。《移民学园》(『移民学園(いみんがくえん)』1899)则通过出身于被歧视部落的主人公的遭遇,提出了天赋人权的思想。这比岛崎藤村同样以人权平等为主题而创作的社会小说《破戒》(『破戒(はかい)』1906)的问世早了7年,因此该小说被视为《破戒》的前驱。

樋口一叶(ひぐちいちよう,1872—1896)是明治时期最杰出的女性小说家。尽管她的一生很短暂,却留下了4千多首和歌、22篇中短篇小说以及70多本日记。樋口一叶早年曾在和歌名家中岛歌子(なかじまうたこ,1841—1903)的歌塾"萩舍"(はぎのしゃ)里习作和歌。这一时期的明治社会,除了女子学校外,歌塾也是女子接受高等教育的场所,歌塾教授的是和歌、书道与古典文学等。而且,创作和歌也是当时的女性表现自我、自立于社会的一种方式。后来,樋口一叶还作为歌塾的助教参与讲解《古今和歌集》、《源氏物语》、《徒然草》等古典名篇,这使她的很多作品都流露着古典的韵味。樋口一叶的早期创作具有浓郁的浪漫色彩,以抒情的笔调描述令人惆怅的恋爱为其特色。处女作《暗樱》(『闇桜(やみざくら)』1892)讲述了15岁的少女爱恋一个青年的故事,女主人公的原型就是作者自身。《雪日》(『雪の日(ゆきのひ)』1893)和《琴音》(『琴の音(ことのね)』1893)的发表将她正式推上了文坛。之后,她的创作逐步走向成熟,作品也较多地反映了底层庶民的贫苦生活。代表作《青梅竹马》(『たけくらべ』1895—1896)、《十三夜》(『十三夜(じゅんさんや)』1895)和《浊流》(『にごりえ』1895)。《青梅竹马》以吉原游廊及周边的生活为背景,描述了少男少女之间的朦胧初恋。《十三夜》讲述了出身贫寒的阿关在痛苦的婚姻生活中的无奈抉择,《浊流》则呈现了社会底层娼妓的现实生活状况。樋口一叶通过那些挣扎于恋爱、婚姻、家庭的苦恼中的女主人公,揭示了身处社会转型期的女性既无法彻底摆脱封建观念的束缚,又逐步在走向自我觉醒与自我认同的过程中所经历的矛盾与冲突。樋口一叶用拟古文言体写作,行文优美典雅,有"近代的紫式部"的美称。

1895年,和歌革新运动揭开序幕,以落合直文(おちあいなおふみ,1861—1903)与谢也铁干(よさのてっかん,1873—1935)为首的新诗社为诗坛带来了新风,与传统的和歌流派"堂上派"(どうじょうは)、"桂圆派"(けいえんは)、"江户派"(えどは)等形成对抗之势,并逐步占据了歌坛。新诗社里的女诗人与谢野晶子(よさのあきこ,1878—1942)、山川登美子(やまかわとみこ,1879—1909)等在机关杂志《明星》上发表了众多诗歌。**与谢野晶子**是明治文学史上继樋口一叶之后的又一女作家代表,她的诗集《乱发》(『みだれ髪(みだれがみ)』1901)的横空出世,为女性文学创作开拓了一个新领域,其诗作一反传统的贞洁、忍从、温顺的女性观,大胆讴歌自我与性爱,浪漫主义风格突出,成为推动传统和歌走向近代的杰出女诗人。

从明治末年到大正时期(1912—1926),以女性文艺杂志《青踏》(『青鞜(せいとう)』)和《女人艺术》(『女人芸術(にょにんげいじゅつ)』)为中心,日本女性文学创作形成了较为鲜明的团体性特征。1911年(明治四十四年),女性运动的先驱者、社会活动家与评论家**平塚雷鸟**(ひらつからいちょう,1886—1971)创办了《青踏》①,至1916年2月停刊时,《青踏》发表了众多女性的小说、诗歌、翻译和评论等,成为大正时期女性文学创作的主要阵地。平塚雷鸟在创刊词中倡导的"女性原本就是太阳",成为女性解放运动的口号,深深影响了这一时代的女性。长谷川时雨、冈山八千代、樋口一叶、与谢野晶子、田村俊子、尾岛菊子(おじまきくこ,1879—1956)、水野仙子(みずのせんこ,1888—1919)、野上弥生子(のがみやえこ,1885—1985)等女作家频频活跃于《青踏》,伊藤野枝(いとうのえ,1895—1923)的评论、神近市子(かみちかいちこ,1888—1981)的翻译也颇为突出。

长谷川时雨(はせがわしぐれ,1879—1941)是日本第一个创作歌舞伎的女作家,小说与戏剧创作的成就较大。19世纪末20世纪初,西方戏剧的流入也给歌舞伎等日本传统戏曲带来了冲击,戏曲界也开始了新的创作尝试。长谷川时雨发表了《海潮音》(『海潮音(かいちょうおん)』1905)、《霸王丸》(『霸王丸(はおうまる)』1906)、《竹取物语》(『竹取物語(たけとりものがたり)』1912)、《江岛生岛》(『江島生島(えしまいくしま)』1913)等众多歌舞伎作,成为当时最有影响力的女剧作家。1923年,她与冈山八千代(おかだやちよ,1883—1962)等人创办了同人杂志《女人艺术》,出版两期后即因关东大地震而停刊。1928年,她又推出了另一份《女人艺术》杂志,直至1932年停刊时,《女人艺术》共出版了48期,成为继《青踏》之后的又一重要女性文学刊物。林芙美子、园地文子等作家也在该刊上发表了众多作品。此外,岛崎藤村也曾在1922年至1923年间专为女性创办了杂志《处女地》(『処女地(しょじょち)』)。

田村俊子(たむらとしこ,1884—1945)在《青踏》创刊号上发表了小说《鲜血》(『生血(いきち)』)。这之前,她用笔名佐藤露英发表的《露分衣》(『露分衣(つゆわけごろも)』1903),风格类似樋口一叶,发表后颇受好评。她的成名作《断念》(『あきらめ』1911)以立志独立的女性为中心,因描述了当时被视为异端的同性爱而备受注目。从明治四十年代至大正时期,田村俊子陆续发表了《女作家》(『女作家(おんなさっか)』1913)、《木乃伊的口红》(『木乃伊の口紅(ミイラのくちべに)』1913)、《炮烙之刑》(『炮烙の刑(ほうらくのけい)』1914)等代表作,《新潮》(『新潮(しんちょう)』)、《中央公论》(『中央公論(ちゅうおうこうろん)』)等文艺杂志曾三次刊登她的特集。此外,她还著有《压迫》(『圧迫(あっぱく)』1915)与《她的生活》(『彼女の生活(かのじょのせいかつ)』1915)等众多作品。晚年时,田村俊子在上海创办女性杂志《女声》,从1942年5月至1945年7月,共出版了38期。1945年,田村俊子因脑溢血客死上海。田村俊子的作品虽然以唯美的手法表现了充满虚无感与感官性的颓废美,但其创作根柢却是对真正的男女平等的追求。她不仅以崭新的手法表现了女性对性的感觉,而且从社会的整体男女

---

① "青踏"一词起源于18世纪英国对反传统的女性的称呼"Blue Stocking"。

性别体认中,重新审视并反思了其间的男女关系的实质。

从大正到昭和初期(1926—1945),受关东大地震、世界经济危机等天灾人祸的侵扰,日本社会处于不安定的状态。1921 年,《播种人》(『種蒔く人(たねまくひと)』)的创刊宣告了日本无产阶级文学的诞生,女性文学也受到了这一文学思潮的影响。虽然两年后《播种人》因关东大地震而停刊,但 1924 年《文艺战线》(『文芸戦線(ぶんげいせんせん)』)的创刊延续了这一革命文学的阵地。直至 1933 年 2 月小林多喜二(こばやしたきじ,1903—1933)被杀、众多作家纷纷转向,无产阶级文学才宣告落幕。

宫本百合子(みやもとゆりこ,1899—1951)、平林泰子(ひらばやしたいこ,1905—1972)和佐多稻子(さたいなこ,1904—1983)是无产阶级文学女作家代表。宫本百合子的一生跨越了明治、大正和昭和三个时代,其创作生涯长达 35 年,她是无产阶级文学最主要的代表作家之一,也是二战后民主主义文学运动的先锋斗士。其处女作《贫穷的人们》(『貧しき人々の群れ(まずしきひとびとのむれ)』1916)即显示了她对底层农民悲惨命运的关注。《伸子》(『伸子(のぶこ)』1926)是她的第一部长篇小说,也是她的代表作之一。这部自传体小说通过女主人公伸子有悖于封建传统的婚姻抉择,反映了日本近代社会的家庭问题与女性对自由平等的向往和追求。1932 年至 1945 年二战结束之前,其丈夫共产党员宫本显治因从事地下工作被捕,宫本百合子也 5 次被捕入狱,但在这期间她还写了 30 几篇介绍苏联的论文,以及《一九三二年的春天》(『1932 年の春(せんきゅうひゃくさんじゅうにねんのはる)』1932)、《小祝一家》(『小祝の一家(しょうしゅくのいっか)』1934)、《那一年》(『その年(そのとし)』1939)和《杉篱》(『杉垣(すぎがき)』1939)等作品。

平林泰子读中学时受《播种人》的影响,倾心于无产阶级文学,战前发表了《在治疗室》(『施療室にて(しりょうしつにて)』1927)、《非干部派的日记》(『非幹部派の日記(ひかんぶはのにっき)』1929)、《铺设铁路》(『敷設列車(ふせつれっしゃ)』1929)等一系列作品。

佐多稻子于 19 世纪 30 年代,积极参与无产阶级运动,并成为《劳动妇女》(『働く婦人(はたらくふじん)』)杂志的编委,1937 年曾被捕入狱。她的《奶糖厂的女工》(『キャラメル工場から(きゃらめるこうばから)』1928)、《干部女工的眼泪》(『幹部女工の涙(かんぶじょこうのなみだ)』1932)等短篇小说反映了底层女性劳动者的悲惨生活。

在昭和时代(1926—1989)的女性文坛上,与宫本百合子、平林泰子在同一时期并立于文坛的还有**林芙美子**(はやしふみこ,1904—1951)。出身贫寒的林芙美子早年辗转于社会底层当佣人、女招待等,她以自身生活体验为素材创作的《放浪记》(『放浪記(ほうろうき)』1928)使她一举成名,之后她又续写了《放浪记》的第二和第三部。《风琴和鱼町》(『風琴と魚の町(ふうきんとさかなのまち)』1931)、《清贫之书》(『清貧の書(せいひんのしょ)』1933)等早期作品都带有较强

的自传性,关注的是底层民众的生活,笔调抒情且哀愁。日本文学批评家山本健吉(やまもとけんきち,1907—1988)认为宫本百合子、平林泰子与林芙美子分别代表了昭和时期三种女性作家的风格,宫本百合子是知性的,平林泰子是充满意志力的,而林芙美子则是感性的,她继承了樋口一叶对情感世界的描绘,但又显露出富于庶民色彩的生命气息。

1933年,随着无产阶级文学运动的衰落、军国主义的抬头与二战的爆发,除了宫本百合子之外,众多女性作家在"协助战争"的政策推动下,所创作的作品大多沦为战争的"传声筒",失去了作家创作的主体性与独立思考。直到战争平息后,她们才从战争的阴霾中走出,重新开始新的创作生涯。

二战结束后,日本社会进行了一系列民主改革,新宪法的颁布、男女平等观念的推行、女性进入大学接受高等教育以及政治上的选举权的确立,催生了女性思想的变革,从女性解放运动到女权主义运动,女性的自我意识日益增强,文学创作也发生了巨大的变化。女性文学在小说、短歌、俳句、戏剧、随笔、评论等众多领域均有所建树。

战前已取得一定成就的女作家们在战后的创作中,一个突出的特色就是对战争的反思,**宫本百合子**是最具代表性的女作家。她于战后发表了《播州平原》(『播州平野(ばんしゅうへいや)』1946)、《风知草》(『風知草(ふうちそう)』1946)、《两个院子》(『二つの庭(ふたつのにわ)』1848)等众多力作。《播州平原》描述了战争给人们带来的伤害与灾难,反战思想鲜明。《知风草》描述了二战后日本共产党的重建活动与为争取民主自由而进行的斗争,《两个院子》则通过三个中产阶级的女性知识分子的不同命运,探求了女性解放的根本途径。平林泰子的创作在战后呈现出多面化的特点,带有自传性的《这样一个女人》(『こういう女(こういうおんな)』1946)和《一个人前行》(『一人行く(ひとりいく)』1946)记录了女性在战后混乱社会中的苦闷与挣扎。与此同时,她也创作了诸如《地底之歌》(『地底の歌(ちていのうた)』1948)等侠义小说。**佐多稻子**的《我的东京地图》(『私の東京地図(わたしのとうきょうちず)』1949)、自传体三部曲《齿轮》(『歯車(はぐるま)』1959)、《灰色的午后》(『灰色の午後(はいいろのごご)』1960)与《溪流》(『溪流(けいりゅう)』1963)等力作,摆脱了战争时期的附和色彩,艺术更臻于成熟。她的《伫立在时光中》(『時に立つ(ときにたつ)』1975)由12篇各自独立的短篇小说构成,但内部又构成一个整体,志贺直哉、芥川龙之介等作家都对其圆熟的艺术技巧赞叹不已。**林芙美子**在二战时期曾作为《每日新闻》的特派记者到中国,写了不少关于战争的报道。受当时时局的影响,这一时期她的作品具有美化战争的特点。战后,她目睹战争给日本国民带来的创伤,对战争重新进行了反思,并创作了以《浮云》(『浮雲(うきぐも)』1951)为代表的一系列反战小说。

有吉佐和子是战后最早兴起的女作家中的代表。有吉佐和子(ありよしさわこ,1931—1984)10岁前跟随任银行高级职员的父亲居住在印尼,大学时就读于东京女子大学英文系,大学毕业后曾赴美留学一年研究种族问题。1961年以后到中

国进行过5次访问,长期致力于中日文化交流。她的早期创作主要关注的是日本古典戏剧及其传统,其成名作《地歌》(『地唄(じうた)』1955)取材于古典谣曲,刻画了新老两代艺人对日本传统艺术的热爱。其自传体长篇小说《纪川》(『紀ノ川(きのかわ)』1959)通过四代女性的身世,反映了明治、大正、昭和三个时代的变迁。她在60年代后创作的作品则广泛关注社会,创作了《暖流》(『暖流(だんりゅう)』1968)、《恍惚的人》(『恍惚の人(こうこつのひと)』1972)、《复合污染》(『複合汚染(ふくごうおせん)』1975)等一系列有关反战、公害、老人问题等具有突出时代特征的小说。《非色》(『非色(ひいろ)』1963)描述了女主人公林笑子在二战后嫁给驻日美军的下级黑人军士,而后到美国历经的种种辛酸遭遇,深刻地揭露了美国社会的种族歧视。小说《华冈青州之妻》(『華岡青洲の妻(はなおかせいしゅうのつま)』1967)改编成话剧上演后,深受欢迎,并曾到中国上演。

曾野绫子(そのあやこ,1931—)的《远道而来的客人们》(『遠来の客たち(えんらいのきゃくたち)』1954)描述了战后驻日美军的众生相。元地文子(円地文子(えんちふみこ)』1905—1986)在二战前曾发表戏剧作品《晚春骚夜》(『晚春騒夜(ばんしゅんそうや)』1928),但直到《饥饿岁月》(『ひもじい月日(ひもじいつきひ)』1954)发表后,才开始引起文坛的关注。《缓坡》(『女坂(おんなざか)』1949—1957)描述了女主人公白川伦一生的苦难历程,表现了女性顽强的生存意志与对自身生存方式的苦难式追寻。她的很多作品关注的是中老年女性的内心世界。

从20世纪60年代开始,以**仓桥由美子**(くらはしゆみこ,1935—2005)为代表的女作家开始了文学创作上的新探索。仓桥由美子于1960年发表的处女作《党派》(『党派(とうは)』)即带有鲜明的存在主义色彩,长篇小说《黑暗的旅程》(『パルタイ(ぱるたい)』1961)以"你"为第一主人公,在故事发生的48小时里,融入了"你"与"他"7年里性与爱的交往。也是从这一时期开始,日本女性创作中开始呈现出一种特色,那就是通过对性问题的探讨,来展现对女性自我的确认,对传统的"贤妻良母"角色与既有社会规范的反叛。她们在作品中大胆地传达了对传统制度中"女性"与"母性"的厌弃,对父权家长制的反叛,对婚姻、家庭的怀疑及对男性的无意识的憎恶。而八九十年代的文学主题更多地表现了近代家庭的动摇与解体,通过离经叛道的性描写来反映女性的心声。

瀬戸内晴美(せとうちはるみ,1922—)在这一女作家群中是较为特别的。她在早期的《花蕊》(『花芯(かしん)』1957)、《夏日的终结》(『夏の終わり(なつのおわり)』1962)等小说中大胆地描述了女性的性爱,创作的众多恋爱小说、传记小说颇受欢迎。1973年她皈依了天台宗,取法名为"寂听",后以僧尼的身份从事说法,她的《寂庵般若心经》曾在1988年卖出43万部。2005年后她又开始了文学创作。《源氏物语》在日本有三种经典的现代日语译本,瀬戸内晴美即为其中的译者之一,另外两位译者分别为谷崎润一郎和与谢野晶子。

三枝和子(さえぐさかずこ,1929—2003)从60年代开始就以女性主义为立场,发表《镜子中的阴影》(『鏡の中の闇(かがみのなかのやみ)』1968)与《处刑正在进行》(『処刑が行われている(しょけいがおこなわれている)』1969)等小说。她在80年代发表的文学评论对以"家族"和"私有"为特征的男权制度进行了尖锐的批评。富冈多惠子(とみおかたえこ,1935—)从70年代开始,即致力于从女性主义的视角描述有悖于传统价值观的家庭与男女的关系。她在80年代写作的《刍狗》(『芻狗(すうこう)』1980)、《起伏的土地》(『波打つ土地(なみうつち)』1983)、《白光》(『白光(はっこう)』1988)等一系列小说,既描述了解体后的单亲家庭生活,也塑造了漠视男性的社会人格、只将男性视为性欲对象的女性,对传统的男性形象进行了彻底的否定。

森瑶子(もりようこ,1940—1993)在《情事》(『情事(じょうじ)』1977)、《家族的肖像》(『家族の肖像(かぞくのしょうぞう)』1985)等小说中大胆地表现了女性在感官上的觉醒与欲求,揭示了家庭对女性的桎梏。干戈阿伽她(ひかりあがた,1943—1992)①的《树下的家族》(『樹下の家族(じゅかのかぞく)』1982)则呈现了一个家庭主妇对"家庭"只是一个空虚场所的体认。

落合惠子(おちあいけいこ,1945—)在《偶然家庭》(『偶然の家族(ぐうぜんのかぞく)』1990)中描述了"后现代家庭"中的母亲与私生女的生活。这一主题为之后多位女性作家的创作所延续。太宰治的次女津岛佑子(つしまゆうこ,1947—)在《冰原》(『氷原(ひょうげん)』1979)、《光明之域》(『光の領分(ひかりのりょうぶん)』1979)、《在山里奔跑的女子》(『山を走る女(やまをはしるおんな)』1980)等小说中,或描述没有男性成员的母女家庭生活,或描述未婚母亲如同山野中的"山姥"一般,以旺盛的自然生命力生下私生女,深刻地反映了现代社会中一夫一妻制的解体,以及女性对社会规范束缚的摆脱。

增田米知子(まずだみずこ,1948—)以独身生活为创作主题,在《丑角的季节》(『道化の季節(どうけのきせつ)』1981)、《小娼妇》(『小さな娼婦(ちいさなしょうふ)』1982)、《自由时间》(『自由時間(じゆうじかん)』1984)等小说中塑造的女性无视婚姻与社会秩序,对男女性别之间的认识差异很淡薄。而金井美惠子(かないみえこ,1947—)笔下的人物则几乎呈现为"零度性别"差异,作品有《兔子》(『兎(うさぎ)』1973)《柏拉图式的恋爱》(『プラトン的恋愛(ぷらとんてきれんあい)』1979)、《小猫》(『タマや(たまや)』1987)《恋爱太平记》(『恋愛太平記(れんあいたいへいき)』1995)等。

进入八九十年代后,一批女性作家的创作更为激进。山田永美(やまだえいみ,1959—)的作品就备受争议,《做爱时的眼神》(『ベッドタイムアイズ』1985)、《垃圾》(『トラッシュ』1991)、《野兽逻辑》(『アニマル・ロジック』1996)等一系列作品涉及了黑人、性爱、种族等禁忌话题。多和田叶子(たわだようこ,1960—)的《狗女婿》(『犬婿入(いぬむこいり)』1993)、松浦理英子(まつうら

---

① 此处的汉语姓名为音译,日文为"干刈あがた"。

りえこ,1958—)的《拇指P的修行时代》(『親指Pの修業時代（おやゆびPのしゅぎょうじだい）』1993)、川上弘美(かわかみひろみ,1958—)的《踏蛇》(『蛇を踏む（へびをふむ）』1996)等小说,虽然情节比较离奇怪诞,杂糅了现实、传说与幻想,但在形式与内容的离经叛道中,也传达了现代女性在高速运转的社会生活中种种复杂的人生体悟。

山崎丰子与吉本巴娜娜是二战后崛起的大众文学中的女作家代表。**山崎丰子**(やまざきとよこ,1924—)在50年代创作的《暖帘》(『暖簾（だんれん）』1957)、《花暖帘》(『花のれん（はなのれん）』1958)、《少爷》(『ぼんち』1959)等小说,大多反映了大阪的船厂一带的风俗。60年代以后,她的小说大多直面日本社会问题,具有较强的社会批判性。《白色巨塔》(『白い巨塔（しろいきょとう）』1963)直指医学界的腐败现象;《华丽一族》(『華麗なる一族（かれいなるいちぞく）』1973)以日本的金融改革为背景,揭示了银行界对权力与欲望的追逐;"战争三部曲"《不毛地带》(『不毛地帯（ふもうちたい）』1976—1978)、《两个祖国》(『二つの祖国（ふたつのそこく）』1983)、《大地之子》(『大地の子（だいちのこ）』1991)批判了战争的非人性化,以及由战争引发的一系列社会问题;《不沉的太阳》(『沈まぬ太陽（しずまぬたいよう）』1999)反映的则是日本航空业的腐败问题。山崎丰子的很多作品都被拍成电影,在日本拥有大量的读者和观众。

吉本巴娜娜(よしもとばなな,1964—)①为批评家、诗人吉本隆明之女,她从80年代开始的创作深受日本大众的欢迎,其作品被广泛翻译到世界各国。代表作《厨房》(『キッチン』1987)描述了女主人公樱井美影失去亲人后,深爱与祖母共同生活过的厨房,传达了"只有在厨房里才能寻找到安全感"的独特生活感受,从一个侧面表达现代女性对生活的渴求。吉本巴娜娜的小说注重情绪的渲染,语言风格简洁平实,带有较强的口语体色彩,其创作鲜明地体现了日本战后大众文学集文学的艺术性与市场经济的商业性为一体的特征。

进入21世纪之后,宫部深雪(みやべみゆき,1960—)、恩田陆(おんだりく,1964—)、江国香织(えくにかおり,1964—)等人的创作很活跃。宫部深雪凭借1987年获得推理小说新人奖的《我们是隔壁的犯人》(『我らが隣人の犯罪（われらがりんじんのはんざい）』)跻身文坛,此后她陆续创作了许多反映当代日本人的心理的作品,包括推理小说、时代小说②以及幻想小说等多种类型。恩田陆与宫部深雪一样,也致力于幻想小说、科幻小说等的创作,并以其对乡愁的出色描写而别具一格。从有别于传统纯文学领域的创作类型出发,巧妙地反映当代日本社会的真实面貌,是近年来的女性文学创作的突出特点。

---

① 此处的汉语姓名为音译,日文为"吉本ばなな"。
② 指以武士时代的风俗、人物等为题材或背景的通俗小说。

第二节 清少纳言

一、生平与创作

关于清少纳言(せいしょうなごん,平安中期)其人,文学史对她的记载并不周详,其本名、生卒年均不详。清少纳言是她出仕宫廷时的称呼,"清"大概取自其本姓"清原","少纳言"的称呼则来由不明。清少纳言的家族为歌人世家,她的曾祖深养父的作品入选《古今和歌集》和《后撰和歌集》。她的父亲清原元辅(きようはらのもとすけ,908—990)曾参与编撰《后撰和歌集》,是《万叶集》的训注专家。她的哥哥出家比睿山,作品收入《拾遗和歌集》、《词花和歌集》与《续后撰和歌集》。据推测,清少纳言可能出生于康保元年(964)①,那时清原元辅已57岁,对清少纳言倍加疼爱。清少纳言自幼天资聪颖,又深受家庭文化的熏陶,少时就时常赢得人们的赞赏,汉学与和歌修养俱佳。

清少纳言曾有过两次婚姻,但都不长久。在进宫当陪侍之前,清少纳言与橘则光结婚,生子则长。橘则光身强体壮,较为勇武,但不谙诗书之道,两人在性格、趣味上不投合,之后离婚并以兄妹相称。正历四年至常保二年(993—1000),清少纳言入宫陪侍中宫藤原定子,《枕草子》(『枕草子(まくらのそうし)』)的问世就来源于这段宫廷生活。藤原定子去世后,清少纳言旋即离开宫廷,之后虽有她再度出仕的传说,但并不确凿。出宫后,清少纳言嫁给摄津守藤原栋世,生一女小马命妇。藤原栋世不久后去世,清少纳言出家为尼,晚年过着贫穷寥落的生活。

作为平安王朝时期的一名下层贵族阶级女性,清少纳言之所以能名留青史,主要源于她的名作《枕草子》。《枕草子》是平安王朝文学的扛鼎之作,与紫式部的《源氏物语》并称为王朝文学的"双璧"。《枕草子》也是日本文学史上的第一部随笔作品,它开创了日本随笔文学的先河。此外,清少纳言还著有和歌集《清少纳言集》(『清少納言集(せいしょうなごんしゅう)』平安中期)。

二、《枕草子》

《枕草子》古时也被称为《清少纳言枕草子》,它大概成书于1001年上半年,全书共包含305个章段。"草子"在这里指装订成册的小册子,而对于"枕"字,日本学界的解释多达十几种。因此关于书名的题解,有的认为是放在枕边(身边)的可随意记录物事的小册子;有的认为是秘密收藏的小册子;有的认为书名取意于《白氏文集》中的诗句"尽日后厅无一事,白头老监枕书眠";有的则认为"枕"即为和歌中的"歌枕"、"枕词"或"枕言"等。现有的《枕草子》有四种版本,分别为传能因本、三卷本、堺本和前田家本。传能因本共两册,传说为能因法师所持有并流传下

---

① 文学史对此说法不一,也有说是出生于康保三年(966)的。

来的版本。能因俗名橘永恺，为清少纳言的丈夫橘则光的子孙后代中的一人。堺本共两册，为居住在堺（大阪府）的一个叫道巴的人所持有的版本。前田家本共四册，是镰仓中期的古写本，也是日本现今的国宝。另外，《枕草子》还有一卷"绘卷"①，也是日本现今的国宝，该作绘制于镰仓时代，画卷中的文字内容取自三卷本。

随笔（ずいひつ）作为一种独立的艺术形式活跃于日本文坛，始见于平安王朝时代，《枕草子》即为嚆矢之作。清少纳言在"题跋"中说自己写《枕草子》时，把笔都写秃了，而其创作的本意也只是"把自己眼里看到的、心里想到的事情，也没有打算给什么人去看，只是在家里闲住着，很是无聊的时候，记录下来的。不幸的是，这里边随处有些文章，在别人看来，有点不很妥当的失言的地方，所以本来是想竭力隐藏着的，但是没有想到，却漏出到世上去了"②。这种写作方式使得作者在创作时具有高度的自由，随意不拘中带有作者鲜明的个性色彩。随笔作为一种独立的艺术形式，在创作上独具的形式短小活泼，可不受时间与空间的限制而自由地抒情、叙事或评论的特点，即由此产生。

《枕草子》共有305个章段，它们大体可分为三种类型。第一种是类聚性的章段，比如"可憎的事"、"愉快的事"、"得意的事"、"叫人向往的事"，"使人惊喜的事"、"不大可靠的事"、"可爱的东西"、"可怕的东西"、"山"、"峰"、"渊"、"鸟"、"虫"、"草"、"家"、"小说"、"经"、"歌谣"、"唐衣"、"织物"、"病"等。从上述列举的各类标题中可以看出，它们的涵盖面很广，衣食住行、花鸟虫鱼、爱憎好恶等均见涉猎。清少纳言并非这种写作手法的始作俑者，《枕草子》的中译者周作人在《关于清少纳言》一文中指出，她模仿的是唐朝诗人李义山的《杂纂》的写法。不过，清少纳言在运用这种写作手法时，仍然充分体现了她的匠心独运。在辑录各种相类的事物或景况时，《枕草子》并不只是简单地进行罗列，而是在选择上带有作者个人的独特评判眼光，整体上具有统一性且别具风情，同时也体现了清少纳言广博的知识修养与独特的审美趣味。

在这些类聚性的章段里，对事物与境况的描述又有所区别。譬如文中是这样描述"月"与"星"的："月是，娥眉月。在东山的边里，很细的出来，是很有趣的"；"星是，昴星。牵牛星。明星。长庚星。奔星，要是没有那条尾巴，那就更有意思了"。看似简单的罗列，实则包含了作者的审美眼光，观察细腻，描述简洁生动且颇具意趣。"有趣"、"有意思"、"很有情趣"这类带有鲜明情感意味的感叹短句在文中很常见，令人感受到作者玩味这种种事物时的心境。譬如"小说"这一章段里，辑录了各种物语作品的名称，其中提到的《住吉》、《移殿》等作品，今已不传。人们

---

① 画在卷轴上的图画作品，一般包含图画和内容说明。起源于中国，日本平安时代发展为一种独具日本特色的艺术形式。以白描线条作画，或稍有淡彩，或人物的口唇处点朱红。

② 清少纳言：《枕草子》，周作人译，中国对外翻译出版公司，2001年，第439页。本文的中译文均采自周作人的译本。

不仅可以借此得悉当时流行的各种物语作品,而且也可以了解当时人们的阅读兴趣,包括清少纳言的阅读视野。

以上列举的类聚性章段大多具备知识性、趣味性的特点,而对相类境况的描述章段则别具情趣。在"可憎的事"中,有一段文字言语犀利且颇能切中境况的神形:"羡慕别人的幸福,嗟叹自身的不遇,喜欢讲人家的事,对于一点事情喜欢打听,不告诉他便生厌谤,又听到了一丁点儿,便举得是自己所熟知的样子,很有条理的说与他人去听,这都是很可憎的。"这几乎就是市井中常见的"小广播"、热衷于说长道短的坊间人士的素描。"稀有的事是:为丈人所称赞的女婿;为婆母所怜爱的媳妇。很能拔得毛发的银的镊子,不说主人坏话的使用人。"①"不相配的东西"是"年老的男人昏昏贪睡的样子",是"牙齿也没有的老太婆,吃着梅子,装出很酸的样子"。大概每一位读者读到这样的章节都会忍俊不禁,既为作者描绘世事的鞭辟入里所吸引,又对其俏皮的人物素描发出会心一笑。类似的章段在《枕草子》中随处可见,机智而不肤浅,轻松而不媚俗。

第二种类型的章段是随想性章段,它们包含的内容较芜杂,从自然的情趣到人事的幽微均有涉及。在这类章段中,作者不采用常见的"……的事是……"的句式,但同样富有鲜明的个性,观察敏锐且想象独特。作者自由地挥洒着她的才情,谈人的容貌与品格、世间的同情与闲话、九月的残秋与五六月的傍晚、笔砚与书信、寺庙与法会、男人与女人、儿童上树与下雪天的年轻人等,或写景,或述情,或记人,或品评,这之中既可见作者对身边物事的精细揣摩,也可见种种人生感悟,整体风格明快,无伤颓之色与哀怨之音。

在这一类型的章段里,有少数的章段饶有趣味地反映了平安时期的乡村与庶民生活,这是非常独特的。因为贵族文学是平安王朝文学的主流,贵族、宫廷的生活与情趣是文学的中心,而《枕草子》所体现的审美情趣也主要是贵族的审美情趣,所以这些反映庶民生活的片段,在王朝情趣的映衬下反而显得格外清新与独特。"五月的山村"、"五六月的傍晚"、"插秧"、"割稻"、"海女的泅水"等章节,既有鲜活的乡村生活场景的描述,也有对海女②的艰难生活的同情。在"插秧"一节中,作者这样描述道:

> 在去参拜贺茂神社的路上,看见有许多女人顶着新的食盘似的东西,当做笠子戴,一起站在田里,立起身子来,又弯了下去,不知道在干什么事,只见她们都倒退着走,这到底是做什么呢?看着觉得很有意思,忽然听见唱起歌来,却是痛骂那子规的,就觉得还是扫兴了。

很显然作者看到的是民间女性插秧的情景,而所谓"食盘似的东西"就是田间劳作时所用的编笠。周作人对此有一评语:"这里形容插秧的情形甚为滑稽,活写

---

① 这里的"使用人"即"佣人"的意思,本引文引自周作人的译文。
② 指生活在海边的以泅水捕鱼贝为生的女子。

出不知稼穑艰难的人。"作为一名贵族阶级的女性,作者对庶民的各种艰辛劳作并不熟悉,离开宫廷或帷幔重重的内室而逍遥山野的机会也不多,因此她以新奇的眼光审度庶民的世界,山野的自然质朴使她欣喜,但民间女性借痛骂子规的民歌来传达艰辛劳作的举动,在她看来却是扫兴的,这是贵贱有别的等级社会体制下的必然产物,清少纳言置身于其中,也无法脱其窠臼。

第三种类型的章段是日记性的章段。这部分内容主要描述了以皇后定子为中心的各种宫廷生活,有些章段的篇幅比较长,对各种人物的刻画与细节的描述也比较详细。藤原定子是藤原道隆的长女,正历元年(公元990年)入宫为"女御",旋即为中宫。993年至995年上半年是藤原道隆一家最为辉煌的时期,藤原道隆任关白,其长子藤原伊周任内大臣,中宫藤原定子深受一条天皇的喜爱。但自995年藤原道隆去世后,其家势也逐渐走下坡路。先是藤原道隆之弟藤原道兼攫取了关白之位,藤原道兼去世后,藤原道长取而代之。藤原伊周与叔叔藤原道长的对立日益激化,直至在这场政治斗争中落败,他与弟弟藤原隆家均被贬出京。尽管兄弟二人在997年被召回,藤原定子也依旧受到一条天皇的眷顾,其长女与长子也陆续出世,但藤原道隆一家的权势已无可挽回地衰落了。公元1000年,中宫定子成为皇后,但此时关白藤原道长的长女彰子也已入宫,并成为中宫,两后并立的局面形成。在残酷的宫廷斗争中,失去了政治后援的藤原定子的内心世界可想而知。1000年12月,藤原定子在产下第二女后去世,时年25岁。

清少纳言于993年入宫陪侍中宫藤原定子,那时定子18岁,清少纳言大约年长她十一二岁。清少纳言深受定子的喜爱与信任,她陪着定子走过了藤原道隆一家从鼎盛走向没落的过程,《枕草子》里就记录了这一段时光。不过,纵观全书,可以发现《枕草子》几乎完全回避了对宫廷的政治斗争与复杂人事纠葛的描述,这些日记性的章段主要以中宫定子为中心,极力赞美定子,着意描述的是快乐的回忆。有人认为这是因为清少纳言要将《枕草子》奉献给定子的长女修子,故而只记录其母亲的美好与宫中的种种盛事与趣事,但此说法有待考证。据《枕草子》的"题跋"里所言,有一年定子的哥哥伊周进献了一些小册子,定子正犹疑着拿它们记录些什么时,清少纳言对她说:"若是给我,去当了枕头也罢。"定子便将这些小册子赏给了她,"我就写了那许多废话,故事和什么,把那许多纸张几乎都将写完了,想起来这些不得要领的话也实在太多了"。清少纳言以此交代了《枕草子》的由来。学界认为《枕草子》取意于《白氏文集》中的诗句的观点,就来源于清少纳言的那俏皮且不乏机智的"当枕头"之说,定子对此领会在心,故而欣然将小册子赠与她。

这种主仆二人之间的心领神会,在《枕草子》中有不少记录。平安时期的贵族追求的是一种风雅的生活,诗歌、绘画、书法、器乐与舞蹈等是贵族们必须掌握的技能,宫廷内、贵族的宅邸里经常举行诗画、舞乐、棋类等比赛活动。其中熟稔中国古典诗文与日本古典和歌,并能巧妙地运用这些诗文进行机智的对答,是贵族们在生活中追求的一种情趣。清少纳言是其中的佼佼者,颇得定子的赏识。一个下雪的日子里,女官们围在炉火前说着闲话,这时中宫问清少纳言:"香炉峰的雪怎么样啊?"清少纳言马上将帘子高高卷起,中宫看见就笑了。因为《白氏文集》中有一首《香炉峰下新卜山居》:"日高睡足犹慵起,小阁重衾不怕寒。遗爱寺钟欹枕听,香炉峰雪拨帘看。"清少纳言的机智与两人之间的默契跃然纸上。有一次,清少纳言从宫廷返家,中宫给她写了一封信,信中说:"花心开未,如何?"清少纳言回信:"秋天虽未到,现在却想一夜进宫九回呢。"两人都借用了《白氏文集》中的《长相思》来传达心声。《长相思》云:"九月西风兴,月冷霜华凝。思君秋叶长,一夜魂九升。二月东风来,草圻花心开。思君春日迟,一日肠九回。"中宫的信取意自"草圻花心开",清少纳言则取意"一夜魂九升",意思是现在虽然不是秋天,但自己却将一夜九回地随侍在中宫的身边。

在清少纳言的眼中,定子是个完美的理想女性,而定子在众女侍中倍加偏爱清少纳言,两人彼此惺惺相惜。清少纳言刚到宫廷供职时,目睹定子的容姿与优雅,惊为天人,不禁发出如此的感叹:"这样的人在世间哪里会有呢?""如画里才有这样漂亮的样子,在现世却还没有见过,如今现在眼前,真好像是做梦一般"。出席法会时,中宫"姿容的美丽真是说不尽的"。最可贵的是,即便遭遇天灾人祸等巨变,定子仍处变不惊。第128段"牡丹一从"中写道:"故关白公逝世以后,世间多有事故,骚扰不安,中宫也不再进宫,住在叫作小二条的邸第里,我也总觉得没有意思,回家里住了很久。"有一天,左中将来拜访清少纳言,谈起定子的事情,说:"今天我到中宫那里去,看到那边的情形,很叫人感叹。女官们的服装,无论是下裳或是唐衣,都与季节相应,并不显出失意的形迹,觉得很是优雅。"清少纳言用一种委婉隐曲的方式描述了藤原道隆一家权势的盛衰之变,并借左中将之口呈现了定子面对父亲逝世、兄弟被流放外地、居处失火等变故,仍不失沉着稳重的大家风范。

清少纳言深得定子的信任。当清少纳言依附藤原道长的流言四起时,清少纳言躲在自己家中,定子不仅传话让她早日进宫,而且赐给她很好的二十帖纸,之后又秘密吩咐手下人赠送她美丽的坐席。在这样的微妙时刻,定子的信任无疑是对清少纳言的最大安慰。从《枕草子》里对定子的描述中可以看出,清少纳言对定子充满了热爱与依恋之情。这一段主仆二人之间的深厚情感,对她而言是弥足珍贵的,而在这一段宫廷生活中,她的才华与价值得以展示,也使她倍感快乐,所以研究者们常说,在宫廷伺奉定子的那些日子,是清少纳言一生中最为快乐的时光。

清少纳言虽然出身下层贵族,但才气过人且个性很强,因而在宫廷里树敌颇多,很多女官对她都有微词。紫式部就曾毫不留情地批评她太过自满,爱表现,但实际上仍有许多不足之处。紫式部在日记中写道:"总是故作风雅的人,即使在清寂无聊的时候,也要装出感动入微的样子,这样的人就在每每不放过任何一件趣事中自然而然地养成了不良的轻浮态度。而性质都变得轻浮了的人,其结局怎么会好呢。"[①]这段话实际上也是对《枕草子》的批评。姑且不论两人之间的孰是孰非,

---

[①] 紫式部:《紫式部日记》,见藤原道纲母、紫式部等著:《王朝女性日记》,林岚、郑民钦译,河北教育出版社,2002年,第305页。

除了各为其主的政治因素外，两人在个性、创作观等方面的差异，应是紫式部尖锐批评清少纳言的内在原因。

清少纳言对外界的非议其实是有回应的，只是方式比较特别。她在"品格"这一章段里写道："无论男女，均不可不保有他的品格。……况且在宫中供职，与众人有着交际，自然更容易招人家的注意了。"显然，清少纳言很注重自己的品格，这之中应包括她对"一仆不事二主"的坚守，所以她在《枕草子》里多次以委婉的方式提及外界对她投靠藤原道长的非议的无奈与不满。另外，她在"女人的前途"中写道，自己"对前途没有什么希望，只是老老实实的守候仅少的幸福"的女子是看不起的，有相当身份的人，应该到宫廷出仕，与同僚交往并学习观看世间的样子。而在"得意的事"中，谈及女人的地位时，她列举了女性的种种好的出路，比如陪任国司的丈夫到外地上任，比如嫁给公卿为妻等，"但是也还不如男人，单靠着自己，能够立身发迹，挺着胸膛，觉得自在"。清少纳言的高傲心气与独立性由此可见。

定子死后，对于清少纳言的明确去向，现在人们所能看到的记载并不多。据说晚年的她住所很是粗陋，有一贵族青年从她的住所前驾车而过，怜悯地讥嘲她："清少纳言也如此落魄啊。"这时，从残破的竹帘后探出一张如同女鬼般的老尼的脸，对青年说道："你没听说过买骏马之骨吗？"青年人听后惭愧离去①。虽然这只是传闻，但清少纳言在如此穷困潦倒之时，仍以骏马之骨自喻，其才华与心气与她表露于《枕草子》中的鲜明个性如出一辙。因此，读《枕草子》，如同读清少纳言本人。

《枕草子》在写作上有一个突出的特点，即没有按照时间的顺序如实地记录藤原道隆一家由盛到衰的过程，而是以中宫为中心，着重记载与之相关的一些生活回忆以及宫中的盛事或趣事。其中，只有"登华殿的团聚"、"中宫"、"二条宫"和"积善寺"等章段，集中描述了藤原道隆一家在权势最炽时的鼎盛之状。其余的记录均散见或夹杂在其他两种类型的章段里。这种写法也使得《枕草子》在写作的过程中能不受宫廷残酷争斗的牵制，而主动凸显作者自身的美学追求，这也与清少纳言自己所说的"写了那许多废话，故事和什么"以及"不得要领的话也实在太多了"这样的写作意趣与写作状态相符。

《枕草子》在艺术上所着力呈现的"情趣美"（即谐趣 をかし），是平安时期的两大文学审美理念之一，另外一种审美理念是"物哀美"（もののあわれ），主要体现在《源氏物语》这部长篇小说中。这种情趣美根植于平安贵族所追求的闲雅、优美的生活中，它以美的感受为基调，面对生活中的美好事物或令人愉悦的情景，用清新甚至戏谑的笔调，来传达对客观事物与环境的微细感受，较少流露出哀伤的情绪，散发出一种风格明快的理性美，表现简洁奇拔且想象自由。正如日本学者所言，它是以一种精确简洁的笔致描绘了人生的某一个横断面②。

---

① 典出《战国策·燕策一》，即"千金市骨"。战国时郭隗以马作喻，劝说燕昭王招揽贤士，说古代君王悬赏千金买千里马，三年后得一死马，用五百金买下马骨，于是在不到一年的时间里，就得到了三匹千里马。

② 参看西乡信纲等：《日本文学史》，第83—87页。

第190段的"月夜渡河"篇幅极短："在月光很亮的晚上,渡过河去,牛行走着,每举一步,像水晶敲碎了似的,水飞散开去,实在是很有意思的事情。"寥寥数笔,就唯美传神地描述出月夜下渡河的牛踩在水面上溅起水花的情景。

《枕草子》的开篇章段"四时的情趣"历来备受人们的喜爱：

春天是破晓的时候最好。渐渐发白的山顶,有点亮起来,紫色的云彩微细的横在那里,这是很有意思的。

夏天是夜里最好。有月亮的时候,这是不必说了,就是暗夜,有萤火虫到处飞着,也是很有趣味的。那时候,连下雨也有意思。

秋天是傍晚最好。夕阳很辉煌的照着,到了很接近山边的时候,乌鸦都要归巢去了,便三只一起,四只或两只一起的飞着,这也是很有意思的。而且更有大雁排成行列的飞去,随后变得看去很小了,也是有趣。到了日没以后,风的声响以及虫类的鸣声,也都是有意思的。

冬天是早晨最好。在下了雪的时候可以不必说了,有时只是雪白的下了霜,或者就是没有霜雪也觉得很冷的天气,赶快的生起火来,拿了炭到处分送,很有点冬天的模样。但是到了中午暖了起来,寒气减退了,所以地炉以及火盆里的火,都因为没有人管了,以至容易变了白色的灰,这是不大对的。

这里有四季的推移,有对不同季节里最美丽时刻的细致描绘;有光与影的交织,有动与静的区别,有明与暗、热与冷的转化;有细微的色彩变化,有自然界的风生水起、雁阵虫鸣,也有人情的意趣。这种对自然的细腻与敏锐的感受,构筑了一个流动着美感的独特时空。川端康成曾说过,日本文学的精神是"雪月花时最怀友"。四季与自然是日本文学中不可缺少的精魂,清少纳言的这一"四时的情趣"可谓日本文学中描述四季的经典美文。

清少纳言不仅善于捕捉自然界瞬息之间的微妙变化,而且善于形神兼备地捕捉人物的显著特征,对场景的描述简练但总能巧妙地突出重点,并且幽默生动。日本学界将这种幽默称之为"谐趣",即可笑之事也能产生一种趣味美。第3段"正月元旦"就是一个典型的章段。在正月初七的参观"白马"的仪式上,人们争相观看,舍人①们的脸涂了白粉,但因为没有涂好,"白粉没有搽到的地方,觉得有如院子里的黑土上,雪是斑驳的融化了的样子,很是难看",比喻惟妙惟肖。对正月十五日这一天人们拿着"粥棒"互打情形的描述也相当生动。

《枕草子》既氤氲着贵族趣味之美,也不乏俗世的"谐趣"。平安时期的贵族极其注重服饰的美,所以《枕草子》里对各种场合里人们所穿的服饰有着非常细致的描述,包括样式、颜色、花纹与质地等,尤其是宫廷最高等级贵族色彩艳丽的精美服饰,几乎可视为绚丽多姿的平安文化的一种象征。清少纳言对服饰的细密描绘,也透露出她对宫廷贵族生活的向往与留恋。与之相反,诸如打哈欠、打喷嚏、跳蚤、蚊

---

① 即禁中侍卫。

子、苍蝇等原本不登大雅之堂的举动与事物,清少纳言也将它们记入《枕草子》中,这种审美趣味的立体呈现,也可以说是对日本古典文学审美理念的一种开拓。

第三节 与谢野晶子

一、生平与创作

与谢野晶子(よさのあきこ,1878—1942)是日本二战前的诗人,她首次在诗歌里大胆地吟咏感觉,为日本传统和歌的创作注入新鲜血液,刷新了古典和歌所能表达的诗境,使传统的"和歌"转变为近代的"短歌"①。她所创作的短歌一改过去和歌只用于表现群体共同感情的面貌,转而站在个人的立场上,抒发个人内心的独特感受。发自独立个体的真情实感始终是她诗歌创作的底蕴,她的诗歌因此受到众多年轻诗歌爱好者们的欢迎。

与谢野晶子出生于大阪府堺市甲斐町点心铺"骏河屋"。她是家里的第5个孩子。母亲津祢是父亲凤宗七的继室,与谢野晶子有两个同父异母的姐姐,以及两个哥哥。与谢野晶子出生之前,二哥刚死去不久,父亲非常希望能再要一个儿子。但因为母亲这次生的又是女儿,父母之间产生矛盾,再加上母亲产后身体虚弱,与谢野晶子就被送到了乡下。直到3年后,母亲又生下一个儿子,与谢野晶子才被接回家。对于这段幼年时的经历,与谢野晶子一生都无法释怀,她因而与父亲始终存在着情感上的隔阂。

与谢野晶子家的家境并不贫寒,但母亲津祢害怕被人指责虐待继子,所以经常让与谢野晶子帮忙料理家事、打理生意。生意繁忙的时候,与谢野晶子甚至无法去上学,只能在家帮工。母亲的这种做法经常让与谢野晶子怀疑是否两个姐姐才是母亲的亲生女儿,而真正的继女是自己。

酷爱学习的与谢野晶子很羡慕哥哥秀太郎能够接受高等教育,当时她就读女校,女校的教育目标是培养服务家庭的"贤妻良母",而非向女生传授新思想与新知识。当时的社会普遍认为,男孩子要接受高等教育,女孩子则没必要接受高等教育;男孩子不读书会被人瞧不起,而女孩子如果读太多书,则会变得很狂妄,甚至连婚嫁都有困难。

尽管如此,实际上自明治维新(1868年)以后,日本社会对待女性的态度也在逐渐发生变化。1869年之前,日本女性不能自由地通行政府设置的各种关卡,

---

① 短歌是日本和歌的一种形式,是相对于长歌而言的,由5、7、5、7、7构成的5个句子31个音的诗歌。本文除个别需区别使用的地方外,均称为"诗歌"。

1869年这一规定被取消了。同年,一位名叫津田真一郎的法官向政府提交了禁止买卖女子的建议书。1871年津田梅子(つだうめこ,1864—1929)等5位女性作为岩仓使节团成员赴美留学。1872年日本政府宣布无条件地解放艺妓和娼妓,但保留了公娼制度。也就在这一年,女校开始出现,日本政府宣布男女均有平等接受义务教育的权利。1873年女性也可以提出离婚诉讼(这之前只有男性才能提出离婚诉讼),为女性开设的职业训练所——"女子讲习所"也出现了。1874年东京女子师范学校问世。所有这些变化,都预示着社会对作为独立个体的女性的逐步确认。这样的改变原本体现了一个社会的进步,但日本社会很快又出现了反驳的声音,伊藤博文内阁的文部大臣森有礼叫停了自明治初年以来的各种女性解放政策,并于1885年发表了"只有培育贤妻良母方为国策"的声明。第二年,以这一声明为基础的指导学生教育的文件被发放到全国的女校,女子师范学校的教育也因此受到了限制。

与谢野晶子的学生时代正处于这一女性的平等受教育权利受到压制的时期。小学毕业后,她进入女校学习,女校毕业后,她继续作为补习生留校学习。但她对以家政教育为中心的教学很不满意,于是劝妹妹到京都的高等学校学习,妹妹最终上了京都府立第一女高。而与谢野晶子自己则下定决心偷偷自学,每晚忙完店里的活计,通常已是深夜,但她坚持读书1小时左右,例如清少纳言或紫式部等的作品。幸运的是,她的父亲凤宗七是个喜好藏书的商人,她也因此得以阅读了很多日本古典文学作品。

1896年(明治29年),16岁的与谢野晶子在9月的《文艺俱乐部》(『文芸倶楽部(ぶんげいくらぶ)』)上发表了一首诗歌。不久,她参加了"堺敷岛会"这一传统的诗歌团体,该团体自1896年起不定期地出版《堺敷岛会歌集》(『堺敷島会歌集(さかいしきしまかいかしゅう)』),与谢野晶子在该歌集上共发表了十几首诗歌。因为这些作品大多是传统式的吟咏风花雪月之作,所以后来与谢野晶子编辑自选集时,并没有将它们收入集子里。不过,它们仍可视为与谢野晶子创作出独具个人风格的诗歌之前的习作。

1898年4月10日,与谢野晶子偶然在《读卖新闻》上看到了与谢野铁干创作的诗歌,感受到一种新鲜的诗风。当时的诗歌界里有"桂园派"、"江户派"、"堂上派"等流派,但它们都拘泥于传统的诗风,在吟咏风花雪月上可谓大同小异。1893年落合直文组织了"浅香社"(あさかしゃ),发起了诗歌的革新运动,与谢野铁干就是落合直文的得意门生。

与谢野晶子不满足于堺敷岛会的传统诗风,和弟弟筹三郎(ちゅうざぶろう)一起参加了"关西青年文学会(かんさいせいねんぶんがくかい)"的"堺支会",开始向他们的机关杂志《好坏草》(『よしあし草(よしあしくさ)』,后改名为《关西文学》(『関西文学(かんさいぶんがく)』)投稿。1899年,与谢野铁干在落合直文的援助下,创设了"东京新诗社",次年4月创刊《明星》(『明星(みょうじょう)』)。与谢野铁干看到登载在《好坏草》上的与谢野晶子的诗歌,很欣赏她的才华,经《好

坏草》的同人——觉应寺的住持河野铁南的介绍，邀请与谢野晶子加盟《明星》。与谢野晶子应邀投稿，在《明星》第 2 期上发表了题为《花形见》（「花形见（はながたみ）」）的 6 首诗歌。

两人相识之后，与谢野晶子爱上了与谢野铁干，爱情使她对自己的内心世界有了新的感悟与发现，她的诗歌创作也因此发生了戏剧性的变化。第二年，与谢野晶子离家出走，到东京和与谢野铁干同居。1901 年 8 月 15 日，与谢野晶子的第一部诗集《乱发》（『みだれ髪（みだれがみ）』）出版，诗集中赞美浪漫爱情的诗歌尤为精彩。同年 10 月，由木村鹰太郎做媒，与谢野晶子和与谢野铁干举行了婚礼，后来共生育了 5 男 6 女。

1904 年，与谢野晶子发表了长诗《你不要死》（『君死にたもふことなかれ（きみしにたもうことなかれ）』）（《明星》1905 年 9 月），该诗直率地抒发了对亲人的爱惜之情。《乱发》、《你不要死》里大胆的表白方式与内容引起了人们的关注，并引发了赞同者与反对者的激烈论争。另外，《产房日记》（『産屋日記（うぶやにっき）』1905）、《初生》（『初産（ういざん）』1909）、《宫子》（『宮子（みやこ）』1912）等作品，表现了被视为不洁而令人羞于着笔的女性的生育之苦，谴责了这一痛苦的施加者——男性。

《明星》所标举的浪漫主义之风使得其他的文艺杂志黯然失色，但日俄战争爆发后，自然主义文学兴起并逐步取代了《明星》，成为文坛的主流。《明星》共刊出 100 期，于 1908 年 11 月停刊。尽管后来《明星》曾于 1921 年 11 月至 1927 年 4 月期间重刊，但它对日本近代文学的影响已远不如前期。《明星》第一次停刊后，与谢野铁干为了解文学的新趋势，于 1911 年 11 月前往欧洲。与谢野晶子随后也于次年的 5 月赴欧，半年后才归国，欧洲女性的生活在与谢野晶子的脑海里留下了深刻的印象。

大正期间（1912—1926），与谢野晶子活跃于评论界，写了众多有关社会、女性以及教育等方面的评论，共出版了 15 册的评论集。1911 年日俄战争结束后，日本为庆祝胜利举行了花灯游行活动。但与谢野晶子却在评论文章中指出，敌我双方无疑在这场战争中都损失了众多的财产与生命，却很少有日本男性能就这一战争的背离文明的野蛮行径进行深入的反省与批判。此外，她还撰文反对日本出兵西伯利亚。1918 年日本发生"米动乱"事件①，与谢野晶子在《关于米动乱事件》（「食糧騒動について（しょくりょうそうどうについて）」1918 年《太阳》9 月号）②中一针见血地指出，造成物价暴涨的主要原因在于暴发户们的专横、政府物价调节政策的滞后、对暴发户们的利益倾斜、毫无意义的对外出兵等。

---

① 1918 年 7 月到 8 月，日本米价暴涨，生活困难的老百姓提出了购买廉价大米的要求，并袭击了富豪、警察和米店。动乱首先发生于富山县的鱼津，后来波及全日本，并发展为以工人及农民为主的空前绝后的民众起义，后被日本军队镇压。
② 《太阳》为日本明治、大正时期具代表性的综合刊物，1895 年创刊，1928 年停刊。

与谢野晶子非常关注女性教育问题,并通过各种评论文章传达让女性接受与男性同等的教育、使女性成为"拥有个人的自觉,并能独立思考的女性"的思想。新女性协会开展请愿运动时,她还特地撰写了《新女性协会的请愿运动》(「新婦人協会の請願運動(しんふじんきょうかいのせいがんうんどう)」1920 年《太阳》2月号)加以声援。此外,与谢野晶子还参与了文化学院的教学工作,该校在战前的教育界以独特的教育方针而闻名。

晚年时期的与谢野晶子主要从事将古典的《源氏物语》翻译为现代日语的工作。与谢野晶子自少女时期伊始,就一直在阅读《源氏物语》,她的文学素养就来自于《源氏物语》这一类的"王朝物语"。31 岁时,与谢野晶子在家里开私塾,向年轻人讲授《源氏物语》。3 年后,由她翻译的 4 卷本的《新译源氏物语》(『新訳源氏物語(しんやくげんじものがたり)』1912 年)出版,上田敏(うえだびん,1874—1916)①、森鸥外(もりおうがい,1862—1922)②为其写了序文。但是,由于与谢野晶子翻译《源氏物语》时主要参照的是北村季吟(きたむらきぎん,1625—1705)的《湖月抄》(『湖月抄(こげつしょう)』1673)③,研究者们指出该著存在颇多错误,而当时与谢野晶子急于出版译稿,为其校订译稿的森鸥外又非《源氏物语》的专业研究者,所以译本还是留下了不少错误。之后,与谢野晶子决心重译《源氏物语》,但重译稿仅剩"宇治十帖"(うじじゅうじょう)尚未完成时,恰逢关东大地震(1923 年 9 月 1 日)发生,保存在文化学院的重译稿被大火烧毁。遭此重大打击的与谢野晶子并不气馁,又花费了 17 年的时间,最终完成了 6 卷本的《新新译源氏物语》,并于 1938 年出版。1939 年 4 月,从关西旅行归家的与谢野晶子突发脑溢血,于 1942 年 5 月 29 日去世,享年 64 岁。

二、《乱发》及其他诗歌

《乱发》是与谢野晶子的第一部诗集,它也是现代女诗人所取得的最辉煌的成就之一,该作超越了女性作家的范畴,为现代诗歌的创作开创了一个新时代。

《乱发》于 1901 年由东京新诗社和伊藤文友馆出版,署名为凤晶子。全书分 6 章,收录了 399 首诗歌,每 1 章均有插图,共 138 页。全书的章节名称与收录的诗歌数量分别为:"胭脂紫",98 首;"莲花船",76 首;"白百合",36 首;"二十岁的妻子",87 首;"舞姬",22 首;"春思",80 首。

《乱发》的出版轰动了包括诗坛在内的整个日本文坛,所有的读者都为它惊叹不已。虽然创立于 1904 年的日本女子大学提出了三大口号,即"主动创造人生、保

---

① 上田敏(1874—1916),诗人、评论家、英国文学研究者,著有《海潮音》、《航路标志》、《牧羊神》等。
② 森鸥外(1862—1922),小说家、翻译家、评论家、军医,本名林太郎。东京大学毕业后,曾留学德国,后历任陆军军医总监、帝室博物馆馆长,著有《舞姬》、《雁》、《阿部一族》等。
③ 北村季吟(1624—1705),江户前期的歌人、古典文学研究家,著有关于俳句的《山之井》、《新续犬筑波集》和古典注释书《徒然草文段抄》、《源氏物语湖月抄》等。《湖月抄》(即《源氏物语湖月抄》)共 60 卷,为日本至中世之前《源氏物语》注释的集大成之作,在江户时期广为流行,其影响力一直保持到 20 世纪前半叶。

持坚定信念、共同奉献社会",体现了那一时代对新女性的人生道路的探索,但世俗社会仍沿袭旧态。在这样的背景之下,《乱发》里的吟咏如同开拓了一个新世界:

　　那个二十岁的女孩,/头梳下流泻的黑发,

　　骄傲的青春,/是那样的美丽。　　　　　　　　　("胭脂紫"第6首)

　　要向谁倾诉呢?/胭脂的颜色犹如流淌的鲜血,

　　青春的思绪,/这恋情炙热的生命。　　　　　　("胭脂紫"第9首)

　　捂着乳房,/轻轻踢开神秘的帷幕,

　　这里的花朵啊,/如此红艳。　　　　　　　　　("胭脂紫"第68首)

　　青春短暂,/任何生命都会消逝,

　　牵着你的手,/放到我膨胀的乳房上。　　　　　("春思"第2首)

　　与谢野晶子在诗歌里讴歌自我,自由地抒发"我"的真切感受,体现了一种崭新的创造精神。不仅如此,她还大胆地在诗歌中歌颂性爱,这在那个时代可谓惊世骇俗。《乱发》的出版也因此引发了巨大的社会反响,众多的褒贬蜂拥而至。一个名叫苏张生的男子在一书评栏目上严厉地指责道:"这本诗集的作者是何许人?竟敢吐露只有出自娼妓、妓女之流的乱伦之言,奉劝众人淫乱。……虽说美不可以道德的尺度来衡量,但仍不应视不德不义之作为高尚之美文。此诗集多见记录猥行丑态之处而为害人心,故而乃于世有害之作。"①与之相反,高山樗牛(たかやまちょぎゅう,1871—1902)则给予《乱发》高度的评价。他在《无题十五则》(『無題十五則(むだいじゅうごそく)』)中说:"诗集《乱发》是才气横溢的'明星'诗人凤晶子之作。凤晶子的绝高才情为我等所认可,其诗新颖且高尚,情感既清澄又浓烈,的确独具一家之风。对于其诗的晦涩难懂,则不必拘泥于微细之处来解释。"②

　　《乱发》出版29年之后,齐藤茂吉(さいとうもきち,1882—1953)在《明治大正短歌史概观》(『明治大正短歌史概観(めいじたいしょうたんかしがいかん)』1929)中指出:"《乱发》的诗风犹如早熟少女的快言快语,作为与谢野晶子的第一部诗集,它一经出版即风靡一时,褒贬之声甚嚣尘上,不管是否是新诗社的成员,不管是否是诗人,所有人都为这部诗集的问世惊叹不已。"③

　　与谢野晶子在和与谢野铁干恋爱、结婚期间的种种体验与感悟,以及与谢野铁干所领导的"新诗社"及其机关刊物《明星》所营造的独特氛围,都对《乱发》的问世起了巨大作用。与谢野晶子虽然是在家人的反对下和与谢野铁干结婚的,她的兄

---

　①　苏张生:《看〈乱发〉》,《心田之花》1901年9月。学界一般认为该文是批评家佐佐木信纲(ささきのぶつな,1872-1963)的匿名之作。

　②　高山樗牛:《无题十五则》,《太阳》1901年9月。

　③　齐藤茂吉:《明治大正短歌史概观》,见《现代日本文学全集·现代短歌集》,改造社,1929年。

长因此与她断绝了关系①，但这种对爱情的义无反顾的追求，恰恰激发了《乱发》的创造。与谢野晶子婚后两个月，《乱发》即问世，诗集共收录399首诗，其中有385首创作于她和与谢野铁干自相识到结婚的期间。后来，在《我的贞操观》(「私の貞操観（わたしのていそうかん）」1911)《杂记帐》(『雜記帳（ざっきちょう）』1915)里，与谢野晶子写道："我读《源氏物语》这一类的文学作品，对于其中的恋情，尽管如同发生在自己身上一般又喜又忧，但其实这也不过是在梦想或想象的世界里而已。……我的处女时代就这样结束了。一个意外的偶然让我认识了一个男人，我的性格也因此发生了不可思议的变化。我第一次真正感受到了恋爱的焦灼。最终，我和这个男人结婚了。"因真实的恋爱体验而首次领悟到身为女性的感觉，直视自己与对方的情感，并用诗歌的方式直率地将这种情感传达出来，《乱发》的诞生就是建立在这样的基础之上的。

关于《乱发》的难以理解，人们进行了诸多的讨论，也作了各种各样的考证。《乱发》里的大部分诗歌都情绪高昂，但究竟是怎样的情感或怎样的背景催生了这种高昂的情绪，读者却难以深究其中。这种诗作与大众读者之间的隔阂，是"新诗社"和《明星》同人集团的特殊性所决定的。"新诗社"在勃然发起新运动时，有着非常鲜明的严加区别自己与旧有的传统和歌的差异的自觉，他们在认同自身才华的同时，也有自己正创造日本新和歌的明确意识。

《明星》同人里的女诗人们喜欢相互用绰号打招呼，她们称山川登美子为"白百合"，增田雅子(ますだまさこ，1880—1946)为"白梅"，凤晶子为"白萩"等，从而营造出独特的团体氛围。"新诗社"就是在这种具有强烈的共同体意识的沙龙氛围中展开新诗运动的。沙龙里的成员因相互了解其他成员的情况，创作时也就无需说明一首诗的背景、内容以及相关脉络。即便没有说明而直接咏颂高涨的情绪，其他成员作为读者也能够接受。对于与谢野晶子而言，与其面向大多数读者阐释诗歌的内容，不如让一小部分的读者直接感受诗中高涨的情绪，这不仅是与谢野晶子的创作选择，也是《明星》诗人的一致作风。

"新诗社"还大胆地提倡自我解放与歌颂自我。1900年9月，第6期的《明星》做了改版，版面扩大且在排版、制作、插图等方面均显得大气，《明星》因此几乎席卷了明治三十年代的日本文坛。这一期的"后记"里登载的《新诗社清规》提出了十三条社规，《明星》宣称他们看重并尊重创作者的天赋与个性，追求的是"自我之诗"和"自我独创之诗"。他们强调社友之间的友情，但也认为自己的团体是无拘无束的团体，主张自由，倡导"来者不拒，去者不留"。这种存在方式与传统的一味讲究师承关系的旧派诗歌团体迥然有别，他们自觉地以尊重社友之间的平等为准则，并明确地以此为发起新的文学运动的立足点。

从第6期到第7期，《明星》就所创作的诗歌进行了名称上的甄别。他们将自

---

① 与谢也铁干与与谢野晶子恋爱前，曾与自己的学生林泷野同居并育有一子，但两人的婚事因与谢也铁干拒绝林泷野的父亲的入赘要求而告终。

己创作的诗歌称为"短歌",以此与传统的"和歌"区别开来,传统的和歌,也即"大和歌"(やまとうた),是相对于"汉诗"而言的。日本从中世、近世到明治初期,均用"和歌"来指称用"5、7、5、7、7"形式创作的诗歌。《明星》最早也常使用和歌的说法,但从发布《新诗社清规》的第二个月起,即统一用"短歌"。其短歌与和歌的区别在于,和歌带有大众性与礼仪性,而短歌则是基于个体性与日常生活经验而创作的。

正是基于上述的创作理念与团体氛围,与谢野晶子在《乱发》里完全地开放自我,充分地表现了女性在恋爱过程中的畏惧、踌躇以及性的享乐。上述"胭脂紫"的第6首与第9首,分别表现了年轻女子对自身美丽的自豪与青春恋情的炙热。"胭脂紫"的第68首和"思春"的第2首则大胆地展露了性爱。不过,需要指出的是,《乱发》在创作过程中,有不少构思是得益于与谢野铁干的。

除了《乱发》之外,与谢野晶子诗作《你不要死去》的发表,也在日本文学界引发了轩然大波。《你不要死去》的副标题是"悲叹在旅顺被敌军包围的弟弟"。这是一首为弟弟祈祷的诗歌,当时与谢野晶子误认为弟弟被派遣到了日俄战争的旅顺战场①。

诗歌的一开头即写道:

啊,弟弟呀,/我为你哭泣。
弟弟,你不要死去!/你是父母亲的小儿子,
他们只会疼爱你,/决不会让你拿刀,/教你杀人。
他们抚养你到二十四岁,/不是为了让你去杀人,/自己也因此葬送性命。
……

此诗一发表,诗人、评论家大町桂月(おおまちけいげつ,1869—1925)马上在10月的《太阳》上激烈地批评与谢野晶子。其后,大町桂月在《诗歌的精神》(『詩歌の骨髄(しいかのこつずい)』1905)一文中,批评与谢野晶子是"乱臣贼子",是"应该受国家惩罚的罪人"。与谢野晶子则在《一封公开信》『ひらきぶみ』1904)里针锋相对地进行反驳,她说,"我完全不接受这样的批评",并列出了九条反驳的理由——

一,祈愿去战场的孩子、丈夫等平安回家,是所有人的心愿,哪怕是国家权力的基层人员,诸如巡警、神主②、村长等也不例外。二,真正的爱国者不会大声叫嚣"我就是爱国者",而那些登载在报纸上的勇士、乘着马车到红十字会向护士学包扎的贵太太们都令人觉得可疑。三,有人总是引用教育诏敕,宣扬这是为了天皇,但结果却让民众对天皇产生反感,这种人才是置天皇于危险境地的人。他们说:"只有天皇下命令才能开战",那么民众不就会认为"如果没有天皇的话,就没有战

---

① 与谢野晶子的弟弟筹三郎实际上并未到旅顺。当时日军出于战争策略,对外谎称将兵力最弱的大阪军团派往旅顺战场。筹三郎后来平安回到日本,但他生前并未说出未被派到旅顺的事实。
② 神社神职人员的首领。

争的必要"吗？四，"开天辟地以来，日本人就为天皇而死"，这样的说法是捏造出来的。日本的任何一种古典典籍里都没有这种说法，就是"军记物语"①里也没有。五，虽然我的立场和《平民报》②不一样，但女性是厌恶战争的，所以我希望战争早日结束。六，"真心"、"真情"、"真道"就是诗歌的生命，但不可思议的是被称为诗人的大町桂月对此却一无所知。七，如果我现在收回这首诗，也许我会很轻松，但我也将会成为后世的笑柄，于我而言，后者更可怕。八，民众正为因战争而负担的重税所苦。九，我的家庭从未教育我们这些孩子要成长为"连人情都不懂的野兽似的人"③。

　　与谢野晶子的回击显然是尖锐的，在说明自身立场的同时，民众反对战争的心声也得以被激烈地传达出来。对于与谢野晶子的这一论战，《明星》给予了大力支持，他们认为这不单是与谢野晶子的个人观点，也是所有"明星"诗人的立场。1905年1月8日，与谢野铁干与律师平出修④一起前往大町桂月的住所进行会谈，会谈的内容刊载在1905年2月的《明星》上。大町桂月回应道，《你不要死去》不仅表现方法露骨，而且最恶劣的是它诅咒皇室、诅咒战争。他坚持认为，在战争时期，诗歌的价值与其社会影响是紧密联系在一起的。他甚至以中国为例，说中国古代有很多反战的名诗深受人们的喜爱，那是因为这些战争是非正义的战争，而日本所发动的战争肯定是正义的战争。这样的答复令前往会谈的"明星"诗人十分惊愕。他们对大町桂月说："我们明白了，您不是所谓的文艺人士。您用自己的答复告诉我们，您没有资格当批评我们的批评家。"

　　关于《你不要死去》的主题，日本学界有两种代表性的观点。一种观点认为诗歌主要是要传达对亲人的爱，因为这种爱才催生出了反战的情感。另一种观点则认为，诗歌通过弟弟的危险处境，来反诘"对于国民而言，战争意味着什么"的问题，并进而批评以天皇为最高象征的国家体制，所以反战思想才是这首诗的主题。持前一观点的代表是佐藤春夫⑤，持后一观点的代表是深尾须磨子、伊藤信吉等⑥。不过，后来佐藤春夫在《看〈乱发〉》(『みだれがみを読む(みだれがみをよむ)』)⑦

---

①　以战争故事为题材的叙事性文学作品，日本的中世涌现了很多优秀的作品，代表作有《平家物语》、《保元物语》、《平治物语》等。

②　《平民报》是幸德秋水(こうとくしゅうすい，1871—1911)、堺利彦(さかいとしひこ，1870—1933)创建的平民社的机关刊物，是宣扬社会主义的报纸。日俄战争期间，该报倡导反战。1903年创刊，1905年停刊。1907年曾复刊，但受到政府的镇压，复刊3个月后又停刊。

③　本段非引文，是对与谢野晶子的九条反驳理由的总结。

④　平出修(ひらいでおさむ，1878—1914)，小说家、诗人、律师，"明星"团体里最厉害的论辩手。日俄战争时，他常常指责"战争文学"与"国粹主义文学"的丑陋。后来，他曾为"大逆案件"中被判处死刑的许多无辜的社会主义者与无政府主义者当辩护律师。

⑤　佐藤春夫(さとうはるお，1892—1964)，诗人、小说家，著有《殉情诗集》、小说《田园的忧郁》等。

⑥　深尾须磨子(ふかおすまこ)著有《"你不要死去"——才华不灭》(『君死にたまふことなかれ——才華不滅』1949)。伊藤信吉(いとうのぶよし)为《日本反战诗集》(『日本反戦詩集(にほんはんせんししゅう)』)写了《解说》一文。

⑦　佐藤春夫：《看乱发》，讲谈社，1959年。

一书里也承认,在《你不要死去》这首诗中,虽然与谢野晶子的本意是要传达对弟弟的爱,这种爱不仅发自真情,而且也是广大民众的心声,但从诗歌中的确可以读出作者本人对军方以推戴天皇的方式来压制国民的做法以及为这种做法充当传声筒的庸俗论调的反感。

虽然长诗《你不要死去》是以对亲人的爱为基调而创作的,进而表现出反战意识,但这也是与谢野晶子在创作时的首次直面国家权力,而且面对大町桂月这种在战争时期时常粉墨登场、充任御用文人的批评者,她毫不畏惧,在这一意义上,《你不要死去》也有其独特的价值。

第十二章　阿拉伯女性文学

第一节　概　　述

阿拉伯人属于闪族,阿拉伯语是闪语的一支,产生于阿拉伯半岛,至蒙昧时期(475—622),阿拉伯语已发展得十分完善。独特的地理环境和丰富多彩的阿拉伯方言,孕育出独具魅力的文学。蒙昧时期的阿拉伯妇女相对而言具有一定的自由,享有财产继承权,在部族战争频繁的时期与男性一起参加战斗,投入护理工作。蒙昧时期的阿拉伯文学以诗歌、散文为主,但大部分已经失传,流传下来的部分作品主要通过口传诗人得以保存。此时期有作品传世并被载入阿拉伯文学史的女作家是悲悼诗人**韩莎**(الخنساء, 576—664),她生活在阿拉伯半岛和阿拉伯社会政治解体、伊斯兰兴起的时期,她经历了穆斯林和波斯人之间的战争,信奉伊斯兰教。韩莎出身于有权势的家庭,她的两个哥哥在战争中阵亡,她的四个儿子也在战争中英勇牺牲,韩莎悲痛至极,哭瞎双眼,她流传下来的唯一一部诗集全都是对亡者的悲悼,感情激烈浓郁,不加节制,诗中充满了悲戚、伤痛和复仇的诉求。

拉希德时期和伍麦叶时期(622—750),伊斯兰教确立并广泛传播,统一了阿拉伯人,"组成了具有统一意志和语言、服从一个制度、倾向文明、抛弃原始生活的民族"①。阿拉伯民族性得以确立,阿拉伯文学的重心从沙漠走向都市,阿拉伯人走出半岛与其他民族混居,特别是在与波斯人、罗马人进行广泛的文化交流过程中,阿拉伯文化得以丰富。同时,这也是一个充满战争和动乱的时期,伊斯兰教的支持者与反对者之间、不同党派之间的纷争不断。此时期的阿拉伯文学成为传播宗教、传播美德、赞美功勋、为党派服务的工具,诗歌描写战争,歌颂穆斯林的勇敢,悼念战争中的死者。与此同时,大胆直露地表现情感和享乐的情诗得到了发展。此时期载入史册的女诗人是**莱依拉·艾赫里娅**(الأخيلية ليلى, ?—690),她是继韩莎之后最伟大的阿拉伯女诗人,通晓多种语言,熟谙阿拉伯人的谱系,她的诗歌被称为"纯粹的女性诗",她流传下来的诗作内容以赞颂、讽喻、悲悼为主,表达她对于曾经热恋着她的男子的情感,赞美他的美德和勇敢。

阿巴斯时期(750—1258)是阿拉伯伊斯兰帝国的鼎盛时期,阿拉伯的政治文化中心从大马士革迁移到巴格达,经济繁荣,商贸发达,文化交流频繁,巴格达成为东方世界的中心,随着波斯人、突厥人、叙利亚人、罗马人等进入阿拉伯,不同种族的人通婚,阿拉伯不再是纯粹的阿拉伯社会,印度文化、波斯文化也在阿拉伯地区传播,出现了文化多元的繁荣局面,文学艺术界和学术研究受到国家鼓励,诗歌和散

---

① 汉纳·法胡里:《阿拉伯文学史》,郅傅浩译,宁夏人民出版社,1990年,第101页。

文创作表现出与先前截然不同的风格,"诗歌从宁静的旷野转向喧嚣的城市,从荒凉的沙漠转向花园环抱的宫廷,从阿拉伯式的持重转向放荡嬉乐,从文学政治的聚会转向歌舞声色的场所"①。这时期的女性创作被划分为"自由女文学"、"女奴文学"、"村姑文学"三大类,贵族妇女、宗教学者、苏菲派女教徒吟诗作文,表达她们的思想感情。如出身寒微的阿比拉·阿德维娅（رابعة العدوية , ？—752）先为巴格达著名歌女,后苦行修炼,成为苏菲派女教徒,她的诗作表达了她对于罪孽与火洗的恐惧和对于安拉的爱恋;同时,在奢靡游乐盛行的社会风气下,政府从来自各民族的女奴中挑选出美丽聪慧的女子,经专门训练,陪伴在王公贵族和文人雅士身边,她们中的部分人模仿流行的风格样式创作了颂、悼及情诗②。

土耳其时期(1258—1798),蒙古人和奥斯曼人先后入侵伊斯兰国土,阿拉伯文明遭到毁灭性的破坏,人民遭受专制统治,"在这严酷的时代,人们走向两种倾向,这是灾难和困苦生活的一对孪生子:放纵的倾向和苦行的倾向。一些人追求麻痹、刺激和尘世快乐,纵欲无度,并毫无顾忌地把一切写出来;另一些人致力于宗教事务,用来世的希望代替现实的痛苦",并创作了先知颂歌③。这是文学的灾难时代,阿拉伯文学处于停滞状态,此时期的《阿拉伯文学史》中,虽然漫长的五百年间没有一位女作家被提及,但并不意味着妇女写作一片空白。事实上,自14世纪始,阿拉伯女性在诗歌和散文领域笔耕不辍,甚至有自己的沙龙。只是她们对文学的贡献没有得到恰当的记录和承认。

复兴时期(1798年至今)④,阿拉伯文学从复苏走向繁荣,阿拉伯女性文学也逐步走向繁荣。在阿拉伯女性文学学者约瑟夫·T·齐亚旦(Joseph T. Zeidan)主编的《现代阿拉伯世界中的妇女文学文献,1800—1996》(1999)中,收录的阿拉伯女作家有1271位,大部分属于20世纪,19世纪女作家的数量也非常可观。随着19世纪末阿拉伯民族解放事业的发展,以及近代思想启蒙运动的兴起,妇女问题作为一个社会问题日渐被重视,受到西方女性解放运动的直接影响,阿拉伯女性作家作为一支不可忽视的力量出现在文学领域。在19世纪末到20世纪前半期,阿拉伯女作家致力于创办自己的杂志,为自己发表诗歌、小说和文学批评提供阵地。一些女权主义杂志,全部由女性编辑、出版,大大推进了阿拉伯女性文学的发展。19—20世纪的女性创作记录了阿拉伯各国妇女的觉醒和争取自由解放的历程。但由于男性主导着文坛及文学评论的话语权,女性作家的身份认同受到社会各方面的阻碍,她们处于被忽视与边缘化的境地,其作品被有意无意地忽略,无法进入正统文学史家的视野。正如布赛娜在《阿拉伯女性小说百年》中所说:"这种对阿拉伯女性文学的偏见早在伊斯兰教前就已经发生,女诗人创作的大量诗歌不受重视而

---

① 汉纳·法胡里:《阿拉伯文学史》,郅傅浩译,宁夏人民出版社,1990年,第175页。
② 李琛选编:《四分之一个丈夫》前言,河北教育出版社,1995年,第4页。
③ 汉纳·法胡里:《阿拉伯文学史》,第522页。
④ 本节阿拉伯文学史分期采用汉纳·法胡里《阿拉伯文学史》中的分法。

没有记录,也不能得以流传。近现代,阿拉伯女作家的作品又被视为题材狭隘,只围绕婚姻、家庭、丈夫等日常琐事,因而'不值一提'。然而,事实上阿拉伯女作家不但不缺乏想象力和写作能力,而且具有独特的视野、细腻的感情、敏锐的观察力,其笔触深入社会,她们同样关心政治、国家命运。女作家们一开始并非作为男作家的对立面出现。她们承认男性与女性的差别,承认各自生活经历的不同及写作方式的差异,但否认文学有性别之分。她们认为,男女作家的作品都是阿拉伯文学的有机组成部分,因而呼吁实现文学地位、社会地位平等。"①

20世纪上半叶,世界性的女性解放运动如火如荼地开展。其时也正值阿拉伯世界政治、社会动荡时期。这一时期阿拉伯女性的解放意识、自我意识逐渐增强,女性在为国家、民族事业奔走的同时,也要求获得自身的平等和自由,反抗落后传统的呼声也更加强烈。正如科威特女诗人萨巴赫所说:"作为一个有文化的阿拉伯女性和科威特女性,我不能站在历史运动的边缘,我不能对阿拉伯大祖国的土地上发生的各种事情袖手旁观。我们周围尽是废墟。我们针对落后、暴虐和新殖民主义者而投入的一场场战斗,不能将男女截然区分开来。性别不能豁免任何一个人参加到保卫行动中去——保卫阿拉伯大家庭,保卫阿拉伯的未来,保卫阿拉伯的根基及其宝贵品质。"②正因为执著于这一信念,这些作家才能从女性自我与自我宣泄中走向超越。20世纪60年代以后,女性意识进一步提升,不再局限于对家庭、爱情的关注,而是表现出对于社会政治事件的关心并做出自己的评价。阿拉伯女性作家力图将女性话语汇入主流,参与总体文化的构建,认为解放女性的同时也必须让男性摆脱千百年来对女性的误解。由此可见,她们所要达到的目的并非仅限于女性群体地位的提高,而是致力于整个阿拉伯民族的繁荣和进步。80年代以后,阿拉伯女性小说的繁荣,在内容和技巧上进入了一个全新时期,出现了作家迭出、作品畅销的文坛景观。女作家们对自己的写作能力及作品价值有了更多的自信,作品也得到读者群的充分认同与客观评价。她们的作品体现了阿拉伯女性对国家大事的关注和对政治形势的分析,将妇女解放运动与国家命运紧密联系起来,并为实现男女平等的理想境界做出了坚持不懈的努力。

由于政治、经济、文化发展的不平衡,阿拉伯各国文学的发展也很不平衡。埃及文学处于领先地位,与法国文学联系紧密;黎巴嫩、叙利亚文学也表现出一定程度的西化倾向;相对来说,作为文化本土的沙特阿拉伯、阿拉伯联合酋长国等宗教中心地区的文学,表现出更突出的民族特色,但发展相对滞后;而处在与西方意识形态对抗状态的伊朗文学,则表现出保持传统与相对强势的发展势头。

埃及曾是东西文化的融汇之地,是近代阿拉伯文学的中心,也是阿拉伯世界最为开放的区域。政治环境相对宽松,文学艺术也受到重视。20世纪二三十年代,埃及妇女解放的呼声日益高涨,妇女受教育的权利和妇女问题受到社会关注,埃及

---

① 转引自史月:《蒙尘的珍珠——评〈阿拉伯女性小说百年〉》,《阿拉伯世界》2003年第3期。
② 转引自林丰民:《苏阿德·萨巴赫:私人话语与宏大叙事的交叉层叠》,《国外文学》1999年3期。

女性文学出现了前所未有的繁荣局面,其作品以独特的经验、敏锐的观察和细腻的笔触,大胆表现女性的社会地位、现实处境,批判歧视、虐待女性的社会现象和社会陋习。如具有深厚西方文学学养的**苏菲·阿卜杜拉**(صوفي عبد الله,1925—2003),曾翻译了大量的西方文学作品,她创作的传记如《妇女精英》、《女英雄》及小说《身体的把戏》、《四个男人一个姑娘》等,大多以女性为题材,表现现代职业女性的困境。**贾吉碧娅·苏德基**(جاذبية صدقي,1920—2001)以小说、戏剧、传记和译著在埃及文坛上占据了一席之地,她也是著名的儿童文学作家,她的儿童小说《灌木丛中》(1959)、《尼罗河之子》(1970)被选入初中教材。**法塔海亚·阿萨勒**(فتحية العسال,1935—),积极投身于埃及妇女的扫盲事业,在埃及教育部的支持下,先后主持了十几个班的妇女扫盲教学,成为扫盲运动的主将。她创作的广播剧表现个人命运与国家的关系以及女性反抗意识的觉醒。**伊赫桑·卡玛勒**(إحسان كمال,1935—),出身于思想保守的官僚家庭,其父亲曾出任过省长,她的作品深刻揭露了埃及两性关系的不合理和妇女困境。如《四分之一个丈夫》表现了一个女性对于一个占有四个女人的男人的控诉,这个男人有四个妻子,他没有哪一天是靠自己的辛勤劳动吃饭,而是靠四个妻子养着,他每天在四个家庭之间奔波,哪家有丰盛的晚餐他就在哪家过夜,为了弄到钱,这些女人不仅偷过,也干过荒唐事,但受法庭审判的却只有这些女人。**雷德瓦·阿舒尔**(عاشور رضوى,1946—)在美国获得博士学位,近似自传小说的《游记——一个埃及女学生在美国的日子》(1983)表现了她在美国的生活经验。她的代表作《格拉纳达》三部曲(1998)是一部有关安达卢西亚的长篇历史小说,以1491年格拉纳达陷落至17世纪初阿拉伯穆斯林被逐出非洲这一时期为背景,讲述了阿拉伯穆斯林平民百姓的生活变迁与遭遇,并深刻地揭示了阿拉伯民族软弱的根源,作者试图对阿拉伯历史上政治最困难也最令人争议的时期予以重新评价,在她看来,阿拉伯人之间的争斗是当时格拉纳达的陷落和今天阿拉伯人所遭受的种种的原因。

在20世纪众多的埃及女作家中,**奈娃勒·赛阿达薇**(السعداوى نوال,1931—)是阿拉伯当代最杰出的女作家之一,她也是一位女权斗士、埃及妇女运动领袖,是"阿拉伯妇女团结协会"的主要负责人,同时也是一位心理学医生。她1954年毕业于开罗哥赫尔依尼医学院,1966年获纽约哥伦比亚大学卫生学硕士。赛阿达薇是一位极具政治意识的作家,为了打破埃及民主选举中的僵化,她甚至一度作为总统候选人参加竞选,因她与政治的密切关系而成为最具影响力的女作家和著名的公众人物,她的作品因触犯传统禁律而不断引起争议,甚至遭查禁,她也曾因政治原因进过监狱。赛阿达薇也是西方最具影响力的阿拉伯女作家,她的作品被译成30多种语言,她也是阿拉伯女作家中被英译最多的作家。赛阿达薇自50年代开始创作,著有长篇小说《医生的回忆》(1965)、《失踪的情人》(1970)、《她寻找爱》(1974)、《不求赦免的女人》(1975),以及学术著作《妇女与性》、《女性即本源》等。她的作品深刻揭露了阿拉伯女性的非人处境,猛烈批判埃及社会道德的两重性,宣扬性与爱与人道主义的统一。《不求赦免的女人》中的菲尔朵丝是个堕入烟花巷、饱受男性蹂躏的女子,她自小就是家庭性暴力的牺牲品,长大后又多次沦落风尘,但她始终不甘于自己永久受屈辱的地位,她向往接受良好教育和拥有一份正常的工作,但她单薄的力量无法保护自己,无法免于遭人凌辱的命运,她的心灵受到摧残被扭曲,导致了极端的报复行为,她杀死了凌辱她的男人而被判死刑,最终成为暴力的牺牲品。菲尔朵丝短暂的人生大体经历了三个阶段:逃离父权奴役的阶段、找寻自身价值的阶段、向男人世界报复并以殉难终结。菲尔朵丝已经超越了为生存而苦苦挣扎,上升到为求尊严和自由而斗争。作者把所有的矛头直接指向了男人,在男权社会中,警察、法律、监狱、国家等,都是膨胀了的男权的延伸。对于女人来说,她们几乎不可能摆脱这种无处不在的监控力量。"我的自由使他们满腔怒火,他们企图利用我的所求、所惧以及天边向我招手的希望来奴役我",自由,是人生存最起码的权利,当自由被剥夺时,菲尔朵丝宁可放弃生存,"而我,已经战胜了生,也战胜了死。我不再想活,不再怕死。我不要什么,不希望什么,不惧怕什么,我拥有我的自由。在生活中没有任何东西奴役我们,只有我们的欲求,我们的希望,我们的恐惧。"当被判了死刑之后,她不仅拒绝赦免还愤怒地宣布:"如果我再次回到你们的生活中去,我绝不会停止杀人的。"①这些言辞完全表现了一个备受凌辱的女性的愤怒和绝望。

女性的苦难是女作家作品的普遍主题,在阿拉伯女性作家的作品中,阿拉伯妇女的命运就是多灾多难的阿拉伯世界的隐喻。正如叙利亚当代著名女作家**哈黛·萨曼**(غادة السمّان,1942—)在散文《从女人中解放出来》中指出:"我深信妇女问题是整个社会不公正的一部分,对男人女人都一样。我对解放的认识不带沙文主义的情绪。我明白了,阿拉伯妇女的悲剧包含在阿拉伯祖国因落后所酿成的悲剧之中,男女对立便是落后的恶果之一。……阿拉伯女人和男人一样需要提高觉悟,她们同男人一样时常陷于陈腐的旧意识之中……女人和男人携起手来共同反对压迫、清除落后,就会改变社会的面貌。"②因此,她呼吁女性把男性作为女性的盟友,共同担负起改造社会的使命。哈黛·萨曼出生于大马士革,后毕业于大马士革大学英语系,一度游历欧洲,回国后在母校任教,后来移居贝鲁特,从事新闻与出版工作,自20世纪60年代开始文学创作以来,出版了20多部作品,包括小说、散文和诗歌。她的作品表现女性的人生处境和广阔的社会现实。

在至今尚没有妇女选举权的**科威特**,女性依然处于传统的偏见和歧视中,处于禁声、失语的状态。女性作家及女性知识分子的任务更为艰巨。正如科威特著名的女诗人、社会活动家和学者**苏阿德·穆巴拉克·萨巴赫**(- سعاد المبارك الصباح,1942—)所说:"在漫长的各个历史阶段里,女性的声音总是与羞耻、体面和贞节的思想联系在一起……禁止女性出声,并把她置于监护之下,使阿拉伯社会仅以一

---

① 奈娃勒·赛阿达薇:《不求赦免的女人》,见《四分之一个丈夫》,第141页。
② 哈黛·萨曼:《从女人中解放出来》,见《四分之一个丈夫》,第304—306页。

种声音说话,那就是男性的声音。"①萨巴赫在诗歌《女性的否决》中,控诉女性被禁声、剥夺话语权的偏见:

> 他们说:/写作是一大罪恶,/你不要写作!/拜倒在文字前也是罪过,/你别那样做!/诗的墨水有毒,/你千万别喝!……他们说:/言论是男人的特权,/你不要说!/调情是男人的艺术,/你不能卿卿我我!/写作是深不可测的大海,/你不要自找淹没!……他们说:/我用我的诗摧毁了美德;/……谁说诗歌有性别?/散文有性别?/思想有性别?又是谁说/大自然不肯让美丽的鸟儿唱歌?②

作为科威特乃至阿拉伯女作家中较早呼吁女性权利、具有鲜明女性意识的作家,萨巴赫勇敢地挑战女性的定命和传统偏见。萨巴赫出身名门望族,后与皇族成员穆巴拉克·萨巴赫结婚。她先后就学于开罗大学、叙利亚大学和英国萨里大学,获经济学博士学位。她自70年代开始创作,出版了10余部诗集和传记、散文及经济学研究著作。她独特的创作风格为她在阿拉伯诗坛赢得了一席之地。"诗歌,对她来说,是奉献、是斗争、是生命。她要用诗歌倾诉阿拉伯被压迫妇女的悲惨境遇,呼唤女性意识和她们的天然权利,讴歌男女间的平等,昭示生活的真谛。"③她认为女人应获得爱的权利和表达自我、表白爱情的权利,就像波浪有拍岸的权利、雷霆有轰鸣的权利、小鸟有欢唱的权利一样,是一种合法的权利。

在阿拉伯世界与萨巴赫具有同等影响力的**伊拉克**女诗人**娜齐克·梅拉伊卡**(نازك الملائكة,1922—2007),是阿拉伯新诗运动的先驱之一、英国文学和比较文学学者,执教于巴格达及科威特的大学。她的诗歌以独特的诗风和意象表现东方女性的情感体验。在诗歌《回忆》中,抒发了女性的孤独和迷惘:

> 夜,群星是一个/解不开的谜。/我的灵魂中有一种/沉闷铸成的东西。/我的感觉中有一种麻痹,/一种消亡的意识。……我孑然一身,/追随我的只有我的影子;/我孑然一身,我,冬夜,还有我的影子。④

女性的孤独在女作家**拉菲亚·杜雷米**(لطفية الدليمي,1943—)的小说《独身女人的世界》中得到了形象再现,独身女人屋里飘荡着伤感、失意、没有阳刚之气的纯女性的气息,长年的愁思汇成的浓烈香气刺激着她孤独的心灵,禁欲的皮鞭抽打她的肉体与灵魂。她愈是把迟到的爱奉为圣洁之神,就愈想留下热恋的时刻,不愿超越年龄的障碍去结婚。小说深刻真切地表现了女性独特的心理感受。

19世纪末,西方女性解放思潮传入**伊朗**,极大地影响了伊朗的知识界和女性的生活与写作进程。20世纪初的伊朗掀起了妇女解放运动,到20世纪后半期,男

---

① 郅傅浩:《解读天方文学》,宁夏人民出版社,2007年,第89页。
② 李琛选编:《四分之一个丈夫》,第313—315页。
③ 郅傅浩:《解读天方文学》,第88页。
④ 李琛选编:《四分之一个丈夫》,第47—51页。

女在政治和社会权利上应该平等的观念得到了广泛认可。伊朗妇女获得了选取权和被选举权,"伊朗妇女受教育的程度和比例相当高,女大学生、女博士、女教授、女诗人、女记者相当普遍。"① 20 世纪伊朗女作家不仅数量相当可观,而且在小说和诗歌领域产生了具有广泛影响力的代表人物。在诗歌领域,20 世纪伊朗先锋派诗人**福露格·法罗赫扎德**(فرخزاد فروغ,1934—1967)是伊朗 20 世纪下半期最杰出的女诗人,她改变了伊朗情诗的传统表现形式,并且"开创了伊朗的女性主义诗歌传统,是伊朗第一个自诗歌中以女性性别说话的诗人",也是第一个从女性自身的角度提倡妇女解放,敢抨击男权的女诗人②。她自 14 岁就开始了诗歌写作,16 岁嫁给一位比自己大 15 岁的讽刺画家,婚后生一子。但她不愿过普通女人的生活,而是把所有精力和激情都投注于诗歌创作,无暇顾及家务和孩子,不免引起丈夫的不满和家庭的矛盾,5 年后她与丈夫离婚,并被剥夺了孩子的抚养权和探视权。她主动提出离婚招致了社会各方面的指责。她的诗歌表现了她的自责与失去孩子的痛苦、她的迷惘与彷徨,及其情感变化的历程和对于爱情、婚姻、家庭以及传统观念的思考。50 年代末,她到意大利和德国游历,后又在英国留学学习电影制作,回国后拍摄了表现麻风病人生活的纪录片《黑暗的家》,产生了广泛的影响。60 年代后期,她的诗歌超越了女性性别而表现出对于生命本身的思考。她的诗歌被译为英、法、德等各种文字,在欧洲具有广泛的影响。

在小说领域,最早从事小说创作的**西敏·达内希瓦尔**(دانشور سیمین,1921—)被称为伊朗小说王后,其小说集《天堂般的城市》堪称伊朗现代小说的经典之作,表现了一个黑人女仆的绝望生存和对于自由的梦想。她的长篇小说《沙乌松》以 1941 年伊朗的被占领为背景,反映了民族冲突和伊朗人的民族尊严,表现了作者鲜明的社会政治意识。而她的"彷徨三部曲"则表现了伊朗知识分子寻求拯救国家之路的历程。

阿拉伯各国的女作家们既具有鲜明的民族特征,又表现了阿拉伯世界所特有的文化共性。她们从不同的角度反映阿拉伯女性的悲惨境地,抒发了妇女渴求独立和自由的心声。一夫多妻制与休妻制的传统延续使妇女在两性关系上只能处于被动地位,女性的身体牢固地与贞节联系在一起,她们中的大多数依旧是丈夫的家奴,是生儿育女的机器和男人泄欲的工具。因此,女作家的作品表现出一种普遍弥漫的悲凉、哀伤和苦难意识。传统思想不仅禁锢了阿拉伯妇女的身体,也禁锢了她们的思维,使她们丧失了行动、思想和言说的自由,而"对于那些掌握和利用了男性文明的力量在男性社会里成功的女性来说,她的成功意味着双重的负担和双重的失落:她必须同时是男人和女人却又同时不能被男人和女人接受"③。孤独寂寞、焦虑和压抑,极其有限的发展空间,是阿拉伯女作家普遍面临的处境。尽管如此,

---

① 穆宏燕:《凤凰再生——伊朗现代新诗研究》,北京大学出版社,2004 年,第 230 页。
② 同上书,第 248—250 页。
③ 裘其拉:《脑想男女事》,《读书》1995 年第 12 期,第 44 页。

女作家们没有把目光停留在对苦难的书写上,而是表现弱女子的刚强与反抗、自强与自审。在她们看来,阿拉伯妇女面临的严酷现实是社会造成的悲剧,但要从根本上改变这种局面,必须靠妇女自身的努力。阿拉伯妇女要自强、自立、自由,首先必须自我解放,把自己从旧的思想观念中解放出来。在对女性自我的表现方面,虽然也表现出对于女性的身体和性爱的高度关注,却不过分渲染女性的隐私,"体现出了东方女性优雅含蓄的美学特征,反映出东方女性独特的品味与品格"①。总体而言,阿拉伯女诗人和女作家侧重于对纯真爱情和平等婚姻的追求,表现女性的命运,凸显现代女性的自我意识和独立愿望。她们所具有的东方女性的优雅含蓄,促使她们摒弃粗俗丑陋,突出人物美的外表和充满爱意的美好心灵。她们对大自然有一种发自内心的眷恋,追求和谐和清纯之美,显示了阿拉伯女性温和、柔婉的东方特性。

作为阿拉伯女作家的使命是双重的:既担负着启蒙、解放普通妇女的社会责任,又肩负着确立女性创作主体性的艺术使命。在漫长的历史进程中,阿拉伯女性文学逐步确立了自己的传统,对阿拉伯文学的发展产生了深远的影响。忽略了阿拉伯妇女文学,阿拉伯文学及世界女性文学就不完整。

第二节 梅·齐亚黛

一、生平与创作

梅·齐亚黛(زيادة مي,1886—1941)是享誉阿拉伯文坛的黎巴嫩女诗人、散文家、翻译家,也是阿拉伯复兴时期男女平权主义的代表人物。她生于巴勒斯坦的拿撒勒,父亲伊里雅斯·齐亚黛是黎巴嫩马龙派(Maronite,流行于黎巴嫩地区的天主教派)教徒,母亲是巴勒斯坦人。她在拿撒勒接受小学教育,后随父母迁居黎巴嫩,14岁时入黎巴嫩法国修女学校接受中学教育,表现出对法国文学,特别是浪漫主义文学的浓厚兴趣。1908年举家迁居开罗后,齐亚黛在父亲的培养下,学习阿拉伯语,表现出对语言学习的极高天赋。她的父亲创办了《京城》报,这使他们与开罗的知识界建立了广泛的联系,梅·齐亚黛以笔名写的最早的法语诗歌就发表在这份报纸上。1911年,梅·齐亚黛入埃及大学读书,学习伊斯兰哲学和阿拉伯语言,在阿拉伯修辞方面得到了良好的训练。这一年她出版第一部用法文写的诗集。1912年,她创办了文学沙龙,成为当时杰出的知识分子和作家的聚集场所,许多著名的作家如塔哈·侯赛因等都是她沙龙的座上客。她的沙龙成为阿拉伯文学

---

① 林丰民:《阿拉伯的女性话语与妇女写作——兼论其与西方妇女文学观的异同》,《外国文学研究》2000年第3期。

界最为著名的文学沙龙,它也是梅·齐亚黛文学活动的重要组成部分,延续了20年之久。她与许多作家和知识分子建立了联系,通信是她与他们重要的交往方式,她的书信也成为她文学创作的重要组成部分。1912年,她开始与居住在纽约的纪伯伦通信,这种通信关系持续了19年,直到1931年纪伯伦去世,但他们从未谋面。她写给纪伯伦的书信结集为《蓝色的火把》。

梅·齐亚黛具有极高的语言天分,精通阿拉伯语、法语、英语、意大利语、德语、西班牙语、拉丁语、现代希腊语,曾将英、法、德、意大利语作品翻译为阿拉伯语。她站在阿拉伯的立场,用阿拉伯语、英语、法语和意大利语写作,形式多样,包括评论、传记、散文、小说、诗歌。主要作品有小说《石上影》、《回归的浪潮》,诗集《梦之花》,散文集《姑娘的良机》,政论集《平等》,传记《芭希莎·芭迪娅》、《沃尔黛·娅琪兹》、《阿漪莎·台木莉娅》,演讲集《生活之林》等。

她的思想和创作深受英国浪漫主义诗人拜伦和雪莱的影响,而对她影响最大的非纪伯伦莫属。她的诗歌表现出鲜明的浪漫主义、理想主义倾向和深刻的道德意识,文笔优雅且富有哲理,充满机智,想象丰富,富有激情,具有神秘、忧郁甚至绝望的色彩,弥漫着她对黎巴嫩的怀念。作为一位诗人,她的作品表现了深刻的文化和思想价值,在现代思想的复兴中起了重要作用。她对黎巴嫩的历史与文化感知深切,具有浓厚的爱国主义情感,关心黎巴嫩的社会福利和文化发展,后来,她进而跨越国际和宗教信仰的界限,开始关注整个东方。她具有广博的文化知识和对苦难人类的同情,在阿拉伯文学史上占据重要的地位:"在写作中从容审慎,尽量选用能充分表达感情和想象的词句。她使风格与目的和需要相适应,忧伤爱怜时低声款语,改良、劝诫时温和责备,抨击弊端陋习时辛辣尖锐,铺叙故事时缓急自如,激越场面和歌颂祖国时则洋溢着火一般的感情。在所有这些场景中,都表现出现代风格的音律性和外国文化的影响,从而把齐娅黛提高到为思想和文学复兴作出过贡献的作家的行列。"① 齐亚黛关注阿拉伯妇女的解放,认为妇女是人类社会的基础,她号召女性追求自由,不要忘记自己的东方身份,被视为巴勒斯坦女权主义者和东方女权主义的先驱。齐亚黛晚年因纪伯伦及亲人的去世和所处环境的艰难,遭受了深刻的精神危机,她陷入抑郁,一度住进黎巴嫩精神病院,康复后回到埃及,1941年病逝于开罗。

二、《罗马喷泉咏叹》

齐亚黛创造了独具特色的散文形式,她以诗的形式书写散文。她的散文内容丰富、题材广泛、思想深刻,涉及东西方文化影响、阿拉伯民族复兴、两性关系探索、自然与乡土情怀、生命与幸福沉思等,涵盖现实人生的重要方面。《罗马喷泉咏叹》收集了齐亚黛最有代表性的抒情和哲理散文共50篇,题名为"罗马喷泉咏叹",不仅源于作家本人自幼所受基督教信仰的熏陶,也体现出她成年后发自内心

---

① 汉纳·法胡里:《阿拉伯文学史》,第480页。

的对西方文化的倾慕,同时更是对黎巴嫩、意大利及西方文化关系的礼赞。西方世界与黎巴嫩的密切联系是由16世纪之后罗马教廷的传教活动开始的,罗马教会学校最早为黎巴嫩源源不断地培养和输送各个方面的人才队伍和学术支持,到17世纪初大埃米尔法赫尔丁与意大利的公国国君们缔结了友好的贸易条约,并在黎巴嫩开办学校。18世纪后又得益于与巴黎的文化交流及其所提供的教育支援,当然更深的影响是宗教渗透。这些初期的积累为后来黎巴嫩先于阿拉伯其他区域走向复兴之路奠定了基础。齐亚黛作为复兴时代末期的代表作家,深刻体认到外来文化,尤其是代表现代文明的西方文化的引进对长期处于停滞状态的阿拉伯世界复兴的作用,以及东西方交流对于改变祖国未来命运的意义。透过女作家对罗马喷泉的深情咏叹,读者看到的是阿拉伯世界的希望:

> 是你赋予那些雕塑以生命的气息,因为它们得到了你甘甜水珠的跃动着的抚摩,是你不断地从地壳深处汲取清水,然后再将它喷向空中,形成各种美的形态,谱写欢快的旋律。无论我们走到哪儿,都能见到你的倩影,呵,艺术和音乐的喷泉!在绚丽的空中你有时像跃动着的光柱,有时像水晶的彩带;那水沫组合在一起,似闪光的火焰,似划过天际的流星;有时你又像天堂多福河(《古兰经》天国之河)的闪电,像华丽无比的船帆,或像被光谱缀饰的丛林。①

在齐亚黛眼里,这片产生了米开朗琪罗和但丁的土地不仅充满了神奇美的创造力,而且能够为渴望复活的生命与探索复兴的民族提供足以起死回生的文化再生力量,亲历罗马圣地的陶冶,犹如走进天堂般的灵界,悠悠古思,现代情怀,发散着浪漫与活力,收获于心的思想智慧和精神动能,激励着齐亚黛和她的同代人去克服路途的障碍创造阿拉伯新的美丽与辉煌。

为了能够更高、更远、更深地审视和反思阿拉伯现实,探索一条可行的复兴之路,齐亚黛数十年如一日于出走与回归的路上奔波。因为有早期法语学习的基础和基督教信仰背景,齐亚黛的生活和思考总是拿西方文化作参照,并深信现代西方文化精神、价值观念和先进技术对振兴阿拉伯民族有不可替代的重要作用。这也是埃及和黎巴嫩近现代启蒙先驱们共同的信念。阿拉伯许多有识之士认为,长期停滞、落后的"阿拉伯国家当时的状况,它本身不具有赖以复兴的条件,必须借助外来的火光照亮思想,并把它提高到世界思想和文化发展的水平。像在欧洲的黑暗时期东方曾把它照亮一样,东方在自己的衰沉时期也要借助欧洲,以建造自己的复兴基础。东西方交流所产生的火光将在阿拉伯世界大放光明,将照亮通向思想、文化、文学广泛进步的智慧之路"②。可见,对于齐亚黛来说,东西方交流不仅是复兴的最重要和最有影响的前提,而且,来自西方世界的召唤也是一种无法抵御的诱惑,她从中受益颇多,但这也给了别人借以攻讦的口实。古老的传统下僵滞保守窘

---

① 梅·齐亚黛:《罗马喷泉咏叹》,蔡伟良、王有勇译,上海译文出版,2002年,第16页。
② 汉纳·法胡里:《阿拉伯文学史》,第369页。

困的生活,到处是"伤害的舌头",似乎有一种永远都走不出令人窒息的悲凉感笼罩着她的生活,苦苦守望在漫漫长夜里的作家,常常"擦干已经淌下的泪水,以便新的泪水能有流淌的地方"。她在《胜利之夜》三次重复描述这一心境:

> 幸福之声与悲哀之声在生命极限的最深处向着一个人呼唤着,于是他开始朝着幸福之声疾跑。然而,崎岖的山石磕绊着他的双脚,荆棘刺破了他的双手,丧子之母的痛苦、离别时的伤感使他心碎,在劳作的战场,其责任心又使他颇感疲惫。于是,奔波于同情与奋斗之间的他已忘却了幸福。因为悲哀是实实在在的,幸福则是虚幻的……①

也许是这一个已经觉醒的先行者群体还承载了太多历史传统的重压,尤其是已沉睡太久的女性世界,必然成为现实社会改变中最为艰巨的重任,身处东方而又接受了西方两性平权思想影响的齐亚黛对此感触极深。不管是历史长河中的母系与父权的反转,还是"东风"与"西风"的渐变,针对炎凉的社会世态,个体经验总是无奈与悲观。抑或是他们——或耸立于空中,或曲躬着身躯,或仰首远眺,或作凝视状——生活中面对各种难以排解的困惑,不免先天下而忧,为寻求民族出路的心灵发出的倾诉才深深引发时代的共鸣。从开篇一曲"大东方"的赞歌,便让今天的我们去聆听这些心灵的呼唤,返回过去的时代,去体验那份求索者的苦涩。

在阿拉伯作家极其看重的本土意识与民族情感上,齐亚黛属于阿拉伯"大祖国"的信仰者。她生活世界里的一切,幸福、爱情、友谊和文学活动,都是在民族复兴的人生目标中定位。民族和地域的因素对于作家的写作自然具有非常重要的意义,不仅仅是她赖以生存的土壤,更是她精神家园的基本元素。她陶醉于阿拉伯漫长而又充满荣耀的历史长河中,游历和赞美那些与世长存的古迹、废墟、遗址,将自己与那骄阳蓝天、干枯沙漠中支起帐篷宿夜的阿拉伯游牧人紧紧联系在一起,无论身在何处,始终情系那遍布高地的大漠、河谷和蓝色海岸。尽管她从小接受的是西方语言的教育,信仰的是西方世界的宗教,作品也大多用法语和英语写成,但古老的阿拉伯语更让她痴心迷恋,并为这种神秘的联结欣喜不已:"每当我听见阿拉伯语,就会感到心中的难解之题瞬间得以化解。为什么每当我看见有人从你那儿来,一种感恩之情顿时从内心油然而生。而且我还感到,只有经历长期分离之后再次聚首的人才会拥有的那种希望在召唤。"②齐亚黛渴望在这一母性的液体中融化!让母体伤口流出的鲜血来浇灌我们干涸的心灵,并将此视为在人间天堂所能寻见的最美的享乐。

齐亚黛所面对的现实,依旧残酷而灰暗。曾经盛极一时具有万般风情的阿拉伯东方文学,如今衰落沉沦了。曾经征服了欧亚非庞大帝国的辉煌,如今溃败成了任人宰割的羔羊,关于爱和平等的话语近百年来也在不断地被传诵着,然而声音是

---

① 梅·齐亚黛:《罗马喷泉咏叹》,第107页。
② 同上书,第7页。

那样的微弱,往事不堪回首,现实满目疮痍。由文明、宗教、环境引发的人与人之间、集团与集团之间的生存之争、武力之争、占领与反占领之争却随处可见。正如苏阿德·萨巴赫所描述:阿拉伯土地"一部分被侵占,/一部分被租借,/一部分被割让,/一部分被撕裂,/一部分被屈服,/一部分被封闭,/一部分被开放,/一部分相安共处,/一部分举手投诚,一部分无门也无顶……"①所以她义无反顾投身于各种社会活动,矢志不渝,奋斗终生。

齐亚黛的一生,为阿拉伯民族的复兴而歌,为黎巴嫩的战乱而泣,为女性的平等而呐喊。但是,她的身份却因为父母、因为信仰、因为写作语言,更因为不停的漂泊生活,时常遭受质疑。有人说"你属于另一个派别,不是我们中的一员";有人说"你拥有另一种血统,不是我们中的一员"。齐亚黛出生在拿撒勒,父亲来自黎巴嫩,母亲来自巴勒斯坦,一家三口都在埃及生活,这不但是身体意义上的流浪,心灵的影子也在国与国之间游荡。对此,作家自己也不免疑虑重重:

> 我到底归属哪个国家?我该捍卫哪个国家呢?死者已逝,为子孙留下了丰厚的物质遗产和精神遗产,供他们享用;留下的民族荣誉,靠他们来捍卫;留下的种种传统,由他们去维系。可我死去的先人,除了在我的双手和脖颈上挂满重负,没有为我留下任何遗产。我试图抛开这些重负,逃避这些重负。我双脚拖着比这更为沉重的东西奔跑,却摔倒在车铃作响的小路上。仇视者和嘲讽者的手指纷纷指向我,无人伸出仁慈之手扶持我、安慰我。为何唯有我,是没有祖国的人呢?

> 至于我已故前人的遗物,已被我的远亲据为己有。弃之不用的遗物,已被我的近邻强行霸占。我以何种方言与人们交流呢?我以何种纽带与他们连结在一起?我是严格遵守我的群体的语言,一种他们声称既不属于我、也不存在于我的同类人中的语言?还是满足于那些视我为不速之客的外乡人的语言?我是维护如今复兴者竭力反对的古老传统?还是接受现代风格,成为保守派利箭的靶子?②

同样的迷茫,使她陷入人生路上的彷徨,借故乡的小河倾诉心迹:"萨法河呀,你来自何方,又流向何处?"③我们来自何方,我们又将去向哪里?这一现代人类共同的哲学追问,同样困扰着阿拉伯知识界,也困扰着齐亚黛。逝者如斯,水欢呼着奔流而去,它的歌声很嘹亮,它的哭声也很响亮。但并没有给出"来自何方,又去向哪里"的答案。

这个从游牧传统走来的民族。从遥远的沙特而来,从也门而来,从约旦而来……自遥远的千年前一步步走进现代,却又不知从何处来,又向何处去?也许本色的生活就是那种闲云野鹤,四海为家——地为床,天为帐,骆驼为伴,潇潇洒洒,倘

---

① 林丰民:《为爱而歌——科威特女诗人苏阿德萨巴赫研究》,中国华侨出版社,2000年,第116页。
② 梅·齐亚黛:《罗马喷泉咏叹》,第132页。
③ 同上书,第128页。

祥天下。作家的脑海因那弄不清的思想而深感沉重,她的心因那不知原委的惆怅而深感悲哀。她积极参加各种各样的集会,耳中充斥着无趣的喧闹,听着战火的消息,无论是对这些集会所做的表面文章,还是洞察它不可告人的真正目的,早已感到厌倦。人的愚蠢、思维的迟钝和意志的薄弱让作家感到震惊。心的疲惫之中,听到祖国富有乐感的名字,便对它产生了爱,因为在这名字中孕育着美丽、甘甜与和平。在散文集的最后,齐亚黛写了一次从黎巴嫩到埃及沿海岸的航行,似乎是重走人生路,回味曾经体验的漂泊与无奈,捡拾起曾经忽略的文化遗迹巡礼,享受着地中海的自然美景。从贝鲁特出发一路赏景、一路沉思、一路收获地驶向开罗、驶向目标。这次心灵之旅抚平了生活中的伤痛,驱散了前进中的迷雾:

> 灼热的沙粒烫伤了我的双足,生活的荆棘划破了我的双手,于是我来到你的身边,试图从你的绿草中提炼出治愈我伤口的良药。我的睫毛上沾满了物质的尘埃,它试图遮住我的双眼,让我不见精神的甘美,于是,我来到你的身边,用你神圣的河水洗净我的睫毛。为能用你的甘露濡润我的手和眼,我才来到这儿。我的心沉重,于是我迅速将它托付给你,让它随你一起投入在那湛蓝深处不断呼唤着你的大海的怀抱。①

由此,她复原了身体,养足了精神,以新生的生命,继续自己的奋斗人生路。

阿拉伯作为古老的民族,历经千余年岁月的洗礼,很多地域、很多方面依然故我,没有改变,它的根、它的心、它的灵魂,还是那么虔诚地深深地植根于无边无涯的阿拉伯大漠之中,植根于厚重的《古兰经》的教义之中,坚如磐石,世代难移。这就是东方古代经过长期沉积的"民族意识",像阿拉伯语《古兰经》中的"Umma"(乌玛),发展到近现代,面对西方殖民入侵,它成了抗拒西方帝国殖民主义的重要精神资源。

齐亚黛认为"文字是思想的明镜、真髓和精髓。……形成两个心灵相互联系、彼此理解的纽带,使两个陌生人变得相知相识"②,因而她将"文字"视为人类思想创造的三大奇迹之一:文字可以使人掌握话语权,而写作成了改变女性失语历史和使阿拉伯女性获得拯救的有效方式。正如作家的愤然之言:"是女人,挑起了特洛伊战争;是女人,通过启发但丁和彼特拉克,唤醒众人的心灵,对中世纪的复兴功不可没;是女人,唆使布吕歇尔挑起了宗教战争;是女人,使哈姆雷特明白了母性的不忠、婚姻的不义,拿起了复仇的利剑……"③。女性的禁声、女性的失语,是男性权力话语宰制女性的结果。在男性权力话语一统天下时,女性因丧失说话的机会而无法显示其女性意识,从而掩盖了女性的真实存在,掩盖了女性的本质所在。齐亚黛在《三个奇迹》中说:"东方的男人曾贬低女性,称她们是'最坏的教材';东方的女性曾备受奴役,将愚昧和屈辱深藏在锦衣绸缎的下面,在把玩手镯和珠宝之中忘

---

① 梅·齐亚黛:《罗马喷泉咏叹》,第129页。
② 同上书,第176页。
③ 同上书,第183页。

却了自己永久的桎梏。"①作家隐约地说明了传统女性对于男人的驯服,实际上是男性对"女性特质"刻意塑造的结果,而非女性天生就是驯服、服帖的,从而揭示了以往"女性特质"形成的实质——男人或男性中心的社会按照男性的标准来规范、诱导"女性特质"。在持续漫长的压制与训导之下,即使再倔强再顽固的女人,也逃不出男性中心为她们设定的"桎梏"。文化的压抑随着女性解放的普及与深入逐渐被转换成女性内在的自觉,尽管有滑向另一极端的趋势,但是"这些是女性的权利,是女性的基本权利,也是女性的根本权利"。

齐亚黛以阿拉伯女性的生存境遇作为一面镜子,反观自我,意识到自己的客体性现实,并努力地改变。"我仿佛是感到所有的影响力都在激励我,令我发出这一呐喊,一种虽模糊不清、却无需阐释和评注的呐喊。"②作家在这一呐喊中实现了自我的主体性回归,体现了纯粹的自我,但这还不够,她还预言这一呐喊本身就预示着一个新的时代,因为它是进步和宣言。因而,即使这声音很微弱,但它终归是一种声音。

西蒙娜·德·波伏娃的相关论述,从多个方面说明了女性特质实际上是在干预中形成的,女人的依附性和被动性并不是与生俱来的,而是逐渐变成的。齐亚黛的思想很大程度上是波伏娃这一观点的回响。她指出:"男人批评我们,赞美我们,嘲讽我们,或宠爱我们,对我们的装饰、文化和教育以及我们精心修剪的发型发表意见,自世界之初就一直在描述我们的性格,无论是世人和散文家、传统诗人和五韵诗人、法学家和伦理学家,还是普普通通的男人和高高在上的超人,都对我们评头论足。"③我们为何不以同样的方式对男人的品德、举止、行为和衣着发表我们真实的看法呢? 这是一个值得我们深思的问题。以此她认为有三种不同的男人,即"完整的男人、半个男人和不是男人的男人"④。完整的男人是杰出的强者,他在失败中坚韧不拔,凭借勇气、自尊和谋略开创新的局面;而那些半个男人,则为微不足道的成功沾沾自喜,洋洋自得;第三类更是不值一提。显然,作家并没有把对男性设定的标准放在狭隘的两性关系中,而是将它置于整个人类的发展过程的角色功能中去评判。"女性应该给人启迪,催人奋进;男人应该孜孜以求,发愤图强",这是阿拉伯女性解放运动的先驱为所有女性建构的一幅美丽的画面,让女性成为这个时代的启蒙者,促成女性主体性的回归。在这一点上,齐亚黛与西方女权主义者极为相似,企图颠覆男人的地位,以使女性改变"第二性"身份。

齐亚黛和一些阿拉伯女性作家虽然也期望打破男性意识形态的一统天下,但她们作为东方女性,更倾向于温和地对待男性。这是因为西方女权运动是在妇女的倡导下开始的,而阿拉伯女权运动是在男性的启蒙下开始的。正如她所说:"男

---

① 梅·齐亚黛:《罗马喷泉咏叹》,第173页。
② 同上书,第181页。
③ 同上书,第184页。
④ 同上书,第186页。

人是我们妇女运动的发起者,鼓动者和支持者。许多男人都在积极地倡导妇女运动,许多男性领导人都深切地同情妇女运动。"①因此,她们不希望把自己与另一性别隔离开来、把自己孤立起来,而是期望得到男性的理解,所以作家对男性的态度中和,指责与褒扬同声:

> 男人啊,你深陷在迷误和错讹之中,一味追求娱乐和享受,虽喜爱争辩却愚昧无知;男人啊,你围坐在桌旁,赌钱博彩,暴殄天物,吸食毒品;男人啊,你走在黑暗的弯道上,这些黑暗的弯道何以存在,唯有你自己知道,我们却不得而知。男人啊,你卑贱愚蠢,软弱无能,背信弃义;你是硕大无比的寄生虫,压迫着人类,吮吸着人血。
> ……
> 男人啊,你却是那样的目空一切,桀骜不驯,自尊自爱,真诚坦荡;你是那样的聪明睿智,刚劲有力;你还是圣战的英雄,令人羡慕,给人希冀,为人增光。②

长期以来,男性权力话语漫不经心地忽视了女性的存在,而齐亚黛在呼吁:"我们最大的快乐就是得到我们同类的认同,赢得他们的珍爱和满意"③,即让男性接受以往被遮蔽的女性内在意识及其价值体系,找回女性迷失的本真,从而获得女性存在的关键。

同时,一些阿拉伯女性作家注意到,并不是所有的男人都压迫女人、反对女人的事业。齐亚黛指出:"在这个无序的时代,挖苦女人的居多,支持女人的也不少。他们是那些心胸宽广有头脑的人,是我们时代最高尚的男人。他们尊重女人的努力,承认她的权利,肯定她的引人注目的改变,钦佩她的勇气和坚定,从她的奋起看到了减轻灾难有益人类的新的有效力量。"④齐亚黛生活的时代,不仅受西方女权运动的蓬勃发展感召,同时也受黎巴嫩复兴运动先驱希德雅格(1804—1888)和埃及卡西姆·艾敏(1865—1908)关于妇女解放及婚姻自主等思想的直接影响,以"新女性"形象自塑为己任,摘掉面纱走进学校,活跃在沙龙里,出现于集会演讲台上,发出代表阿拉伯女性的声音——"我们是迷惘的一代,徘徊在过去的遗产、现实的问题和未来的冲击之间。我们的心灵承载着香料的芬芳、烈焰的纯净、青春的热情和老者的伤感"⑤。优美的语言、耐人寻味的哲理思考背后,我们总能看见孤独与痛苦的影子。但她的字里行间却弥漫着由知识理性所带来的自信与独立。梅·齐亚黛本人就用她的一生证明,知识最终将使妇女在解放的空气里自由呼吸。

---

① 梅·齐亚黛:《罗马喷泉咏叹》,第174页。
② 同上书,第182页。
③ 同上书,第154页。
④ 梅·齐亚黛:《女人与文明》,见《四分之一个丈夫》,第7—8页。
⑤ 梅·齐亚黛:《罗马喷泉咏叹》,第181页。

第十三章 以色列女性文学

在考察以色列女性文学之前,首先应该澄清何谓以色列文学这一概念。我们现在所说的以色列文学实际上是一个国别概念,指的是 1948 年以色列建国以来的文学。由于以色列是个多民族的国家,其文学构成也表现出强烈的多元色彩。换句话说,在以色列国内用不同语言创作的文学成果都应当属于当代以色列文学的范畴。但是,由于以色列是个以犹太人为主体的国家,犹太人使用的民族语言是希伯来语,绝大多数犹太作家当然要采用自己的民族语言进行创作。希伯来语文学显然是以色列文学的主体,代表着以色列文学的最高成就。从这个意义上,我们所说的当代以色列女性文学一般说的就是以色列的希伯来语女性文学。

第一节 概 述

一、《圣经》时期

古代希伯来文化传统是以男性为主导、男性占中心地位的文化传统。《圣经》是从男性角度出发来观察犹太人生命体验的世界。《圣经》中虽然也有个别比较强悍的女子乃至女武士出现,但从总体上无法改变父权制社会里那种男性中心论的基本特征。这样的父权制社会,只鼓励犹太男子致力于宗教学习,而把犹太女子排斥在接受智力教育的大门之外。

希伯来语的最古老文献,或者说最古老的文学作品无疑要追溯到《希伯来圣经》(Tanackh,以下称《圣经》)。《圣经》的确切作者,今人仍然无法得知。我们只知道《圣经》的内容在民间流传多年,最后被编辑成书。至于《圣经》中的诗文是否出自女性之手,我们也无法得知①。但是,《圣经》中却出现了引人注目的女性形象。在《圣经·出埃及记》第 15 章中,亚伦的姐姐女先知米利暗带领众妇女持鼓跳舞,歌颂上帝耶和华,庆祝以色列人穿过红海的胜利。在《圣经·士师记》第 4 章和第 5 章中,描写女先知和武士底波拉的故事,底波拉是以色列的士师和军事领袖,曾经与领兵打仗的巴拉对歌:"星宿从天上争战,从其轨道攻击西西拉。基顺古河把敌人冲没。我的灵阿,应当努力前行。那时壮马驰驱、踢跳、奔腾。"

---

① Shirley Kaufman, Galit Hasan-Rokem, and Tamar S. Hess, eds., *The Defiant Muse: Hebrew Feminist Poems*, New York: The Feminist Press at the City University of New York, 1999, Foreward.

二、拉比与中世纪时期

古代拉比文献①不主张女子学习祈祷文,甚至反对她们学习《摩西五经》。这种传统一连延续了十几个世纪②。在这期间,只有一些拉比鼓励一些出身于富有或者学者家庭、富有天赋的犹太女子学习并受教犹太律法,这些犹太女子因此能够接受良好的教育。但在整个犹太文明历史的发展进程中,这样学识渊博的犹太女子在数量上微乎其微。不具备学习犹太宗教圣典权利的犹太女性也逐渐丧失了使用希伯来语的能力,就更谈不上用希伯来语进行阅读,乃至创作了。整个中世纪只留下公元10世纪下半期西班牙犹太文化黄金时期诗歌学校创办者**达努什·本·拉伯拉特夫人**(wife of Danush Ben Labrat)创作的一首伤怀诗③。

三、19 世纪时期

希伯来女性文学创作实际上始于19世纪上半叶。出身于著名的意大利犹太启蒙主义作家卢扎托之家的**拉海尔·卢扎托·莫泊格**(Rachel Luzzatto Morpurgo, 1790—1871)一般被学界视为第一位现代希伯来女诗人。拉海尔自幼接受了良好的犹太学教育,其诗歌主要描写婚姻、出生和死亡主题。俄国的**撒拉·费格·梅因金·福纳**(Sarah Feige Meinkin Foner, 1854—1936)在26岁时撰写的小说《正当之爱或受迫害的家庭》(*Ahavat yesharim o hamishpahot hamurdafot*, 1881)是希伯来文学史上第一部女性长篇小说。小说将背景置于意大利,写的是一个漂亮并受过良好教育的法国犹太姑娘与一个意大利犹太小伙子相爱,但是他们的恋情却遭到来自家庭和其他追求者的威胁。有学者把福纳说成第一位现代希伯来语女小说家。但是她的作品不但在人物塑造、情节设置上比较粗糙,而且多语法错误,遭到了当时一些男性评论家的无情批评,甚至完全否定。

四、20 世纪前期

第一位得到男性主宰的现代希伯来文坛认同的女作家是**黛沃拉·巴伦**(Dvorah Baron, 1887—1956)。巴伦在1887年生于白俄罗斯,当时的犹太启蒙运动已经开始了百年之久,传统犹太世界中的某些陈规已经被打破。巴伦是拉比的女儿,自幼天资聪颖,深受父亲喜爱,并跟随父亲学习希伯来语和犹太传统文化,甚至到父亲任教的犹太会堂听课,隔着布帘,与年轻的犹太男子一起学习《圣经》、《塔木德》、《密德拉希》和其他一些犹太律法经卷。与此同时,巴伦还在哥哥本雅明的指导下阅读犹太启蒙运动时期创作的希伯来文学作品,接触到了当时的进步

---

① 古代拉比文献包括《密西拿》、《托塞弗塔》、《塔木德》、《密德拉希》汇编。
② Judith Romney Wagner, "The Image and Status of Women in Classical Rabbinic Judaism", In *Jewish Women in Historical Perspective*, Judith R. Baskin ed., Detroit: Wayne State University Press, 1991, p.71.
③ Tova Rosen, *Unveiling Eve: Reading Gender in Medieval Hebrew Literature*, Philadelphia: University of Pennsylvania Press, 2003, p.1.

思想。后来父亲去世,生活发生变故,巴伦决定移居巴勒斯坦。

巴伦从 1902 年 14 岁时便开始在杂志上发表作品,一些从事希伯来女性研究的学者往往把这一年当成现代希伯来女性小说的一个起点。1910 年移居巴勒斯坦后,精通希伯来语,并在创作上小有名气的她很快便得到当时著名的希伯来语作家布伦纳的举荐,在文学杂志《青年工作者》从事编辑工作,任女编辑,这在文学大家辈出、文学标准苛刻、女作家寥寥无几、许多女诗人得不到承认的 20 世纪初年的巴勒斯坦,可以说是一件卓尔不凡的事,标志着巴伦的创作才能和成绩得到了男性同行们的认可。

应该说,巴伦抵达巴勒斯坦时期,女性希伯来语文学已经具备了生存的土壤。致力于希伯来语复兴运动的本-耶胡达已经公开倡导女子参与文学创作,认为只有女性才能把情感、温柔、顺从、微妙之处带入已经死亡的、古老的、被人遗忘、硬邦邦、干巴巴的希伯来语中,使之简明准确①。更为难能可贵的是,本-耶胡达鼓励女性作家在她所办的报刊上发表作品。

巴伦在巴勒斯坦生活期间,始终无法忘却她早已远离了的象征着犹太传统文化的东欧犹太村落,她试图通过创作保留下那个正在消失的世界。巴伦在《青年工作者》杂志工作期间,结识了著名的犹太复国主义者、杂志的主编约瑟夫·阿哈龙诺维茨,并与之结婚。第一次世界大战期间,这对年轻夫妇带着他们的女儿流亡埃及。4 年后他们才回到巴勒斯坦,又重操旧业,继续从事编辑和创作。1922 年,丈夫不再舞文弄墨,而是做起了工人银行的行长。巴伦本人也辞去了报社的工作,开始了漫长的隐居生活。从一个活跃而富有创造性的作家和拓荒者,变成逃避社会的人,同时也被社会遗忘了。在她人生的最后 30 年里,巴伦几乎中断了所有的社会联系,几乎没有出过家门,甚至没去参加丈夫的葬礼。终日凭窗而坐,或倚床而卧,构思着一个个精致小巧的文本世界。

隐居本身在逻辑上造成了两个后果:其一,巴伦虽然身在以色列,但是却始终没能融入当地的现实生活中,进而形成了别具一格的创作视角。与当时立志反映巴勒斯坦新生活的多数希伯来语作家不同,她没有关注怀揣各种梦想来到巴勒斯坦土地上的各式犹太人的欢乐、痛苦、忧伤、矛盾、失望等诸多情感,"几乎完全忽略了以色列地的新现实"②,而是把笔锋伸向了过去,伸向了东欧犹太村庄,以此为依托,来构筑自己的文本世界,不知疲倦地描摹那里的人与事、生与死。当时,活跃并主宰巴勒斯坦文坛的男性作家,包括来自流散地的大批作家,如诺贝尔文学奖得主阿格农等都在创作反映现实生活场景的小说。从这个意义上说,巴伦始终与她那个时代的希伯来主流文学,或者说希伯来男性文学处于一种对抗状态之中③,与同

---

① Wendy I. Zierler, *And Rachel Stole the Idols*, Detroit: Wayne State University Press, 2004, p.36.
② Nurit Govrin, *Alienation and Regeneration*, Tel Aviv: MOD Books, 1989, p.130.
③ Nurit Govrin 在谈到巴伦没有任何把以色列作为背景的作品时指出,也许巴伦自己认为有能力描写某种永恒而固定的生活方式,而在以色列地一切都处在变化之中,不适宜创作以这种更新的生活相关的真正文学。

时代的希伯来女作家和诗人也显得有些格格不入。其二,根据拉托克的观点,只有摆脱了尘世的困扰,巴伦才能创造出一种非传统的现实世界,并且在这个世界里发号施令。丈夫在1937年去世后,巴伦一直跟女儿和女仆住在一起,她所生存的世界是个地地道道的女性世界。这种反常的生活方式与生存空间有助于形成她独特的创作焦点。她在创作中多以东欧犹太社区中的女性为中心,展现女性生活的各个层面,包括出生、成长、婚姻、家庭等。她用与男作家不同的细腻笔法来解释笔下女主人公的人生境遇,表现出犹太女性在男权社会里所受到的压抑,描绘她们的边缘化身份。在她看来,女性的不幸不是因为"他者"的身份所致,更多的则是受到环境逼厌使然,被评论家视为"希伯来文学中第一位女权主义作家"。

在巴伦的许多作品中,均表现了在以男性为中心的犹太律法的制约下女子的不幸与悲苦。这一主题在反映家庭与婚姻的《修书》(*Kritut*,1943)等小说中体现得非常明显。"修书"的题目根据加利福尼亚大学版《第一日》中该作品的标题译出,希伯来文标题"Kritut"的原意为"根除"、"剪除"①。小说在开篇写道:在所有来到父亲的拉比法院的人中,那些将被送出丈夫家门的女子显得最为痛苦。而这些即将遭到丈夫弃绝的女子有两类:第一类女子本身并没有过错,她们在家里操持家务,尽心竭力地侍奉丈夫,但是却得不到丈夫应有的关爱。而女子一旦不能取悦丈夫,丈夫就有权给她一封修书。第二类是那些不育的女子。她们和丈夫一起生活10年,却没有给丈夫生下一男半女,便会得到丈夫的修书。小说篇幅虽短,但是揭示了女子在父权制婚姻生活中的悲剧命运。女作家,包括女作家的母亲显然对遭休弃的女子怀有深深的同情,并且蕴涵着巴伦对男权社会中某种成规的不满,带有早期女权主义的味道。

巴伦精通多种语言,曾把契诃夫、杰克·伦敦等作家的短篇小说和福楼拜的《包法利夫人》翻译成希伯来语。她在风格上受到契诃夫和莫泊桑的影响,在确立主题和运用讽刺手法等方面受到福楼拜的影响。在世之际,巴伦就发表了10多个短篇小说集。从艺术角度看,巴伦经常在自己的作品中使用圣经典故,在过去与现在之间建构起一种类比关系。这些圣经比喻与对立陶宛的一个犹太村庄所展开的叙述结合起来,给反英雄本身赋予了一种神秘的深意。它们扩展了乡省背景,同时复活了古老的文本,在当今产生一种超越生活的历史叙事或原型维度,达到了相当高的艺术水准,故而代表着20世纪初期希伯来女性文学的最高成就②。

从20世纪20年代起,巴勒斯坦地区的文坛上逐渐有几位希伯来女诗人崭露头角,她们是拉海尔·布劳斯坦(Rachel Bluwstein,1890—1931)、埃斯特·拉阿夫(Esther Raab,1894—1981)、艾莉谢娃·比克豪夫斯基(Elisheva Bikhowsky,1888—1949)和约海维德·巴特-米丽亚姆(Yokheved Bat-Miriam,1901—1980)等,

---

① Dvora Baron, "*The First Day*" *and Other Stories*, Berkeley, Los Angels, London: University of California, 2001.

② 参见格尔绍恩·谢克德:《现代希伯来小说史》,钟志清译,商务印书馆,2009年,第81页。

她们的诗歌中表现出特有的女性气质与感受。30 年代移居巴勒斯坦并开始登上文坛的**利亚·戈尔德伯格**(Leah Goldberg, 1911—1970)堪称女性诗人中的佼佼者。戈尔德伯格懂七门语言，既是诗人，又是翻译家和研究者。她对希伯来文学的主要贡献是诗歌创作，1935 年出版了第一部诗集《烟圈》(*Taba'ot Ashan*)，之后又出版了 8 部诗集。她也创作精美的儿童短篇小说、戏剧及戏剧评论、文学随笔、小说和回忆录；还把多部欧洲文学经典翻译成希伯来语，包括契诃夫、易卜生、托尔斯泰的作品。她的儿童文学作品在以色列家喻户晓，可以说以色列两代人是读着她的儿童文学作品和诗歌长大的。

五、1948 年后

1948 年以色列建国之后的女性文学发展可以分为两个阶段，一是从 50 年代到 70 年代，女作家和诗人的总体数目虽然不多，但在创作数量和质量上却表现出不容忽视的力量。二是从 80 年代开始，女作家群迅速崛起，女性文学创作从边缘走向核心，创造了希伯来文学史上的奇迹。

1. 从 50 年代到 70 年代

第一阶段的著名女作家有阿玛利亚·卡哈娜-卡蒙(Amalia Kahana-Carmon, 1926—)、耶胡迪特·亨德尔(Yehudith Hendel, 1926—)、露丝·阿尔莫格(Ruth Almog, 1936—)、舒拉米特·哈莱文(Shulamith Hareven, 1930—2003)、舒拉米特·拉皮德(Shulamith Lapid, 1934—)、拉海尔·伊坦(Rachel Eytan, 1931—1987)、娜欧米·弗兰克尔(Naomi Frankel, 1918—2009)等。

阿玛利亚·卡哈娜-卡蒙是当今以色列最负盛名的女作家。她生于以色列的基布兹，在特拉维夫长大成人，曾在耶路撒冷希伯来大学攻读文献学与图书管理学，并多年在英国、瑞士、美国等国家居住，熟悉西方文化背景。阿玛利亚 1966 年发表第一个短篇小说集《在同一屋檐下》(*Bi-Chfifah Ahat*)，在文坛引起轰动，此后，又相继发表长篇小说《月亮照在阿亚隆谷地》(*Ve-Yareah Be-Emek Ayalon*, 1971)和小说集《磁场》(*Sadot Magnetyeem*, 1977)，奠定了女性文学在以色列文学史上的地位。

《在一间屋檐下》共包括 3 个中篇和 14 个短篇小说，背景在孤独的阿尔卑斯山村、充满异国情调的伦敦、富有神秘色彩的耶路撒冷和以色列城镇上来回转换，均表现出作家刻画人物内心世界的天赋，堪称以色列文学中的经典之作。

《月亮照在阿亚隆谷地》是阿玛利亚早期创作的一部长篇小说，作品开篇，女主人公诺娅·塔尔玛在以色列南部沿海城市埃拉特的一家旅馆里等候丈夫和一位客人的到来。丈夫是个实业家，客人菲利普是来自英国的化学工程师。菲利普的到来将缺乏意志力的诺娅从死气沉沉的生活中唤醒，唤起了她埋藏在心底的爱。但这种关系却没有维系下去，诺娅继续被困在婚姻的枷锁下："男人痛哭流涕。女人留了下来。她不晓得是为了什么。"她逃避到自我意识之中，在想象的空间中，追逐诗情画意般的生活，同自己挚爱的人尽情交往，无拘无束，却对丈夫在社会与经济领域取得的成功不屑一顾。

作为60年代登上文坛的女作家,阿玛利亚·卡哈娜-卡蒙以独特的表现手法和女性所特有的纤细与敏感,为我们创造出有别于希伯来主流文学的作品。她不像男性作家那样直接关注社会、政治与历史语境,而是强调心理分析,注重揭示人物的内在世界活动轨迹,擅长描写人物的内心独白,强烈而深切地表达出丰富的女性意识。其创作深受英国著名女作家弗吉尼亚·伍尔夫的影响,在优美动人富有诗意的字里行间,表达出男性对女性的爱与女性渴求自我实现、自我表达之间的矛盾。她的创作典型地体现出希伯来文的语体特征,大量采用《圣经》、《塔木德》和各类祈祷书中的古语,语言简洁,富有节奏和音韵美,同时运用大量的比喻,增强了语言的神秘与象征色彩,形成庄严典雅的风格。

阿玛丽亚的出现使女性文学第一次在希伯来文学神殿上享有了一席之地,在60年代的新文学浪潮中,与男作家分庭抗礼。即使到了八九十年代,阿玛利亚依旧笔耕不辍,写作出《伴她踏上归途》(*Liviti Otah Ba-Derech Le-Veita*, 1991)、《我们将生活在此》(*Kan Nagur*, 1996)等富有独创性的作品。同时,她乐于奖掖后进,培养出萨维扬等诸多文坛新秀。

耶胡迪特·亨德尔也是以色列的一位一流女作家,她的许多作品着力描绘生活在社会边缘的人们的心境与遭际,描绘女性过去的经历对现在生活的影响,挖掘深入,在评论界享有盛名。亨德尔生于波兰华沙的一个犹太教拉比之家,1930年,年幼的亨德尔随家人一起移居到而今以色列的海法,在那里度过了自己的童年,现居住在特拉维夫。亨德尔是"帕尔马赫"作家的同代人,与他们几乎同时登上文坛,但在50年代,她的作品为数不多,只有短篇小说集《他们是另一种人》(*Anashim Acherim Hem*, 1950)和长篇小说《台阶街》(*Rehovot Hamadregot*, 1956)。短篇小说《他们是另一种人》主要反映从欧洲来的大屠杀幸存者如何在以色列土地上被按照犹太复国主义思想模式重新塑造,历来为评论所关注。

另一位杰出的女作家**露丝·阿尔莫格**生于以色列佩塔提克瓦一个德裔东正教家庭,曾经在特拉维夫大学主攻文学和哲学,后在中学执教多年,并参加编辑以色列著名的《国土报》。这是一位关注文化、历史与社会的女作家,其笔下的主人公多为女性,主要作品有中、短篇小说和长篇小说,此外还撰有大量的儿童文学作品,曾荣获"布伦纳奖"、"阿格农奖"等多种文学奖。

《雨中之死》(*Mavit Hageshem*)是阿尔莫格长篇小说代表作,描绘出三个男人和两个女人之间错综复杂的感情纠葛。耶尼斯和亚历山大爱上了同一个女人亨利埃塔,耶尼斯出身于希腊自由主义战士之家,在雅法长大,由于他是外国人,所以亨利埃塔对他的爱未作回应。亨利埃塔和亚历山大结婚后,耶尼斯依旧深爱着她,那是一种无望的没有结果的爱。亚历山大也很痛苦,一直怀疑妻子在婚前就同耶尼斯保持着性关系。亨利埃塔是个充满神秘色彩的漂亮女性,整个战争期间都藏在地窖里,躲过纳粹分子屠杀犹太人的那场劫难后,从匈牙利来到以色列的一家养育院,她上学时结识伊丽雪弗,二人情同姐妹。亨利埃塔在一个迷离的雨天,死于车祸。伊丽雪弗同本书叙述人利奇特教授保持着一种师生兼情人的复杂暧昧关系，在小说结尾，身处弥留之际的耶尼斯请求伊丽雪弗伴他度过生命的最后时光。

这篇小说的独到之处首先体现在创作技巧上，小说的中心内容由伊丽雪弗日记、亚历山大书信以及利奇特教授回忆三个主要部分构成，真实的故事却隐藏在这些拼凑起来的碎片下。利奇特教授尽管在牛津大学和哈佛大学镀过金，尽管他所讲的英文基本上是无可挑剔的英音，但永远也改不掉粗糙的本性，这种粗鲁的本土以色列人的行为举止让他感到羞愧："我过去是，现在还是一个低人一等的土生土长的以色列人，一枚苦涩的青橄榄。"利奇特在《雨中之死》中具有举足轻重的位置，他承担了叙述人和牵线人的身份。伊丽雪弗，他以前的学生兼情人，寄给他一些零零散散的日记以及她后来所写的小说草稿，同时夹杂着亚历山大给他死去的希腊朋友耶尼斯的书简，以及耶尼斯自己未写完的故事。伊丽雪弗让利奇特将这些碎片编辑起来组合成一个可以看懂的故事。

《雨中之死》堪称一部诗化的凄美之作。整部作品将瞬时感受、片断体验、幻觉与回忆交叉在一起，时空跳跃感强，在希腊和以色列之间交错穿插，历史与现实在同一个层面汇集。几个主人公不约而同，分别在生命的不同阶段，对人生、爱情、痛苦、死亡的意义进行重新审视与思考。

与小说创作相比，诗坛似乎相对显得比较冷清。而女诗人**达莉娅·拉维考维茨**（Dahlia Ravikovitch,1936—2005）及其诗歌"是以色列文化在形成关键时期一份奇妙的财富"。达莉娅·拉维考维茨1936年生于特拉维夫，曾在耶路撒冷希伯来大学读书，做过记者和中学教师，出版了《一只橘子的爱》（*Ahavat Tapuah Ha-Zahav*,1959）、《第三本书》（*Ha-Sefer Ha-Shlishi*, 1969）、《深渊的呼唤》（*Tehom Koreh*,1976）、《真爱》（*Ahavah Amitit*, 1987）、《母与子》（*Ima Im Yeled*, 1992）等诗集，著有相当数量的短篇小说和儿童文学作品，并将叶芝，T·S·艾略特的作品和一些儿童文学名著翻译成希伯来文。她的诗作在以色列拥有广泛的读者，获过多种文学奖，包括著名的"比阿里克奖"和1998年度"以色列奖"。达莉娅·拉维考维茨的早期诗歌语言与她同时代的人基本不同，所采用的并非日常生活用语，而是纯粹典雅的圣经式希伯来语，夹杂着《密西拿》、《密德拉西》中的短语，讲究节奏韵律，追求对仗工巧。第一部诗集《一只橘子的爱》付梓于1959年，第一首诗写的是一只受伤的橘子对吞吃它的人充满感情，揭开了表现受伤害主题的序幕。

《第三本书》在拉维考维茨的诗歌创作生涯中占据着重要位置，它既是诗人早期诗歌创作的总结，也开辟了日后创作的诸多题材与表现方式。这种变化首先体现在语言上趋于自由、松散，已经摆脱了早期诗歌语言上的精心雕琢与装饰。其次是在诗中表达出一种强烈的女性意识，比如在一首致莉娅·戈尔德伯格的献诗中，其方式像女人对女人娓娓交谈，细腻动人，丝毫没有男性社会化诗风留下的任何烙印。此外，这部诗集中的某些片断第一次体现出拉维考维茨诗歌中前所未有的政治倾向和对历史、家园的关注。

拉维考维茨后期的一些诗歌流露出以前少见的憎恨与厌恶之情：这些诗表现

出以色列本土人信仰的危机,用著名诗人梅厄·威塞尔蒂尔的话说,显示出一种"巨大的情感破坏",这种"巨大的情感破坏是以色列、以色列人和以色列体验的主题",也是当代以色列社会无法回避的一个现实问题。女诗人或许正是无法从信仰危机中摆脱出来,在2005年夏自杀身亡。

总体上看,达莉娅·拉维考维茨的诗歌善于从历史、宗教、神话中撷取诗歌意象,注入强烈的个人体验,传达出孤独、失落与精神崩溃等人类情绪处于极端状态下的体验,将诗歌、爱情与信仰上的迷茫一并呈现在读者面前,从而超越了自身,具有普遍意义。特别是作为女性诗人,达莉娅·拉维考维茨淋漓尽致地表现出在强烈的创作冲动力与静默柔弱性格特征间挣扎的女性体验,具有强烈的力度,使以色列女性诗歌创作得到了文坛认同。但是,从女性审美角度来看,达莉娅·拉维考维茨的诗歌又缺乏女权主义者所标榜的那种在女性意识、感觉与角色上的革命,所以她在希伯来女性诗歌领域所带来的文化冲击比不上稍晚于她的另一位女诗人约娜·瓦莱赫(Yona Wallach,1944—1985)。

约娜·瓦莱赫生于特拉维夫郊区,在20世纪60年代特拉维夫的文学圈内相当活跃,经常为以色列等文学期刊撰稿,为以色列一家摇滚乐团作词并演出,1982年她的诗歌被谱成乐曲、制成唱片发行。1985年,这位天才的女诗人因病去世,年仅41岁。在短暂的一生中,瓦莱赫共发表《事物》(*Devarim*,1966)、《两座花园》(*Shnei Ganim*,1969)等6部诗集。

约娜·瓦莱赫堪称20世纪六七十年代最伟大的希伯来女诗人之一,传统以色列女性诗歌多受到20世纪初希伯来女性诗歌创作的影响,诗风婉转、低回、压抑、优美、浪漫而感伤,抒发出女性对爱情求之不得、备受压抑的苦痛,直至瓦莱赫才给希伯来诗歌实施了一场女性革命,表现出女性强烈的性意识及灵魂深处的苦痛与呐喊。在诗歌创作手法上,她力图将摇滚乐曲、荣格心理学和街巷俚语中的诸多成分杂糅在一起,采用流畅隽永的诗行,打破传统诗歌的套路与结构,表达出微妙复杂而又直白裸露的情感体验,创造出八九十年代以色列青年一代女诗人仿效的摹本。

2. 80至90年代

自20世纪80年代至今,女作家在以色列文坛上崛起,引人关注,女性文学从边缘走向核心,堪称现代希伯来文学创作领域的一场革命。从题材上说,许多女作家描写个人世界、浪漫故事、婚姻生活和单亲家庭;还有的致力于描写知识女性在个人意志与权利义务之间的苦苦挣扎。在表现手法上,与前代作家多层面反映现实的手法相比,女作家的作品显得比较单薄。同富有社会参与意识的男性作家相比,这一时期女作家的创作远离政治,偏重自我内省,缘情而发。她们不再专注于希伯来文学传统中父子冲突这一模式,第一次将笔触伸向母子关系、母女关系、母性、女人对为人母的态度等女性所关注的问题。她们打破了传统的叙事方式,大胆进行语言实践与革新。较之男作家所乐于采用的那充满圣经修辞与民族隐喻的整齐典雅的希伯来语,女作家的语言则显得不那么精雕细刻,富于强烈的个人色彩与创新意识。即使同以卡蒙为代表的前辈相比,这批女作家也表现出不同寻常的独到之处。

在这批女作家中,比较突出的有萨维扬·利比莱赫特(Savyon Liebrecht, 1948—)、奥莉·卡斯特尔-布鲁姆(Orly Castel-Bloom, 1960—)、利亚·艾尼(Leah Ani, 1960—)、利亚·阿亚隆(Leah Ayalon, 1950—)、茨鲁娅·沙莱夫(Zeruya Shalev, 1959—)、娜娃·塞梅尔(Nava Semel, 1954—)、加布里来拉·阿维古尔—罗泰姆(Gabriela Avigur-Rotem, 1946—)、努里特·扎黑(Nurit Zachi, 1942—)、耶胡迪特·卡茨尔(Yehudit Katzil, 1963—)、埃莉奥诺拉·莱夫(Eleonora lev)、米拉·玛根(Mira Magen)等。其中,萨维扬等人受阿玛利亚等老一代作家创作的影响,比较接近以文载道的文学传统,而以奥莉为代表的一批作家则表现出大胆的创新意识。

奥莉·卡斯特尔-布鲁姆生于特拉维夫,曾在特拉维夫大学攻读电影学。自1987年以来,她相继发表了《我在哪儿》(*Heichan Ani Nimtzet*, 1990)、《米娜·利萨》(*Ha Mina Lisa*, 1995)等长篇小说,几乎每部作品都在文坛上引起反响与争论,评论界称她的创作表现出一种不容忽视的挑战,把奥莉当成最激动人心的希伯来文作家之一。卡斯特尔-布鲁姆曾获得"阿尔特曼奖"、"纽曼奖",并两度获"总理奖"。

奥莉的第一部长篇小说《我在哪儿》是近年来出现在文坛上的独特之作。主人公是一位40岁左右的离婚女子,生活富有,既缺乏一技之长,又没有进取目标,终日生活在虚空之中,用她自己的话说:"我既讨厌别人又让别人讨厌。"由于一个偶然事件,她决定不再伤害自己的第二任丈夫,开始以打字谋生,人也变得充满了活力。小说中的许多事件缺乏内在的连续性,荒诞色彩很浓,具有强烈的反讽意味。女主人公生存的虚妄,恰恰正是现代以色列人的生存写照。

女作家中也不乏在语言文字上颇具造诣之人,如**加布里来拉·阿维古尔-罗泰姆**。罗泰姆出生于40年代,但直到80年代才发表第一部诗集,1992年发表第一部长篇小说《莫扎特不是犹太人》(*Mozart Lo Haya Yehudi*)。2001年,罗泰姆完成了长篇力作《热浪与疯鸟》(*Chamsin Ve Tziporim Meshugaot*)。希伯来大学谢克德教授称其是过去20年间以色列作家创作的最好作品;而该书文学编辑施瓦茨认为小说作者是位"惊人的作家",是唯一"使他一遍遍查希伯来文字典的人",拥有高度的文学修养,熟谙文学传统。小说主人公劳娅·卡普兰是个空姐,在飞机上工作了25年,没有结婚,没有子女。她受过良好教育,拥有很高的艺术鉴赏力。年幼时母亲去世(也许是失踪了),她由身为学者的父亲和父亲的朋友达维迪抚养成人。她一心希望摆脱承担各种义务和人际关系的纷扰。小说开头劳娅回到以色列中部的一个小村庄,继承父亲朋友的房产。在这次回归过去的旅行中,她发现了自己出生的秘密,知道了母亲的故事以及达维迪等人的真实身份。作品带有以色列记忆小说的特点。主人公对于过去私生活的追叙、她独特的心理特征、爱情失败的经历等,导致了她日后在与友人交往过程中态度消极,情感生活缺乏生气。在某种程度上,这也代表着出生于20世纪40年代中期的一代人的特殊经历与感受。它重新审视了犹太复国主义者的乌托邦理想,同时透视出以色列人对大屠杀的集体记忆。

大屠杀一向是以色列社会政治中较沉重的话题,20世纪80年代以来,许多女作家也在不同程度上涉猎了这一主题,她们比较倾向于从个人经历与感受出发来描写大屠杀记忆给以色列人,尤其是给大屠杀幸存者子女的心灵所蒙上的阴影。娜娃·塞梅尔、萨维扬·利比莱赫特、米哈尔·高夫林、莉莉·佩里(Lili Perry, 1953—)等都是大屠杀幸存者的后裔。她们擅长表现自己在弥漫着大屠杀阴影的家庭成长过程中与父母的冲突。高夫林的长篇小说《名字》(*Ha Shem*)发表于1995年,主人公阿玛利亚是大屠杀幸存者的后代,她的名字是父亲为了纪念前妻而取的,她的整个童年一直被父亲前妻的集中营遭遇所困扰。

在以色列作家的畅销书排行榜上,许多作品出于女性之手。茨鲁娅·沙莱夫1959年生于基布兹,出身于文学世家。曾在希伯来大学攻读圣经学,并获得硕士学位,现住在耶路撒冷,是著名的凯塔尔出版社的文学编辑。她1989年出版第一部诗集,1993年出版第一部长篇小说《跳舞,站立》(*Rakadeti Amadeti*),但都没有在文坛上引起什么反响。1997年,茨鲁娅·沙莱夫的第二部长篇小说《爱情生活》(*Hayei Ahavah*)经著名希伯来文学评论家施瓦茨教授力荐在凯塔尔出版,它不仅占据了16周畅销书榜榜首的位置,而且在评论界也引起轰动,茨鲁娅·沙莱夫一举成名。此后她又出版了长篇小说《夫妻》(*Ba'al Ve Isha*, 2000)、《逝去的家庭》(*Tera*, 2005),均反响很大。总体上看,这三部长篇小说可以被概括为"爱情、婚姻、家庭"生活三部曲。如果说,给茨鲁娅带来世界声誉的《爱情生活》集中描写的是爱情生活,或者说是情爱生活,那么《夫妻》则侧重描写婚姻生活,《逝去的家庭》则以描写家庭生活为中心。

《爱情生活》是茨鲁娅·沙莱夫迄今最为成功的一部作品,已经翻译成20多种文字,畅销以色列、德国、意大利、法国等许多国家,并且获得各种文学奖。作品描写了年轻的希伯来大学研究生兼助教、已婚女子伊埃拉与父亲旧友、比她年长一辈的阿耶厄之间的情爱故事。小说开篇,伊埃拉与阿耶厄在伊埃拉的父母家不期而遇。这位父亲30多年前的同窗好友刚刚从法国归来,到以色列给奄奄一息的妻子治病。他那低沉撩人的声音、修长的深褐色手指、忧郁而黯淡的目光、傲慢的欧式举止,令伊埃拉似乎有些难以自持,一段病态的情爱关系就这样拉开了帷幕。

阿耶厄的名字在希伯来文中的意思是"狮子",他的姓氏在阿拉伯文中意为"石头"。他之所以吸引伊埃拉,并非他具有什么人格魅力,而是因为他身上带有某种独特的动物本能,他作恶多端,非常自私、冷酷。伊埃拉和阿耶厄在追求感官快乐的瞬间往往产生屈辱与自轻自贱的感觉。他们第一次性接触缺乏任何真情与温存,与伊埃拉最初和丈夫约尼在一起时的感觉迥然不同。这种体验令伊埃拉感到屈辱,于是想用新的性体验,甚至三人交媾来抹去这种不快和屈辱。但往往事与愿违,直到在她的脑海里经常重现"圣殿被毁"的意象。在某种程度上,"圣殿被毁"意象预示着伊埃拉试图与阿耶厄建立真正恋情的失败,并在失败中毁灭自身。

对这桩病态恋情产生影响的潜在原因之一是伊埃拉的母亲过去曾与阿耶厄有染，这段旧日恋情显然影响到而今的感情关系。

作品打破了所有禁区，毫不掩饰地进行赤裸裸的性描写，并且加进了许多《圣经》典故，剖析人物的心灵深处，可谓是成功借用《圣经》笔法的现代小说。茨鲁娅·沙莱夫因而赢得了"90年代新女性文学浪潮中最富有天才的小说女作家之一"的声誉。需要特别指出的是，作品虽然充满大量的性描写，但不能把它看作一部性爱小说，就像小说推荐人施瓦茨教授所说，茨鲁娅是在"用一种截然不同的方式阐释希伯来文化"①。女主人公在与父母、丈夫、情人的关系中完成自我形象的塑造，这一模式在希伯来文学中并非首创，但是伊埃拉的新奇之处在于她没有去反驳男性霸权和男性社会政治话语，而是在描写两性关系中展现出女性意识的觉醒。

自80年代以来，女性诗歌也发生了变化。在英年早逝的瓦莱赫诗风的启迪下，女性诗歌在温柔细腻之中体现出鲜明的进攻性与挑战意识。同时，一代诗人中只有一两位女性为点缀的现象已经成为过去，文坛上活跃着一批女性诗人。在她们当中，比较重要的有利亚·阿亚隆（Leah Ayalon, 1950—   ）、阿吉·米斯赫尔（Agi Mishol, 1947—   ）、哈娃·平卡斯-科恩（Hava Pinhas-Cohen, 1955—   ）等。

利亚·阿亚隆一向被以色列批评界誉为以色列80年代最杰出的女性诗人之一，她虽然算不上瓦莱赫的直接传人，但在诗歌创作方面却与前者表现出一种本质上的趋同性。其诗善于使用暴力意象与性欲象征，用富有激情、节奏紧张的语言赤裸裸地表现出女性对爱情的强烈渴望与期待，向往被强悍的男子征服，然而这种超常的情感在现实生活中往往求之不得，无法实现。利亚·阿亚隆在诗作中大胆而淋漓尽致地倾诉女性受压抑的苦痛，被称作是以色列女性诗人中最"激动人心"的一位。

第二节　萨维扬·利比莱赫特

一、生平和创作

在八九十年代的中青年作家中，出道较早的是萨维扬·利比莱赫特。她1948年生于德国慕尼黑，父母均是大屠杀幸存者。1950年随父母移民以色列，曾在特拉维夫大学攻读哲学与文学。迄今为止，已经发表《沙漠苹果》（*Tapuhim Min Ha Midbar*, 1986）、《高速公路上的马》（*Susim Al Kvish Geah*, 1992）、《他对她说，对我来说像天书》（*Sinit Ani Medaberet Elecha*, 1992）、《关于爱情故事与其他结局》（*Sof Le-Sipur Ahavah*, 1995）、《过夜的好地方》

---

① 笔者在以色列本-古里安大学攻读博士学位期间曾经跟随施瓦茨教授学"现代希伯来文学里程碑"课程，听他讲授过《爱情生活》。

(*Makom Tov La-Laila*, 2002)等5个短篇小说集,《一个男人和一个女人和一个男人》(*Ish, Isha Ve Ish*,1998)、《我父亲认识的女人》(*Ha Nashim Shel Aba*, 2005)等2部长篇小说以及3个剧本。她曾在1987年获"阿尔特曼奖",在2005年获得"年度最佳戏剧家奖"。

萨维扬·利比莱赫特是前文提到的卡哈娜-卡蒙的学生,在文学理念上也可以说是后者的直接传人。短篇小说集《沙漠苹果》①是萨维扬·利比莱赫特的处女作,大部分作品描写同大屠杀梦魇有关的创伤记忆,还有一部分集中描写家庭生活,从中可以使读者窥见当代以色列生活的全景以及日常生活中充满激情的层面。其早期短篇小说基本上沿袭这样的风格特征。从创作第四部短篇小说集《关于爱情故事及其他结局》开始,利比莱赫特不再像从前的作品那样把战争创伤与家庭事件作为中心主题,而是将笔力集中在人的情感冲突上。利比莱赫特擅长描写人物对过去生活的痛苦体验,展示他们心灵深处的脆弱与失败感,可以说是带着"微妙与敏感探索受到伤害的灵魂"。

《一个男人和一个女人和一个男人》是萨维扬·利比莱赫特创作的第一部长篇小说。这部长篇小说讲述的是一个生动的爱情故事,女主人公哈姆塔尔是一家心理学杂志的编辑,嫁给了一个心地善良的前基布兹成员。她勤勤恳恳地工作,尽心尽力地照顾丈夫和一双儿女,任劳任怨地孝敬年迈多病的双亲。一个偶然机会,她到老年人看护医院探望双亲时,与素不相识住在芝加哥的以色列人扫尔不期而遇,扫尔来这所看护医院看望他的老父亲,在疾病与死亡阴影的笼罩下,二人产生了短暂的恋情。小说通过哈姆塔尔与母亲之间痛苦关系的描写,表现出大屠杀幸存者与晚辈之间沟通的艰难。

二、《沙漠苹果》

萨维扬·利比莱赫特的短篇小说在以色列享有盛名,被誉为"现代希伯来散文的标志",多篇小说被奉为希伯来小说创作的经典。而《沙漠苹果》则是其短篇小说集中的代表作,里面最初收入了11个短篇小说。《沙漠苹果》问世后,被称作当代希伯来文小说创作中某种具有开拓意义的作品,如一股清风,为当代以色列吹来一股新鲜气息。利比莱赫特也因此名噪一时。

收入小说集中的《顶阁》以倒叙手法展开故事情节:那个夏天,女主人公坐在院子里意大利秋千的圆篷下,双眼盯着西方地平线上落日喷出的耀眼红光,伴着刚刚能够站立的婴孩,脑海里出现了永远无法在记忆中抹去的那两个冬月。当时,尽管丈夫反对,可她打定在屋顶上建一个阁子的主意,乘丈夫到德克萨斯培训之际,自作主张,到建筑工地找犹太工头,工头为她领来3个阿拉伯工人。开始,这3个工人畏缩腼腆、谨小慎微,但没出一个月,他们便像主人似的在女主人家中穿堂入室,拧她丈夫的无线电发射机,开冰箱找新鲜蔬菜,翻柜子找擦面油,甚至拍打她4

---

① 萨维扬·利比莱赫特:《沙漠苹果》,杨炜等译,花城出版社,1994年。

岁宝宝的脑袋,一个能讲流利英语、受过教育的工人哈桑竟然提出要和她待在一起的要求。她监督他们干活,对他们时而严厉,时而和蔼,但对哈桑的感情似乎也复杂起来。顶阁即将造好时,哈桑便消失了,其他两人在拿到工钱之后也不见了踪影,她只能到建筑工地重新找人,收拾残局。

丈夫回来后,惊叹于妻子在他外出之际所完成的杰作。她抑制着心中翻腾的感情旋涡,向丈夫讲起那些阿拉伯工人……

这是一篇带有政治色彩的私小说。女主人公在与几个异性阿拉伯工人的交往中被他们深深吸引,产生了微妙而无法言状的情感。但后来竟然遭到孩子被杀、珠宝被盗的厄运,即使在梦中她也无法摆脱他们的纠缠,为她日后的岁月带来无尽的悔恨。这篇小说体现出萨维扬短篇小说创作的主要特点。她擅长将笔墨集中在一两个小场景上,反映在表面看来非常平常的日常生活掩映下人们的心理与情感层面,语言纤细优美,富有诗意,寥寥数语便勾勒出一出小戏。

用来命名这个短篇小说集的《沙漠苹果》这个短篇则集中体现了传统与现代、宗教与世俗思想的冲突。出身于耶路撒冷一个正统派犹太教家庭的少女瑞夫卡为了追求爱情,到坐落在沙漠之中的一个世俗犹太人的基布兹生活,和所爱的人同居。母亲维多利亚为挽回家族荣誉,前往基布兹欲将女儿追回。但看到女儿在基布兹和所爱的人快乐地生活、劳作,又在女儿的提醒下反观自己没有爱情的婚姻后,不禁改变了初衷。

"苹果"这一意象在作品中几次重现,具有象征含义。作家写道:维多利亚在去基布兹的长途车上吃的苹果是"烂了心的",象征着维多利亚和整日只知道埋头经卷的丈夫之间那没有爱情与活力的婚姻生活。与之相对,"沙漠苹果"却经过精心培植,在夏天也能像伊甸园里的树木一样结出果实,"像石头一样坚硬"。这不仅象征着瑞夫卡和男友之间坚实的爱情,也在某种程度上暗示瑞夫卡这个反叛宗教家庭生活的女孩子在新的环境中能够顽强地存活下来。小说结尾,维多利亚在独自返回耶路撒冷的途中,幻想将一个甜甜的沙漠苹果递给从不懂她心事的丈夫、告诉他女儿在沙漠生活得很好,预示着他们将开始追求甜蜜的新生活。

利比莱赫特同时还是著名的大屠杀"第二代"作家。在以色列建国后的第一个十年内,便有几十万大屠杀幸存者或者经历过战争的犹太难民移居以色列,利比莱赫特的父母就在这些移民当中。由于当时的以色列国家试图从废墟中崛起,试图变得强大,以拥有一个光明的未来,而这些不幸的幸存者令他们想起耻辱、痛苦的过去,因此以色列社会非但不对大屠杀幸存者的不幸遭际予以足够的同情,反而对数百万欧洲犹太人"像羔羊一样走上屠场"的软弱举动表示不解,甚至对幸存者如何活下来的经历表示怀疑。大屠杀幸存者本人不愿意提到屈辱的过去,甚至为自己失去了亲人而独自活下来感到耻辱,于是将自己的惨痛经历尘封起来。直到20世纪60年代初期,以色列政府在耶路撒冷审判大屠杀期间负责将犹太人运往集中营的纳粹头目之一艾赫曼时①,本土以色列人才开始理解大屠杀幸存者的不幸遭遇,理解他们"像羔羊一样走向死亡"实属一种无奈。但是,曾经受到的精神创伤严重地影响了他们与社会和家人的沟通,他们的子女虽然未曾经历过大屠杀,接受的是以色列教育,但在成长过程中感受到大屠杀阴影的存在,其心灵受到不同程度的冲击。这些人被称作大屠杀"第二代",他们当中有些人后来成了作家,细腻地描写自己或自己那一代人如何负载着大屠杀体验,或表现出大屠杀幸存者及其子女的冲突。

萨维扬·利比莱赫特出生在一个大屠杀幸存者之家。在她看来,大屠杀幸存者的家庭大致可分两类。在一类家庭里,人们着魔似地谈论大屠杀,任何话题,不管是一根鞋带还是一块面包,都可以直接导致对犹太居住区和集中营的回忆。而另一类家庭则对大屠杀体验讳莫如深,采取完全沉默的方式。利比莱赫特的家庭属于后一种类型②。利比莱赫特的父母出生在波兰,每个人都是一个大家庭中的唯一幸存者。二战爆发时,父亲已经结婚,并且有了孩子,但是在战争中失去了家人。战后父母二人在德国相遇并结婚,这也就是利比莱赫特本人出生在德国的原因。他们对大屠杀完全采取沉默的方式,从来不向子女讲述自己的过去。在这样的家庭里成长起来的孩子们被迫采取另外一些表达方式。与试图通过缓慢的精神追问在受难者母亲与她的以色列女儿之间建立脆弱联系的一些同龄作家不同,萨维扬·利比莱赫特则另辟蹊径,在短篇小说《剪发》和《哈由塔的订婚宴》里,描绘以色列年轻一代无法接受老一辈喋喋不休地讲述大屠杀的恐惧。结果,利比莱赫特把刚刚打破沉默的生还者又送回到他们自我封闭的沉默圆周内。

收于《沙漠苹果》集中的《剪发》和《哈由塔的订婚宴》均把背景置于即将举行欢快的家庭聚会之前,家庭聚会在某种程度上成了公众社会的象征。《剪发》描述的是以色列幼儿园里有些孩子的头上长了虱子,幼儿园于是发通知给家长提醒大家注意。大屠杀幸存者汉娅接到幼儿园通知后,回忆起集中营的不幸遭遇,于是将心爱孙女的一头漂亮的金发剪光,"残梗似的短发犹如割过的麦茬,从苍白的头皮中冒出来,娇嫩的白皮肤裸露着"。此时汉娅的儿子和儿媳正准备第二天给孩子办生日晚会,所以剪发这一事件便将大屠杀幸存者和后代之间的潜在矛盾明显化了。

作为大屠杀幸存者的后代和一个年轻的以色列人,汉娅的儿子茨维已经对幼儿园孩子头上长虱子的现象司空见惯,"我每星期五到幼儿园接米莉时,总有这样一张条子别在她衣领上,而且内容千篇一律"。他不住地埋怨母亲,认为母亲的冲动做法简直是疯了。但与此同时,他又能够理解母亲身为大屠杀幸存者与别人看问题的方式不同,于是在母亲和媳妇之间扮演了调停者的角色,儿媳则毫不留情地

---

① 艾赫曼在二战期间是负责组织把犹太人送进集中营的中心人物之一,二战结束时逃到阿根廷,从此更名换姓,在布宜诺斯艾利斯郊外靠做工为生。1960年,以色列特工人员将艾赫曼逮捕(亦称"绑架")并悄悄押解到以色列。1961年2月以色列法院对艾赫曼进行公开审判,同年12月判处艾赫曼死刑,1962年5月31日艾赫曼被处以绞刑。

② 萨维扬·利比莱赫特:《大屠杀对我的作品的影响》,《世界文学》2003年第6期。

断言:"在那场大屠杀中,她的脑子就出了毛病。瞧她给我们带来的灾难。就为这灾难,我永远不让她再靠近我的孩子,也不想让她再到这里来。如果你想见她,就去她的家里。她疯了,你该把她关进精神病院,医生会立即同意接受她。"年仅4岁的小姑娘尽管为失去一头漂亮的头发伤心不已,但她早已从奶奶口中听说过虱子对集中营里的死人做了些什么。这无疑更令她的母亲火冒三丈。"这样的事情对这样年龄的孩子合适吗? 我在问你。我想要我的孩子听灰姑娘的故事,而不是奥斯维辛的故事!"而汉娅则孤零零地坐在书房里,沉浸在对集中营里一幕幕可怕景象的回忆之中。

利比莱赫特通过剪发一事而掀起的家庭内部风波,展示出以色列社会对大屠杀幸存者的嫌弃。小说中的儿媳身上尤其体现出年轻以色列人对过去民族创伤叙事话语的本能性反驳。对他们来说,在大屠杀期间所发生的一切已经成为历史。结果,大屠杀幸存者被重新抛进沉默的世界里,而造成这种现象的驱动力则是她个人的生存环境,即当代以色列的一个缩影。

由不同代人之间的冲突而导致的向沉默世界回归,在《哈由塔的订婚宴》中则以一个大屠杀幸存者的死亡告结。在这个短篇小说中,82岁的大屠杀幸存者门德勒·格林伯格在沉默了40年之后,记忆之门忽然打开。于是每逢安息日、节假日、喜庆宴会当家人围坐在摆好食物的桌子旁,他便开始讲述那些最为恐怖的故事。但对年轻一代来说,家宴桌只具备喜庆意义。他的儿子莫代海曾在战时跟随一个波兰农民生活4年——其身份既是幸存者,又是第二代,试图以温和的方式劝父亲别再开口,"爸爸,现在在过节。我们要庆祝,要大吃一通,不要想这样的事情。过节时应该想快乐的事情"。家人、亲友或是听众并不具备倾听、接受幸存者讲述死亡、饥饿和腐烂的能力。

最具反叛色彩的听众依旧是儿媳妇。如果说《剪发》中的儿媳妇抗议婆婆仅仅出于婆婆对家庭幸福存在着潜在威胁,那么《哈由塔的订婚宴》中的儿媳妇希弗拉不仅抱怨公公"毁了我们的夜晚",而且攻击以色列自建国以来建立的具有法定意义的记忆方式:

> 我们受够了,也听够了。我们不是有死难者纪念日、大屠杀纪念日和各种各样的纪念集会,这还不够吗? 他们一刻也不让你忘却。所以我们干吗需要每顿饭上都要记起呢? 我不明白,当他唠唠叨叨说化脓的伤口、污血和呕吐时,你们怎能心安理得地吃饭——但那是你们的事,我管不着。至于我,他一张口,节日就完了。①

但是哈由塔的母亲,大屠杀幸存者的女儿,虽然无法破解父亲的记忆闸门为何在多年后打开这一心理秘密,但对父亲却有一种情感上的关注。幸存者第二代与本土以色列人的心理差异,折射出以色列在对待大屠杀这一历史事件与大屠杀幸

---

① 译文参见杨炜等译《沙漠苹果》,略有改动。

存者问题上的多样化特征。在谈及大屠杀对自己创作所产生的影响时,利比莱赫特坚持说塑造儿媳妇这一角色为的是表达出她个人与众不同的情感,因为"大屠杀幸存者的子女是不会说上面那些话的"①,"做大屠杀幸存者的孩子乃是个沉重的负担。的确,在某种程度上,做大屠杀幸存者们的孩子比幸存者本人还要艰难"②。

  两个短篇小说中的第三代,理论上说,应该按照他们祖辈的意愿被塑造成"记忆蜡烛"。年仅4岁的小姑娘米莉的幼小心灵被镌刻了祖母对奥斯维辛的记忆,而哈由塔继承了祖母的名字,起的也是保留祖母记忆的作用。按照迪娜·瓦迪的观点,像哈由塔这样的孩子生活须同时拥有双重身份,一是他们本身,二是与他们同名的亲属③。与老一辈的期冀相反,以色列文化本身将哈由塔塑造成了典型以色列人的孙女。由于惧怕外公讲述集中营恐惧会毁坏她的订婚宴,甚至她的婚姻生活,哈由塔让外公保证不在姻亲面前开口,并在宴会上不断用犀利的眼神向外公示意。小说在外公的死亡中结束。这一悲剧性的结局象征性地表现出,对幸存者的个人压抑实际上危害着民族集体记忆方式的形成,因为沉默本身意味着死亡,意味着民族记忆链环的断裂。

---

  ① Savyon Liebrecht, "The Influence of the Holocaust on My Work", In Leon Yudkin ed., *Hebrew Literature in the Wake of the Holocaust*, Rutherford, London: Associated University Presses, 1993, p. 128.
  ② Ibid., pp. 126-128.
  ③ Dina Wardi, *Nosei Hakhotem: Dialog yimbnei hador hasheni lashoah* (*Memorial Candles: Children of the Holocaust*), London: Routledge, 1992, pp. 63-65.

第十四章　南非女性文学

第一节　概　述

南非是一个历史非常复杂,文化非常特殊的国家。它虽然处于黑人聚居的非洲的最深处,却是一个长期受白人政治和文化控制的地区。

在南非上千年的历史变迁中,原住民科伊萨人和班图人创造了自己的文化,有自己丰富的口头文学传统。和世界上大多数地区一样,班图部落也是一个父权制社会,实行一夫多妻制,一般男性有 2 到 3 个妻子,富有的人会有 4 至 6 个妻子。订婚时,男方向女方家送上几头牛就可以了。结婚后,妻子就成了丈夫的奴仆,用班图人的话来说:"她必须劳动,因为她是丈夫用钱买来的,她是丈夫的牛。"①非洲文明本来有可能按照自己的轨迹得到发展,但这种相对平静的生活在 15 世纪被打破。南非先是成为欧洲冒险家前往东方寻找财富航线上的中转站,吸引了以荷兰人为主的大量欧洲移民,他们在历史上被称为布尔人;随后,在海外扩张屡屡得手的英国也把眼光投向南非,开始和布尔人争夺对南非的控制权。19 世纪六七十年代,钻石矿和黄金矿的先后发现,加剧了白人殖民者之间的冲突,两次英布战争,使英国取得了对南非的绝对统治权。1910 年 5 月 31 日,经英国国会批准,南非白人统治者正式建立"南非联邦",实际上是作为英联邦的自治领土存在。此时,南非白人殖民者的权力分配暂时得到了平衡,他们联合对黑人开始实行更加严酷的种族主义统治。

布尔人此时已自称为"阿非利卡"人,把自己看作非洲人,把南非看作自己的祖国。南非联邦的宪法开篇就讲:"全能的上帝世世代代地引导着他们,奇迹般地把他们从困窘危险的境界中解救出来,从许许多多的国家把我们的祖先集合在一起,然后把这片土地赐给他们,归他们所有。"而一个简单的事实是,在南非共和国 3 400 万人口中,黑人占人口 75% 以上,其次为白人和有色人。但占人口绝大多数的黑人,在几个世纪中,始终不能成为这片土地的主人,受到白人移民和他们的后裔的欺辱。他们的文化也遭受殖民者的强行中断。最初的殖民时期由教会对黑人儿童实施教育。"这种来自国外的情况常常对教育产生不良的影响。例如,班图儿童死背欧洲皇室的世袭表;但关于保持水土的重要性和类似问题,则根本不讲。教学内容和社会需要是不太协调的。"②在南非联邦成立后,针对白人之外的黑人和有色人种的种族隔离政策更加苛刻,体系更加完整。黑人被赶到远离市中心的荒

---

① 卫灵:《艰难历程——南非反种族主义斗争始末》,世界知识出版社,1997 年,第 7 页。
② 路易·约斯:《南非史》,史陵山译,商务印书馆,1973 年,第 15—16 页。

凉地区,而且随身需携带一大堆通行证,毫无行动自由。在20世纪20年代,通行证有十几种之多,到60年代,多至60多种。50年代,南非政府通过立法,规定在所有公共场所实行种族隔离,白人有专享的商场、饭店、公共汽车、医院、图书馆等。即使在无法隔离的大街上,白人一出现,黑人就应当马上回避。白人的医院,对黑人是见死不救的,甚至教堂也分为黑人教堂和白人教堂。所以,"在1902年至1950年这段南非历史里,黑人好像并不存在"①。

南非联邦成立后,英语和荷兰语成为官方语言。1925年,南非议会通过决议,以南非少数白人的语言阿非里卡语作为南非官方语言之一。到了70年代,政府进而规定,在黑人中小学,要使用阿非里卡语上课。这一规定激怒了黑人学生和家长。1976年6月16日,在约翰内斯堡的黑人城镇索韦托,黑人学生自发组织了大规模的暴动,大批警察赶来镇压,无数年轻的生命为了维护自由,也为了维护自己的文化倒下了。之后,6月16日被定为索韦托死难者纪念日,每年这一天,南非黑人都要举行悼念活动。

黑人为了获得在这片土地上的生存自由,进行了漫长的艰苦斗争。为了抗议通行证法,泛非主义者大会主席索布克韦带头不携带通行证,到警察局门前自愿被捕。长期从事非暴力反抗、后获诺贝尔和平奖的卢图利大酋长,一把火烧毁了自己的通行证。非洲人国民大会党领袖纳尔逊·曼德拉则为在南非建立民主自由的国家,坐了25年大牢。直到1994年,南非历史上第一次举行了不分种族的大选,非国大党大获全胜,曼德拉当选为新南非第一任总统,占南非人口大多数的黑人终于站起来了。

南非因为有长久的殖民历史,国族概念的形成极为艰难。近代的种族隔离政策加剧了黑人和白人之间的对立,不论是占统治地位的白人还是占人口多数的黑人,都很难认同同一个国家民族的概念。在很长时间里,南非只是一个地理概念,而不是意义稳定的政治和文化概念。1910年南非联邦成立,只是意味着剥夺黑人权利的合法化,1931年南非宣布独立,则意味着种族隔离政策深入社会生活各个方面。在这种动荡的环境中,文化和文学的发展,无可避免地受到政治的挤压和卷入,在非常狭窄的边缘空间挣扎。这种情况至今没有明显的改变。

白人女作家奥利夫·施赖纳(Olive Schreiner)常被看作南非第一个著名的小说家,她的第一部作品《非洲农场的故事》(*The Story of an African Farm*,1883)具有广泛的影响。在南非,不论是殖民地时期,还是种族隔离时期,甚至到了新南非——很多学者仍然称之为后种族隔离时期,种族的冲突始终是最突出的文学主题。今天,新南非的建立已有10余年的时间,但文学的发展还是处于非常不平衡的状况。一方面,南非已经有两位诺贝尔文学奖获得者,分别是1991年的纳丁·戈迪默和2003年的库切,而另一方面,黑人文学却尚未取得长足的进步,黑人女性文学的发展尤其困难。甚至有人说,南非黑人女性文学根本不存在,黑人女作家仍

---

① 路易·约斯:《南非史》,第13页。

然不被承认。多产的白人女作家,比如纳丁·戈迪默(Nadine Gordimer)、安杰·克洛格(Antjie Krog)是家喻户晓的名字。更年轻一代的黑人男作家,诸如法斯万·姆帕(Phaswane Mpe)和赛罗·杜克(K. Sello Dulker)被认为开拓了后种族隔离时代南非文学的新的道路。许多黑人妇女也在写作,但男作家杜克的黑人女性人物在这个国家才被列入文学经典。至今,南非黑人女作家都在文学写作的边缘。

南非的文学在承载种族冲突的同时,还承载了延续百年之久的政治、经济、性别的各种冲突。南非的女性文学尤其集中体现了这些冲突。

在黑人女作家中,贝西·海德(Bessie Head)或许是其中最著名,也是最多产的一个。她在1968年出版了第一部小说《乌云密布的日子》(When Rain Clouds Gather),之前,她为了躲避被流放,一直待在博茨瓦纳。这段时间对黑人妇女而言是个特别孤独的时期。西娜·洛普(Gcina Mhlope)有一篇小说叫《厕所》(The Toilet,1987),写女主人公和她在约翰内斯堡做女仆的姐姐生活在一起,白天,她锁在家中,仔细地读她姐姐拿来的由白人施舍的书、旧杂志和报纸:《仙女》、《妇女周刊》等。稍后,在等着上班的时候,她就去公园里的公共厕所,坐在马桶上读。最后,她开始在厕所里写故事。这个故事形象地表现了黑人女作家的创作之路,她们在艰苦的环境中开始文学创作,很难摆脱她所处的社会环境和文学环境的影响——她们的阅读基本上来自白人和西方。对黑人女性来说,要成为作家,困难的不仅是她们的生活环境和状况,而是重新想象和重新发现自己。

有一种苛刻的说法,认为黑人女性的写作是为外国人的。它包含的一层意义是,在种族隔离环境下,她们的作品注定被禁;另一层意义是,她们作品中的历史纪实意义对外国读者才具有吸引力。到现在为止,大多数的黑人女性写作的题材,是纪年体作品,强调政治和历史事件多于反映个人经验。在艾伦·库兹瓦约(Ellen Kuzwayo)看来,她的写作不是为了娱乐,而是为了让别人更多地了解她们。在这个国家,黑人作为一个民族,一直没有被如实地叙述。在艾伦·库兹瓦约、辛迪威·玛格娜(Sindiwe Magona)和费里斯·坦塔拉(Phyllis Ntantala)等人的自传中,都想传达一种富有感染力的社会和政治观念,写作和政治行为相联系,成为国家的"良心"至关重要。它的重点不在于想象,而在于有用的知识、有力的思想和身份的确立。

奥德·罗德(Audre Lorde)在《外面的姐妹》(Sister Outsider,1984)中有一句话:"你的沉默无法保护你,你没有说出的是什么?你想说什么?"沉默不能保护她们从种族隔离的蹂躏中解脱,也无法保护她们从社会由后种族隔离时期对女人和女孩可怕的罪恶中解脱出来。因此,黑人女性希望通过写作自传、戏剧、诗歌和小说表达自己,她们的写作首先就触及了历史。大多数女作家的非洲小说较少关注语言和文本的结构,很少有纯文学的追求。而文本之外的因素,历史和政治叙述是南非和非洲写作的重要内容。

黑人女作家不仅面临种族歧视,还面临性别歧视。一般的商业出版社,对黑人女作家很不友好。因此,有些黑人作家通过结社,支持彼此的写作,联合出版作品。

比如，以开普敦为基地的作家群体"女性教育和艺术的声音表达"（Women's Education and Artistic Voice Expression，简称 WEAVE）就是这样一个黑人女性写作团体。她们曾集体出版了一本手工制作的出版物《赤足》（*Barefoot*），在诗歌表演时出售。WEAVE 还出版过一本更正规的诗歌、戏剧、散文集《沸点的墨水：21 世纪南非黑人妇女作品集》（*Ink at Boiling Point: A Selection of Twenty-first Century Black Women's Writing from the Tip of Africa*）。团体成员有各种职业，其中，**格鲁德·费斯特**（Gertrude Fester）以反种族隔离和女性主义行动家著名，她也是南非第一届民主政府的议员。**派特·法伦福特**（Pat Farenfort）是一个全职的政府部门主管，业余时间写作。**玛维斯·斯莫伯格**（Mavis Smallberg）写诗和参与诗歌表演有 20 年了，但她只告诉别人在写作，而不说自己是个作家。**玛更斯莱·皮蕾**（Maganthrie Pillay）在高中和大学时就写诗和剧本，但从来没把自己看作作家。非职业写作和经典的标准，让她们难以确认自己的作家身份，而黑人身份和女性身份，加剧了这种确认的困难。由于种族隔离，南非的黑人女性在写作和出版方面受到很大的阻碍，她们被视为二等公民，严重地限制了受教育和实现自我的机会。黑人女性由于她的性别和种族隔离政策，也被排除在经典之外，黑人女作家是否存在也成为了一个问题。

卡罗尔·博伊斯·戴维斯（Carole Boyce Davies）对黑人女作家有一个定义："首先，黑人女性写作是那些把自己定义为黑人，并且因为历史和政治的原因而认可这种定义的黑人女性用文学创作表达自己。"①这一定义首先强调用文学创作来表达，而不把出版当作首要条件。只有开始写作，黑人女性写作的传统才可以开始建立。她们已经进入一直排斥她们的写作空间，开始从事严肃的写作。但自我命名为黑人女性的行动潜在地强化了女性作家的边缘化。接受一种分享黑人政治身份的策略，虽然形成了对社会更强有力的冲击力量，但也具有潜在的贬低黑人女作家和她们的作品的危险，这点已经引起了黑人女作家和评论家的注意。

在后种族隔离时代的南非，"杂种"身份被当作一种令人满意的理想。但事实是，南非女性写作的主体是白人女性。不管是在种族隔离时期，还是在新南非，不管作者自己是否意识到，白人女性写作是具有鲜明身份特征和主题特征的创作。她们不仅有着女性身份带给她们的困扰，还有作为白人身份的另一重困扰。奥利夫·施赖纳的作品《非洲农场的故事》中的女主人公，被誉为文学中第一个"新女性"的代表，她本人也被看作激进的女权主义作家。但施赖纳的特别之处还在于，她写出了在非洲的白人意味着什么："此刻在这殖民地，我必须成为什么，做什么，怎样生活？""你的主人公应该是什么和怎样做。"②从某种意义上说，对白人女性身

---

① Carole Boyce Davies, *Black Women, Writing and Identity: Migrations of the Subject*, London: Routledge, 1994, p. 1.

② 转引自 Georgena Horrell, "A White Shade of Pale: White Femininity as Guilty Masquerade", in "New (White) South African Women's Writing", *Journal Southern African Studies*, Volume 30, Num. 4, December 2004, p. 769.

份的追索,是她写作的动力。在殖民地和前种族隔离时期的南非,施赖纳为女性和白人身份的困境所纠缠,在后殖民和后种族隔离时期的南非,这种困境依然纠缠着白人妇女;甚至白人身份带给她们的困惑还要多过女性身份的困惑。因为种族,阶级的差异集中体现在她们的白人身份上,她们很难摆脱白人的生活和白人的眼光。她们在黑人面前的优越感,多少冲淡了女性身份的边缘性。但作为一种同样受压抑的身份,女性更容易体认黑人的受压迫地位,对白人在非洲以主人自居,对黑人实施压迫,更容易产生负疚感。但她的日常生活毕竟不同于黑人,她可以绕过穷困破败的街道,在被隔离——对她们而言也意味着被保护的现代化的另一隅,过相对优越的生活。这种负疚感在以通常的女性纯洁展现出来时,还常常表现为超脱、无辜、清白、自恋、自我牺牲,白人女性以此来掩饰自己的故作镇定和内在焦虑。在**吉兰·斯洛沃**(Gillian Slovo)小说《红尘》(*Red Dust*, 2000)中,萨拉是个来自纽约的律师,她来南非帮助处理一个案子,她在并不奢华的大都市里优游自如,感觉南非女性好像已经把苦恼、矛盾和冲突都抛在了脑后。但萨拉不久之后来到了东开普敦,她面对面地遭遇了南非白人女性的真相。黑人和白女人之间形成了一个带有种族隔离寓意的场景。政府对空间边界的限制,延伸到了对身体边界的限制。很多作家都涉及过女性作为边界标记的角色。白人女性同时感受到了被排斥、害怕和恐惧。她的羞愧很难说清,或许不止于当时的情景激发,还隐含着更复杂的历史罪感的密码,包藏着她对越界的暗暗期待和不安。最终,萨拉回到纽约,她承认,在南非的经验,已经以一种不可磨灭的方式使她被定义和被符号化。她已经远远地离开了这个地方,但它却向她揭开了以前拒绝了解的东西,不管到哪里,她的国家都会跟着她,笼罩着她。

在**萨拉·佩妮**(Sarah Penny)的小说《受惠人》(*The Beneficiaries*, 2002)中,一个住在伦敦的南非白人移民拉丽回到了南非的东开普。作为南非白人,她当然地被认为是制度的受惠人。小说叙述在她患厌食症的少年时期、寄宿学校遭受的虐待和长大后成为一个表面看来更平等但内心深受伤害的女性之间穿梭。她的青春期厌食症是一种象征,她身体的衰弱和感情的衰弱来自于体制用压迫和野蛮的话语对心智臣服的要求。拉丽在1980年代离开南非到了伦敦,难以在做公民和做激进分子之间做出选择。她对选择的思考,不可避免地涉及对自己白人和女性身份的思考:"做一个公民意味着对她自己的遮蔽,遮蔽她的才能,闭上眼睛,耳朵,嘴巴,心灵。不管把她扔在哪儿,给她奖学金,当校长,结婚,都尽可能守拙。我将是一个伪装,但生活总是一个伪装。做激进分子的念头还不清晰,她模模糊糊地知道,那是些助长暴力的完全违背自然的女性,那是些破坏国家的人。"①许多在国家非常时期的南非白人女性支持南非隔离统治的军事统治,她们给前方的男孩寄包裹。作为妻子、情人、姐妹的角色来表示支持,白人女性陷于一种和罪恶共谋的话语中。拉丽作为一个选择疏离这种话语的人,没有比用进食紊乱、身体衰弱来描述她更好

---

① S. Penny, *The Beneficiaries*, Johannesburg: Penguin Books, 2002, p.177.

的了。拉丽试图通过离开南非来逃离共谋角色。而当她重新回到南非,不得不面对白人在这个国家犯下的罪恶,一方面她对它控诉,成为一个"英雄",一方面她也要分担白人的罪恶,并为此负疚,成为一个"祭品"。

和拉丽形成对照的是艾力克·博玛(Elleke Boehmer)《血缘》(Ties of Blood, 1989)中的安西娅,她和拉丽一样单薄、苍白、缺乏光彩。安西娅的苍白成为叙述的一个主题,她对晒黑的敏感:"我知道我皮肤很不经晒,很容易生黑痣,真气人,对太阳敏感却不是真正的金发碧眼,没有用的白皮肤。"①围绕皮肤颜色的焦虑的话语,是南非文学的一个特征。肤色是这个种族隔离统治国家的法律范围内最自然的表达方式。小说中,安西娅在第一次民主选举之前,心神不宁地思考着肤色对她的意义,她的皮肤已经因为历史的负担而变得格外沉重,超出了它原来承载的意义。她在镜中看到自己因为日照生出一颗黑痣。"自从童年的夏天以来,她就是这样一副熟悉的样子,穿着白皮肤的外套。黑痣是黑色素的沉积,天然的黑色层层深藏在皮肤深处,我们的身体里都带着一种黑色。"②白皮肤对日照的敏感,成为来南非的欧洲人在身体上不适应的标志。而对皮肤深层黑色素的意识,是一种暗示自己和南非有着共同起源的隐晦的表达。因此,虽然安西娅的未婚夫被袭击白人的炸弹炸死,她不但宽恕了杀死她情人的凶手,而且以自己的方式参与了"自由战士"的行动。

也有一些白人女作家用阿非利加语写作,触及了边缘的白人和更为边缘的白人女性的生活。玛伦·范·尼克(Marlene van Niekerk)的小说《成功》(Triomf, 1994)表现的是南非贫穷白人的日常生活,老人波普和妻子莫尔以及亲戚特列普生活在一起,实际上他们3个是同胞兄妹,他们有一个患癫痫病的儿子兰波,父亲是波普和特列普中的一个。特列普想做冰箱修理没有如愿,兰波因为有病无法工作,一家人靠救济金过日子。小说虽然不以女性为主题,但对女性处境的解释却很有说服力。莫尔在精神上、身体上、性上面都受到虐待,她是3个男人的性工具。最具象征性的事实是,他们家的甲壳虫车就叫莫尔。她既是种族隔离制度下白人的牺牲品,也是性压迫的牺牲品。

非洲著名的诗人和记者克洛格曾说,把白人女性放在软弱的地位,是躲避她应得的批评;但在公共空间中,女性不宜以强硬的声音出现,她的声音只会混淆公论。她最好是沉默。而众多白人女作家确实深陷自我抹杀的话语,让自己变得更加苍白。在过渡时期,南非白人女性的发展,是一个自相矛盾的不稳定的过程。

从种族隔离统治下解放的南非文学,还很不容易摆脱旧南非的影子,文学作品被深深烙上"种族"、"罪恶"、"英雄主义"、"牺牲"这些在南非寻常所见的标记。文学的写作和评价,很难和社会的关注和评价分开。南非女性因为种族身份而被遗忘和遮蔽的声音以及她们的感知方式,开始有机会在文学中逐渐展示,白人女性

---

① E. Boehmer, *Bloodlines*, South Africa: David Philip Publishers, 2000, p.71.
② Ibid.

和黑人女性在现实生活空间中更多的融合,也将会使她们之间文学创作的界限更加模糊。

第二节 纳丁·戈迪默

一、生平与创作

纳丁·戈迪默(Nadine Gordimer,1923—)是继尼日利亚的索因卡、埃及的马哈福兹之后,第三位捧走诺贝尔文学奖的非洲作家。她是非洲人国民大会成员,美国艺术科学院荣誉院士,国际笔会副主席。曾在哈佛大学、普林斯顿大学、哥伦比亚大学担任客座教授,讲授非洲文学。

纳丁·戈迪默出身于南非约翰内斯堡附近斯普林士一个犹太人家庭,母亲是英国人,父亲是移民到非洲的犹太珠宝商。从童年时代起,戈迪默就目睹了白人对黑人的欺凌。她说,小时候"我接触到的黑人都干伺候人的活儿,比如扫街、送信等等。……我读了很多书——开始想到种族隔离制度的不公平,开始注意起周围的生活。我很早就开始写作,17 岁发表的第一篇小说就是关于种族隔离的,并没有直接描写,只是叙述了其对人民生活造成的影响"①。道德、种族问题,特别是南非的种族隔离现象,是戈迪默深切关注的问题也是其作品的核心主题,她想通过写作和实际的行动改善非洲黑人的待遇,结束南非的种族隔离。由于戈迪默等其他作家的创作,使外界对南非的状况有了更广泛、更深远的认识,国际社会对南非种族主义政府的压力以及南非当局被迫做的某些政策改革,可以说部分地归因于此。也因此,戈迪默的著作屡遭南非当局的审查和禁止,她本人也遭受迫害。戈迪默在《基本姿态》(1988)中说:"任何一个作家,只要他生活在受歧视受压制的人民之中,只要他周围的人群由于种族、肤色、宗教的原因而被打入另册,就都会听命于时代,感受到大形势在他内心唤起的道德革命。"②她以自己的创作实践证明,在南非,作家的基本姿态"只能是革命的姿态"。在现实中,戈迪默积极投身于反种族隔离运动,曾经成功地在家中掩护非洲人国民大会成员安全转移,并出庭作证使该组织的 22 名成员免于死刑。戈迪默,这位曼德拉心目中的女英雄也被国际社会誉为"南非的良心"。2004 年,戈迪默邀请 21 位世界文坛名家每人拿出 1 篇短篇小说,编成文集《诉说传奇》

---

① 泰利·格罗斯:《戈迪默访谈录之三:作家笔下保持艺术独立》(1989),见纳丁·戈迪默:《我儿子的故事》附录,莫雅平译,译林出版社,1998 年,第 295 页。
② 引自赵双之:"纳丁·戈迪默,生平与创作",见朱维之主编:《外国文学史》(亚非卷),南开大学出版社,1998 年,第 512 页。

(*Telling Tales*),于12月1日世界艾滋病日,在10个国家以9种语言同时出版,所有赢利捐给南非著名的抗艾滋病组织"治疗行动运动"(Treatment Action Campaign)。《诉说传奇》中名家荟萃,包括加西亚·马尔克斯、苏珊·桑塔格、保尔·瑟罗、萨尔曼·拉什迪、约翰·厄普代克、大江健三郎、伍迪·艾伦等人。戈迪默一直认为,文学写作不能只满足于获得修辞学上的力量,还应该对社会发展有所助益。她反对把文学创作人为地分裂为两种类型:纯文学写作(literary writing)和责任写作(committed writing),即所谓政治或社会主题的写作。她认为:"作家的主题和人物就不可避免地被那个社会的压力和扭曲所塑造,一如渔夫的生活是由大海的力量所决定。"①

自25岁出版第一个短篇小说集《面对面》(*Face to Face*,1948),30岁时发表了第一部长篇小说《说谎的日子》(*The Lying Days*, 1953)以来,戈迪默共出版14部长篇小说,19部短篇小说集,1部剧作,此外还有3部论文集如《基本姿态:创作、政治及地域》(*The Essential Gesture: Writing, Politics and Places*,1988)、《写作与存在》(*Writing and Being: The Charles Eliot Norton Lectures*,1995)等。戈迪默也是少数获得国际声誉的南非作家,她的第二部短篇集《巨蛇的细语》(*The Soft Voice of the Serpent*,1952)一出版便引起欧美文学界关注。《纽约时报》称赞它洞悉人生,思想成熟,独具个人风格,堪与弗吉尼亚·伍尔夫的作品媲美。长篇小说《自然资源保护论者》(*The Conservationist*,1974)获英国布克奖,《七月的人民》(*July's People*,1981)获美国现代语言协会奖。她一生获得英国、法国、德国、意大利及美国颁发的各种奖项20多项。1991年她被授予诺贝尔文学奖。

正如诺贝尔文学奖授奖辞中所说,戈迪默感受到一种政治上的卷入感,但却并不允许这种感觉侵蚀她的写作。她的文学作品提供了对这一历史进程的深刻洞察力。戈迪默不是简单地用同情的眼光去写黑人,为黑人说话,而是写出了在畸形社会中白人和黑人压抑而扭曲的心态。戈迪默很早就意识到,假如她是黑人家的孩子,她日后可能根本成不了一个作家,因为图书馆就不对任何黑人儿童开放。这种歧视政策源于一种把黑人妖魔化的心理。在南非这个黑非洲的深处,黑人却被白人世界描述为外来者,并且成为令白人恐惧的怪物。而戈迪默虽然自幼生活在南非,但说、写都是用英语,读的儿童读物都是描述英国儿童的事情,所受的教育也受英国影响很大。南非反而像是在世界的另一个尽头。这样一种体会,让戈迪默不仅从政治意义去看隔离统治,而且看到隔离在文化和心理上发生的意义。

基于现实的想象之作《七月的人民》是一部深刻表现黑白隔膜的重要作品。在黑人暴动前,斯迈尔斯一家过着优越舒适的生活。让他们自得的是,他们对黑人仆人七月很平等,对七月的许多行为能够保持容忍,对他的勤劳本分感到满意,七月在他们家一做就是15年。但战争来了,黑人暴动让白人在城里无处安身,他们只能跟随七月回到他家乡,在简陋的草屋里过着苟且偷生的日子。七月似乎还不

---

① 纳丁·戈迪默:《写作与存在》(诺贝尔文学奖授奖演说),见《我儿子的故事》附录,第275页。

忘做仆人时的习惯和本分，为他们端茶倒水，照料孩子。但七月又俨然像个主人，安排着他们的日常生活。他拿走了他们的车钥匙，学会了开车并把车占为己有，而这是斯迈尔斯一家可以离开此地的唯一依靠。斯迈尔斯夫妇发现七月不但不可理喻，而且也不像他们想象的那样忠诚，他们在七月家里发现许多自己家里零零碎碎少了的小东西，原来都被七月顺手牵羊拿回家了。他们善待的七月也不认为需要对他们感恩戴德，对他们忠诚。在避难的日子里，七月供给他们生活所需，却毫不客气地索要报酬。在换位之后自己过上寄人篱下生活时，白人夫妇才明白他们自以为是的黑白平等关系根本是一个假象，他们对黑人的想法毫不了解。当地酋长把他们招去，他们以为酋长会把他们赶出村子，其实酋长害怕叛军会侵占他的地盘，向他们讨教枪的使用。逃难的经历让白人得以正视黑人的生活，认识到他们之间有着太深的沟壑。他们其实一直带着优越感向黑人示好。他们从来没有互相理解和信任过，他们之间最多只有互相的善意，与理解、认同以至平等还很远。逃难的生活也让这对白人夫妇之间产生了隔膜，他们发现互相的理解和沟通变得很困难，巴姆对妻子的称呼从"莫琳"变成了"她"。小说最后，莫琳发现有一架直升机降落在村子里，她发疯似地向它奔去。作者暗示，莫琳不仅急切地想离开这个村庄，而且也希望逃离她那已经毫无生趣的家。

《伯格的女儿》(Burger's Daughter, 1979)深刻地表现了黑人、白人之间难以去除的隔膜。主人公罗莎·伯格的父亲赖恩内尔是个医生，也是个道德高尚的革命者，最后为信仰死在狱中。她母亲也是个共产主义战士，也在狱中羁押多时。罗莎起初试图回避父母的生活，为了获得护照，甚至求助于一个种族隔离政策的效忠者布兰德。之后，她度过了一段颓废的感情放纵时期。最后，罗莎终于从父亲那里汲取了力量，决定回家，并准备为祖国和正义事业献身。书中写道，一个偶然的机会，她遇到童年寄养在他家的小弟弟黑人巴斯，发现他虽然受到他们这个平等对待黑人的家庭的照料，但对罗莎却充满了对白种女人的憎恨。作者通过罗莎的经历说明，白人革命者在参与黑人解放运动时，要同时承受来自白人和黑人两方面的不理解，因此，他必须具有双重牺牲精神。

1982年，戈迪默在纽约人文学院所作的题为《生活在政权交替期》的演讲中，提出在政权交替的时期，在即将统治南非、人口占大多数的黑人眼中，前南非的白人必须重新界定自己。她的很多小说都是这种带有预言和前瞻性质的未来小说。《尊贵的客人》(A Guest of Honour, 1970)讲述了黑人在建立自己的政权后，内部发生了激烈的冲突和纷争。《大自然变异》(A Sport of Nature, 1987)设想了将来在南非建立一个由黑人掌权的共和国的情境，而仅仅过了7年，这一预言就变成了现实。戈迪默后期短篇小说的代表作《士兵的拥抱》(A Soldier's Embrace, 1980)，则表现了革命胜利后，同情并帮助黑人革命者的白人夫妇从最初的兴奋转向重新审视自己的惶惑。对革命后白人心态改变的最极端的表现，是2007年出版的短篇《贝多芬有十六分之一的黑人血统》(Beethoven Was One-Sixteenth Black)。南非在结束了种族隔离、建立起以黑人多数掌权的社会制度之后，出现了一种病态的社会现象,许多白人千方百计想在自己家族的血液中找出黑人的成分。黑人的自卑感转移到了白人身上。戈迪默捕捉了后种族隔离时代出现的新的压抑和歧视造成的黑白之间的微妙关系,洞悉了在轰轰烈烈的革命背后,出现从白人中心主义到黑人中心主义的巨大然而缺乏实质性进展的转变,呈现了人性多重复杂的层面。而这正是戈迪默超越一般反种族歧视作家鼓手和号手角色的过人之处。

戈迪默作为一个女作家,难免会让很多读者和评论家从性别角度审视她。比如在戈迪默的演讲中,有听众提问,他们认为《大自然的变异》是一部女英雄主义的小说。村里两位妻子对比十分鲜明——黑妻子嫁给了白男人,白女人嫁给了黑丈夫。戈迪默对此解释说"我想任何以女人为中心角色的创作片断,都可以从女权主义的观点进行阐释,这是由于妇女多少年来的地位造成的。我所理解的女权主义小说包含有对女性的某种印证"①。正如她不愿接受加给她的宣传者和鼓动者的身份,她也不承认性别对她写作的影响。她表示,"我一点没去想自己是女性作家。有某种男性的写作,有某种女性的写作,还有一种写作则让作家成为真正的作家——可以深入所有性别与年龄的奇异的造物"②;"我并非女权主义作家,根本就不沾边儿。我是一个女人,我所写的东西显然受到我是一个女人这一事实的影响,但是既然提到政治,可以说我所关心的是人的解放,无论其性别和肤色如何"③。

但正如诺贝尔奖颁奖辞对她小说的评价,她的小说将"独特的女性经历、她的同情心和出色的文体"融为一体,性别视角是戈迪默作品潜在的重要视角,它和关注种族关系的视角形成了既互相映照又互相关联的错综关系。戈迪默的小说和许多南非女作家一样,采用了自传式和纪年体式的写作体裁。《大自然的变异》中的不少人物事件就是作者自传式的经历。在波林和乔的家中躲避的非洲国民大会的领导人,就是50年代黑人解放运动的领导人卢苏利的化身,卢苏利在50年代因"叛国罪审判"时曾在戈迪默家中躲藏。女主人公海丽娜与法国大使偕夫人的西非某国之行,取材于戈迪默本人的阿比让之行。《大自然的变异》还是一种年表式的历史叙述(50年代到80年代),焚烧通行证、亚历山大市黑人抵制运动、隔离的公共汽车、沙普维尔大屠杀、泛非会议、1961年全国性的黑人大罢工、纳尔逊·曼德拉领导的黑人地下斗争、1967年在津巴布韦开展的武装斗争、70年代黑人大觉醒运动等真实历史事件都一一再现。

二、《我儿子的故事》

集中体现作者对种族和性别视角调度运用的是戈迪默的长篇小说《我儿子的故事》(My Son's Story, 1990)。小说的基本情节是黑白恋,是更为多见的黑人男和

---

① 玛格丽特·沃尔特斯:《戈迪默访谈录之二:我关心的是人的解放》(1987),见《我儿子的故事》附录,第291页。
② 《戈迪默访谈录之一:来自动荡国土的声音》(1986),见《我儿子的故事》附录,第283页。
③ 《戈迪默访谈录之二:我关心的是人的解放》(1987),见《我儿子的故事》附录,第290页。

白人女。这种结构框架在南非表现反种族隔离题材中比较常见,在戈迪默小说中也是一种常用的表现手段。在《我儿子的故事》中,性爱仍然作为一种超越各种人为障碍的平等的力量使用。在许多作品中,黑白爱情成为最理想的叙述平等的模式,如果是男性白人和女性黑人的爱情关系,很容易被人比附为白人对非洲的占有,甚至是强者对弱者的施暴。因此,在南非文学中更多见的黑人男和白人女的黑白恋模式,其意义还在于,通过性别关系的强弱,来调节种族关系的强弱,以达致平衡。白人作为强势者,通过女性身份,让强势者变弱;黑人作为弱势者,通过男性身份,让弱势者变强,从而达到权力的平衡,实现了在这一爱情和种族双重关系中的相对平等。

在《我儿子的故事》中,黑人索尼的爱情动力,是和他挑战种族差异的政治激情相互促动的,而白女人汉娜有推动他政治激情的能力,这是他优雅漂亮的黑人妻子艾拉无法给他的。本来,"对他们来说,对他们这类和别人一样黑的人来说,人生只有一种意义:政治斗争"①。索尼和汉娜的关系是"事业就是情人,情人就是事业"②。他的爱情和政治意义紧密地联系在一起,所以,"你们都不是为对方活着,彼此间的爱蕴含在事业之中,假如你们为了个人安危拒绝斗争所要求的东西,那彼此间就不会再有爱"③。当索尼意识到这一点时,和自己太太的隔膜也更大了。

因此,黑人索尼对金发碧眼的白女人汉娜的爱情,超越了简单的性爱意义,而具有挑战种族隔离制度的政治意义,通过占有白女人,索尼进入了法律不许可黑人进入的白人的空间。汉娜是索尼的战利品。在小说中,索尼有大段心理描写表现他按捺不住想当众和汉娜在一起的炫耀心理:既怕泄露这种特殊的关系,又暗暗地为这种关系骄傲。通过这种对爱情确认的过程,索尼发现并加强了对自我存在意识的认识,并试图完成对黑人解放者来说非常重要的去自卑化的过程。法国殖民理论家法农的《黑皮肤,白面具》就曾关注殖民处境下黑人被异化的意识。法农强调,黑人必须去除由白人灌输的自卑感,去自卑是一种自我存在意识的解放。对索尼而言,这样一场爱情,是发生在他私人生活中的一场解放和革命。而索尼又是以一种西方化的标准来努力完成自己的去自卑化过程。索尼是一个西方价值观和文化观的崇拜者,一个象征性的标志就是他对阅读莎士比亚的痴迷。索尼让自己的家庭脱离了贫穷的黑人无产阶级的居住地草原,让他们生活在中产阶级的白人区。他的儿子玩西式运动网球,而不是和黑人孩子一起玩。当索尼爱上汉娜,他本能地把汉娜看作导师,接受她的激励,这是黑人索尼的"白人心"使然。

作者在汉娜履历中特别提到,汉娜还是个女权主义者,但作者本人并不欣赏女权主义。汉娜不仅因为她的意志和力量,让她焕发出一种具有优越感和控制力的男性气质,而且她的白人身份,也让她处于拯救者和引导者的强势地位。从某种意

---

① 纳丁·戈迪默:《我儿子的故事》,第42页。
② 同上书,第210页。
③ 同上书,第161页。

义而言,吸引索尼的正是这一点。通过儿子威尔的口,戈迪默揭示了黑人索尼的心理:"她是一个金发碧眼的女人,我父亲的情妇。当然如此。她能是别的什么模样呢?别的什么人怎么可能迷住他呢?"①虽然汉娜并不是索尼欣赏的女人,但他却时时感到,自己"需要汉娜……"

索尼的儿子威尔对汉娜却充满嫌恶,但在做色情梦时梦见的全是汉娜那样的白女人。为什么是白女人而不是黑女人呢? 威尔说:"当然如此……我在咸湿梦中梦见的尽是金发碧眼女人。这是法律的影响所致,法律决定了我们是什么,而她们——那些金发碧眼的人又是什么。结果我们这类人都成了病毒携带者,血液中有病毒,本人也许并未发病,却能把病毒传给别人……"②戈迪默用威尔的色情梦体验,反映了黑人对白人既仇恨又羡慕的矛盾心理。而索尼对汉娜的恋情,既带有政治上的战利品意识,又满足了文化上的补偿感。

但索尼和汉娜的爱情是一种封闭环境下的平等状态,男女主人公在这种关系中,都暂时脱离了他们原先相互隔绝的生活空间,组成了一个临时的不为人知的狭小生活空间。这是一个和现实疏离的带有乌托邦色彩的空间。汉娜租用的小别墅是这对情人的庇护所,让他们暂时从政治骚乱中脱身。但索尼并没有能够真正完成去自卑的过程。小说中就有一段描写,索尼突然意识到,他和汉娜在一起时,和现实隔绝的空间带给他的虚幻感:"感觉到很近的东西突然远去了;他和它被拆开了,这种隔离显示了它的意义。这是一个富有的白种男人的静寂而美丽的领地,为绿树荫蔽,远离肮脏破败的黑人区和被枪弹弄得面目全非的尸体;这一领地与他无关。他不知道他在那里干什么。他从椅子中站起来并走进那座小别墅,走进那个单间。"③他需要和汉娜在一起,证明这段脆弱的感情的真实性。所以他总是在自言自语:"需要汉娜……"但索尼最终意识到,一个黑人占有白人的空间终究是受排斥的。

索尼的婚外恋不仅背离了对家庭的忠诚,而且带有背离对种族的忠诚的意义,引起了家庭成员超乎寻常的反应。儿子威尔从此失去了对父亲的信任和无条件的爱,代之以怨恨、厌恶,难以消除敌对情绪。最受父亲宠爱的女儿贝比的反应最为激烈,她试图割腕自杀。在被救后,贝比离开家庭,甚至离开祖国,投入了解放者的事业,哪怕无法照料孩子也不肯放弃。贝比的离家出走,虽然走上了和父亲一样的革命道路,但从亲情上说,却是一种绝望的背弃。她再也没有回家,只和常去探望的母亲保持联系。妻子艾拉表面上佯作不知,但内心的巨大波澜可以从她最后出乎所有人意外地参加黑人抵抗运动看出端倪。

小说最后,汉娜得到联合国一份理想的工作,离开了索尼。先还有信来,慢慢地,就再也没有消息了。他们的爱情最终如镜花水月,只有一瞬间的融合,终究还

---

① 纳丁·戈迪默:《我儿子的故事》,第10页。
② 同上书,第10—11页。
③ 同上书,第132页。

是被隔绝,无法在现实中兑现。索尼失去了情人,也失去了旧日温馨的家庭,在组织中也日益无足轻重,政治前途不明。那个充满自信慷慨陈词的索尼不复存在,表明他并没有完成去自卑化的过程。最后,他又一次被关进监狱。这是一个可悲的结局,但除了监狱,又有什么地方可以安放索尼已经放逐的身体和心灵呢? 索尼的白人心限制了他完成黑人意识的形成和提升。

索尼加入革命组织最初是以演说家闻名,他的能言善辩,一开始就和妻子艾拉的沉默成为强烈的对比。而这种语言的控制力不但被嵌入了父权制的体系中,也和西方文化相联系。白人汉娜也非常具有语言的鼓动力,这也是特别为索尼看重、让他动心之处。索尼一开始就对语言有非常的信仰。索尼对妻子艾拉的看低,很重要的一点是她"从不说他想要她说的话"①。他认为艾拉只会谈家务事,没有思想。相反,汉娜却会用"欣然迎接战斗"这样的妙语去鼓励他。正是这句话,一下子打动了索尼的心,让他对汉娜产生了一种特别的感觉,最终让他坠入情网。

小说中,索尼的妻子艾拉和索尼的情人汉娜,也形成了一种很强烈的对比。具有强势身份的白人汉娜是个肥硕的女人,既不漂亮,也不讲究穿着,甚至显得邋遢。在索尼被捕去探监时,索尼看到,"从她上身可以看出她穿着好几件衣服,外面是一件宽松的毛线衣,往里是一件帆布做的马甲什么的,再往里是几件领口颜色互不协调的T恤衫"②。她的打扮毫无女性的特征。索尼的反应是,"那个年轻妇女不很优雅,或者说穿得不好——不是他所喜欢的那种女性打扮"。即使在和情人去电影院约会,在威尔的眼里,她的打扮也非常糟糕:"脚着一双粗笨的凉鞋,身穿一套来自不同农民文化的风格杂乱的棉套装。"③汉娜的姓普劳曼有农夫的意思,也夹带着作者的嘲弄语气。而艾拉虽然是个黑人,却漂亮优雅,而且沉默,不喜欢也不善于表露自己的想法。即使在知道丈夫出轨后,艾拉也表现如常,表面上一点没有流露出怨恨或伤心。在小说大部分的篇幅中,汉娜的"能干"也和艾拉埋头家务的"没有作为"形成对比。汉娜是个国际人权组织人员,她借助组织的力量和自己的白人身份,参与拯救像索尼那样被当局迫害的人。

但汉娜的革命斗争实际上是在一个理想化和抽象的领域里进行的,她的工作只是象征性地对黑人表示同情。她常常表现得过于浪漫,在严酷的现实斗争中,她的行为显得过于理想和无用,而且她最终离开了这个国家。很难揣度她最后的离开是否是对索尼的有意背叛,但戈迪默显然认为白人自由主义是无用的,汉娜是个不切实际的自由主义的社会改良家。最明显的谴责,是小说写到索尼和汉娜在参加一次集会时,遭遇当局军警镇压,他们对倒在自己脚边的受伤的年轻黑人弃之不顾。在索尼儿子威尔充满敌意的眼光里,汉娜一直是被讥讽的对象,威尔始终用攻击性的粗鄙语言来描述汉娜。其中,既包含着对白人种族优越感的仇恨,同时,这

---

① 纳丁·戈迪默:《我儿子的故事》,第51页。
② 同上书,第44页。
③ 同上书,第2页。

种眼光也毫无对女性的本能的欣赏和怜惜,可以说,威尔根本就没有把汉娜当女人看。

索尼的妻子艾拉,则是小说中最具有女性特征的女性形象,她的沉默是父权体制中一种合理的女性存在形式,她的被动态度也符合传统贞洁和忠诚的女性形象。不管是从种族身份来说还是从性别身份来说,她处于双重的弱势。但出人意料的是,艾拉不声不响地参加了革命,并参与重大行动,直到最后警察把她带进监狱。戈迪默在艾拉身上表现了女性的坚忍和蕴藏的巨大激情和能量。而这种能量的释放以一种不为人察觉的方式进行,在和索尼的紧张关系中以柔克刚。艾拉最后参加革命虽然让人感觉突兀,但又是合情合理的。她把以前单调的生活中对丈夫单一的感情,转移到了更大的对民族国家的爱上面。这既是对从事解放运动的女儿的爱和支持,也是作为太太对丈夫出轨的另一种回应方法。虽然家庭关系最终已经千疮百孔,但艾拉至少重新赢得了丈夫的尊重和关心。

当艾拉卸下家庭主妇角色的保护色,显露为一个革命者时,索尼和他的儿子才被迫重新考虑她沉默的意义。艾拉拒绝模仿父权制的语言、西方的语言,她为黑人赋予了新的意义。艾拉的行为在小说中留下很多的空白,这种缺席、沉默的边缘形象,既是传统的女性形象,也和南非被漠视的黑人种族的形象契合:沉默,却有更可信和更富有实际意义的行动,潜藏着巨大的力量。艾拉在对索尼的语言失去信任之后,她发展了自己的"语言"。对索尼不忠的发现促使她去建立在妻子生活之外的生活,从而主张了自己的个人性。她变得比索尼更独立,参与了更为激进的黑人军事行动,建立了更大的朋友圈,脱离了家庭的限制。在威尔看来,她甚至有点像家里的陌生人。当他看着母亲以前吃饭坐的椅子,他确信过去那个艾拉再也不会回来了。艾拉剪短头发,也意味着身份的改变。在小说中,男人的语言和女人的行动成为对比。艾拉用沉默成功地维持了她的尊严。她依赖行动而不是语言来实现自我,她出其不意的政治行动迫使那些轻视和忽略她的人,必须重新界定她的身份。实际上,艾拉和女儿贝比从事的是比索尼和汉娜更为危险的行动。当他们进入公共领域参与民族解放斗争时,传统家庭结构松动。虽然没有真正解体,但传统夫妻关系、长幼关系已经改变。

由于女性总是被排斥在公共领域之外,女性主义者常常把女性作为解构主流的国家民族话语的重要力量,但戈迪默在这部小说中不仅提供了积极的黑人女性的形象,而且让女性成为更积极的建构民族政治体制的重要力量,黑人男性在政治进程中的主导地位则得到了削减。当家庭中的女人为了政治自由的使命而担当积极的角色时,两位男性索尼和威尔却留在家里解决意识形态的争议。最后,索尼成了为营救妻子打交道的次要角色,威尔则是远离解放斗争中心舞台的记录者、作家。黑人女性处于比黑人男性和白人女性都要优先的位置。索尼最终觉悟到了这一点,也从多言变得沉默。而他最大的转变是,把尊敬的目光从他的白人情人转向他的黑人太太。通过《我儿子的故事》,戈迪默指出了南非的沉默问题。她用一种新的自由的眼光去看南非,用性别和政治话语重叠的方式,使之互为建构,强化了黑人女性在反种族隔离斗争中的重要性和意义。

在《我儿子的故事》中，戈迪默交叉使用儿子威尔的叙述和第三人称叙述，讲的其实是"我父亲的故事"：是以儿子的视角，叙述父亲的经历。但戈迪默却起了一个令人有点费解的题目。

威尔(Will)的名字取得别具用心，他代表了不受限制的小说主体，代表了愿望、前景、未来，戈迪默显然认为这些是无法由父亲索尼带来的。索尼选择将自己放逐于民族文化传统之外，他参与解放斗争所起到的作用就变得很可疑，斗争的结果并不令人乐观。父亲最终认识到了这点，交出了自己的话语权。"我儿子的故事"带着父亲授意的意思。这部小说从威尔的角度来看，带有西方成长小说的烙印。威尔从天真到成熟的成长主题，就像戈迪默用来界定南非政治转换的不确定时期。戈迪默在叙述层面加入了威尔的声音，似乎由儿子向父亲所代表的南非和英国的古老联系告别。而黑人寻求权力的平等，就像儿子向父母的权威挑战。

戈迪默选择用父亲的口气来报告故事题目，刻意隐去了另一个第三人称叙述者，即作者本人的叙事者身份，似乎有意地转移读者对白人讲述的不信任感。戈迪默将自己的叙述和威尔的叙述混合在一起，达到了一种互相融合和认同的效果。戈迪默完全意识到她自己处境的悖论，她在世界文坛是个中心人物，但在她自己国家的政治和文化生活中却是个边缘人物，处于非常不稳定的缝隙之间。戈迪默与南非的认同具有特殊性，她是以白人身份对一个以黑人多数但长期以白人政治和文化统治为主的民族国家的认同。在南非，黑人和白人长期在共同的地域，使用共同的语言，在同一个体制下生活，虽然种族隔离的状况长期存在，民族融合却始终处于一个缓慢而艰难的动态过程中。但西方传统毕竟不同于黑人的文化传统，双方既有同化，更有分化。戈迪默的认同感难免会有扭曲和受阻之处。

作为一种在复杂的种族和性别语境中的矛盾身份，她对白人中心、黑人中心、男人中心和女人中心都有一种警惕。她对叙述者身份的模糊处理，有对白人优越感的自觉反拨，也有去中心化的努力。

戈迪默在这部小说中，对女性诉求在民族主义诉求中的重要性有充分的表现。在60年代末和70年代，斯蒂夫·比科(Steve Biko)领导了黑人觉醒运动，呼吁提升黑人的意识，这种黑人意识主要是指种族意识。而《我儿子的故事》有意无意地为黑人意识增加了对性别意识提升的内容。小说结尾处，威尔别有深意地表示，这是一部永远不能出版的书。这又是一个和题目一样费解的悖论。作者显然带有对种族隔离制度禁锢自由写作和出版的控诉，但同时，也表达了威尔作为叙述者对自身主体性欠缺的一种不自信，多少抵消了叙述本身在小说中的重要性。这或许是戈迪默对黑人女性注重行动的赞赏态度的一种自然反应，但艾拉和女儿贝比的故事却留下大量空白，她们仍然是被言说而无法自己言说。

《我儿子的故事》显示了戈迪默毕竟是一位白人作家。就像后殖民理论家默哈默德所言："尽管她痛切地意识到她为这种故意限制的集中表现所付出的代价，那就是她作为一个作家却无法参与一个真正纯民族文学的形成。"①她对性别视角的刻意否定,也使她难以准确地表达种族和性别互相建构的意义所在。这种困惑表现在叙述视角上的左右为难、含混模糊。这种含混的叙述话语不仅提示了南非进入新的历史阶段的必要性和困难性,也显露了戈迪默本人在种族身份和性别身份认同上的矛盾心态。

---

① 阿布都·R·简·默哈默德:《殖民主义文学中的种族差异的作用》,见张京媛主编:《后殖民理论与文化批评》,北京大学出版社,1999年,第223页。

参考文献

1. Candida Baker, *Yacker: Australian Writers Talk About Their Work*, Sydney: Pan Books Pty Limited, 1986.
2. Dvora Baron, *"The First Day" and Other Stories*, Berkeley, Los Angels, London: University of California, 2001.
3. Judith R. Baskin ed., *Jewish Women in Historical Perspective*, Detroit: Wayne State University Press, 1991.
4. Nina Baym, *Woman's Fiction: A Guide to Novels by and about Women in America, 1820-1870*, Ithaca: Cornell University Press, 1978.
5. Martha Dickinson Bianchi ed., *The Complete Poems of Emily Dickson*, Boston: Little, Brown, 1924.
6. E. D. Blodgett, *Alice Munro*, Farmington Hills, MI: Twayne, 1988.
7. L. Brent Bohlke, *Willa Cather in Person: Interviews, Speeches, and Letters*, Lincoln: University of Nebraska Press, 1986.
8. Maggie Butcher ed., *The Eye of the Beholder: Indian Writing in English*, London: Commonwealth Institute, 1983.
9. Amanda L. Capern, *The Historical Study of Women: England, 1500-1700*, New York: Palgrave MacMillan, 2008.
10. Jo Catling ed, *A History of Women's Writing in Germany, Austria and Switzerland*, Cambridge: Cambridge University Press, 2000.
11. Steven Cohan, *Violation and Repair in the English Novel: The Paradigm of Experience From Richardson to Woolf*, Detroit: Wayne State University Press, 1986.
12. Edward Copeland, Juliet Mcmaster eds., *The Cambridge Companion to Jane Austen*, 上海:上海外语教育出版社, 2001.
13. Carole Boyce Davies, *Black Women, Writing and Identity: Migrations of the Subject*, London: Routledge, 1994.
14. Carolyn Dinshaw & David Wallace eds., *The Cambridge Companion to Medieval Women's Writing*, Cambridge: Cambridge University Press, 2003.
15. Shobha De, *Socialite Evenings*, New Delhi: Penguin, 1989.
16. Margaret Drabble ed., *The Oxford Companion to English Literature*, 第6版, 北京: 外语教学与研究出版社/牛津大学出版社, 2005.
17. Geoffrey Dutton, *The Australian Collection: Australia's Greatest Books*, Melbourne:

Angus & Robertson Publishers, 1985.
18. Mary Eagleton, *Feminist Literary Theory: A Reader*, Chichester: Blackwell Publishers, 1996.
19. Jennifer Ellison, *Room of Their Own*, Ringwood, Victoria: Penguin Books, 1986.
20. Cissie Fairchilds, *Women in Early Modern Europe 1500-1700*, New York: Longman, 2007.
21. Helen Garner, *Monkey Grip*, Melbourne: McPhee Gribble, 1977.
22. Pam Gilbert, *Coming Out from Under: Contemporary Australian Women Writers*, London: Pandora Press, 1988.
23. Sandra M. Gilbert & Susan Gubar eds., *The Norton Anthology of Literature by Women: The Traditions in English*, New York, London: W. W. Norton & Company, 1996.
24. Ulrike Gleixner and Marion W. Gray eds., *Gender in Transition: Discourse and Practice in German-speaking Europe, 1750-1830*, Ann Arbor: The University of Michigan Press, 2006.
25. Ken Goodwin, *A History of Australian Literature*, New York: St. Martin's Press, 1986.
26. Kerryn Goldsworthy, *Australian Writers: Helen Garner*, Melbourne: Oxford University Press, 1996.
27. Judy Grahn ed., *Really Reading Gertrude Stein: A Selected Anthology with Essays*, CA: Crossing Press, 1989.

28. Abigail Gregory, Ursula Tidd, *Women in Contemporary France*, Oxford: Berg Publishers, 2000.
29. Robert Godwin-Jones, *Romantic Vision: the Novels of George Sand*, Summa Publications, 1995.
30. Nurit Govrin, *Alienation and Regeneration*, Tel Aviv: MOD Books, 1989.
31. George Hendrick, *Katherine Anne Porter*, New York: Twayne Publishers Inc., 1965.
32. Carla Hesse, *The Other Enlightenment: How French Women Became Modern*, Princeton: Princeton University Press, 2003.
33. Joan E. Howard, *From Violence to Vision: Sacrifice in the Works of Marguerite Yourcena*, Southern Illinois University, 1992.
34. Claudia L. Johnson and Clara Tuite eds., *A Companion to Jane Austen*, Chichester: Blackwell Publishing Ltd, 2009.
35. Viven Jones ed., *Women and Literature in Britain, 1700-1800*, Cambridge: Cambridge University Press, 2000.
36. Diana Holmes, *French Women's Writing, 1848-1994*, Ⅳ, London: The Athlone

Press, 1996.
37. Brad Hooper, *The Fiction of Alice Munro: An Appreciation*, Westport, Connecticut, London: Praeger Publishers, 2008.
38. Alfred Kazin, *God and the American Writer*, New York: Alfred A. Knopf, 1997.
39. Shirley Kaufman, Galit Hasan-Rokem, and Tamar S. Hess eds., *The Defiant Muse: Hebrew Feminist Poems*, New York: The Feminist Press at the City University of New York, 1999.
40. Leonard S. Klein ed., *Encyclopedia of World Literature in the 20th Century*, Volume 4, New York: Continuum, 1984.
41. Robert L. Lair, *Emily Dickinson*, New York: Barron's, 1971.
42. Savyon Liebrecht. "The Influence of the Holocaust on My Work", in Leon Yudkin ed., *Hebrew Literature in the Wake of the Holocaust*, Rutherford, London: Associated University Presses, 1993.
43. Daphne Merkin, "Northern Exposure", *The New York Times Magazine*, October 24, 2004.
44. Marele Day, et al, eds., *Making Waves: 10 Years of the Byron Bay Writers Festival*, St. Lucia: University of Queensland Press, 2006.
45. Annek Mellor, *Romanticism & Gender*, New York: Routledge, 1993.
46. Rachel Mesch, *The Hysteric's Revenge: French Women Writers at the Fin De Siècle*, Nashville: Vanderbilt University Press, 2006.
47. Alice Munro, *The Beggar Maid*, New York: St. Martin's Press, 1988.
48. Vivian R. Pollak, *Dickinson: The Anxiety of Gender*, NewYork: Cornell University Press, 1984.
49. Michelle Perrot, *A History of Women in the West: Renaissance and Enlightenment Paradoxes*, Georges Duby, Natalie Zemon Davis, Harvard College, 1994.
50. Catherine Sheldrick Ross, *Alice Munro: A Double Life*, Toronto: ECW, 1992.
51. Pamela Kester-Shelton ed., *Feminist Writers*, Detroit: St. James Press, 1996.
52. Beverly J. Rasporich, *Dance of the Sexes: Art and Gender in the Fiction of Alice Munro*, Edmonton: The University of Alberta Press, 1990.
53. Denis Renevey and Christiania Whitehead eds, *Writing Religious Women, Female Spiritual and Textual Practices in Late Medieval England*, Toronto: University of Toronto Press, 2000.
54. Sue Roe & Susan Sellers eds., *The Cambridge Companion to Virginia Woolf*, 上海: 上海外语教育出版社, 2001.
55. Tova Rosen, *Unveiling Eve: Reading Gender in Medieval Hebrew Literature*, Philadelphia: University of Pennsylvania Press, 2003.
56. Lorna Sage, *Doris Lessing*, New York: Methuen & Co. Ltd., 1983.

57. Elaine Showalter, *A Literature of Their Own: British Women Novelists from Brontë to Lessing*, Princeton: Princeton University Press, 1977.
58. David Staines, "Unforgettable Reads of the Past 10 Years", *The Globe and Mail*, Dec. 26, 2009.
59. Doris Mary Stenton, *The English Women in History*, London: George Allen & Unwin Ltd., 1957.
60. Sonya Stephens ed., *A History of Women's Writing in France*, Cambridge: Cambridge University Press, 2000.
61. Rosemary Sullivan ed., *The Oxford Book of Stories by Canadian Women in English*, Oxford: Oxford University Press, 1999.
62. Robert Thacker ed., *Critical Essays on Alice Munro*, ECW Press, 1999.
63. Michael Thorpe, *Doris Lessing*, New York: Longman Group Ltd. 1973.
64. Gerry Turcotte ed., *Writers in Action: the Writers' Choice Evenings*, Sydney: Currency Press, 1990.
65. Dina Wardi, *Nosei Hakhotem: Dialog yimbnei hador hasheni lashoah (Memorial Candles: Children of the Holocaust)*, London: Routledge, 1992.
66. Elizabeth Webby, *The Cambridge Companion to Australian Literature*, Cambridge: Cambridge University Press, 2000.
67. Chris Weeden ed., *Post-War Women's Writing in German: Feminist Critical Approaches*, New York: Berghahn Books, 1997.
68. Ray Willbanks, *Australian Voices: Writers and Their Work*, Austin: University of Texas Press Austin, 1991.
69. Gillian Whitlock, *Eight Voices of the Eighties*, St. Lucia: Austin: University of Queensland Press, 1989.
70. Sue Woolfe & Kate Grenville, *Making Stories: How Ten Australian Novels Were Written*, Allen & Unwin Australia Pty Ltd., 1993.
71. Cynthia Griffin Wolff, *Emily Dickinson*, New York: Knopf, 1986.
72. Wendy I. Zierler, *And Rachel Stole the Idols*, Detroit: Wayne State University Press, 2004.
73. 《Русская литература XX века》,Воронеж：Изд-во ВГУ(《20世纪俄罗斯文学史》,俄罗斯国立沃罗涅日大学出版社),1999.
74. Карасев《Вещество литературы》, Санкт-Петербург: Изд-во Языки славянской культуры(卡拉雪夫:《文学的本质》,彼得堡斯拉夫文化语言出版社),2001.
75. Толстая《Кысь》,Москва：Изд-во ЭКСМО(托尔斯塔娅:《野猫精》,莫斯科艾克斯摩出版社),2003.
76. Л. Петрушевская《Город Света》, Санкт-Петербург: Изд-во Амфора(彼得鲁

舍夫斯卡娅:《世界周围》,彼得堡双柄瓶出版社),2005.

77. Токарева《Мало ли что бывает》(托卡列娃:《什么都可能发生》), Москва: Изд-во АСТ(莫斯科艺术出版社),2005.

78. 田中重太郎:《枕草子评解》(『枕草子評解(まくらのそうしひょうかい)』), 东京:有精堂,昭和三十四年。

79. 西乡信纲:《日本古代文学史》(『日本古代文学史(にほんこだいぶんがくし)』),东京:岩波书店,1996。

80. 加藤周一:《日本文学史序说》(『日本文学史序説(にほんぶんがくしじょせつ)』),东京:筑摩书房,1999。

81. 后藤祥子、今关敏子、宫川叶子、平馆英子编著:《日本女性文学史 古典篇》(『はじめて学ぶ日本女性文学史古典編(はじめてまなぶにほんじょせいぶんがくしこてんへん)』),京都:ミネルヴァ书房,2003。

82. 后藤祥子、今关敏子、宫川叶子、平馆英子编著:《日本女性文学史 近现代篇》(『はじめて学ぶ日本女性文学史 近現代編(はじめてまなぶにほんじょせいぶんがくしきんげんだいへん)』),京都:ミネルヴァ书房,2005。

83. 岩渊宏子、北田幸惠、长谷川启编:《编年体近现代女性文学史》(『編年体近現代女性文学史(へんねんたいきんげんだいじょせいぶんがくし)』),东京:至文堂,2005年。

84. 盐田良平编:《明治女流文学集(一)》(『明治女流文学集(一)(めいじじょりゅうぶんがくしゅう(いち)』),东京:筑摩书房,昭和四十一年。

85. 盐田良平编:《明治女流文学集(二)》(『明治女流文学集(二)(めいじじょりゅうぶんがくしゅう(に))』,东京:筑摩书房,昭和四十年。

86. 与谢野晶子:《与谢野晶子全集》(『与謝野晶子全集(よさのあきこぜんしゅう)』)(20卷),东京:讲谈社,1979—1981。

87. 与谢野铁干、与谢野晶子等:《明治文学全集51・与谢野铁干、与谢野晶子集》(『明治文学全集51・与謝野鉄幹、与謝野晶子集(めいじぶんがくぜんしゅう51・よさのてっかん、よさのあきこしゅう)』)(内附"明星派"作家的文学作品),东京:筑摩书房,1968。

88. 入江春行:《与谢野晶子及其时代》(『与謝野晶子とその時代(よさのあきことそのじだい)』),东京:新日本出版社,2003。

89. 上田博、富村俊造:《写给阅读与谢野晶子的读者》(『与謝野晶子を学ぶ人のために(よさのあきこをまなぶひとのために)』),京都:世界思想社,1995。

90. 《与谢野晶子诞辰一百三十年研究专号》,《国文学・解释与鉴赏》(『国文学・解釈と鑑賞(こくぶんがく・かいしゃくとかんしょう)特集生誕百三十年与謝野晶子大研究(とくしゅうせいたんひゃくさんじゅんねんよさのあきこだいけんきゅう)』),东京:至文堂,2008。

91. 入江春行、田边圣子编:《新潮日本文学纪念集·与谢野晶子评传》(『新潮日本文学記念集·与謝野晶子評伝(しんちょうにほんぶんがくきねんしゅう·よさのあきこひょうでん)』),东京:新潮社,1985。
92. 鹿野政直、香内信子编:《与谢野晶子评论集》(『与謝野晶子評論集(よさのあきこひょうろんしゅう)』),东京:岩波书店,1985。
93. 岩渊宏子、北田幸惠、长谷川启编:《近现代女性文学史》(『近現代女性文学史(きんげんだいじょせいぶんがくし)』),至文堂,2005。
94. 巴巴拉·阿内尔:《政治学与女性主义》,郭夏娟译,东方出版社,2005。
95. 安书祉:《德国文学史》第1卷,译林出版社,2006。
96. 贝恩特·巴尔泽等编著:《联邦德国文学史》,范大灿等译,北京大学出版社,1991。
97. 玛里琳·巴特勒:《浪漫派、叛逆者及反动派》,黄梅、陆建德译,辽宁教育出版社/牛津大学出版社,1998。
98. 鲍晓兰:《西方女性主义研究评价》,三联书店,1995。
99. 昆汀·贝尔:《隐秘的火焰》,季进译,江苏教育出版社,2006。
100. 北京日本学研究中心文学研究室:《日本古典文学大辞典》,人民文学出版社,2005。
101. 以赛亚·柏林:《俄国思想家》,彭淮栋译,译文出版社,2003。
102. 布罗茨基:《文明的孩子》,刘文飞译,中央编译出版社,2006。
103. 哈罗德·布卢姆:《西方正典——伟大作家和不朽作品》,江宁康译,译林出版社,2005。

104. 柏隶主编:《西方女性主义文学理论》,广西师范大学出版社,2007。
105. 陈建华主编:《中国俄苏文学研究史论》,重庆出版集团,2006。

106. 陈方:《当代俄罗斯女性小说》,中国人民大学出版社,2007。
107. 陈才宇:《〈金色笔记〉阅读提示与背景材料》,浙江大学出版社,2009。
108. 陈光孚选编:《拉丁美洲当代文学论评》,漓江出版社,1988。
109. 蒋承俊选编:《我曾在那个世界里》,河北教育出版社,1995。
110. 大卫·丹比:《伟大的书》,曹雅学译,江苏人民出版社,2003。
111. 段若川:《米斯特拉尔——高山的女儿》,长春出版社,1997。
112. 段若川:《安第斯山上的神鹰——诺贝尔文学奖与魔幻现实主义》,武汉出版社,2000。
113. 玛丽·伊格尔顿编:《女权主义文学理论》,胡敏等译,湖南文艺出版社,1989。
114. 汉纳·法胡里:《阿拉伯文学史》,郅傅浩译,宁夏人民出版社,2008。
115. 克洛德·弗兰西斯、弗尔朗德·贡蒂埃:《西蒙娜·德·波伏瓦传》,全小虎等译,中国社会科学出版社,1990。
116. 傅俊:《阿特伍德研究》,译林出版社,2003。
117. 高莽:《白银时代》,中国旅游出版社,2007。

118. 郭继德:《加拿大文学简史》,河南人民出版社,1992。
119. 高中甫、宁瑛主编:《20世纪德国文学史》,青岛出版社,1998。
120. 戴维·格伦斯基编:《社会分层》,王俊等译,华夏出版社,2006。
121. 黄源深:《澳大利亚文学史》,上海外语教育出版社,1997。
122. 黄源深、彭青龙:《澳大利亚文学简史》,上海外语教育出版社,2006。
123. 季羡林:《印度古代文学史》,北京大学出版社,1991。
124. 季羡林等译:《安娜·西格斯短篇小说选》,作家出版社,1955。
125. 艾米丽亚·基尔梅森:《法国沙龙女人》,郭小言译,中国社会科学出版社,2003。
126. 马格丽特·金:《文艺复兴时期的妇女》,刘耀春、杨美艳译,东方出版社,2008。
127. 蓝英年:《历史的喘息——蓝英年散文随笔选集》,中央编译出版社,2005。
128. F·R·利维斯:《伟大的传统》,袁伟译,三联书店,2002。
129. 多丽丝·莱辛:《影中漫步》,朱凤余等译,陕西师范大学出版社,2008。
130. 玛吉·莱恩:《简·奥斯汀的世界》,郭静译,海南出版社/三环出版社,2004。
131. 李赋宁、何其莘主编:《英国中古时期文学史》,外语教学与研究出版社,2006。
132. 李琛选编:《四分之一个丈夫》,河北教育出版社,1995。
133. 李银河:《福柯与性》,山东人民出版社,2001。
134. 林承节主编:《印度现代化的发展道路》,北京大学出版社,2001。
135. 林丰民:《为爱而歌——科威特女诗人苏阿德·萨巴赫研究》,中国华侨出版社,2000。
136. 柳鸣九编选:《尤瑟纳尔研究》,漓江出版社,1987。
137. 刘守兰:《狄金森研究》,上海外语教育出版社,2006。
138. 刘安武:《印度印地语文学史》,人民文学出版社,1987。
139. 刘建军主编:《20世纪西方文学》,高等教育出版社,2000。
140. 马元曦、康宏锦主编:《西方女性主义文学文化译文集》,广西师范大学出版社,2008。
141. 穆宏燕:《凤凰再生——伊朗现代新诗研究》,北京大学出版社,2004。
142. V·S·奈保尔:《印度:受伤的文明》,宋念申译,三联书店,2003。
143. V·S·奈保尔:《幽暗国度:记忆与现实交错的印度之旅》,三联书店,2003。
144. 威廉·赫伯特·纽:《加拿大文学史》,吴持哲等译,人民文学出版社,1994。
145. 钱青主编:《英国19世纪文学史》,外语教学与研究出版社,2006。
146. 秦明利主编:《心灵的轨迹:加拿大文学论文集》,中国文联出版公司,1994。
147. 清少纳言、吉田兼好:《日本古代随笔选》,人民文学出版社,1988。
148. 瞿世镜编:《伍尔夫研究》,上海文艺出版社,1988。
149. 苏珊·兰瑟:《虚构的权威》,黄必康译,北京大学出版社,2002。
150. 里尔克、帕斯捷尔纳克、茨维塔耶娃:《三诗人书简》,刘文飞译,中央编译出版社,2007。
151. 任光宣、张建华、余一中:《俄罗斯文学史》(俄文版),北京大学出版社,2003。
152. J·M·里奇:《纳粹德国文学史》,孟军译,文汇出版社,2006。
153. 苏拉米斯·萨哈:《第四等级——中世纪欧洲妇女史》,林英译,广东人民出版社,2003。
154. 马克·斯洛宁:《现代俄国文学史》,汤新楣译,人民文学出版社,2001。
155. 阿马蒂亚·森:《惯于争鸣的印度人:印度人的历史、文化与身份论集》,刘建译,上海三联书店,2007。
156. 尚会鹏:《印度文化史》,广西师范大学出版社,2007。
157. 石海峻:《20世纪印度文学史》,青岛出版社,1998。
158. 宋素凤:《多重主体策略的自我命名:女性主义文学理论研究》,山东大学出版社,2002。
159. 威勒德·素普:《20世纪美国文学》,濮阳翔、李成季译,北京师范大学出版社,1984。
160. 米歇尔·索托等:《法国文化史Ⅰ》,杨剑译,华东师范大学出版社,2006。
161. 阿兰·克鲁瓦、让·凯尼亚:《法国文化史Ⅱ》,傅绍梅、钱林森译,华东师范大学出版社,2006。
162. 安东尼·德·巴克、佛朗索瓦丝·梅洛尼奥:《法国文化史Ⅲ》,朱静、许光华译,华东师范大学出版社,2006。

163. 藤原道纲母、紫式部等:《王朝女性日记》,林岚、郑民钦等译,河北教育出版社,2002。
164. 玛格丽特·尤瑟纳尔:《虔诚的回忆》,王晓峰译,东方出版社,2002。
165. 玛格丽特·尤瑟纳尔:《何谓永恒》,苏启运译,东方出版社,2002。
166. 王逢振主编:《诺贝尔文学奖辞典》,漓江出版社,1997。

167. 王佐良、周珏良主编:《英国20世纪文学史》,外语教学与研究出版社,2006。
168. 雷纳·韦勒克:《近代文学批评史》第7卷,杨自伍译,上海译文出版社,2005。
169. 若斯亚娜·萨维诺:《玛格丽特·尤瑟纳尔——创作人生》,段映红译,花城出版社,2004。
170. 西乡信纲:《日本文学史》,佩珊译,人民文学出版社,1978。
171. 戈尔绍恩·谢克德:《现代希伯来小说史》,商务印书馆,2009。
172. 辛守魁:《阿赫玛托娃传》,四川人民出版社,2001。
173. 杨静远编选:《勃朗特姐妹研究》,中国社会科学出版社,1983。
174. 易丽君:《波兰文学》,外语教学与研究出版社,1999。
175. 路易·约斯:《南非史》,史陵山译,商务印书馆,1973。
176. 余匡复:《德国文学史》,上海外语教育出版社,1991。
177. 曾思艺:《俄国白银时代现代主义诗歌研究》,湖南人民出版社,2005。
178. 赵德明编著:《20世纪拉丁美洲小说》,云南人民出版社,2003。

179. 赵德明、赵振江、孙成敖编著:《拉丁美洲文学史》,北京大学出版社,1989。
180. 郑体武:《俄国现代主义诗歌》,上海外语教育出版社,2001。
181. 张新颖:《默读的声音》,广东教育出版社,2004。
182. 张京媛:《当代女性主义文学批评》,北京大学出版社,1992。
183. 朱徽:《加拿大英语文学简史》,四川大学出版社,2005。
184. 朱虹、文美惠主编:《外国妇女文学词典》,漓江出版社,1989。
185. 朱虹编选:《奥斯汀研究》,中国文联出版公司,1985。
186. 王晓燕编著:《智利》,当代世界出版社,1995。
187. 卫灵:《艰难历程——南非反种族主义斗争始末》,世界知识出版社,1997。
188. 弗吉尼亚·伍尔夫:《一间自己的屋子》,王环译,三联书店,1992。
189. 弗吉尼亚·伍尔夫:《妇女与小说》,瞿世镜译,上海文艺出版社,1988。
190. 张振辉:《20世纪波兰文学史》,青岛出版社,1999。
191. 郅傅浩:《解读天方文学》,宁夏人民出版社,2007。
192. 钟志清:《当代以色列作家研究》,人民文学出版社,2006。
193. 中国西班牙葡萄牙、拉丁美洲文学研究所编:《世界文学的奇葩——拉丁美洲文学研究》,旅游教育出版社,1989。

图书在版编目(CIP)数据

外国女性文学教程/陈晓兰主编. —上海：复旦大学出版社,2011.5(2017.8 重印)
ISBN 978-7-309-07887-9

Ⅰ. 外… Ⅱ. 陈… Ⅲ. 女性文学-外国-教材 Ⅳ. I106

中国版本图书馆 CIP 数据核字(2011)第 012168 号

外国女性文学教程
陈晓兰　主编
责任编辑/余璐瑶　赖英晓

复旦大学出版社有限公司出版发行
上海市国权路 579 号　邮编：200433
网址：fupnet@fudanpress.com　http://www.fudanpress.com
门市零售：86-21-65642857　团体订购：86-21-65118853
外埠邮购：86-21-65109143　出版部电话：86-21-65642845
江苏凤凰数码印务有限公司

开本 787×960　1/16　印张 22.75　字数 448 千
2017 年 8 月第 1 版第 2 次印刷

ISBN 978-7-309-07887-9/I·595
定价：38.00 元

如有印装质量问题,请向复旦大学出版社有限公司出版部调换。
版权所有　侵权必究